ବ୍ଲାକ୍ ଈଗଲ୍ ବୁକ୍ସ୍ 'ପ୍ରଥମ ପୁସ୍ତକ–୨୦୨୧ ପୁରସ୍କାର' ବିଜୟୀ ଗଳ୍ପ ସଂକଳନ

ଭାରି ମନେପଡ଼େ

ଭାରି ମନେପଡ଼େ

ମାନସ ପଣ୍ଡା

BLACK EAGLE BOOKS
2021

BLACK EAGLE BOOKS

USA address:
7464 Wisdom Lane
Dublin, OH 43016

India address:
E/312, Trident Galaxy, Kalinga Nagar,
Bhubaneswar-751003, Odisha, India

E-mail: info@blackeaglebooks.org
Website: www.blackeaglebooks.org

First International Edition Published by
BLACK EAGLE BOOKS, 2021

BHARI MANE PADE
by **Manas Panda**

Copyright © **Manas Panda**

Cover & Interior Design: Ezy's Publication

ISBN- 978-1-64560-218-7 (Paperback)

Printed in the United States of America

ଲମ୍ବାଚୌଡ଼ା ଭୂଗୋଳ ବହି ଭିତରେ
ଜହ୍ନମାମୁଠୁ ଡିଟେକ୍‌ଟିଭ୍ ଉପନ୍ୟାସଯାଏ
ଯାବତୀୟ ବହି
ଲୁଚେଇ ଲୁଚେଇ ପଢ଼ିବାର 'ନିଶା'କୁ
ଯିଏ ମୋ ରକ୍ତରେ ଭରିଛନ୍ତି,
ମତେ ଉତ୍ତରାଧିକାରରେ ଦେଇଛନ୍ତି,
ସେଇ ମୋ ବାପା.. **ଶ୍ରୀଯୁକ୍ତ ଘନଶ୍ୟାମ ପଣ୍ଡା**
ଏବଂ
ଟିକିଏ ବି ଫୁର୍ସତ୍ ପାଇବା ମାତ୍ରକେ
ଅବା ନୂଆ ବହିଟେ ଦେଖିବା ମାତ୍ରକେ
ଆଖିର ତମାମ୍ ଅସହଯୋଗ ସତ୍ତ୍ୱେ
ତାକୁ ଖେଳାଇ ପକାଉଥିବା
ଓ ଫି' ଦିନ୍
କିଛି ନା କିଛି ପଢ଼ି ପକାଉଥିବା
ମୋ ବୋଉ.. **ଶ୍ରୀମତୀ ଭାରତୀ ପଣ୍ଡା**
ଉଭୟଙ୍କ ହାତରେ
ଏ 'ଭାରି ମନେପଡ଼େ'।

ବାପି

ଗପ ପଛର ଗପ..

ଯା'କୁ ବି ଆପଣ ଗପଟେ ବୋଲି ଭାବି ପାରନ୍ତି। କିନ୍ତୁ ଇଏ ଗପ ନୁହଁ ଜମ୍ମା। ସତ.. ଅର୍ଦ୍ଧ ସତ।

ମତେ ଲାଗେ, ପ୍ରତିଟି ଲେଖାଯାଇଥିବା ଗପ ପଛରେ ଧାଡ଼ି ବାନ୍ଧି ଛିଡ଼ା ହେଇଥା'ନ୍ତି ଲେଖାଯାଇ ପାରିନଥିବା ଆହୁରି କେତେ କେତେ ଗପ। ସେମିତି, ଗପ/କବିତା ଲେଖୁଥିବା ସବୁ ଲେଖକଙ୍କ ଛାତି ତଳେ, ହୃଦୟରେ, ସାଇତା ହେଇଥା'ନ୍ତି, ଗଦେଇଥା'ନ୍ତି, ବାହାରକୁ ବାହାରି ଆସିବା ପାଇଁ ନିରନ୍ତର ଉଦ୍ୟମ କରୁଥା'ନ୍ତି, ଆହୁରି କେତେ ନା କେତେ କଥା ଓ କବିତା।

ସେ ସାଇତା କଥା ଭିତରୁ କିଛି ଲେଖି ହେଇହୁଏ- ଅତଏବ ସେସବୁ ଲେଖାହୁଏ। ଅନେକ କିନ୍ତୁ ଲେଖି ହେଇପାରେନା.. ତେଣୁ ଅଲେଖା ରହିଯାଏ।

ମୋ ଗପ-ଲେଖା ପଛର ଗପ ଠିକ୍ ଏଇମିତି। ସାଇତା ଗପ ଭିତରୁ ଅଳ୍ପ କେତୋଟି, ଯାହା ଯେମିତି ଯେତିକି ପାରିଛି, ଲେଖିଛି। ଅନେକ.. ଅନେକ କଥା କିନ୍ତୁ ଅକୁହା, ଅଲେଖା ରହିଯାଇଛି।

'ଯାହା କିଛି' ଲେଖି ପାରିଥିବାର ସାମାନ୍ୟ ସନ୍ତୋଷ ଓ 'ବେଶୀ କିଛି' ଲେଖି ପାରିନଥିବାର ଅମାପ ଅବସୋସ ଭିତରେ ଛଟପଟ ହେବା ହିଁ ଏବେ ପାଲଟିଛି ମୋ ନିୟତି। ଆଗକୁ ନିୟତିର ନିର୍ଦ୍ଦେଶ କ'ଣ ରହିଛି, ସାଇତା ଅଲେଖା ଗପମାନଙ୍କର ଭାଗ୍ୟ ଓ ଭବିଷ୍ୟତ କ'ଣ ହେଉଛି.. ଦେଖାଯାଉ..।

●●

ବହି ପଢ଼ିବାର ନିଶା ତ' ଥିଲା ପିଲାଟିବେଳୁ। କ୍ରମେ ତାହା ପରିଣତ ହେଲା ଲେଖାଲେଖିର ସଡକ୍‌ରେ, କଲେଜପଢ଼ା ବେଳେ। ସେ ସଡକ୍ ପୁଣି ଧୀରେ ଧୀରେ ସାଧନାର ରୂପ ନେବାକୁ ଲାଗିଲା। କିନ୍ତୁ ବିଡ଼ମ୍ବନା; କେବେ ଜୀବନ-ଜୀବିକାର ଚାପରେ-ଦାୟ୍‌ରେ, ତ' କେବେ ଶସ୍ତା ମନୋରଂଜନର ବିକର୍ଷଣରେ-ବିଘ୍ନାତରେ, ପୁଣି କେବେ ନିର୍ଘାତ୍ ଅଳସୁଆମି ଓ ନିସ୍ପୃହତାର ଚାବୁକ ପାହାରରେ, ସାଧନାର ପଥରୁ ବାରମ୍ବାର ବିଚ୍ୟୁତ ହେବାକୁ ପଡ଼ିଲା। ଅବଶ୍ୟ ଘୂରି ଘୂରି ଶେଷକୁ ପୁଣି ସାହିତ୍ୟ ପାଖକୁ ଫେରିବାକୁ ପଡ଼ିଲା.. ସେତିକି ଯାହା ସାନ୍ତ୍ୱନା। ଏବେ ଅନ୍ତତଃ ଅବଶିଷ୍ଟ ଜୀବନତକ, ସାହିତ୍ୟ ହିଁ ଅବଲମ୍ବନ ପାଲଟି ରହିଥାଉ.. ସାଧନାରୁ ଆଉ ବାଟହୁଡ଼ା ହେବାକୁ ନପଡୁ.. ଏତିକି ପ୍ରାର୍ଥନା..।

••

ମତେ ଲାଗେ, ମୁଁ ଗୋଟେ ଅନୁପ୍ରାଣିତ ପ୍ରାଣୀ। ଜଲ୍‌ଦି ଜଲ୍‌ଦି ପ୍ରଭାବିତ ଓ ଅନୁପ୍ରାଣିତ ହେଇଯାଏ- ଯଦି ଭଲ କିଛି ଗପ କି' କବିତା ପଢ଼ିବାକୁ ପାଏ- ଭଲ ଗୀତ ପଦେ କି' କଥା ଦି'ପଦ ଶୁଣିବାକୁ ପାଏ। ସେଇ ଅନୁପ୍ରାଣିତ ହେବାଟା ହିଁ ମୋ ପାଇଁ ଅନ୍ତଃପ୍ରେରଣା.. ସେଇଥିରୁ ହିଁ ମୋର 'ଯାହା କିଛି' ସର୍ଜନା।

ତେଣୁ ମୋ ସର୍ଜନଶୀଳତାର ସମସ୍ତ ଶ୍ରେୟ ନିଃସନ୍ଦେହରେ ଯାଉଛି ମୋ ମାଟିର, ମୋ ଭାଷା ସାହିତ୍ୟର ଅଗଣନ ତାରକାମାନଙ୍କୁ; ଯେଉଁମାନଙ୍କୁ ପଢ଼ି ପଢ଼ି ମୁଁ ବଡ଼ ହେଇଛି; ନିଜେ ଲେଖିବାର ଦୁଃସାହସ ଛାତିରେ ସଞ୍ଚିଛି। କେବେ କାହାର ଭାଷା ତ' କାହାର ଶୈଳୀ ଦ୍ୱାରା ପ୍ରଭାବିତ ହୋଇ ସେହିଭଳି ଲେଖିବାକୁ ଚେଷ୍ଟା କରିଛି।

ନାଁ ନେଲେ ତ' ଅନେକଙ୍କର ନେବାକୁ ପଡ଼ିବ..; ଯେଉଁମାନଙ୍କୁ ପଢ଼ି ପଢ଼ି ମୁଁ ପ୍ରଭାବିତ, ଈର୍ଷାନ୍ୱିତ ହୋଇଛି ଏବଂ ସେହି ନିରୀହ ଈଶ୍ୱରୀୟ ଈର୍ଷାରେ ଜଳି ଜଳି ଯତ୍‌କିଞ୍ଚିତ୍ ଲେଖିବାର ପ୍ରୟାସ କରିଛି। ଆଜି ପ୍ରଥମ ପୁସ୍ତକ ପ୍ରକାଶନର ଏ ମାହେନ୍ଦ୍ର ମୁହୂର୍ତ୍ତରେ ସେହି ପ୍ରତିଭାଧର ସ୍ରଷ୍ଟାମାନଙ୍କୁ କୃତଜ୍ଞତାର ସହ ସ୍ମରଣ କରୁଛି.. ପ୍ରଣାମ ଜଣାଉଛି।

ସ୍ମରଣ କରୁଛି, ସ୍କୁଲ/କଲେଜ ଜୀବନର ସବୁ ଶିକ୍ଷକ/ଅଧ୍ୟାପକ ଓ ବନ୍ଧୁଙ୍କୁ- ବୃତ୍ତିଗତ ଓ ବ୍ୟକ୍ତିଗତ ଜୀବନରେ ସବୁବେଳେ ପାଖରେ ଠିଆ ହେଇଥିବା, ସହାୟତାର ହାତ ବଢ଼ାଇ ଦେଇଥିବା ସହକର୍ମୀ, ସହଯୋଗୀ, ସତୀର୍ଥ, ଶୁଭେଚ୍ଛୁମାନଙ୍କୁ- ମୋ ପରିବାର ସଦସ୍ୟ, ସଂପର୍କୀୟ, ଅନ୍ତରଙ୍ଗ ସୁହୃଦ୍‌ମାନଙ୍କୁ- ଯେଉଁମାନେ ମତେ 'ମୁଁ' ହେବାରେ ସାହାଯ୍ୟ କରିଛନ୍ତି।

••

ସଚେତନ ଭାବେ ଲେଖାଲେଖି କରିବାର ଓ ଅତ୍ରତତ୍ର ପତ୍ରପତ୍ରିକାମାନଙ୍କରେ ପ୍ରକାଶିତ ହେବାର ଦୀର୍ଘ ୨୨ ବର୍ଷ ପରେ ଏଇ ପ୍ରଥମ ବହି। ୨୨ ବର୍ଷ ଭିତରୁ ମଝିରେ ୧୪ ବର୍ଷ ପୁଣି ନିରୋଳା ନିରବତା.. ଧାଡ଼ିଟିଏ ବି ଲେଖା ନାହିଁ। ବାକି ଦୁଇ ଦଫାର ଆଠ ବର୍ଷରେ ଲେଖା ଗପ ଭିତରୁ ବଛାବଛି କରି ମୋଟ ଅଠରଟି ଗପକୁ ନେଇ ଏ ସଂକଳନ। ଏଥିରେ ସ୍ଥାନିତ ସବୁତକ ଗପ ବିଭିନ୍ନ ପତ୍ରପତ୍ରିକାରେ ପ୍ରକାଶ ପାଇ ପାଠକ, ସମାଲୋଚକଙ୍କ ଦୃଷ୍ଟିରେ ପଡ଼ିଛି। ସେହିସବୁ ପତ୍ରିକାର ସଂପାଦକମାନଙ୍କୁ ଏହି ଅବସରରେ କୃତଜ୍ଞତାର ସହ ସ୍ମରଣ କରୁଛି। ସେସବୁ ଗପକୁ ପଢ଼ି ମତେ ଚିହ୍ନିଥିବା, ଭଲ ପାଇଥିବା ଓ ଉତ୍ସାହିତ କରିଥିବା ପାଠକ, ସମାଲୋଚକମାନଙ୍କୁ ମଧ୍ୟ ସାରସ୍ୱତ ଅଭିବାଦନ ଜଣାଉଛି। ସେମାନଙ୍କ ପ୍ରେରଣା, ଉତ୍ସାହ ହିଁ ଆଜି ଏ ସଂକଳନକୁ ସମ୍ଭବ କରିତୋଳିଛି।

••

ମଝିରେ ପ୍ରାୟ ଚଉଦ ବର୍ଷର ନିରଂକୁଶ ନିରବତା। ଏ ନିରବତାକୁ ନେଇ ମତେ ଭଲ ପାଉଥିବା ଅନେକ ବନ୍ଧୁ, ଶୁଭେଚ୍ଛୁ ବାରମ୍ବାର ପ୍ରଶ୍ନ କରିଛନ୍ତି। ବହୁ ବିଶିଷ୍ଟ, ସମ୍ମାନାସ୍ପଦ ବ୍ୟକ୍ତିବିଶେଷ ଗାର୍ଜନ୍‌ସୁଲଭ ଦାୟରେ ତାଗିଦ୍ ବି କରିଛନ୍ତି। ଅନେକ ତ’ କହି କହି ହାଲ୍ ଛାଡ଼ି ଦେଇଛନ୍ତି ଓ ଆଶା ହରାଇ ବସିଛନ୍ତି। ସେ ତାଲିକା ଏତେ ଲମ୍ବା ଯେ, କାହାରି ନାଁ ନ ନେଇ, ସମସ୍ତଙ୍କୁ ଯଥାମାନ୍ୟ ଜଣାଇ କ୍ଷମା ଯାଚନା କରୁଛି ଓ ସେମାନଙ୍କ ଆସ୍ଥାଭାଜନ ହେବାକୁ ପୁଣି ଥରେ ଆଜି ସଂକଳ୍ପ ନେଉଛି।

ଏ ସଂକଳନର ରୂପରେଖ ତିଆରିବାରେ ସବୁଠୁ ବଡ଼ ହାତ କାହାର ଯଦି ଥାଏ, ସେ ହେଉଛନ୍ତି ବ୍ଲାକ୍ ଇଗଲ୍ ବୁକ୍‌ସ୍‌ର ନିର୍ଦ୍ଦେଶକ, ବଡ଼ଭାଇ ସୁସାହିତ୍ୟିକ ସତ୍ୟ ପଟ୍ଟନାୟକ। ଏ ବହି କେବଳ ଓ କେବଳ, ତାଙ୍କ ଆଗ୍ରହ ଓ ସ୍ନେହର ଫଳଶ୍ରୁତି। ପୁଣି ଏହାର ପରିପାଟୀକୁ ସର୍ବାଙ୍ଗସୁନ୍ଦର କରିବାରେ ସାନଭାଇ ସାହିତ୍ୟପ୍ରାଣ ଶିଳ୍ପୀ ଅଶୋକ କୁମାର ପରିଡ଼ାଙ୍କ ଅବଦାନ ଅବିସ୍ମରଣୀୟ। ଉଭୟଙ୍କ ନିକଟରେ ମୁଁ ଋଣୀ, କୃତଜ୍ଞ।

••

ଏବେ ଗପକୁ ଫେରେ। ମୋର ସବୁ ଗପରେ ପ୍ରାୟତଃ ମୁଁ ଥାଏ। କେବେ ଦିଶୁଥାଏ ତ’ କେବେ ଦିଶୁନଥାଏ। କିନ୍ତୁ ସବୁଠି ଥାଏ ନିଶ୍ଚୟ।

ଏମିତିରେ ବି ମୋ ଗପଗୁଡ଼ିକୁ ମୁଁ ଖାଲି ଲେଖେନି - ବରଂ ଫିଲ୍ମ ଭଳି ସେସବୁକୁ ଦେଖେ - ଭୋଗେ - ଅନୁଭବ କରେ। ଏଇ ଦେଖିବା, ଭୋଗିବାର

ପ୍ରକ୍ରିୟାଟି କିନ୍ତୁ ବହୁତ ଲମ୍ବା । ଯା’ ଭିତରେ ହଜାରେ ଥର ମନକୁମନ ଗପ ଭଙ୍ଗା-ଗଢ଼ା ହୁଏ - ଶେଷକୁ ଯା’ ଖାଲି ବାକିଆ କାମଟି ଥାଏ - ଲେଖାଯାଏ । ଲେଖାଯାଏନି ତ’ ବରଂ ଲେଖି ହେଇଯାଏ ।

ଅନ୍ୟ ଅନେକଙ୍କ ପରି ମୁଁ ବି ବହୁବାର ଭାବିଛି କି’ ମୁଁ ନଲେଖିଲେ ସଂସାରରେ କ’ଣଟା ବା ଅସୁବିଧା ହେଇଯିବ ଯେ ? କାହାର ବା କ’ଣ କ୍ଷତି ହେଇଯିବ ଯେ ? କାରଣ, ଯାହାସବୁ ମୁଁ ଏବେ ଲେଖିବାକୁ ଭାବୁଛି ସେ ସବୁକୁ ତ’ ଢେର୍ ଆଗରୁ, ଆହୁରି କେତେ ଭଲ ଭାବରେ, ଭଲ ବାଗରେ, ମୋ ମାଟିର ପ୍ରଣମ୍ୟ ପ୍ରଜ୍ଞାପୁରୁଷମାନେ ଲେଖି ଯାଇଛନ୍ତି । ମୁଁ ଆଉ ଅଧିକଟା କ’ଣ ଲେଖି ପକେଇବି ଯେ ?

ପର ମୁହୂର୍ତ୍ତରେ କିନ୍ତୁ ନିଜକୁ ନିଜେ ସାକୁଲାଇଛି, ବୁଝାଇଛି କି’ ହଉ; ଯିଏ ଯେମିତି ଲେଖିଛନ୍ତି ଲେଖିଥା’ନ୍ତୁ । ମୁଁ ବି ମୋ ଢଙ୍ଗରେ ଲେଖି ଦେଇ ଯାଇଥାଏ । କ୍ଷତି କ’ଣ ? ତା’ଛଡ଼ା ମୁଁ ଯେଉଁ ନିଆରା ଅନୁଭବ କିଛି ଆପଣାଇଛି, ଯେଉଁ ଦୁଃଖମାନଙ୍କୁ ଭୋଗିଛି, ଯେଉଁ ଘଟଣା-ଅଘଟଣମାନ ଅଙ୍ଗେ ନିଭାଇଛି, ସେ ସବୁକୁ ମୋ’ଠୁ ବେଶୀ ଅନ୍ତରଙ୍ଗ ଓ ବିଶ୍ୱସ୍ତ ଭାବେ ଆଉ କିଏ କେମିତି ବା ଲେଖିପାରିବ ? ପୁଣି, ଯେଉଁ ଚରିତ୍ରମାନଙ୍କୁ ପାଖରୁ ବା ଦୂରରୁ ଦେଖିଛି, ଯାହା ସହ ଆତଯାତ, ସୁଖ-ଦୁଃଖ ହୋଇଛି, ସେମାନଙ୍କୁ ମୁଁ ଜୀବନ୍ୟାସ ଦେବିନି ତ’ ଆଉ କିଏ ଦେବ ? ଆଉ କିଏ ସେମାନଙ୍କୁ ଚିହ୍ନାଇବ ? ନ୍ୟାୟ ଦେବ ? ଇଏ ବି କ’ଣ ଏକ ଗୁରୁ ଦାୟିତ୍ୱ ନୁହେଁ ?

ବାଶ୍.. ସେଇ ଦାୟିତ୍ୱର ଦାୟରୁ ହିଁ ସୃଷ୍ଟ ଏ ଗପସବୁ ।

ଗପଗୁଡ଼ିକର ଚରିତ୍ର ବା ପାତ୍ରପାତ୍ରୀଙ୍କ ଭିତରୁ ଅନେକଙ୍କୁ ମୁଁ ଓଟାରି ଆଣିଛି ମୋ ଚାରିକଡ଼ର ପ୍ରିୟ ପରିଚିତ ପୃଥିବୀରୁ । କଳ୍ପିତ ଓ ଗୁମ୍ଫିତ କାହାଣୀ ସହ ସେମାନଙ୍କ ବାସ୍ତବ ଜୀବନର କିଛି ବୋଲି କିଛି ସାମଞ୍ଜସ୍ୟ ହିଁ ନାହିଁ । ଅତଏବ ସେ ପ୍ରକାରର ସାଦୃଶ୍ୟ କେଉଁଠି ନ ଖୋଜି, ‘ଗପଗୁଡ଼ିକୁ କେବଳ ଗପ’ ଓ ‘ନିରୋଳା ନିରୁତା ସଂଯୋଗ’ ବୋଲି ଧରିନେବାକୁ ନମ୍ର ନିବେଦନ ।

ଏବେ ତ’ ଏ ସବୁ ଗପ, ଏ ସଂକଳନ ଜରିଆରେ, ଛିଡ଼ା ହେଇଛନ୍ତି ଗୋଟିଏ ଠା’ରେ, ପାଠକ-ଦରବାରରେ ।

ସୁଧୀ ପାଠକେ ହିଁ ବିଚାର କରନ୍ତୁ ଗପଗୁଡ଼ିକର ଭାଗ୍ୟ । ତଉଲନ୍ତୁ ସେସବୁର ସାହିତ୍ୟିକ ସଫଳତା-ବିଫଳତା: ବେଗ ଓ ଆବେଗ.. ।

ବିଜୟାଦଶମୀ-୨୦୨୧ **ମାନସ ପଣ୍ଡା**

ହ୍ୱାଟ୍ସ୍ଆପ୍: ୯୪୩୭୨୨୭୦୨୮, ଫୋନ୍: ୭୦୭୭୭୦୫୩୭୯
Email ID: manasreporter@gmail.com

ସୂଚିପତ୍ର

ଏକ ମୟୂରପୁଚ୍ଛର କାହାଣୀ	୧୩
କଳ୍କି	୨୯
ଭୂତାଣୁ	୪୭
ଚିୟର୍ସ	୫୯
ଏକ ମଧୁର ଦୁର୍ଘଟଣାର ଧାରାବିବରଣୀ	୬୯
ଦେବୀ	୭୮
ରାଗ 'ବର୍ଷା'	୮୬
ରୁବି ପାଇଁ ଢେର୍ ସାରା ଅନାବନା ଗପ	୯୫
ଗୋଟେ ଗପର ନକ୍ସା	୧୦୦
ଇତି.. ତୋ'ର ଅନୁଅପା	୧୦୬
କ୍ଷତ	୧୧୦
କରୋନା: ଦୁଇଟି ସ୍କେଚ୍	୧୨୦
ନ'ଯାରେ ନ'ଯା..	୧୨୫
କୁଆ	୧୩୧
ଲୁଚକାଳି	୧୩୮
ଜୋକର୍‌ର କାନ୍ଦ	୧୪୪
ଭାରି ମନେପଡ଼େ	୧୫୪
ଫେସ୍‌ବୁକ୍ ଗପ...	୧୬୭

ଏକ ମୟୂରପୁଚ୍ଛର କାହାଣୀ

॥ ଏକ ॥

'ତମମାନଙ୍କ ଭିତରୁ କେହି କେବେ ଜିଅନ୍ତା ମୟୂରପୁଚ୍ଛ ଦେଖିଛ.. ?' - ଚାଲେଞ୍ଜ୍ ଫିଙ୍ଗିବା ସ୍ୱରରେ ପଚାରିଲା ଦିନେ ନୀଳା।

'ଆଁ.. ଜିଅନ୍ତା.. ?'- ଆମମାନଙ୍କ ହତଭମ୍ବ ଭାବ କଟିନଥାଏ ଓ ଆମ ମୁହଁଟିମାନ ତଥାପି ନୀଳା ଆଡ଼କୁ ଏକଲୟରେ ମେଲା ହୋଇ ରହିଥାଏ - 'ମାନେ.. ପୂରା ଜିଅନ୍ତା.. ? ବଞ୍ଚିଥିବ ସେ ପୁଚ୍ଛ.. ? -କେହି ଜଣେ ସାହସ କରି ପଚାରିଲା ଆମ ଭିତରୁ। ଅନ୍ୟମାନେ ନିରବ ସମର୍ଥନ କଲେ ସେ ପ୍ରଶ୍ନକୁ। ଯଦିଓ ଜାଣିପାରୁ ନଥିଲେ, ସେପରି ପ୍ରଶ୍ନ ପଚାରିବା ଠିକ୍ କି ଭୁଲ୍।

ନୀଳା ହସିଲା। କହିଲା ହଁ ବେ, ବୁଡ୍‌ବକ୍। ପୂରା ଜିଅନ୍ତା.. ବଞ୍ଚିଥିବ.. ଧକ୍‌ଧକ୍ କରୁଥିବ..। ନିଶ୍ୱାସ ପ୍ରଶ୍ୱାସ ଚାଲୁଥିବ ତା'ର। ପୂରା ଜୀବନ୍ତ। ଦେଖିବ.. ?

ଆମେମାନେ ଏକ ସ୍ୱରରେ ହଁ ଭରିଲୁ। ହଁ.. ଅ.. ଅ..।

ଠିକ୍ ଅଛି, କାଲି ଦେଖାଇବି - କହିଲା ନୀଳା, ଆଖିରେ ଚମକ ଉକୁଟାଇ।

ସେ ରାତିସାରା ଆମେ ବୋଧେ କେହି ଶୋଇନୁ।

ପରଦିନ ସ୍କୁଲ ପ୍ରାର୍ଥନା ସଭା ଆରମ୍ଭ ହେବାର ଢ଼େର୍ ଆଗରୁ ଆମେସବୁ ସ୍କୁଲରେ ହାଜର୍। ସାର୍‌ମାନଙ୍କ ନଜର ଏଡେଇବାକୁ ଜମା ହୋଇଥାଉ ଯାଇ ସ୍କୁଲର କୋଣପଟିଆ ପରିତ୍ୟକ୍ତ ଅଧାଭୁଶୁଡା ପୁରୁଣା ଇଟାକାନ୍ଥି ଘରର ପଛପଟରେ।

ନୀଳା ତା' ବସ୍ତାନି ଭିତରୁ କାଢ଼ିଲା ଛୋଟିଆ ବହିଟାଏ। ଚକଚକିଆ ମାଟିଆ ରଙ୍ଗର ମଲାଟ ମଡ଼ା ସେ କୁନି ପେଟୁଆ ବହିଟାକୁ ନୀଳା ଆଗ ତିନି ଥର ମୁଣ୍ଡରେ ଲଗାଇଲା। କହିଲା, ଏଇଟା ଗୀତା। ଯାକୁ ଖୋଲିଲା ବେଳେ, ବନ୍ଦ କଲା ବେଳେ, ମୁଣ୍ଡରେ ଲଗାଇବା ହିଁ ନିୟମ। ନହେଲେ ସର୍ବନାଶ ହେଇଯିବ।

'କି ପ୍ରକାର ସର୍ବନାଶ..?'- କେହି ଜଣେ ପଚାରିଲା ଏତିକିବେଳେ ଆମ ଭିତରୁ। ହେଲେ ସେ ସ୍ୱର ଚାପା ପଡ଼ିଗଲା ଅନ୍ୟମାନଙ୍କ ଅନାଗ୍ରହ ନିକଟରେ।

'ହେଃ ଛାଡ ମ.. ସେ ସର୍ବନାଶ ଫର୍ବନାଶ କଥା ଥାଉ, ଦେଖା ଆଗ..' - ସମ୍ମିଳିତ ସ୍ୱରର ଦାବି ବେଳୁବେଳ ତେଜୀୟାନ୍ ହେଉଥିଲା।

ନୀଳା ଖୋଲିଲା ଗୀତାର ପ୍ରଥମ ପୃଷ୍ଠା। ଆମମାନଙ୍କ ଆଖି ଆଗରେ ସେହି ମୁହୂର୍ତ୍ତରେ ସତେଯେମିତି ଚକ୍ କରି ମାରିଦେଲା ବିଜୁଳିଟାଏ।

ଡିମେଇ ସାଇଜ୍‌ର ସେ ବହି ପୃଷ୍ଠାକୁ ସଂପୂର୍ଣ୍ଣ ଆବୋରି ରହିଥାଏ ଏକ ପୂର୍ଣ୍ଣାଙ୍ଗ ମୟୂରପୁଚ୍ଛ। ସବୁଜ, ଘନନୀଳ, କଳା, ନାରଙ୍ଗୀ ଓ ଆଉଟାସୁନା ରଙ୍ଗକୁ ଏକ୍‌ଦମ୍ ଭାଗମାପରେ ବାଣ୍ଟି କେହି ଯେମିତି ତିଆରିଥାଏ ସେ ଅପୂର୍ବ ଉଜ୍ଜ୍ୱଳ ଚିକ୍କଣ ପୂର୍ଣ୍ଣାଙ୍ଗ ପୁଚ୍ଛ। ଇନ୍ଦ୍ରଧନୁଟାଏକୁ ଯଦି ମନମୁତାବକ ଆକାର, ଅନୁପାତରେ କାଟି ସଜାଇ ରଖି ହୁଅନ୍ତା, ଅବା ସେଇମିତି ଦିଶନ୍ତା !

ତେବେ ଠିକ୍ ସେତିକିବେଳେ, 'ଇଏ ଜୀବନ୍ତ କ'ଣ ଯେ..'-ସେଯାଏ ପ୍ରକୃତିସ୍ଥ ହୋଇନଥିବା ସତ୍ତ୍ୱେ, କେହି ଜଣେ ପ୍ରଶ୍ନ କଲା ଆମ ଭିତରୁ। ଆମମାନଙ୍କ ଆଖିରେ ସେତେବେଳକୁ ସେ ଟୁକୁଡ଼ା ଇନ୍ଦ୍ରଧନୁଟିର ଫଟୋ ବିବାକ୍ ନାଚୁଥାଏ।

- ହଁ.. ହଁ.. ଏଥିରେ ଭଲା ଜିଅନ୍ତା ଓ ନୂଆ କଥା କ'ଣ ଯେ..? -ଗୀତା ଉପରେ ପେଟେଇ ପଡ଼ି ତା' ପୃଷ୍ଠାରେ ମୁହଁ ପୂରାଇ ବିହ୍ୱଳ ଦୃଷ୍ଟିରେ ସେ ଅପୂର୍ବ ଚିଜକୁ ଅନେଇ ରହିଥିବା ଆମମାନଙ୍କ ଭିତରୁ ଆଉ ଦୁଇ ତିନି ଜଣଙ୍କ ସ୍ୱର ଏଥର ଶୁଭିଲା ଏମିତି ମୁକାବିଲା କରିବା ଭଳି।

ନୀଳା ଚଟ୍ କରି ବହିକୁ ବନ୍ଦ କରିଦେଲା। ଦୁଇ ହାତରେ ବହିକୁ ଧରି, ତା' ଦୁଇ ଆଖି ଓ କପାଳ ମଝିରେ ତିନି ଥର ପ୍ରଣାମୀ ମୁଦ୍ରାରେ ଛୁଆଁଇ ବସ୍ତାନି ଭିତରେ ଭର୍ତ୍ତି କରିଦେଲା।

ଆମେ ସବୁ ଚାହିଁ ରହିଥାଉ ତା' ମୁହଁକୁ, ଉତ୍ତର ପାଇବାକୁ। ଏଥର କଣ୍ଠ ଝାଡ଼ି ନୀଳା ଆରମ୍ଭ କଲା, ଦେଖ.. ଏ ମୟୂରପୁଚ୍ଛଟା ହେଲା ଜୀବନ୍ତ। ମାନେ ଯାର ଜୀବନ ଅଛି। ଶୁଦ୍ଧପୂତ ହୋଇ ଏହାକୁ ଛୁଇଁଲେ, ଆଉଁଶିଲେ, ଏଥିରୁ ଧକ୍ ଧକ୍ ନିଃଶ୍ୱାସର ଶବ୍ଦ ଶୁଣିହେବ। ଯାର ସ୍ପନ୍ଦନ ବାରିହେବ। ପୁଣି ଭକ୍ତି ଓ ବିଶ୍ୱାସର ସହ ଏହାକୁ ଆମ ଶରୀରର କୌଣସି ଅଙ୍ଗରେ ଛୁଆଁଇଲେ କି' ସାଉଁଳାଇଲେ ସେ ଅଙ୍ଗର ତମାମ୍ କଷ୍ଟ, ପୀଡ଼ା ମୁହୂର୍ତ୍ତକେ ଉଭେଇଯିବ।

ଆଉ ସବୁଠୁ ବଡ଼ କଥା ହେଲା, ନିର୍ଦ୍ଦିଷ୍ଟ ସମୟ ଅନ୍ତରରେ ଏ ମୟୂରପୁଚ୍ଛ ବଢ଼ି ବଢ଼ି ଚାଲିଥିବ। ଏଥିରୁ ନୂଆ ନୂଆ ପର ଗଜୁରୁଥିବ। ଗୋଟିଏରୁ ଦୁଇଟା.. ଦୁଇଟାରୁ

ଚାରିଟା.. ଏମିତି ନୂଆ ପର କଅଁଳି ପୁଚ୍ଛର ଆକାର ବଢ଼ି ଚାଲିଥିବ। ଯେ ପର୍ଯ୍ୟନ୍ତ ଏହାକୁ ବିଶ୍ୱାସ ଓ ଭକ୍ତିରେ ପୂଜା କରାଯାଉଥିବ, ସେ ପର୍ଯ୍ୟନ୍ତ ଇଏ ଏମିତି ଜୀବନ୍ତ ହୋଇ ରହିଥିବ.. ବଢୁଥିବ।

ପଲକ ପଡୁନଥିବା ଆଖିରେ ଆମେସବୁ ଚାହିଁ ରହିଥାଉ ନୀଳାକୁ। ଘୋଷି ରଖିଥିଲା ଭଳି ଏକା ନହସକେ ଡଗ ଡଗ ହୋଇ ନୀଳା ଏସବୁ ଗାଇ ସାରିଲା ବେଳକୁ ହିଁ ବାଜିଲା ପ୍ରାର୍ଥନା ଘଣ୍ଟା। ନୀଳାକୁ ମେରୀ ଖୁଣ୍ଟ କରି ତା' ଚାରିକତି ମେଳି କରିଥିବା ସଭିଏଁ ଧଡ଼ପଡ଼ ହୋଇ ଉଠିପଡ଼ି ଚାଲିଲେ ପ୍ରାର୍ଥନା ସଭାକୁ। କେହି କେହି ଧପାଲିଲେ କ୍ଲାସ୍‌ରୁମ୍‌କୁ, ବହିବସ୍ତାନି ରଖି ଆସିବାକୁ।

ମୁଁ ଉଠିବାକୁ ତୟାର୍ ହେଉଥାଏ, ଆଖିର ଇସାରାରେ ମୋତେ ରୋକିଦେଲା ନୀଳା। ମୁଁ ପ୍ରଥମେ ବୁଝିପାରିଲିନି, ସେ ମତେ ଅଟକିବାକୁ କହୁଛି ନା ଆଉ କ'ଣ ମୋ'ଠୁ ଚାହୁଁଛି। ପ୍ରଶ୍ନିଳ ଆଖିରେ ତାକୁ ଚାହିଁ ରହିଥାଏ ମୁଁ। ବେଶ୍ କିଛି ସମୟ ବିତିଗଲା। ସ୍କୁଲ୍ ସାମ୍ନା ବଗିଚାପଟୁ ଏଥର ଭାସିଆସିଲା ପ୍ରାର୍ଥନା ସଭାର ପ୍ରାକ୍ ଘୋଷଣାନାମା। ପରେ ପରେ ଆରମ୍ଭ ହେଲା ସମବେତ ପ୍ରାର୍ଥନା- ଆହେ ଦୟାମୟ ବିଶ୍ୱବିହାରୀ..।

ଆମେ ଦୁହେଁ ଆଣ୍ଠୁ ମାଡ଼ି ବସିଥିବା ସେ ନିଛାଟିଆ ଭଙ୍ଗା ଅଧାକାନ୍ଥି ଘର ପଛପଟଟା ମୋତେ ଅଧିକରୁ ଅଧିକ ରହସ୍ୟମୟ ମନେ ହେଉଥାଏ ବେଳକୁ ବେଳ। ନୀଳା ଏଥର ସନ୍ତର୍ପଣରେ ଚାରିଆଡ଼କୁ ଥରେ ଚାହିଁ ଖୋଲିଲା ତା' ବସ୍ତାନି। କହିଲା, ସମସ୍ତେ ଥିଲେ ବୋଲି ସେତେବେଳେ ଭଲ କରି ଦେଖେଇ ନଥିଲି- ଦେଖିବୁ ସେ ଜିଅନ୍ତା ମୟୂରପୁଚ୍ଛ ?

ମୁଁ ଆସ୍ତିସୂଚକ ମୁଣ୍ଡ ଲାଡ଼ିଲି। ନୀଳା ବସ୍ତାନିରେ ହାତ ପୂରାଇ ପୁଣି ଥରେ ବାହାର କଲା ସେ ମାଟିଆ ମଲାଟ ମଡ଼ା ଗୀତା। ମୁଣ୍ଡରେ ତିନି ଥର ଛୁଆଁଇ ଗୀତାର ପ୍ରଥମ ପୃଷ୍ଠାକୁ ଖୋଲି ରଖିଲା ମୋ ଆଖି ସାମ୍ନାରେ।

ଛୁଁ.. ଧର.. ହାତ ଲଗେଇ ଦେଖ୍.. ଛାଏଁ ଜାଣିପାରିବୁ ଯେ..! -କହିଲା ନୀଳା। ତା' ସ୍ୱର ଶୁଭୁଥାଏ କେମିତି ଗୋଟାଏ ନିଦା ନିଦା, ଭାରୀ ଭାରୀ। ସେଥିରେ ଭରି ରହିଥାଏ ଆଦେଶ।

ମୁଁ ମୁଣ୍ଡରେ ହାତ ଲଗାଇ ଥରଥର କମ୍ପିତ ହାତରେ ଛୁଇଁଲି ସେ ମୟୂରପୁଚ୍ଛକୁ। ବେଶ୍ ମୁଲାଏମ୍ ଲାଗିଲା ହାତକୁ। ମୋ ଆଖି ବୁଜି ହୋଇ ଯାଉଥାଏ କି ଏକ ନୂଆ ଧରଣର ଖୁସିରେ; ପ୍ରାପ୍ତିର ପୁଲକରେ।

'ହଉ.. ତୁ ଏଥର ଯା'..। ତୁ ଗଲା ପରେ ପୁଣି ଆଉ ଜଣକୁ ଦେଖାଇବାର

ଅଛି ଏଇଟାକୁ ଯେ.. ଏଇନେ ଆସିଯିବ ସେ.. ତୁ ଯା'..' - ନୀଳା ଆଖି ଟିପି ହସି ହସି କହିଲା ମତେ। ମୁଁ କିଛି ବୁଝିପାରିଲିନି ତା' କଥାରୁ। ଇଚ୍ଛା ହେଉଥିଲା, ଆଉ ଟିକେ ଭଲ କରି ଦେଖିଥା'ନ୍ତି ସେ ଇନ୍ଦ୍ରଧନୁର ଟୁକୁଡାଟିକୁ ପାଖରୁ ନିରେଖି କରି; ଗୋଟିଏ ହାତରେ ଧରି ଆର ହାତରେ ସାଉଁଳାଇଥା'ନ୍ତି ତାକୁ ଥରେ ଦୁଇଥର; ମୁହଁରେ ବୁଲାଇ ଆଣିଥା'ନ୍ତି ଟିକେ ତା' ମୁଲାଏମ୍ ଛୁଆଁକୁ। ହେଲେ ନୀଳା ବହି ବନ୍ଦ କରିଦେଲା।

ମୁଁ ଉଠିଲି। କହିଲି, ଠିକ୍ ଅଛି। ଆଉ ଦିନେ କିନ୍ତୁ ଭଲକି' ଦେଖିବି ମୁଁ। ମୋ ହାତକୁ ଦେବୁ। କହିଲି ଓ ଉଠିଆସିଲି।

ପ୍ରାର୍ଥନା ସଭା ସରି ପିଲାମାନେ ଯାଇସାରିଥା'ନ୍ତି ଯେ ଯାହା ଶ୍ରେଣୀ କକ୍ଷକୁ। ମୁଁ କ୍ଲାସ୍‌ରେ ପଶିଲା ବେଳକୁ ହିଁ ନଇଁ ବାହାରିଲା କ୍ଲାସ୍ ଭିତରୁ.. ମୋ ଆଡ଼କୁ ଚାହିଁ, ରହସ୍ୟମୟ ଢ଼ଙ୍ଗରେ ଥରେ ଫିକ୍ କରି ହସିଦେଇ।

ମୋ ନିର୍ଦ୍ଧାରିତ ଡେସ୍କରେ ବହିବସ୍ତାନି ରଖି ବାଆଁରେଇ ହୋଇ ବାହାରକୁ ଆସି ଚାହିଁ ଦେଖେ ତ', ନଇଁ ଚୁପ୍‌ଚାପ୍ ସବୁରି ନଜର ଏଡାଇ ସନ୍ତର୍ପଣରେ ଚାଲି ଯାଉଛି ସ୍କୁଲର ସେହି ପରିତ୍ୟକ୍ତ ଭଙ୍ଗା ଅଧାକାନ୍ଥି ପଛପଟକୁ..। ଯେଉଁଠୁ ମୁଁ ଏବେ ଏବେ ନଗଦ ଆସିଛି..। ଯେଉଁଠି ନୀଳା ଅପେକ୍ଷାରେ ବସିଛି..।

॥ ଦୁଇ ॥

ନୀଳା ଓରଫ୍ ନୀଳମଣି ଦାସକୁ ଆମ ଭିତରୁ ଅନେକ ଈର୍ଷା କରୁଥିଲୁ ପ୍ରଚୁର। ତା'ପୁଣି ସେଇ ସପ୍ତମ ଶ୍ରେଣୀ ପଢ଼ା ବୟସରେ, ଯେଉଁ ବୟସରେ ଈର୍ଷାର ମାନେ ହିଁ ଆମେ କେହି ବୁଝିନଥିଲୁ ଠିକ୍‌ରେ।

ଈର୍ଷାର ସବୁଠୁ ବଡ଼ କାରଣଟି ଥିଲା, ତାକୁ ଅନାୟାସରେ ମିଳୁଥିବା ମହାର୍ଘ ସୌଭାଗ୍ୟ ଟିକକ। ସେ ସୌଭାଗ୍ୟଟି ହେଲା, ବର୍ଷକୁ ଅନ୍ୟୂନ ଥରେ ଏବଂ ବାରାନ୍ତରେ ଏକାଧିକ ବାର କୃଷ୍ଣ ବେଶରେ ଗାଁ ପରିକ୍ରମା କରିବାର ସ୍ୱତନ୍ତ୍ର ସମ୍ମାନ ଓ ସ୍ୱୀକୃତି।

ନୀଳାର ବାପା ଅଚ୍ଛୁତି ଦାସ ଖାଲି ଆମ ଗାଁ ନୁହଁ, ଆଖ ପାଖ ପାଞ୍ଚ ଖଣ୍ଡ ମୌଜାରେ ଜଣେ ଭଲ ସଂକୀର୍ତ୍ତନିଆ ଗାୟକ ଭାବେ ଭାରି ଜଣାଶୁଣା ଥିଲେ। ତାଙ୍କ ଶ୍ୟାମଳ ନିରୀହ କଳାକାର ସୁଲଭ ମୁହଁଟିକୁ ଦେଖିଲେ ମନରେ ମାୟା ଜାଗୁଥିଲା। ବାଆଁ ହାତରେ କାନ ଘୋଡାଇ, ଆଖି ବୁଜି, ବାବୁରି ବାଳକୁ ହଲାଇ, କଣ୍ଠ ଥରାଇ ସେ ଯେତେବେଳେ ସ୍ୱର ତୋଳୁଥିଲେ -'ଇଏ ମଧୁର୍ ମଧୁର୍ ବଇଁଶୀ ବାଜେ.. ଏଇତ ବୃନ୍ଦାବନ.. ନିତାଇ ଚଲ୍‌ରେ.. ଅର୍ କେତେ ଦୂର୍ ବ୍ରଜ ବୃନ୍ଦାବନ..', ସେତେବେଳେ ସାରା ଗାଁଟାର ପରିବେଶ କେମିତି ଏକ ଅଲୌକିକ ଢ଼ଙ୍ଗରେ କୃଷ୍ଣମୟ, ପ୍ରେମମୟ ହୋଇଉଠୁଥିଲା।

ଫି' ସନ ପଣା ସଂକ୍ରାନ୍ତି ତିଥିରେ ଅଛୁତି ଦାଦାଙ୍କ ନେତୃତ୍ୱରେ ଆମ ଗାଁରେ ଅଷ୍ଟପ୍ରହରୀ ହେବାଟା ଥିଲା ଅବଧାରିତ। ସେ ଉତ୍ସବଟିର ମୁଖ୍ୟ ପୁରୋଧା ତଥା କର୍ତ୍ତା ତ' ଖୋଦ୍ ଅଛୁତି ଦାଦା ଥିଲେ ହିଁ। ତେବେ ତାଙ୍କ ପୁଅ ହୋଇଥିବା ଯୋଗୁଁ ସ୍ଥିତିର ତତ୍କାଳ ଲାଭ ପାଉଥିଲା ନୀଳା। ଅଷ୍ଟପ୍ରହରୀ ବାସି ନଗର କୀର୍ତ୍ତନ ବେଳେ ଆମ ସମବୟସ୍କ ତମାମ୍ ପିଲାଙ୍କୁ ପଛକୁ ଠେଲି ନୀଳା ହିଁ ସବୁଥର ସାଜୁଥିଲା କୃଷ୍ଣ। ଆଉ କୃଷ୍ଣ ସାଜିଲେ ଯେ କି ଲାଭ ମିଳେ, ତା' କେବଳ ଦୌଡ଼ରେ ପଛରେ ପଡିଯାଉଥିବା ଆମ ଭଳି ପିଲାଏ ହିଁ ବୁଝିଥିଲୁ।

ପ୍ରଥମତଃ ମୁହଁରେ ନେଳି ରଂଗ ବୋଳି ସଜବାଜ ହୋଇ, ମୁଣ୍ଡରେ ମୟୂରପୁଚ୍ଛ ଖୋସି, ବଇଁଶୀ ଧରି କୀର୍ତ୍ତନିଆଙ୍କ ସାଙ୍ଗେ ଆରାମ୍‌ରେ ଘର ଘର ବୁଲ- ସ୍ନେହ, ଆଦର, କାଖ, କୋଳ, ଗୋଡ଼ଧୁଆ, ଭୋଗଖିଆ ଯାହାକୁ ଯେତେ। ଗାଁର ଦେଠେଇ, ଖୁଡ଼ୀ, ମାଉସୀ, ପିଉସୀ, ନାନୀ ଓ ନୂଆବୋଉମାନେ ପଣତରେ ମୁହଁ ପୋଛି ପକାଉଥିବେ- ଗୋଡ଼ ଧୋଇ ଦେଉଥିବେ- ପିଢ଼ାରେ ଠିଆ କରାଇ ମଥାରେ ଦୂବ ବରକୋଳି ପତ୍ର ପକାଇ ଦୀପ ଧରି ବନ୍ଦାଇ ପକାଉଥିବେ- କିଏ ପାଟିରେ ମିଠାଟାଏ ଗେଞ୍ଜି ଦେଉଥିବ ତ' ଆଉ କିଏ ନୋଟ୍‌ଟାଏ ସେଫ୍‌ଟିପିନ୍‌ରେ ଗୁନ୍ଥି ଉତ୍ତରୀୟରେ ଖଞ୍ଜି ଦେଉଥିବ। ଅଳ୍ପ କେତୋଟି ଘଣ୍ଟା ପାଇଁ ହେଉ ପଛେ, ସବୁରି ନିକଟରେ ତୁମେ ବନ୍ଦନୀୟ, ଆଦରଣୀୟ ହୋଇପଡୁଥିବ- ଇଏ କ'ଣ କିଛି ଛୋଟ ଉପଲବ୍ଧି ?

ନଗର ପରିକ୍ରମା ସରିଲା ବେଳକୁ ପେଟ ଫୁଲ୍। ଉତ୍ତରୀରୁ ଟଙ୍କା ଖୋଲା ହେଲା ବେଳକୁ ସେଥିରୁ ବି ମିଳିବ ବଡ଼ ଏକ ଭାଗ। କି ଆନନ୍ଦ ! ହେଲେ ନୀଳା ଲଗାତାର୍ ସେ ସୌଭାଗ୍ୟ ଟିକକ ଆମଭଳି ଅନ୍ୟ ଆଗ୍ରହୀ ସମବୟସ୍କମାନଙ୍କ ହାତମୁଠାରୁ ଛଡ଼ାଇ ନେଉଥିଲା ସବୁ ବର୍ଷ।

ଗାଁ ଅଷ୍ଟପ୍ରହରୀ ବାଦ୍ ବି ଜନ୍ମାଷ୍ଟମୀ, ନନ୍ଦୋତ୍ସବ ବା ଆଉ କେବେ କେମିତି କେଉଁ ଉତ୍ସବ ଅନୁଷ୍ଠାନରେ କୃଷ୍ଣ ଭୂମିକା କଥା ଉଠିବା ମାତ୍ରେ ବିନା ପ୍ରତିଦ୍ୱନ୍ଦ୍ୱିତାରେ ସେଇଟି ସବୁବେଳେ ଚାଲିଯାଉଥିଲା ନୀଳା ହାତକୁ। ତେଣୁ ବର୍ଷରେ ପ୍ରାୟତଃ ଦୁଇ ତିନି ଥର କୃଷ୍ଣ ସାଜିବାର ସୌଭାଗ୍ୟ ଅଯାଚିତ ଭାବେ ସେ ଅର୍ଜନ କରୁଥିଲା ଓ ସବୁଥର ଆମେ ହାତ ମଳି ମଳି ରହିଯାଉଥିଲୁ।

ଏଥିପାଇଁ ମୁଁ ପ୍ରାୟତଃ ମନେ ମନେ ବିରକ୍ତ ହେଉଥିଲି ବାପାଙ୍କ ଉପରେ। ବାପାଙ୍କୁ ଉପଲକ୍ଷ୍ୟ କରି ସ୍ୱଗତୋକ୍ତି କରୁଥିଲି- ତମକୁ କିଏ କହୁଥିଲା ମାଷ୍ଟର୍ ହୋଇ ଛୁଆଗୁଡାଙ୍କୁ ସ୍କୁଲ୍‌ରେ ବାଡ଼େଇବା ଭଳି ନିହାତି ଏକ ନିକୁଛିଆ ନିର୍ମମ ନିଷ୍ଠୁର କାମ କରିବାକୁ? ନୀଳା ବାପା ଅଛୁତି ଦାଦାଙ୍କ ପରି ସଂକୀର୍ତ୍ତନ ଗାୟକ ହେଇଥିଲେ ତ'

କେତେ ବଢ଼ିଆ ହୋଇଥା'ନ୍ତା। ମୁଁ ବି ସବୁଥର ନଗର କୀର୍ତ୍ତନ ବେଳେ କୃଷ୍ଣ ସାଜି ମୁହଁରେ ନେଳି ବୋଳି, ମୁଣ୍ଡରେ ମୟୂରପୁଚ୍ଛ ଖୋସି, ଗୋଟାଏ କଣି ବାଉଁଶର ବଇଁଶୀ ଧରି ବୁଲୁଥା'ନ୍ତି ଘରକୁ ଘର ଆରାମ୍‌ରେ। ଖାଉଥା'ନ୍ତି ଭୋଗ, ପାଉଥା'ନ୍ତି ଦକ୍ଷିଣା। କେତେ ଯେ ସ୍ନେହ, ସୋହାଗ, ଆଦର! ଆଃ କି ମଜା..!!

ଭାବୁଥିଲି ଓ ମନେ ମନେ ଅଧିକରୁ ଅଧିକ ଈର୍ଷା କରୁଥିଲି ନୀଳାକୁ।

॥ ତିନି ॥

ତେବେ ସେ ଈର୍ଷା ଭିତରେ ଭଲପାଇବା ବି ଥିଲା ଢେର୍। ଆମ ଦୁହିଙ୍କର ବେଶ୍ ପଟୁଥିଲା ପ୍ରାୟ ସବୁ କଥାରେ। ସପ୍ତମରୁ ନବମ ତିନି ବର୍ଷ ଭିତରେ, ନୀଳା ମତେ ତିନିଟି ଗୁରୁଘର ପାଠ ବତାଇଥିଲା।

ସପ୍ତମ ଶ୍ରେଣୀରେ ପଢେଇଥିଲା ପ୍ରଥମ ପାଠ- ଏ ପୃଥିବୀରେ ଦି' ପ୍ରକାର ମୟୂରପୁଚ୍ଛ ଅଛି। ଗୋଟେ ନିର୍ଜୀବ, ଆଉ ଗୋଟେ ଜୀବନ୍ତ। ଯେଉଁ ପୁଚ୍ଛଗୁଡ଼ାକୁ ମୟୂରମାନେ ଆପଣାଛାଏଁ ବର୍ଷକୁ ଥରେ ନିଜ ଦେହରୁ ଝାଡ଼ି ତଳେ ପକାଇ ଦିଅନ୍ତି, ନହେଲେ କେହି ଯଦି ଜୋର୍ ଜବରଦସ୍ତ ମୟୂରଙ୍କଠୁ ସେଗୁଡ଼ା ଛିଣ୍ଡେଇ ଆଣନ୍ତି, ସେସବୁ ନିର୍ଜୀବା। ଜୀବନ ନଥାଏ। ହେଲେ ମୟୂର-ମୟୂରୀଙ୍କ ମିଳନ କାଳରେ ଯଦି କେହି ବିନା ହିଂସାରେ ମୟୂରଙ୍କୁ ସନ୍ତୁଷ୍ଟ କରେ ଓ ପୁଚ୍ଛ ଝାଡ଼ିବାର ପ୍ରାକୃତିକ ସମୟ ହୋଇ ନଥିଲେ ବି ଯଦି ମୟୂର ଖୁସି ମନରେ ଆପଣାଛାଏଁ ପୁଚ୍ଛ ଦାନ କରେ, ତା'ହେଲେ ତାହା ଜୀବନ୍ତ ହୋଇ ରହେ। ପୂରା ଜିଅନ୍ତା..।

ନୀଳାର ଏ ଜିଅନ୍ତା ତତ୍ତ୍ୱ ଶୁଣି ମୁଁ ହସିଥିଲି। କହିଥିଲି, ଯା'ବେ.. ସେ ଟାଉଟରିଗୁଡ଼ା ଆଉ କୋଉଠି ମାରିବୁ। ଶଳା.. ମୟୂର ପାଖରେ କ'ଣ ଆଣ୍ଠୁ ମାଡ଼ି ପ୍ରାର୍ଥନା କରି ମୁଁ ତା'ଠୁ ଜିଅନ୍ତା ପୁଚ୍ଛ ଆଣିବି? ଆଉ ତାକୁ ଘରେ ରଖି ପୂଜା କଲେ ସେ ପୁଚ୍ଛ ଅଣ୍ଡା ଦେବ.. ଛୁଆ ଜନ୍ମ କରିବ..? ଏମିତି ହଉଥିଲେ ତ' ସରକାର ମୟୂରପୁଚ୍ଛର ଫାର୍ମ କରନ୍ତେ.. ପୁଚ୍ଛରୁ ଅଣ୍ଡା ବାହାର କରି ଉଷୁମାଇ ଫୁଟାନ୍ତେ..!

ମୋ କଥା ଶୁଣି ନୀଳା ତା' ମୁଣ୍ଡ କୋଡ଼ିଥିଲା। କହିଥିଲା, ଯାଃ.. ତତେ ବୁଝେଇ କିଛି ଲାଭ ନାହିଁ।

ଅଷ୍ଟମ ଶ୍ରେଣୀରେ ନୀଳା ଦିନେ ପଢ଼େଇଥିଲା ଆଉ ଗୋଟେ ନୂଆ ପାଠ। କହିଥିଲା, ଜାଣିଚୁ..? ମୟୂର-ମୟୂରୀ କାଳେ ଶାରୀରିକ ସମ୍ବନ୍ଧ ରଖନ୍ତିନି। ଶାରୀରିକ ସଂପର୍କରୁ ସେମାନଙ୍କ ସଂସାର ଆଗକୁ ବଢ଼େନି। ବରଂ ମୟୂରର ଲୁହ ପିଇକରି ହିଁ ମୟୂରୀ ଗର୍ଭବତୀ ହୁଏ.. ଅଣ୍ଡା ପାରେ.. ସଂସାର ବଢ଼ାଏ।

ମୁଁ ଏକରକମ ଅଟ୍ଟହାସ କରିଥିଲି। କହିଥିଲି, ହଟ୍‌ବେ। ଲୁହ ପିଇକି' ଯଦି

ମୟୂରୀମାନେ ଗର୍ଭବତୀ ହେଉଥା'ନ୍ତେ ନା' ତା'ହେଲେ ତ' ଏ ସଂସାରଟା ସାରା ମୟୂରମୟ ହୋଇସାରନ୍ତାଣି।

ମାନେ..? -ପଚାରିଥିଲା ନୀଳା, ଭୁରୁ ଟେକି, ଓଠ କୁଞ୍ଚେଇ। ବୁଝିପାରିନଥିଲା ବୋଧେ ମୋ ଶ୍ଳେଷ।

କହିଲି, ମାନେଟା ସରଳ। ଏମିତିରେ, ମୟୂରମାନଙ୍କର କ'ଣ କମ୍ ଲୁହ? ଖାଲି ମୟୂରଙ୍କ କଥା କାହିଁକି ପଡିଛି? ପୂରା ପୁରୁଷ ଜାତିଟା କଥା ଦେଖୁନୁ.. ଆମମାନଙ୍କର କ'ଣ କମ୍ ଲୁହ? କମ୍ ଦୁଃଖ? ତେବେ ସେ ଲୁହପିଆ କାମଟି ସ୍ତ୍ରୀମାନେ କରନ୍ତିନି ବୋଲିକି' ତ' ନିଜ ଲୁହତକ ପୁରୁଷ ନିଜେ ପିଏ। ବଡ଼ କଷ୍ଟରେ ଜୀବନ ଜୀଏଁ..।

ମୋ ଶ୍ଳେଷ ବୁଝି ନୀଳା ଏଥର ପାଲଟା ଆକ୍ରମଣ ମୁଦ୍ରାରେ କଟାକ୍ଷ ହାଣିଲା। କହିଲା, ହେଃ.. ଯା'ବେ.. ତୋ ଭଳି ପୁରୁଷମାନେ ଖାଲି ଅନ୍ୟକୁ ଲୁହ ଦେଇ ଜାଣନ୍ତି, ପିଇବା କଥା ଉଠୁଚି କେଉଁଠୁ?

ଏଥର ମୁଁ ହସିଥିଲି। କହିଥିଲି, ଶଳା.. ନଇଁକୁ ତା'ହେଲେ ତୁ ଲୁହ ପିଆଉଚୁ ସେ ଅଧାଭୁଶୁଡ଼ା ଇଟାକାନ୍ଥ ପଛପଟେ କୋଳରେ ଶୁଆଇ?

ନୀଳା ଆଶା କରିନଥିଲା ମୋ'ଠୁ ସିଧାସଳଖ ଏମିତିକା ଅପବାଦଟେ ଶୁଣିବ ବୋଲି। ଲାଜେଇଯାଇ କହିଥିଲା, ନା'ରେ.. ତତେ ବା କ'ଣ ଲୁଚେଇବି? ତା'କୁ ମୁଁ ଆଜିଯାଏ ଛୁଇଁନି। ଖାଲି ଯେଉଁଦିନ ମୟୂରପୁଚ୍ଛ ଦେଖାଇଥିଲି, ସେଦିନ ତା' ମୁହଁକୁ ସେ ମୟୂରପୁଚ୍ଛରେ ଥରେ ସାଉଁଳେଇ ଦେଇଥିଲି। ସେ ଆଖି ବୁଜି ଦେଇଥିଲା। ଏୟାକୁ ଯଦି ତୁ' ପ୍ରେମ କହୁଚୁ.. କହ।

ମୁଁ କଥା ବାଆଁରେଇଥିଲି।

॥ ଚାରି ॥

ନବମ ଶ୍ରେଣୀରେ ପଢୁଥାଉ। ନୀଳା ହଠାତ୍ ଦିନେ ନୂଆ ତତ୍ତ୍ୱ ବଖାଣିଲା- ଜାଣିଲୁ ନା, ଘରର ଶୋଇବା କୋଠରୀରେ, ଦକ୍ଷିଣ-ପୂର୍ବ କୋଣରେ ମୟୂରପୁଚ୍ଛ ଗୋଛାଏ ରଖିଲେ ଦାମ୍ପତ୍ୟ ଜୀବନ ସୁଖମୟ ହୁଏ। ବିନା କଳି ଝଗଡ଼ାରେ ସଂସାର ସୁରୁଖୁରୁରେ ଚାଲେ।

ମୁଁ କୃତ୍ରିମ ରାଗରେ କହିଲି, ଚୋପ୍ ଶଳା। ଏ ନିର୍ଜୀବ ମୟୂରପୁଚ୍ଛ ଭରସାରେ ରହିଲେ ସଂସାର ସୁଖମୟ ନା ଚୋପା ହବ? ଦାମ୍ପତ୍ୟ ସୁଖ ପାଇଁ ପତିପତ୍ନୀଙ୍କ ମଧ୍ୟରେ ନିବିଡ଼ ଭଲପାଇବା ଲୋଡ଼ା। ପାରସ୍ପରିକ ବୁଝାମଣା ରହିବା ଦରକାର। ନା' କି' ଘରର କୋଉ କୋଣରେ ଗୋଛାଏ ମୟୂରପୁଚ୍ଛ ଥୋଇଦେଲେ ଦାମ୍ପତ୍ୟ ଜୀବନ ସରସ ସୁନ୍ଦର ହୋଇଯିବ।

ତେବେ ମତେ କହ ତ' ଏଇ ନବମ ଶ୍ରେଣୀରୁ ତୋ'ର କଣ ଦାମ୍ପତ୍ୟ ଜୀବନ ସୁଖମୟ କରିବା ଦରକାର ପଡ଼ିଲାଣି? କହିବି ଯାଇ ତମ ଘରେ, ଦାଦା-ଖୁଡୀଙ୍କୁ, ବାହା କରିଦେବେ ତତେ? ନଇଁ ତ' ଗୋଡ଼ ଲମ୍ବେଇ ବସିଚି ନା' ତତେ ବାହା ହେବାକୁ..।

ନୀଳା ଦୀର୍ଘଶ୍ୱାସ ପକାଇଲା। ମୋ ପାଟିରେ ହାତ ଦେଇ କହିଲା, ସେମିତି କହନିରେ। ସେ ବ୍ରାହ୍ମଣ ଘରର ଝିଅ। ମୋର ଭଲା ଏତେ ବଡ଼ ସାହସ କାହିଁ? ତା'ଭଳି ଗୋଟେ ସରଳ ନିରୀହ ଝିଅର ଭଲପାଇବା ମୁଁ ଏ ଜନ୍ମରେ ପାଇଚି.. ସେଇ ମୋ ଭାଗ୍ୟ। ତା'ସହ ଘରସଂସାର କରିବା କି' ତାକୁ ସ୍ତ୍ରୀ ରୂପରେ ପାଇ ଶାରୀରିକ ସମ୍ବନ୍ଧ ରଖିବା ମୋର ଇଚ୍ଛା ନୁହଁରେ। ଖାଲି ତା' ଓଠରେ ଟିକେ ହସ ଦେଖିବି.. ତା' ଦୁଃଖତକ ନିଜର କରିନେବି.. ତା' ଲୁହ ତକ ପିଇ ତା'ଓଠରେ ହସ ଫୁଟେଇବି.. ଏତିକି ମୋ ସ୍ୱପ୍ନ।

ମୁଁ କିଛି କହିଲିନି। ଭାବିଲି, ଶଳାଟାର ମୁଣ୍ଡରୁ ଏ ମୟୂର-ମୟୂରୀ ଭୂତ କେବେ ଉତୁରିବ କେଜାଣି!

ଦିନେ ତାକୁ ସିଧା ପଚାରିଲି ବି ଏକଥା। ତୁ' ଏ ମୟୂରପୁଚ୍ଛ ଚକ୍କରରୁ କେବେ ବାହାରିବୁରେ?

ନୀଳା ଗମ୍ଭୀର ଦିଶିଲା। କହିଲା, ଜାଣିଚୁ! ମୋ ନାଁ ନୀଳମଣି.. ମାନେ କୃଷ୍ଣ। କୃଷ୍ଣଙ୍କୁ ଛାଡ଼ି ମୟୂରପୁଚ୍ଛର ସ୍ଥିତି କାହିଁ, ପରିଚୟ ବା କାହିଁ? ମୟୂରପୁଚ୍ଛକୁ ବା କିଏ କେମିତି ଅଲଗା କରିବ କୃଷ୍ଣଙ୍କଠାରୁ? ଇଏ କ'ଣ ସମ୍ଭବ?

ମୋ ପାଟି ଆଫା ମାରିଗଲା।

।। ପାଞ୍ଚ ।।

ଅଘଟଣଟାଏ କିନ୍ତୁ ସବୁରି ଅଲକ୍ଷ୍ୟରେ ଘଟିବାକୁ ପ୍ରସ୍ତୁତ ହେଉଥିଲା। ନୀଳା ଓ ନଇଁଙ୍କ ନବମ ଶ୍ରେଣୀର ପ୍ରେମ କାହାଣୀ ଧୀରେ ଧୀରେ ଆମ ସାଙ୍ଗଙ୍କ ଭିତରୁ ଅନେକଙ୍କ ପାଇଁ ଅସହଣୀୟ ହୋଇଉଠୁଥିଲା। ମୁଁ ଅନୁଭବ କରୁଥିଲି, ଆମ ସାଙ୍ଗଙ୍କ ଭିତରୁ ଅନେକଙ୍କର ନୀଳା ପ୍ରତି ରହିଥିବା ଈର୍ଷା କ୍ରମଶଃ ବହୁଗୁଣିତ ହେଉଛି। ତୀବ୍ର ଘୃଣାର ରୂପ ନେଉଛି।

ଆଗରୁ ସମବୟସ୍କ ଆଗ୍ରହୀମାନଙ୍କ ହାତମୁଠାରୁ କୃଷ୍ଣ ଭୂମିକାକୁ ଛଡ଼ାଇ ନେଇ ନୀଳା ସେମାନଙ୍କୁ ଏକପ୍ରକାର ରିକ୍ତ କରିଦେଇଥିଲା। ଏବେ ନଇଁଙ୍କୁ ଛଡାଇ ନେଇ ଅନେକଙ୍କୁ ସତେଯେମିତି ଶିଶୁପାଳ କରି ଗାଁ ଦାଣ୍ଡରେ ଲଙ୍ଗଳା ଛିଡ଼ା କରାଇ ଦେଇଛି- ଏମିତିକା ଦୁର୍ଭାବନାଟେ କେତେଜଣଙ୍କୁ ବିଚଳିତ ଓ ବିଧ୍ୱସ୍ତ କରି ପକାଉଥିଲା। ନମିତା

ତ୍ରିପାଠୀ ଓରଫ୍ ନଇଁ ନାମକ ଆମ କ୍ଲାସ୍‌ର ସେଇ ସବୁଠୁ ସୁନ୍ଦରୀ ତଥା ଗାଁର ସବୁଠୁ ନିରୀହ ଝିଅଟିକୁ ନୀଳା ଅନାୟାସରେ ଆଖି ଟିପି ହସି ହସି ନିଜର କରିନେବ, ଆଉ ଅନ୍ୟମାନେ ହାତରେ ହାତ ମଳି ଚାହିଁ ରହିଥିବେ, ଏକଥା ଭାବିଲା ବେଳକୁ ଅନେକଙ୍କ ହାଡ଼ ଜଳିଯାଉଥିଲା। ରାଗରେ ଦେହ ଶିର୍‌ଶିରେଇ ଉଠୁଥିଲା; ନୀଳା ପ୍ରତି ସେମାନଙ୍କ ମନ କ୍ରମଶଃ ବିଷେଇ ଯାଉଥିଲା।

ଏସବୁ ଖବର ମୁଁ ପାଇଲା ବେଳକୁ କିନ୍ତୁ ଅନେକ ଡେରି ହୋଇସାରିଥିଲା। କଥା ଢ଼େର୍ ଆଗକୁ ବଢ଼ିଯାଇଥିଲା। ନୀଳା ଓ ନଇଁଙ୍କ ପ୍ରେମ ବିରୋଧରେ ରୀତିମତ ଷଡ଼ଯନ୍ତ୍ରଟାଏ ମୁଣ୍ଡ ଟେକି ସାରିଥିଲା।

ଷଡ଼ଯନ୍ତ୍ରରେ ସାମିଲ୍ ଜଣେ ଆଗ ପ୍ରସ୍ତାବ ଦେଇଥିଲା, କିଛି ଗୋଟେ କରିବାକୁ ହେବ.. ଏମିତି ଚୁପ୍ ବସିଲେ ତ' ହେବନି ନା..। - ତା'କଣ୍ଠ ଥରୁଥିଲା କ୍ରୋଧରେ, କ୍ଷୋଭରେ। ଅଷ୍ଟପ୍ରହରୀରେ କୃଷ୍ଣ ହେବା ନିମନ୍ତେ ସବୁଠୁ ଅଧିକ ଆଗ୍ରହୀ ଥିଲା ସେ। ତେବେ ନୀଳା ଥିବା ଯାଏ ସେ ସୌଭାଗ୍ୟଟି ଯେ ତାକୁ କେବେ ବି ଜୁଟିବ ନାହିଁ, ସେକଥା ବୁଝିବା ପରଠୁ ସେ ଭୀଷଣ କ୍ଷୁବ୍ଧ ହୋଇଉଠିଥିଲା।

'ଶଳା ଗଉଡ଼ ଟୋକା.. ନଗର କୀର୍ତ୍ତନରେ କୃଷ୍ଣ ହଉ ହଉ ବାହ୍ମଣ ଝିଅ ଉପରେ ନଜର ପକାଇଲାଣି.. ତା' ବହପ ଦେଖ.. -କହିଥିଲା ଆଉ ଜଣେ। ସେ ଜଣକ ନଇଁର ସାହି ଲେଖାରେ ଭାଇ ହିସାବ। ତ୍ରିପାଠୀ ସାହିର ଝିଅ ନଇଁକୁ ଦାସସାହିର ନୀଳା ପ୍ରେମ କରିବସିବ- ଏହା ଥିଲା ତା' ପତିଆରା ପ୍ରତି ନିହାତି ଅବଜ୍ଞା ଓ ଅପମାନସୂଚକ।

ମୁଁ ନିଜେ ପ୍ରା ଦେଖିଚି ଆଖିରେ.. ନୀଳା କୋଳରେ ମୁଣ୍ଡ ରଖି ନଇଁ ଶୋଇଥିଲା.. ହେଇ ଏଇ ଜାଗାରେ ଯେଉଁଠି ଆମେ ଏବେ ବସିଛେ। ଆଉ ସେ ଖଚଡ଼ ଟୋକା ଗୋଟେ ମୟୂରପୁଚ୍ଛକୁ ଧରି ସାଉଁଳାଉଥିଲା ନଇଁର ମୁହଁରେ.. ଆଖି ଛୁଉଁଛି.. ବିଦ୍ୟାରାଣ..। -ଯୋଡ଼ିଥିଲା ଆଉ ଜଣେ। ଯଦିଓ ସେମିତିକା ଦୃଶ୍ୟଟେ କେବେ ବି ସତରେ ସେ ଦେଖିନଥିଲା ଆଖିରେ। କେବଳ କଳ୍ପନା କରିପକାଇଥିଲା ମନେ ମନେ।

ଶେଷକୁ ଷଡ଼ଯନ୍ତ୍ରକାରୀ ଦଳର ନିଷ୍ପତ୍ତି ହୋଇଥିଲା -ଏ ପ୍ରେମ କାହାଣୀକୁ କୌଣସିମତେ ଆଉ ଆଗକୁ ବଢ଼ିବାକୁ ଦିଆଯିବନି। ସ୍କୁଲ କାନ୍ଥବାଡ଼ରେ ନାଁ ଲେଖି ନୀଳା-ନଇଁ ଦୁହିଙ୍କୁ ବଦନାମ୍ କରିଦିଆଯିବ। ଯେମିତି ଦିହେଁ ଆଉ ଲାଜରେ ସ୍କୁଲ ଆସିବେନି। ନବମ ଶ୍ରେଣୀରୁ ହିଁ ଯେମିତି ଉଭୟଙ୍କ ପାଠପଢ଼ା ଓ ପ୍ରେମ ଖତମ୍ ହୋଇଯିବ।

ସ୍କୁଲ ପଡ଼ିଆରେ ଏକଜୁଟ୍ ସେ ଷଡ଼ଯନ୍ତ୍ରକାରୀମାନେ ସେଦିନ ନିଜ ନିଜ ପାପୁଲି

ମିଶାଇଥିଲେ ଓ ନିଷ୍ପତ୍ତିରେ ରାଜି ବୋଲି ଘୋଷଣା କରି ଅଟ୍ଟହାସ କରିଥିଲେ। ସେମିତି କଲା ବେଳେ ସେମାନଙ୍କ ମୁହଁ ଝଲସି ଉଠୁଥିଲା ପୈଶାଚିକ ଖୁସିରେ, ପ୍ରତିଶୋଧର ଆହ୍ଲାଦରେ।

ହଠାତ୍ ଦିନେ ଦେଖିଲା ବେଳକୁ ସେ ଷଡ଼ଯନ୍ତ୍ର ପ୍ରତିଫଳିତ ହୋଇଛି ସ୍କୁଲ କାନ୍ଥ ସାରା। 'ନୀଳା + ନଇଁ' ଲେଖାରେ ଭର୍ତ୍ତି ହୋଇଯାଇଛି ସ୍କୁଲ୍‌ର ସବୁତକ କାନ୍ଥବାଡ଼। କେତେଟା ଜାଗାରେ ପୁଣି ଉଭୟଙ୍କ ନାଁ ପାଖରେ ଅଙ୍କା ହୋଇଛି ଏକ ମୟୂରପୁଚ୍ଛର ବଙ୍କାତେଢ଼ା ଚିତ୍ର। ମୟୂରପୁଚ୍ଛକୁ କେନ୍ଦ୍ର କରି ଗଢ଼ି ଉଠିଥିବା ଦୁହିଁଙ୍କ ପ୍ରେମ କାହାଣୀ ବି ନାନା ରୋଚକ ରୂପ ନେଇ ଖେଳି ବୁଲିବା ଆରମ୍ଭ କରିଛି ଗାଁ ସାରା।

ଫଳ ହୋଇଥିଲା ସାଂଘାତିକ। ନଇଁଙ୍କ ପରିବାର ସମେତ ପୂରା ତ୍ରିପାଠୀ ସାହିର ମୁରବିମାନେ ଦିନେ ଠେଙ୍ଗାବାଡ଼ି ଧରି ଉଠିଯାଇଥିଲେ ଅଚ୍ଛୁତି ଦାଦାଙ୍କ ଘରକୁ ହମ୍‌ଲା କରିବା ପାଇଁ।

'କୃଷ୍ଣ ହେବୁ.. କୃଷ୍ଣ.. ? ଗାଁ ଝିଅଙ୍କ ସହ ରାସଲୀଳା କରିବୁ ? ଆମକୁ ବଦନାମ୍ କରିବୁ.. ?' - ନୀଳାର ମୁହଁ ଉପରେ ମୁଥଟାଏ ବସାଇଦେଇ ତ୍ରିପାଠୀ ସାହିର ସର୍ବମାନ୍ୟ ମୁରବି ଜଣକ ଜାହିର୍ କରିଥିଲେ ନିଜ କ୍ରୋଧ ଓ ଆଧିପତ୍ୟ।

ଏ ଦୃଶ୍ୟ ଦେଖି ଅଚ୍ଛୁତି ଦାଦା ସେତେବେଳକୁ ଏକରକମ ମୂକ ପାଲଟି ଯାଇସାରିଥାନ୍ତି। ନୀଳାକୁ ଛାଡ଼ିଦେବା ପାଇଁ ଦାଦା, ଖୁଡ଼ୀ ଓ ତାଙ୍କ ପରିବାରର ଅନ୍ୟମାନେ ସେଦିନ ଶେଷକୁ ହମ୍‌ଲାକାରୀଙ୍କ ଗୋଡ଼ହାତ ଧରିଥିଲେ, କାକୁତି ମିନତି ହୋଇଥିଲେ, ଏକପ୍ରକାର ମାଟିରେ ନାକ ଘଷି କାଇଲି ହୋଇଥିଲେ।

ପରବର୍ତ୍ତୀ ଘଟଣାକ୍ରମ ଏତେ ଦ୍ରୁତ ବେଗରେ ଘଟିଯାଇଥିଲା ଯେ, ମୋ ସମେତ ନୀଳାଙ୍କ ପରିବାରର ଅନ୍ୟ ଶୁଭେଚ୍ଛୁମାନେ ଭଲ ଭାବେ ସ୍ଥିତି କଣ ବୁଝିବା ଆଗରୁ ସବୁକିଛି ଓଲଟପାଲଟ ହୋଇ ସାରିଥିଲା। ନୀଳାକୁ ଏକରକମ ବାଧ୍ୟ କରି ନିର୍ବାସିତ କରାଯାଇଥିଲା ଗାଁରୁ, ପଠାଯାଇଥିଲା ସୁରଟକୁ, ତା'ର କେଉଁ ମାମୁ ପାଖକୁ। ସେ ସେହିଠାରେ ପଢ଼ିବ ଓ କାମ କରିବ, ଏହି ଆଶାରେ। ନଇଁ ବି ଗାଁ ଛାଡ଼ିଥିଲା- ତାକୁ ସହରର କୌଣସି ଏକ ବୋର୍ଡିଂ ବାଳିକା ସ୍କୁଲରେ ଭର୍ତ୍ତି କରାଯାଇଥିଲା ପଢ଼ିବା ପାଇଁ। ସେହିବର୍ଷଠାରୁ ଗାଁ ଅଷ୍ଟପ୍ରହରୀ ବନ୍ଦ ହୋଇଯାଇଥିଲା। ଅଚ୍ଛୁତି ଦାଦାଙ୍କ ସଂକୀର୍ତ୍ତନିଆ ସ୍ୱର ପୂରା ନିରବି ଯାଇଥିଲା।

॥ ଛଅ ॥

ଏ ଭିତରେ ବାର ବର୍ଷ ବିତିଯାଇଥିଲା- ଚିତ୍ରୋତ୍ପଳାରେ କେତେ ପାଣି ବହି

ଯାଇଥିଲା। ମୁଁ ହାଇସ୍କୁଲ ଓ କଲେଜ ପଢ଼ା ସାରି ଚାକିରିଟାଏ କରି ପାଖ ସହରରେ ରହୁଥିଲି- ମଝିରେ ମଝିରେ ଗାଁକୁ ଯାଇ ବୁଲି ଆସୁଥିଲି।

ଗାଁ ସ୍କୁଲ୍‌ର ରୂପ ଭେକ ହୁବହୁ ବଦଳି ଯାଇଥିଲା। ସ୍କୁଲର କୋଣପଟିଆ ସେ ଅଧାଭୁଶୁଡ଼ା ଇଟାକାନ୍ଥ ଘର ଜାଗାରେ ମୁଣ୍ଡ ଟେକିଥିଲା ସୁଦୃଶ୍ୟ ଶ୍ରେଣୀଗୃହ କୋଠା ତଥା ବାତ୍ୟା ଆଶ୍ରୟସ୍ଥଳୀ। ସେଦିନର ଷଡ଼ଯନ୍ତ୍ରକାରୀ ଆମ ସାଙ୍ଗମାନଙ୍କ ଭିତରୁ କେତେଜଣ ଗାଁ ଛାଡ଼ି ସାରିଥିଲେ ପେଟପାଟଣାର ଦାୟରେ। ଆଉ କେତେଜଣ ରହୁଥିଲେ ଗାଁରେ ଏକରକମ ବାଧ୍ୟବାଧକତାରେ।

ସବୁଠୁ ବେଶୀ ମୋଡ଼ ବୁଲିଥିଲା ନଇଁର ଜୀବନ। ବୋର୍ଡିଂ ସ୍କୁଲ ଓ କଲେଜ ପାଠ ସାରୁ ନସାରୁଣୁ ତାଙ୍କ ଘର ଲୋକେ ତାକୁ ପ୍ରାୟ ବାଧ୍ୟ କରି ବାହା କରାଇ ଦେଇଥିଲେ ପାଖ ସହରରେ। ପୁଅଟିଏ ବି ହୋଇଥିଲା ତା'ର। ତେବେ ବାହାଘରର ମାତ୍ର ଦୁଇ ବର୍ଷ ପରେ ବିଧବା ହୋଇଯାଇଥିଲା ବିଚାରୀ। ତା' ଶାଶୂଘରର ଲୋକେ ସମ୍ପତ୍ତି ଭାଗ ନଦେବା ଜିଦ୍‌ରେ ତାକୁ ହଇରାଣ କରୁଥିବା ହେତୁ ସେ ପ୍ରାୟତଃ ଆସି ରହୁଥିଲା ବାପଘରେ, ଆମ ଗାଁରେ, ତା'କୋଡ଼ପୋଛା ପୁଅକୁ ଧରି। ଉଭୟପଟର ଭଦ୍ରଲୋକଙ୍କ ଜରିଆରେ ନିଶାପ ଚାଲିଥିଲା ଶାଶୂଘର ସହ ତାର ସବୁ ସଂପର୍କକୁ ଛିନ୍ନ କରିବା ଲାଗି। ଅଦିନିଆ ଝଡ଼ରେ ଉଲୁରି ଯାଇଥିବା ନିରିମାଖି ଦେବଦାରୁ ଗଛଟେ ପରି, ନଇଁ ଚୁପ୍‌ଚାପ୍ ଅତି ସନ୍ତର୍ପଣରେ ଚଳପ୍ରଚଳ ହେଉଥିଲା ଗାଁରେ, ସମସ୍ତଙ୍କ ଆହାଃ.. ଚୁ ଚୁ, ସମବେଦନା ଓ ସହାନୁଭୂତିର ଘେର ଭିତରେ।

ନୀଳା ମାଟ୍ରିକ୍‌ରୁ ଉଠି ପାରିନଥିଲା ଉପରକୁ ଏବଂ କଅଁଳ ବୟସରେ ପାଠ ଛାଡ଼ି କାମ କରିଥିଲା ସୁରଟର ସୂତାକଳରେ, ତା' ମାମୁର ତତ୍ତ୍ୱାବଧାନରେ। ଅପମାନର ଜ୍ୱାଳାରେ ଦଗ୍‌ଧ ହୋଇ କି କ'ଣ.. ଅନେକ ବର୍ଷ ଯାଏ ସେ ଆସୁନଥିଲା ଗାଁକୁ। ଗଳା କର୍କଟର ଯନ୍ତ୍ରଣା ଭୋଗି ଭୋଗି ଅଛୁଟି ଦାଦାଙ୍କର ଦେହାନ୍ତ ହୋଇଯିବା ପରେ ଯାଇ ଫେରିଥିଲା ଗାଁକୁ ଓ ସମ୍ଭାଳିଥିଲା ଘରର ସବୁ ଦାୟିତ୍ୱ। ତା'ପରଠୁ ସେ ଗାଁ ଓ ସୁରଟ୍ ଭିତରେ ଦୋହଲୁଥିଲା ପେଣ୍ଡୁଲମ୍ ପାଲଟି। ବିଧବା ମା'କୁ ସୁଖରେ ରଖିବା, ସାନ ଭାଇଭଉଣୀଙ୍କୁ ମଣିଷ କରିବା ଓ ପରିବାରର ଭୁଶୁଡ଼ା ଅର୍ଥନୀତିକୁ ସଜାଡ଼ିବା ଭିତରେ ସେ ନିଜକୁ ବି ଏକରକମ ଭୁଲି ଯାଇଥିଲା। ସଂସାର କରିନଥିଲା। ତା' ସହ ଅବଶ୍ୟ ମଝିରେ ମଝିରେ ଗାଁରେ ମୋର ଅଳ୍ପ ସମୟ ପାଇଁ ଦେଖା ହେଉଥିଲା। କିନ୍ତୁ ତା' କଥାବାର୍ତ୍ତାରେ ଆଗର ସେ ପ୍ରଗଲ୍‌ଭତା ନଥିଲା କି' ମନରେ ଆଗଭଳି ସରସତା ନଥିଲା। ବାର ବର୍ଷ ତଳର ସେ ଦୂରନ୍ତ ଝଡ଼ ସତେଯେମିତି ତାକୁ ନିର୍ବାକ୍ କରିଦେଇଥିଲା।

।। ସାତ ।।

ସେଥର ଗାଁକୁ ଯାଇଥାଏ- ପଣା ସଂକ୍ରାନ୍ତି ଥାଏ ଆଉ ଅଳ୍ପ କେତେଟା ଦିନ। ଗାଁ ବୈଠକରେ ପ୍ରସ୍ତାବ ଉଠିଲା, ବାର ବର୍ଷ ଧରି ବନ୍ଦ ଥିବା ଅଷ୍ଟପ୍ରହରୀ ଏଥର ପୁଣି କରିବା। ଗାଁ ପରମ୍ପରାଟା ଗୋଟେ ଅଭାବିତ ପରିସ୍ଥିତିରେ ସିନା ଭାଙ୍ଗି ଯାଇଥିଲା, ସଂକୀର୍ତ୍ତନ ବନ୍ଦ ହୋଇଯାଇଥିଲା। ହେଲେ ଏବେ ଆଉ ସେ ପୁରୁଣା କଥା ନ ଉଖାରି ସବୁରି ମନ ମିଶାଇ ସମସ୍ତଙ୍କୁ ଏକଜୁଟ୍ କରିବା। ଅଷ୍ଟପ୍ରହରୀ, ନଗରକୀର୍ତ୍ତନ, ହରିହାଟ କରି ଗାଁରେ ବଡ଼ ଧରଣର ଏକ ଯନ୍ତାଳ କରିବା- ଯେମିତି ଗାଁକୁ ଏକତା ଫେରିବ। ପିଛିଲା ଦିନର ଭୁଲ୍ ଭଟକା ସବୁ ପୋଛି ହୋଇଯିବ।

ଲକ୍ଷ୍ୟ କରି ଦେଖିଲି, ବାର ବର୍ଷ ତଳର ସେଦିନର ଷଡ଼ଯନ୍ତ୍ରକାରୀମାନେ ବି ବୈଠକରେ ବସି ଜଡ଼ସଡ଼ ହେଉଛନ୍ତି ଲାଜରେ। ଜଳୁଛନ୍ତି ପଶ୍ଚାତାପର ନିଆଁରେ। ପ୍ରାୟଶ୍ଚିତ ପାଇଁ ପ୍ରସ୍ତୁତ ହେଉଛନ୍ତି ଆନ୍ତରିକ ଭାବରେ।

ମୋ ମନକୁ କ'ଣ ଆସିଲା କେଜାଣି ମୁଁ ପ୍ରସ୍ତାବ ଦେଲି, ସବୁ ଠିକ୍ ଅଛି ଯେ, ହେଲେ ଗୋଟାଏ କଥା କରାଯାଉ। ଅଚ୍ଛୁତି ଦାଦା ଥିଲା ବେଳେ ସେ ହିଁ ହେଉଥିଲେ ଅଷ୍ଟପ୍ରହରୀର କର୍ତ୍ତା, ମୁଖ୍ୟ ପୁରୋଧା। ଏବେ ତ' ସେ ସ୍ୱର୍ଗରେ। ତାଙ୍କ ପରିବାରକୁ ବାର ବର୍ଷ ତଳେ ଯେଭଳି ଲାଞ୍ଛିତ, ଅପମାନିତ କରାଯାଇଥିଲା, ସେଥିପାଇଁ ତାଙ୍କ ପୂରା ପରିବାର ବି ଗାଁରେ ଥାଇ ନଥିବା ଭଳି ରହିଛନ୍ତି- ସମସ୍ତଙ୍କଠୁ ଏକରକମ ଦୂରେଇ ଦୂରେଇ ଚଳୁଛନ୍ତି। ଏଣୁ ପ୍ରାୟଶ୍ଚିତ ସ୍ୱରୂପ ଅଚ୍ଛୁତି ଦାଦାଙ୍କ ଦାୟାଦ ଭାବେ ନୀଳାକୁ ଡକାଯାଉ; ଅଷ୍ଟପ୍ରହରୀର କର୍ତ୍ତା ଭାବେ ତାକୁ ବରଣ କରାଯାଉ। ତା' ହାତକୁ ଏ ଉତ୍ସବର ଦାୟିତ୍ୱ, ନେତୃତ୍ୱ ଟେକି ଦିଆଯାଉ। ପ୍ରାୟଶ୍ଚିତ ବି ହେବ.. ସମସ୍ତଙ୍କ ମନରୁ ଗ୍ଲାନି ବି ଦୂର ହୋଇଯିବ।

ପ୍ରସ୍ତାବଟିକୁ ଅଚିରେ ମିଳିଲା ବିପୁଳ ସମର୍ଥନ। ଏମିତିକି, ତ୍ରିପାଠୀ ସାହିର ମୁରବିମାନେ ଓ ବାର ବର୍ଷ ତଳର ସେ ଅଘଟଣର ଚକ୍ରାନ୍ତକାରୀମାନେ ତାଳି ମାରି ଖୋଲା ମନରେ ସ୍ୱାଗତ କଲେ ପ୍ରସ୍ତାବକୁ।

-ସବୁ ଠିକ୍ ଅଛି ଯେ, ହେଲେ ନୀଳା କ'ଣ ରାଜି ହେବ? ତାଙ୍କ ଘର ଲୋକେ କ'ଣ ମାନିବେ? -କେହି ଜଣେ ଆଶଙ୍କା ଜାହିର୍ କଲା।

ନୀଳା ତ' ଅଛି ଗାଁରେ, ଏବେ ଆସିଛି ସୁରଟ୍‌ରୁ। ତାକୁ ଥରେ ଡାକି ପଚରାଯାଉ। -ଆଉ ଜଣେ କହିଲା।

ନା ନା.. ଡାକି ପଚାରିବା କିଛି ଦରକାର ନାହିଁ। ତାକୁ ଯେମିତି ହେଲେ ରାଜି

କରାଇବା ଦାୟିତ୍ୱ କେହି ଜଣେ ନେଉ। -କହିଲେ ତ୍ରିପାଠୀ ସାହିର ସର୍ବମାନ୍ୟ ମୁରବି ଜଣକ ଏବଂ ଚାହିଁଲେ ମୋ ଆଡ଼କୁ।

ମୁଁ ବୁଝିଲି, ପ୍ରସ୍ତାବଟି ଆଗତ କରିଥିବା ହେତୁ ଏ ଦାୟିତ୍ୱ ମୁଁ ତୁଲାଏ ବୋଲି ସେ ଚାହୁଁଛନ୍ତି। ଅନ୍ୟମାନଙ୍କ ମୌନ ସମର୍ଥନ ବି ଅଛି ତାଙ୍କ ପଛରେ।

ଠିକ୍ ଅଛି, ମୁଁ ଏ ଦାୟିତ୍ୱ ନେଉଛି। -ମୁଁ ଘୋଷଣା କଲି। ମୋ ଘୋଷଣାକୁ ସମସ୍ତେ ପୁଣି ଥରେ ତାଳି ମାରି ସ୍ୱାଗତ କଲେ।

॥ ଆଠ ॥

ପରଦିନ ସଂଧ୍ୟା। ନୀଳାକୁ ଆସିବାକୁ ଖବର ଦେଇ ମୁଁ ଅପେକ୍ଷା କରିଥାଏ ସ୍କୁଲ ବାରଣ୍ଡାରେ। ବାର ବର୍ଷ ତଳେ ଯେଉଁ ଜାଗାରେ ନୀଳା ମତେ ଜିଅନ୍ତା ମୟୂରପୁଚ୍ଛ ଦେଖାଇଥିଲା ଠିକ୍ ସେହି ଜାଗାରେ। ସେ ଦିନର ଅଧାଭୁଶୁଡ଼ା ଇଟାକାନ୍ଥ ଘର ବଦଳି ସାରିଥାଏ ସୁଦୃଶ୍ୟ ଶ୍ରେଣୀଗୃହ କୋଠାରେ। ସ୍କୁଲ ବାରଣ୍ଡା ହାଲ୍ଲୋଳ ହେଉଥାଏ ଏଲ୍ଇଡି ଲାଇଟ୍‌ରେ। ଆକାଶରେ ଜହ୍ନ ବି ଦିଶୁଥାଏ ତୋଫା।

ନୀଳା ଆସିଲା। ହାତରେ ବ୍ୟାଗ୍ ଭଳି କ'ଣଟାଏ ଧରିଥାଏ। ବସିଲା ଆସି ପାଖରେ।

ବିନା କୌଣସି ଉପକ୍ରମଣିକାରେ ଆରମ୍ଭ କଲା, ମୋ କାନରେ ପଡ଼ିଛି ଯେ ସବୁକଥା- ତମ ଗତକାଲିର ବୈଠକର। କ'ଣ କହୁଚୁ ସିଧା କହୁନୁ ମତେ। ମୁଁ କ'ଣ କେବେ ବାହାରିଯିବି ତମମାନଙ୍କ କଥାରୁ? ବିଶେଷକରି ତୋ' କଥାରୁ?

କାହିଁକି କେଜାଣି ମତେ ଟିକେ ମାଡ଼ି ମାଡ଼ି ପଡ଼ିଲା। ପଛ କଥା ମନେପଡ଼ି ଭୀଷଣ କାନ୍ଦ ବି ଲାଗିଲା।

କହିଲି, ଦେଖ୍.. ତତେ ନ ପଚାରି ମୁଁ ହିଁ ଏମିତିକା ପ୍ରସ୍ତାବଟେ ଦେଇ ପକେଇଥିଲି ସେ ବୈଠକରେ। ମୋର ଅଛୁତି ଦାଦାଙ୍କ କଥା ମନେ ପଡ଼ିଗଲା ତ'.. ସେଇଥିପାଇଁ। ତୋ ଉପରେ ଅଧିକାର ଅଛି ବୋଲି ଭାବିଲି ତ'.. ସେଇଥିପାଇଁ। ତୁ ରାଜି ହେଇଯା' କର୍ତ୍ତା ହବାକୁ। ପୁରୁଣା କଥା ସବୁ ଭୁଲିଯା'। ସଂସାର ଭିତରେ ରହିଲେ ଏମିତି କେତେ କ'ଣ ପରିସ୍ଥିତିକୁ ସାମ୍ନା କରିବାକୁ ହୁଏ.. ସବୁ କଥାକୁ କ'ଣ ଧରି ବସି ହେବ?

ନୀଳା ଏଥର ମୋ ଆଖିକୁ ସିଧା ଚାହିଁଲା। କହିଲା, ତୁ କାହିଁକି ଭାବୁଚୁ ମୁଁ ରାଜି ହେବିନି ବୋଲି? ମନରେ ସେ ପୁରୁଣା କଥାକୁ ଆଜିଯାଏ ଗଣ୍ଠି କରି ଧରି ରଖିଛି ବୋଲି? ମୁଁ ତ' କେବେଠୁ ଭୁଲି ସାରିଛି ସେସବୁ କଥା। ଛାଡ୍.. ମୁଁ ରାଜି।

ହେଲେ, ମୋର ଗୋଟିଏ ଅଳି ଅଛି। ତୋ' ପାଖରେ, ସାରା ଗାଁ ପାଖରେ।

ସର୍ତ୍ତ କି ଦାବି ବୋଲି ମୋଟେ ଭାବିବନି ତାକୁ। ଅଳି ବା ଅର୍ଦ୍ଦଳି ବୋଲି ଭାବିବ। ସେ ଅଳି ପୂରଣ ନ ହେଲେ ବି ମୁଁ ତୁମମାନଙ୍କ କଥାରୁ କେବେ ବାହାରି ଯିବିନି, ଏତିକି ଭରସା ରଖ। ଥରେ କଥା ଦେଲି ମାନେ, ତୁମ ସହ ଅଛି ଓ ରହିବି, ଅଷ୍ଟପ୍ରହରୀରେ.. ଅନ୍ୟ ସବୁବେଳେ। ହେଲେ ମୋର ଛୋଟିଆ ପ୍ରାର୍ଥନାଟିଏ ଅଛି ସାରା ଗାଁ ପାଖରେ। ଯଦି ଅଭୟ ଦେବୁ ତ' କହିବି।

କେମିତି ଗୋଟାଏ ଖଟ୍‌କା ଲାଗିଲା ନୀଳାର କଥା ମତେ। ଭାବିଲି, କ'ଣ ନାଇଁ କ'ଣ କହିପକେଇବ କାଳେ!

ଭାବନାକୁ ଗୋପନ ରଖି କହିଲି, ଆରେ ନା' ନା'.. ସେମିତି କାଇଁ ଭାବୁଛୁ? ତୁ' ଯଦି ଗାଁ ଲୋକଙ୍କ କଥା ରଖୁଛୁ, ସମ୍ମାନ ରଖୁଛୁ, ପୁରୁଣା କଥା ସବୁ ଭୁଲି ଆଗକୁ ବଢୁଛୁ, ଗାଁ ଲୋକେ କାଇଁ ତୋ' କଥା ରଖିବେନି? କହ କ'ଣ କହିବା କଥା।

ନୀଳା ଏଥର ହାତରେ ଧରିଥିବା ସାନ ବ୍ୟାଗ୍‌ଟିକୁ ଖୋଲିଲା। ବ୍ୟାଗ୍ ଭିତରେ ହାତ ଭର୍ତ୍ତି କରି ବାହାର କରି ଆଣିଲା ଚକଚକିଆ ମାଟିଆ ମଲାଟ ମଡ଼ା ମୋଟା ପେଟୁଆ ବହି। ମୁଁ ଜାଣିପାରିଲି, ସେଇଟି ଗୀତା।

ଗୀତାକୁ ଦୁଇ ହାତରେ ଧରି ନୀଳା ତା' ଦୁଇ ଆଖି ଓ କପାଳ ମଝିରେ ତିନି ଥର ପ୍ରଣାମୀ ମୁଦ୍ରାରେ ଛୁଆଁଇ କହିଲା, ଯା ଭିତରେ କ'ଣ ଅଛି ଦେଖ୍ ତୁ ନିଜେ। ଏଥର ଗୀତାର ପ୍ରଥମ ପୃଷ୍ଠାକୁ ସେ ଖୋଲି ଧରିଲା ମୋ ଆଖି ସାମ୍ନାରେ। ଚକ୍ କରି ସତେଯେମିତି ବିଜୁଳିଟାଏ ମାରିଲା ସେତିକିବେଳେ, ମୋ ଆଖି ଆଗରେ। ଗୀତାର ପୂରା ପୃଷ୍ଠାକୁ ଆବୋରି ରହିଥାଏ ଏକ ଅତ୍ୟୁଜ୍ଜ୍ୱଳ ପୂର୍ଣ୍ଣାଙ୍ଗ ମୟୂରପୁଚ୍ଛ। ଦିଶୁଥାଏ ଟୁକୁଡ଼ାଏ ଇନ୍ଦ୍ରଧନୁ ପରି।

ମୁଁ କିଛି ବୁଝି ନପାରି ଚାହିଁଲି ନୀଳା ମୁହଁକୁ। ନୀଳାର କଣ୍ଠ ଭାରୀ ହୋଇଆସିଲା। କହିଲା, ତୁ ବ୍ୟସ୍ତ ହ'ନା। ତତେ ମୁଁ ଆଉ ସେ ପିଲା ବେଳର ଜିଅନ୍ତା ମୟୂରପୁଚ୍ଛ କଥା କହି ଦ୍ୱନ୍ଦ୍ୱରେ ପକାଇବିନି। ମୟୂରପୁଚ୍ଛର ଜୀବନ ନଥା'ଏ, ମୁଁ ବୁଝି ସାରିଲିଣି। ମୟୂର-ମୟୂରୀ ଲୁହ ପିଆପିଇ ହୁଅନ୍ତିନି କି' ସେଥିରୁ ସେମାନଙ୍କ ସଂସାର ଆଗକୁ ବଢେନି, ଏକଥା ବି ଜାଣି ସାରିଲିଣି। ହେଲେ, ଏଇଟା ମୁଁ ଆଜି ଆଣିଚି ତତେ ଖାଲି ମନେ ପକେଇଦେବା ପାଇଁ। ଯେଉଁ ମୟୂରପୁଚ୍ଛକୁ ନେଇ ଏତେ କାଣ୍ଡ ହେଲା, ସେ ପୁଚ୍ଛଟା ସିନା ଜୀବନ୍ତ ନୁହେଁ.. ସେ ଲୋକଟା ତ' ଜୀବନ୍ତ। ତା'ପାଇଁ କ'ଣ ତମମାନଙ୍କର କିଛି କର୍ତ୍ତବ୍ୟ ନାହିଁ?

ମୁଁ ତଥାପି ବୁଝିପାରୁ ନଥାଏ। ଆବାକାବା ହୋଇ ନୀଳା ମୁହଁକୁ ଚାହିଁଥାଏ।

ନୀଳା ଗୀତାକୁ ବନ୍ଦ କରିଦେଇ ମୋ ପାପୁଲି ଉପରେ ଥୋଇଦେଲା। କହିଲା,

ବୁଝିପାରୁନୁ ? ନଇଁ କଥା କହୁଛି । ଏଇ ମୟୂରପୁଚ୍ଛରେ ଦିନେ ଏଇ ଜାଗାରେ ମୁଁ ତା' ମୁହଁକୁ ସାଉଁଳାଇ ଦେଇଥିଲି । ତା'ର ସବୁ ଦୁଃଖ ଦୂର କରିବି.. ତା' ଆଖିର ସବୁ ଲୁହ ପିଇ ତାକୁ ସୁଖ ଦେବି ବୋଲି ମନେ ମନେ ସଂକଳ୍ପ କରିଥିଲି । ଏସବୁ କଥା ତତେ ବି ତ' କହିଥିଲି ମୁଁ । ହେଲେ କୋଉ ପାରିଲି ?

ଜାଣିଚୁ ? ତା' ବାହାଘର ଠିକ୍ ହେବା ବେଳେ ମୁଁ ଯାଇ ସହରରେ ଭେଟିଥିଲି ତାକୁ । କହିଥିଲି, ଚାଲ୍ ତତେ ସୁରଟ୍ ନେଇ ପଳେଇବି । ସେ କିନ୍ତୁ ମନା କରିଥିଲା । କାନ୍ଦି କାନ୍ଦି କହିଥିଲା, "ମୋ ପରିବାର କଥାରୁ କେବେ ବାହାରିଯାଇ ପାରିବିନି । ତେବେ ଏ ଜନ୍ମ ପାଇଁ ମୁଁ ତୋ'ର । ଯେଉଁ ମୟୂରପୁଚ୍ଛ ଧରି ସାଉଁଳେଇଚୁ ମୋ ମୁହଁକୁ, ସେ ମୁହଁ ବି ତୋ'ର । ମୁଁ ବାହା ହୋଇଯାଏ କି' ଆଉ କାହା ସହ କୋଉଠି ରହେ, ଏ ଜନ୍ମରେ ତୋ'ର ହୋଇ ହିଁ ରହିଥିବି । ଯାହା ପାଖରେ ଯେମିତି ବି ଥାଏ, ତୋ'ରି ଜୀବନ ବହି ପୃଷ୍ଠା ଭିତରର ମୟୂରପୁଚ୍ଛ ହେଇକି' ହିଁ ରହିଥିବି..।"

ବାଶ୍.. ତା' ପରଠୁ ଆଉ ଦେଖା ହୋଇନି ତା'ସହ । ମୁଁ ଖବର ନେଉଛି.. ଭାରି ଦୁଃଖରେ ଅଛି ବିଚାରୀ । ମୋର ତୋ' ପାଖରେ, ଗାଁ ଲୋକଙ୍କ ପାଖରେ କେବଳ ଏତିକି ଅଳି, ତା' ଆଖିରୁ ଲୁହ ପୋଛି ଦେବାକୁ ମତେ ସାହାଯ୍ୟ କର, ସମର୍ଥ କର । ମୁଁ ତାକୁ, ତା' ପୁଅକୁ ଆପଣାଇବାକୁ ରାଜି । ସ୍ତ୍ରୀ କରି ଘରେ ରଖିବାକୁ କି' ଶାରୀରିକ ସୁଖ ପାଇବାକୁ ନୁହଁରେ । ଖାଲି ତା' ଆଖିର ଲୁହ ପିଇବା ପାଇଁ, ତା'କୁ ଟିକେ ସୁଖ ଦେବା ପାଇଁ, ମୁଁ ପୃଥିବୀର ଶେଷ ସୀମା ଯାଏ ଯିବାକୁ ତୟାର୍ । ଶେଷ ଯୁଦ୍ଧ ଲଢ଼ିବାକୁ ପ୍ରସ୍ତୁତ ।

ମୋର ଏତିକି କଥା ରଖ, ମୋ ମୟୂରପୁଚ୍ଛକୁ ମତେ ଫେରାଇଦିଅ । ଯେଉଁ ରୂପରେ କହିବ ସେ ରୂପରେ, ଯେଉଁ ସର୍ତ୍ତରେ କହିବ ସେ ସର୍ତ୍ତରେ ମୁଁ ରାଜି । କେବଳ ମତେ ତା'କୁ ଫେରାଇ ଦିଅ..। ତମେ ତ' ସବୁ ଗାଁର ମୁରବି ହୋଇଛ । ତମେ ଚାହିଁଲେ ବିଚାରୀ ଟିକେ ହସି ପାରିବ । ଜୀବନରେ ବହୁତ ଦୁଃଖ ଅପବାଦ ସହିଲାଣି ସେ । ଏବେ ଅନ୍ତତଃ ହସି ହସି ବଞ୍ଚିପାରିବ..।

କଥା ଶେଷ କଲା ବେଳକୁ ନୀଳାର କଣ୍ଠସ୍ୱର ରୁନ୍ଧି ହୋଇଆସିଲା । ଏକା ନିଶ୍ୱାସକେ ଏତକ କହିସାରି ସେ ଟିକେ ବିରାମ ନେଲା- ଦୀର୍ଘଶ୍ୱାସ ପକାଇ କିଛି କ୍ଷଣ ଚୁପ୍ ହୋଇଗଲା ।

ମୁଁ ବସିଥାଏ ନିର୍ବାକ୍ ହୋଇ । କେତେ ସମୟ ଆମେ ଦୁହେଁ ଏମିତି ସ୍କୁଲ୍ ବାରଣ୍ଡାରେ ବସିଛୁ କେଜାଣି ! ଅନେକ ସମୟ ପରେ ପ୍ରକୃତିସ୍ଥ ହୋଇ ଦେଖିଲି, ନୀଳା ଦୁଇ ଆଣ୍ଠୁ ସନ୍ଧିରେ ମୁଣ୍ଡ ଗୁଞ୍ଜି ବସି ସକସକ ହୋଇ କାନ୍ଦୁଛି ।

ମୁଁ ହାତ ମାରିଲି ନିଜ ଆଖିରେ। ଆରେଃ.. ମୁଁ ବି ତ' କ'ଣ କାନ୍ଦୁଛି..!

ଉଠିଆସିଲି ବାରଣ୍ଡାରୁ। ନୀଳାର ଠିକ୍ ପାଦ ତଳକୁ ଆଣ୍ଠେଇ ପଡ଼ି ଚାହିଁଲି ତା' ମୁହଁକୁ। ଖୁବ୍ କମ୍ ବୟସରୁ ଖଟି ଖଟି କଠିନ ହୋଇଯାଇଥିବା ନୀଳାର କାଳିଆ ହାଡୁଆ ସିଠାଳ ମୁହଁ ଭିତରେ ମତେ ଦିଶିଲା କୃଷ୍ଣଙ୍କ ଡଉଲଡାଉଲ ମୁଖଶ୍ରୀ।

ମୋ ପାଟିରୁ କଥା ସ୍ଫୁରୁ ନଥାଏ। ଲୋମମୂଳ ସବୁ ଟଣକି ଉଠୁଥା'ନ୍ତି।

ଗୀତା ଭିତରୁ ମୟୂରପୁଚ୍ଛଟିକୁ ବାହାର କରି ଆଣି ତାକୁ ନୀଳା ହାତରେ ଗୁଞ୍ଜି ଦେଇ ବଡ଼ କଷ୍ଟରେ କେବଳ ଏତିକି କହିଲି, ନୀଳାରେ! ମୁଁ ଅଧମ, ଅଜ୍ଞାନ, ମୂଢ଼। ମୁଁ କି' ଜାଣେ ଏ ପ୍ରେମର ମହତ୍ତ୍ୱ? ଏ ପାମର ଗାଁ ଲୋକେ ବା କ'ଣ ବୁଝିବେ ଏ ମୟୂରପୁଚ୍ଛର ଲୀଳାଖେଳା? ତୋ'ର ସେ ବିଶାଳ ହୃଦୟକୁ ବୁଝିବାକୁ ଆମର ବା କାଢ଼ କେତେ? ବରଂ ତୁ' ଆମକୁ ଦୟା କର। ପାରୁଚୁ ତ' ତୋ ସରଳତା ଓ ପ୍ରେମର ମନ୍ତ୍ରରେ ଅଭିମନ୍ତ୍ରିତ କରିଦେ' ଆମକୁ।

ତୁ' କୃଷ୍ଣ; ପାରୁଚୁ ତ' ତୋ ମନ ମୟୂରପୁଚ୍ଛକୁ ଥରେ ସାଉଁଳାଇ ଦେ' ମୋ ମୁଣ୍ଡରେ। ଛୁଆଁଇ ଦେ' ମୋ ଦେହ ମୁହଁରେ। ତୋ'ର ସେ ଛୁଆଁରେ ମୁଁ ବି କୃଷ୍ଣ ପାଲଟିଯାଏ..। ଛୁଆଁଇ ଦେ' ଏ ଗାଁର ସବୁ ଲୋକଙ୍କୁ.. ପୃଥିବୀର ସବୁ ମଣିଷଙ୍କୁ..। ତୋ'ର ସେ ଛୁଆଁରେ, ସାଉଁଳାରେ.. ସମସ୍ତେ କୃଷ୍ଣ ହୋଇଯା'ନ୍ତୁ.. ସମସ୍ତେ..।

■

(କଥା: ଜୁନ୍-୨୦୨୧)

କଙ୍କି

ଏବେ ବି, ଏ ଉତ୍ତୀର୍ଣ୍ଣ ବୟସରେ, ଗଲା ଆଇଲା ବାଟରେ, ହାତପାଆନ୍ତାରେ, ସୁନ୍ଦର କଙ୍କିଟିଏ ବସିଥିବାର ଦେଖିଲେ, ଛାତି ରୁକ୍ ରୁକ୍ କରେ; ନିଃଶ୍ୱାସ ରୁନ୍ଧି ହୋଇଯାଏ; ମନ, ହୃଦୟ ସବୁ ବାଟବଣା ହୋଇଯା'ନ୍ତି।

ପିଲାଦିନେ, 'କଙ୍କି ଧରଣ..ମାଆ ମରଣ' କଥାଟିକୁ ବେଖାତିର୍ ସୂଚକ ହସରେ ଉଡ଼େଇ ଦେଇ କେତେ କଙ୍କି ଯେ ନଧରିଚି! ଏମିତିକି ଥରେ, ଗୋଟେ ପ୍ରକାଣ୍ଡ ଦୁଷ୍କର୍ମ ନିମନ୍ତେ, ମା' ହାତରୁ ଗୋଗଛ ପାହାର ଖାଇସାରିବା ପରେ, ଲୁହନାଳ ହେଇ, ମା'ର ଆଶୁ ମୃତ୍ୟୁ କାମନା କରି ମୁଁ ଧରିଥିଲି ଆଠଟି କଙ୍କି। ଏବଂ ସବୁଗୁଡ଼ିକୁ ମାଡ଼ି ଜାକି ପୂରେଇ ଦେଇଥିଲି ଗୋଟେ ଛୋଟ ମୁହଁବନ୍ଦ ଡିବା ଭିତରେ।

"ମା' ମରିସାରିବା ପରେ ଯାଇ ଖୋଲିବି ଏ ଡିବା" - ପ୍ରତିଜ୍ଞାଟି କଲାବେଳେ, ନିଶ୍ଚିତ ରୂପେ ମୁଁ ଦିଶିଥିବି କାନ୍ଦ କାନ୍ଦ; ସତେଯେମିତି ମା'ର ନିଶ୍ଚିତ ମୃତ୍ୟୁକୁ ସତର୍କତାର ସହିତ ମୁଁ ଆଗୁଆ ଆମନ୍ତ୍ରି ଆଣୁଚି।

ମା' କିନ୍ତୁ ମଲା ନାହିଁ। ଯଦିଓ ମୁଁ ଅଭିମାନରେ ତା' ସହ କଥା କହିବା ବନ୍ଦ କରି ଦେଇଥିବାରୁ, ସେ ଏକପ୍ରକାର ତୀବ୍ର ବିଷାଦବୋଧରେ ଜର୍ଜରିତ ହେଉଥିଲା, ତଥାପି ପୂର୍ବାପେକ୍ଷା ସେ ଦିଶିଲା ଆହୁରି ତେଜୀୟାନ୍ ଓ ସ୍ୱାସ୍ଥ୍ୟୋଜ୍ଜ୍ୱଳ, ମୋ ଆଖିକୁ।

ତିନି ଦିନର ନିଷ୍ପାପର ପ୍ରାର୍ଥନା ଓ ପ୍ରତୀକ୍ଷାର ଫଳ ନ ପାଇ ମୁଁ ବିରକ୍ତ ହେଲି କଙ୍କିମାନଙ୍କ ଉପରେ ତଥା କଙ୍କି ଧରିବା ସମ୍ବନ୍ଧରେ ଏପରି ଡାହା ମିଛ କଥା କହିଥିବା ମହାପୁରୁଷମାନଙ୍କ ଉପରେ। ରାଗରେ ଯାଇ ଅଣ୍ଡାଳିଲି ଲୁଚାଇଥିବା ସ୍ଥାନକୁ ତ' ପାଇଲି ଖାଲି ଡିବା। କଙ୍କିମାନେ ବୋଧେ ମିଳେଇ ଯାଇଥିଲେ କି' କ'ଣ ପବନରେ ବାଷ୍ପ ହେଇ।

ନିଷ୍ଫଳ ଆକ୍ରୋଶରେ ଗୁମୁରିବା ବ୍ୟତୀତ ମୋ'ର ଅନ୍ୟ ଚାରା ନଥିଲା, ଯେହେତୁ

ମା' ବିରୋଧରେ ମୋର ଏ ପ୍ରକାର ଯୋଜନାବଦ୍ଧ ଷଡ଼ଯନ୍ତ୍ରକୁ ସଂପୂର୍ଣ ଅକାମୀ କରି ଦେଇଥିଲା ମୋ ବଡ଼ବାପାଙ୍କ ପୁଅ ବାଗୁଆର ଗୁପ୍ତଚର ବୃତ୍ତିରେ ପାରଙ୍ଗମତା ଓ ମୋର ତମାମ୍ କାମରେ ନାକ ଗଳେଇବାର ଆଗ୍ରହ ଟିକକ।

ସେଦିନ ରାତିରେ ଶୋଇବାବେଳେ ମା' ମତେ ଜବରଦସ୍ତ ଗେଲ କରି କୋଳରେ ପୂରାଇଥିଲା ଏବଂ ମୋର ବାରମ୍ୱାର ହାତଗୋଡ଼ ଛଟାଛଟିକୁ ବେଖାତିର କରି ମତେ ଜାବୁଡ଼ି ଧରି କେତେ ଭଲ ଭଲ କଥାମାନ ବୁଝେଇଥିଲା। ଯାହାର ସାରାଂଶ ଥିଲା ଏହିପରି - 'କେତେ କଷ୍ଟ କରି ତତେ ପାଇଚିରେ ଧନ - ତୋ' ପେଇଁ ଗୁହରୁ ପୋକ କାଢ଼ି ଖାଇଚି - କେତେ ଜିଂଘାସ ଶୁଣିଚି ସାଇପଡ଼ିଶା ଲୋକଙ୍କଠଉଁ ତୁ ଆସିବା ଦିନରୁ। ତୁ କ'ଣ ବୁଝିବୁ ବାଇଆ, ମୋ ମନରେ କେତେ ଆଶା, କେତେ କଳ୍ପନା ତତେ ନେଇ। ଆଉ ତତେ ହାତ ଉଠେଇବାକୁ କ'ଣ ମତେ ଭଲ ଲାଗୁଚିରେ? ହେଲେ ତୁ ଯୋଉ ଗୁଣ କାଢୁଚୁ .. ମୁଁ ବାର ଲୋକଙ୍କଠଉଁ ତେର କଥା ଆଉ ଶୁଣିପାରିବିନି। ତୋ ବାପା ଆସନ୍ତୁ ଏଥର। ତତେ ପଠେଇଦେବି ତାଙ୍କ ସାଙ୍ଗରେ..।'

ସବୁ ଭଲ ଭଲ କଥା ଭିତରେ ବାପାଙ୍କ ସାଙ୍ଗେ ତାଙ୍କ ଚାକିରି ଜାଗାକୁ ମତେ ପଠେଇଦେବା କଥାଟା ମୋ କାନକୁ ଶୁଭିଥିଲା ବେଖାପ, ଏବଂ ସେପ୍ରକାର କର୍ମ ସଂପାଦନରୁ ମା'କୁ ନିବୃତ୍ତ କରିବା ପାଇଁ ମନେ ମନେ ଫନ୍ଦି କରି, ସନ୍ଧି ଉଦ୍ଦେଶ୍ୟରେ ମୁଁ ମା'କୁ ଗୁହାରି ଜଣେଇଥିଲି- 'ନାଇଁ, ମୁଁ ଯିବିନି ତତେ ଛାଡ଼ି। ବାପାଙ୍କ ସାଙ୍ଗେ ଯିବା କଥା କହିଲେ ନା, ମୁଁ ପଳେଇବି କୁଆଡ଼େ ବୋଲି କୁଆଡ଼େ..'। କହିବା ବାହୁଲ୍ୟ, ବାପା ସେତେବେଳକୁ ଦୂର ଏକ ଗାଁରେ ମାଷ୍ଟର୍ ଚାକିରି କରୁଥିଲେ ଓ ସପ୍ତାହାନ୍ତ ଶନିବାର, ରବିବାର ତଥା ଛୁଟିଦିନ ବ୍ୟତୀତ ବାକି ଦିନତକ ସେଆଡ଼େ ହିଁ ରହୁଥିଲେ।

ମା' ବୋଧେ ଡରିଗଲା କି' କଣ ମୋ କଥା ଶୁଣି। ଏବଂ ସେହେତୁ ମତେ ପୁଣି ଗୋଟେ ନିବିଡ଼ ଆଲିଙ୍ଗନରେ ବାନ୍ଧି ପକେଇଲା ବେଳେ ମୁଁ ଛାଟିପଟି ନ ହେଇ, ଆସ୍ତେ କରି ତା' ଛାତିରେ ମୁଣ୍ଡ ଗୁଞ୍ଜି ନିଦେଇବାର ଛଳନା କଲି ଓ ନିଦ ଆସିବାଯାଏ ଅବଶିଷ୍ଟ ସମୟତକ ବାଗୁଆକୁ ଧନ୍ୟବାଦ ଦେବାରେ ଲାଗିଲି। ଯେହେତୁ ସେ ମୋ କର୍ମମାନଙ୍କୁ ଉଡ଼େଇ ଦେଇ ମା'କୁ ନିଶ୍ଚିତ ମୃତ୍ୟୁ ମୁଖରୁ ମୁକୁଳାଇ ଆଣିଛି ଏବଂ ମତେ ଗୋଟେ ଗୁରୁତର ଅପରାଧବୋଧରୁ ମୁକ୍ତ କରି ଋଣୀ କରି ଦେଇଛି।

ସକାଳ ହେଲେ ବାଗୁଆକୁ ଏକଥା ପଚାରିବାକୁ ଓ ଅତି କମ୍‌ରେ ତା' ପ୍ରତି କୃତଜ୍ଞତା ଜ୍ଞାପନ ପୂର୍ବକ, ତାକୁ ମୋ ଟାୟାରଟି କିଛି ସମୟ ଗଡ଼ାଇବାକୁ ଦେବାକୁ ମନସ୍ଥ କରି ମୁଁ ଶୋଇପଡ଼ିଲି ଯେ ନିଦ ଭାଙ୍ଗିଲା ବେଳକୁ ବାହାରେ ଚିକ୍‌କାର୍ ଖରା।

ତମାମ୍ ପରିବେଶ କାନ୍ଦ ବୋବାଳିରେ ଉଚ୍ଛନ୍ନ ଓ ଆତଙ୍କିତ। ସାହିପଡ଼ିଶାର ଲୋକ ଥାଟପଟାଳି ଭାଙ୍ଗୁଥାନ୍ତି ଆମ ଘର ଭିତରେ।

ଅଗଣାରେ କଣପଟିଆ ହେଇ ଗୋଟେ ସଉପ ଉପରେ ପଡ଼ି ରହିଥାଏ ବଡ଼ ମା'ର ନୀଳବର୍ଣ୍ଣର କାଠ ପାଲଟି ଯାଇଥିବା ଓ ପାଟିରୁ ଫେଣ ବାହାରି ଆସିଥିବା ଅସାଡ଼ ଦେହ। ଶବକୁ ଘେରି ରହିଥିବା ଆମ ସାହିର ତମାମ୍ ଖୁଡ଼ୀ, ଦେଠେଇ, ଜେଜେମା ତକାତ୍ ମାଇପିମାନଙ୍କ ସୁଁ ସୁଁ କାନ୍ଦ ଓ ଆଖିପୋଛା ମୂର୍ତିମାନଙ୍କ ଗହଣରେ ମୋ ମା' କାନ୍ଦୁଥାଏ ରଡ଼ି କରି - ଗୋଡ଼ହାତ କଚାଡ଼ି - ଲୁଗାପଟା ଅସମ୍ଭାଳ କରି .. ଏବଂ ଡକା ପାରୁଥାଏ ଭୋ ଭୋ। ପତ୍ନୀ ଶୋକରେ ମୁହ୍ୟମାନ ବଡ଼ ବାପାଙ୍କ ନାଲି ଗାମୁଛା, ଚନ୍ଦାମୁଣ୍ଡ, ଛଳ ଛଳ ଆଖି ଓ କାନ୍ଦୁରା ମୁହଁ ଦିଶିଯାଉଥାଏ ଦାଣ୍ଡ ପିଣ୍ଡା ପାଖରେ, ଅସହାୟ ଅବସ୍ଥାରେ। କକେଇ ଠିଆ ହୋଇଥାଏ କାନ୍ଥକୁ ଆଉଜି - କିଛି ବୁଝୁନଥିବା ଅଥବା ସବୁ ବୁଝିଲେ ବି ସମାଧାନର ସହଜ ବାଟଟିଏ ଖୋଜି ପାଉନଥିବା ଦ୍ୱନ୍ଦ୍ୱଗ୍ରସ୍ତ ଲୋକଟିଏ ପରି - ଛାତିରେ ବାହୁ ଛନ୍ଦି। ବାଙ୍ଗୁଆ ତକାତ୍ ବଡ଼ବାପାଙ୍କ ତମାମ୍ ପୁଅଝିଅମାନେ ବସିରହିଥାନ୍ତି ବଡ଼ ମା'ର ମୁଣ୍ଡ ପାଖାପାଖି ସଉପ ଉପରେ- ସେମାନଙ୍କ ସାନ ସାନ ମୁଣ୍ଡଟିମାନ ତଳକୁ ଝୁଙ୍କାଇ। ମୋର ଆଉ ବୁଝିବାରେ ବାକି ରହିଲାନି ଯେ ବଡ଼ବୋଉ ଏକ୍‌ବାର୍ ଖଲାସ୍।

ସାରା ଘରଟା ଉପରେ ବିପଦ ମାଡ଼ି ପଡ଼ିଥିବା ବେଳେ ମୁଁ ଯେ ଅଚିନ୍ତାରେ ଶୋଇ ରହିଥିଲି ଏ ଯାଏ, ସେକଥା ଭାବିବା କ୍ଷଣି ଦୋଷୀ ଦୋଷୀ ଭାବଟେ ଆଚ୍ଛନ୍ନ କରିପକାଇଲା ମତେ। ମୁଁ ଆଖିକୁ ଯଥାସମ୍ଭବ ରଗଡ଼ି, ମଳି, କାନ୍ଦିବାକୁ, ଅଥବା ଅତି କମ୍‌ରେ କାନ୍ଦିବାର ମୁଦ୍ରା ମୁହଁରେ ଉକୁଟେଇବାକୁ ଚେଷ୍ଟା କରି ବିଫଳ ହେଲା ପରେ ହଠାତ୍ ହୃଦୟଙ୍ଗମ କଲି ଯେ କାହାର ବି ମୋ ହସିବା-କାନ୍ଦିବା ଆଡ଼େ ନିଘା ନାହିଁ।

ଏଣୁ ମୁଁ ସ୍ୱାଭାବିକ୍ ରୀତିରେ - ସବୁରି ଅଲକ୍ଷ୍ୟରେ - ଢେର୍ ସତର୍କତାର ସହିତ - ଆଖିଠାରରେ ବାଙ୍ଗୁଆକୁ ବାଡ଼ିପଟକୁ ଆସିବାକୁ କହି, ନିଜେ ଚାଲିଲି ଆଗେ ଆଗେ।

ବାଡ଼ିପଟ ସୁଗନ୍ଧରାଜ ଗଛର ଗୋଟେ ହାତ ପାଆନ୍ତା ଡାଳରେ ବସିଥାଏ ଛୋଟ - ଲାଲ୍ - ଫିନ୍ ଫିନ୍ ରଙ୍ଗିନ୍ - ସୁନ୍ଦର କଙ୍କିଟେ, ଯାହାର ସାରା ଶରୀରକୁ ସୁନେଲି ସୂର୍ଯ୍ୟ କିରଣ କରୁଥାଏ ଝଲ୍‌ମଲ୍ ଝଲ୍‌ମଲ୍।

ମୁଁ କଙ୍କି ଆଡ଼କୁ ହାତ ବଢ଼େଇଲି ଧରିବା ଉଦ୍ଦେଶ୍ୟରେ - ସେଇଟି ବୋଧେ ଅନୁମାନ କଲା ଆସନ୍ନ ବିପଦ କଥା - ଏଣୁ ମୋ ହାତମୁଠା ପହଞ୍ଚିବା ପୂର୍ବରୁ ତା' ପାଖରେ, ସେ ଖଣ୍ଡିଉଡ଼ା ଦେଇ ଝାମ୍ପ ମାରିଲା ଆକାଶକୁ - ପହଁରିଗଲା ଶୂନ୍ୟରେ ଦି'

ଚାରି ହାତ ଏବଂ ଫେରିପଡ଼ି ପୁଣି ବସିଲା ପୂର୍ବ ସ୍ଥାନରେ ନିରୁଦ୍‌ବିଗ୍ନ ଓ ନିର୍ଲିପ୍ତ ହୋଇ।

କଙ୍କିର ବୋକାମୀ ଦେଖି ମୁଁ ହସିଲି ମନେ ମନେ ଏବଂ ମୁହୂର୍ତ୍ତକ ମଧ୍ୟରେ ପୁଣି ହାତ ମୁଠାକୁ ପ୍ରସ୍ତୁତ କରି ଚରମ ଆଘାତ ହାଣିବା ପାଇଁ ଉଦ୍ୟତ ହେଲି। କଙ୍କି ଉପରେ ଧ୍ୟାନ କେନ୍ଦ୍ରୀଭୂତ କରି ଚୂଡ଼ାନ୍ତ ଏକାଗ୍ରତାର ସହ ନିଃଶ୍ୱାସ ପ୍ରଶ୍ୱାସ ରୁନ୍ଧି, ମୁଁ ହାତ ବୁଲାଇ ଆଣିଲି ତ'.. କଙ୍କିଟି ରହିଗଲା ମୋ ବନ୍ଦ ହାତମୁଠାର ବଙ୍କର୍ ଭିତରେ। ଏବଂ ତା'ର ଟିକିଟିକି ଡେଣାକୁ ଭୟାନକ ଭାବେ ଝାଡ଼ି ଦୋହଲାଇ ବ୍ୟାକୁଳିତ ପ୍ରୟାସ ଜାରି ରଖିଲା ମୁକ୍ତି ପାଇବା ପାଇଁ।

ଚିତୋରଗଡ଼ ଜୟ କରିବା ପରର ଆକବର ମାନସିକତା ମୋ ଭିତରକୁ ସଞ୍ଚରି ଆସିବା ବେଳକୁ ମୁଁ ଶୁଣେଇ ସାରିଥିଲି କଙ୍କିକୁ ଶେଷକଥା - 'ଚୁପ୍‌ଚାପ୍ ପଡ଼ି ରହିଥା - ଯେଉଁଠି ଅଛୁ - ଯେମିତି ଅଛୁ। ପାରୁଛୁ ଯଦି ଶରଣ ପଶ୍ ଏବଂ ସ୍ୱୀକାର କର ମୋ ଆଧିପତ୍ୟକୁ। ନତୁବା ମୁଁ ରାଗିଯିବି ଏବଂ ତୋ ପର ଅଧା ଛିଣ୍ଡେଇ, ତୋ ଲାଞ୍ଜରେ ଘାସ ଖଣ୍ଡେ ବାନ୍ଧି ଛାଡ଼ିଦେବି ଯେ .. ଆଜୀବନ ଗୋଟେ ଖଣ୍ଡିତ ବିକଳାଙ୍ଗ ଦେହ ଧରି ଘୂରି ବୁଲୁଥିବୁ ଅତୃପ୍ତ।

ମୋ କଥାକୁ ବୁଝିଲା କି କ'ଣ, କଙ୍କିର ଆଚରଣରେ ଏଥର ପରିଲକ୍ଷିତ ହେଲା ଅଦ୍ଭୁତ ପରିବର୍ତ୍ତନ। ସେ ପଡ଼ିରହିଲା ନିଶ୍ଚଳ ହୋଇ - ମୁଁ ହାତମୁଠାକୁ ଅଳ୍ପ କୋହଲ କରିବା ସତ୍ତ୍ୱେ ଏବଂ ତା'ର ଭାଗ୍ୟକୁ ସମର୍ପି ଦେଲା ମୋ ମର୍ଜି ଉପରେ।

'ଛାଡ଼ି ଦେ' ତାକୁ' - ଅସ୍ପଷ୍ଟ କୋହ ବିଜଡ଼ିତ ଅଥଚ ଦୃଢ଼ ଆଦେଶଟେ ଶୁଭିଲା ମୋ ପଛପଟରୁ ଏତିକିବେଳେ।

ମୁଁ ମୁହଁ ଫେରାଇଲି। ଟଳଟଳ ଅଥଚ ଅଦମନୀୟ ପାଦରେ ବାଙ୍ଗୁଆ ଲାଗିଆସିଲା ମୋ ପାଖକୁ ଏବଂ ପୁନରାବୃତ୍ତି କଲା ତା' ଆଦେଶର। ମାତ୍ର, ମତେ କିଂକର୍ତ୍ତବ୍ୟବିମୂଢ଼ ଅବସ୍ଥାରେ ଦେଖି, ସେ ନିଜ କର୍ତ୍ତବ୍ୟ ସ୍ଥିର କରିନେଲା ମୁହୂର୍ତ୍ତକ ମଧ୍ୟରେ ଏବଂ ମୋ ହାତ ମୁଠାକୁ ଆସ୍ତେ ଖୋଲି ଧରିଲା ଶୂନ୍ୟରେ।

ହାତମୁଠାର କୋମଳ ଚାପ ଓ ନିବିଡ଼ ଅନ୍ଧକାରରୁ ନଗଦ ମୁକ୍ତି ପ୍ରାପ୍ତ କଙ୍କିଟି ଚାହିଁଲା ମୁଣ୍ଡ ଉଠାଇ ଅବିଶ୍ୱାସ୍ୟ ଚାହାଣିରେ ଏବଂ ପଲକ ମାତ୍ରକେ ଉଡ଼ିଯାଇ ବସିଲା ତା ପୂର୍ବ ସ୍ଥାନରେ, ସୁଗନ୍ଧରାଜ ଡାଳରେ।

ବାଙ୍ଗୁଆର ତୀକ୍ଷ୍ଣ ଓଠ ଉପକୂଳରେ ଖୁସି ଖୁସି ଭାବଟେ ଫୁଟି ଉଠିଲା ସତ। ମାତ୍ର ତାହା ତା'ର ଗାମ୍ଭୀର୍ଯ୍ୟପୂର୍ଣ୍ଣ ମୁଖମଣ୍ଡଳକୁ ଅଧିକ କରୁଣ ଓ ବାଷ୍ପାକୁଳ ହିଁ କରିଦେଲା।

'ଆ ଦେଖିବୁ'- କହି ସେ ଟାଣିନେଲା ମତେ ପିଣ୍ଡାର ଦାଢ଼କୁ। ଚଟାସ୍ କରି

ଚଢ଼ିଗଲା ପିଣ୍ଡା କାନ୍ଥିନୀ ଉପରକୁ, ଏବଂ ସେଠୁ ହାତ ଉହୁଙ୍କାଇ ଚାଳ ସନ୍ଧିରୁ ଜଙ୍କ୍‌ଲଗା ଚମନ୍‌ବାର୍ ଡବାଟେ ବାହାର କରି ଆଣି ରଖିଦେଲା ମୋ ପ୍ରକମ୍ପିତ ହାତମୁଠାରେ।

ସେଯାଏ କଟି ନ ଥାଏ ମୋ ବିହ୍ୱଳ ଭାବ - ଖୋଲିନଥାଏ ଡବାର ଖୋପ। ଜଙ୍କ୍‌ଲଗା ଡବାଟିକୁ ଖୋଲିବାରେ ମୋର ଅକ୍ଷମତା ବୋଧେ ବ୍ୟତିବ୍ୟସ୍ତ କରି ପକାଇଲା ବାଙ୍ଗୁଆକୁ। ଏଣୁ ସନ୍ତର୍ପଣତାର ସହ ମୋ ହାତରୁ ଡବାଟିକୁ ନେଇ, ଏକ ସ୍ୱତନ୍ତ୍ର କାରସାଦୀ ବଳରେ ତା'ର ଖୋପଟିକୁ ଖୋଲି, ସେ ଡବାଟିକୁ ଅଣେଇ ଧରିଲା ମୋ ପାପୁଲି ଉପରେ ତ' ଆଠଟି କଙ୍କିଙ୍କ ଅସାଡ଼ ଶୁଷ୍କ ଲାସ୍‌ର ପ୍ରଦର୍ଶନୀଟେ ଥୁଆ ହୋଇଗଲା ମୋ ଆଖି ସାମ୍‌ନାରେ।

ମୁଁ ଭୟରେ ଥରି ଉଠି ହାତ ଛାଟି ଚିତ୍କାର କରି ପକାଇବା ବେଳକୁ, ଜଣେ ପରିପକ୍ୱ ସବ୍‌ଜାନତା ଗାର୍ଜନ୍ ପରି ସେ ସମ୍ଭାଳି ନେଲା ମତେ ତା ବାହୁ ଆଶ୍ରାରେ।

ଭୂଲୁଣ୍ଠିତ କଙ୍କିମାନଙ୍କ ଶୁଖିଲା ଲାସ୍‌ଗୁଡ଼ିକୁ ବଡ ମା'ର ଅସ୍ୱାଭାବିକ, ଆକସ୍ମିକ, ସର୍ପାଘାତ ଜନିତ ମୃତ୍ୟୁର ଅବିସମ୍ବାଦିତ ହେତୁ ମନେକରି, ଦୁଃଖ, ଗ୍ଲାନି ଓ ଅପରାଧବୋଧରେ ସାଙ୍କୁଡ଼ି ଯାଇ, ଆମେ ଦୁହେଁ କାନ୍ଦି କାନ୍ଦି ଆକ୍ତାମାକ୍ତା ହେବା ବେଳକୁ ହିଁ, କେହି ଜଣେ ଆସି ଟାଣି ନେଇଥିଲା ଆମ ଦୁହିଙ୍କୁ ସ୍ୱୀୟ କର୍ତବ୍ୟବୋଧ ଓ ମୁରବିପଣିଆର ଦ୍ୱାହି ଦେଇ।

●●

ଶୁଭଶ୍ରୀ ମହାନ୍ତିର ଏକୋଇଶତମ ଜନ୍ମଦିନ ଉପଲକ୍ଷେ ତାକୁ 'ହାପି ବାର୍ଥ ଡେ' କହି, ଦୁଇଟା କାଡ୍‌ବରୀଜ୍ ପ୍ୟାକେଟ୍ ସମେତ ଜମାଣିଆ ବାର୍ଥଡେ କାର୍ଡ ଖଣ୍ଡିଏ ତା' ହାତରେ ଥମେଇଦେଇ, ଜଣେ ଏକାନ୍ତ ଅନୁଗତ ପ୍ରେମିକର ଦାୟ ସୂଚାରୁ ରୂପେ ତୁଲାଇଥିବାର ଆତ୍ମପ୍ରସାଦ ଲାଭ କରୁ କରୁ ହିଁ ସେ ଉଲ୍ଲସିତ ହୋଇ ପଚାରିଦେଲା- 'ଇଃମାଃ.. ତମେ କେମିତି ଜାଣିଲ ଯେ..?'

ତିନିଟି ମାସର ସଂପର୍କ ଭିତରେ ଅନ୍ୟୂନ ତିନି ଶହ ଥର 'ଏପ୍ରିଲ ବାର ମୋ ଜନ୍ମଦିନ' ଦୋହରାଇ ସାରିଥିବା ବୋକି ପ୍ରେମିକାଟିକୁ ମୋ'ର କିପରି ବୁଝାଇବି ଭାବି ଭାବି, ମୁଁ ହସିଲି ଗୋଟେ ସର୍ବଜ୍ଞ ସୂଚକ ସବ୍‌ଜାନ୍‌ତା ହସ।

କହିଲି, ଠିକ୍ ସେମିତି .. ଯେମିତି ଜାଣିଲି ପୁରୀ ମନ୍ଦିରର ଉଚ୍ଚତା କେତେ, ସମୁଦ୍ରର ଗଭୀରତା କେତେ, ମଣିଷ ଶରୀରର ହାଡ଼ ସଂଖ୍ୟା କେତେ, ନଖ କାହିଁକି ବଢ଼େ ଆଉ ଦାନ୍ତ କାହିଁ ବଢ଼େନା, ଚାଳିଶ ବର୍ଷ ପରେ ଝିଅମାନେ କାହିଁକି ମରିଯିବା ଉଚିତ, ନେପୋଲିୟନଙ୍କ ଅଭିଧାନରେ ଅସମ୍ଭବ ଶବ୍ଦଟେ ନ ଥିଲା କେମିତି, କଙ୍କିମାନଙ୍କର ଡ଼େଣା କାହିଁକି ହରଦମ୍ ଖୋଲାଥାଏ..।

ବାଶ୍ ବାଶ୍, ସେତିକି ଥାଉ, ଢେର୍ କଥା ଜାଣିଚ ତମେ, ମାନୁଚି। ଆଚ୍ଛା, କଙ୍କିମାନଙ୍କ ଡ଼େଣା ସତରେ କାଇଁକି ଖୋଲାଥାଏ ଯେ?

: ଜାଣିନା?

: ଉହୁଁ।

: ନାଇଁ, ସତରେ ଜାଣିନା?

: ଚୁଃ, ଜାଣିଥିଲେ ପଚାରନ୍ତି କାହିଁକି ଯେ?

: କହିବି ସତରେ?

: ଓଃ ହୋଃ..

: ମୁଣ୍ଡ ବିନ୍ଧିଲାଟି! ମନାକରୁଚି ବର୍ଷାରେ ତିନ୍ତିବାନେଇଁ.. ତମେ କ'ଣ ଶୁଣିଲ ମୋ କଥା!

: ହେ ଭଗବାନ୍.. କି ପିଲାଃ..

: ମଣିଷ ପିଲା.. ଆଉ କି ପିଲା ଭଳି ତୁମକୁ ଦେଖାଯାଉଚି ମୁଁ? ଡାଇନୋସର!!

ଶୁଭଶ୍ରୀ ମହାନ୍ତି ତା ଆଖି, ମୁହଁକୁ ଏକ ଅପୂର୍ବ ଭଙ୍ଗୀରେ ସଙ୍କୁଚିତ କରି, ଗାଲରେ ଭଉଁରୀ ଖେଳେଇ ମତେ ଜଣେଇଦେଲା ଯେ ସେ ବିରକ୍ତ।

: ତମେ କହିବ ନା ନାଇଁ?

: କହୁଚି କହୁଚି .. ତେବେ ସତକଥା ହେଉଛି ମତେ ବି ଜଣାନାଇଁ ପ୍ରକୃତ କାରଣଟା କ'ଣ। 'ବୋଧେ ସୁଯୋଗ ପାଇବା ମାତ୍ରେ ଉଡିଯିବା ପାଇଁ'- ମୁଁ ଯଥାସମ୍ଭବ ସିରିୟସ୍ ଦିଶିବାକୁ ଚେଷ୍ଟା କରି ଉତ୍ତର ଦେଲି।

ଶୁଭଶ୍ରୀ ମହାନ୍ତି ବିଶ୍ୱାସ କଲା ମୋ କଥା।

: ଆଉ ଏଇ ଯେ କହିଲ.. ଚାଳିଶ ବର୍ଷ ପରେ ଝିଅମାନେ..

: ହଁ ମ, କେଉଁଠି ଗୋଟେ ପଢ଼ିଥିଲି ଗପରେ। କାରଣଟା ବି ସିମ୍ପଲ୍, ଚାଳିଶ ବର୍ଷ ପରେ ସେମାନେ ସାଂଘାତିକ ଭାବେ ମୋଟୀ ଆଉ ସ୍ୱାର୍ଥପର ହେଇଯାନ୍ତି। ହଁ କି ନା.. ତମେ ନିଜେ କହୁନ..।

: ତେବେ କ'ଣ ମୁଁ ବି..

: ଆରେ ନାଇଁମ, ତମେ ତ ସେଞ୍ଚୁରୀ ମାରିବ, ଦେଖି ତମ ହାତଟା.. ହୁଁ, ସାତଟା ଛୁଆ- ତା ଭିତରେ ପୁଣି ଛଅଟା ଝିଅ। ଆହୁରି ଶୁଣ, ଦି'ଟା ବାହାହବ.. ପ୍ରଥମଟା ମରିଗଲା ପରେ ଆଉ ଗୋଟାକୁ।

: ତୁମେ ଦ୍ୱିତୀୟ ହୁଅ।

ରୁକ୍ କରି କ'ଣ ଗୋଟେ କୋମଳ ତୀକ୍ଷ୍ଣ ଆଘାତ ଲାଗିଲା ଛାତିରେ।

ହୋଇପାରେ ବି ହୃଦୟରେ। ମୁଁ ଚାହିଁଲି ସିଧା ଶୁଭଶ୍ରୀ ମହାନ୍ତିର ଦୁଇ ଆୟତ ଆଖି ଭିତରକୁ। ସମୁଦ୍ରଟେ ସେଠି ବାଡ଼େଇ କଚାଡ଼ି ହେଉଥିଲା ପ୍ରଚଣ୍ଡ ଭାବାବେଶରେ।

: ମୁଁ କିନ୍ତୁ ପ୍ରଥମ ହୋଇ ମରିଯିବାକୁ ଚାହେଁ - ମୋ କଣ୍ଠସ୍ୱର ମୋ ନିଜ କାନକୁ ବି କେମିତି କରୁଣ ଓ ନିଷ୍ପ୍ରଭ ଶୁଭିଲା।

: ଛିଃ, ସେମିତି କୁହନି। ମୁଁ କେବଳ ତୁମରି, ଆଉ ତୁମରି ହୋଇ ରହିବି, ହେଲା ?

: କୋଉଠି କାଇଁ ହେଲା ? ଚାରିଆଡ଼େ ତ' ଲୋକ ଦେଖୁଛ- କେମିତି ହବ ? ଏୟ୍-ସେପଟକୁ ଚାଲନା- ମୁଁ ଆଖିରେ ଇସାରା କଲି। ଶୁଭଶ୍ରୀ ମହାନ୍ତି ତା ଆଖିକୁ ବିସ୍ଫାରିତ ଓ ଓଠକୁ ସଙ୍କୁଚିତ କରି ମୁହଁରେ ଏକ ଅଦ୍‌ଭୂତ ଲାବଣ୍ୟ ସହ କୃତ୍ରିମ ରୋଷର ଚିତ୍ର ଉକୁଟାଇଲା। ଯାହାର ଅର୍ଥ, ତୁମକୁ ଆଉ ପାରି ହେବ ନାହିଁ..।

ମୁଁ ହସିଲି।

ପାର୍କ ଭିତରର ପତଳା ଆଲୁଅ ଓ ପତଳା ଲୋକସଂଖ୍ୟାକୁ ଟପି, ହାତ ଧରାଧରି ହୋଇ ଆମେ ଦୁହେଁ ଆଗେଇଲୁ ଆଗକୁ- ଆଦୌ ମୂଲଚାଲ ନ କରି ଛକରୁ ଧରିଲୁ ରିକ୍‌ସା ଏବଂ ରିକ୍‌ସା ପଶିଲା ଅନ୍ଧାରୁଆ ଗଳି ଭିତରେ।

ଷ୍ଟ୍ରିଟ୍ ମର୍କୁରୀ ଲାଇଟ୍‌ରେ ଧୂସର ଓ ବିବର୍ଣ୍ଣ ଦିଶୁଥାଏ ବୁଢ଼ା ରିକ୍‌ସାବାଲାର ପିଠି ଚଟାଣ। ରିକ୍‌ସା ଭିତରେ ଆମେ- ଅନ୍ତରଙ୍ଗ ମୁଦ୍ରାରେ- ପରସ୍ପରର ଖୁବ୍ ନିକଟରେ। ଶୁଭଶ୍ରୀ ମହାନ୍ତିର ସାମ୍ପୋ କରା ବାଳ କେରେ ଉଡୁଥାଏ ମୋ ମୁହଁ ସାମ୍ନାରେ। ତା' ବେକ ମୂଳକ ଟାଲ୍‌କ୍ ଓ କାଖ ତଳର ଡିଓଡ୍ରନ୍‌ର ହାଲ୍‌କା ବାସ୍ନାର ସିମ୍ଫୋନି ବିମୋହିତ କରୁଥାଏ ମତେ।

ମୁଁ ଧୀରେ ମୁଣ୍ଡ ଥାପିଲି ତା କାନ୍ଧରେ- ମୋ ହାତର ଦୃଢ଼ ବେଷ୍ଟନୀ ବେଢ଼ିଲା ତା ସୁଗଠିତ ଦେହବଲ୍ଲରୀକୁ-ମୋ ପାଦ ବାହାରିଗଲା ଜୋତାର ନିର୍ଦ୍ଦିଷ୍ଟ ଖୋପର ପରିସୀମା ଭିତରୁ ଏବଂ ସାଉଁଳେଇଲା ତା' ପାଦ ଆଙ୍ଗୁଠିକୁ। ଶୁଭଶ୍ରୀ ମହାନ୍ତି ଫିସ୍ ଫିସ୍ ଆୱାଜ୍‌ରେ ମତେ ତାଗିଦ୍ କଲା- 'କ'ଣ ହଉଚି ସିଏ ! ଏଇ !!'

ରିକ୍‌ସା ଟପିଗଲା ଅନ୍ଧାରି ଗଳି ଏବଂ ମୁଁ ବସିଲି ସଜାଡି ହୋଇ।

'ଏଇ, ରଖ୍ ଏଇଠି'- ଶୁଭଶ୍ରୀ ମହାନ୍ତି ଆଦେଶଟେ ଫିଙ୍ଗିଲା ରିକ୍‌ସାବାଲା ଉଦ୍ଦେଶ୍ୟରେ ଏବଂ ମୋ ହାତକୁ ଚାପି ଧରିଲା କିଛି ସମୟ ପାଇଁ ନିବିଡ଼ ଆଶ୍ଳେଷରେ। କହିଲା, କାଲି ଆସିବ ଷ୍ଟାଣ୍ଡକୁ- ଏଗାରଟାରେ ମୋ କ୍ଲାସ୍ ସରିବ- ଡେରି ହେଲେ ଟିକେ ୱେଟ୍ କରିବ ପ୍ଲିଜ.. ଯାଉଚି.. ବାଏ।

ଶୁଭଶ୍ରୀ ମହାନ୍ତି ଓହ୍ଲେଇଗଲା ରିକ୍‌ସାରୁ। ଚାଲିଲା କିଛି ବାଟ, ଅନେଇଲା

ଥରେ ପଛକୁ ଏବଂ ପଶିଲା ତା' ହଷ୍ଟେଲ୍ ଗେଟ୍ ଭିତରକୁ। ମତେ ଧରି ରିକ୍ସା ପୁଣି ଚାଲିଲା..।

ପରଦିନ ଏଗାରଟା ବେଳକୁ ବାଦାମବାଡ଼ି ବସ୍‌ଷ୍ଟାଣ୍ଡର ୱେଟିଂ ରୁମ୍- ଛାରପୋକ ଭର୍ତ୍ତି କାଠ ବେଞ୍ଚ୍ ଉପରେ ଲଗାଲଗି ଆମେ ଦୁହେଁ- ଚାରିପଟେ କିଛି ଦୂରଗାମୀ ମଫସଲି ଯାତ୍ରୀ ଏବଂ କିଛି ଆମ ପରି ସହରର ଭିଡ଼ଭାଡ଼ରୁ ଦୂରେଇ ଆସିଥିବା ପ୍ରେମୀଯୁଗଳ।

: ତୁମ ହାତ ଦେଖାଅ ତ.. ଶୁଭଶ୍ରୀ ମହାନ୍ତି କହିଲା।

: କାହିଁକି ଯେ!

: ଉଁ, ଦେଖାଅ ଆଗ- ଶୁଭଶ୍ରୀ ମହାନ୍ତି ମୋ ଡାହାଣ ହାତ ପାପୁଲିକୁ ଟାଣି ନେଇ ଧରି ରଖିଲା ତା ହାତମୁଠା ଭିତରେ- ଭ୍ୟାନିଟି ବ୍ୟାଗ୍‌ରୁ ବାହାର କଲା କଲମ ଏବଂ ପ୍ରସ୍ତୁତ ହେଲା ଆରମ୍ଭ କରିବାକୁ, ମୋ ପାପୁଲି ଉପରେ କଲମର ନିର୍ବିବାଦ ଅତ୍ୟାଚାର।

: ଯାହା ପଚାରିବି ଠିକ୍ ଠିକ୍ କହିବ.. ହେଲା? ତମ ନାଁ କ'ଣ?

: ତମେ କ'ଣ ଜାଣିଥିବ କି ମୋଟେ?

: ଓହୋଃ, ତମେ ଉତ୍ତର ଦଉନ ଠିକେ ଠିକେ..

: ହେଲା ହେଲା.. ଉଁ ଉଁ.. ଉତ୍ତରକବାଟ ଦକ୍ଷିଣକବାଟ ଛୁଆଳସିଂହ।

'ଆଚ୍ଛା' କହି ଶୁଭଶ୍ରୀ ମହାନ୍ତି ଟାଣିଲା ଛୋଟ ରେଖାଟେ ମୋ ପାପୁଲି ଉପରେ।

: ବୟସ?

: ପଚିଶ୍- ଆଉ ଗୋଟେ ଗାର ଯୋଗ ହେଲା ପୂର୍ବୋକ୍ତ ରେଖା ସହ।

: କ୍ୱାଲିଫିକେସନ୍..?

: ଏମ୍.ଏ, ଏଲ୍.ଏଲ୍.ବି, ଏମ୍.ବି.ଏ କନ୍‌ଟିନ୍ୟୁଇଙ୍ଗ୍..- ଏଥର ଆଉ ଗୋଟେ ଗାର।

: ହବି?

: ଖାଇବା, ଶୋଇବା, ଗପିବା, ପଢିବା, ଗୀତ ବୋଲିବା.. ବୋଲିବି ଗୋଟେ ଗୀତ?

: ଥାଉ ଥାଉ.. ପ୍ରିୟ ଖାଦ୍ୟ କ'ଣ କୁହ।

: ପଖାଳ, ଓମ୍‌ଲେଟ୍, ମାଛଭଜା, ଭେଣ୍ଡିଭଜା, ମଣ୍ଡାପିଠା, ଚିତଉ ପିଠା, ଛୁଞ୍ଚିପତର..

: ବାଶ୍ ବାଶ୍, ସେତିକି ଖାଇଥାଅ; ପ୍ରିୟ ଲୋକ?

: ସୁଭାଷ୍ ବୋଷ, ସୂର୍ଯ୍ୟ ସେନ୍, ଭଗତ ସିଂ, ଆସଫାକ୍‌ଉଲ୍ଲା, ବିସ୍‌ମିଲ୍ଲା, ଚିତ୍ତ..

: କାହାକୁ ବେଶୀ ଭଲପାଅ ସବୁଠୁ?

: ତମକୁ..।

ଶୁଭଶ୍ରୀ ମହାନ୍ତି ଦିଶିଲା କେତେକାଂଶରେ ପ୍ରସନ୍ନ। ମୋ ଉତ୍ତରଦାନ ସହ ତାଳ ଦେଇ ହାତର ଗାରମାନ ଲମ୍ବି ଚାଲିଥାନ୍ତି। ପାପୁଲି ଉପରେ ସେତେବେଳକୁ ସୃଷ୍ଟି ହୋଇ ସାରିଲାଣି ବିରାଟ ଏକ ବୁଢ଼ିଆଣୀ ବସା ସଦୃଶ ଗୋଲକଧନ୍ଦା।

: ଆଚ୍ଛା, କେଉଁ ବ୍ଲେଡ୍ ବ୍ୟବହାର କର ?

: ସକାଳ ସାତଟା।

: ମାନେ ?

: ତମେ ଝିଅପିଲାମାନେ କ'ଣ ପାଇବ ସେ ବ୍ଲେଡ୍ ନାଁ'ରୁ ? ସେଭେନ୍ ଓ କ୍ଲକ୍.. ହେଲା ?

: ଓକେ ଓକେ; କେଉଁ ସାବୁନ୍ ?

: ଡୋଭ୍ ବିଉଟି ସୋପ୍।

: ଏବେ ଅଛି ପାଖରେ ?

: କି ଆଶ୍ଚର୍ଯ୍ୟ କଥା ! ସାବୁନ୍ କ'ଣ ପକେଟରେ ପୂରେଇ ବୁଲନ୍ତି ନା କ'ଣ ?

: ତେବେ ଘରେ ତ ଥିବ..।

: ସିଓର୍

: ତା'ହେଲେ ଯାଅ, ହାତ ଧୋଇ ଆସିବ। - କହି ମୋ ହାତଟିକୁ ଏକରକମ ଠେଲି ଦେଇ କଲମ ବନ୍ଦ କଲା ଶୁଭଶ୍ରୀ ମହାନ୍ତି।

ମୁଁ ମୋ ପାପୁଲିକୁ ଚାହିଁଲି- ଚିହ୍ନି ପାରିଲିନି କାହାର ବୋଲି- ପାପୁଲି ଦିଶୁଥିଲା ଛୋଟମୋଟ ଗାର, କ୍ଷେତ୍ର ଓ ବୃତ୍ତମାନଙ୍କର ଗୋଟେ ବିରାଟକାୟ ଅତ୍ତୁଆ ଜାଲ ପରି।

: ଇଉ ଚିଟ୍.. ମୁଁ ଚିତ୍କାର କଲି ଦାନ୍ତ ଜାକି, ଏବଂ ଭିଡ଼ି ଧରିଲି ଶୁଭଶ୍ରୀ ମହାନ୍ତିର ଲମ୍ବା ବେଣୀ।

: ଏୟ୍.. ମରିଗଲି, ଆଉ ନୁହେଁ- ଆଉ ନୁହେଁ.. ଆରେ ଛାଡ଼ ନ ହେଲେ ଛିଡ଼ିଯିବ ଯେ..

: ଯିବ ତ ଯାଉ। ମୋର କ'ଣ ଭାସିଯିବ ?

: ତମର କିଛି ଭାସିବନି ଯେ, ମୋର ଭାସିଯିବ। ଜାଣିଚ.. ଥରେ ପର୍ମିଂ, ଷ୍ଟ୍ରେଟ୍‌ନିଂ କଲେ ଅଢ଼େଇ ହଜାର ଖର୍ଚ୍ଚ..।

: ଅଢ଼େଇ ହଜାର ! ବାପ୍‌ରେ, ତମେ ନଣ୍ଡା ହେଇପଡୁନ କାହିଁକି ଯେ ?

ଶୁଭଶ୍ରୀ ମହାନ୍ତି ଆଖି ଅଧାମୁଦା କରି ଗୋଟେ ଦୟାର ଚାହାଣିରେ ଗାଧେଇ

ଦେଲା ମତେ ଏବଂ କହିଲା 'ଥାଉ, ମୋ ବିଷୟରେ ଏତେ ଆଉ ଚିନ୍ତା ନ କରି ନିଜ ଧନ୍ଦା ଦେଖ..।'

'ଏଇ ତ ମୋ ଧନ୍ଦା..'- କହି ମୁଁ ତାକୁ ଆଉଜେଇ ଆଣିଲି ମୋ ଆଡ଼କୁ। ସେଦିନ ସେତିକି।

ଆଉ ଦିନେ ଖାନ୍‌ନଗରରେ। ଏପ୍ରିଲର ଧୁ ଧୁ ଖରା ତାତିକୁ ବେଖାତିର୍ କରି ରାସ୍ତାକଡ଼ ରେଷ୍ଟ ସେଡ୍ ଭିତରେ- ଛଅ/ସାତ୍ ଭିକାରୀ ଓ କୁଷ୍ଠରୋଗୀଙ୍କ ମେଳରେ ବସିଥାଏ ମୁଁ। ଉଦ୍ଦେଶ୍ୟ ଅତି ମହତ। ଶୁଭଶ୍ରୀ ମହାନ୍ତି ଆସିବ ତା କ୍ଲାସ ସାରି ଏବଂ ଦୁହେଁ ଗପିବୁ ବେଶ୍ କିଛି ସମୟ। ଢେର୍ ସମୟ ଅପେକ୍ଷା କଲା ପରେ ଅଟକିଲା ରିକ୍‌ସାଟେ ମୋ ସାମନାରେ। ରିକ୍‌ସା ଭିତରୁ ଗଳି ଚାହିଁଲା ଶୁଭଶ୍ରୀ ମହାନ୍ତି ମୋ ଆଡେ଼, ତୁଟାଇଲା ରିକ୍‌ସା ଭଡ଼ା, ସଜାଡିନେଲା ନିଜ ପରିଧେୟ ଏବଂ ପାଦ ଥାପିଲା ତଳେ।

ଗାଢ ଲାଲ୍ ରଙ୍ଗର ସାଲ୍‌ୱାର୍ ପଞ୍ଜାବୀ ଉପରେ ଫର୍ ଫର୍ ଧଳା ରଙ୍ଗର ଓଢ଼୍‌ନିଟେ ପ୍ରସାରିତ ହୋଇ ରହିଥିଲା ପଛକୁ ଏବଂ ଖରାଦିନିଆ ଶୁଖିଲା ପବନରେ ଇତସ୍ତତଃ ଉଡ଼ି ଶୁଭଶ୍ରୀ ମହାନ୍ତିର କାନ୍ଧ ଉପରେ ଦୁଇଟି ଶ୍ୱେତ ଶୁଭ୍ର, ଡେଣାର ଭ୍ରମ ସୃଷ୍ଟି କରୁଥିଲା। ମୁହଁରେ ଦୁଷ୍ଟାମୀ ସୂଚକ ମୃଦୁ ହସ ଖେଳାଇ ଶୁଭଶ୍ରୀ ମହାନ୍ତି ଆସୁଥିଲା ମୋ ଆଡକୁ - ମୁଁ ଅପଲକ ଦୃଷ୍ଟିରେ ଅନାଇ ରହିଥିଲି..। ଲାଗୁଥିଲା, ଯେମିତି ସୂର୍ଯ୍ୟ କିରଣରେ ଚିକ୍‌ମିକ୍ କରୁଥିବା ଲାଲ୍ ରଙ୍ଗର କଙ୍କିଟେ ଉଡ଼ି ଆସୁଚି ମୋ ଆଖି ସାମ୍‌ନା ଆକାଶକୁ।

'ଓଃ କି ଖରା..'- କହି ଶୁଭଶ୍ରୀ ମହାନ୍ତି ବସି ପଡ଼ିଲା ମୋ ପାଖରେ।

'ଜାଣିଛ ନା, ଆଜି କ୍ଲାସରେ ଗୋଟେ ମଜା ହେଲା। ପଲ୍ ସାଇନ୍‌ସ୍‌ର ଆମର ଜଣେ ନୂଆ ଲେକ୍‌ଚରର୍ ଆସିଛନ୍ତି- କ୍ଲାସ୍‌କୁ ଆସୁ ଆସୁ ପ୍ରଥମେ ନିଜକୁ ଇଣ୍ଟ୍ରୋଡ୍ୟୁସ୍ କରିବାକୁ ଯାଇ କହିଲେ 'ହେଲୋ ଗାର୍ଲସ୍.. ଆଇ ଆମ୍ ସଂଜୟ ହିଅର୍।' ରିଟୀ ବସିଥିଲା ମୋ ପାଖରେ- ଜୋର୍‌ରେ ଚିଲ୍ଲେଇଲା- 'ତେବେ ଏଠି କାହିଁକି ମହାଶୟ, ଆପଣ ବରଂ ଧୃତରାଷ୍ଟ୍ରଙ୍କ ପାଖକୁ ଯାଆନ୍ତୁ'। ସବୁ ପିଲା ଏମିତି ହସିଲେ ଯେ.. ସାର୍ ଏକାଥରେ ଯାଇଛନ୍ତି। ତା' ପରେ ତ ଦୁନିଆ ଝମେଲା- ପ୍ରିନ୍‌ସ୍‌ପାଲ୍ ବୁଢ଼ୀ ଆସି ଫାଳିଆ ପାଟି ମେଲାଇ କଲେଜ କମ୍ପେଇଲା। ସେଇଠୁ ତ ଏତେ ଡେରି- ତମେ କେତେବେଲୁ ଆସିଲଣି ? ଏଇ ! କ'ଣ ଶୁଭୁଚି ନା ନାଇଁ ମ ?

: ଶୁଭୁଚି, ଶୁଭୁଚି, କୁହ କ'ଣ କହିବା କଥା.. କଣ୍ଠସ୍ୱରରେ କୃତ୍ରିମ ଗମ୍ଭୀରତାର ପ୍ରଲେପ ବୋଳି ମୁଁ କହିଲି।

: ଚୁଃ, ସବୁ କଥାରେ ତ ଖାଲି ରାଗ ! ଶୁଭଶ୍ରୀ ମହାନ୍ତି ମୁହଁ ଫୁଲେଇଲା।

: ହେଃ, ରାଗିବି କାହିଁ ମୁଁ? ଅଜବ କଥା କହୁଚ- ମୁଁ ବିରକ୍ତ ହେବାର ଛଳନା କଲି।

: ନାଇଁ ରାଗିନା ମୋଟେ, ଆଉ ଏମିତି ଛିଞ୍ଚାଡିଲା ପରି କଥା କାଇଁ କହୁଚ, ଆଁ?

: ମୋ କଥା ସେଇମିତିକା, ତମକୁ ଯଦି ଭଲ ନ ଲାଗୁଚି- ପଳେଇ ଯାଉନ। ମୁଁ ତମକୁ ଜବରଦସ୍ତ ଧରି ରଖିଚି ନା କ'ଣ?

ଶୁଭଶ୍ରୀ ମହାନ୍ତି ଏଥର ଗୁମ୍ ଖାଇଗଲା କିଛି ସମୟ। ମୋ କଥାର ତୀକ୍ଷ୍ଣତା ବୋଧେ ଆଘାତ କଲା ତା' କୋମଳ ହୃଦୟକୁ। ମୁଁ ମୁହଁ ଫେରେଇନେଲି ଅନ୍ୟ ଦିଗକୁ। ଅଜବ ଧରଣର ସେଣ୍ଟିମେଣ୍ଟାଲ୍ ପ୍ରାଣୀ ଏଇ ଝିଅ ଗୁଡାକ ସତରେ। ଅଳ୍ପ ଛଳନା ଓ ଅଳ୍ପ ଅଭିନୟ ବଳରେ ଏମାନଙ୍କୁ କନ୍ଦେଇ ଦିଆଯାଇପାରେ ଖୁବ୍ ସହଜରେ।

ହେଲା ବି ସେଇଆ। ଢେର୍ ସମୟ ଯାଏ ଉଁ କି' ଚୁଁ କିଛି ସ୍ୱରଶବ୍ଦର ସୁରାକ୍ ନ ପାଇ ମୁଁ ବାଆଁରେଇ ହେଇ ମୁହଁ ବୁଲେଇ ଦେଖିଲା ବେଳକୁ ଆଖିରେ ପଡ଼ିଲା ମିନି ସମୁଦ୍ରଟେ। ଶୁଭଶ୍ରୀ ମହାନ୍ତି ଆଖିରୁ ଥରେ ଝର ଫିଟିଲେ ସମୁଦ୍ର ପାଲଟେ ପରା।

ଅତଏବ୍ ପାଖକୁ ଘୁଞ୍ଚି ବସି ନିଜ ବାହୁବେଷ୍ଟନୀରେ ତାକୁ ଛନ୍ଦି, ମୁଁ ପ୍ରବୋଧନା ଦେବାରେ ଲାଗିଲି..। - 'ଏଇ, କ'ଣ ହେଲା? ଛୁଆଙ୍କ ପରି କ'ଣ ଏମିତି ହଉଚ ଯେ?'

ତା' ଲୋତକାପ୍ଳୁତ ଚିବୁକ୍‌କୁ ମୋ ଶୁଷ୍କ ଓଠ ଚୁମି ଚୁମି ଯାଉଥିବା ବେଳେ, ମନେ ମନେ ଖୁସିଟାଏ ବି ହେଲି। 'ଝିଅମାନେ କାନ୍ଦୁଥିବା ବେଳଟା ହିଁ ଅନ୍ତରଙ୍ଗ ହେବାର ମାହେନ୍ଦ୍ର ମୁହୂର୍ତ୍ତ; ସେତେବେଳେ ସେମାନେ ପ୍ରତିବାଦ ଓ ପ୍ରତିରୋଧ କରିବାର ସବୁ ପ୍ରବଣତା ହରାଇ ବସନ୍ତି ବୋଧେ। ନ ହେଲେ କ'ଣ ଏ ଦି'ପହରଟାରେ ଏମିତି ମହାର୍ଘ ସୁଯୋଗଟେ ଜୁଟିଥାନ୍ତା..?'- ବୋଲି ଭାବି।

ଆଉ ଦିନେ, ଶୁଭଶ୍ରୀ ମହାନ୍ତି ମୋ ହାତରେ ଧରାଇଦେଲା ଡେଙ୍ଗଲଗା ଜିନିଆଟେ। ବର୍ଷା ଭିଜା ଆକାଶ ତଳେ, ମହଳଣ ପଡ଼ି ଆସୁଥିବା ଖରା କୋଳରେ ଆମେ ଦୁହେଁ ବସିଥାଉ ଲଗାଲଗି ହୋଇ- ଇନ୍‌ଡୋର୍ ଷ୍ଟାଡିୟମ୍ ସଂଲଗ୍ନ ବଗିଚା ଭିତରେ। ଶୁଭଶ୍ରୀ ମହାନ୍ତି ଝଟକୁଥାଏ ଗୋଟେ ନୀଳ ରଙ୍ଗର ଚମତ୍କାର ସିଫନ୍ ଶାଢ଼ିର ବେଢ଼ଣରେ। ବ୍ରାଣ୍ଡେଡ୍ ପ୍ୟାଣ୍ଟ ସାର୍ଟ ପିନ୍ଧି ବି ମୁଁ ବିଚରା ମଳିନ ପଡ଼ିଯାଉଥାଏ ତା ଜ୍ୟୋତି ନିକଟରେ।

ଶୁଭଶ୍ରୀ ମହାନ୍ତି ତା' ଦୁଇ ନିଟୋଳ ହାତ ମୁଠା ବନ୍ଦ କରି ମୋ ସାମ୍ନାରେ ଟେକି ଧରି ମତେ ନିର୍ଦ୍ଦେଶ ଦେଲା- 'ଯାହା ପଚାରିବି- ଠିକ୍ ଠିକ୍ ଆନ୍‌ସର୍ ଦେବ..,

ଆଉ ଉତ୍ତର ଦେବା ସାଙ୍ଗେ ସାଙ୍ଗେ ସେ ଫୁଲଟିକୁ ମୋ ମୁଠା ଭିତରେ ଭର୍ତ୍ତି କରିବ, ହେଲା ?'

ପୁଣି ଗୋଟେ ନୂଆ ନାଟକ କ'ଣ ଆରମ୍ଭ ହୋଇଗଲା ବୋଧେ..- ମୁଁ ମନେ ମନେ ସମ୍ଭାଳି ନିଜକୁ।

: ତମେ କେତେ ଭାଇ ଭଉଣୀ ? - ଶୁଭଶ୍ରୀ ମହାନ୍ତି ଆରମ୍ଭିଲା ଖେଳ ଓ ମତେ ଆଖିରେ ଇସାରା ଦେଲା ତା' ନିର୍ଦ୍ଦେଶ ମୁତାବକ କାମ କରିବାକୁ।

: 'ହାଫ୍ ଡଜନ୍ ମାତ୍ର' - କହୁ କହୁ ମୁଁ ତା ମୁଠା ଭିତରେ ଭର୍ତ୍ତି କଲି ଫୁଲର ଡେମ୍ଫକୁ।

: ଗୁଡ୍.. ଏଥର ବାହାର କରିନିଅ ଫୁଲଟାକୁ.. ପୁଣି ଉତ୍ତର ଦେଲାବେଳେ ସେମିତି କରିବ, ଓ.କେ ? ତମେ ତମ ବାପା-ମା'ଙ୍କ ଭିତରୁ କାହାକୁ ବେଶୀ ଭଲପାଅ ?

: ସମାନ ଭାବେ ଦୁହିଙ୍କୁ - ମୁଁ ପୁନରାବୃତ୍ତି କଲି ପୂର୍ବ ଅଭିନୟର। ଉତ୍ତର ଦେଲି ଓ ତା' ହାତ ମୁଠାରେ ଫୁଲର ଡେମ୍ଫକୁ ଭର୍ତ୍ତି କଲି।

: ତମେ କେବେ ମ୍ୟାରେଜ୍ କରିବ ?

: ଯେବେ ତମେ କହିବ.. କାଲି ହେଇଯାଉ।

: ଆଛା ମନେ କର ତମର ବିବାହ ହେଇଗଲା, ତମେ ତମ ସ୍ତ୍ରୀଙ୍କୁ ଭଲ ପାଇବଟି ?

: ଉଁ.. ଜୀବନଠୁ ଅଧିକ।

: ଆରେ ବାଃ, ମନେକର ତାଙ୍କୁ ତମେ ଆଗରୁ ଜାଣି ନ ଥିଲ, ତଥାପି ଭଲ ପାଇବ ?

: ତେବେ ତ ବେଶୀ ଭଲପାଇବି- ଚିଡ଼େଇବା ପରି ଉତ୍ତର ଦେଲି ମୁଁ।

: ଆଛା, ଚତୁର୍ଥୀ ରାତିରେ ତା'ହେଲେ ତାଙ୍କ ସହ ତମର ପ୍ରଥମ ଦେଖା ହବ ତ !

: ହଁ, ଆପାତତଃ ସେଇଆ।

: ବେଶ୍, ତେବେ ପ୍ରଥମ ଦେଖାରେ ତାଙ୍କୁ କ'ଣ କହିବ ?

: ଉଁ.. ଖୋଲ।

: କ'ଣ ହେଲା ?

: ଖୋଲୁନା କାହିଁକି ଯେ ?

: ଇସ୍, କେଡ଼େ ଅଭଦ୍ର ମ' ତମେ ! ଶୁଭଶ୍ରୀ ମହାନ୍ତି ଓଠରେ ହସର ଫୁଆରା- 'ପ୍ରଥମ ଦେଖାରେ ସବୁ ଏମିତି କହନ୍ତି ନା ?'

ମୁଁ ହଡ଼ବଡ଼େଇ ଯାଇସାରିଥାଏ ସେତେବେଳକୁ । ସର୍ତ୍ତ ଅନୁସାରେ ପ୍ରଶ୍ନର ଉତ୍ତର ଦେଲାବେଳେ ଜିନିଆର ଡେଙ୍ଗଟିକୁ ଭର୍ତ୍ତି କରିବା କଥା ଶୁଭଶ୍ରୀ ମହାନ୍ତିର ହାତ ମୁଠା ଭିତରେ । ମାତ୍ର, 'ପ୍ରଥମ ଦେଖାରେ ତାଙ୍କୁ କ'ଣ କହିବ ?' ବୋଲି ପ୍ରଶ୍ନଟି ଫିଙ୍ଗି ସାରି ମତେ, ଶୁଭଶ୍ରୀ ମହାନ୍ତି ବନ୍ଦ କରି ଦେଇଥିଲା ତା ହାତମୁଠା.. । ଏଣୁ ମୁଁ ତାକୁ ହାତମୁଠା ଖୋଲିବାକୁ ହିଁ ବାରମ୍ବାର କହୁଥିଲି ପ୍ରଶ୍ନଟିର ଉତ୍ତର ଦେବା ପୂର୍ବରୁ । ହେଲେ ମୋ ମୁହଁରୁ 'ଖୋଲ' ଶବ୍ଦଟି ବାହାରୁ ବାହାରୁ ଧାରଣ କରିଥିଲା ଭିନ୍ନ ଅର୍ଥ, ଯାହାକୁ ଶୁଣି ଶୁଭଶ୍ରୀ ମହାନ୍ତି ଗଡ଼ି ଯାଉଥିଲା ହସିହସି ।

: ଇଉ ଚିଟ୍.. -ମୁଁ ମୁହଁ ଫୁଲେଇଲି ।

: ଏୟ, ରାଗିଲ କି ! ଶୁଭଶ୍ରୀ ମହାନ୍ତି ପଚାରିଲା ।

ତା ଆରକ୍ତ ମୁଖମଣ୍ଡଳରେ ଫୁଟିଲା ପଶ୍ଚାତାପର ଚିହ୍ନ ।

ଉହୁଁ..- ମୁଁ ମୁଣ୍ଡ ଲାଡ଼ିଲି ।

: ଖରାପ ଭାବିଲ ବୋଧେ, ସେ ପଚାରିଲା ।

: ନାଇଁମ, ଖରାପ କାହିଁକି ଭାବିବି ?- ମୁଁ ଚେଷ୍ଟା ଜାରି ରଖିଥାଏ ନିଜକୁ ଅପେକ୍ଷାକୃତ ସହଜ ଓ ସ୍ମାର୍ଟ କରିନେବାକୁ ।

: ଖରାପ ଭାବିଥିଲେ, କ'ଣଟା ଏବେ ମୋର ଆଳୁଅ କରି ପକେଇଥାନ୍ତ ଯେ ! -ଶୁଭଶ୍ରୀ ମହାନ୍ତି ପୁଣି ଫାଜିଲାମି କଲା ଏବଂ ଖିଲି ଖିଲି ହସି ଲୋଟିପଡ଼ିଲା ସାବ୍‌ଜା ଘାସର ଗାଲିଚା ଉପରେ ।

ସେଇ ମୁହୂର୍ତ୍ତରେ ନିଜକୁ ଅତ୍ୟନ୍ତ ଅସୁରକ୍ଷିତ ଓ ସାଂଘାତିକ ରୂପେ ଅବ୍ୟବସ୍ଥିତ ମନେକଲି ମୁଁ । 'ପ୍ରେମରେ ଝିଅମାନେ ନର୍ଭସ୍ ବୋଲି କିଏ କହେ ? ନର୍ଭସ୍ ତ ମୁଁ ହଉଚି.. ହ୍ୟାପଃ ନୋଲାଟିଏ ମୁଁ..'- ମୁଁ ନିଜକୁ ସମ୍ଭିବା ଆରମ୍ଭ କରି ଶୁଭଶ୍ରୀ ମହାନ୍ତି ଜଂଘରୁ ଚିମୁଟି ଦେଲି ପୁଳେ । ସେ ଉଃ କରି ଶବ୍ଦ କଲା ।

●●

ସୁଖର ଦିନସବୁ କୁଆଡ଼େ ଘୋଡ଼ା ଚଢ଼ି ଧାଆଁନ୍ତି - ହେଇଥିବ ନିଶ୍ଚେ । କାରଣ ଶୁଭଶ୍ରୀ ମହାନ୍ତିର ମୁଗ୍ଧ ମଧୁର ସାନ୍ନିଧ୍ୟ ମଧ୍ୟରେ ନିଜକୁ ସଂପୂର୍ଣ୍ଣ ରୂପେ ବୁଡେଇ ଦେଇ, ମୁଁ ଜୀଉଁଥିଲି ଆପାତତଃ ଏକ ଘଟଣା ଓ ଦୁର୍ଘଟଣା ବିହୀନ ବେଫିକର୍ ଜୀବନ । ଦିନସବୁ ବିତି ଯାଉଥିଲେ ଗୁଲାମ୍ ଅଲ୍ଲୀ କି' ଜଗଜିତ୍ ସିଂଙ୍କ ଗଜଲ୍ ପରି- ସ୍ୱଚ୍ଛ ସାବଲୀଳ ଗତିରେ, ମୁକ୍ତ ଛନ୍ଦରେ । ରାତିମାନେ ଲାଗୁଥିଲେ ରଙ୍ଗଭରା-ସ୍ୱପ୍ନଭରା-ମାଦକତା ଭରା- ଇନ୍ଦ୍ରଧନ୍ୱୀୟ ରଙ୍ଗିନ୍ ରୋଶଣି ଭରା ।

ଶୁଭଶ୍ରୀ ମହାନ୍ତିର ଗ୍ରାଜୁଏସନ୍ ଫାଇନାଲ୍ ପରୀକ୍ଷା ଚାଲିଥାଏ । ଏଣୁ ବେଶ୍ କିଛି

ଦିନ ଦେଖା ହୋଇପାରି ନ ଥାଏ ତା' ସହ। ଅଚାନକ ସେଦିନ ଘରୁ ଆସିଲା ଟେଲିଗ୍ରାମ୍‌ଟେ- 'ମଦର୍ ସିରିୟସ୍.. କମ୍ ସୁନ୍'।

ଟେଲିଗ୍ରାମ୍‌କୁ ଧରି ଦଉଡ଼ିଲି ଶୁଭଶ୍ରୀ ମହାନ୍ତି ରହୁଥିବା ଲେଡିଜ୍ ହଷ୍ଟେଲ୍‌କୁ। ଉଦ୍ଦେଶ୍ୟ, ଘରକୁ ଯିବା ପୂର୍ବରୁ ଅନ୍ତତଃ ତାକୁ ଟିକେ ଦେଖା କରିବା। ଖବର ପାଇ ଶୁଭଶ୍ରୀ ମହାନ୍ତି ହଷ୍ଟେଲ୍ ଗେଟ୍‌ରୁ ବାହାରି ଦେବଦାରୁ ଗଛ ମୂଳକୁ ଆସିଲା। ମତେ ଦେଖି ଆଶ୍ଚର୍ଯ୍ୟ ହେଲା (ସର୍ତ୍ତ ଥିଲା ପରୀକ୍ଷା ଚାଲିଥିବାଯାଏ ଦେଖା ନ କରିବାକୁ ପରା!) - ଟେଲିଗ୍ରାମ୍ ପଢ଼ିଲା - କାନ୍ଦ କାନ୍ଦ ଦିଶିଲା - ଏବଂ 'ବ୍ୟସ୍ତ ହୁଅନି - ସବୁ ଠିକ୍ ହେଇଯିବ- ପହଞ୍ଚି ସାରି ଚିଠି ଦେବ - ଶୀଘ୍ର ଫେରିଆସିବ' ବୋଲି କହି, ସବୁରି ଅଲକ୍ଷ୍ୟରେ ମୋ ପାପୁଲିରେ ଚୁମାଟିଏ ଦେଲା।

ସେଠୁ ଫେରି ମୁଁ ସାଙ୍ଗେ ସାଙ୍ଗେ ବାହାରି ପଡ଼ିଲି ଗାଁକୁ।

ବିଛଣାଲଗା କଙ୍କାଳସାର ମା' ଶୋଇଥାଏ ଖଣ୍ଡେ ସଉପ ଉପରେ। ତାକୁ ଘେରି ବସିଥାନ୍ତି ଘର, ବାହାରର ସମ୍ପର୍କୀୟ, ବନ୍ଧୁବାନ୍ଧବ ସବୁ ଲୋକ। ଅପେକ୍ଷା କରିଥାନ୍ତି କି କଣ, କେତେବେଳେ ମା'ର ପ୍ରାଣପକ୍ଷୀ ଉଡ଼ିବ। ଆମ ଗାଁର ଅଧା-ଡାକ୍ତର ଓ ପୂରା-କବିରାଜ ବେଣୁ ମିଶ୍ର ଜବାବ ଦେଇସାରିଥାଏ, ଏବଂ ବେଣୁ ମିଶ୍ର କବିରାଜର କଥା ଉପରେ ପ୍ରଚଣ୍ଡ ଆସ୍ଥା ସ୍ଥାପୁଥିବା ବାପା-ବଡ଼ବାପା-କକେଇମାନେ ନିଜ ନିଜ ଭିତରେ ଆଲୋଚନା କରି ମା'ର ନିଶ୍ଚିତ ମୃତ୍ୟୁ ସଂପର୍କରେ ହୋଇସାରିଥାନ୍ତି ଆପାତତଃ ନିଃସନ୍ଦେହ। ଏଣୁ, ମିଛରେ ଖଟ-ବିଛଣା ମାରା କାଇଁ କରିବା- ନ୍ୟାୟରେ ମା'କୁ ସ୍ଥାନାନ୍ତରିତ କରାଯାଇଥାଏ ଖଟରୁ ତଳକୁ, ଏକ ସପ ଉପରକୁ।

ମୁଁ ଧାଇଁଯାଇ ଛୁଇଁଲି ମାଆର ପାଦ। ଆଉଁଶିଦେଲି ତା' ହାଡୁଆ ଶିରାଳ ହାତ ଦୁଇଟିକୁ। ମୋ ଆଖି ଲୁହରେ ଭରିଯାଇଥାଏ।

'ମା!'- ମୁଁ ଡାକିଲି ଆବେଗ ଜଡ଼ିତ କଣ୍ଠସ୍ୱରରେ। ମା' ଆଖି ଫିଟାଇଲା। ମୋ ଡାକକୁ ଅପେକ୍ଷା କରିଥିଲା କି' କ'ଣ। ମତେ ଦେଖିଲା ଓ ଓଠକୁ ସାଙ୍କୁଡ଼ି ଏକ କଷ୍ଟସାଧ୍ୟ ହସର ମୁଦ୍ରା ପ୍ରକଟିତ କଲା ତା' ମୁହଁ ମାନଚିତ୍ରରେ। ମୁଁ ତା' କପାଳରେ ହାତ ରଖିଲି- ସେ ଏଥର ଆଖି ବନ୍ଦ କଲା। ମାତ୍ର, ମୁହୂର୍ତ୍ତକ ପୂର୍ବରୁ ତା' ମୁହଁରେ ଉକୁଟି ଉଠିଥିବା ଖୁସି-ଖୁସି ଭାବ ଓ ଉଜ୍ଜ୍ୱଳତା ପୂର୍ବବତ୍ ଲାଖି ରହିଲା ତା' ମୁହଁରେ।

ସେ ରାତିଟା କେମିତି କଟିଲା କେଜାଣି! ସାରାରାତି ମୁଁ ବସି ରହିଥିଲି ମା' ପାଖେ। ମା' ମଝିରେ ମଝିରେ ଆଖି ଖୋଲୁଥିଲା; ତା ସତୃଷ୍ଣ ନୟନ ବୁଲେଇ ଖୋଜୁଥିଲା ମତେ; ଏବଂ ମତେ ତା' ପାଖରେ ପାଇ ଆଶ୍ୱସ୍ତ ହେଇ ପୁଣି ବୁଜି ଦେଉଥିଲା ଆଖି।

ପରଦିନ ବେଣୁ ମିଶ୍ର ଡାକ୍ତର ଆସି ଆଶ୍ଚର୍ଯ୍ୟ ହେଲା ଓ ତା' ସିଦ୍ଧାନ୍ତ ବଦଳାଇଲା। ମା'କୁ ପୁଣି ସ୍ଥାନାନ୍ତରିତ କରାଗଲା ଖଟ ଉପରକୁ। କିଣା ହୋଇ ଆସିଲା ନୂଆ-ଦାମୀ ପ୍ରଭାବଶାଳୀ ଔଷଧମାନ ଏବଂ ଚାଲିଲା ଚିକିତ୍ସା ନୂଆ କରି। ଯଦିଓ ସବୁରି ମନରେ ଆଶଙ୍କା ବଳବତ୍ତର ଥାଏ ତା' ବଞ୍ଚିବା-ମରିବା ନେଇ।

ଏ ଭିତରେ ବିତିଯାଇଥାଏ ବେଶ୍ କିଛି ଦିନ। ମୁଁ ଆଉ ପନ୍ଦର ଦିନ ପାଇଁ ଛୁଟି ଏକ୍ସଟେନ୍‌ସନ୍ ଦରଖାସ୍ତ ପଠେଇ ସାରିଥାଏ ଅଫିସ୍‌କୁ।

ସେଦିନ ଖରାବେଳେ ମୁଁ ମା' ପାଖରେ ଖଟବାଡ଼ାକୁ ଆଉଜି ବସି ବହି ଖଣ୍ଡେ ଧରି ଖେଳାଉଥାଏ। ବାଙ୍ଗୁଆ ମୋ ହାତରେ ଆଣି ଗୁଞ୍ଜିଦେଲା ଗୋଲାପି ଲଫାପାଟେ।

ପରିଚିତ ଅକ୍ଷର.. ଶୁଭଶ୍ରୀ ମହାନ୍ତିର।

'ତା' ପରୀକ୍ଷା ସରିଯିବଣି ବୋଧେ - ଘରକୁ ଯିବା କଥା ଏବେ, ସେଲାଗି ଦେଇଥିବ ଚିଠି' ଭାବି ମୁଁ ଲଫାପା ଖୋଲିଲି।

'ଶୀଘ୍ର ଆସ.. ଜରୁରି କଥା ଅଛି.. ତମ ଅପେକ୍ଷାରେ ରହିଲି..'- ବାଶ୍ ଏତିକି ଲେଖା, ନିତାନ୍ତ ଛୋଟ ଚିଠିଟାଏ।

ବାଙ୍ଗୁଆ ମୋ ମୁହଁକୁ ଚାହିଁଲା ଅର୍ଥପୂର୍ଣ୍ଣ ଭାବେ ଏବଂ ଇସାରାରେ ପ୍ରଶ୍ନ କଲା, 'କିରେ! କଥା କ'ଣ? ବୁଡ଼ି ବୁଡ଼ି ପାଣି ପିଉଚୁ!!'

ମୁଁ ବାଆଁରେଇ ଦେଲି - ନାଇଁ କିଛି ନୁହଁ.. ସାଙ୍ଗ ଜଣେ..।

ବିତିଗଲା ପୁଣି ଆଠ ଦଶ ଦିନ। ମା'ର ଦେହ ଟିକେ ଭଲ ହେଇ ଆସିଲାଣି ଏବେ। ମୁଁ ଛଟପଟ ହେଉଥାଏ ଫେରିଯିବା ପାଇଁ ଶୁଭଶ୍ରୀ ମହାନ୍ତି ପାଖକୁ। ସେଦିନ ଖରାବେଳେ ବାଙ୍ଗୁଆ ଆଣି ଦେଲା ପୁଣି ଗୋଟେ ଲଫାପା। ସେଇଟି ଏଥର ଲାଗୁଥାଏ ଟିକେ ଅଧିକ ଓଜନଦାର୍।

ଚିଠି ଖୋଲିଲି। ଲୁହରେ ଆରମ୍ଭ ହେଇ ଲୁହରେ ସରିଛି ଯେମିତି ଚିଠିଟି। 'ଘରେ ମୋ ବାହାଘର ଠିକ୍ କରି ଦେଇଛନ୍ତି.. ତମେ ଆସ। ମୋ ମୁଣ୍ଡ କିଛି କାମ କରୁନି.. ତମେ ଶୀଘ୍ର ଆସ..। ମୁଁ ଅପେକ୍ଷା କରିଛି.. ପ୍ଲିଜ୍ ତମେ ଆସ..।'

ଚିଠିରୁ ଆଖି ଉଠାଇ ଚାହିଁଲି ବାଙ୍ଗୁଆ ମୁହଁକୁ। ତା' ଚାହାଣିର ତୀବ୍ରତା ଭେଦିଗଲା ମୋ ଅନ୍ତରାତ୍ମା। ନିଜକୁ ଚିପୁଡ଼ି ଦେଇ, ଶୁଖିଲା ହସଟେ ଫୁଟେଇଲି ମୁହଁରେ ଏବଂ କହିଲି, 'ସାଙ୍ଗ ଦେଇଛି, ଅଫିସ୍ କଥା ଲେଖିଛି। ମୋ ଯିବା କଥା ପଚାରିଛି ..।'

ବାଙ୍ଗୁଆ ମୁଣ୍ଡ ହଲାଇଲା ସବ୍‌ଜାନ୍‌ତା ପରି ଏବଂ ବାହାରିଗଲା ବାହାରକୁ। ମୁଁ ଚିନ୍ତାରେ ପଡ଼ିଲି- କ'ଣ କରିବି?

ସେଇଦିନ ସନ୍ଧ୍ୟାରେ ହିଁ ବାପା ପ୍ରସ୍ତାବ ଦେଲେ, ଦେଖୁଛୁ ତ' ମା'ର ଏ

ଅବସ୍ଥା - ଖାଲି ତୋରି ମୁହଁକୁ ଚାହିଁ ବଞ୍ଚି ରହିଛି ଯାହା - ତୁ ବରଂ ଆଉ ମାସଟିଏ ଛୁଟି ପାଇଁ ଆପ୍ଲାଇ କରିଦେ - ନା କ'ଣ କହୁଛୁ ?'

ମୁଁ କିଛି କହିଲିନି - ଖାଲି ବାପାଙ୍କ ଆଖିରେ ଥରେ ଆଖି ମିଳେଇ ନେଇ ମୁହଁ ତଳକୁ କଲି।

ଗଡ଼ିଗଲା ପୁଣି କିଛି ଦିନ। ମୁଁ ଭାଳି ହେଉଥାଏ ଶୁଭଶ୍ରୀ ମହାନ୍ତି କଥା। 'ବିଚାରୀ ଚାହିଁ ରହିଥିବ ମୋ ବାଟକୁ। କି ପଳେଇ ଯାଇଥିବ ଘରକୁ! ଯାଉ .. ଆସିବନି ପୁଣି ବଳେ, ଦି' ମାସ ପରେ ରେଜଲ୍‌ଟ୍ ବାହାରିଲା ବେଳକୁ !! ଆଉ ବାହାଘର !!! ଫୁଃ - ବାହାଘରଟା କ'ଣ ପିଲାଖେଳ ହେଇଚି ଯେ ଆଖି ପିଛୁଳାକେ ଚାହୁଁ ଚାହୁଁ ହେଇଯିବ ? ମିଛରେ ଏମିତି ଗୋଟେ ଲେଖି ଦେଇଥିବ ମତେ ଡରେଇବାକୁ .. ଛାଡ଼, ଗଲେ ବୁଝାଯିବ ସେକଥା।'

ମା'ର ଅବସ୍ଥା ଏବେ ଅନେକଟା ଭଲ - ଉଠି ବସିଲାଣି - ଧରି ଧରି ନେଲେ ଲଂଘା ଆଉ ଦୁଆରକୁ ଯାଉଛି - ଦରୋଟି କଣ୍ଠରେ ଖନି ଖନି କଥା କହୁଛି। ବିତିଗଲାଣି ପୁଣି ଦଶ ପନ୍ଦର ଦିନ ଇତିମଧ୍ୟରେ।

ସେଦିନ ଖରାବେଳେ ମୁଁ ଗଡ଼ପଡ଼ ହେଉଥାଏ ବାଡ଼ିପଟ ଲଂଘାରେ ସପ ଖଣ୍ଡେ ପକାଇ। ବାଙ୍ଗୁଆ ଆସି ବସିଲା ପାଖରେ। ବୟସରେ ବର୍ଷେ ଖଣ୍ଡେ ମୋ'ଠୁ ବଡ଼ ଓ ହିସାବରେ ଭାଇ ହେଲେ ବି, ତା'ର - ମୋ'ର ସବୁକଥାରେ ସଖ୍ୟ-ଭାବ-ଦୋସ୍ତିର ସଂପର୍କ। ମୁଁ ମୁଣ୍ଡ ଉଠାଇ ଚାହିଁଲି ତାକୁ। ତା' ମୁହଁ ଦିଶୁଥାଏ ଅସମ୍ଭବ ଭାବେ ଗମ୍ଭୀର ଓ ଥମ୍‌ଥମ୍।

: ଗୋଟେ କଥା ପଚାରିବି, ସତ କହିବୁ ? ବାଙ୍ଗୁଆ ଥା-ଥା-ମା-ମା ହେଇ କଥା ଆରମ୍ଭିଲା।

: କ'ଣ ଯେ ? - ମୋ ଛାତିରୁ ଅତଡ଼ା ଖସିବା ସତ୍ତ୍ୱେ ମୁଁ ଉତ୍କଣ୍ଠା ଓ ଉତ୍ସୁକତାର ସହ ଅନେଇ ରହିଲି ତାକୁ।

ମୁହୂର୍ତ୍ତେ ନିରବି ଯାଇ, କଥାଟାର ଆପେକ୍ଷିକ ଗୁରୁତ୍ୱ ଓ ମୋ ବ୍ୟଗ୍ରତାକୁ କେତେକାଂଶରେ ବଢ଼ାଇ ଦେଲା ସେ। ତା'ପରେ ମୁହଁ ଖୋଲିଲା: 'ଆଚ୍ଛା, ଏଇ ଶୁଭଶ୍ରୀଟି କିଏ ?'

ମୋ ଛାତିରେ ଚମକ୍ ଲାଗିଲା। ପଚାରିଲି, ତୁ କେମିତି ଜାଣିଲୁ ?

: ତୁ ଆଗ କହିସାର୍ - ମୁଁ କହିବି ତା'ପରେ - ସେ ସଫେଇ ବାଢ଼ିଲା।

: କିଏ ମାନେ ..!! ଝିଅଟେ ବୋଲି ତ ବୁଝୁଥିବୁ ନିଶ୍ଚେ .. ଆଉ ତା ବିଷୟରେ ଅଧିକ କ'ଣ କହିବି ?

: ତୁ କ'ଣ ତାକୁ ଭଲ ପାଉ ?

: ମୁଁ ଦୀର୍ଘଶ୍ୱାସ ଛାଡ଼ିଲି- 'ହେଲେ, ତୁ ଏସବୁ କଥା ପଚାରୁଚୁ କାଇଁକି ଯେ ?'

: ଉହୁଁ, ତୁ ଆଗ କହିସାର୍ .. ଭଲପାଉ କି' ନା..

: ହଁ .. ପ୍ରାୟ ସେଇଆ, ଯାହା ଭାବୁଛୁ - ମୁଁ ସମ୍ମତି ସୂଚକ ମୁଣ୍ଡ ହଲେଇଲି।

: ଆଚ୍ଛା, ତାକୁ କ'ଣ ତୁ ବାହା ହେଇଥାନ୍ତୁ ?

ମୁଁ ଅପ୍ରତିଭ ବୋଧ କଲି ଭୀଷଣ ଭାବରେ। ଟିକେ ଜୋର୍ ଦେଇ କହିଲି, ତୁ ଆଗ କହ ତ' - କାଇଁକି ଏସବୁ ପଚାରୁଚୁ..।

: ତୋ'ର ଗୋଟେ ଚିଠି ଆସିଲାଣି ଆଠ ଦିନ ହେବ .. ମୁଁ ଖୋଲି ଦେଇଥିଲି .. ନେ ପଢ଼।

ବାଙ୍ଗୁଆ ହାତରୁ ଚିଠିଟି ଆଣିବା ବେଳେ ଅନୁଭବ କଲି, ମୋ ହାତ ଥରୁଛି। ବାଙ୍ଗୁଆ ମୋ ପିଠି ଉପରେ ହାତ ରଖିଲା। ମୁଁ ଚିଠି ପଢ଼ିବା ଆରମ୍ଭ କଲି, ପରିଚିତ ଅକ୍ଷର - ଶୁଭଶ୍ରୀ ମହାନ୍ତିର..।

ନିର୍ଦ୍ଦିଷ୍ଟ ସମୟ ଅତିକ୍ରାନ୍ତ ହେବା ପରେ ବି ମୋ'ଠାରେ କିଛି ଭାବାନ୍ତର କି' ପ୍ରତିକ୍ରିୟା ନ ଦେଖି ବାଙ୍ଗୁଆ ଖୁବ୍ ସନ୍ତର୍ପଣତାର ସହ ଚିଠିଟିକୁ କାଢ଼ିନେଲା ମୋ ଆଙ୍ଗୁଳି ଫାଙ୍କରୁ ଏବଂ ଚଉତିକରି ବନ୍ଦ୍ କରିଦେଲା ଲଫାପା ଭିତରେ। ଆଉଁଶି ଚାଲିଲା ମୋ ପିଠି ଏବଂ କହିବାକୁ ଆରମ୍ଭ କଲା ଧିମା ସ୍ୱରରେ, 'ମୁଁ ଜାଣେ, ତୁ ରାଗୁଥିବୁ ମୋ ଉପରେ। ଅବଶ୍ୟ ମୋର କିଛି ଅଧିକାର ନଥିଲା ତୋ ଚିଠିଟିକୁ ଏତେ ଦିନ ଧରି ଏମିତି ଲୁଚେଇ ରଖିବା। ହେଲେ ସାନମା' ମୁହଁକୁ ଚାହିଁ ମତେ ଏତକ କରିବାକୁ ପଡ଼ିଲା। ତୋ'ର ମନେଅଛି ନା, ମୋ ମା' ମଲାବେଳର କଥା। ତୋ' କଙ୍କିଗୁଡ଼ାକୁ ଲୁଚେଇ ନେଇଯାଇଥିଲି ବୋଲି ମତେ କେତେ ବଡ଼ ମୂଲ୍ୟ ଦେବାକୁ ପଡ଼ିଥିଲା। ଆଉ ଆଜି, ତୋ ପ୍ରେମିକାର ଚିଠିଟାକୁ ଲୁଚେଇ ନଥିଲେ ସାନମା' କ'ଣ ବଞ୍ଚିଥାନ୍ତା ? ସେ ଝିଅଟିର ବାହାଘର ହେଉଥିବା କଥା ଶୁଣି ତୁ କେବେ ବି ସ୍ଥିର ହେଇ ରହିପାରି ନଥାନ୍ତୁ। କିଛି ନା କିଛି ଝମେଲା କି କାଣ୍ଡଟାଏ ଠିଆ କରିଥାନ୍ତୁ ନିଶ୍ଚେ। ଆଉ ସେଇସବୁ ଝମେଲା ଭିତରେ ମା'କୁ ଯେ ହରେଇ ବସିନଥାନ୍ତୁ ସେକଥା କିଏ କହିବ ?

ତୁ ନିଜେ କହୁନୁ .. ତୋ'ରି ମୁହଁକୁ ଅନେଇ ଯମପୁରରୁ ଫେରି ଆସିଥିବା ଲୋକଟା ତତେ ପାଖରେ ନ ଦେଖିଥିଲେ, ତୋ ଆଖିରେ ଲୁହ ଦେଖିଥିଲେ କ'ଣ ବଞ୍ଚି ପାରିଥାନ୍ତା ? ସେଇଲାଗି କଲି ଏମିତି। ଲୁଚେଇଦେଲି ତୋ ଚିଠିଟାକୁ।

ଯଦି ଭାବୁଚୁ ମୋର ଭୁଲ୍ ବୋଲି, ତେବେ ଯାହା ଦଣ୍ଡ ଦବୁ ସହିବି। ତୁ କିନ୍ତୁ ମନ ଦୁଃଖ କରନା। ଆଜି ତ' ନଅ ତାରିଖ। ତା' ବାହାଘର.. ତୁ ଯା'। ଥରେ ତାକୁ ଦେଖା କରି ଆ'। ବୁଝେଇଦବୁ ତାକୁ - କାନ୍ଦିବନି ଯେମିତି ସିଏ। କଙ୍କି ଆଉ ମା'

ଦୁହିଙ୍କ ଭିତରୁ ସବୁବେଳେ ମା'କୁ ହିଁ ତ' ବାଛିନେବାକୁ ପଡ଼େ ଆଗ। କଙ୍କିର ବରଂ ଯାହା କିଛି ହଉ .. ମା' କିନ୍ତୁ ବଞ୍ଚି ରହୁ ..ଏୟା ତ' ନିୟମ ନା..। ତୁ ଯା'.. ବାହାରିପଡ଼ .. ମୁଁ ତତେ ବସ୍‌ଷ୍ଟାଣ୍ଡରେ ଛାଡ଼ିଦେଇ ଆସିବି, ଉଠ୍ ..।

ମୁଁ ବସି ରହିଥାଏ ସେଯାଏ ତଳକୁ ମୁହଁ ପୋତି। ବାଙ୍ଗୁଆ ତା' ଦି' ହାତ ପାପୁଲି ଯୋଗେ ମୋ ମୁହଁକୁ ଟେକି ଧରିଲା ଉପରକୁ। ମୋ ଆଖି ଅନ୍ଧ ହୋଇ ଯାଇଥାଏ ଲୁହରେ। ଲୁହର ସ୍ୱଚ୍ଛତାକୁ ଭେଦି ଦେଖିଲି, ବାଙ୍ଗୁଆ ଆଖି କୋଣରେ ବି ଚିକ୍ ଚିକ୍ କରୁଚି ଦି' ବୁନ୍ଦା ଲୁହ। ମୁଁ ତାକୁ କୁଣ୍ଢାଇ ଧରି ଭୋ' ଭୋ' ଡକା ପାରି କାନ୍ଦି ଉଠିଲି। ତା ଗାର୍ଜନ୍ ସୁଲଭ ହାତର ଆଉଁଶା ଖେଳି ବୁଲୁଥାଏ ସେଯାଏ ମୋ ପିଠି ସାରା। ଶୁଭଶ୍ରୀ ମହାନ୍ତି ଲାଲ୍ ରଙ୍ଗର ଚିକ୍‌ଚିକ୍ ପିନ୍‌ପିନ୍ କଙ୍କିଟିଏ ସାଜି, ମୋ ଆଖି ସାମ୍ନା ଆକାଶରେ ଚକ୍‌କର୍ କାଟି କାଟି, ଉଡ଼ି ଯାଉଥାଏ ଦୂରକୁ ଦୂରକୁ..।

■

(କଥା: ଏପ୍ରିଲ୍ ୧୯୯୯)

ଭୂତାଣୁ

।। ଏକ ।।

'ଏ ବ୍ରହ୍ମାଣ୍ଡର ସବୁଠୁ ପୁରୁଣା, କିନ୍ତୁ ସବୁଠୁ ପ୍ରଭାବୀ ଭୂତାଣୁ କେଉଁଟା ଜାଣୁ..?' - ବାଇଶ ବର୍ଷ ତଳେ ହଠାତ୍ ଦିନେ ଏ ପ୍ରଶ୍ନ ସୁଲେଖାକୁ ପଚାରିଥିଲା ସନାତନ।

ସୁଲେଖା ତା' କପାଳ କୁଞ୍ଚେଇଥିଲା। ଓଠ କାମୁଡ଼ିଥିଲା। ବେଶ୍ କିଛି ସମୟ ଭାବିଲା ଭାବିଲା ପରି ହୋଇ, ଶେଷକୁ ମୁଣ୍ଡ ଲାଡ଼ିଥିଲା। ଅର୍ଥ, ନା.. କହିପାରିବିନି।

- ଭାବ୍.. ଭାବ୍.. ଚେଷ୍ଟା କର୍ ଦେଖ୍ - ସନାତନ ଉସ୍କେଇଥିଲା। ତା ଉସ୍କାଣରେ ମିଶିଥିଲା ହାଲୁକା ଉପହାସ।

- ମଲା, ମୁଁ କ'ଣ ମାଇକ୍ରୋବାୟୋଲୋଜିଷ୍ଟ୍ ହେଇଚି ନା ଭାଇରୋଲୋଜି ପଢ଼ିଚି? ଏ ଭୂତାଣୁ କଥା କେମିତି ଜାଣିବି ଯେ? - ପରାଜୟ ମାନିବାକୁ ତଥାପି ପ୍ରସ୍ତୁତ ନଥିବା ସୁଲେଖା ଦୁର୍ବଳ ଯୁକ୍ତି ବାଢ଼ିଥିଲା।

- ହେଃ.. ବାଜେ କଥା। ପଇସା ଗଣିବା ପାଇଁ କ'ଣ ଇକୋନୋମିଷ୍ଟ୍ ହେବା ନିହାତି ଦରକାର? ସେମିତି ଭୂତାଣୁ ବିଷୟରେ ଜାଣିବାକୁ କ'ଣ ଭାଇରୋଲୋଜି, ମାଇକ୍ରୋବାୟୋଲୋଜି ପଢ଼ିବା ଦରକାର? କହିପାରିବୁନି ତ' ମାନିଯା'। - ସନାତନ ନିରସ୍ତ କରିଦେଇଥିଲା ସୁଲେଖାକୁ।

- ଉହୁଁ.. ପାରିବିନି.. କୁହ କ'ଣ। - ସୁଲେଖା ହାର୍ ମାନିନେଇଥିଲା।

- ଆରେ ବୋକୀ.. ଉତ୍ତର ହେଲା ପ୍ରେମର ଭୂତାଣୁ। ଲଭ୍ ଭାଇରସ୍। ଇଏ ସଂକ୍ରାମକ ଯେମିତି, ମାରାତ୍ମକ ସେମିତି। ଭଲପାଇବାର ଏ ଭୂତାଣୁ ଦ୍ୱାରା ଥରେ ଯଦି କେହି ସଂକ୍ରମିତ ହେଲା.. ତ' ସାରା ଜୀବନ ସେମିତି ଆକ୍ରାନ୍ତ ହେଇକି' ରହିଥିବ। କାରଣ, ଏ ଭୂତାଣୁର ବିଲ୍‌କୁଲ୍ ମୃତ୍ୟୁ କି ବିଲୋପ ନାହିଁ। ଜଣେ ଥରେ ସଂକ୍ରମିତ ହେଲା ମାନେ, ତା' ଛାତିତଳେ ଏ ଭୂତାଣୁ ଚିରକାଳ ବସା ବାନ୍ଧି ଦରଜଟେ ହୋଇ

ରହିଥିବ। ବେଳ ଅବେଳରେ ରୁଗୁରୁଗୁ ହେଉଥିବ। କଲିଜାକୁ କଟ୍‌କଟ୍ କାଟୁଥିବ। ସଂକ୍ରମିତ ଜଣକ ବିଚରା ହେଉ କି' ବିଚାରୀ, ସେ ଦରଜର ବୋଝକୁ ବୋହି ବୋହି ବୁଲୁଥିବ। ଯେତେ ଚାହିଲେ ବି' ବୋଝ ଉତାରି ପାରୁନଥିବ..। ଭାବି ଦେଖ୍, ମୁଁ ଠିକ୍ କହୁଛି କି ନାହିଁ..।

ଏକା ନହସକେ ଏତକ କହି ସନାତନ ଦୀର୍ଘ ନିଶ୍ୱାସ ପକାଇଲା ଓ ଆଖି ନଚାଇଲା।

ସୁଲେଖା ବୁଝିପାରିଲାନି, ସନାତନର କଥାକୁ ସେ ଯୁକ୍ତିରେ କାଟିବ କେମିତି। ତେବେ ସନାତନ ଯେ ତାକୁ କଥା ଚାତୁରୀରେ ଛନ୍ଦୁଛି, ସେକଥା ବୁଝିବା ତା'ର ଆଉ ବାକି ନଥିଲା। ଏଥର ଶେଷ ଚେଷ୍ଟା କଲା ସେ। କହିଲା, ଧେତ୍.. ଏସବୁ ତୁଚ୍ଛା ଚାଲ୍‌ବାଜି। ଏଣୁତେଣୁ କଥା କହି ମୋତେ ବୋକା ବନଉଚ ତମେ। ଖାଲି ପ୍ରେମ କାହିଁକି.. ସେମିତି ତ' ଘୃଣାର ଭୂତାଣୁ, ଈର୍ଷାର ଭୂତାଣୁ, ଲୋଭ.. ମୋହ.. ମାୟା.. ହଜାରେ ରକମର ଭୂତାଣୁ ମୁଁ ବାହାର କରି ଥୋଇଦେବି ଏଠି। ଇଏ ଗୋଟାଏ ଉତ୍ତର ନା ?

ସନାତନ ହସିଲା। କହିଲା, ମୁଁ ଜାଣିଥିଲି, ତୋ ମନ ମାନିବନି ଏ ଉତ୍ତରରେ। ଠିକ୍ ଅଛି, ସମୟ ନେଇ ଭାବି ଦେଖ୍। ଆଉ ଯେଉଁ ଶବ୍ଦସବୁ ତୁ କହୁଛୁ.. ସେ ସବୁ ବି ସେହି ଭୂତାଣୁ ପରିବାରର ଅଂଶ। ହେଲେ ସବୁରି ମୂଳ ଉତ୍ସ ହେଲା ପ୍ରେମ.. ଭଲ ପାଇବା। ତା' ଛଡ଼ା, ସେ ସବୁ ଏତେଟା ସଂକ୍ରାମକ କି' ପ୍ରଭାବଶାଳୀ ବି ନୁହନ୍ତି। ଘୃଣା ପରି କିଛି ଭୂତାଣୁ ତ' କାଳକ୍ରମେ ରୂପାନ୍ତରିତ ହୋଇ ନିଜ ସ୍ୱରୂପ ବଦଳାଇ ପୁଣି ପ୍ରେମ ପାଲଟି ଯାଆନ୍ତି। ହଁ, ଏକଥା କିନ୍ତୁ ସମସ୍ତେ ଧରିପାରନ୍ତିନି। ଯିଏ ସଂକ୍ରମିତ ହୁଏ ସେ ହିଁ ଏକା ବୁଝେ ଏହାର କରାମତି। ତେଣିକି ଆଜୀବନ ଆନମନା ହୋଇ ରହିବା, ନିଦ ହଜେଇ ରାତିରାତି କଡ଼ ଲେଉଟାଇବା.. ପାଲଟିଯାଏ ତା' ନିୟତି।

କଥା ଶେଷ କଲା ବେଳକୁ ଭାରୀ ହୋଇ ଆସୁଥିଲା ସନାତନର କଣ୍ଠସ୍ୱର। ସୁଲେଖା ଚାହିଁଲା ସନାତନର ମୁହଁକୁ। ତା'ର ମନେହେଲା, ଏ ସନାତନକୁ ସେ ଚିହ୍ନିନି। ଗଲା ଦୁଇ ବର୍ଷ ଧରି ସେ ଭଲପାଉଥିବା ଓ ଏକାନ୍ତରେ 'ଧନ' ବୋଲି ଡାକୁଥିବା ସନାତନ ଇଏ ନୁହଁ। କଦାଚିତ୍ ନୁହଁ। କାରଣ ଏ ଅନ୍ୟମନସ୍କ ସନାତନଟି ତା'ର ଏତେ ପାଖରେ ବସି ବି ମନେହେଉଛି, ଯେମିତି ଅଛି ଆଉ କେଉଁଠି.. ବହୁତ ଦୂରରେ। ତା' ଦୃଷ୍ଟି ଲମ୍ବିଯାଇଛି କେଉଁ ଦୂର ଦିଗ୍‌ବଳୟକୁ। ତା' କଣ୍ଠସ୍ୱର ବି' ଶୁଭୁଛି ଦୂରରୁ କେଉଁଠୁ ଭାସିଆସିବା ପରି।

ସୁଲେଖା ଖୁବ୍ ଗୋଟାଏ ସନ୍ତର୍ପଣରେ ନିଜ ଛାତିରେ ଛେପ ପକେଇଲା ଓ ମନେ ମନେ କ'ଣ ବିଡ୍ ବିଡ୍ ହୋଇ, ଯୋଡ଼ ହାତ ମୁଣ୍ଡରେ ଲଗାଇଲା।

॥ ଦୁଇ ॥

ସନାତନ ସୁଲେଖାକୁ 'ସୁ' ଡାକୁଥିଲା। 'ତୁ' ବୋଲି ସମ୍ବୋଧୁଥିଲା।

'ସୁ' କାହିଁକି ଯେ..? - ଥରେ ପଚାରିଥିଲା ସୁଲେଖା।

ସନାତନ ହସିଥିଲା। କହିଥିଲା, ଦେଖ୍.. ଝିଅମାନଙ୍କ ନାଁ ଏକ ବା ଦୁଇ ଅକ୍ଷର ବିଶିଷ୍ଟ ହେଲେ ହିଁ ଡାକିବାକୁ ସୁବିଧା। ତିନି ବା ଅଧିକ ଅକ୍ଷର ବିଶିଷ୍ଟ ନାଁଗୁଡ଼ା ତ' ମତେ ଲାଗନ୍ତି ଓଡ଼ିଆ ଫିଲ୍ମ ବା ଯାତ୍ରାର ଟାଇଟଲ୍ ଭଳି। ଏଣୁ ସୁଲେଖା ଡାକି ହେବନି। ସୁଲେଖାକୁ 'ସୁଲୁ' କରାଯାଇପାରେ। ହେଲେ ସେଥିରେ ଗୋଟେ 'ଲୁ' ଅଛି। 'ଲୁ'ର ମାନେ ଝାଞ୍ଜି - ପ୍ରେମରେ ଉତ୍ତପ୍ତ ଝାଞ୍ଜି ସହିବାର ତାକତ୍ ମୋର ନାହିଁ। ଏଣୁ 'ସୁ'.. ଖାଲି 'ସୁ'।

ସୁଲେଖା ସନ୍ତୁଷ୍ଟ ଦିଶିଥିଲା ଓ ମୁରକି ହସିଥିଲା।

ଆଉ ପଚାରିପାରୁ, 'ତମେ' ନକହି 'ତୁ' ବୋଲି କାହିଁକି କହୁଚି ତତେ। ଏଇଥିପାଇଁ କି' ମୁଁ ସ୍ତ୍ରୀର ମାନ୍ୟତା ଦେଇସାରିଛି ତତେ ମନେ ମନେ। ପ୍ରେମିକା ହେଇଥିଲେ 'ତମେ' କହିଥାନ୍ତି। ସ୍ତ୍ରୀ.. ମାନେ ଅତି ଆପଣାର.. 'ତୁ'।

ସୁଲେଖା ଚାହିଁଥିଲା ସନାତନର ମୁହଁକୁ। ତା'ର ମନେ ହୋଇଥିଲା, ସଂସାରର ସବୁତକ ନିର୍ଭେଜାଲ୍ ପ୍ରେମ ଖୁନ୍ଦି ହୋଇଛି ସନାତନର ଛାତିରେ। ପ୍ରତିଫଳିତ ହେଉଛି ତା' ନିରୀହ ମୁହଁରେ। ସେ ପୁଣିଥରେ ସନ୍ତର୍ପଣରେ ନିଜ ଛାତିରେ ଛେପ ପକାଇଲା ଓ ବିଡ୍ ବିଡ୍ ହୋଇ କ'ଣ ସବୁ ପ୍ରାର୍ଥନା କରି ଯୋଡ଼ହସ୍ତ ମୁଣ୍ଡରେ ଲଗାଇଲା।

॥ ତିନି ॥

ପାହାନ୍ତିଆ ସ୍ୱପ୍ନଟେ ଦେଖିଲା ସନାତନ - ସୁଲେଖା ବାହା ହେଉଛି। ଅଳତା, ସିନ୍ଦୂର ପିନ୍ଧି ବ୍ରାଇଡାଲ୍ ମେକ୍‌ଅପ୍ ନେଇ ନାଲିପାଟର ବେଢ଼ଣରେ ଦାଉଦାଉ ଜଳୁଛି। ବେଦୀ ଉପରେ ଆଉ କାହାର ଗୋଟେ ହାତ ଧରି ନଇଁ ନଇଁ ଚାଲୁଛି, ହୋମକୁଣ୍ଡ ଚାରିପଟେ ଘେରା ବୁଲୁଛି।

ନିଦ ଭାଙ୍ଗିଲା ବେଳକୁ ଦେହ, ମୁହଁ ଗୋଟିପଣେ ଝାଳ ସରସର। ଫୋନ୍ ଲଗାଇଲା ସୁଲେଖାକୁ- 'ସୁ..! ଜାଣିଚୁ, ଆଜି ମୁଁ ତତେ..'

ସେପଟୁ ସୁଲେଖା ଅଟକାଇଦେଲା। କହିଲା, ଫୋନ୍ ରଖ। ଖରାବେଳେ ମୁଁ ଯିବି। ଗଲେ କଥାବାର୍ତ୍ତା।

ସେଦିନ ଖରାବେଳ ଆସିଲା ଅନେକ ଡେରିରେ। ବାହାରେ ଯେତେବେଳେ ଚିକ୍କାର୍ ଖରା, ସବୁ ଶୂନ୍‌ଶାନ୍, ସେତିକି ବେଳେ ମୁହଁରେ ଷ୍ଟୋଲ୍ ବାନ୍ଧି ସନାତନର

ବଖୁରିକିଆ ଆଜ୍‌ବେଷ୍ଟସ୍ ଘରେ ପହଞ୍ଚିଲା ସୁଲେଖା। ଷ୍ଟୋଲ୍ ଖୋଲି ବସିଲା ଖଟ ଉପରେ। ସନାତନ ତଳେ ବସି ସୁଲେଖାର କୋଳରେ ମୁଣ୍ଡ ରଖିଲା।

ସୁଲେଖା କାନ୍ଦିବା ଆରମ୍ଭ କଲା। କହିଲା, ପ୍ଲିଜ୍.. ମତେ ଭୁଲ୍ ବୁଝନି। ବାପା ଏକା ଜିଦ୍ ଧରି ବସିଛନ୍ତି। ମୁଁ କ'ଣଟା ବା ଆଉ କରିପାରିବି ?

ସନାତନ କିଛି କହିଲାନି। ପ୍ରଶ୍ନିଳ ଆଖିରେ ଖାଲି ଚାହିଁଲା ସୁଲେଖାର ମୁହଁକୁ। ସତେଯେମିତି ପଚାରିଲା, ଖାଲି ବାପାର ଜିଦ୍‌ରେ ଦାୟ୍ ? ତୋ ଇଚ୍ଛା ଅନିଚ୍ଛା କଥା କିଛି କହୁନୁ ତ !

ଢେର୍ ସମୟ ପରେ ସୁଲେଖା ଉଠିଲା ଯିବାକୁ। ସନାତନର ମୁଣ୍ଡକୁ ଥରେ ସାଉଁଳେଇଲା ଆଙ୍ଗୁଠିରେ ଏବଂ ନଇଁପଡ଼ି ତା କପାଳରେ ଚୁମାଟେ ଦେଲା। କହିଲା, ପ୍ଲିଜ୍.. ମତେ ଭୁଲିଯିବ। ଭାବିନବ, ମୁଁ ଆଜିଠୁ ନାହିଁ ତମ ପାଇଁ।

କହିଲା ଏବଂ ମୁହଁରେ ପୁଣି ଷ୍ଟୋଲ୍ ବାନ୍ଧି ବାହାରିଗଲା ରୁମ୍ ଭିତରୁ। ସନାତନ ସେଇଠି ସେମିତି ଚଟାଣରେ ବସିଥିବା ଅବସ୍ଥାରେ ଶୁଣିଲା ବାହାରେ ସ୍କୁଟି ଷ୍ଟାର୍ଟ ହେବା ଶବ୍ଦ।

ସୁଲେଖା ଚାଲିଯିବାର ଢେର୍ ସମୟ ଯାଏ ସେଦିନ ଚୁପ୍‌ଚାପ୍ ବସିରହିଥିଲା ସନାତନ। ବାରମ୍ବାର ଆଖିରେ ହାତ ମାରି ଦେଖିଥିଲା; ଲୁହ ନଥିଲା। ଛାତିରେ ହାତ ରଖି ହୃତ୍‌ସ୍ପନ୍ଦନ ମାପିଥିଲା; ସ୍ୱାଭାବିକ୍ ଥିଲା। ଖାଲି ଯାହା ତା' ଭିତରେ, କ'ଣ ସବୁ ପ୍ରଚଣ୍ଡ ଶବ୍ଦ କରି ଭାଙ୍ଗିରୁଜି ଯାଉଥିଲା..। ଛାତି ଭିତରେ କଣ ଗୋଟେ ହୁ ହୁ ଜଳୁଥିଲା..।

ସନାତନ ନିଜ ହୃଦୟକୁ ପ୍ରବୋଧନା ଦେଲା। ମନରେ ସାହସ ଫୁଙ୍କିଲା। କହିଲା, ଧେତ୍.. ପ୍ରେମ-ପ୍ରତାରଣାର ଏ ପରାସ କ'ଣ ସମସ୍ତଙ୍କ ଭାଗ୍ୟରେ ଥାଏ ? ଏ ଦରଜକୁ ଆଜୀବନ ବୋହି ଚାଲିବାର ସାମର୍ଥ୍ୟ ଥିବା ଲୋକଙ୍କୁ ହିଁ ଇଏ ଭୋଗ ହୁଏ। ଏବେ, ଏ ଦରଜ ମୋ ନିୟତି..।

କହିଲା ଓ ଆଖି ପୋଛିଲା। ବୋଧେ କାନ୍ଦୁଥିଲା..।

॥ ଚାରି ॥

କାହିଁକି କେଜାଣି, ଆରମ୍ଭରୁ ହିଁ ସନାତନ ମୁଣ୍ଡରେ ବିଶ୍ୱାସଟେ ବସା ବାନ୍ଧିଥିଲା ଯେ, ଦିନେ ନା ଦିନେ କେବେ ସୁଲେଖା ସହ ତା'ର ଭେଟ ହେବ। ଅଚାନକ, ଏକ୍‌ଦମ୍ ସାମ୍ନାସାମ୍ନି। ସେଇ କଳ୍ପିତ ମୁଲାକାତ୍‌ର ଦୁଇ ଚାରି ରକମ୍ ରୂପରେଖ ବି ସେ ମନେମନେ ଗଢ଼ି ତୋଳିଥିଲା।

ପ୍ରଥମ: କେଉଁ ଗୋଟେ ମନ୍ଦିରକୁ ସେ ପଶୁଥିବ ଓ ସୁଲେଖା ବାହାରୁଥିବ। ମନ୍ଦିର ପାହାଚ ଉପରେ ଦୁହେଁ ମୁହାଁମୁହିଁ ହୋଇଯିବେ। ଉଭୟଙ୍କ ସାଙ୍ଗରେ ଥିବେ

ଯେଝା ପରିବାର। ମୁହୂର୍ତ୍ତେ ପରସ୍ପରକୁ ଚାହିଁବେ ଦୁହେଁ ଓ ପର ମୁହୂର୍ତ୍ତରେ କେହି କାହାରିକୁ ଚିହ୍ନିନଥିବା ଭଳି ଅତିକ୍ରମ କରିଯିବେ। ବାସ୍..।

ଦ୍ୱିତୀୟ: କେଉଁ ଗୋଟେ ବାହା, ବ୍ରତ କି ସାମାଜିକ ଉତ୍ସବରେ ସାମ୍ନାସାମ୍ନି ହୋଇଯିବ ଦୁହିଙ୍କର। ଏଥର କିନ୍ତୁ ଉଭୟଙ୍କ ପଛରେ ସେମାନଙ୍କ ସଂସାର କି ପରିବାର ଲାଞ୍ଜ ଭଳି ଲାଖିନଥିବ। ବୋଧେ ସେମାନେ ଟିକେ ଦୂରରେ ବା ପଛରେ ଥିବେ। ଚାରିପଟେ କୋଳାହଳ ଥିବ ପ୍ରଚୁର। କିନ୍ତୁ ଦୁହେଁ ଭେଟ ହେଇଯିବା ମାତ୍ରକେ ସବୁ କୋଳାହଳ ମୁହୂର୍ତ୍ତକ ଲାଗି ଥମିଯିବ। ଦୁହେଁ ପରସ୍ପରକୁ ଚାହିଁବେ। ଆଖି ଚିପୁଡ଼ିବେ। ଓଠ ଥରାଇବେ। ଦୀର୍ଘଶ୍ୱାସ ଛାଡ଼ିବେ ଓ ବାଟ କାଟି ଯେଝା ଯେଝା ରାସ୍ତାରେ ବାହାରିଯିବେ।

ତୃତୀୟ: ସ୍ଥାନ ସମୁଦ୍ରକୂଳ କି ପାର୍କ। କୁଣ୍ଠିତ ଭାବେ ସ୍ତ୍ରୀ, ପିଲାଙ୍କୁ ଧରି ସନାତନ ଯାଇଥିବ ବୁଲିବାକୁ। ତାକୁ ଛାଡ଼ି ବାକି ସମସ୍ତେ, ତା ପରିବାର ଲୋକ, ଏପରିକି ତା' ଚାରିପଟେ ଘୂରି ବୁଲୁଥିବା ପ୍ରାୟ ସବୁଲୋକ, ଦିଶୁଥିବେ ଶତପ୍ରତିଶତ ସନ୍ତୁଷ୍ଟ ଓ ଖୁସ୍। ଏକା ସେ ଇଚ୍ଛା କରି ବି ଉପଭୋଗ କରି ପାରୁନଥିବ କିଛି। କ'ଣ ଗୋଟେ ଯେମିତି ହଜେଇ ଦେଇଛି, ପଛରେ କେଉଁଠି କ'ଣଟାଏ ଯେମିତି ଛାଡ଼ି ଚାଲିଆସିଛି.. - ଭାବଟେ ତା'କୁ ଅଥୟ କରୁଥିବ। ସେ ଅକାରଣରେ ଉଚ୍ଚାଟ ଓ ବ୍ୟତିବ୍ୟସ୍ତ ହୋଇପଡୁଥିବ।

ଏମିତିକା ବେଳରେ ହିଁ ତା' ସାମ୍ନାରେ ଦିଶିଯିବ ସୁଲେଖା। ସେ ଆଶ୍ଚର୍ଯ୍ୟ ହେବ ଯେ, ସୁଲେଖା ତା'କୁ ଦେଖି ବି ନଦେଖିଲା ଭଳି ଆଗେଇଯିବ। ଯେମିତି ବାଇଶ ବର୍ଷ ତଳେ, ତାକୁ ଭଲ ପାଇ ବି ଭଲ ନପାଇବା ଭଳି, ପଛରେ ପକେଇ, ଆଗେଇ ଯାଇଥିଲା। ବାପାଙ୍କ ଜିଦ୍‌ର ଦାୟରେ ସୁନାଝିଅ ପାଲଟି ବେଦୀରେ ବସି ଆଉ କାହା ହାତ ଧରିଥିଲା।

ସୁଲେଖାର ଏ ଉପେକ୍ଷା ସନାତନକୁ ତତେଇଦେବ ଭୀଷଣ। ରାଗରେ ସେ ମୁହଁ ବୁଲାଇନେବ। ଏମିତିକା ଗୋଟେ ସ୍ୱାର୍ଥପର ଧୋକାବାଜ୍ ଝିଅକୁ ଯେ ସେ ଦିନେ ପ୍ରେମ କରୁଥିଲା, ତା' ପାଇଁ ପୁଳାପୁଳା ସ୍ୱପ୍ନ ବୁଣୁଥିଲା, ଏମିତିକି ସେ ବାହା ହୋଇ ଚାଲିଯିବା ପରେ ବି ତାକୁ ମନେ ମନେ ଝୁରି ହେଉଥିଲା.. ସେ କଥା ଭାବି ଘୃଣାରେ ଶିହରି ଉଠିବ।

ଚତୁର୍ଥ: ..

ପଞ୍ଚମ: ..

ଗୁଡ଼ାଏ ଶସ୍ତା ଫର୍ମୁଲା ଫିଲ୍ମ ଦେଖି ଦେଖି ସନାତନ ଦୃଢ଼ନିଶ୍ଚିତ ହୋଇଯାଇଥିଲା

ଯେ, ସୁଲେଖା ସହ ଏ ଜନ୍ମରେ ତା'ର ପୁଣି ଥରେ ଦେଖାହେବାଟା ଅବଧାରିତ। ଭେଟାଭେଟିର ସେ ଦୃଶ୍ୟପଟ ଓ ପରବର୍ତ୍ତୀ ପରିଣତି ଭିନ୍ନ ହୋଇପାରେ, କିନ୍ତୁ ସବୁଠି କିଛି ଅନ୍ଧାର ଓ ନିରବତା ନିଶ୍ଚେ ଥିବ। ଚାରିପଟେ ଉଜ୍ଜ୍ୱଳ ଆଲୁଅ ଓ କୋଳାହଳ ଥିଲେ ବି ଦୁହେଁ ସାମ୍ନାସାମ୍ନି ହେବା ମାତ୍ରେ ଚତୁର୍ଦ୍ଦିଗ ଅନ୍ଧାର ଓ ନିଥର ହୋଇଯାଉଥିବ।

.. ଅଥଚ, ସେମିତି କିଛି ବି ହେଲାନି। ସନାତନ ଷ୍ଟାଣ୍ଡରେ ବାଇକ୍ ରଖି ମଲ୍ ଭିତରକୁ ପଶିଗଲା ବେଳକୁ ହିଁ ତା'ର ନଜର ପଡ଼ିଲା ସୁଲେଖା ଉପରେ। ମଲ୍‌ର ପ୍ରବେଶଦ୍ୱାର ସାମ୍ନା ସୁସଜ୍ଜିତ ଲବିର ସୋଫାରେ ବସି ସୁଲେଖା ତା' ଟିପରେ ମୋବାଇଲ୍ ଆଉଡ଼ାଉଥିଲା। ମୋବାଇଲ୍ ସ୍କ୍ରିନ୍ ଖେଳାଇବାରେ ମସ୍‌ଗୁଲ୍ ଥିବା ଯୋଗୁଁ କି କ'ଣ ତା ମୁହଁରେ ବନ୍ଧା ଏମ୍ବ୍ରୋଡ଼ରୀ କରା ସମ୍ବଲପୁରୀ ମାସ୍କଟା ଖସିଆସିଥିଲା ଚିବୁକ୍ ପାଖକୁ। ସୁଲେଖା ଡ୍ରେସ୍ ପିନ୍ଧିଥିଲା। ଯଦିଓ ଚେହେରାରେ ବୟସର ଛାପ ଓ ମେଦର ପ୍ରଭାବ କିଛିଟା ଫୁଟି ଦିଶୁଥିଲା, ତଥାପି ହୁବହୁ ବାଇଶ ବର୍ଷ ତଳର ସୁଲେଖା ଭଳି ଦିଶୁଥିଲା ସେ। ମୁହଁରେ ଷ୍ଟୋଲ୍ ବଦଳରେ ଖାଲି ଯା' ବନ୍ଧା ହୋଇଥିଲା ମାସ୍କ। ତା' ଗୋଡ଼ ପାଖରେ ଥୁଆ ହୋଇଥିଲା ତିନି ଚାରିଟା ଜିନିଷ ଭର୍ତ୍ତି କ୍ୟାରିବ୍ୟାଗ୍।

ସନାତନ ଭାବି ପାରିଲାନି କ'ଣ କରିବ। ମଲ୍‌ଟାର ଅବସ୍ଥିତି ଏମିତି ଯେ, ପ୍ରବେଶଦ୍ୱାର ଟପିଲେ ବିଶାଳ ଗୋଲାକାର ଲବି। ଲବିରୁ ମଲ୍‌ର ବିଭିନ୍ନ ଅଂଶକୁ ଯିବାକୁ ଚାରିପଟଯାକ କାଚ ଦର୍ଜା। ଗୋଟିଏ କୋଣକୁ ଲିଫ୍‌ଟ୍ ଓ ଏସ୍କାଲେଟର୍। ଲବିର ଠିକ୍ ମଝିଆଁମଝି ପଡ଼ିଥିବା ସୋଫାରେ ବସିଥିଲା ସୁଲେଖା ପ୍ରବେଶପଥକୁ ମୁହଁ କରି। ସାମ୍ନା ଦରଜା ବାଟେ ପଶିବାକୁ ହେଲେ ତା'କୁ ଟପି ତା' ପାଖ ଦେଇ ଯିବାକୁ ପଡ଼ିବ। ନହେଲେ ବାଟ କାଟି ଅନ୍ୟ ଯେକୌଣସି ଦିଗକୁ ବୁଲିଯାଇ ମଲ୍ ଭିତରକୁ ପଶିହେବ। ସନାତନ ସ୍ଥିର କଲା, ସେ ସୁଲେଖା ଉପରୁ ନଜର ହଟାଇ ଆଣି, ଦେଖି ନଦେଖିବା ପରି ଅନ୍ୟ ବାଟ ଧରିବ। ଆଗତୁରା ତା' ପାଖକୁ ଯଚେଇ ହୋଇ ଯିବାଟା ଠିକ୍ ହେବନି। ସେ ଯଦି ଦେଖିନେଇ କିଛି ଭାବିବ ତ' ଭାବୁ। ବାଇଶ ବର୍ଷ ତଳେ ସେ ତ' ପୁଣି ବାଟ ଭାଙ୍ଗି ଚାଲିଯାଇଥିଲା। ଏବେ ବାଟ ଭାଙ୍ଗିବା ପାଳି ସନାତନର।

ସୁଲେଖା ଉପରୁ ଆଖି ଫେରାଇଆଣି ବାଁ ପଟକୁ ବାଟ ଭାଙ୍ଗିବାକୁ ନିଷ୍ପତ୍ତି ନେଲା ସେ। ହେଲେ ସେ ଆଶ୍ଚର୍ଯ୍ୟ ହେଲା ଯେ, ତା' ଆଖି ତା' ବୋଲ ମାନୁନି - ସୁଲେଖା ଉପରୁ ହଟୁନି। ତା' ପାଦ ବାଁ ପଟକୁ ମୋଡୁନି - ବରଂ କ୍ରମଶଃ ସୁଲେଖା ଆଡ଼କୁ ଆଗେଇ ଯାଉଛି। ହତଭମ୍ଭ ଭାବଟିଏ ତା'କୁ ଜଡ଼ାଇ ଧରିବା ବେଳକୁ ହିଁ ସୁଲେଖା ମୋବାଇଲ୍ ସ୍କ୍ରିନ୍‌ରୁ ମୁହଁ ଉଠାଇଲା ଓ ସନାତନ ସହ ତା' ଆଖି ମିଶିଗଲା।

ସନାତନକୁ ଲାଗିଲା, ସୁଲେଖା ଚମକି ପଡ଼ିଲା। ତା' ଆଖିରେ ଫୁଟି ଉଠିଲା ଯୁଗପତ୍ ବିସ୍ମୟ ବିହ୍ୱଳ ଭାବ।

ସନାତନ ସାମ୍ନାରେ ଏବେ ସେଇ ବହୁ ପ୍ରତୀକ୍ଷିତ କଳ୍ପିତ ମୁହୂର୍ତ୍ତଟି। ଗଲା ବାଇଶ ବର୍ଷ ଧରି ସେ ଯେଉଁ ଦୃଶ୍ୟଗୁଡ଼ିକୁ କଳ୍ପନା ଚକ୍ଷୁରେ ଦେଖି ଆସୁଥିଲା.. ସେଥିରେ କ'ଣ ଏମିତିକା ଦୃଶ୍ୟଟେ ଥିଲା..? ଚାରିପଟର ଯାବତୀୟ ଗୋଳଚହଳକୁ ପୂରାପୂରି ଅଣଦେଖା କରିଦେଇ ଦୁଇ ଜଣ ପରସ୍ପରକୁ ଚାହିଁ ରହିବେ.. - ଏମିତିକା ସମ୍ଭାବନାଟେ କ'ଣ ତା'କୁ କେବେ ଦିଶିଥିଲା? ସେଣ୍ଟ୍ରାଲ୍ ଏସି ଯୁକ୍ତ ଲବିର ଥଣ୍ଡା ପରିବେଶ ଭିତରେ ବି' ସନାତନର ମୁହଁ ଝାଳେଇ ଯାଉଥିଲା।

ନିଜକୁ ଟିକେ ସହଜ ଓ ପରିସ୍ଥିତିକୁ ଟିକେ ହାଲୁକା କରିଦେବା ଉଦ୍ଦେଶ୍ୟରେ ଏଥର ସେ ଥରେ ହସିବାକୁ ଚେଷ୍ଟା କଲା। ହେଲେ ତା'ର ମନେହେଲା, ସେ ହସିପାରୁନି। ବରଂ ବେଶୀ ବିକଳ, ଅଧିକ ଦୟନୀୟ ଦିଶୁଚି ବେଳକୁ ବେଳ, ସୁଲେଖା ସାମ୍ନାରେ।

ଥ୍ୟାଙ୍କ୍ ଗଡ୍.. ସୁଲେଖା ତାକୁ ଠିକ୍ ସମୟରେ ବଞ୍ଚାଇଦେଲା।

ଏତେବେଳ ଯାଏ କେମିତିକା ଏକ ବିହ୍ୱଳିତ ଦୃଷ୍ଟିରେ ସନାତନକୁ ଏକ ଲୟରେ ଚାହିଁ ରହିଥିବା ସୁଲେଖା ଠିକ୍ ସେହି ସମୟରେ ହିଁ ଅତି ସନ୍ତର୍ପଣରେ ମୁହଁ ତଳକୁ ଝୁଙ୍କାଇ ମାସ୍କ ସନ୍ଧିରୁ ନିଜ ଛାତିକୁ ଛେପ ପକାଇଲା ଓ ଆଖି ବୁଜି ଡାହାଣ ହାତ କପାଳରେ ଛୁଆଁଇ ବେକରେ ଲଗାଇ କେଉଁ ଅଦୃଶ୍ୟ ଦେବତାଙ୍କ ନିକଟରେ କେଉଁ ଅଜଣା କାରଣ ଯୋଗୁଁ ମୁଣ୍ଡ ନୁଆଁଇଲା।

।। ପାଞ୍ଚ ।।

ଲବିରେ ଗହଳି ଟିକେ ପତଳା ଥିଲା। ତେବେ ଚାରିପଟେ ମାସ୍କ ପିନ୍ଧା ଲୋକଙ୍କ ଯା-ଆସ ଲାଗିରହିଥିଲା। ସନାତନ ବସିଥିଲା ସୁଲେଖାର କଡ଼ ସୋଫାରେ। କିଏ କାହାକୁ ବସିବାକୁ କହିଥିଲା.., କିଏ ଆଗ କାହାକୁ କ'ଣ କହିଥିଲା.. କେଜାଣି?

ଅନେକ ସମୟ ଚୁପ୍‌ଚାପ୍ ବିତିବା ପରେ ସନାତନ ପ୍ରଥମେ ମୁହଁ ଖୋଲିଥିଲା। ଗୋଡ଼ ପାଖରେ ଗଦା ହୋଇଥିବା ବ୍ୟାଗ୍‌ଗୁଡ଼ାକୁ ଦେଖାଇ ପଚାରିଥିଲା, ଏସବୁ..? ଏକା ଆସିଛୁ ନା' କ'ଣ..?

- ହଁ, ଏକା। - ସୁଲେଖା ମୁଣ୍ଡ ଲାଡ଼ି ହଁ ଭରିଲା। କହିଲା, ଏଇ କରୋନା ବ୍ୟାପିବା ଦିନଠୁ ତ ଆସିନଥିଲି ବାହାରକୁ। ଗୁଡ଼େ ଜିନିଷ କିଣାକିଣି କରିବାର ଥିଲା। ୟାଙ୍କୁ କହିଲି ଯେ' ଯେ କହିଲେ, ମୁଁ ତମକୁ ମଲ୍‌ରେ ଛାଡ଼ି ଅନ୍ୟ ଗୋଟେ କାମରେ

ପଳେଇବି; ତମେ କିଣାକିଣି କରିସାରି ଡାକିଲେ ପୁଣି ତମକୁ ଯାଇ ନେଇଆସିବି। ରାଜି ଯଦି କୁହ। ସେଇଠୁ ତ' ଆସି ଭିତରେ ପଶିଥିଲି। ଇଏ କହିଥିଲେ, ସପିଂ ସାରି ଫୋନ୍ କରିଦେବାକୁ। ମୁଁ ଭିତରୁ ଆସି ଏଠି ବସି ଫୋନ୍ କରିବାକୁ ବାହାରିଥିଲି ତ' ତମକୁ ଦେଖିଲି।

- ତା' ମାନେ ଫୋନ୍ କରିନୁ ଏଯାଏ ?

- ନା.. ଏଇ କରିଥାନ୍ତି ତ'..।

- ଭଲ ହେଲା.. - କହିଲା ସନାତନ ଅସ୍ପଷ୍ଟ ସ୍ୱରରେ। ସୁଲେଖା କିଛି କହିଲାନି। ବୋଧେ ମନେ ମନେ ସମର୍ଥନ କଲା ତା' କଥାକୁ।

- ଆଉ ତୁମେ..? ଏକା ଆସିଛ.. କ'ଣ ସପିଂ ପାଇଁ? - ଏଥର ପଚାରିବାର ପାଳି ସୁଲେଖାର।

ସନାତନ ହସିଲା। କହିଲା, ମୋର ଠିକ୍ ଓଲଟା। ମୁଁ ଆସିନି, ମତେ ଜବରଦସ୍ତ ପଠାଯାଇଛି ଏଠିକୁ। ମୋତେ କିଣାକିଣି ଆସେନି ବୋଲି ମୁଁ କରେନି କେବେ କିଛି। ଘରକଥା ମିସେସ୍ ଜାଣି ସବୁ ସବୁ ବୁଝନ୍ତି। କିଣାକିଣି ସେ ସବୁ କରନ୍ତି। ହେଲେ ଏ ପାନ୍‌ଡେମିକ୍ ପରଠାରୁ ମୁଁ ଅଡୁଆରେ ପଡ଼ିଯାଇଛି। ଅନେକ ଜିନିଷ ଆମ ଘରପାଖ ଗଳିରେ ମିଳୁନି। ଗୋଟେ ଦୁଇଟା ଜିନିଷ ପାଇଁ ମୁହଁରେ ମାସ୍କ୍ ବାନ୍ଧି ଇଏ ବି ଆମର ଏତେ ଦୂର ଆସିବାକୁ ଚାହୁଁନାହାନ୍ତି। କାରଣ ଫେରିଲେ ପୁଣି ଗାଧୁଆପାଧୁଆ, ଡ୍ରେସ୍‌ଧୁଆ.. ଦୁନିଆଯାକର ପାଳା। ସେଥିଲାଗି ମୁଁ ଗଲା ଆଇଲା ବାଟରେ ବରାଦ ମୁତାବକ କିଛି କିଛି ଜିନିଷ ଘରକୁ ନେଇଯାଉଛି। ଆଜି ବି ସେମିତି କିଛି ବରାଦ୍ ଅଛି। - କହି ସାରି ସନାତନ ସୁଲେଖାର ମୁହଁକୁ ଚାହିଁଲା ଓ ନିଜ ମୁହଁରୁ ତଳକୁ ଖସିଯାଉଥିବା ମାସ୍କକୁ ସଜାଡ଼ିନେଲା।

କିଛି ସମୟ ବିତିଗଲା ନିରବରେ।

ଆଉ ତୁମ ପିଲାମାନେ..? - ପଚାରିଲା ସୁଲେଖା ଏଥର ସନାତନର ମୁହଁକୁ ଚାହିଁ।

ଚେଷ୍ଟା କରି ବି ସନାତନ ଆଖି ମିଳାଇ ପାରିଲାନି ସୁଲେଖା ସହ। ଦୀର୍ଘଶ୍ୱାସଟେ ନେଲା ଓ ଚାହିଁଲା ଦୂରକୁ।

କହିଲା, ଛାଡ୍ ନା ସେସବୁ ସୁ'। ଏବେ ପଚାରିବୁ ପିଲାପିଲିଙ୍କ କଥା.. ତା'ପରେ ମୋ ସ୍ତ୍ରୀ କଥା.. ଅଫିସ୍, ଦରମା, ପ୍ରମୋସନ୍ କଥା। ଭୁବନେଶ୍ୱରରେ ଘର କଲିଣି କି ନାହିଁ, ଜାଗା କେଉଁଠି ପକାଇଛି କି ନାହିଁ..। ବଦଳରେ ମୁଁ ପଚାରିବି ତୋ' ସ୍ୱାମୀ କଥା, ତୋ ପିଲାପିଲିଙ୍କ କଥା, ଫ୍ଲାଟ୍‌ରେ ରହୁଛୁ କି ନିଜ ଘରେ, ଶାଶୂ-ଶଶୁର ଅଛନ୍ତି

ନା ନ୍ୟୁକ୍ଲିୟସ୍ ଫାମିଲି ? ପିଲାମାନେ କ'ଣ କ'ଣସବୁ କରୁଛନ୍ତି, ତୋ ବାପା-ମା', ସାନ ଭଉଣୀମାନଙ୍କ ଖବର କ'ଣ.. ?

ସେଇଠୁ ମୁଁ କହିବି ପୁଳେ ସତମିଛ ଏଣୁତେଣୁ; ତୁ କହିବୁ ପୁଳେ ୟାଡୁସ୍ୟାଡୁ କଥା। କ'ଣ ବା ସେଥିରୁ ମିଳିବ ? ବାଇଶ ବର୍ଷ ପରେ ଦେଖା ହୋଇଛି..। ତୁ ବରଂ ନିଜ କଥା କହ। ଗୀତ ଗାଉଛୁ ନା ଆଉ ଆଗଭଳି.. ? ଲଗ୍‌ଯା ଗଲେ କେ ଫିର୍ ୟେ ହସିଁ ରାତ୍.. ? ତୋ ଅଧକପାଳି ବିନ୍ଧା ସେମିତି ଅଛି ନା ଭଲ ହେଇଗଲାଣି ଏବେ.. ? ଆଉ, କଲରା.. ଧନିଆପତ୍ର ଆଦି ସବୁ ଖାଇଲୁଣି ନା ଏବକୁ.. ?

ସୁଲେଖା କିଛି କହିଲାନି। ଜାଣିଶୁଣି ବୋଧେ ଉତ୍ତର ଫେରାଇଲାନି। ଟିକେ ଗୁମ୍‌ସୁମ୍ ଦିଶିଲା ଓ ମୁହଁ ତଳକୁ କରି ବସି ରହିଲା।

ସନାତନ ଡରିଗଲା। କହିଲା, ଖରାପ ଭାବିଲୁ କି ? ମୋର କହିବାର କଥା, ଏତେଦିନ ପରେ ଦେଖା ହେଇଛି ଯଦି ତୋ' ନିଜ କଥା କିଛି କହ.. ଶୁଣିବି ହେଲେ। ତୋ ସ୍ୱାମୀ, ପିଲା, ଘରଦ୍ୱାରରୁ ମତେ ବା କ'ଣ ମିଳିବ ? ମୋ ସ୍ତ୍ରୀ-ପିଲା-ସଂସାର-ଚାକିରି କଥା ଜାଣି ତୋ'ର ବା ଆଉ କି ଲାଭ ହେବ ? ନା' କ'ଣ କହୁନୁ..।

ସୁଲେଖା ତଥାପି ନିରୁତ୍ତର ହୋଇ ବସି ରହିଥାଏ ମୁହଁ ତଳକୁ ପୋତି।

ସନାତନ ଟିକେ ଚିନ୍ତାରେ ପଡ଼ିଲା। ଦ୍ୱିଧାଗ୍ରସ୍ତ ଭାବେ କହିଲା, ଆରେଃ ତୁ ତ' ବେଶ ଚୁପ୍‌ଚାପ୍ ହେଇଯାଇଚୁ ଦେଖୁଚି। କେତେ ଗବରଗବର ହଉଥିଲୁ ମ' ଆଗରୁ ! ତୋ ପୁରୁଣା ଅଭ୍ୟାସ ପୂରା ବଦଳି ଯାଇଚି ଦେଖୁଚି। (ଏବଂ ଭାବିଲା, ଆଃ.. ମୁଁ ବି ତ' ତୋର ଗୋଟେ ପୁରୁଣା ଅଭ୍ୟାସ; ଦିନେ ତୁ' ନିଜେ କହୁଥିଲୁ କି' ମୁଁ ଆଉ ତୋ ପ୍ରେମ ହେଇକି ନାହିଁ; ତୋ ଅଭ୍ୟାସ ପାଲଟି ଗଲିଣି; ଅଥଚ ମତେ ବି ତ' ତୁ ଆରାମ୍‌ରେ ବଦଳାଇ ଦେଇପାରିଲୁ !) ହଉ.. ଛାଡ଼୍। ତୁ ଏବେ ବରଂ ଫୋନ୍ କରିଦେ ତୋ' ସ୍ୱାମୀଙ୍କୁ। ସେ ଅପେକ୍ଷା କରୁଥିବେ ତୋ ଫୋନ୍‌କୁ।

ଏଥର ସୁଲେଖା ମୁଣ୍ଡ ଉଠାଇଲା। ତା' ଆଖି ଓଦା ଓଦା ଲାଗୁଥିଲା - ସାରା ମୁହଁଟା ବତୁରା ବତୁରା। ସତେଯେମିତି ଅଚାନକ ଭିଜିଯାଇଛି ଅସରାଏ ହାଲ୍‌କା ବର୍ଷାରେ।

- କାଇଁ.. ତମକୁ ଖରାପ ଲାଗୁଛି ମୋ ସାଙ୍ଗେ କଥା ହବାକୁ ? ନା' ତେଣେ ଅପେକ୍ଷା କରିଥିବେ ଘରେ ? ମୁଁ ୟାଙ୍କୁ ଆଉ କିଛି ସମୟ ପରେ ଫୋନ୍ କଲେ ଚଳିବ। ଇଏ ବ୍ୟସ୍ତ ଥିବେ ତାଙ୍କ କାମରେ। ବରଂ, ବସ ଆଉ ଟିକେ.. କଥା ହେବା। - ସୁଲେଖା କହିଲା ବେଶ ଦୃଢ ସ୍ୱରରେ। ତା' ସ୍ୱରରେ ଥଙ୍ଗା ଥିଲା କି'

ଅନୁନୟ, ସନାତନ ଧରିପାରିଲାନି ଠିକ୍‌ରେ। ତେବେ ସେ କଥା କାଟିବାକୁ ତାର ଯୁ' ନଥିଲା।

'ଝିଅମାନଙ୍କ କଥା ବୁଝିବା.. ଭାରି କଷ୍ଟ ସତରେ'- ସେ ଭାବିଲା ଓ ମୁଣ୍ଡ ଟୁଙ୍ଗାରି, ଆଖି ମିଶାଇଲା ସୁଲେଖା ସହ। କହିଲା, ଠିକ୍ ଅଛି। ହେଲେ ତୁ ଏମିତି ଚୁପ୍ ହେଇ ବସିଲେ କ'ଣ ଲାଭ ? ଆଚ୍ଛା ଦେଖ୍, ତୁ ମତେ ମୋ ସଂସାର କଥା ପଚାରୁଥିଲୁ ପରା। ମୁଁ କିନ୍ତୁ ତୋ ଦାମ୍ପତ୍ୟ ବାବଦରେ ତିନିଟି କଥା ଅନୁମାନ କରି ନିଧାର୍ଯ୍ୟ ଭାବେ କହି ଦେଇପାରେ। ସତ କି ମିଛ ତୁ ନିଜେ ଭାବ୍ ଦେଖି..।

ଏକ୍ - ତତେ ତୋ ସ୍ୱାମୀ 'ସୁ' ବୋଲି ଡାକେ। ଯେମିତି ମୁଁ ବାଇଶ ବର୍ଷ ତଳେ ଡାକୁଥିଲି; ଆଜି ବି ଡାକୁଛି। ଆଉ ଏକଥା ନିଶ୍ଚିତ ଯେ, ଏ ନାଁ ଧରି ଡାକିବାକୁ ତୁ ହିଁ ତାକୁ ପ୍ରସ୍ତାବ ଦେଇଥିବୁ। ଆଉ, ସେ ବୁଦ୍‌ବକ୍ ଗ୍ରହଣ କରିନେଇଛି ତୋ ପ୍ରସ୍ତାବ। ଥରଟେ ବି ଭାବିନି ଏ ନାଁର ଉଦ୍‌ଭବ, ଉତ୍ପତ୍ତି ବିଷୟରେ।

ଦୁଇ - ତୋ ସ୍ୱାମୀ ତତେ 'ତୁ' ସମ୍ବୋଧନ କରେ। ଠିକ୍ ମୋ ଭଳି। ତାହା ବି ତୋରି କଥା ମାନିକରି। ଆଉ ତୁ ତୋ ସ୍ୱାମୀକୁ ଆଜିଯାଏ ଏକାନ୍ତରେ 'ଧନ' ଡାକୁଛୁ; ଅବଶ୍ୟ ନିରୋଳାରେ.. ଅନ୍ୟ କେହି ଶୁଣି ନପାରିଲା ବେଳେ।

ତିନ୍ - ଗଲା ବାଇଶ ବର୍ଷ କାଳ ତୁ ଆଶଙ୍କା କରୁଥିଲୁ, ମୋ ସହ କେଉଁଠି ଗୋଟେ ତୋର ଅଚାନକ୍ ଦେଖା ହେଇଯାଇପାରେ। ମନେ ମନେ ଭାବି ହେଉଥିଲୁ, ଛକ୍‌ପକ୍ ହେଉଥିଲୁ। ମନ୍ଦିର, ପାର୍କ, ସମୁଦ୍ରକୂଳ.. ସବୁଠି ଏଇ ଆଶଙ୍କାଟିକୁ ଛାତି ଭିତରେ ଧରି ବୁଲୁଥିଲୁ ଯେ' ହଠାତ୍ ମୁଁ ତୋର କୋଉଠି ସାମ୍ନାସାମ୍ନି ହେଇଯିବି। କାଳେ ତତେ ଚିହ୍ନି ବି ନଚିହ୍ନିଲା ଭଳି ଅଭିନୟ କରିବି..। ତେଣିକି ତୁ କରିବୁ କଣ.. ବୋଲି ମନେମନେ ଭାଳି ହେଉଥିଲୁ..।

ସତ କହ ତ'.. ଏ ତିନିଟାଯାକ କଥା ଠିକ୍ କି ନୁହେଁ?

ସୁଲେଖାର ଆଖି ସେମିତି ବିସ୍ଫାରିତ ମୁଦ୍ରାରେ ରହିଥିଲା ସନାତନର ମୁହଁ ଆଡ଼କୁ।

କହୁନୁ.. ସତ କି ମିଛ.. ଏବେ ତ ଅନ୍ତତଃ ମାନିଯା' ସତ କ'ଣ। - ଜୋର୍ ଦେଲା ସନାତନ।

ସୁଲେଖା ମୁହଁ ତଳକୁ ପୋତିଲା। ଓଠ କୁଞ୍ଚେଇଲା। ତା ବତୁରା ମୁହଁ ତଳ-ଉପର ହୋଇ ହଲିଲା କେତେଥର। ସନାତନ ସ୍ପଷ୍ଟ ଦେଖିଲା, ସୁଲେଖା ତା କଥା ସବୁ ସତ ବୋଲି ହଁ ମାରିଲା। ତା'ପରେ ଦୀର୍ଘଶ୍ୱାସଟେ ପକାଇ ନିଜ ଡାହାଣ ହାତକୁ କପାଳ ଓ ବେକରେ ଲଗାଇ, ମନେ ମନେ କ'ଣ ବିଡ୍‌ବିଡ୍ ହେଲା।

॥ ଛଅ ॥

ସୁଲେଖାର ଫୋନ୍ ଯିବା ଡେରି ହେବାରୁ ସେପଟୁ ଫୋନ୍ କରିଥିଲା ତା' ସ୍ୱାମୀ।

ହାଲୋ.. - ସୁଲେଖା କହିଲା ନିଷ୍ପ୍ରାଣ ସ୍ୱରରେ।

ହଁ.. ସୁ! ତୋ'ର ସରିଲାଣିଟି ?

ସୁଲେଖା ହଁ ମାରିଲା ଆସ୍ତେ କରି।

- ଆଚ୍ଛା, ମୋ କାମ ବି ସରିଗଲାଣି - ମୁଁ ବାହାରୁଛି ଏଠୁ - ଦଶ ମିନିଟ୍ ଲାଗିବ ମତେ - ତୁ ଏଣ୍ଟ୍ରାନ୍ସ୍ ଗେଟ୍ ପାଖରେ ଥା'..। ସେପଟୁ ଫୋନ୍ କଟିଗଲା।

ସୁଲେଖା ନିଜକୁ ସଜାଡ଼ି ନେଲା। ଏମ୍ବ୍ରୋଡରୀକରା ତା' ସମ୍ବଲପୁରୀ ମାସ୍କକୁ ଆଉ ଥରେ ଭଲ ଭାବେ ମୁହଁରେ ଭିଡୁଭିଡୁ ଫିସ୍ ଫିସ୍ ସ୍ୱରରେ କହିଲା, ତୁମେ କ'ଣସବୁ କିଣିବ ପରା!

ସନାତନ ମୁଣ୍ଡ ହଲାଇଲା। କହିଲା, ନା..। କିଛି କିଣିବିନି କି' ଆଉ ଭିତରକୁ ଯିବିନି। ତୋ ସ୍ୱାମୀ ଆସିବା ଆଗରୁ ମୁଁ ଚାଲିଯାଉଛି ଏଠୁ। କାରଣ ମୁଁ ତାକୁ କେବେ ବି ତୋ ସହ ଏକାଠି ଦେଖିପାରିବିନି, କି' ମୋ ଆଗରେ ତତେ ସେ 'ସୁ' ଡାକିବାଟା ସହିପାରିବିନି।

ସୁଲେଖା ଚାହିଁଲା ସନାତନକୁ.. ସନାତନ ସତରେ କାନ୍ଦକାନ୍ଦ ଦିଶୁଥିଲା।

ସନାତନ କହିଚାଲିଥିଲା - ବାଇଶ ବର୍ଷ ତଳେ ତତେ ଦିନେ କହିଥିଲି ପ୍ରେମର ଭୂତାଣୁ କଥା.. ମନେ ଅଛି ? ତୁ ସିନା ଭଲ ପାଇବାର ସେ ଭୂତାଣୁ ଦ୍ୱାରା ସଂକ୍ରମିତ ହୋଇନଥିଲୁ ବୋଲି ମତେ ଅଧାରାସ୍ତାରେ ଛାଡ଼ି ଚାଲିଗଲୁ। ଆଉ କାହାକୁ 'ଧନ' ଡାକି, ଆଉ କାହା ପାଇଁ 'ସୁ' ସାଜିଲୁ। ମୁଁ କିନ୍ତୁ ସଂକ୍ରମିତ ହୋଇସାରିଥିଲି। ସେଥିଲାଗି ଆଜିଯାଏ ତତେ ଝୁରିହେଉଛି। ବାହା ହେଇଛି, ସଂସାର କରିଛି ସତ - ହେଲେ ମୋ ସ୍ତ୍ରୀ ଭିତରେ ତତେ ଦେଖୁଛି। ତତେ ଥରେ ସ୍ତ୍ରୀର ମାନ୍ୟତା ଦେଇ 'ତୁ' କହି ସାରିଥିବାରୁ ସ୍ତ୍ରୀକୁ ଏବେ 'ତମେ' କହୁଛି। ତୋ ପ୍ରେମର ଭୂତାଣୁ, ତୋ ପ୍ରତାରଣାର ବିଷାଣୁ ମତେ ସଂକ୍ରମିତ କରି ମୋ ଅସ୍ଥିମଜ୍ଜାରେ, ସାରା ଅସ୍ତିତ୍ୱରେ, ଏମିତି ଚରିଯାଇଛି ଯେ, ଏ ଜନ୍ମରେ ତୋ କବଳରୁ ମୋର ଆଉ ମୁକ୍ତି ନାହିଁ। ତୋ ପ୍ରେମ, ତୋ ଧୋକା, ତୋ ସ୍ମୃତି.. ସବୁକିଛି ମୋ ସହ ରହିଥିବ ଏମିତି.. ମୁଁ ବଞ୍ଚିଥିବାଯାକେ..। ଯେବେ ମୁଁ ମରିବି.. ତେବେକେ ଯାଇ ଏ ଭଲପାଇବାର ଭୂତାଣୁ ମୋ ସହ ମରିବ। ସେବେ ଯାଇ ସଂକ୍ରମଣ ସରିବ..।

ଶେଷ ଆଡ଼କୁ ସନାତନର ସ୍ୱର ଶୁଭିଲା କାନ୍ଦୁରା କାନ୍ଦୁରା। ଏତେବେଳଯାଏ ମୁଣ୍ଡ ପୋତି ବସି ଚୁପଚାପ୍ ସବୁ ଶୁଣିଯାଉଥିବା ସୁଲେଖା ଏଥର ମୁଣ୍ଡ ଉଠାଇ ଚାହିଁଲା

ସନାତନର ମୁହଁକୁ। ସନାତନର ଲୁହ ଲୁତୁପୁତୁ ମୁହଁ ତାକୁ ଜାଲ୍‌ଜାଲୁଆ ଦିଶୁଥିଲା। ହେଲେ, ସନାତନ କାନ୍ଦୁଥିଲା କି' ସେ ନିଜେ.. ସୁଲେଖା ଜାଣି ପାରୁନଥିଲା।

ହଉ.. ଭଲରେ ଥା'.. ଯାଉଛି - କହି, ଥରଟେ ବି ଆଉ ପଛକୁ ନଚାହିଁ, ଲମ୍ବା ଲମ୍ବା ପାଦ ପକାଇ, ଏକା ନିଶ୍ୱାସକେ ମଲ୍‌ର ଏଣ୍ଟ୍ରାନ୍‌ସ୍ ଆଡ଼କୁ ଧପାଲିଗଲା ସନାତନ। ସୁଲେଖା ଚାହିଁଥିଲା - ସନାତନର ଛାଇ ତା' ଆଖି ଆଗରୁ ମିଳେଇ ଯାଉଥିଲା ଧୀରେ ଧୀରେ। ଦୂରରୁ ଅସ୍ପଷ୍ଟ ଦିଶୁଥିବା ତା' ସ୍ୱାମୀର ଛାଇ ଲମ୍ବି ଆସୁଥିଲା ତା' ଆଡ଼କୁ..।

॥ ସାତ ॥

ସନାତନ ସେଦିନ ଘରକୁ ଫେରିଲା ବେଳକୁ ତା' ଆଖି ଭୀଷଣ ଲାଲ୍ ଦିଶୁଥିଲା। ଧୁମ୍ କାନ୍ଦିଥିଲା କି' କ'ଣ!

ଖାଲି ହାତ ଦେଖି ପ୍ରଥମେ ତା' ସ୍ତ୍ରୀ ପଚାରିଥିଲା, କିଛି ଆଣିଲନି ତ' କ'ଣ ଆଜି..? ମଲ୍‌କୁ ଗଲନି କି? ତା'ପରେ ତା' ଲାଲ୍ ଲାଲ୍ ଫୁଲା ଫୁଲା ଆଖି ଦେଖି ହାଉଳି ଖାଇଥିଲା। କହିଥିଲା, ଇମାଃ.. ତମ ଦେହ ଭଲ ନାହିଁ କି? ଏମିତି କ'ଣ ଦିଶୁଛି ତମ ଆଖି? ତମେ ଆଉ ବାହାରକୁ ଯିବା ଦରକାର ନାହିଁ। ଘରେ ରୁହ। ଏ ଭୂତାଣୁ ସଂକ୍ରମଣ ଡର ଛାଡୁ ଆଗ। ତା'ପରେ ଯାଇ ଯିବ ଯୁଆଡ଼େ..।

ସନାତନ ହସିଥିଲା। ମୁହଁରୁ ମାସ୍କ ଖୋଲୁ ଖୋଲୁ ମନେ ମନେ କହିଥିଲା, ଧେତ୍.. ଏଇ ମୁତ୍‌ଫର୍‌କା ଯାଡୁସ୍ୟାଡୁ ଭୂତାଣୁ ମୋର କ'ଣଟା ବା କରିବ? ମୁଁ ତ କୋଉ କାଳୁ, ବାଇଶ ବର୍ଷ ତଳୁ, ଏ ବ୍ରହ୍ମାଣ୍ଡର ସବୁଠୁ ପ୍ରାଚୀନ ଆଉ ସବୁଠୁ ପ୍ରଭାବୀ ଭୂତାଣୁ ଦ୍ୱାରା ସଂକ୍ରମିତ ହେଇସାରିଛି। ଆଉ ଡରିବି କାହିଁକି.. କାହାକୁ.. କ'ଣ ପାଇଁ..? ସେ ଚିରଂଜୀବୀ ଭୂତାଣୁ କବଳରୁ ମୁକୁଳିଲେ ସିନା ଆଉ କେଉଁ ଭୂତାଣୁ ସଂକ୍ରମିତ କରିବ ମତେ। ହେଲେ ସେ ତ' ମତେ ଆବୋରି ବସିଛି.. ଆକ୍ରାନ୍ତ କରି ରଖିଛି.. ଜୀବନସାରା ଜଳେଇ ଚାଲିଛି..। ଆଉ କେଉଁ ଭୂତାଣୁର ଭଲା ବହପ ହେବ ମତେ ସଂକ୍ରମିତ କରିବାକୁ..? .. ଆଁ ..?

■

(କଥା: ଜୁନ୍ ୨୦୨୦)

ଚିୟର୍ସ

ଚିୟର୍ସ..। ଆମେ ଦୁହେଁ ନିଜ ନିଜ ଗ୍ଲାସ୍ ମିଶାଇଲୁ। ଟନ୍ କରି ହାଲ୍‌କା ଶବ୍ଦଟେ ହେଲା। କହିଲି, ଚିୟର୍ସ.. ଫର୍ ଆୱାର୍ ଫ୍ରେଣ୍ଡ୍‌ସିପ୍.. ୟୋର୍ ହେଲ୍‌ଥ୍.. ଆଣ୍ଡ୍ ଲଭ୍..। ଗ୍ଲାସ୍‌କୁ ନିଜ ଓଠ ପାଖକୁ ନେଉ ନେଉ ମଗା ମତେ ଚାହିଁଥାଏ ଏକ ଲୟରେ। ତା' ଆଖି ଓ ଓଠରେ ଖେଳୁଥାଏ ରହସ୍ୟମୟ ହସରୁ ଖିଏ।

ଫ୍ରେଣ୍ଡ୍‌ସିପ୍.. ହେଲ୍‌ଥ୍.. ଲଭ୍.. – ସ୍ୱଗତୋକ୍ତି କଲା ପରି ମୋ କଥାକୁ ଧୀର ଗଳାରେ ଚୋବେଇ ଚୋବେଇ କହିଲା ମଗା। ମୁଁ ଗ୍ଲାସ୍ ଓଠରେ ଲଗାଇଲି। ମଗା ବି। ମୋ ଆଖି କିନ୍ତୁ ଲାଖି ରହିଥାଏ ତା' ମୁହଁ ଉପରେ। ମନେ ହେଉଥାଏ, ସେଯାଏ ସେ ଚୋବାଉଥାଏ ଶବ୍ଦ ତିନିଟିକୁ.. ଫ୍ରେଣ୍ଡ୍‌ସିପ୍.. ହେଲ୍‌ଥ୍.. ଲଭ୍..।

॥ ଫାଷ୍ଟ୍ ପେଗ୍: ଫ୍ରେଣ୍ଡ୍‌ସିପ୍ ॥

ମାଗୁଣିକୁ ଆମେ ସବୁ, ଆମେ ସବୁ ବୋଇଲେ ଆମ ସାଙ୍ଗମାନେ ଓଗେର ଗାଁ ଲୋକ, ମଗା ଡାକୁଥିଲୁ। ହାଇସ୍କୁଲ୍‌ରେ ପଢ଼ିଲା ବେଳେ ମଗା ଥିଲା ଆମ ଭିତରେ ସବୁଠୁ ଚାଲାକ, ଚତୁର। ଆମ ବ୍ୟାଚ୍ ପିଲାଙ୍କ ଭିତରେ ବୟସରେ ସାମାନ୍ୟ ବଡ଼ ଥିଲା ସେ। ସାଂସାରିକ ବିଷୟବୁଦ୍ଧିରେ ମଧ୍ୟ ଥିଲା ସେ ସବା ଆଗରେ।

ତ' ସ୍ୱାଭାବିକ ଭାବେ ଆମେ ସବୁ ସହରରେ ପାଠପଢ଼ା ସାରି ସରକାରୀ ଚାକିରି ପଛରେ ଗୋଡ଼େଇ ଗୋଡ଼େଇ ପ୍ରତିଯୋଗିତାମୂଳକ ପରୀକ୍ଷାରେ ଘାଣ୍ଟି ହେଇହେଇ ବୟସ ଗଡ଼େଇ, ହତାଶ ହେଇ ଯେନତେନ କୌଣସି ପ୍ରାଇଭେଟ୍ ସଂସ୍ଥାରେ ବାହାଲ୍ ହୋଇ ବାହାଚୋରା ହେଇ ଘର ସଂସାର କଲାବେଳକୁ, ମଗାର ସାଂସାରିକ ଜୀବନ ଅଧା ହୋଇସାରିଥାଏ। ଗାଁ ପାଖ କଲେଜରୁ ଡିଗ୍ରୀ କଲା ପରେ, ପଞ୍ଚାୟତ ଓ ବ୍ଲକ୍‌ର ଛୋଟମୋଟ ଠିକା କାମ କରୁକରୁ ସେ ଆମ ଅଞ୍ଚଳର ବଡ଼

ଠିକାଦାର ପାଲଟି ସାରିଥାଏ। ଗାଁରେ ରହି ଶୀଘ୍ର ରୋଜଗାର କରି ଶୀଘ୍ରଶୀଘ୍ର ବାହା ହୋଇଯିବା ହେତୁ, ମୋ ବାହାଘର ବେଳକୁ ମଗାର ବଡ଼ଝିଅ ମାଇନର୍ ପାସ୍ କରି ହାଇସ୍କୁଲ୍‌କୁ ଯାଇସାରିଥାଏ।

ଏ କଥାକୁ ନେଇ ମଗାକୁ ମୁଁ ଥଟ୍ଟା କରେ। କହେ, ଯାହା କହ ତୁ'ଟା କପାଳିଆ। ତୁ' ଦରବୁଢ଼ା ହବା ଆଗରୁ ତୋ ପିଲାମାନେ କୂଳରେ ଲାଗିଯାଇଥିବେ। ଆମକୁ ଦେଖ୍.. ଆମ ଛୁଆମାନେ ଏଯାଏ ଭୂଇଁରୁ ଉଠିନାହାନ୍ତି..।

ମଗା ହସେ। କହେ, ଶଃ.. ତମେ ସବୁ ହେଲ ଅସନ୍ତୁଷ୍ଟିଆ ପ୍ରକୃତିର। ସହରରେ ରହିଲ - ଅଫିସର୍ ହେଲ - ମୁଠାମୁଠା କଞ୍ଚା ପଇସା ରୋଜଗାର କରି ପ୍ଲଟ୍, ଫ୍ଲାଟ୍ କିଣିଲ - ଗାଡ଼ିଘୋଡ଼ା ଚଢ଼ି ଅୟସ୍ କଲ - ସ୍ତ୍ରୀ ପିଲାଙ୍କୁ ଧରି ଖରାଦିନେ ଶୈଳନିବାସ, ଶୀତଦିନେ ଉଷୁମ୍ ଜାଗା ବୁଲିଲ.. ଜୀବନଟାକୁ ଚାରିକୋଣରୁ ଉପଭୋଗ କଲ। କାଇଁ ଆମେ ତ କିଛି କହୁନୁ। ଆଉ ଆମେ ମଳିମୁଣ୍ଡିଆ ହେଇ ଗାଁରେ ରହି ଯଦି ଶୀଘ୍ର ବାହାହେଇ ପିଲା ଜନ୍ମ କରିଦେଲୁ, ସେଥିରେ ବି ତମର ଆପତ୍ତି ? କାଇଁ, କିଏ ମନା କରୁଥିଲା ତମକୁ ବାଇଶ ବର୍ଷରେ ବାହା ହେବାକୁ ? ବତିଶ ବର୍ଷ ଯାଏ ବାହାନହେଇ ବୁଲିବାକୁ, ପଇଁତିରିଶ ବର୍ଷ ଯାଏ ପିଲା ଜନ୍ମ ନକରିବାକୁ, କିଏ କହୁଥିଲା ତମକୁ ? ଆଁ.. ?

ମୋ ଯୁକ୍ତି ସରିଯାଏ। ମୁଁ ବାଧ୍ୟ ହେଇ କଥା ବାଆଁରାଏ।

ଛୁଟିରେ ଦିନେ ଦି' ଦିନ ପାଇଁ ମୁଁ ଗାଁକୁ ଗଲେ ମଗାର ଗାଁ ମୁଣ୍ଡ ଟୁଙ୍ଗୀ ଘରେ ଜମେ ଆମ ଆଖଡ଼ା। ଏ ଘରଟି ମଗାର ଅଫିସ୍-କମ୍-ଗୋଦାମ୍ ଭଳି। ତା' ଠିକାଦାରୀ କାଗଜପତ୍ର, ହିସାବକିତାବ ସବୁ ସେଇଠି। ଦରକାର ବେଳେ ସେଇଠି ତା' କର୍ମଚାରୀ, ଶ୍ରମିକମାନେ ରହନ୍ତି, ଖାଆନ୍ତି। ଯନ୍ତ୍ରପାତି, ଗାଡ଼ିଘୋଡ଼ା, ବଳକା ସିମେଣ୍ଟ, ବାଲି, ରଡ଼୍, ଗୋଡ଼ି ଗଦାନ୍ତି। ଆଖପାଖରେ କେଉଁଠି କାମ ଚାଲିଥିବା ବେଳେ ମଗାର ଅଫିସ୍-କମ୍-ଗୋଦାମ୍ ରୂପୀ ସେ ଘର ସବୁବେଳେ ଗହଗହ କମ୍ପୁଥାଏ। କାମ ତଦାରଖ କରୁଥିବା ଯନ୍ତ୍ରୀ, ଅଫିସର, ଠିକା କମ୍ପାନୀ କର୍ମଚାରୀ ଓ ତା' ନିଜ ଲେବର୍ ମାନଙ୍କ ଖାନାପିନା, ରୋଷେଇବାସ ହରଦମ୍ ଚାଲିଥାଏ। କାମଦାମ ନଥିବା ବେଳେ ଘର ଖାଁ ଖାଁ।

ମଗାର ସେ ଗାଁ ମୁଣ୍ଡ ଟୁଙ୍ଗୀ ଘର ଆମକୁ ଭଲ ଆରାଏ। ଗାଁରେ ମୁଁ ଯେତେଦିନ ରହେ ସେଇଠି ଚାଲେ ଆମ ଖଟି। କେବେ କେମିତି ମନ ହେଲେ ଆସର ଜମେ। ଠିକାଦାରୀ ବେପାରର କଳା, କୌଶଳ ଜଣା ମଗାକୁ। କେଉଁ ଯନ୍ତ୍ରୀ, ଅଫିସରଙ୍କୁ କେମିତି ଖୁସି କଲେ ପ୍ରତିଦ୍ୱନ୍ଦ୍ୱୀମାନଙ୍କୁ କାଟି ତା' ଟେଣ୍ଡର୍ ଏକ୍‌ସେସ୍ ରେଟ୍‌ରେ ପାସ୍

ହବ, କାହାକୁ କେମିତି ସନ୍ତୁଷ୍ଟ କଲେ, ତା' ବିଲ୍ ସବୁ ସହଜରେ ପାରଉତାର୍ ହେଇଯିବ, ସେ ବିଦ୍ୟାରେ ମଗା ପୋଖତ। ଲୁହା ଜାଣି ପାଣି ଦେବାରେ ମାଷ୍ଟର୍ ମଗା ସେଥିପାଇଁ ତା' ଟୁଙ୍ଗୀରେ ସବୁ ବନ୍ଦୋବସ୍ତ କରି ରଖିଥାଏ। ଫ୍ରିଜ୍‌ରୁ ଇଣ୍ଡକ୍‌ସନ୍ ଚୁଲା ଯାଏ ସବୁ ତୟାର ଥାଏ। ଯାହାର ସୁଯୋଗ ନେଉ ଆମେ। ରଜ କି ଦଶରା ଛୁଟିରେ ଗାଁକୁ ଗଲେ ଟୁଙ୍ଗୀରେ ତାସ୍ ବିଛାଯାଏ। ବାର ଦେଖି ଟୁଙ୍ଗୀ ପଛପଟେ କୁକୁଡ଼ା କଟାଯାଏ। ଗ୍ଲାସ୍ ସଜଡ଼ା ଯାଏ। ମଗା ପାଖରେ କାମ କରୁଥିବା ସୁପରଭାଇଜର୍ ଓ ଲେବରମାନେ ଲାଗିପଡ଼ନ୍ତି ସହର ଫେରନ୍ତା ଆମ କେତେଜଣଙ୍କ ଆତିଥ୍ୟରେ।

ମଗାର କି ଖୁସି ସେତେବେଳେ ! ନିଜେ ରୋଷେଇ କରିପକାଏ। ପେଗ୍ ବନେଇ ହାତକୁ ବଢ଼େଇଦିଏ..।

।। ରିପିଟ୍: ହେଲ୍‌ଥ୍ ।।

ସେଥର ଗାଁକୁ ଯାଇ ମଗାକୁ ଖୋଜିଲା ବେଳକୁ ଖବର ପାଇଲି, ସେ ଯାଇଛି ଭେଲୋର୍। ବୁଝୁବୁଝୁ କ'ଣ ନା.. କିଡ୍‌ନୀ ପ୍ରବ୍ଲେମ୍। କିଛି କୁଆଡୁ ନଥିଲା। ହଠାତ୍ ପାଦ ଫୁଲିଗଲା। ପରିସ୍ରା କଷ୍ଟ ହେଲା। ଜର ହେଲା ଯେ, ମୋଟେ ଛାଡ଼ିଲାନି। ତା' ସ୍ତ୍ରୀ ଗାଉଁଲି ଲୋକ, ଖାଲି ହାଉଳି ଖାଇଲା। ଘରଲୋକ କାହାକୁ ସାଙ୍ଗରେ ନେଲେ ଅଯଥା ହଇରାଣ.. ବୋଲି ଭାବି ମଗା ତା' ଠିକା ସଂସ୍ଥାର ଜଣେ ବିଶ୍ୱସ୍ତ ସୁପରଭାଇଜର୍‌କୁ ଧରି ବାହାରିଗଲା କଟକ। ଟଙ୍କା, ପଇସାର ତ' କିଛି ସମସ୍ୟା ନଥିଲା। ବଡ଼ ଡାକ୍ତରଖାନାରେ କହିଲେ, ଯା ହଉ, ଠିକ୍ ସମୟରେ ଡିଟେକ୍‌ଟ୍ ହେଇଛି। ଫାଷ୍ଟ ଷ୍ଟେଜ୍‌ରେ ଅଛି। ଯଦି ପଇସା ଅଛି ତ' ଭେଲୋର୍ ନେଇ ପଳାଅ। ପ୍ରାଇଭେଟ୍‌ରେ ସେଠି ଦେଖାଅ। ଦି' ମାସରେ ପୂରା ଚାଙ୍ଗା ହେଇ ଫେରିବ। ଏଠି ବି' ହେବ, କିନ୍ତୁ ଲାଇନ୍‌ରେ ରହିବାକୁ ପଡ଼ିବ। ଡାଏଲିସିସ୍ ପାଇଁ ଲମ୍ବା ଲାଇନ୍..। କ୍ୟାବିନ୍ କଥା ଛାଡ଼.. ୱାର୍ଡରେ ବେଡ୍‌ଟେ ପାଇବାକୁ ବି' ଲାଇନ୍‌ରେ ଆସିବାକୁ ହେବ। କାଡାଭରିକ୍ ଟ୍ରାନ୍‌ସ୍‌ପ୍ଲାଣ୍ଟ କଥା ତ' ଅନିଶ୍ଚିତ। ଡୋନର୍ ଟ୍ରାନ୍‌ସ୍‌ପ୍ଲାଣ୍ଟ ପାଇଁ ବି' ଧାଡ଼ିରେ ରହିଲେ ପାଳି ପଡ଼ିବ ଯାଇ ଦି' ତିନି ବର୍ଷ ପରେ। ତା' ଭିତରେ ଔଷଧ ନେଇ ଖାଉଥାଅ.. ତେଣିକି ତୁମ ଭାଗ୍ୟ।

ତ' ମଗା ଆଉ ଡେରି ନକରି ସିଆଡ଼େ ସିଆଡ଼େ ପଳେଇଛି ଭେଲୋର୍। ସାଙ୍ଗରେ କାହାକୁ ବି' ନେଇନି। ପାଖରେ ଥିବା ବିଶ୍ୱସ୍ତ ସୁପରଭାଇଜର୍‌କୁ ପରିବାର ଓ କଣ୍ଟ୍ରାକ୍‌ଟରି କଥା ବୁଝିବା ପାଇଁ ଗାଁକୁ ପଠାଇଦେଇ ଯାଇଛି।

ସେଥର ଟୁଙ୍ଗୀରେ ଆମ ଆସର ବନ୍ଦ୍।

ଗାଁରୁ ଫେରି କିଛି ମାସ ପରେ ମଗାର ଖବର ନେଇ ଜାଣିଲି, ଅଢ଼େଇ ମାସ ଭେଲୋର୍‌ରେ ରହି, ପାଖାପାଖି ତିନି ଲକ୍ଷ ଟଙ୍କା ପାଣି ପରି ବୁହାଇ, ଡାକ୍ତରମାନଙ୍କ ଭାଷାରେ 'ଆପାତତଃ ବିପଦମୁକ୍ତ' ହେଇ, ଗାଁକୁ ଫେରିଥିଲା ମଗା। ଟିକେ ଦୁର୍ବଳ ହେଇଯାଇଥିଲା। ଲମ୍ବା ଅସୁସ୍ଥତା ଭିତରେ ତା' ଠିକାଦାରୀ ସାମ୍ରାଜ୍ୟ ପୂରା ଦୋହଲି ଯାଇଥିଲା। ପରିବାର ଉପରେ ଅଜଣା ଭୟ ଓ ଆତଙ୍କର ବାଦଲ୍ ବି' ଛାଇଯାଇଥିଲା। ଗାଁକୁ ଫେରିବା ପରେ ପୁଣି ଥରେ ସବୁକିଛି ପୁରୁଣା ଶଗଡ଼ ଗୁଳାରେ ପକାଇ ସ୍ୱାଭାବିକ୍ କରିବାକୁ ଲାଗିପଡ଼ିଥିଲା ସେ।

ଭେଲୋର୍‌ରୁ ତା' ଫେରିବା ଖବର ପାଇ ଫୋନ୍ କରିଥିଲି ତାକୁ। ତାଗିଦ୍ କରିଥିଲି, ଏମିତି କାହାକୁ କିଛି ନକହି, ଆମମାନଙ୍କୁ ନଜଣାଇ, କାହାରି ପରାମର୍ଶ ନନେଇ, ଏପରିକି ପରିବାରର କାହାରିକୁ ସାଙ୍ଗରେ ନନେଇ ଏକା ଏକା ଭେଲୋର୍ ପଳାଇଯିବାର ମାନେ କ'ଣ ଯେ?

ଫୋନ୍‌ରେ ମଗା ହସିଥିଲା। କହିଥିଲା, ଛାଡ଼୍ ସେ କଥା। ଡାକ୍ତରଗୁଡ଼ାକ ଡରାଇ ଦେବାରୁ ସେତେବେଳେ ଯାହା ମନକୁ ଆସିଲା କଲି। ଗାଁ ଲୋକ ଆମେ, ବୁଦ୍ଧିବୃତ୍ତି କେତେ? ଏବେ ସବୁ ଠିକ୍‌ଠାକ୍ ହେଇଗଲାଣି ମ'। ଖାଲି ଗୋଟେ ଅସୁବିଧା - ଡାକ୍ତର ମନା କରିଛି ପିଆପିଇ କରିବାକୁ। ହଉ ତୁ ଆ'.. ଦେଖିବା।

ମୁଁ ଫୋନ୍ ରଖିଥିଲି।

॥ ଥାର୍ଡ ପେଗ୍: ଲଭ୍ ॥

ସେଥର ତିନି ଚାରି ମାସ ପରେ ଗାଁକୁ ଯାଇ ଜାଣିଲି ମଗାର ପୃଥିବୀ ହୁବହୁ ବଦଳି ଯାଇଛି। ତା' ଠିକାଦାରୀ ସଂସ୍ଥା ଏକବାରେ ବନ୍ଦ୍। ତା' ଅନୁପସ୍ଥିତିରେ ତା' କାମଦାମ ବୁଝାବୁଝି କରୁଥିବା ତଥାକଥିତ ବିଶ୍ୱସ୍ତ ସୁପରଭାଇଜର୍ ଜଣକ ତାକୁ ଚିତା କାଟି ନିଜେ ସମାନ୍ତରାଳ ସଂସ୍ଥା ଖୋଲି ବଡ଼ ଠିକାଦାର ହେଇଯାଇଛି। ମଗାର ଯନ୍ତ୍ରପାତି, ଲେବର୍, ବଳକା ମାଲ୍‌ମସଲା ଓ ସମ୍ପର୍କକୁ ଶିଡ଼ି କରି ନିଜେ ସଫଳତା ଆଡ଼କୁ ମାଡ଼ିଯାଇଛି। ଅସୁସ୍ଥ ମଗା ସୁସ୍ଥ ହେବା ଭିତରେ ତା' ସଯତ୍ନ ପାଳିତ ସାମ୍ରାଜ୍ୟ ଭୁଶୁଡ଼ି ଯାଇଛି। ତା ଟୁଙ୍ଗୀଘର ଏବେ ପୂରା ଶୂନ୍‌ଶାନ୍। ଆଉ, ବିଶ୍ୱାସଘାତକତାର ଏ ପ୍ରଚଣ୍ଡ ଧକ୍‌କା ମଗାକୁ ବେଶ୍ ଝିଂଝାରି ଦୋହଲାଇ ଦେଇଛି। ଏବେ ଅଧିକାଂଶ ସମୟ ତା'ର କଟୁଛି ଖାଁ ଖାଁ କରୁଥିବା ଟୁଙ୍ଗୀରେ, ଏକା ଏକା। ଦିନ ଦିନ ଧରି ଗୁମ୍‌ସୁମ୍ ହେଇ ବସିରହୁଛି ସେଇଠି ସେ। ହୋଇପାରେ ଅତୀତକୁ ଭାଳି ହେଉଛି। ନତୁବା ପ୍ରତିକୂଳ ପରିସ୍ଥିତି ସହ ଲଢ଼ି ପାରୁନଥିବାର ଅସହାୟତାକୁ ଲୁଚେଇବାକୁ

ଚେଷ୍ଟା କରୁଛି । କାହା ଆଖିରେ କାଳେ ତା' ଦୁର୍ବଳତା ଧରାପଡ଼ିଯିବ, ସେଥିପାଇଁ ଚୁପ୍‌ଚାପ୍ ରହୁଛି.. ।

ଭାବିଲି, ଯାଏ ଦେଖେ କ'ଣ କରୁଛି.. ।

ସେଦିନ ସଂଧ୍ୟାରେ ଚାଲ୍ ଚାଲ୍ ହେଇ ମୁଁ ଟୁଙ୍ଗୀରେ ପହଞ୍ଚି କବାଟ ବାଡ଼େଇଲା ବେଳକୁ ଲୁଙ୍ଗୀ-ଗଞ୍ଜି ପିନ୍ଧା ମଗା ମତେ ସ୍ୱାଗତ କଲା ହସିହସି । କହିଲା, ମୁଁ ଖବର ପାଇଛି, ତୋ' ଆସିବା ବାବଦରେ । ଆ ଭିତରକୁ ।

ମୁଁ ଭିତରକୁ ଗଲି । ମଗା କବାଟ କିଳିଦେଲା । କହିଲା, ତୁ ଆସିବୁ ବୋଲି ଦେଖ୍ ସଜିଲ୍ କରି ରଖିଛି ସବୁ । ଅନେକ ଦିନ ହେଲା ମୁଁ ବି ପିଇନି । ତେଣେ ଡାକ୍ତର ମନା କରିବାକୁ, ଏଣେ ଘରେ ରାଣ ନିୟମ ପକାଇ ରଖିଛନ୍ତି । ତା'ଛଡ଼ା ଏକା ଏକା କ'ଣ ମଦ ପିଇ ହୁଏ ? କିଏ ଜଣେ କହିନଥିଲେ, ଏକା ଏକା ମଦ ପିଇ ପାରୁଥିବା ଲୋକ ହୁଏତ ନିର୍ଘାତ୍ ମଦୁଆ ନହେଲେ ନିରୁତା ପ୍ରତାରିତ ପ୍ରେମିକ । ମୁଁ ତ' ଯା ଭିତରୁ କୋଉଟା ନୁହଁ ନା.. । ସେଲାଗି ମନେ ମନେ ଖୋଜୁଥିଲି ତତେ । ତୋ ଆସିବା ଖବର ପାଇ ଆଜି ଟିକେ ବସିବା ବୋଲି ଭାବି ସବୁ ସଜ କରି ରଖିଛି ।

ଦେଖିଲି, ସତରେ ସବୁ ତୟାର୍ କରି ରଖିଛି ସେ । ବକାର୍ଡି ଲେମନ୍‌ରୁ ପଏଣ୍ଟେ, ସୋଡ଼ା, ଗ୍ଲାସ୍ ଦି'ଟା, ପୁଳେ କାଜୁ ।

ଆମେ ବସିଲୁ ସାମ୍ନାସାମ୍ନି । ମଗା ତା' ଟୁଙ୍ଗୀରେ ପଡ଼ିଥିବା ଛୋଟିଆ ଖଟଟି ଉପରେ ଓ ମୁଁ ସାମ୍ନା ଚୌକିରେ । ମଝିରେ ଟି' ପୟ୍ । ମୁଁ ପେଗ୍ ବନାଇଲି । ମଗା କହିଲା, ମୋର ଫାଷ୍ଟ୍ ପେଗ୍‌ଟା ଟିକେ ଲାଇଟ୍ ବନା । ଲଭ୍‌ଲି.. ହାଲ୍‌କା । ଡାକ୍ତର ମନା କରିବା ଦିନୁ ପିଇନି ଆଦୌ । ଅଭ୍ୟାସ ଛାଡ଼ିଗଲାଣି । କାଳେ ଧରିପକାଇବ ମୁଣ୍ଡକୁ ଏକାବେଳକେ ।

ମୁଁ କହିଲି, ଦେଖ୍ ତୋ' କଥାରେ ମୁଁ ବସୁଛି ସିନା, ହେଲେ ମୋ ମନ ମାନୁନି । ଏବେ ଏବେ ବଡ଼ ବେମାରିରୁ ଉଠିଛୁ ତୁ' । କାଳେ କ'ଣ ରିଆକ୍‌ସନ୍ କରିଯିବ.. ।

ମଗା ହସିଲା । କହିଲା, ତୁ' କ'ଣ ଭାବୁଛୁ..? କ'ଣ ହୋଇଥିଲା ମୋର..? କୁଆଡ଼େ ଯାଇଥିଲି ମୁଁ..? ଭେଲୋର୍..? କିଡ୍‌ନୀ ଠିକ୍ କରିବାକୁ..? ଅଢ଼େଇ ମାସ ରହି କିଡ୍‌ନୀ ଠିକ୍‌ଠାକ୍ କରି ପଳେଇ ଆସିଲି..?

ମାନେ..? - ମୁଁ ଅତମତ । ଦ୍ୱନ୍ଦ୍ୱରେ ପଡ଼ିଲି, ମଗାର ଅସୁସ୍ଥତା ଭିତରେ ଆଉ ଗୋଟେ କିଛି ରହସ୍ୟ ଅଛି ନା କ'ଣ? ତା'ହେଲେ କ'ଣ ମୁଁ ପାଇଥିବା ଖବରଠୁ ଆହୁରି ବଡ଼ ମଗାର ଅସୁସ୍ଥତା..?

ମୋ ପଚାରିଲା ଆଖି ସାଙ୍ଗରେ ଆଖି ମିଶାଇ ମଗା ଶୁଖିଲା ହସଟେ ହସିଲା। କହିଲା ତୁ' ପେଗ୍ ବନା.. ମୁଁ କହୁଛି ସବୁକଥା..।

ଚିୟର୍ସ..- ଆମେ ଦୁହେଁ ନିଜ ନିଜ ଗ୍ଲାସ୍ ଉଠାଇ ମିଶାଇଲୁ। ଟନ୍ କରି ହାଲ୍କା ଶବ୍ଦଟେ ହେଲା..।

ଅନେକ ଦିନର ଶୋଷିଲା ଭଳି ମଗା ବଡ଼ ଢୋକଟିଏ ନେଲା ଗ୍ଲାସ୍‌ରୁ। ମୁଁ ଓଠରେ ଗ୍ଲାସ୍ ଲଗାଇ ଅନାଇ ରହିଥାଏ ତା' ମୁହଁକୁ ପ୍ରଶ୍ନିଳ ଭଙ୍ଗୀରେ। ଏଥର ଛୋଟ ଦ୍ୱିତୀୟ ଢୋକ ନେଇ ଅଧା ଗ୍ଲାସ୍‌କୁ ତଳେ ଥୋଇଲା ସେ। କହିଲା, କାହାରିକୁ କହିନଥିଲି, କେହି ଜାଣିନାହାନ୍ତି, ଆଜି ତତେ କହୁଛି ପ୍ରଥମେ। ମୁଁ ଭେଲୋର୍ ଯାଇନଥିଲିରେ। ଏଇ କଟକ ବଡ଼ ଡାକ୍ତରଖାନାରେ ଥିଲି। ଅଢ଼େଇ ମାସ କାଳ ଏଇଠି କିଡ୍‌ନୀ ଟ୍ରାନ୍‌ସ୍‌ପ୍ଲାଣ୍ଟେସନ୍ ୟୁନିଟ୍‌ରେ ଭର୍ତ୍ତି ହୋଇ ରହିଥିଲି।

ଟ୍ରାନ୍‌ସ୍‌ପ୍ଲାଣ୍ଟ୍.. ? - ମୁଁ ବୁଝି ପାରୁନଥାଏ କିଛି। ମୋ ଆଖି ଆଗରେ ମଗାର ଚେହେରା ଧୀରେ ଧୀରେ ବେଶୀ ବେଶୀ ରହସ୍ୟମୟ ହୋଇ ଉଠୁଥାଏ।

ହୁଁ.. ଟ୍ରାନ୍‌ସ୍‌ପ୍ଲାଣ୍ଟ୍.. କହି ମଗା ଗ୍ଲାସ୍ ଉଠାଇଲା ଓ ଏକା ନିଶ୍ୱାସକେ ଏକ ବଡ଼ ଢୋକ ମାରି ଗ୍ଲାସ୍ ଖାଲି କରି ତଳେ ଥୋଇଦେଲା। କହିଲା ତୁ' ତୋ'ର ଧୀରେ ଧୀରେ ନଉଥା। ମୋର ବନା ରିପିଟ୍। ଅନେକ ଦିନ ପରେ ଆଜି ପିଉଛି କି'ନା..। ଜାଣିଶୁଣି ମଗା କଥା ଅଧା ଛାଡ଼ିଦେଲା।

ମୁଁ ପେଗ୍ ଢାଳୁ ଢାଳୁ ପଚାରିଲି, ହଁ କ'ଣ କହୁଥିଲୁ ଟ୍ରାନ୍‌ସ୍‌ପ୍ଲାଣ୍ଟ୍..କଥା।

ମଗା ଟିକେ ଇତସ୍ତତଃ ହେଲା। କଥାଟା କେମିତି କେଉଁଠୁ ଆରମ୍ଭ କରିବ ବୋଲି ବୋଧେ ଭାବିହେଲା। ତା'ପରେ ମୋ ମୁହଁରୁ ଆଖି ଫେରାଇ ନେଇ ଦୂରକୁ ଚାହିଁ କହିଲା, ଶୁଣ୍, ମୁଁ ମୋର ଗୋଟେ କିଡ୍‌ନୀ ଡୋନେଟ୍ କରିଦେଇ ଆସିଛି..।

ମତେ ଲାଗିଲା ସତେ କି' ମୁଁ ଆକାଶରୁ ଖସିପଡ଼ିଲି। ପେଗ୍ ଢାଳିସାରି ମଗା ହାତକୁ ଗ୍ଲାସ୍ ବଢ଼ାଉଥାଏ ମୁଁ। ମୋ ଆଖି ସେମିତି ପ୍ରଶ୍ନିଳ ଭଙ୍ଗୀରେ ଫାଡ଼ି ହୋଇ ରହିଥାଏ ତା' ମୁହଁ ଉପରେ। ମଗାର ଆଖି, ଓଠ ଖାଲି ଅସ୍ଥିର ଇତସ୍ତତଃ ହେଉଥାନ୍ତି। ଯେଉଁ କଥାଟା ସେ କହିବ କହିବ ହେଉଥାଏ, ସେଇଟାକୁ ବୋଧେ କହିପାରୁନଥାଏ। କି' ସେପାଇଁ ସାହସ ସଞ୍ଚୁଥାଏ..!

ଦ୍ୱିତୀୟ ପେଗ୍‌ଟିକୁ ବି' ଏକ ବଡ଼ ଢୋକରେ ଅଧା କରିଦେଇ ମଗା ଗ୍ଲାସ୍ ତଳେ ରଖିଲା। କହିଲା, ଦେଖ୍ ଖାଲି ତୁ' ନୁହଁ। ଏକଥା ଯାହାକୁ ବି' କହିବି ସିଏ ହସିବ। ମୋତେ ପାଗଳ ବୋଲି କହିବ। କିନ୍ତୁ ମୁଁ ଜାଣିଛି, ମୁଁ ଯାହା ବି' କରିଛି ଠିକ୍ କରିଛି। ଯା'ଛଡ଼ା ମୋର ଆଉ କିଛି କରିବାର ହିଁ ନଥିଲା। ମୋ ସାମର୍ଥ୍ୟ ଭିତରେ

ଏତିକି କରିବାର ଥିଲା.. କଲି। ଏକଥା କାହା ଆଗରେ କହିଥିଲେ, ହୁଏତ ମୁଁ ଯାହା କରିଛି.. କରିପାରିନଥାନ୍ତି। ସେଇଥିପାଇଁ ଚୁପ୍‌ଚାପ୍ ରହିଥିଲି ଆଜିଯାଏ।

ମଗା ଦୀର୍ଘ ନିଃଶ୍ୱାସଟେ ନେଲା ଓ ଦ୍ୱିତୀୟ ପେଗ୍ ଢକ୍ ଢକ୍ କରି ଶେଷ କରି ଏକାବେଳକେ ଚାରି ଛ'ଟା କାଜୁ ପାଟିରେ ପୂରାଇ ଚାକୁଳାଇଲା।

ମୁଁ ତଥାପି ସେଯାଏ କିଛି ବୁଝି ପାରୁନଥାଏ.. ସେମିତି ଚାହିଁ ରହିଥାଏ ତା' ମୁହଁକୁ। ମଗାର କଥା ମତେ ବଡ଼ ରହସ୍ୟମୟ ମନେହେଉଥାଏ।

ବନା.. ବନା..। ମୋର ଲାଷ୍ଟ୍ ପେଗ୍ ବନା। ଏଇ ଥରକ ଟିକେ ହାର୍ଡ କର୍।

ମୁଁ ତୃତୀୟ ପେଗ୍ ସଜାଡିଲି ମଗା ପାଇଁ। ଲାର୍ଜ.. ହାର୍ଡ..। ମଗା ଗ୍ଲାସ୍ ଉଠାଇ ସୋଡ଼କାଏ ନେଇ ପାଟିକୁ ଅରୁଚି ଲାଗିଲାମିତି ମୁହଁକୁ ବିକୃତ କଲା। ମୁଁ ତା ଗ୍ଲାସ୍‌ରେ ଆଉଟିକେ ସୋଡ଼ା ମିଶାଇଲି।

ମଗା ଆରମ୍ଭ କଲା, ସବୁକିଛି ଠିକ୍‌ଠାକ୍ ଚାଲିଥିଲାରେ ଭାଇ। ହଠାତ୍ ଦିନେ ଫୋନ୍‌ଟାଏ ଆସିଲା। ଫୋନ୍ ସେପଟେ କାନ୍ଦୁଥିଲା ମୋ ଅଠର ବର୍ଷ ତଳର ପ୍ରେମିକା। ଅଠର ବର୍ଷ ତଳର ମୋ ଅବସ୍ଥା କଥା ମନେପକା। ଗ୍ରାଜୁଏସନ୍ କରିସାରି ମୁଁ ଗାଁରେ ବୁଲୁଥାଏ। ଚାକିରି ବାକିରି, ରୋଜଗାର ଫୋଜଗାର କିଛି ନଥାଏ। କଣ୍ଟ୍ରାକ୍‌ଟରି କରି କ୍ଷତି ସହି ଘରେ ଗାଳି ଶୁଣି ମୁହଁ ଲୁଚାଇ ବସିଥାଏ। ସେତିକିବେଳେ ପ୍ରେମିକା ମୋର ଜିଦ୍ ଧରିଲା, ଆମ ଘରେ ମୋ' ବାହାଘର ବୁଝିଲେଣି, ତୁମେ ତୁମ ଘରେ କହି ପ୍ରସ୍ତାବ ପଠାଅ। ନହେଲେ, ମୋତେ ଭୁଲିଯାଅ।

ସେତେବେଳେ ଯୋଉ ମାନସିକ ଅବସ୍ଥା ମୋର; ଛଅମାସ, ବର୍ଷେ ଯାଉ ବୋଲି ଅନେକ ବୁଝାଇଲି। ମତେ ଟିକେ ସମୟ ଦେ' ବୋଲି କହିଲି। ହେଲାନି..।

ଯୋଗକୁ ମାଷ୍ଟରଟାଏ ଠିକ୍ ହେଇଗଲା ଓ ତା' ବାପା ବାହାଘର ଫାଇନାଲ୍ କରିଦେଲା। ଝିଅ ଗୁଣମଣି ବାପା-ମା'ଙ୍କ ଅବାଧ ହେବିନି ବୋଲି ମୋ ଆଗରେ ସକେଇ ପକେଇ, 'ମତେ ଭୁଲିଯାଅ.. ତମକୁ ମୋ' ଭଳି କେତେ ମିଳିବେ.. ମୁଁ ଜାଣିଲି, ତମେ ମୋ' ଭାଗ୍ୟରେ ନାହଁ..' କହି ବାହା ହେଇ ପଳାଇଲା।

କହନାରେ ଭାଇ, କି କଷ୍ଟ ମୁଁ ପାଇଛି ସେତେବେଳେ..। କାନ୍ଦି ପକାଇଛି କେତେ ଥର। କେତେ ଥର ଅଭିଶାପ ଦେଇଥିବି ପ୍ରେମିକାକୁ..ଯେଉଁ ସୁଖ ପାଇଁ ମତେ ଛାଡ଼ିଯାଇଛୁ ତା' ନରହୁ..। ମତେ କନ୍ଦେଇଛୁ.. ତୋ ଆଖିରୁ ବି ଲୁହ ବହୁ..।

ଧୀରେ ଧୀରେ ମନକୁ ବୁଝାଇଲି। ସିଏ ତ' ତା'ର ତା' ବାଟରେ ଗଲା.. ତା' କଥା ଆଉ କାହିଁକି ଭାବିବି.. ବୋଲି ନିଜକୁ ନିଜେ କୋବଲାଇ ନିଜ ସଂସାର ଉପରେ ଧ୍ୟାନ ଦେଲି। କାମଦାମ ଜଞ୍ଜାଳ ବଢ଼ିଲା। ଆଉ ଭାବିନି ତା' କଥା। ମଝିରେ

ମଝିରେ ମନେପଡ଼େ। ଛାତି ରୁଗ୍ ରୁଗ୍ ହୋଇ ପୋଡ଼େ। ପୁଣି ସ୍ତ୍ରୀ-ପିଲାଙ୍କ ମୁହଁକୁ ଚାହିଁଦେଲେ, କାମ ଜଞ୍ଜାଳରେ ବୁଡ଼ିଗଲେ, ତା' ମୁହଁ ଲୁଚିଯାଏ।

ହେଲେ ଅଠର ବର୍ଷ ପରେ ହଠାତ୍ ଫୋନ୍‌ରେ କାନ୍ଦି କାନ୍ଦି ଡାକିଲା ସେ.. ଆସ। ମୋତେ ଟିକେ ଦେଖି ଯାଅ। ମୋର କେହି ସାହା ଭରସା ନାହାନ୍ତି ଏଠି..। ଏସ୍‌ସିବିରେ ପଡ଼ିଛି ମୁଁ। ବଡ଼ କଷ୍ଟରେ ତମ ନମ୍ବର ପାଇ ଫୋନ୍ କରୁଛି, ଥରେ ଆସ।

ବିଶ୍ୱାସ କରିବୁନି, ଯିବି ନା ଯିବିନି ଭାବି ଭାବି ଦି' ଦିନ କାଳ ଧନ୍ଦି ହେଲି। ଶେଷକୁ ଗଲି। ବଡ଼ ଡାକ୍ତରଖାନା ବେଡ୍‌ରେ କଙ୍କାଳସାର ସ୍ୱାମୀକୁ ପକାଇ ଏକା ଜଗିବସିଛି ସ୍ତ୍ରୀ ଲୋକଟା। ସାହା ଭରସା କେହି ନାହିଁ। ଜୋଇଁର ମାଷ୍ଟର୍ ଚାକିରି ବୋଲି ଭାବି ବାପା ଝିଅକୁ ତରବରରେ ବାହା କରାଇ ଦେଇଥିଲା। ହେଲେ ବ୍ଲକ୍ ଗ୍ରାଣ୍ଟ୍ ସ୍କୁଲ୍.. ଦରମା ନାହିଁ। କଷ୍ଟେ ମଷ୍ଟେ ଟିଉସନ୍ କରି ଯାହା ଯେମିତି ଚଳୁଥିଲେ ଦି' ପ୍ରାଣୀ ଛୁଆ ଦି'ଟିଙ୍କ ସହ। ହଠାତ୍ ବାହାରିଲା ବେମାରୀ। ଦି'ଟା ଯାକ କିଡ୍‌ନୀ ଅକାମୀ। ଡାକ୍ତର କହିଲେ ତୁରନ୍ତ ଡୋନର୍ ଯୋଗାଡ଼ କର। ଟ୍ରାନ୍‌ସ୍‌ପ୍ଲାଣ୍ଟ୍ ହବ। ପ୍ରତିରୋପଣ ନହେଲେ ରୋଗୀ କଥା କହିହବନି। ବନ୍ଧୁବାନ୍ଧବ, ସାହିପଡ଼ିଶା ସମସ୍ତେ ଆହା, ଚୁ'ଚୁ' କଲେ ସିନା.. କାହାକୁ ସମୟ ଅଛି ନିଜ ଧନ୍ଦା ଛାଡ଼ି ପର ପାଇଁ ମେଡିକାଲ୍‌ରେ ପଡ଼ି ରହିବାକୁ? ପିଲା ଦି'ଟାଙ୍କୁ ପଡୋଶୀଙ୍କ ଜିମାରେ ଘରେ ଛାଡ଼ି, ଏକଲା ସ୍ତ୍ରୀ ଲୋକଟା ଏପଟେ ରୋଗୀ ସ୍ୱାମୀକୁ ଧରି ମେଡିକାଲ୍‌ରେ କେତେ ଆଉ ଏକଡ଼ ସେକଡ଼ ହବ? ଡୋନର୍ ନାହିଁ.. ପଇସା ନାହିଁ.. ବାଧ୍ୟ ହୋଇ ଶେଷକୁ କୋଉଠୁ ମୋ ଫୋନ୍ ନମ୍ବର ଯୋଗାଡ଼ କରି, ମୋତେ ଫୋନ୍ କଲା..। କାନ୍ଦିଲା, ଡାକିଲା..।

ପ୍ରେମିକାଠୁ ସବୁ ଶୁଣିଲି। ତା' ସ୍ୱାମୀ ପାଇଁ ଔଷଧପତ୍ର ବନ୍ଦୋବସ୍ତ କଲି। ଡୋନର୍ ଯୋଗାଡ଼ ଉଦ୍ୟମ ବି' କରୁଥାଏ। ପ୍ରେମିକା ଜିଦ୍ ଧରିଥିଲା, ସିଏ ନିଜେ ଦବ ଗୋଟେ କିଡ୍‌ନୀ। ହେଲେ ବ୍ଲଡ୍ ଗ୍ରୁପ୍ ମ୍ୟାଚ୍ କଲାନି। ଡାକ୍ତର ଏଣେ ତରତର କରଉଥା'ନ୍ତି..ଶୀଘ୍ର ଡୋନର୍ ଆଣ.. ନହେଲେ କେତେବେଳେ କଣ ହେଇଯିବ.. ଆମକୁ ଦୋଷ ଦବନି।

ଦିନେ ପ୍ରେମିକା କାନ୍ଦି କାନ୍ଦି କହିଲା, ତମ ନିଃଶ୍ୱାସ ବୋଧେ ପଡ଼ିଲା ମୋ ସଂସାର ଉପରେ। ମୁଁ ତମକୁ ବାହା ହେଲିନି ବୋଲି ତମେ ନିଶ୍ଚେ ଅଭିଶାପ ଦେଇଥିବ ମତେ। ସେଇଥିପାଇଁ ଏମିତି ସବୁ ହେଲା..।

ଭାଇରେ, ଚାଏଁ କରି ଲାଗିଗଲା କଥାଟା ଛାତିକୁ। ସତରେ ତ'। କେତେଥର ମନେ ମନେ ଅଭିଶାପ ଦେଇଥିବି, ବିଧବା ହେଇଯା ତୁ'..। ସତେରେ ଆଉ କ'ଣ ମୋ ଅଭିଶାପ ଫଳିଗଲା !

ଭାବି ଭାବି ଶେଷକୁ ନିଷ୍ପତ୍ତି ନେଲି, ନା' ମୁଁ ଯଦି ବିଧବା ହେବାର ଅଭିଶାପ ଦେଇଛି, ତାହେଲେ ମୁଁ ହିଁ ତାକୁ ସଧବା କରି ରଖିବି..। ନିଜର ଗୋଟେ କିଡ୍‌ନୀ ଦେଇ ପ୍ରେମିକାର ସ୍ୱାମୀକୁ ବଞ୍ଚାଇ ରଖିବି।

ପ୍ରେମିକା ଅବଶ୍ୟ ମୋର ଏ ପ୍ରସ୍ତାବରେ ପ୍ରଥମେ ରାଜି ହଉନଥିଲା। ନାଇଁ ନାଇଁ କରୁଥିଲା। ତମେ କିଡ୍‌ନୀ କାହିଁକି କୋଉ ଲୋଭରେ ଦେଲ, ତମ ସହ ମୋର କି' ସମ୍ପର୍କ.. ଏକଥା ସମସ୍ତେ ପଚାରିବେ; କ'ଣ କହିବି ବୋଲି ଦ୍ୱନ୍ଦ୍ୱରେ ପଡୁଥିଲା। ହେଲେ ମୁଁ ମନ ସ୍ଥିର କରିସାରିଥିଲି। ତା'କୁ ବୁଝାଇଦେଲି, ମୋ ପରିଚୟ ଶେଷଯାଏ ଗୋପନ ରହିବ। ବ୍ରେନ୍‌ଡେଡ୍ ଜଣେ ଅଜଣା 'କାଡାଭରିକ୍' ଡୋନରଠାରୁ କିଡ୍‌ନୀ ସଂଗ୍ରହ କରାଯାଇଛି ବୋଲି ସମସ୍ତଙ୍କୁ କୁହାଯିବ। ତା' ସ୍ୱାମୀ ବି' ସେଇଆ ଜାଣିବ। ବାଶ୍.. ଆଉ କ'ଣ ଥିଲା ?

ସେୟା ହିଁ ହେଲା। ଅଢ଼େଇ ମାସ କାଳ ସେଇ ଟ୍ରାନ୍‌ସ୍‌ପ୍ଲାଣ୍ଟ୍ ୟୁନିଟ୍‌ରେ ଏକପ୍ରକାର ଲୁଚି ଲୁଚି ରହି କିଡ୍‌ନୀ ଡୋନେଟ୍ କରି ଫେରିଲି ଘରକୁ। ଘର ଲୋକଙ୍କୁ ତ ଏକଥା କହିବାର ପ୍ରଶ୍ନ ହିଁ ନଥିଲା। ସେତେବେଳେ ଅବସ୍ଥା ଏମିତି ଥିଲା ଯେ, ଅନ୍ୟ କାହାକୁ ଏକଥା ଜଣାଇବା ବି' ସମ୍ଭବ ନଥିଲା।

ଫେରିଲା ବେଳକୁ ଏଣେ ସବୁ ଓଲଟପାଲଟ। ଠିକାଦାରୀ କାମ ମାନେ ଆଖିରୁ ଉଡ଼ାଳ କଲ ତ' ମଲ। ତା' ହିଁ ହେଲା। ସୁପରଭାଇଜର୍, ଲେବର୍ ସବୁ ଚାଲିଗଲେ। ସଂସ୍ଥା ଭୁଶୁଡ଼ିଗଲା। ଏବେ ଭାବି ବସିଲା ବେଳକୁ ହାତରେ ଆଉ କିଛି ନାହିଁ। ଆଖି ପଲକରେ କ'ଣ ସବୁ ଏମିତି ହେଇଗଲା ବୋଲି ଭାବିଲା ବେଳକୁ ଦେହ ଶୀତେଇ ଉଠୁଛି। ଏଣେ ସଂସ୍ଥା ବୁଡ଼ିଲା ବେଳକୁ ତେଣେ ଟ୍ରାନ୍‌ସ୍‌ପ୍ଲାଣ୍ଟ୍ ପରର ଚିକିତ୍ସା, ଔଷଧ, ଯତ୍ନ। ଘରେ କହି ବି' ହେଉନି। ସେଇଥିପାଇଁରେ ଭାଇ, ଏଇ ଟୁଙ୍ଗୀରେ ଏମିତି ଏକା ଏକା ଚୁପ୍‌ଚାପ୍ ବସି ରହୁଛି ତିନି ମାସ ହେଲା। ଭାବି ହେଉଛି, କ'ଣ କେମିତି ସବୁ ଓଲଟପାଲଟ ହେଇଗଲା ଜୀବନରେ, ମୁହୂର୍ତ୍ତକ ମଧ୍ୟରେ।

ଅବଶ୍ୟ ଖୁସି ଲାଗୁଛି, ଯା'ହଉ.. ମୋ ନିଜ ଅଭିଶାପକୁ ତ' ମୁଁ ଟଳେଇ ଦେଇ ପାରିଲି। ଜଣଙ୍କୁ ଜୀବନ ଦାନ ତ ଦେଇପାରିଲି। ପ୍ରେମିକା ଏବେ ମଝିରେ ମଝିରେ ଫୋନ୍ କରୁଛି। ବେଶ୍ ଖୁସି ଅଛି ସେ ତା' ସ୍ୱାମୀ ପାଇଁ.. ତା ସଂସାର ପାଇଁ। ହେଲେ କାନ୍ଦୁଛି, ମୋ ପାଇଁ..।

ଏକା ନହସରେ ଏତେ ଗୁଡ଼ାଏ କଥା କହିସାରି ମଗା ଲମ୍ବା ନିଃଶ୍ୱାସଟେ ପକାଇଲା। ପେଗ୍‌ର ଶେଷାର୍ଦ୍ଧତକ ଏକା ଢୋକରେ ପିଇଦେଇ ତକିଆଟାଏ ପିଠି

ପଛକୁ ଟାଣି ନେଇ ଖଟ ଉପରେ କାନ୍ଥକୁ ଆଉଜି ବସିଲା। ତା' ଦୃଷ୍ଟି ଲମ୍ବିଗଲା ଦୂରକୁ..।

ମୋ ପାଟିରୁ କଥା ବାହାରୁନଥାଏ। ଆଖିରେ ପଲକ ବି' ପଡୁନଥାଏ। ମୁଁ ଚାହିଁ ରହିଥାଏ ମଗାର ମୁହଁକୁ। ମଗାର ଆଖି ବୁଜି ହୋଇ ଆସୁଥାଏ.. ପରମ ଶାନ୍ତିରେ, ଚରମ ତୃପ୍ତିରେ..। ଯେଉଁ ପ୍ରେମିକାକୁ ସେ ଦିନେ ବିଧବା ହେବାର ଅଭିଶାପ ଦେଇଥିଲା, ତାକୁ ପୁଣି ସଧବା କରି ରଖିବା ପାଇଁ, ନିଜ ଜୀବନକୁ ବାଜି ଲଗାଇ ଦେଇ ପାରିଥିବାର ଆତ୍ମତୃପ୍ତି ଟିକକ, ତା' ମୁହଁରେ ଉଜ୍ଜ୍ୱଳତା ଉକୁଟାଉଥାଏ..।

ସେଦିନ ବୋଧେ ଅନେକ ସମୟ ମୁଁ ବସି ରହିଥିଲି ସେମିତି ନିର୍ବାକ୍ ନିସ୍ପନ୍ଦ ପାଲଟି।

ଢେର୍ ସମୟ ପରେ ପ୍ରକୃତିସ୍ଥ ହେଲି। ଚାରିପଟକୁ ଅନାଇଲି। ତୃତୀୟ ପେଗ୍ ସରି ମଗାର ଖାଲି ଗ୍ଲାସ୍ ଗଡୁଛି ବିଛଣାରେ। କାନ୍ଥକୁ ଆଉଜି ଆରାମ୍ କରୁ କରୁ ମଗା କେତେବେଳୁ ଶୋଇପଡ଼ିଲାଣି ନିଶ୍ଚିନ୍ତ ନିଦରେ।

ମୋ ହାତରେ ସେମିତି ରହିଛି ଭରପୂର୍ ଗ୍ଲାସ୍.. ଉଛୁଳୁମୁଛୁଳୁ ତୃତୀୟ ପେଗ୍। ଗ୍ଲାସ୍ ଉଠାଇଲି ଓଠ ପାଖକୁ। ଯାଉନି.. ହାତ ଥରୁଚି..। ଚାହିଁଲି ମଗାକୁ। ସେ ଏଥର ସାନସାନ ଘୁଙ୍ଗୁଡ଼ି ମାରିବା ଆରମ୍ଭ କରିଦେଲାଣି। ଅଣ୍ଟା ପାଖରୁ ଅଳ୍ପ ଖସିଯାଇଛି ତା' ଲୁଙ୍ଗୀ। ନିଃଶ୍ୱାସ ପ୍ରଶ୍ୱାସ ସହ ତାଳ ଦେଇ ଉଠ୍‌ପଡ଼ ହେଉଛି ତା' ପେଟ। ଲୁଙ୍ଗୀ-ଗଞ୍ଜି ସନ୍ଧିରୁ ରହିରହି ଅସ୍ପଷ୍ଟ ଭାବେ ଦିଶିଯାଉଛି ତା' ତଳିପେଟର ଅପରେସନ୍ କଟା ଚିହ୍ନ। ଏବେ ବି' ପୂରା ଶୁଖିନି କ୍ଷତ..।

ପ୍ରେମିକାକୁ ସଧବା କରି ରଖିବାକୁ ପଣ କରି, ତା' ସ୍ୱାମୀକୁ କିଡ୍‌ନୀ ଦେଇ ଆସିଥିବା 'ମଗା' ମତେ ଆଉ ମଣିଷ ପରି ଦିଶୁନଥାଏ। ଦିଶୁଥାଏ ନିଶ୍ଚିନ୍ତରେ ନିଦକରେ ଶୋଇଥିବା କୁନି ଦେବତାଟେ ପରି।

ମୁଁ ମଗା ମୁହଁକୁ ଚାହିଁ ଗ୍ଲାସ୍ ଉଠାଇନେଲି ଓଠ ପାଖକୁ। ଏକା ନିଃଶ୍ୱାସକେ ଗ୍ଲାସ୍ ଖାଲି କରିଦେଇ, ଖାଲି ଗ୍ଲାସ୍ ତା' ଆଡ଼କୁ ବଢ଼େଇ କହିଲି, ଚିୟର୍ସ..।

ମୋ ଆଖିକୁ ମଗାର ମୁହଁ ସେତେବେଳକୁ ଦିଶୁଥାଏ ଜାଲ୍‌ଜାଲୁଆ.. ଅସ୍ପଷ୍ଟ.. ଅନ୍ଧାରିଆ..। ମତେ ନିଶା ଘାରିସାରିଥାଏ କି' କ'ଣ..।

କି' ମୁଁ କାନ୍ଦୁଥାଏ..!!

■

(କଥା: ଜୁନ୍ ୨୦୧୮)

ଏକ ମଧୁର ଦୁର୍ଘଟଣାର ଧାରାବିବରଣୀ

ସକାଳ ଛଅରୁ ସାତ୍; ଘଣ୍ଟାକ ଭିତରେ ତିନି ଥର ରେଳଗାଡ଼ିର ଗର୍ଜନ ଶୁଭେ ରୋହୀ(ତ୍) ଦାସର ଘର ପଛପଟେ। ତା' ପାହାନ୍ତି ପହରର ଜାଂଗୁଲୁ ଜାଂଗୁଲୁ ନିଦ ଭାଙ୍ଗି ଦେବାକୁ ଗୋଟେ ଗର୍ଜନ ହିଁ ଯଥେଷ୍ଟ। ତେବେ, ବିଛଣାରେ ପଡ଼ି ପଡ଼ି ତିନି ତିନିଟା ଗର୍ଜନକୁ ହଜମ୍ କରେ ରୋହୀ ଦାସ। ଧୀରେ ଧୀରେ ରେଳଗାଡ଼ି ଦୂରେଇଯାଏ; ଗାଡିର ଛୁକ୍ ଛୁକ୍ ଶବ୍ଦ କିନ୍ତୁ ସଂଚରି ଆସେ ତା ଛାତି ଭିତରକୁ।

ରୋହୀ ଦାସ ମନେପକାଏ, କେଉଁଠି ଗୋଟେ ପଢ଼ିଥିଲା ସେ - ସଂସାରର ସବୁ ସୁନ୍ଦରୀ ଝିଅ ଗୋଟେ ଗୋଟେ ରେଳଗାଡ଼ି ପରି। ସେମାନଙ୍କଠୁଁ ନିରାପଦ ଦୂରତ୍ୱ ବଜାୟ ରଖି ଖାଲି ସେମାନଙ୍କ ଆତଯାତ ଦେଖି ଖୁସି ହେଇହୁଏ। ନତୁବା, ସେମାନଙ୍କ ହୃଦୟ ଭିତରେ ଜାକିଜୁକି ହୋଇ ପଶିଯାଇ ବେଶ୍ ଆରାମ୍‌ରେ ଜୀବନର ଲମ୍ବା ରାସ୍ତା ପାର୍ କରିହୁଏ। ସାମ୍ନାସାମ୍ନି ହେଲେ କିନ୍ତୁ ଦୁର୍ଘଟଣା ଘଟିବାର ଆଶଙ୍କାଟି ବରାବର ଥାଏ।

ଦୁର୍ଘଟଣା.. ଆଃ..- ଶବ୍ଦଟି ଉଚ୍ଚାରିବା ମାତ୍ରେ ରୋହୀ ଦାସ ଆଖି ସାମ୍ନାରେ କେଜାଣି କେତେ ରକ୍ତରଂଜିତ ଦୃଶ୍ୟ ମୁହୂର୍ତ୍ତକ ପାଇଁ ଝଲସି ଉଠି ପୁଣି ଅପସରି ଯାନ୍ତି। ବିକଳ ବିରକ୍ତିରେ ରୋହୀ ଦାସ ବିଛଣାରୁ ଉଠି ଆସି ଝର୍କା ଖୋଲେ। ସାମ୍ନା ଘରର ଝର୍କା ପାଖେ ବସି ତନୂ ବେଣୀ ସଜାଉଥାଏ, ନହେଲେ ଓଠ ରଂଗାଉଥାଏ।

ସ୍.. ସ୍.. ସ୍.. ଚିକ୍ ଚିକ୍..- ଦୂରଦର୍ଶନରେ ପ୍ରଦର୍ଶୀତ ଏକ ଲୋକପ୍ରିୟ ବିଜ୍ଞାପନକୁ ଅନୁକରଣ କରି ରୋହୀ ଦାସ ଆୱାଜ୍ ଦିଏ ତ' ତନୂ ମୁଣ୍ଡ ଉଠାଏ। ଚଙ୍ଗ ଚଙ୍ଗ ହୋଇ ଏପଟ ସେପଟ ଚାହିଁ ଫିକ୍ କରି ହସିଦିଏ। କେବେ ହାତ ମୁଠା କରି ରୋହୀ ଦାସର ଅପରିଣାମଦର୍ଶିତା ଓ ନିର୍ବୋଧତା ପାଇଁ ଦିନେ ନିଶ୍ଚେ ସେମାନେ ଫାନ୍ଦରେ ପଡିବେ ପରି ଭାବଟେ ମୁହଁରେ ଉକୁଟାଇ ବିଧା ଉଞ୍ଚାଏ ତ' ପୁଣି କେବେ ଆଖିରେ ଆଖିରେ ମତେ ଛୁଁ .. ମତେ ଛୁଁ .. ଭାବ ଖେଳେଇ ଜିଭ କାଢି ଖତେଇ ହୁଏ।

ଭିତରେ ଭିତରେ କ୍ରମଶଃ ଚୂର୍‌ମାର୍ ହେଇ ଚାଲିଥିବା ରୋହୀ ଦାସ ଏକ ବିଶେଷ ଭଙ୍ଗୀରେ ଆଙ୍ଗୁଠିକୁ ଓଠରେ ଦାବି, ପର ମୁହୂର୍ତ୍ତରେ ଓଠ ଫାଙ୍କରୁ ଆଙ୍ଗୁଠି ଅପସାରଣ କରି ସ୍ଫୁଟନିକ ଚୁମାଟେ ହାଓ୍ୱାକୁ ଫିଙ୍ଗେ। ଏବଂ ଫିଙ୍ଗିଥିବା ଚୁମାଟିକୁ ତନୂ ସାଗ୍ରହେ ଧରିନେଇ ନିଜ ଓଠରେ ଲଗେଇ ପିନ୍ଧିଥିବା ଟପ୍‌ର ଭି-କଟ୍ ବେକ ବାଟେ ହାତ ଗଳେଇ ସିଧା ସିଧା ହୃଦୟ ଭିତରକୁ ପ୍ରେରଣ କଲା ବେଳେ, ନିଷ୍ପଲକ ଆଖିରେ ରୋହୀଦାସ ତାକୁ ଚାହିଁ ରହିଥାଏ।

●●

ଅପେକ୍ଷାକୃତ ନିରୁପଦ୍ରବ ଓ ନିଥର ମନେ ହେଉଥିବା ତନୂର ଛୋଟ ଘରଟି, ତନୂର ମୋଟା-ପେଟୁଆ-ନିଶରଖା-ଘାଗଡା ସ୍ୱରରେ କଥା କୁହା, ବାପା ନାମକ ଓଭର୍‌ସିଅର୍ ଅସୁରଟିର ମର୍ଜି ଓ ତତ୍ତ୍ୱାବଧାନରେ ପରିଚାଳିତ ବନ୍ଦୀଗୃହଟେ ପରି ପ୍ରତୀୟମାନ ହୁଏ ରୋହୀଦାସକୁ।

ଯେଉଁଠି ତନୂଶ୍ରୀ ନାମ୍ନୀ ସୁକୁମାରୀ ରାଜକୁମାରୀଟି ରୋହୀଦାସ ରୂପୀ ବୀର ରାଜକୁମାରର ପଥ ଚାହିଁ ଚାହିଁ ସତେକି' ଅହରହ ଲୁହ ଗଡାଉଥାଏ ଦୁଃଖରେ।

ତନୂର ଘର ଆଗରେ ଥାଏ ଗୋଟେ ଧଳା ମନ୍ଦାର ଗଛ - ଆଉ କିଛି ଗୁଆ ଓ ଦେବଦାରୁ। ଥାଏ ବି ଗୋଟେ ଚଉତରା, ଯେଉଁଠି ନିତ୍ ସଞ୍ଜବେଳେ ତନୂର ମାଷ୍ଟ୍ରାଣୀ ମା' ଏବଂ କେବେ କେବେ (ଏଇ କେବେକେବେ'ଟି ଘଟିଥାଏ ଫି' ମାସରେ ତିନି ଚାରି ଦିନ - ଯେଉଁ ଦିନମାନଙ୍କରେ ତନୂର ମାଷ୍ଟ୍ରାଣୀ ମା' ନିଜ ଅଜାଣତରେ କୁକୁରଘୁଅ ମାଡ଼ି ପକାଏ ଓ ସଞ୍ଜ ଦେବା, ଠାକୁରପୂଜା କରିବା ଭଳି ପବିତ୍ର କାମମାନଙ୍କରୁ ନିବୃତ୍ତ ରହେ) ତନୂ ନିଜେ, ସଞ୍ଜବତୀ ଜାଳି ମୁଣ୍ଡିଆ ମାରୁଥାଏ। ଚଉତରାକୁ ଲାଗିକରି ଘୂରିଥାଏ ଗ୍ରୀଲ୍। ଗ୍ରୀଲ ସେପଟେ ବାରଣ୍ଡା। ବାରଣ୍ଡାରେ କଟା ବାଘ-ବକ୍‌ରୀ ଓ ଚେସ୍ ଘରର ନକ୍ସା।

ତନୂ ବାଘ-ବକ୍‌ରୀ ଖେଳେନା। ଚେସ୍ କଥା ଉଠିଲେ ତା ମୁଣ୍ଡ ଧକ ଧକ ବିନ୍ଧେ। ଚମତ୍କାର ଚେସ୍ କିନ୍ତୁ ଖେଳେ ତା ସାନ ଭଉଣୀ ଲିନୁ। (ରୋହୀଦାସ ଭାବେ, ଲିନୁଟା ଛୁଆଟା-ଏଯାଏ ରିଲିଜ୍ ହେଇନି। ଯେଉଁଦିନ ହବ, ସାରା କଲୋନୀ କମ୍ପିବ) ଲିନୁ କନ୍‌ଭେଣ୍ଟରେ ପଢେ - ଚଷମା ଲଗାଏ - ପିନ୍ଧା ଫ୍ରକ୍ ଉଡ଼ାଇ ଉଡ଼ାଇ ଜୋର୍ ଜୋର୍ ସାଇକେଲ ଚଲାଏ - ତନୂ ସାଙ୍ଗେ କଳି କରି ତା ବେକକୁ ଆମ୍ପୁଡି ଖଣ୍ଡିଆ କରିପକାଏ। ବୋପାଠଉଁ ଧୁମ୍ ଛେଚା ଖାଏ।

ଏବଂ କାନ୍ଦେ। କାନ୍ଦୁ କାନ୍ଦୁ ଗଳି ରାସ୍ତାରେ ଭାଗି ଆସେ ରୋହୀଦାସର ଘରକୁ। ଘରେ ରୋହୀଦାସ ଏକା। ଲିନୁକୁ ଦେଖି ରୋହୀଦାସ ଉଲୁସେ ଖୁସିରେ। ପଚାରେ, ଚେସ୍ ଖେଳିବା ? ଲିନୁ ମନାକରେ। ବାଘ-ବକରୀ ? ଲିନୁ ମୁଣ୍ଡ ହଲାଏ।

ଅମୂଲ ଖାଇବୁ?.. ବିସ୍କୁଟ୍? - ଲିନୁ ବଲ ବଲ କରି ଖାଲି ରୋହୀଦାସର ମୁହଁକୁ ଚାହେଁ। ହଁ କି ନାହିଁ ତୁଣ୍ଡ ଖୋଲେନି। ରୋହୀଦାସ ବୁଝିଯାଏ।

କପ୍‌ବୋର୍ଡରୁ ଅମୂଲ୍ ଡବା, ବିସ୍କୁଟ୍ ପାକିଟ୍, ଜାମ୍, ଜେଲି ଆଉ ଯେତେ ଯା' ଆଚାର ଥାଏ ସବୁ ଆଣି ଲିନୁ ସାମନାରେ ଗଦେଇ ଦିଏ। କହେ, ଖାଇଯା.. ଯାହା ପାରୁଛୁ ଖାଇଯା। ନଖାଇ ପାରିଲେ ନେଇଯା। ତୋ ନାନୀକୁ ଦବୁ - ମୁଁ ଦେଇଚି ବୋଲିକି' କହିବୁ।

କାନ୍ଦ କାନ୍ଦ ଲିନୁ ଅବାକ୍ ଆଖିରେ ଚାହେଁ ରୋହୀଦାସକୁ। କହେ, ମୋର କେହି ଭାଇ କାହିଁ ନାହିଁ?

ରୋହୀଦାସ ହସେ। (ହସର କାରଣ - ମୋତେ କଣ ପଚାରୁଛୁ? ଯା ତୋ ମା'କୁ ପଚାର୍ - ସେ କହିପାରିବ। ଆଗକୁ ଭାଇଟାଏ ଆଣିବାକୁ ପ୍ରୋଗ୍ରାମ୍ ଅଛି କି ନାହିଁ। ହେଃ..) ହସୁ ହସୁ କହେ - କିଏ କହିଲା ନାହିଁ ବୋଲି? ମୁଁ ପା' ଅଛି। ତୁ କିନ୍ତୁ ମତେ ଭାଇ ଡାକିବୁନି। ଡାକିବୁ - ଭାଇନା। କଣ୍?

ଭାଇନା..- ଲିନୁ ମୁରୁକିହସା ମାରେ। ହେଲେ ଭାଇନା କାହିଁକି.. ପଚାରେ।

ଚୁଃ..ବୋକୀଟା ..ତୋ ନାନୀକି ମୁଁ ବା'ହେଲେ ତୋର କଣ ହେବି? ଭାଇନା ନା ନାହିଁ?

- ଠିକ୍ ଠିକ୍ କହି ଲିନୁ ଖିଲି ଖିଲି ହସେ। ମୁଠାଏ ଅମୂଲ୍ ପାଟିରେ ପୂରାଇ ଚାକୁଳେ। ଅମୂଲ ଗୁଣ୍ଡ ଉଡି ତା ଚଷ୍ମା କାଚ ଧଳା ଫର୍ଫର ଦିଶେ।

ଏଇ ନେ ବିସ୍କୁଟ୍ - ମୋର ଗୋଟେ କାମ କରିବୁ? - ରୋହୀଦାସ ପଚାରେ ତ' ଲିନୁ ଫ୍ରକ୍ ପାକିଟିରେ ବିସ୍କୁଟ୍ ପୂରଉ ପୂରଉ ମୁଣ୍ଡଟି ଟୁଙ୍ଗାରେ।

ଏଇଟା ନେଇ ନାନୀକି ଦେଇଦବୁ - ଖବରଦାର - ଆଉ କା ହାତରେ ଯେମିତି ନପଡେ - ରୋହୀଦାସ ଲିନୁ ହାତରେ ଚିଠି ଗୁଞ୍ଜୁ ଗୁଞ୍ଜୁ କହେ। ଲିନୁ ଆସ୍ତିସୂଚକ ମୁଣ୍ଡ ହଲାଏ ଓ ଆଚାର ଚିରୁଡାଏ ଧରି ଦୌଡି ପଳାଏ।

●●

ରୋହୀଦାସର ନିଜ ଇଲାକା ଭିତରେ ଆସବାବ କହିଲେ ସିଙ୍ଗଲ୍ ଖଟଟେ ଓ ଆର୍ମ ଚେୟାରଟେ। ଚେୟାରରେ ଆଉଜି ବସି ଜିକେ ଘୋଷୁ ଘୋଷୁ ରୋହୀଦାସର ଆଖି ମୁଦି ହେଇଯାଏ। ମୁଦା ଆଖି ଭିତରେ ଚହଲିଯାଏ ସ୍ୱପ୍ନ। ସ୍ୱପ୍ନରେ, ଜହ୍ନ ଆଲୁଅରେ ଭିଜା ଗୋଟେ ନହ୍ନିମୁନି କୁନି ଝିଅ ତାକୁ କୁତୁକୁତୁ କରୁଥାଏ ଓ ଗେଲ ଦେଇ ବଦଳରେ ଗେଲ ମାଗୁଥାଏ..।

କ୍ରମବର୍ଦ୍ଧମାନ ଠକ୍ ଠକ୍ ଶବ୍ଦର ଲହରଟିଏ ତା ପାଖରେ ଆସି ସ୍ଥିର ହେବା

ମାତ୍ରେ, ରୋହୀଦାସ ଜାଣିପାରେ ଘଣ୍ଟାରେ ଗୋଟାଏ ଚାଳିଶ୍। ତନୂର କଂପ୍ୟୁଟର ଟ୍ରେନିଂ କ୍ଲାସ୍ ସାଢେ ଦଶରେ ଆରମ୍ଭ - ସାଢେ ଗୋଟେରେ ଶେଷ - ସବୁଜ ସ୍କୁଟିରେ ଘରକୁ ଫେରିବାକୁ ଲାଗେ ଠିକ୍ ଆଠରୁ ନଅ ମିନିଟ୍। ଘର ସାମ୍ନାରେ ସ୍କୁଟି ଥୋଇ ସାମ୍ନା ଘରକୁ ଆସିବାକୁ ଆଉ ମିନିଟିଏ କି ଦୁଇ ମିନିଟ୍। ଖରାବେଳଟାରେ, ବାପାର ଅଫିସ୍ ତ' ମା'ର ସ୍କୁଲ। ତନୂ ପାଇଁ ମଉକା।

କଣ ସବୁ ପଢିକରି ଓଲଟେଇଚୁ ଆଜି.. ଟିକେ କହିଲୁ.. ଶୁଣିବା - ରୋହୀଦାସ ବିଲିବିଲି ହୁଏ।

ଇଃ ମା.. ମୁଁ ଭାବୁଛି ତମେ ନିଦରେ ଶୋଇଚ ନା! ମୋତେ ଦେଖି ଚମକି ପଡିବ!! କହେ ଅବାକ୍ ତନୂ।

ରୋହୀଦାସ ହସେ। କହେ - ଝିଅ ମାନଙ୍କ ବୁଦ୍ଧି କଣ ପୁଅମାନଙ୍କ ପରି ମୁଣ୍ଡରେ ଥାଏ କି? ଥାଏ ଗୋଡରେ.. ଯୋଉଥିପାଇଁ ସେମାନେ ଚାଲିଲାବେଳେ ଠକ୍ ଠକ୍ ଶବ୍ଦ ଶୁଭେ - ଆଉ, ବୁଦ୍ଧିମାନ୍ ପୁଅଟେ ଆଖି ବୁଜି ମଧ୍ୟ ସେମାନଙ୍କ ଆସିବା କଥା ଜାଣିନିଏ..।

- ଓହୋଃ..! ସେଇଥିପାଇଁ ତାହେଲେ ପୁଅମାନେ ଝିଅଙ୍କୁ ଗୋଡେ ଗୋଡେ ଜଗି ତାଙ୍କ ଚାରିକଡେ ନସରପସର ହୁଅନ୍ତି, ବୁଦ୍ଧି ଧାର୍ ନବା ପାଇଁ!! ମୁଁ ଭାବୁଚି ଆଉ କଣ ବୋଲି..- ଖଟ ଉପରେ ବସୁ ବସୁ ତନୂ ଉଘା ଦିଏ।

- ମନେ ମନେ ନିଜକୁ ଏତେ ସ୍ମାର୍ଟ ଭାବ୍‌ନି ମ! କେତେବେଳେ ଫିଉଜ୍ ହୋଇଯିବୁ - ରୋହୀଦାସ ଆଖି ଖୋଲି କହେ।

- କର ତ ଦେଖି ଫିଉଜ୍, ଦେଖିବା କେଡେ ବୁଦ୍ଧିଆ ତମେ - ତନୂର କଣ୍ଠସ୍ୱରରେ ଆତ୍ମବିଶ୍ୱାସର ଝଲକ୍ ଫୁଟିଉଠେ।

- ଓ.କେ., ରୋହୀଦାସ ସଜାଡି ହୋଇ ବସେ। ହାରିଲେ ଗୋଟେ ଚୁମା ଦବୁ, ଜିତିଲେ ଗୋଟେ ଚୁମା ନବୁ। ରହିଲା ସର୍ତ୍ତ। ରାଜି?

- ଥାଉ ଥାଉ, ଏତେ ଫାଜିଲାମି ଦେଖାଅନି ମୋ ଆଗରେ। ଜାଣିନା ତ ଶୁଣ - ଗୋଟେ କିସ୍‌ରେ ଥାଆନ୍ତି ଚାଳିଶି ହଜାର୍ ପ୍ରାଣଘାତୀ ଜୀବାଣୁ - ଆନ୍‌ଥ୍ରାକ୍ସ!!

- ଚାଳିଶ ହଜାର ଛାଡି ଚାରି ଲକ୍ଷ ଥାନ୍ତୁ। ମୁଁ ମୋର ରିସ୍କ ନେବି। ତୋର କଣ ଅସୁବିଧା ହଉଚି? ରୋହୀଦାସ ଏଥର ଆଖିମିଟିକା ମାରି ହସେ ତ' ତନୂ ମୁଣ୍ଡ ପୋତେ।

- ପଚାରିବି ତାହେଲେ? ରୋହୀଦାସର କଣ୍ଠ ଉତ୍ତେଜନାରେ ଭାରୀ ଭାରୀ ଶୁଭେ। ତନୂ ମୁଣ୍ଡ ହଲାଇ ହଁ କରେ।

- ତେବେ କହ, କୋଉ ମାସରେ ଝିଅମାନେ କମ୍ ଗାଧାନ୍ତି ?

- ହେଃ.. ଏଇଟା ଗୋଟେ ପ୍ରଶ୍ନ ! !

- ଆସୁନି ତ କହିବୁ। ଏଣୁ ତେଣୁ କହୁଛୁ କଣ.. ହାର୍ ମାନ୍..।

- ମାନିଲି।

- ଫେବ୍ରୁଆରୀ ମାସରେ। କାରଣ, ସେ ମାସରେ ସବୁ ମାସ ଅପେକ୍ଷା କମ୍ ଦିନ ଥାଏ। ଏଥର କହ.. ଝିଅ ମାନଙ୍କର ପ୍ରିୟ ବନ୍ଧୁ କିଏ ?

- ମା'।

- ଭୁଲ। ଠିକ୍ ଉତ୍ତର ହେଉଛି ଅଇନା। ଏଥର କହ - ତୋ ପାଖରେ ଲଣ୍ଠନ୍‌ଟେ, ମହମବତିଟେ ଆଉ ଦୀପଟେ ଅଛି। ଦିଆସିଲିରେ ଅଛି ମାତ୍ର ଗୋଟିଏ କାଠି। କେଉଁଟା ତେବେ ତୁ ପ୍ରଥମେ ଜଳେଇବୁ ?

- ମହମବତି

- ଧେତ୍ ବୋକୀ.. ପ୍ରଥମେ ଦିଆସିଲି କାଠି। ଭାବି ଦେଖ୍ ଠିକ୍ କି ଭୁଲ୍ ! ଆଚ୍ଛା, ଏଥର ଗୋଟେ ସହଜ ପ୍ରଶ୍ନ। ଅନ୍ୟ ସ୍କୁଲ କଲେଜ ପରି ଓମେନ୍‌ସ୍ କଲେଜ ଆଗରେ ଡ୍ରାଇଭ୍ ସ୍ଲୋ ବୋର୍ଡ ନଥାଏ କାହିଁକି ?

ତନୁ ଓଠ ଭିଙ୍ଗେ, ମୁଣ୍ଡ ହଲାଏ ଓ କହିପାରିବିନି ସୂଚାଏ।

- ଦୂର୍.. ବୋର୍ଡ ଦର୍କାର୍ କଣ ? ଝିଅଙ୍କୁ ଦେଖିଲେ ଗାଡି ଆପେ ଆପେ ସ୍ଲୋ ହେଇଯିବ ପରା ! ତନୁ ଫିକ୍ କରି ହସେ ଓ ରୋହୀଦାସ କଥାକୁ ସ୍ୱୀକାରିନିଏ।

ପାଞ୍ଚଟା ଚୁମା ପାଇବାକୁ ହେଲାଣି ମୋର - ଗଣୁଥା - ନଇଲେ ଦେଲାବେଳେ ପଛରେ ପୁଣି ଖେଳିବୁ ମୋ ସାଙ୍ଗେ..।

- ଚୁମ୍ମା ? ଛୁଅଁତ' ଦେଖି ମୋତେ - କଣ କରିବି ଦେଖିବ - ତନୁ ରାଗିଲା ରାଗିଲା ଦିଶେ।

- ହାଁ ହାଁ.. ରହ ଟିକେ। ଏଇ ଛୁଇଁବା କଥାରୁ ମନେପଡିଲା। ମତେ ଏମିତିକା ଗୋଟେ ଟେକ୍‌ନିକ୍ ମାଲୁମ୍, ଯେଉଁଥିରେ ତୋ ଦେହକୁ ନଛୁଇଁ ବି ତୋତେ ମୁଁ ଚୁମା ଦେଇପାରିବି।

- ମାନେ ?

- ମାନେ ଏୟା କି ତୋ ଶରୀରର କୌଣସି ଅଙ୍ଗକୁ ମୁଁ ଛୁଇଁବିନି - ଅଥଚ ଶୂନ୍ୟେ ଶୂନ୍ୟେ ତୋ ଓଠରେ ମୋ ଓଠ ଚୁମା ଦେବ।

- ତେବେ ତ ମୋ ଓଠକୁ ତମ ଓଠ ଛୁଇଁବ

- ଉ ହୁଁ ! ତା ବି ହବନି - ଛୁଇଁବାର ମୋଟେ ପ୍ରଶ୍ନ ନାହିଁ ପରା !

- ଇମ୍‌ପସିବ୍‌ଲ୍

- ହେଇଯାଉ ତେବେ ଚାଲେଞ୍ଜ..। ମୋ ତରଫରୁ ଦି ଟଙ୍କା – ଏଇ ବାହାରକଲି ସାଙ୍ଗେ ସାଙ୍ଗେ।

- ରାଜି, ଘୋଷଣା କରେ ତନୂ ଓ ବସେ ଚୁପ୍ ହୋଇ – ଆଖିରେ ମୁହଁରେ ଉତ୍ସୁକତା ଖେଳାଇ।

- ଏବେ ଆଖି ବନ୍ଦ୍ କର .. ରୋହୀଦାସ କହେ

- କାଇଁ, ଆଖି ବୁଜିବାକୁ ତ ସର୍ତ୍ତ ନଥିଲା..

- ତୋର ତାହେଲେ ଚାଲେଞ୍ଜ୍ ମାରିବାର ନଥିଲା .. ମୁଁ ମିଛରେ ଏତେଗୁଡେ ସମୟ..

ହେଲା.. ହେଲା.. କହି ଆଖି ବନ୍ଦ କରେ ତନୂ। ରୋହୀଦାସ୍ କପଟୀ ହସଟେ ହସେ – ଏଣିକି ତେଣିକି ଚାହେଁ ଓ କଅଁଳେଇକି' ତନୂର ଓଠରେ ଗାଢ ଚୁମାଟିଏ ଦିଏ।

ଧଡ୍ କରି ଆଖି ଖୋଲେ ତନୂ – ଏଇ ତ' ଛୁଇଁଲ ମୋ ଓଠ..।

- ନଉନୁ ଦି ଟଙ୍କା, କିଏ ମନାକରୁଚି କି ଦବାକୁ? ଜିତିଲୁ ତ ନବୁ.. କହି ମୁଲାଏମ୍ ହସଟେ ହସି ଓଠ ପୋଛୁ ପୋଛୁ, ଦୋ'ଟଙ୍କି କଏନ୍‌ଟି ତନୂର ହାତମୁଠାରେ ଗୁଞ୍ଜେ ରୋହୀଦାସ।

ଏତେ ସହଜରେ ଅଥଚ ସାଂଘାତିକ ଭାବରେ ଠକିଯାଇଥିବା ହେତୁ ତନୂର ନାକପୁଡା ଫୁଲିଉଠେ। କପାଳରେ ସ୍ୱେଦବିନ୍ଦୁ ଚିକ୍ ଚିକ୍ କରେ।

ମାଙ୍କଡ.. ଚୋର .. କହି ତନୂ ଗାଳିଦେବା ଆରମ୍ଭ କରେ। ତା ଅଥାର ମୁହଁ, ଉଠ୍‌ପଡ୍ ଛାତି ଓ ଖର ନିଃଶ୍ୱାସ ଦେଖି ରୋହୀଦାସ ହସି ହସି ଗଡିଯାଏ।

●●

ଗପ କହିଲାବେଳେ ହଉ କି ଯୁକ୍ତି କଲାବେଳେ, ରୋହୀଦାସର ସ୍ଥିତପ୍ରଜ୍ଞତା ସବୁବେଳେ ଚାଲିଥାଏ ସମାନ୍ତର ହୋଇ – ତା ଅଧାମୁଦା ଆଖି ଆଉ ଲିନୁର ହୁଁ ସହ ତାଳ ମିଳାଇ ମିଳାଇ।

ଗୋଟେ ଗପ ଶୁଣ୍ – ରୋହୀ ଦାସ ଆରମ୍ଭ କରେ – ପ୍ରଥମେ ଈଶ୍ୱର ଆକାଶ ତିଆରି କଲେ। କ୍ଲାନ୍ତି ଦୂର ପାଇଁ କିଛି ସମୟ ବିଶ୍ରାମ କଲେ। ତାପରେ ପୃଥିବୀ ତିଆରି କଲେ – ଟିକେ ରେଷ୍ଟ ନେଲେ। ତାପରେ ତିଆରି କଲେ ପୁରୁଷ – ପୁଣି ଟିକେ ରେଷ୍ଟ। ତାପରେ ସ୍ତ୍ରୀ..

- ପୁଣି ଟିକେ ରେଷ୍ଟ ନେଇଥିବେ.. – ଲିନୁ ଆଗକୁହା ପାଲଟେ।

- ଉହୁଁ, ସେଇଠି ଘଟିଗଲା ଛୋଟକାଟର ଦୁର୍ଘଟଣାଟେ। ସ୍ତ୍ରୀ ତିଆରି କରିବା ପରଠୁ ନା ଈଶ୍ୱରଙ୍କୁ ମିଳିଲା ବିଶ୍ରାମ - ନା ଆକାଶକୁ ଆରାମ, ନା ପୃଥିବୀକୁ ଶାନ୍ତି.. ନା ପୁରୁଷକୁ ମୁକ୍ତି।

- ଇସ୍.. ଝିଅମାନେ କଣ ଏତେ ଖରାପ ତାହେଲେ ? - ଲିନୁର ସୁନ୍ଦର ମୁହଁର ପରିପାଟୀ ବିଚିକିଟିଆ ହେଇଯାଏ।

ରୋହୀଦାସ ହସେ - ନାଇଁଲୋ, ସମସ୍ତେ କାଇଁ ଖରାପ ହେବେ ? ତୁ ତ' ପୁଣି କେତେ ଭଲ ଆମର - କହି ଲିନୁର ପାଲିସ୍‌କରା ଗାଲକୁ କଅଁଳେଇକି ଥରେ ଆଉଁଶେ।

- ଥାଉ ଥାଉ - ଲିନୁ କପଟ ଅଭିମାନରେ ମୁହଁ ଫୁଲାଏ ଓ ଅସ୍ପଷ୍ଟ ସ୍ୱରରେ ମିଛୁଆ .. ଚୋର.. ମାଙ୍କଡ.. ବୋଲି ଗୁଁ ଗୁଁ ହୋଇ ଗାଳିଦିଏ। ତା ଅଭିମାନର କଦର୍ କରି ରୋହୀଦାସ ଲିନୁକୁ କୋଳକୁ ଆଉଜାଇ ଆଣି ତା କପାଳରେ ବୋକଟିଏ ଦିଏ। ଲିନୁର ଆଖି ବୁଜି ହୋଇଯାଏ। ବୋଧେ ପ୍ରତିବାଦର ମୃଦୁ ସ୍ୱରଟି ତଟସ୍ଥପଣ ଭିତରେ ବାଟ ହୁଡିଯାଏ।

- ଯାଉଚି ମୁଁ - ଘରେ ତେଣେ ନାନୀ ଏକା ଥିବ - ବାପା ମା ଦିହେଁ..- ଲିନୁ ଢୋକ ଗିଳେ।

- ବର ଖୋଜି ଯାଇଛନ୍ତି ନାନୀ ପାଇଁ ପରା.. ନୁହେଁ ?

- ତମକୁ ଜଣା ? - ଲିନୁ ଅବାକ୍ ଆଖିରେ ରୋହୀଦାସ ମୁହଁକୁ ଅନାଏ। ନିରୁତ୍ତର ରୋହୀଦାସ ଦୀର୍ଘଶ୍ୱାସ ଛାଡି ମୁହଁ ତଳକୁ ଝୁଙ୍କାଏ। କାନ୍ଦକାନ୍ଦ ଦିଶେ। କାହିଁକି କେଜାଣି, ଲିନୁ ବି କାନ୍ଦ କାନ୍ଦ ହେଇଯାଏ।

●●

ସଂସାରର ସବୁ ବାପା ପୋଷ୍ଟକାର୍ଡରେ ହିଁ ଚିଠି ଲେଖନ୍ତି କାହିଁକି ? ଦୁନିଆର ଯେତେସବୁ ବୋଉ ମୁଢି - ବଡ଼ି- ପୋଡ଼ପିଠା ଭିତରେ ପୁଅର ମୁହଁ ଖୋଜି ଲୁହ ଲୁତୁପୁତୁ ହୁଅନ୍ତି କାହିଁକି ? ପୃଥିବୀଟା ଯାକର ତମାମ୍ ପ୍ରେମିକା ପ୍ରେମ ପାଠ ଅଧା ରଖି ସହଜରେ ବାଟ କାଟି ବାହା ହେଇ ଚାଲିଯିବା ବେଳେ, ପ୍ରେମିକର ବେଶୀ ବେଶୀ ମନେ ପଡନ୍ତି କାହିଁକି ?

- ଏ କାହିଁକିର ଉତ୍ତର ରୋହୀଦାସ ପାଖେ ନଥାଏ। ନଥାଏ ବୋଲିକି' ରୋହୀଦାସ ଚିନ୍ତାରେ ଚିନ୍ତାରେ ଘାରି ହେଉଥାଏ - ଆପଣା ସାଙ୍ଗେ ଯୁଝି ଯୁଝି ଘୋରି ହେଉଥାଏ।

ଗୋଟିଏ ଚାଳିଶ୍.. - ରୋହୀଦାସ ଘଣ୍ଟା ଦେଖେ - ମୁଣ୍ଡ ଖୁଆଁଏ - ରାସ୍ତାକୁ ଅନେଇ ଛେପ ପକାଏ ଓ ଅକାରଣେ ବ୍ୟସ୍ତ ହୁଏ। ପର ମୁହୂର୍ତ୍ତରେ ଓ.ଆର୍. ଶୂନ୍

ଚାରି ବି ପଚାଶ ସତାନବେ ସବୁଜ ସ୍କୁଟିଟି ରୋହୀଦାସ ପାଖେ ଆସି ଥମ୍ କରି ଠିଆ ହେଇଯାଏ।

ଗାଡ଼ିରୁ ଓହ୍ଲାଇ ତନୂ ତା ଟିକି ରୁମାଲରେ ଝାଳ ପୋଛେ - ବେକରୁ ମୁହଁରୁ। ପଚାରେ - ଚିଠି ପାଇଲ ? ରୋହୀଦାସ ଚିଡ଼ିଯାଏ।

- ନ ପାଇଥିଲେ ଏଠି ଏମିତି ଏ ଖରାଟାରେ କାଇଁ ଠିଆ ହେଇଥାନ୍ତି ତତେ ଅପେକ୍ଷା କରି ? ଛେଃ..

- ମୁଁ କଣ କରିବି ଯେ.. ତନୂ କାନ୍ଦୁଣୁ ମାନ୍ଦୁଣୁ ହୁଏ।

- ଥାଉ, ଥାଉ - ସେ ଡ୍ରାମା ଆଉ ଦେଖାନି ମତେ। କରିବାକୁ ଚାହିଁଥିଲେ ତ' ବହୁତ କିଛି କରିସାରନ୍ତୁଣି ତୁ! ମିଛରେ ଏଇନେ ଭଲେଇ କାଇଁ ହଉଚୁ ମୋ ଆଗରେ.. ? ମୁଁ ଜାଣିଚି - ତମେ କଂପ୍ୟୁଟର୍ ଶିଖୁଥିବା ଝିଅଗୁଡ଼ା ସବୁ ଏକାପରି - କଂପ୍ୟୁଟର ସାଙ୍ଗେ କାରବାର କରୁ କରୁ ତମମାନଙ୍କ ହୃଦୟ ବି କଂପ୍ୟୁଟର୍ ପାଲଟି ଯାଏ.. ଛେଃ..।

- ତମେ ବି ମତେ ଏୟା ବୁଝିଲ ? - କହି ତନୂ ଆଖି ପୋଛେ। ବେଜାଏ ସକ ସକ ହୁଏ। କାନ୍ଦ କାନ୍ଦ ରୋହୀଦାସ ମୁହଁ ବୁଲେଇନିଏ।

●●

ତନୂର ଆଟାଚି, ବହିଥାକ ଓ ବାକ୍ସପତ୍ର ଦରାଣ୍ଡି ଲିନୁ ପାଇଲା ମୋଟ୍ ଚଉଦ ଖଣ୍ଡ ଚିଠି। ସବୁ ଚିଠିର ଶେଷ ଧାଡି ଥିଲା ଏକା। 'ହେଇପାର ତମେ ସାରା ପୃଥିବୀ ପାଇଁ କେହି ଜଣେ .. ଖାଲି କେହି ଜଣେ। ହେଲେ ମୋ ପରି କେହି ଜଣକ ପାଇଁ ତମେ ହିଁ ସାରା ପୃଥିବୀ .. ତମେ ହିଁ।'

ଲିନୁ ସବୁ ଚିଠିର ସମ୍ବୋଧନରୁ 'ତ' ଅକ୍ଷର କାଟି 'ଲି' ବୋଲି ଲେଖିଲା ଓ 'ଇତି ତମର ରୋହୀ' ଲେଖାଥିବା ସ୍ଥାନଟିକୁ ମୋଡ଼ି ଧରି ଓଠରେ ଲଗାଇଲା।

ଢେର୍ ରାତିଯାଏ ସେଦିନ ବିଛଣାରେ ଛଟପଟାଉଥିବା ଲିନୁକୁ ତାଗିଦ୍ କରି ତନୂ ପଚାରିଲା - କଣ ହେଲା ? ଶୋଉନୁ ଯେ ?

ଲିନୁ ମୁଣ୍ଡ ଉଠାଇ ନାନୀକୁ ଚାହିଁଲା ଓ ମୁର୍କି ହସିଲା। ପଚାରିଲା - ଆଚ୍ଛା ନାନୀ, ତୁ ତ ବା'ହେଇ ପଳେଇବୁ - ଆଉ ତୋ ସବୁଜ ସ୍କୁଟି ?

- ପଚାରୁଛୁ କଣ ବୋକୀ ? ଏଣିକି ସେଇଟା ତୋର। - ହାଲୁକା ଗଳାରେ କହିଲା ତନୂ।

- ଆଉ ତୋ ଡ୍ରେସ୍‌ସବୁ ?

- ସେଗୁଡା ବି ତୋର; ତୁ ପିନ୍ଧିବୁ।

- ତୋ ପୋଷାଶୁଆ ? ନେଇଯିବୁ ସାଙ୍ଗରେ ଶାଶୂ ଘରକୁ ?

- ଧେତ୍! ଶୁଆଟାକୁ ନେବି କୁଆଡେ? ତୁ ରଖିବୁ - ତା ଦାୟିତ୍ୱ ବୁଝିବୁ। ହେଲା? ଶୋଇପଡ଼ ଏଥର।

ଲିନୁ କିନ୍ତୁ ଶୋଇଲାନି। ସେମିତି ଛଟପଟେଇଲା ବିଛଣାରେ ଡେରି ରାତିଯାଏ।

କେତେ ସମୟ ପରେ ଉଠି ପଡ଼ି, ପାଖରେ ସାନ ସାନ ଘୁଂଗୁଡି ମାରି ନିଶ୍ଚିନ୍ତରେ ଶୋଇଥିବା ନାନୀର ନିଦ୍ରିତା ମୁହଁକୁ ଅନେଇ ମନେମନେ ଜେରା କଲା, ଆଉ.. କହିଲୁନି ତ' ରୋହୀ ଭାଇକୁ ମତେ ଦେଲୁ କି ନାହିଁ! ଏଣିକି ମୁଁ ତା କଥା ବୁଝିବି କି ନାହିଁ!!

●●

ଆଜିକାଲି ରୋହୀଦାସର ନିଦ ଆଉ ରେଳଗାଡ଼ିର ଗର୍ଜନକୁ ଅପେକ୍ଷା ରଖେନି। ଛାଏଁ ଛାଏଁ ଭାଙ୍ଗିଯାଏ ରେଳଗାଡି ଆସିବାର ବହୁ ପୂର୍ବରୁ - ବାହାରେ ଜାଙ୍ଗୁଲୁ ଜାଙ୍ଗୁଲୁ ଅନ୍ଧାର ଥିବା ବେଳୁ।

ନିଦ ଭାଙ୍ଗିବା ସତ୍ତ୍ୱେ ସେଯାଏ ବିଛଣାରେ ପଡି ରହିଥିବା ରୋହୀଦାସ ସେଦିନ କିନ୍ତୁ ଆଶ୍ଚର୍ଯ୍ୟ ହେଲା, ସାତଟା ବାଜିବ ଆସି- ଗୋଟେ ବି ଗର୍ଜନ ତ' କାଇଁ ଶୁଭିଲାନି ରେଳଗାଡ଼ିର। ଦୁର୍ଘଟଣାଟେ ଘଟିଗଲା କି' କେଉଁଠି ଆଉ ?

ରୋହୀଦାସ ଉଠିଆସିଲା ବିଛଣାରୁ। ଖୋଲିଦେଲା ଝର୍କା। ସାମ୍ନା ଝର୍କାରେ ରେଲିଂରେ ମୁହଁକୁ ସଟକେଇ ଦେଇ ଲିନୁ ଚାହିଁ ରହିଥିଲା ତା' ଆଡକୁ।

ସ୍.. ସ୍.. ସ୍.. ଚିକ୍ ଚିକ୍..- ରୋହୀଦାସକୁ ଟିକେ ସମୟ ଲାଗିଲା ବୁଝିବାକୁ ଯେ ତାରି ଆଡକୁ ହିଁ ଚାହିଁ ତା'ରି ବ୍ୟବହୃତ ଶବ୍ଦ ମାଧ୍ୟମରେ ଲିନୁ ତାକୁ ଇସାରା କରୁଛି।

ରୋହୀଦାସର ମୁହଁରେ ଆଶ୍ଚର୍ଯ୍ୟବୋଳା ଛୋଟ ପ୍ରଶ୍ନବାଚୀଟେ ଖେଳିଗଲା ବେଳକୁ, ସେପଟେ ଲିନୁ ଫିକ୍ କରି ହସି ଦେଇ ଖଡେଇ ହେଲା ଓ ଚଙ୍ଗ ଚଙ୍ଗ ହୋଇ ଏପଟ ସେପଟକୁ ଚାହିଁ ବିଧା ଉଞ୍ଚେଇଲା; ପଛକୁପଛ ତା' ଆଡ଼କୁ ଲକ୍ଷ୍ୟ କରି ସ୍ପୁଟନିକ ଚୁମାଟେ ହାୱାକୁ ଫିଙ୍ଗିଲା।

ନିଜ ହୃଦୟର ସ୍ପନ୍ଦନ ମାପିବାକୁ ଛାତିରେ ହାତ ଥାପିଲା ତ' ରୋହୀଦାସ ଆଶ୍ଚର୍ଯ୍ୟ ହେଲା। କେଜାଣି କୋଉକାଳୁ ଛାତି ଭିତରେ ଧାଇଁ ବୁଲୁଥିବା ରେଳଗାଡ଼ିର ଛୁକ୍ ଛୁକ୍ ଶବ୍ଦ ତାକୁ ବିଲ୍‌କୁଲ୍ ଆଉ ଶୁଭୁନଥିଲା। ଦୁର୍ଘଟଣାଟେ କୋଉଠି ନିଶ୍ଚେ ଘଟି ସାରିଥିଲା..।

■

(ପ୍ରଥମ କେନ୍ଦ୍ରାପଡ଼ା ପୁସ୍ତକ ମେଳାର ମୁଖପତ୍ର 'ଗଳ୍ପଗୁଚ୍ଛ'; ନଭେମ୍ବର-୨୦୦୧)

ଦେବୀ

ମୋ ପଢ଼ାଘରର ଝର୍କା ଫାଙ୍କ ଦେଇ ଅନେଇଲେ ଦିଶେ ଷୋଳଶ' ସ୍କୋୟାର୍ ଫୁଟ୍‌ର ସେଇ ବିସ୍ତୀର୍ଣ୍ଣ ଛାତ। ଛାତର ଧାରେ ଧାରେ ଡିଜାଇନ୍‌ଡ୍ ଫେନ୍‌ସ୍- କୋଣାର୍କର ଚକ। ଫେନ୍‌ସ୍‌କୁ ଲାଗି ଧାଡ଼ି ଧାଡ଼ି ମୋଜାଇକ୍ ଗମଲାମାନଙ୍କ ସଜାବଟ୍। ଗମଲାମାନଙ୍କରେ ରାଜନୀଗନ୍ଧା ଓ ରାନିଆ; କିଛି ଡାଫୋଡିଲ୍‌ସ୍ ଓ ଡାଲିଆ। ଛାତର ମଝାମଝି କ୍ରସ୍‌ଡ୍ ପୋଲ୍- ଛନ୍ଦାଛନ୍ଦି ଷ୍ଟିଲ୍ ଚେନ୍- ଝୁଲୁଥାଏ ପଟାଦୋଳିଟେ। ଦୋଳିରେ ଝୁଲୁଥାଏ ଯେଉଁ ଝିଅ, ନାଁ ତା'ର ଦେବୀ।

ଦେବୀ ଲାଗେ ସତସତିକା ଦେବୀଟେ ପରି- ରୂପରେ ଓ ରୋବାବ୍‌ରେ- ଶୋଭାରେ ଓ ସ୍ୱଭାବରେ।

ଦେବୀ ନାଁଟା କାନକୁ ଶୁଭେ ଯେତିକି କ୍ଲାସିକ୍, ଦେବୀ ଦେହର ଭୂଗୋଳଟା ଆଖିକୁ ଲାଗେ ସେତିକି ଚିକ୍‌ମିକ୍।

ଏମିତିରେ ଦେବୀର ରଙ୍ଗ ଗୋରା- ଶରୀରର ଯେକୌଣସି ଅଂଶକୁ ଚିପି ଧରିଲେ ମୁହୂର୍ତ୍ତକ ମଧ୍ୟରେ ରକ୍ତ ଚହଟି ଆସୁଥିବା ପରି ଗୋରା। ମୁହଁର ପରିପାଟୀ ସୁନ୍ଦର- ଦିନ କି ରାତିର ଯେକୌଣସି ପ୍ରହରରେ, ମେକ୍‌ଅପ୍ କି ସାଦା ଯେକୌଣସି ଅବସ୍ଥାରେ, ବି ରହେ ସୁନ୍ଦର ହେଇ।

ଦେବୀର ଆଖି ଭିତରେ ଅହରହ ଦୋଳି ଖେଳୁଥାଏ ଦିଗନ୍ତ ବ୍ୟାପି ସାବ୍‌ଜା ସୋରିଷ ଫୁଲର କ୍ଷେତଟିଏ। ଦେବୀର ଓଠ ଉପକୂଳରେ ଲହଡ଼ି ଭାଙ୍ଗୁଥାଏ ଗୋଟେ ବିସ୍ତୃତ ଗୋଲାପ ବାଗାନ୍। ଦେବୀର ଉନ୍ନତ ନାକ ସିଧା କପାଳ ମଝିରେ ଅସ୍ତ ଜହ୍ନଟେ ଟିକିଲି ରୂପ ଧରି ମରି ଶୋଇଥାଏ। ରଜନୀଗନ୍ଧା ସ୍ତବକ ଶୋଭିତ ଦେବୀର ଘନକୃଷ୍ଣ କବରୀ ସାଜିଥାଏ କୃଷ୍ଣ ପକ୍ଷ ତାରାଖଚିତ ଆକାଶର ପ୍ରିୟ ପ୍ରତିଦ୍ୱନ୍ଦ୍ୱୀ।

ମୋଟାମୋଟି, ଦେବୀ ଲାଗେ ସତସତିକା ଦେବୀଟେ ପରି- ଅଦାରେ ଓ ଅନ୍ଦାଜରେ.. ଶ୍ରଦ୍ଧାରେ ଓ ସୌନ୍ଦର୍ଯ୍ୟରେ।

..ମହଳଣ ସଂଧ୍ୟାର ବହଳ ଅନ୍ଧାର ଦୋଳି ସମେତ ଦେବୀର ଅସ୍ତିତ୍ୱକୁ ବୁଡେଇବାକୁ ବସିବା ମାତ୍ରେ ମୁଁ ଖସିଆସେ ଘର ନାମକ ମଧୁର ଅର୍ଗଳି ଭିତରୁ। ପହଞ୍ଚିଯାଏ ଦେବୀର ଦର୍ଜାରେ।

ଟିଂ.. ଟଂ .. ଟିଂ .. ଟଂ..।

ଶାଢ଼ି ଖସ୍ ଖସ୍ କରି ଆସନ୍ତି ଦେବୀର ମା'।

- ମାଉସୀ! (ଆହାଲୋ ମୋ ମାଉସୀ! ଶାଳୀ ଖାନିକୀ ବୁଢୀଟାର ଚତୁର୍ଦ୍ଦିଗକୁ ନଜର!). ଦେବୀ ନାଇଁ କି?

- ଥିଲା ତ' ଏଇଠି ଏଇନେ ବାପା! (ବାପା? ମରିଯାଉଥାଏଁଟି ମୁଁ.. ପୋଡ଼ାମୁହାଁଟା ଚବିଶି ଘଣ୍ଟା ଉଣ୍ଟୁଚି ଆସି!) ରହ, ଛାତ ଉପରକୁ ଯାଇଥିବ କି କ'ଣ ମୁଁ ଦେଖେଁ। କ'ଣ କିଛି କାମ ଥିଲା କି?

- ନାଇଁ, ଏଇ ନୋଟ୍ ଗୋଟାଏ ନେବାର ଥିଲା। ତମେ ଥାଅଟି ମାଉସୀ, ମୁଁ ଦେଖୁଛି।

ବୁଢ଼ୀକୁ ଏଡ଼େଇ ମୁଁ ଖେପିଯାଏ ଛାତ ଉପରକୁ। ଯେଉଁଠି ଘନୀଭୂତ ଅନ୍ଧାରକୁ ସର୍ବାଙ୍ଗରେ ମାଖି ବସି ରହିଥାଏ ଦେବୀ।

ଆଃ.. ଦେବୀ ସତରେ ଦେବୀଟେ ପରି- ଗୁଣରେ ଓ ଗୁମାନରେ- ମନରେ ଓ ମୁସ୍କାନ୍‌ରେ।

ଦିନ ବେଳା, ସବୁରି ସାମ୍ନାରେ ମତେ ଭାଇ ସମ୍ବୋଧୁଥିବା ଦେବୀ, କଲେଜରେ ସାଥୀ ଗହଣରେ ମତେ ପଡ଼ିଶାଘର ପିଲା ରୂପେ ଆଖ୍ୟାୟିତ କରୁଥିବା ଦେବୀ, ରାତିର ଅନ୍ଧାର ଭିତରେ ମତେ ଛାତିରେ ଭିଡ଼ିଧରି ଆପ୍ୟାୟିତ କରେ- ଏବଂ ଚୁମା ଖାଏ- ମୋ କାନ ପାଖେ ଧିମା ସ୍ୱରରେ ଇଲୁ ଇଲୁ ଗାଏ।

-'ଚାଲ୍ ଦେବୀ, କୁଆଡ଼େ ପଳେଇବା..' -ମୁଁ ସାକୁଲେଇବା ଆରମ୍ଭ କରେ ତ' ଦେବୀ ଆଖି ତରାଟେ। ପଚାରେ- କୁଆଡ଼େ?

-ବମ୍ବେ.. ଫମ୍ବେ କୁଆଡ଼େ ଗୋଟେ।

-ସେଇଠୁ?

-ସେଇଠୁ ଆଉ କ'ଣ? ପଇସାପତ୍ର କିଛି ଲୁଚେଇକି ନେଇଯିବା। ଖାଇ ପିଇ(ହଁ.. ପିଇ.. ଦେବୀ କିନ୍ତୁ ଜାଣେ ମୁଁ ପିଏନା- କି ଛୁଏଁନା- ତା' ରାଣ ମୋ ପିଇବା ବାଟ ବନ୍ଦ କରିଦେଇଚି.. ଫୁଃ.. ବିଚାରୀ..!) ବୋବାଲ୍ କରିବା..।

ପଇସା ସରିଗଲେ ?

-ପଳେଇ ଆସିବା । ଘରେ ହାତଗୋଡ଼ ଧରି ଭୁଲ୍ ଭାଲ୍ ମାଗିଦେଲେ କାମ ଶେଷ- ସତରେ କ'ଣ ଆଉ ହାଣିଦେବେ ନା ମାରିଦେବେ ?

-ଯଦି ଘରେ ନପୂରାନ୍ତି ?- ଦେବୀ ଆଖିରେ ସତ ଭୟର ସମୁଦ୍ରଟେ ଲହଡ଼ା ମାରେ । ସେ ଲହଡ଼ି ମତେ ବି ତିନ୍ତେଇ ଦିଏ ।

'ଆରେ, ସତ କଥା ତ । ଡାଡି ଯେମିତିକା ରାଗୀ ଲୋକ- ଯଦି ସତକୁ ସତ ତେଜ୍ୟ ଫେଜ୍ୟ କରିଦିଅନ୍ତି ନା କଥା ଶେଷ..।'

ମୁଁ ଗୁମ୍ ମାରେ । ଦୀର୍ଘଶ୍ୱାସ ଛାଡ଼େ ଏବଂ ନାଚାର୍ ଦିଶେ । ଅଗତ୍ୟା ଘର ଛାଡ଼ି ଭାଗିଯିବାର ପ୍ରସ୍ତାବ ଆପାତତଃ ଅନିର୍ଦ୍ଦିଷ୍ଟ କାଳ ପାଇଁ ମୁଲତବୀ ରହେ ।

ଦେବୀ-ମା'ର ଶାଢ଼ି ଖସ୍ ଖସ୍ ଶବ୍ଦ ଛାତ ଉପରକୁ ପହଁରି ଆସିବାର ଯଥେଷ୍ଟ ପୂର୍ବରୁ ହିଁ ଆମେ ଓହ୍ଲାଇ ଆସୁ ତଳକୁ- ଦେବୀର ଷ୍ଟଡ଼ି ଭିତରକୁ । ଟେବଲ୍ ଉପରୁ ସାଦା ଅଲେଖା ଖାତାଟେ ଉଠାଇ ହାତମୁଠାରେ ମୋଡୁ ମୋଡୁ ସନ୍ତର୍ପଣତାର ସହ ଯାବତୀୟ ନାହିଁ ନାହିଁ ଭିତରେ ମୁଁ ଦେବୀକୁ ଅସ୍ଫୁଟ ଚୁମାଟିଏ ଦିଏ ଏବଂ ଆଖି ପିଛୁଳାକେ ଛିଟ୍‌କି ଆସେ ବାହାରକୁ । ଦେବୀ ସେଇମିତି ଠିଆ ହେଇଥାଏ ନିଶ୍ଚୁପ୍ ହେଇ- ମୋ ଫେରିବା ବାଟକୁ ଅନେଇ ।

ସତରେ ଦେବୀ ଦେବୀଟିଏ- ଦୟାରେ ଓ ଦାକ୍ଷିଣ୍ୟରେ- କୃପାରେ ଓ କାର୍ପଣ୍ୟରେ ।

ଘରେ ପଶୁ ପଶୁ ମମି ମତେ ଗାର୍‌ଡେଇ ଚାହେଁ । 'କୁଆଡ଼େ ଚାଲିଗଲୁ କି ? ମୁଁ ହର୍‌ଲିକ୍ସ ଗୋଳେଇ ଖୋଜି ହଉଚି ତତେ- ନେ ପିଇଦେ ଆଗ ଥଣ୍ଡା ହେଇଯିବ ନଇଲେ ।'

ମୁଁ ହସେ । (ଆଃ ମମି ! ତମେ କ'ଣ ମତେ ଛୁଆଟେ ଭାବିଚ ଯେ ହର୍‌ଲିକ୍ସ ଢୋକେ ଦେଇ ଭୁଲେଇଦେବ ମୋ ମନରୁ ଦେବୀର ପ୍ରେମକୁ ! ତା' ସ୍ମୃତି-ସନ୍ତକକୁ ! ଜାଣିଥାଅ, ମୁଁ ହର୍‌ଲିକ୍ସ ବି ପିଇବି, ପୁଣି ପ୍ରେମ ବି କରିବି । ଆଚ୍ଛା ମମି ! ତମେ କେବେ ପ୍ରେମ କରିଚ ?) ହସୁ ହସୁ ଢକ ଢକ କରି ହର୍‌ଲିକ୍ସଟା ପିଇଦେଇ ପଶିଯାଏ ମୋ ପଢ଼ାଘର ଭିତରକୁ । କବାଟ କିଲେ- ରାତିସାରା ଲାଇଟ୍ ଜାଳେ- ଟେପ୍ ଲଗାଏ- ଗଜଲ୍ ଶୁଣେ- ଦିୱାନୋ ନେ ଇସ୍ ଦୁନିଆ ମେ ଦର୍ଦ କା ନାମ୍ ଦୱା ରଖା ହୈ..। ଦେବୀର ଫଟୋକୁ ଚୁମାରେ ଚୁମାରେ ଛାଇଦେଇ କାନ୍ଦେ ଆଉ କାନ୍ଦେ- ଦେବୀର ଅଲେଖା ଖାତାକୁ କବିତାରେ ପୂର୍ଣ୍ଣ କରିଦିଏ ।

ସକାଳୁ ସକାଳୁ ଡାଡି ନକ୍ କରନ୍ତି କବାଟରେ । ଗେହ୍ଲେଇ ହେଇ ଉପଦେଶ ବାଢ଼ନ୍ତି- 'ପରୀକ୍ଷା ପାଇଁ ସିରିୟସ୍ ହେବାର ମାନେ ନୁହଁ କି ତୁ ରାତି ଅନିଦ୍ରା ହବୁ- ଦେହ ଖରାପ କରିବୁ- ନିଜ ଦେହ ପା' ଆଗ ଜଗ୍..।'

ଡାଡିଙ୍କ ଉପଦେଶ ଶୁଣି ମୁଁ ହସେ। (ହେ ମୋର ପ୍ରିୟ ଏବଂ ପ୍ରସିଦ୍ଧ ଡାକ୍ତର ଡାଡି! ମୋ ଲକ୍ଷଣ ଓ ବିଲକ୍ଷଣରୁ ତମେ କ'ଣ ରୋଗଟିକୁ ଠିକ୍‌ସେ ଚିହ୍ନିପାରୁନ? ସତ କହିଲ ଡାଡି.. ତମେ କେବେ ପ୍ରେମ କରିନ..?)

ହସୁ ହସୁ କାମ ବଢ଼ାଏ ଏବଂ କଲେଜ୍ ବାହାରିଯାଏ।

●●

କଲେଜ୍‌ରେ ଦେବୀ ସାଙ୍ଗେ ଭେଟ ହେଲେ ଭାରି କାଇଁ ମାଡ଼ି ମାଡ଼ି ପଡ଼େ। (ଆଶ୍ଚର୍ଯ୍ୟ.. ଭେଟ ନହେଲେ ବି ସେୟା ହୁଏ!) ମୋ ଆଖିରେ ଆଖି ମିଶେଇ ଚୁପି ଚୁପି ହସୁ ହସୁ ଦେବୀ ପଚାରେ- 'ତୁମ ଆଖି ଏମିତି ଫୁଲିଛି କାଇଁକି? ରାତିରେ ଠିକ୍‌ସେ ଶୋଇନ କି?

ମୋର କହିବାକୁ ଇଚ୍ଛା ହେଉଥାଏ- 'ଦେବୀ ଗୋ! ଆଖି ସିନା ମୋ'ଠି-ହେଲେ ନିଦ ଘରର ଚାବି ଯେ ତମଠି।' କହିପାରେନି। କଥା ବାଆଁରାଏ। କହେ- 'ଜାଣିଚ! କାଲି ଗୋଟେ ସ୍ୱପ୍ନ ଦେଖିଲି- ତମର ବାହାଘର ହଉଚି- ପାତ୍ରଟି ଲାଗୁଥିଲା ଭାରି ଚିହ୍ନା-ଚିହ୍ନା। କିନ୍ତୁ ଚିହ୍ନି ପାରିଲିନି ଶେଷଯାଏ କିଏ ହେଇପାରେ।'

-ଓଃ, ରାତିସାରା ତମେ ତା'ହେଲେ ମୋ ବରର ଚର୍ଚ୍ଚା କରୁଥିଲ.. ନାଇଁ?

-ଉହୁଁ, ଚର୍ଚ୍ଚା ଫର୍ଚ୍ଚା ନୁହଁ। ଖାଲି ଯା' ଚିହ୍ନିବାକୁ ଚେଷ୍ଟା କରୁଥିଲି।

-ପାରିଲ?

-ନା ତା' ଆଉ କୋ'ଠି ହେଲା? ତେବେ ମୁଁ ନିଶ୍ଚିତ ଯେ ତମ ଟିଉସନ୍ ସାର୍, ଭିଣେଇ ଓ ଧରମ୍ ଭାଇ, ତିନିଙ୍କ ଭିତରୁ ସିଏ ଜଣେ କିଏ ହବ। ଏମିତିରେ ଏ ତିହ୍ନିଙ୍କୁ ସାବଧାନ ରହିବାକୁ ବି ଶାସ୍ତ୍ର କହିଚି ପରା!

-ଥାଉ ଥାଉ। ଏତେ ଭଲେଇ ହବା ଦର୍କାର ନାହିଁ। କୋଉ ଶାସ୍ତ୍ରରେ ଏକଥା ଲେଖା ଅଛି ତା' ମତେ ବେଶ୍ ଜଣା। (ପ୍ରେମିକର ସନ୍ଦେହ ଶାସ୍ତ୍ରରେ!) ସେଠି ଆହୁରି ବି ଲେଖା ଅଛି- ଯେଉଁ ପୁଅର ଟିଉସନ୍ ଛାତ୍ରୀଟେ, ଶାଳୀଟେ କି ଧର୍ମ ଭଉଣୀଟେ ଥିବ, ତାକୁ ମାଇଲିଏ ଦୂରକୁ ଜୁହାର ପକେଇବାକୁ। ଏବେ ଏଇ ନିଅ- ମୋ ଜୁହାର ସ୍ୱୀକାର କର।

ବୁମେରାଂ ଫିଙ୍ଗି ସାରି ଦେବୀ ମୁର୍କି ହସା ମାରେ- ମନେ ମନେ ଚକମା ଖାଇ ମୁଁ ଦେବୀଠାରୁ ହାରେ। ହାର୍ ମାନି କାନ ଧରିଲା ବେଳକୁ ଦେବୀ ଖିଲିଖିଲି ହସେ- ହସ ସହ ବିଞ୍ଚି ହେଇଯାନ୍ତି ପୁଞ୍ଜେ ତାରା- ଗଦେଇ ପଡ଼ନ୍ତି ଗୋଛେ ଫୁଲ। (ଏମିତିକା ହସ ଆଉ ହସନି ଗୋ ଦେବୀ! ନଇଲେ ଆକାଶଟା ଦିନେ ପାଲଟିଯିବ ବିବାକ୍ ତାରାଶୂନ୍ୟ- ପୃଥିବୀଟା ବି ପୁଷ୍ପହୀନ!)

ଆଃ.. ଦେବୀ ସତରେ ଦେବୀଟେ ପରି-ହସରେ ଓ ହୁନ୍ଦରରେ-କଥାରେ ଓ କନ୍ଦରରେ।

●●

ଏଇମିତି ଏଇମିତି ଦିନ ସବୁ ଗଡ଼ିଯାଉଥାଏ। କଲେଜ ପାଠ ଶେଷ କରି ଦେବୀ ବାହାଘର ରୂପୀ ହାଣ ମୁହଁକୁ ଯିବାର ତୟାରି ଜାରି ରଖିଥାଏ। ଚାକିରି ରୂପକ ପଦ୍ମଟି ମୋ ହାତ ପାଆନ୍ତାରୁ ଆଙ୍ଗୁଳେ ଆଙ୍ଗୁଳେ ଖସି ଦୂରକୁ ଦୂରକୁ ଘୁଞ୍ଚି ଚାଲିଥାଏ। ରାତିଦିନ ଏକାକାର କରି ମୁଁ ତେତିଶ୍ କୋଟି ଠାକୁର ଠାକୁରାଣୀଙ୍କୁ ମାନସିକ ଯାଚି ହେଉଥାଏ।

ଅଚାନକ୍ ଦିନେ ଠାକୁର ଫାକୁର ସବୁ ମରିଗଲେ- ପ୍ରାର୍ଥନା ଫ୍ରାର୍ଥନା ସବୁ ନାମଞ୍ଜୁର ହେଲେ। ଗମ୍‌ଲାମାନେ ତୁଟି ଫୁଟି ଗଲେ- ଛାତ ଉପରର ଚିତ୍ର ସବୁ ରାତାରାତ୍ ବଦଳିଯାଇ ବିବର୍ଣ୍ଣ ଦିଶିଲେ। ଗୋଟେ ଝିରିଝିରି ବର୍ଷଣମୁଖର ମୁଲାଏମ୍ ସଂଧ୍ୟାରେ ପର୍ସନାଲ୍ ସପିଂ କରିବାକୁ ଦେବୀ ଯେ ବାହାରିଗଲା.. ଗଲା.. ଆଉ ଲେଉଟି ନଇଲା। ଦେବୀର ମା' କାନ୍ଦିଲେ ଓ ଚାରିଆଡ଼କୁ ଫୋନ୍ ବୁଲେଇଲେ। ଦେବୀର ବାପା ପରେଶାନ୍ ଦିଶିଲେ ଏବଂ ଚତୁର୍ଦ୍ଦିଗକୁ ଲୋକ ପଠେଇଲେ। ଦେବୀର ଭାଇ ବାଡ୍ରେଇକଚାଡ଼ି ହେଲା ଏବଂ ୟା'ଡେ ସ୍ୟାଡ୍ରେ ଗାଡ଼ି ଦୌଡ଼େଇଲା।

ତେବେକେ ମିଳିଲାନି ଦେବୀର ପତ୍ତା। ସାହି ଲୋକେ ଶୁଣିଲେ, ହସିଲେ ଓ 'କୋଉ ଟୋକା ସାଙ୍ଗେ ପଳେଇଥିବ ମ' ପରି ହାଲ୍‌କା ଫୁଲ୍‌କା ମନ୍ତବ୍ୟ ବାଡ଼ି ଯେଝା ଖୋଳପା ଭିତରେ ନିଶ୍ୱାସ ମାରିଲେ। ପୁଲିସବାବୁ ଆସିଲେ- ଚା' ପିଉ ପିଉ ସବୁ ଶୁଣି ଚିନ୍ତିତ ଦିଶିଲେ। ଏବଂ ଶେଷକୁ 'ତଦନ୍ତ ଜାରି ରହିବ' ବୋଲି ଆଶ୍ୱାସନା ଶୁଣାଇ ନିଜ ଧନ୍ଦାରେ ବ୍ୟସ୍ତ ରହିଲେ। ଦେବୀ ମିଳିଲାନି।

ଦିନ-ଦିନ, ମାସ-ମାସ, ବର୍ଷ-ବର୍ଷ ହେଇ, ଢ଼େର୍ ବର୍ଷ ବିତିଗଲା। ଜାଣି ବି ହେଲାନି, ଦେବୀର ଭୁଲାଣିଆ ଛବି ସବୁରି ସ୍ମୃତିପଟଳରୁ ଧୀରେ ଧୀରେ ଲିଭି, ଅଚାନକ୍ କୋଉଦିନ ଅସ୍ତ ହେଇଗଲା।

ଡାଡି ବୁଢ଼ା ହେଇଗଲେ ଓ ଶାନ୍ତ ପଡ଼ିଗଲେ। ମମିକୁ ଆଣ୍ଠୁଗଣ୍ଠି ବାତ ଧରିନେଲା- ହର୍‌ଲିକ୍ସ ଗୋଳେଇସାରି ମତେ ଉଣ୍ଡାଳି ବୁଲିବା ତା' ପାଇଁ କାଠିକର ହେଲା। ସର୍କାରୀ ନୌକରୀକୁ ଅନେଇ ଅନେଇ ଆଖିରୁ ସବୁତକ ପାଣି ନିଗିଡ଼ିଯିବା ପରେ ମୁଁ ଗୋଟେ ବେସର୍କାରୀ ପ୍ରକାଶନ ସଂସ୍ଥାର ରିପୋର୍ଟର୍ ଭାବେ ଚାକିରିରେ ବାହାଲ୍ ହେଇଗଲି ଏବଂ ସାଦୀବାଦୀ କରି ପୂର୍ଣ୍ଣ ସଂସାରୀ ପାଲଟିଗଲି। ମୋ ଏକଦା ଅତିପ୍ରିୟ ପଢ଼ାଘରଟା

ଏକରକମ ପରିତ୍ୟକ୍ତ ହୋଇଗଲା ଏବଂ ଝର୍କାମାନଙ୍କରେ ଅଳନ୍ଧୁ ଲେସି ହେଇ ସାମ୍ନା ଘରର ଦୋଳି ସମେତ ଛାତର ଦୃଶ୍ୟପଟକୁ ଝାପ୍‌ସା କରି ପକାଇଲା।

..ସେଇ ଝାପ୍‌ସା ଝାପ୍‌ସା ଅସ୍ପଷ୍ଟତା ଭିତରୁ ହିଁ ଅକସ୍ମାତ୍ ଫୁଟି ଦିଶିଲା ଦିନେ ସ୍ପଷ୍ଟ ଦୃଶ୍ୟପଟଟିଏ। ସେଦିନ ସକାଳୁ ସକାଳୁ ମୁଁ ହାଜର୍ ଟାଉନ୍ ଥାନା ପରିସରରେ। ଖବର ଅନୁସାରେ, ପୂର୍ବୋକ୍ତ ରାତ୍ରିର ବିଳମ୍ବିତ ପ୍ରହରରେ ରାଜଧାନୀ ପୋଲିସ ଚଢ଼ଉ କରିଥାଏ ଟାଉନ୍‌ର ଏକ ଖ୍ୟାତନାମା ପୁରୁଷ ବିଉଟିପାର୍ଲର ଉପରେ। ବସ୍ତୁତଃ ବିଫଳ ସେହି ଚଢ଼ଉ ଅଭିଯାନରେ ପୋଲିସକୁ ନା ମିଳିଥାଏ କିଛି ଆଖିଦୃଶିଆ ସଫଳତା- ନା ସେମିତି କିଛି ସନ୍ଦେହ ଉଦ୍ରେକକାରୀ ତଥ୍ୟ। ତେବେ ସାନ୍ତ୍ୱନାମୂଳକ ଭାବେ ସନ୍ଦିଗ୍ଧା ଦେହଜୀବୀ ରୂପେ ଜନୈକା ବଙ୍ଗୀୟ ଯୁବତୀ ଯା' ଖାଲି ହାତ ପଇଠ ହୋଇଥାଏ ପୋଲିସ୍‌ର। ଫଳସ୍ୱରୂପ ଚଟୁଳ ମତ ମନ୍ତବ୍ୟ ସମ୍ବଳିତ ସମ୍ବାଦଟେ ମିଳିଯିବାର ସମ୍ଭାବନା ନେଇ ଥାନା ପରିସରରେ ପହଞ୍ଚି ସାରିଥାନ୍ତି କତିପୟ ସାଥୀ ସାମ୍ବାଦିକ, ରିପୋର୍ଟର୍। ସମସ୍ତଙ୍କୁ ଏଡ଼େଇ ମୁଁ ପଶିଲି ଥାନା ଭିତରକୁ।

'କଂଗ୍ରାଚୁଲେସନ୍- ବଡ଼ ମାଛଟେ କାଲେ ଖାପିଛନ୍ତି କାଲି' - ଖବର ଆଦାୟର ପ୍ରଥମ ସୂତ୍ରକୁ ଅନୁସରି ତେଲ ଟିକେ ଢାଳିଲି ମୁଁ ଥାନା ଇନ୍‌ସ୍‌ପେକ୍ଟରର କାନରେ। ବୋକା ଇନ୍‌ସ୍‌ପେକ୍ଟରଟା ଫସିଗଲା ଓ ଅଳ୍ପ ହସି ମତେ ବସିବାକୁ କହି କୃତ୍ରିମ ହାଇଟାଏ ମାରି ରାତ୍ରି ଅନିଦ୍ରା ଜନିତ ପରିଶ୍ରମ ତଥା କ୍ଳାନ୍ତି ଜଣେଇବାର ନିରର୍ଥକ ଉପକ୍ରମ କଲା।

ଚା' ପିଉ ପିଉ ଶୁଣିଲି ଇନ୍‌ସ୍‌ପେକ୍ଟରଙ୍କ ନୈଶ ଅଭିଯାନର କାହାଣୀ। ମାମଲାଟି ଯେ ଆଦୌ ଛୋଟକାଟିଆ ନୁହେଁ ଏବଂ ଏଥିରେ ସଂପୃକ୍ତ ଅଛନ୍ତି ରାଜଧାନୀର ବହୁ ମାଣ୍ୟଗଣ୍ୟ ବ୍ୟକ୍ତିବିଶେଷଙ୍କ ସହ ପ୍ରତିଷ୍ଠିତ ଉଚ୍ଚପଦାଧିକାରୀ, ଏକଥା ଉଦ୍‌ଗାରିବା ବେଳେ ବିଚରା ଯୁବ ଇନ୍‌ସ୍‌ପେକ୍ଟରଟି ଲାଗୁଥିଲା ଦଶମ ଗ୍ରହ ବିଜୟୀ ମିନି ମହାକାଶଚାରୀଟେ ପରି ଆହ୍ଲାଦିତ ଓ ଆପ୍ଲୁତ।

'କାହାନ୍ତି ସେ ? ଭଦ୍ରମହିଳାଙ୍କୁ ଟିକେ ଦର୍ଶନ କରନ୍ତେ..'-ମୋ ଶ୍ଳେଷର ଉତ୍ତରରେ ଇନ୍‌ସ୍‌ପେକ୍ଟର ଇଙ୍ଗିତ କଲା ବିପରୀତ ଦିଗସ୍ଥ ରେକର୍ଡ ରୁମ୍ ଭିତରକୁ। ଜାମୁକୋଳି ରଙ୍ଗର ଶାଢ଼ିରେ ଦେହ ବେଢ଼େଇ ଅପେକ୍ଷାକୃତ ସହଜ ଓ ସଲ୍ଲଜ ଢଙ୍ଗରେ ଯିଏ ବସିରହିଥିଲା ବେଞ୍ଚ୍ ଉପରେ ପାଣି ତୁଠର ଭିଜା ବତକଟେ ପରି, ସିଏ ଦେବୀ ହିଁ ଥିଲା।

ଦେବୀ ଦିଶୁଥିଲା ସତସତିକା ଦେବୀଟେ ପରି - ଶ୍ରଦ୍ଧାରେ ଓ ସୁନ୍ଦରତାରେ- ମୁଦ୍ରାରେ ଓ ମାଦକତାରେ।

ଏଇ କେତେ ବର୍ଷର ବ୍ୟବଧାନ ଦେବୀକୁ ନାନା ଭାବେ ବଦଳେଇ ଦେଇଥିଲା ଠିକ୍- ତେବେ ସବୁ ପରିବର୍ତ୍ତନର ଊର୍ଦ୍ଧ୍ୱରେ ଦେବୀ ଝଲସୁଥିଲା ସତସତିକା ଦେବୀଟେ ପରି।

ଚାଲ୍ ଚାଲ୍ ହେଇ ଆଗେଇଲି ଦେବୀ ପାଖକୁ ତ' ଦେବୀ ମୁଣ୍ଡ ଉଠାଇ ଚାହିଁଲା ମୋ ଆଡ଼େ। ଚିହ୍ନିଲା ଚିହ୍ନିଲା ଆଖିରେ ହସିବାକୁ ଚେଷ୍ଟା କରି ବିଫଳ ହେଲା କି କ'ଣ ତଳକୁ ମୁଣ୍ଡ ପୋତିଦେଲା। ମୁହୂର୍ତ୍ତେ ମାତ୍ର। ତଣ୍ଟି ଭିତରୁ ଉଦ୍‌ଗତ ଶବ୍ଦସବୁକୁ ଢୋକିଦେଇ ମୁଁ ବି ମୁହଁ ବୁଲେଇନେଲି।

ଇନ୍‌ସ୍‌ପେକ୍ଟର ସହ କରମର୍ଦ୍ଦନ କରି ବାହାରକୁ ବାହାରି ଆସିଲା ବେଳକୁ ବାରଣ୍ଡାର ଗୋଟେ କଣରେ ଠିଆ ହେଇ ଅମ୍ବିକା ସିଗ୍ରେଟ୍ ଫୁଙ୍କୁଥାଏ। ଅମ୍ବିକା ମୋ ପ୍ରତିଦ୍ୱନ୍ଦ୍ୱୀ କାଗଜର ରିପୋର୍ଟର।

ପଚାରିଲି- 'କ'ଣ ପାର୍ଟି ! ଷ୍ଟୋରୀ ଚାଲିବ.. ?

'ଚାଲିବ ମାନେ ? ଦୌଡ଼ିବ କହ'- ଅମ୍ବିକା ସିଗ୍ରେଟ୍ ଫିଙ୍ଗି ଆଖି ନଚାଇଲା। 'ଝିଅଟାର ନାଁ ଦେବୀ ବୋଲି ଜାଣିଚୁଟି ? ବାଙ୍ଗାଲି ଛେଲେ। ଏଇ ଦେବୀର କଲିକତାରେ କିନ୍ତୁ ଭାରି କ୍ରେଜ୍ ! ଏଇ ଅଳ୍ପ ଦିନ ହେଲା ଆସିଚି, ତଥାପି ଲମ୍ବା କ୍ୟୁ ତା' ପାଖରେ..।' ଅମ୍ବିକା ତା' ଦାନ୍ତ, ଓଠ ଓ ଆଖି ଭିତରେ ସାମଞ୍ଜସ୍ୟ ବଜାୟ ରଖି ମୁହଁରେ ଅଶ୍ଳୀଳତାର ମୁଦ୍ରାଟେ ଉକୁଟେଇବାରେ ସମର୍ଥ ହେଲା।

-'ମୁଁ କିନ୍ତୁ ଭାବୁଚି ଷ୍ଟୋରୀରେ ଗୋଟେ ହ୍ୟୁମାନିଷ୍ଟିକ୍ ଟଚ୍ ଦେବି। କେମିତି ଗୋଟିଏ ଗ୍ୟାଙ୍ଗ୍ ରେପ୍‌ର ଶିକାର ହେଇସାରିବା ପରେ ଝିଅଟା ପାଇଁ ତା' ଘରର ସବୁ ଦ୍ୱାର ବନ୍ଦ ହୋଇଯାଉଚି - କେମିତି ଶେଷକୁ ସେ ବାଧ୍ୟବାଧକତାର ସହ ବେଶ୍ୟାବୃତ୍ତିକୁ ଆଦରି ନଉଚି..'- ଅମ୍ବିକାର କଥାରେ ନଥା ଯୋଡ଼ିଲା ସାଥୀ ଅମ୍ବରୀଶ୍।

-ରାଇଟ୍, ମୁଁ ବି ଭାବୁଚି ସେଇ ଲାଇନ୍‌ରେ ଫାଇଲ୍ କରିବି ଷ୍ଟୋରୀ। ହେବ ତ' ଆହୁରି ସେଥିରେ ଭର୍ତ୍ତି କରିଦେବି କି ଏ ଦେବୀର ଗୋଟେ ପ୍ରେମିକ ଥିଲା, ଯିଏ ତାକୁ ଖୁ' ଖୁ' ଭଲ ପାଉଥିଲା। ହେଲେ ପ୍ରେକ୍ଷାପଟ ପରିବର୍ତ୍ତିତ ହେବା ବେଳକୁ ସେ ବି ଯା' ମୁହଁକୁ ଅନେଇଲାନି- ଚିହ୍ନି ସୁଦ୍ଧା ଚିହ୍ନିପାରିଲାନି। କ'ଣ ଭଲ ହେବନି ?'- କହିଲା ଦୈନିକ ଭାରତର ପ୍ରତିନିଧି ଷ୍ଟାଲିନ୍। ଷ୍ଟାଲିନ୍ ନିଜେ ଗୋଟେ ମସ୍ତ ଫ୍ରଷ୍ଟେଟେଡ୍।

-ବାଃ, ଷ୍ଟୋରୀ ତ ଜମିଗଲା ତେବେ'- ଉଲ୍ଲସିତ ହେଇ ଉଠିଲା ଅମ୍ବିକା। 'ସେଇ ଆଙ୍ଗଲ୍‌ରେ ହଉ ତେବେ- ଦେବୀକୁ ସର୍ବଭୋଗ୍ୟା ବୋଲି ଘୋଷଣା କରିଦିଆଯାଉ। ଏମିତିରେ, ଦେବୀ ନାଁଟି ତ' ଇଟ୍‌ସେଲ୍‌ଫ୍ ଗୋଟେ ଚମତ୍କାର କନ୍‌ସେପ୍ଟ। ଏଇ ଧର ଯେମିତି.. ଦେବୀ ଅର୍ଥ ହେଉଛି ସାର୍ବଜନୀନ.. ସବୁରି ପାଇଁ।

ସେମାନଙ୍କୁ କେହି ଜଣେ କେବେ ବାନ୍ଧି ପାରେନି ଘର ଭିତରେ, ନିଜ ଭିତରେ ସବୁଦିନ ପାଇଁ। ବରଂ ସବୁରି କାମନା ବାସନା ପୂର୍ତ୍ତି ଉଦ୍ଦେଶ୍ୟରେ ସେମାନେ ସଜା ହୁଅନ୍ତି.. ପୂଜା ହୁଅନ୍ତି.. ସ୍ୱଳ୍ପ ସମୟ ପାଇଁ..।' କଥା ଶେଷ କରି ହୋ ହୋ ହୋଇ ହସିଉଠିଲା ଅମ୍ବିକା। ଅମ୍ବିକାର ସାହିତ୍ୟ ଜ୍ଞାନଟି ପ୍ରଚୁର ଓ ପ୍ରଖର।

– 'କ'ଣ ଭାଇ, କିଛି କହୁନାହାନ୍ତି ଯେ'..– ମୋ ଉଦ୍ଦେଶ୍ୟରେ ପ୍ରଶ୍ନବାଚକଟେ ଫିଙ୍ଗିଲା ଷ୍ଟାଲିନ୍। ନିଜ ଅନ୍ୟମନସ୍କତା (ଉହୁଁ.. ଦେବୀମନସ୍କତା..) ପାଇଁ କ୍ଷମା ଯାଚନା ସୂଚକ ସ୍ମିତ ହସଟେ ଓଠରେ ଖେଳାଇବା ବ୍ୟତୀତ ମୋର ଚାରା ବା' କଣ ଆଉ ଥିଲା ?

ବାକ୍‌ପଟୁ ବନ୍ଧୁମାନଙ୍କଠୁଁ ବିଦାୟ ମାଗି ଗାଡ଼ି ଷ୍ଟାର୍ଟ କରୁକରୁ ନିଜ ଅଜାଣତରେ ହିଁ ନଜର ତେରଛେଇ ଗଲା ରେକର୍ଡ଼ରୁମ୍ ଆଡ଼କୁ। ପଚାରିଲା ପଚାରିଲା ଆଖିରେ ଦେବୀ ଚାହିଁ ରହିଥିଲା ମତେ। ଖରାଦିନିଆ ଶୁଷ୍କ ବାଲିଚର ନଈଟିଏ ଚାରିକାତ୍ ମେଲି ରୀତିମତ୍ ଭିଡ଼ିମୋଡ଼ି ହେଉଥିଲା ତା' ଆଖି ଭିତରେ। ମୋ ସାଙ୍ଗେ ନଜର ମିଶିଗଲାରୁ ଦେବୀ ମୁହଁ ବୁଲାଇଦେଲା।

'ଆଉ ଥରେ ଦେବୀ.. ଆଉ ଥରେ ପ୍ଲିଜ୍ ଚାହାଁ ମତେ ସେଇମିତି – ଅନ୍ତତଃ ତୋ ଚାହାଣିର ଛୁଆଁରେ ମୁଁ ପାଲଟିଯାଏ କୁନି ଦେବତାଟିଏ..'– କଣ୍ଠନିସୃତ ହେବା ପାଇଁ ଚିତ୍କାରଟେ ମୋ ଭିତରେ ସତେଯେମିତି ଦାନା ବାନ୍ଧୁଥିଲା..।

■

('କଥା'; ଅକ୍‌ଟୋବର-୨୦୦୧)

ରାଗ 'ବର୍ଷା'

...ତ' କାହାଣୀର ଆରମ୍ଭ ଏଇମିତି।

ଥିଲା ବର୍ଷା ନାମକ ଝିଅଟିଏ, ଯିଏ ଆଖି ମେଲିଲେ ଉଦ୍‌ଭାସି ଉଠୁଥିଲା ଚତୁର୍ଦ୍ଦିଗ- ଆଖି ମୁଦିଲେ ଘୋଟି ଯାଉଥିଲା ପ୍ରଳୟାନ୍ଧକାର; ହସିଦେଲେ ପବନ ହେଇ ପଡୁଥିଲା ସଚଳ- ରୁଷି ଗଲେ ପୃଥ୍ୱୀ ହେଇଯାଉଥିଲା ଟଳମଳ।

ବର୍ଷାର ଦେହସାରା ଝଲସୁଥିଲା ପଦ୍ମ ପୁଷ୍କରିଣୀଟେ- ଓଠ ଉପରେ ଦୋଳି ଖେଳୁଥିଲା ଗୋଲାପ ବାଗାନ୍‌ଟେ- ଆଖି ଭିତରେ ଲହଡ଼ା ମାରୁଥିଲା ନୀଳ ସମୁଦ୍ରଟେ ତ' କପାଳରେ ନେସି ହେଇ ଲାଖିଥିଲା ପୂର୍ଣ୍ଣିମା ଜ୍ୟୋସ୍ନାଟେ।

ଥିଲା ମଧ୍ୟ ଗୋଟେ କବି; ଉଦାସ ଓ ନିସ୍ପୃହ- ଛଳ ଛଳ ଓ ତନ୍ମୟ। ସବୁ କବିଙ୍କ ପରି ଖୁ' ଖୁ' ଭଲ ପାଉଥିଲା ବର୍ଷାକୁ- ସ୍ୱପ୍ନ ଦେଖୁଥିଲା ଜୁ' ଜୁ' ବର୍ଷାରେ ଭିଜିବାକୁ- ହୁବହୁ ତରସି ଯାଉଥିଲା ଝିରି ଝିରି ବର୍ଷାରେ ଶୋଷ ମେଣ୍ଟେଇବାକୁ। ମନ ହେଲେ କେବେ କେବେ ଘୋଷା କବିତା ଗାଉଥିଲା, ବର୍ଷା ଉଦ୍ଦେଶ୍ୟରେ- 'ବର୍ଷା ଲୋ ! ତୋ' ଦେହରେ କି କୁହୁକ କି କିମିଆ ଥାଏ.. ତୋ ଛୁଆଁରେ ଦେହ ସିନା ଓଦା ଜୁଡୁବୁଡୁ; ହେଲେ ହୃଦୟ ଭିତରେ ମୋର ନିଆଁ ଜଳୁଥାଏ..।'

ତ' ଦିନେ କ'ଣ ହେଲା ନା ପାଞ୍ଚ ଫୁଟ ପାଞ୍ଚ ଇଞ୍ଚ୍ ଉଚ୍ଚ, ପଇଁଚାଳିଶ କେଜି ଓଜନର ମଖମଲି ବର୍ଷା ଜୁ' ଜୁ' ଅଜାଡ଼ି ହେଇ ପଡ଼ିଲା ସତସତିକା ବର୍ଷା ହେଇ କବିଟି ଉପରେ।

'ଆହାଃ... ଗୋଟେ ଝିଅର ନାଁ ବି ହୋଇପାରେ ବର୍ଷା ?'- କବି ଭାବିଲା ଓ ନାଁଟିରେ ହିଁ ଫିଦା ହେଇଗଲା- ଶୂଳି ଚଢ଼ିଗଲା।

ସେଠୁ ସନ୍ତ୍ରସ୍ତ କବି ପଚାରିଲା ଭିଜା ଭିଜା କଣ୍ଠରେ- 'ଆସିଲ ଯେ, ରହିବ କୋଉଠି ?

'ତମ ହୃଦୟରେ'- ବର୍ଷା ଉତ୍ତରିଲା ହସି ହସି।

ଖାଇବ କ'ଣ ?- ତମ ତମାମ୍ ଦୁଃଖକୁ।

ପିନ୍ଧିବ କ'ଣ ?- ତମ କବିତାମାନଙ୍କୁ।

ବାସ୍.. କବି ତରଳି ଗଲା ଓ ବର୍ଷାର ପ୍ରଣୟ ବର୍ଷାରେ ଭିଜି ଭିଜି ସ୍ୱପ୍ନ ଦେଖିବା ଆରମ୍ଭ କଲା।

ପ୍ରଥମ ସ୍ୱପ୍ନଟି ଥିଲା ବେଶ୍ ରୋମାଣ୍ଟିକ୍। ଯେଉଁଠି ଦିଗ୍‌ବଳୟ ବ୍ୟାପୀ ଗୋଟେ ସମୁଦ୍ରର ସ୍ୱର ସନ୍ଧି ରଚିଥିଲା ବିସ୍ତୀର୍ଣ୍ଣ ଝାଉଁବଣର ଝରା ମର୍ମର ସହ। ଦ୍ୱିତୀୟ ସ୍ୱପ୍ନଟି ଥିଲା କିଛିକାଂଶରେ ବାସ୍ତବମୁଖୀ, ଯେଉଁଠି ଆକାଶଟେ ପୃଥିବୀକୁ କୋଳାଗ୍ରତ କରିବାର ମାନସିକତାରେ ନଇଁ ପଡୁଥିଲା ତଳକୁ ତଳକୁ। ପରବର୍ତ୍ତୀ ସ୍ୱପ୍ନଟି ବି ଥିଲା ରଙ୍ଗିନ୍.. ଯଦିଓ ନିର୍ମମତାର ହିଦାୟତ୍ ପୂରି ରହିଥିଲା ଅନେକତ୍ର।

ଦିନେ ଅଚାନକ ବର୍ଷା ଆସି ହାଜର କବିର ଭଙ୍ଗା କୁଡ଼ିଆରେ। ବର୍ଷାକୁ ଦେଖି କବି ଥା' ଥା' ମା' ମା'। ପଚାରିଲା ଆଶ୍ଚର୍ଯ୍ୟରେ- 'ଆରେ, ତମେ ଏମିତି ହଠାତ୍ ଯେ!'

ବର୍ଷା ହସିଲା। କହିଲା- 'ଧେତ୍.. କି' କବି ହେଇଚ? ଏତିକି ଜାଣିନ, ବର୍ଷା ସବୁକାଳେ ଏମିତି ଅଚାନକ ହିଁ ଆସେ- ପ୍ରସ୍ତୁତ ହେବାକୁ ସୁଯୋଗ ଦିଏନି କାହାରିକୁ, ବରଂ ଭିଜେଇ ଦିଏ ଅପ୍ରସ୍ତୁତ ମଣିଷମାନଙ୍କୁ। ହଁ, ଏହା ଅବଶ୍ୟ ଭିନ୍ନ କଥା ଯେ ବର୍ଷାରେ ସମସ୍ତେ ଭିଜି ପାରନ୍ତିନି। କିଛି ତିନ୍ତିଯାଆନ୍ତି.. କିଛି ଓଦା ବି ହେଇଯାଆନ୍ତି..।

କହିଲା ଏବଂ ସତକୁ ସତ ଭିଜେଇବା ଆରମ୍ଭ କଲା କବିକୁ, କବିର ଶୁଖା ଛାତି, ସିଠା ହୃଦୟକୁ।

ଭିଜଉ ଭିଜଉ ପୁଣି ପଚାରିଲା ଫିସ୍ ଫିସ୍ ମାଦକ ସ୍ୱରରେ, ଆଚ୍ଛା କହିଲ.. ମୋର କୋଉ ଡ୍ରେସ୍‌ଟା ତମକୁ ସବୁଠୁ ବେଶୀ ଭଲ ଲାଗେ..?

ଏଥର ହସିବା ପାଳି କବିର। ହସୁ ହସୁ କବି ଉତ୍ତରିଲା- 'ବିଶ୍ୱାସ କର ବର୍ଷା, ଆଜିଯାଏ ତମର କୌଣସି ବି ଡ୍ରେସ୍ ଦେଖିନି ମୁଁ। ଯେବେ ବି ତମକୁ ମୋ ସାମ୍ନାରେ ପାଏ, ଡ୍ରେସ୍ ଭିତରୁ ଫୁଟି ଉଠୁଥିବା ତମ ନଗ୍ନ ନିଟୋଳ ରୂପ ହିଁ ମତେ ଦିଶିଯାଏ।'

'ଇଃମାଃ..' କହିଲା ବର୍ଷା ଅସ୍ଫୁଟ ସ୍ୱରରେ ଓ ଲାଜେଇଗଲା ତତ୍‌କ୍ଷଣାତ।

'ଉହୁଁ... ଏକା ତମେ ନୁହଁ'- କବି ଟିକେ ଅଧିକ ସ୍ମାର୍ଟ ହେବାକୁ କୋସିସ୍ କଲା- ପୃଥିବୀର ସବୁ ସୁନ୍ଦରୀ ଝିଅଙ୍କୁ ମୁଁ ଦେଖେ ନଗ୍ନ ରୂପରେ। ଆଃ.. କି ସୁନ୍ଦର ଲାଗନ୍ତି ସେମାନେ! ମଣିଷ କାହିଁକି ଯେ' ପୋଷାକ ପରି ଗୋଟେ ଅଦର୍କାରୀ ଚିଜ ତିଆରିରେ ସମୟ ନଷ୍ଟ କରୁଛି, ମୁଁ ବୁଝି ପାରୁନି।'

ତା'ମାନେ ତମେ ପୃଥିବୀର ସବୁ ସୁନ୍ଦରୀ ଝିଅଙ୍କ ନଗ୍ନ ରୂପକୁ କାମନା କର ?

- ଉହୁଁ, ଠିକ୍ କାମନା କରେନି, ତେବେ ଆଦର କରେ.. ଦୃଶ୍ୟଟିକୁ ନିଜ ଭିତରେ ଧରି ରଖିବାରେ ବିଶ୍ୱାସ କରେ। ନିରୀକ୍ଷଣ ଓ ଉପଭୋଗ ଭିତରେ ତଫାତ୍ ବି ତ' ଅଛି ନା..।

- ଛାଡ଼.. ଛାଡ଼..। ତମେ ତେବେ ଆଜୀବନ ଏଇମିତି ନଗ୍ନ କରି ରଖିଥିବ ମତେ ତମ ଆଖିରେ ?

- କାଇଁ, ତମେ ନିଜେ ହିଁ ତ' କହିଥିଲ, ମୋ କବିତାମାନଙ୍କୁ ପିନ୍ଧିବାକୁ ଦେହରେ। ଏବେ ପୁଣି..।

- 'ବକ୍‌ୱାସ୍..। କବିତାକୁ ଘୋଡ଼ି ହେଇ ଜୀବନର ସାର୍ଥକତା ଲଭି ହୁଏନି କେବେ ବି, ଅନ୍ତତଃ ମୋ ଜାଣିବାରେ'- କହିଲା ବର୍ଷା ଓଠ କାମୁଡ଼ି ଏବଂ ଉଠି ଚାଲିଗଲା କବିକୁ ବେଖାତିର୍ କରି।

ରାତିସାରା ସେଦିନ କବି ଖୁବ୍ ଭିଜିଲା- ଲୁହରେ ଓ କୋହରେ, ସ୍ୱେଦରେ ଓ ଶୋଣିତରେ। ମନକୁ ମନ ଗାଇ ଚାଲିଲା ନିଜ ଲେଖା ଗୀତ: 'ଚିଠି ହଉ କି ଚଢ଼େଇକୁ/ ବୟସକୁ ଅବା ବାନ୍ଧବୀକୁ/ କେହି କେବେ ପାରିନି ବାନ୍ଧି ରଖି/ ହାତ ମୁଠାରେ। ଲଫାପାର ନିରନ୍ଧ୍ର ସାନ୍ଦ୍ରତା/ ପୁଣି ପଞ୍ଜୁରୀର ଗୋପ୍ୟ ନିରବତା/ ଶରୀରର ନିବୁଜ ଇଲାକା/ ଅବା ହୃଦୟର ନିଖୁଣ ଗାଲିଚା../ ସବୁ ଲକ୍ଷ୍ମଣରେଖାକୁ ଟପି/ ସେମାନେ ଫୁର୍‌ର୍‌ର୍.. ହେଇ ଉଡ଼ିଯା'ନ୍ତି/ କୋଉ ଛଟକରେ/ କୋଉ ଛଟକରେ..।

ଅନେକ ଦିନ ବିତିଗଲା..।

ଅଚାନକ ଦିନେ ଚିଠିଟେ ଆସିଲା ବର୍ଷାଠାରୁ। ଆକାଶ ସାରା ସେଦିନ ଖାଞ୍ଜି ହେଇ ରହିଥିଲା ବଉଦ- ବର୍ଷା ହେବାର ସମ୍ଭାବନା ଥିଲା ପ୍ରଚୁର। ଚିଠି ପାଇ କବି ବହେ ନାଚିଗଲା ମନେ ମନେ।

ବର୍ଷା ଲେଖିଥିଲା- 'କେତେ ଦିନ ଆଉ ଏମିତି କବିତାମାନଙ୍କୁ ନେଇ ମାତିଥିବ ସନ୍ଦିଗ୍ଧ ମୃଗୟାରେ ? ବରଂ କିଛି କର। ଖାଲି କବିତା ପୁଳେ ଲେଖିଦେଲେ କି' ବର୍ଷାରାଗ ଗାଇଦେଲେ କ'ଣ ଜାହିର ହେଇଯାଏ ପ୍ରେମିକ ପଣିଆ ନା' ସାବ୍ୟସ୍ତ ହେଇଯାଏ ପୁରୁଷର ପାରିଲାପଣ ? କେବେ ଆଉ ତମେ ବୁଝିବ ଯେ' କବିତା ଲେଖି ପ୍ରେୟସୀକୁ ଖାଲି ଯା' ମୁଗ୍ଧ କରିହୁଏ.. କିନ୍ତୁ ପତ୍ନୀକୁ ସନ୍ତୁଷ୍ଟ କରିହୁଏନି ବୋଲି ?

'ବ୍ରାଭୋ ! ବର୍ଷା.. ବ୍ରାଭୋ..' -ଚିଠି ପଢ଼ି କବି ଅଟ୍ଟହାସ କଲା ଏବଂ ବାର୍

ଭିତରକୁ ଧସେଇ ପଶିଲା । ଲାଗ୍ ଲାଗ୍ ତିନି ପେଗ୍ ପରେ କବି ପ୍ରଗଲ୍‌ଭ ପାଲଟିଲା ତ' ତା' ପ୍ରଗଲ୍‌ଭତା ଭିତରକୁ ବର୍ଷା ଉହୁଙ୍କି ଆସିଲା ପରିଚିତ ଦୁଃଖଟିଏ ପରି ।

କବି ଗାଇଲା, କେଉଁଠି କେବେ ପଢି ଘୋଷି ରଖିଥିବା ପୁରୁଣା କବିତା- 'ନଦୀ ଭଲ ପାଏ ସମୁଦ୍ରକୁ.. ସମୁଦ୍ରର ଲଙ୍ଗଳା ଦେହକୁ; ଫୁଲ ଭଲପାଏ ଭଅଁରକୁ.. ଭଅଁରର ଲଙ୍ଗଳା ଦେହକୁ; ମୁଁ ବି ଭଲ ପାଏ ତମକୁ.. ତମର ସେ ପାଞ୍ଚ ଫୁଟ୍ ପାଞ୍ଚ ଇଞ୍ଚ ଉଚ୍ଚ, ପଇଁଚାଳିଶ କେଜି ଓଜନର ଲଙ୍ଗଳା ଦେହକୁ..।'

'ୱାଓ..'- କେହି ଜଣେ ସପ୍ରଶଂସ ଆୱାଜ୍ ଦେଲା ପାଖ ଟେବୁଲରୁ ।

କବି ବୁଲି ଚାହିଁଲା ସେଆଡ଼େ ଏବଂ ଆଦାବ୍ ବଜାଇ ପୁଣି ଗାଇଲା ଘୋଷିଥିବା ଆଉ ଗୋଟେ ପୁରୁଣା କବିତା- 'ବର୍ଷା ଦାସ୍ ଓଠ ଟିକେ ଚୁଚୁମିଲେ ଫୁସ୍ କିନା ଉଡ଼ିଯାଏ ଚିଠିର ଚଢ଼େଇ; ବର୍ଷା ଦାସ ମୁହଁ ଟିକେ ଦିଶିଗଲେ ଅମେଇସା ରାତି ହୁଏ କୁଆଁର ପୁନେଇଁ; ରୂପ ତା' ଯମୁନା ନଈ.. ଜୁଆର ତା' ଗପ.. ପ୍ରେମ ସିନା ମିଠା, ହେଲେ ଦେହ ନାଗ ସାପ..। କବିତା ପଢିସାରି ପଚାରିଲା, କ'ଣ କିଛି ବୁଝୁଛନ୍ତି..?

- ବୁଝୁଛି... ବୁଝୁଛି । ଆପଣ ହେଉଛନ୍ତି କବି ଅରୂପ । ଅହୋଭାଗ୍ୟ । ଆପଣଙ୍କ ସହ ଥରେ ଭେଟ ହେବାଟା ମୋର ପ୍ରିୟ ସ୍ୱପ୍ନ, ପ୍ରିୟ ଫାଣ୍ଟାସି ଥିଲା । ଆଗନ୍ତୁକ ଏଥର ଘୁଞ୍ଚି ଆସିଲେ କବି ପାଖକୁ । 'ଆପଣଙ୍କ ତମାମ୍ କବିତା ମୁଁ ପଢ଼ିଛି । 'ବର୍ଷା' ସିରିଜ୍‌ଟା ତ' ମୋର ମୁଖସ୍ଥ କହିଲେ ଚଳେ । ପ୍ରେମ ଓ ପ୍ରତାରଣାର ଯେଉଁ ଚିତ୍ରସବୁ ଆଙ୍କିଛନ୍ତି ସେଥିରେ ନା.. ସିମ୍ପଲି ସୁପର୍ବ.. ରିଏଲି ଏକ୍ସଲେଣ୍ଟ.. ୱଣ୍ଡରଫୁଲ୍..।

- 'ଓଃ.. ପଢ଼ିଛନ୍ତି ତେବେ..'- କବି ମୁରୁକି ହସିଲା ଓ ଉତ୍‌ଫୁଲ୍ଲିତ ଦିଶିଲା ।

- ଏକା ମୁଁ ନୁହେଁ, ମୋ ସ୍ତ୍ରୀ ମଧ୍ୟ ଆପଣଙ୍କର ଜଣେ ଡାଏ-ହାର୍ଡ ଫ୍ୟାନ୍ । ଆପଣଙ୍କ ବିଷୟରେ ପ୍ରାୟ ଚର୍ଚ୍ଚା ହୁଏ ଆମ ଭିତରେ । ସତ କହିଲେ, ବର୍ଷା ବୋଲି ପ୍ରେମିକାଟେ ଆପଣଙ୍କର ଥିଲା କି ନାହିଁ?

ଉଁ.. ହୁଏତ ଥିଲା; ନଥାଇ ବି ପାରେ । କାଇଁ, ଅଦେହୀ ସତ୍ତାକୁ କ'ଣ ପ୍ରେମ କରିହୁଏନି ?

ରାଇଟ୍, ମୁଁ ବି ଠିକ୍ ସେଇ କଥା କହେ । ହେଲେ ମୋ ସ୍ତ୍ରୀ କହନ୍ତି, ଦେହ ନାହିଁ ତ ଦିଅଁ ନାହିଁ । ଦେଉଳ ନ ଥାଇ ପୂଜା ବିଧାନ ପୁଣି ଗୋଟେ କ'ଣ ?

- ବାଃ, ଆପଣଙ୍କ ସ୍ତ୍ରୀ ତ' ବେଶ୍ ବିଦୁଷୀ ମାଲୁମ୍ ପଡୁଛନ୍ତି ।

- କ୍ଷମା କରିବେ, ସେ କଥାର ଗ୍ୟାରେଣ୍ଟି ମୁଁ ଦେଇପାରିବିନି । ତାଙ୍କର ସବୁତକ ଭଲ ଗୁଣ ମୋ ଆଖିକୁ କେବଳ ବେଡ୍‌ରୁମ୍‌ର ଅନ୍ଧାରରେ ହିଁ ଦିଶେ । କେବେ ଆସନ୍ତୁ ନା' ଆମ ଆଡ଼େ; ମୋ ସ୍ତ୍ରୀ ଭାରି ଖୁସି ହେବେ ।

- ଯିବି.. ନିଶ୍ଚେ ଁ ଯିବି- କବି ପ୍ରତିଶ୍ରୁତି ଦେଲା । 'ତେବେ ଆପଣଙ୍କ ପରିଚୟଟା ତ' ଦେଲେନି..।'

- ଅଭିମନ୍ୟୁ ଦାସ, ଇଞ୍ଜିନିୟର; ଏଇ ସାମନ୍ତସାହିରେ ରହେ । ଯାହାକୁ ପଚାରିଲେ କହିଦେବ ଘର । କାଲି ସଂଧ୍ୟାରେ ତେବେ ମୁଁ ଅପେକ୍ଷା କରିଥିବି ଆପଣଙ୍କୁ- ନିରାଶ କରିବେନି- ନିଶ୍ଚେ ଁ ଆସିବେ- ରହିଲି ତା'ହେଲେ- ବାଏ ।

- 'ବାଏ' କହିଲା କବି ମୁଣ୍ଡ ଲାଡି- ହାତ ଟେକି; ଏବଂ ଟଳମଳ ପାଦକୁ ଘୋଷାରି ନେଲା କାଉଣ୍ଟର୍ ଯାଏ ।

ପରଦିନ ସଂଧ୍ୟା । ଘନଘୋର ବର୍ଷା । ଦରଭିଜା କବି ଗେଟ୍ ଟପି ପଶିଲା ଭିତରକୁ ଏବଂ ଚିପିଲା କଲିଂ ବେଲ୍ ତ' ମୁକୁଳିଗଲା ଦର୍ଜା ଚଟାକ୍ କରି ।

ସାମ୍ନାରେ ଯିଏ ଠିଆ ହୋଇଥିଲା ରହସ୍ୟମୟ ହସରୁ ଫାଳେ ଧରି, ସିଏ ବର୍ଷା ହିଁ ଥିଲା- ତା'ର ବିଗତ ଦିନର ସ୍ମୃତି.. ଅତି ଆପଣାର ପାଞ୍ଚ ଫୁଟ ପାଞ୍ଚ ଇଞ୍ଚ ଉଚ୍ଚ ପଇଁଚାଳିଶ କେଜିର ବର୍ଷା ।

ଆଃ.. ବର୍ଷା.. ମୁହୂର୍ତ୍ତକ ମଧ୍ୟରେ କବି ବିବାକ୍ ଶବ୍ଦଶୂନ୍ୟ ହୋଇପଡ଼ିଲା ।

'ଭିତରକୁ ଆସ, ଆରେ ! ଏମିତି ଆଶ୍ଚର୍ଯ୍ୟ ଚକିତ ହେଇ ଚାହିଁ ରହିଲ ଯେ !! ଭାବୁଛ, ତମକୁ ଦେଖି ମୁଁ କାହିଁକି ଚମକିଲିନି ବୋଲି ? ସିଂପଲ୍- ମୁଁ ଜାଣିଥିଲି, ତମେ ଆସୁଚ ବୋଲି । ଖାଲି ଜାଣିଥିଲି କହିଲେ ଭୁଲ୍ ହେବ; ବରଂ କୁହାଯାଇପାରେ ତମକୁ ଏଠିକୁ ମୁଁ ଡକେଇ ଆଣିଛି ବୋଲି ।

- ମାନେ.. ? କବି ଥତମତ, ଥତମତ ।

ହୁଁ, ବୋକା ! ଉଚ୍ଚାରଣ କଲା ବର୍ଷା ଏବଂ ପୁଣି ଥରେ ସେଇ ପୁରୁଣା ଚାଲାକ ହସ ହସିଲା । କହିଲା- ତମେ ସିନା ମୋ ଖବର ରଖିନ, ମୁଁ କିନ୍ତୁ ତମ ଖବର ଠିକ୍ ରଖିଛି । ଆଉ ମିଷ୍ଟରଙ୍କ ମାଧ୍ୟମରେ ତମକୁ ଏଠିକୁ ଡକେଇ ଆଣିଛି । କ'ଣ ଏବେ ବୁଝି ପାରିଲ ?

- ତମ ମିଷ୍ଟର.. ମାନେ ଅଭିମନ୍ୟୁ ବାବୁ ?

- ହଁ, ସେଇ ଯାହାଙ୍କୁ ତମେ କାଲି ବାର୍‌ରେ ଭେଟିଥିଲ, ଆଉ ଯାହା ନିମନ୍ତ୍ରଣ ରକ୍ଷା କରି ଆଜି ଏଠିକୁ ଆସିଛ ।

- ତା' ମାନେ ତମେ କହୁଛ ସେ ଆମ ବିଷୟରେ ସବୁ କିଛି..

- ଜାଣନ୍ତି । ଜାଣିବାଟା ତାଙ୍କ ବୁଦ୍ଧିମତ୍ତା । ଆଉ ସବୁ କିଛି ଜାଣି ସାରିବା ପରେ ତମକୁ ଏଠିକୁ ଡାକି ଆଣିବାଟା ତାଙ୍କ ଉଦାରତା ।

- ମାନେ.. ମାନେ.. ମୁଁ କିଛି ବି' ବୁଝି ପାରୁନି କଥାଟା କ'ଣ..

– ବୁଝାଇ ଦେଉଛି। ଏତେ ବ୍ୟସ୍ତ କାହିଁକି ? ତମେ ବସ ଆଗ।

ହଁ, ତ' ତମଠୁ ଛିଟିକି ଆସିବା ପରେ ଅଭିମନ୍ୟୁଙ୍କ ସହ ମ୍ୟାରେଜ୍। ଇଂଜିନିୟର ସ୍ୱାମୀ- ସମ୍ଭ୍ରାନ୍ତ ଓ ଶିକ୍ଷିତ। ମୋଟାମୋଟି, ମୋର ଖର୍ଚ୍ଚ କରିବାର କ୍ଷମତାଠାରୁ ବେଶ୍ ଅଧିକ ରୋଜଗାର କରିପାରୁଥିବା ଜଣେ ସୁପୁରୁଷ ସେ। ତେବେ ତାଙ୍କ ବିଷୟରେ ସବୁଠୁ ଗୁରୁତ୍ୱପୂର୍ଣ୍ଣ କଥା ହେଲା- ସେ ଜଣେ ଦରଦୀ ପାଠକ। କଲେଜ ଜୀବନରେ କାହାକୁ ଗୋଟେ ପ୍ରେମ କରୁଥିଲେ- ପ୍ରେମିକାଠୁ ପ୍ରତାରିତ ହେବା ପରେ ତା' ସ୍ମୃତିରେ କିଛି କିଛି କବିତା ବି ଲେଖୁଥିଲେ। ପରେ କାମ ଚାପାରେ ଲେଖାଲେଖି ଛାଡ଼ିଦେଲେ- କବିତାର ସଉକ କିନ୍ତୁ ଛାଡ଼ିଲେନି। ଟିକେ ସମୟ ପାଇଲେ ହିଁ ବହି ଧରି ବସିଯା'ନ୍ତି। ପ୍ରଚୁର ପଢ଼ନ୍ତି। କବିତାର ତମାମ୍ ବିଭବ ଓ ବିଭାଗକୁ ନେଇ ତର୍କ ତର୍ଜମା ଚାଲେ ଆମ ଭିତରେ।

ଏମ୍ତି ଏମ୍ତି ଆମ ସଂସାର କବିତାର ଛନ୍ଦ ପରି ସାବଲୀଳ ଚାଲିଥିବା ବେଳେ ହିଁ ତମ ବର୍ଷା ସିରିଜ୍‌ର ସୃଷ୍ଟି। ମୋ ଅଲକ୍ଷ୍ୟରେ ସେ ଏବଂ ତାଙ୍କ ଅଲକ୍ଷ୍ୟରେ ମୁଁ, ଦୁହେଁ ମଜ୍ଜି ଥାଉ ତୁମ ବର୍ଷା କବିତା ସିରିଜ୍‌ର ମୃଦୁ ଜଞ୍ଜାରରେ। କବିତାଗୁଡ଼ିକ ଯେ ମୋତେ ଅଭିପ୍ରେତ, ସେ କଥା ଭାବି ମୁଁ ଶିହରି ଉଠୁଥାଏ ଲଜ୍ଜାରେ। କାବ୍ୟ ନାୟିକାର ଚିତ୍ରପଟଟି ଯେ' ଅବିକଳ ମୋ ପ୍ରତିବିମ୍ବ- ସେ କଥା ବୁଝି ସେ ବି ଜଳି ଯାଉଥା'ନ୍ତି ଆତ୍ମପଶ୍ଚାତାପର ରଡ଼ ନିଆଁରେ। କେହି କିନ୍ତୁ ପଚାରି ପାରୁ ନଥାଉ କାହାକୁ କିଛି।

କ୍ରମଶଃ ତାଙ୍କ ଅନ୍ୟମନସ୍କତା ମତେ ଅସହ୍ୟ ବୋଧ ହେଲା। ଲାଗିଲା, ମୋ କର୍ତ୍ତବ୍ୟରେ ଯେପରି ମୁଁ ତ୍ରୁଟି କରୁଛି। ଭାବିଲି, ସବୁ କିଛି ଖୋଲି କହିଦେବି। ନିଜ ଦୋଷତକ ସ୍ୱୀକାରି ନେବା ପରେ ଯାହା ଦଣ୍ଡ ଦେବେ, ମଥା ପାତି ସହିନେବି। କିନ୍ତୁ ତାଙ୍କ ପରି ଦେବପ୍ରତିମ ଲୋକଙ୍କୁ ଜାଣିଶୁଣି ଏମିତି କଷ୍ଟ ଦେବିନି।

ସେୟା କଲି। ବିବାହ ପୂର୍ବର ତମ ସହ ମୋର ସଂପର୍କ ବାବଦରେ ସବୁ କିଛି ତାଙ୍କ ଆଗରେ ଖୋଲି ଦେବା ପରେ ସେ କିନ୍ତୁ ହସିଲେ ଏକ ମଧୁର ବିଲୋଳ ହସ। କହିଲେ- ବର୍ଷା ! ଏତେ ବଡ଼ ରହସ୍ୟ ଆଜିଯାଏ ଲୁଚେଇ ରଖିଥିଲ ନିଜ ଭିତରେ ? ମୁଁ ରାଗୁନି। ବରଂ, ଈର୍ଷା କରୁଛି ତୁମକୁ ତୁମ ସୌଭାଗ୍ୟ ପାଇଁ। ତମେ ହିଁ ତ ପ୍ରକୃତ ସୃଷ୍ଟିକାରିଣୀ ଏଇ ସବୁ କାଳଜୟୀ କବିତାର। ତମ ଭଲ ପାଇବାର ଗଭୀରତା ଏତେ ମହକିତ ଓ ମହନୀୟ ହୋଇ ନଥିଲେ, କେହି କ'ଣ କେବେ ଗଢ଼ି ପାରିଥା'ନ୍ତା କବିତାର ଏ କୋଣାର୍କମାନଙ୍କୁ ?

ସେ ଲାଗି, ତମକୁ ମୁଁ ସଲାମ୍ କରୁଚି ପ୍ରଥମେ। ହେଲେ, ଗୋଟେ କଥା। ତମେ ବଡ଼ ଅନ୍ୟାୟ କରିଚ ବିଚରା କବିଟି ପ୍ରତି। ଜୀବନ ସାରା ତାକୁ ଆଉଟୁପାଉଟୁ

କରିଚ ଭଲପାଇବାର ସ୍ମୃତି ପଛରେ ଦଉଡ଼ାଇ ଦଉଡ଼ାଇ। ଆଜୀବନ ତାକୁ ଅତୃପ୍ତ ରଖି ଆସିଚ ହନ୍ତସନ୍ତ ହେଇ ଜଳିବା ପାଇଁ। ଯା' କୁହ ପଛେ, ଏଇଟା ଗୋଟେ ସାଂଘାତିକ ଅପ୍ରାଧ।

ଆଶ୍ଚର୍ଯ୍ୟ ହେଲି। ଆଖି ଉଠେଇ ଦେଖିଲି, ତାଙ୍କ ମୁହଁରେ ବିଷାଦର ଚିହ୍ନ ସ୍ପଷ୍ଟ ବିରାଜୁଛି। ପଚାରିଲି- ମୋର ବା କ'ଣ ଦୋଷ ଏଥିରେ ? ମୁଁ କ'ଣ ଅନ୍ୟାୟ/ ଅପ୍ରାଧ କଲି ?

ସେ ମତେ ବୁଝେଇଦେଲେ, 'ଦେଖ! ପ୍ରେମରେ ତୃପ୍ତ ବ୍ୟକ୍ତି କେବେ ସଂସାରସାରା ଡାକି ବଜେଇ ନିଜ ପ୍ରେମ ଗାଥା ଗାଏନା। ବରଂ ଯିଏ ଅତୃପ୍ତ ରହିଯାଇଥାଏ, ଆଣ୍ଠେଇପଡ଼ି ପାଣି ଦି' ଢ଼ୋକ ପିଇଯାଇଥାଏ, ସ୍ୱପ୍ନ ଦେଖୁ ଦେଖୁ ଅଧା ନିଦରୁ ଉଠି ବାଉଳା ବାତୁଳା ହେଇଯାଇଥାଏ, ସେଇ ହିଁ ଏକା ଏତେ ପ୍ରେମ, ଏତେ ପ୍ରତ୍ୟାଖ୍ୟାନ, ଏତେ ରୋଷ, ଏତେ ଅଭିମାନକୁ ଛାତିରେ ଜାକି ଧରି ବାଟ ଚାଲିବାର ସାହସ କରିପାରେ।

ଅରୂପ ତମକୁ ଭଲ ପାଉଥିଲା। ତା' ଭଲ ପାଇବାର ପରୀକ୍ଷାରେ ସଫଳତାର ସହ ଉତ୍ତୀର୍ଣ୍ଣ ହେବାକୁ ଯାଇ ସେ ତୁମକୁ କଲମ ମୁନରେ ଯୁଗ ଯୁଗ ପାଇଁ ଅମର କରିଦେଇଗଲା। ହେଲେ ତମେ..! ତମେ ବି ତ' ଭଲ ପାଉଥିଲ ତାକୁ। ତା' ପ୍ରତି କ'ଣ ତମର କିଛି ବି କର୍ତ୍ତବ୍ୟ ନଥିଲା ? କିଛି ନ ହେଲେ ବି, ଅନ୍ତତଃ ଶାରୀରିକ ତୃପ୍ତି ତ' ଟିକେ ଦେଇପାରିଥା'ନ୍ତ ତାକୁ।

ମୋ ମୁଣ୍ଡରେ ବଜ୍ର ଖସିପଡ଼ିଲା- 'କ'ଣ କହୁଛ ତୁମେ... ?'

- ଏତିକି, କି' ଏବେ ବି ତୁମର ତା' ପ୍ରତି କିଛି କର୍ତ୍ତବ୍ୟ ରହିଛି। ମୁଁ ତୁମକୁ ବାଧ କରୁନି। ମାତ୍ର ଏବେ ବି ତୁମେ ଚାହିଁଲେ ତାକୁ ଶାନ୍ତି ଟିକିଏ ଦେଇପାରିବ। ଯୋଉ ଭଲପାଇବାକୁ ଝୁରି ହେଉଛି ସେ ଆଜିଯାଏ, ସେତକ ତାକୁ ଲେଉଟାଇ ଦିଅ। ଯୋଉ ଦେହକୁ ଭୋଗ କରି ପାରିନି ବୋଲି ଅତୃପ୍ତ ମନ, ହୃଦୟ ତା'ର ଏବେ ବି ଉହଳ ବିକଳ ହେଉଛି ତା' କବିତାମାନଙ୍କରେ, ସେଇ ଦେହଟିକୁ ତା' ହାତକୁ ଟେକି ଦେଇ ତା' ତୃଷ୍ଣା ମେଣ୍ଟେଇଦିଅ। ଦେଖିବ, ସଚ୍ଚା ପ୍ରେମର ଶକ୍ତି କେମିତି ତାକୁ ତୃପ୍ତ କରିଦେବ। ଶାନ୍ତ କରିଦେବ.. ପରିପୂର୍ଣ୍ଣ କରିଦେବ।

ତାଙ୍କ କଥା ଶୁଣି ମୁଁ କାନ୍ଦି ପକାଇଲି। ତାଙ୍କ ଗୋଡ଼ ତଳେ ପଡ଼ି 'ଏ କାମ କରି ପାରିବିନି' ବୋଲି କେତେ ନିଉଁଛାଳି ହେଲି। ସେ ମତେ ଟେକି ଧରିଲେ। ବୁଝେଇ କହିଲେ- ଦେଖ, ବର୍ଷାର ସୃଷ୍ଟି ଚାତକ ପାଇଁ। ଚାତକର ଶୋଷ ମେଣ୍ଟେଇ ନ ପାରିଲେ ବର୍ଷା ଜୀବନର ବା ସାର୍ଥକତା କାହିଁ ? ନିର୍ଣ୍ଣୟ ତୁମ ହାତରେ- ଯାହା ଉଚିତ ଭାବୁଛ.. ସେୟା କର।

ସେଇ ଦିନଠାରୁ ମତେ ସେ ଭିନ୍ନ ରୂପରେ ଦେଖିବା ଆରମ୍ଭ କଲେ। ଯେମିତି ମୁଁ ତାଙ୍କ ପତ୍ନୀ ନୁହେଁ, ନିକଟତର ନୁହେଁ। କେବଳ ତାଙ୍କ ହେପାଜତ୍‌ରେ ଥିବା ଆଉ କାହାର ଅମାନତ୍। ଅନ୍ୟ କେହି। ମଝିରେ ମଝିରେ ଚାହିଁ ରହନ୍ତି ଖାଲି- ତାଙ୍କ ଆଖି ଯୋଡ଼ିକରେ ମେଘ ଭର୍ତ୍ତି ଆକାଶର ବିଷର୍ଣ୍ଣତା ଛାଇ ହୋଇ ରହିଥାଏ। କିଛି ବି' କହନ୍ତିନି। ମୁଁ ମନେମନେ ଭାଜି ଚୂର୍‌ମାର୍ ହେଇଯାଏ।

ଶେଷରେ ଭାବିଲି, ଥରଟିଏ ପାଇଁ ହେଉ ପଛେ ତୁମକୁ ଦେଖା କରିବି। ଯାହା ସବୁ ଘଟି ଯାଇଛି ଆମକୁ କେନ୍ଦ୍ର କରି ସବୁ ତୁମ ଆଗରେ ଖୋଲି କହି ଦେଇ ତୁମକୁ କ୍ଷମା ମାଗିନେବି। ସାହସ ହେଲାନି। ଭାବିଲି, ଚିଠିଟେ ଲେଖି ସବୁକଥା ଜଣାଇଦେବି ଏବଂ ତୁମ ସାନୁମତିରେ ତୁମ ସହ ଥିବା ସବୁ ଅତିନ୍ଦ୍ରୀୟ କାବ୍ୟିକ ସଂପର୍କକୁ ଛିନ୍ନ କରିଦେବି।

ସେଇଥିପାଇଁ ଚିଠିଟେ ଲେଖିଲି ଯେ, ହେଲେ ଯାହା ସବୁ ଭାବିଥିଲି ତା ଲେଖି ପାରିଲିନି। ଭାବିଲି ଗୋଟେ ପ୍ରକାର, ଲେଖିଲି ଆଉ ପ୍ରକାରେ। ଚିଠି ପଠାଇଦେବା ପରେ ସ୍ଥିର କରି ଦେଲି.. ନା.. ଏଇ ଶେଷ। ତୁମ ପ୍ରତିକ୍ରିୟା ଜାଣିବାକୁ ଖାଲି ଯା' ମନେ ମନେ ଅପେକ୍ଷା ଥିଲା..।

ହେଲେ ଦୈବଯୋଗ- କାଲି ତୁମ ସହ ଅଚାନକ କେଉଁଠି ଭେଟ ହେଇଯାଇଛି ତାଙ୍କର। କ'ଣ ସବୁ କହିଛନ୍ତି ସେ ତୁମକୁ ମୋ ବିଷୟରେ.. କେଜାଣି..!!

ରାତିରେ ଘରକୁ ଫେରିବା ବେଳକୁ କିନ୍ତୁ ବେଶ୍ ଖୁସି ଥିଲେ। ଅନେକ ଦିନ ପରେ ମତେ ଆଦରରେ ଡାକି ପାଖରେ ବସେଇଲେ। ସୋହାଗ କରି କହିଲେ.. 'ବର୍ଷା! ଏବେ ତମ ପରୀକ୍ଷାର ଘଡ଼ି ଉପନୀତ। କାଲି ସେ ଆସୁଛନ୍ତି- ଅତିଥି ହୋଇ ଆମ ଘରକୁ।'

- କିଏ?

- ସିଏ ମ.. ତୁମ ପ୍ରିୟ ପୁରୁଷ- କାବ୍ୟପୁରୁଷ- ସ୍ରଷ୍ଟାପୁରୁଷ- ପ୍ରେମିକ ପୁରୁଷ। କବି ଅରୂପ। ଯାଅ, ତାଙ୍କ ଅଭ୍ୟର୍ଥନା ପାଇଁ ପ୍ରସ୍ତୁତ ହୁଅ।

ପାଟିରୁ ମୋର କଥା ବାହାରିଲାନି। କ'ଣ ଉତ୍ତର ଦେଇଥା'ନ୍ତି? ଖାଲି କାନ୍ଦିଲି- ସାରା ରାତି ତାଙ୍କ ଗୋଡ଼ ତଳେ ପଡ଼ି ରହି ମତେ ଏତେ ବଡ଼ ପରୀକ୍ଷାରୁ ମୁକ୍ତି ଦେବା ପାଇଁ କେତେ ବିନତି ବାଢ଼ିଲି।

ପଥର ସେ, ଶୁଣିଲେନି। ଓଲଟି ମତେ ବୁଝେଇଲେ- ଦେଖ ବର୍ଷା! ମୋ ଦେଶର ଜଣେ ବରପୁତ୍ର ପ୍ରତି ମୋର ବି କିଛିଟା କର୍ତ୍ତବ୍ୟ ରହିଛି। ଅନ୍ୟ ଜଣକୁ ତା' ପ୍ରାପ୍ୟରୁ ବଞ୍ଚିତ କରି ନିଜେ ସେ ଅମାନତ୍‌ର ମାଲିକାନାସ୍ୱତ୍ୱ ଉପଭୋଗ କରିବାଟା ପ୍ରବଞ୍ଚନା ନୁହେଁ ତ ଆଉ କ'ଣ?

ଶେଷକୁ ମୋ ମୁଣ୍ଡ ଆଉଁଶି ଦେଇ କହିଲେ- ଯଦି ତମେ ପ୍ରକୃତରେ ମତେ ପତି ପରମେଶ୍ୱର ଜ୍ଞାନ କରୁଥାଅ, ତେବେ ମୋର ନିର୍ଦ୍ଦେଶ- 'କାଲି ତୁମ ପ୍ରତୀକ୍ଷିତ ପୁରୁଷଙ୍କୁ ଅଭିସାରିକା ବେଶରେ ସ୍ୱାଗତ କର। ସବୁକିଛି ସମର୍ପି ଦେଇ ତାଙ୍କୁ ତୃପ୍ତ କର।'

ତ' ତାଙ୍କରି ନିର୍ଦ୍ଦେଶରେ ଆଜି ମୁଁ ଅଭିସାରିକା ବେଶରେ ତୁମକୁ ଅପେକ୍ଷା କରି ରହିଛି। ତୁମ ମନଲାଖି କାବ୍ୟ ନାୟିକା ବେଶରେ ନିଜକୁ ସବୁମତେ ସଜାଇ ରଖିଛି।

ସେ ନାହାନ୍ତି- ଆଜି ଫେରିବେନି ମଧ୍ୟ ଘରକୁ। ତାଙ୍କ ଅନୁପସ୍ଥିତିରେ ତୁମେ ହିଁ ଆଜି ଏ ଘରର ଏକମାତ୍ର ମାଲିକ ପୁରୁଷ। ଆସ, ମୁଁ ପ୍ରସ୍ତୁତ ତୁମ ଲୁକ୍‌କାୟିତ କାମନାର ଅନଳରେ ଝାସ ଦେଇ ତୁମକୁ ତୃପ୍ତ କରିବାକୁ। ଆସ ଏଥର.. ନିଜକୁ ତୃପ୍ତ କର.. ମତେ ମୁକ୍ତ କର..।

.. କହୁ କହୁ ବର୍ଷା କାନ୍ଦି ପକାଇଲା। କାନ୍ଦି ପକାଇଲା ତା' ପାଞ୍ଚ ଫୁଟ ପାଞ୍ଚ ଇଞ୍ଚ୍ ଉଚ୍ଚ ପଇଁଚାଳିଶ କେଜି ଓଜନର ମହମ ଦେହ। କାନ୍ଦି ପକାଇଲା ତା' ସିଫନ୍ ଶାଢ଼ି, ସିଲ୍‌କ୍ ବ୍ଲାଉଜ୍, ସାଦା ମେକପ୍। କାନ୍ଦି ପକାଇଲା ତା' ନିରବ ଅତୀତ.. ନିରନ୍ଧ୍ର ବର୍ତ୍ତମାନ ଓ ନିବୁଜ ଭବିଷ୍ୟତ।

ଘର ଭିତରେ ବର୍ଷାର କାନ୍ଦ ଧିମେଇ ଆସିବା ବେଳକୁ ବାହାରେ ବର୍ଷାର ତାଣ୍ଡବ ଆରମ୍ଭ ହେଇସାରିଥିଲା। ବିଚରା କବି ତ୍ରିଶଙ୍କୁଟେ ପାଲଟି ଶୂନ୍ୟରେ ହାତ ଗୋଡ଼ ହଲାଇ ଛାଟିପିଟି ହେବା ଆରମ୍ଭ କରିଥିଲା। ତା' ଭିତରର ଛଟପଟ ଅଲଣା କବିତ୍ୱ ଟିକକ ମୁହଁ ଲୁଚେଇବା ଉଦ୍ଦେଶ୍ୟରେ ନିରାପଦ ଆଶ୍ରୟସ୍ଥଳୀଟେ ଖୋଜି ହେଉଥିବା ବେଳେ, ତା ହୃଦ କନ୍ଦରରୁ ଲୁହ ଓ କୋହର ମିନି ଫୁଆରଟିଏ ପ୍ରବଳ ଫୁତ୍କାର ତୋଳି ଇତସ୍ତତଃ ଫିଟି ପଡୁଥିଲା..।

■

(ମୁକ୍ତି; ୨୦୦୨)

ରୁବି ପାଇଁ ଢେର୍ ସାରା ଅନାବନା ଗପ

ଉତ୍ସର୍ଗପତ୍ର

ଆପାତତଃ ଜଣକୁ ଭଲପାଇ ବା ଭଲପାଇବାର ଅଭିନୟ କରି, ଅନାୟାସରେ ଆଉ ଜଣକର ଶଯ୍ୟାଧାରରେ ପ୍ରତୀକ୍ଷାମାଣା ଗୋଲାପ ସାଜି ପାରୁଥିବା ରୁବି ମହାନ୍ତିମାନଙ୍କ ପ୍ରେମ, ସ୍ମୃତି ଓ ପ୍ରତାରଣା ଉଦ୍ଦେଶ୍ୟରେ ଏ ଗପଟିକୁ ଉତ୍ସର୍ଗ କରିବାକୁ ଭାବିଥିଲି ଯେ.. ପାରିଲିନି। ସେମିତିକା ଝିଅମାନଙ୍କ ତାଲିକା ଲମ୍ବିଗଲା ଏମୁଣ୍ଡରୁ ସେମୁଣ୍ଡ, କଇନିଠୁ ଭାଗ୍ୟବତୀ.. ସୁନୀତାଠୁ ଅନୁ ପତି ଯାଏ।

କ'ଣ ବା ଆଉ କରାଯାଏ ? ପ୍ରତ୍ୟାଖ୍ୟାତ ଓ ପ୍ରତାରିତ ହେବା ପରେ ପ୍ରେମିକାଠୁ, କୌଣସି ପ୍ରେମିକ କ'ଣ ଗଢ଼ିପାରେ ତାଜ୍ ନା' ଦେଇପାରେ ଅଭିଶାପ ? ଆଉଟୁ ପାଉଟୁ ଖାଲି ହେଉଥାଏ ଯାହା ଚାଲୁଚାଲୁ ସ୍ମୃତିର ତହତହ ତତଲା ବାଲିରେ; ଅଣନିଃଶ୍ୱାସୀ ହୋଇ ଧାଉଁଥାଏ ଯାହା ଅତୀତର ସ୍ୱର୍ଣ୍ଣ ମୃଗ ପଛରେ; ରୁଧିରାକ୍ତ ଖାଲି ହେଉଥାଏ ଯାହା ନିଜ ସ୍ୱର୍ଣ୍ଣକାତର କ୍ଷତମାନଙ୍କୁ ଦରାଣ୍ଡୁ ଦରାଣ୍ଡୁ।

ତେବେ, ଖଣ୍ଡା ନିଜରକୁ କ୍ଷତ ବି ନିଜର; ଆଘାତ ପ୍ରିୟ ହେଲା ବେଳକୁ ଘାତକ ବି ତ' ପ୍ରିୟାଦପି ପ୍ରିୟ। କାହାକୁ ରଖିବି ଏବେ, କାହାକୁ ଛାଡ଼ିବି ? କାହାକୁ ସମର୍ଥିବି ଅବା କାହାକୁ ସମ୍ପିବି ?

ବରଂ ଭଲ.. ଚୁପ୍‌ଚାପ୍ ଏକା ଏକା ଦୁଃଖ ସବୁ ହଜମ୍ କରିଯିବି– କାନ୍ଦ ମାଡ଼ିଲେ ଲୁହ ସବୁ ପିଇଯିବି.. କୋହ ଉଠିଲେ ଓଠକୁ ସିଇଁଦେବି.. କାହାର ଗୋଟେ ଛଳନାମୟୀ ରୂପ, ରଂଗିନ ମିଜାସ୍ ଆଉ ଅଭିନେତ୍ରୀ ହୃଦୟ ନିକଟରେ ମୋ ହାତଗଢା କୋଣାର୍କମାନଙ୍କୁ ଉତ୍ସର୍ଗ କରି ଚାଲିଥିବି..। ଉତ୍ସର୍ଗ କରି ଚାଲିଥିବି..।

ଦେ'.. ପାରୁଛୁ ଯଦି ଜାଳିଦେ' ମତେ ପ୍ରତାରଣାର ରଢ଼ନିଆଁରେ

ତତେ କେଉଁ ନାଁରେ ସଂବୋଧିବି କହ ସୁନ୍ଦରୀ। ସୁ' ନା ସୁଶ୍ରୀ .. ଶୁଭ ନା ଶୁଭଶ୍ରୀ ? ତତେ କେମିତି ବା ବୁଝେଇବି କି' ତୁ ଆଖି ମେଲିଲେ ମୋ ପାଇଁ ସୂର୍ଯ୍ୟୋଦୟ, ଆଖି ମୁଦିଲେ ସୂର୍ଯ୍ୟାସ୍ତ..; ତୁ' ହସିଲେ ଫୁଟୁଛି ପଦ୍ମ, କାନ୍ଦିଲେ ଗଦେଇ ପଡୁଛି ଗଙ୍ଗଶିଉଳିର ସ୍ତବକ; ତୁ ହଁ କରିଦେଲେ ଆକାଶ ଜ୍ୟୋତ୍ସ୍ନାୟିତ, ନା କରିଦେଲେ ବି' ଆକାଶରେ ଇନ୍ଦ୍ରଧନୁର ରଙ୍ଗିନ ରୋଶଣି !

ତତେ କେମିତି ବା କହିବି କି' ତୋ' ସହ ଦେଖା ହେବା ଦିନୁ ମୁଁ ବି ଚଢ଼ି ବୁଲୁଛି କଳ୍ପନାର ଐରାବତ, ଉଚ୍ଚୈଶ୍ରବା; ବାନ୍ଧୁଛି ସ୍ୱର୍ଗକୁ ଶିଡ଼ି, ତିଆରୁଛି ସେତୁବନ୍ଧ ସମୁଦ୍ର ବୁକୁରେ। ତୋ' ସହ କଥା ହେବା ଦିନୁ, ମୁଁ ଭୁଲିଚି ଜହ୍ନ କଥା, ତାରା କଥା, ଫୁଲ ଆଉ ଫଗୁଣର କଥା; ବାପାଙ୍କ ବାତ ବେମାରୀ, ବୋଉର ଖୁଁ ଖୁଁ କାଶ, ଝୁନା'ନୀର ଲାଲ୍ ଚୁଡ଼ି, ଅନିଭା'ର ଓଠତଳ କଳାଜାଇ କଥା। ତତେ ଭଲପାଇବା ଦିନୁ ମୁଁ ବିସ୍ତରି ଯାଇଛି କେଜାଣି କୁଆଡ଼େ..; ଏନ୍ତୁଡ଼ିରୁ ଅନ୍ତରୀକ୍ଷ ଯାଏ; ବୋଉର ପରଳମଖା ଆଖିର ତରଳ ସ୍ୱପ୍ନରୁ ବେକାର ଭାଇଟିର ଧୂସର ଜୀବନଚର୍ଯ୍ୟା ଯାଏ। ତୋ ସହ ବସା ବାନ୍ଧିବାକୁ ପଣ କଲାଦିନୁ ମୁଁ ଦେଖୁଛି କେତେ ସ୍ୱପ୍ନ ରାତିସାରା..; ଆଉ ରାତି ପାହିଲେ ଗୋଟେଇ ନେଉଛି ଛିଣ୍ଡା କନ୍ଥା.. ଭଙ୍ଗା ସ୍ୱପ୍ନ ଯେତେ।

ଥରେ ଆସି ଦେଖିଯା'ନା.. କେମିତି ବଞ୍ଚିଛି ଏଠି ଏକା ଏକା ତୋ ସ୍ମୃତିର ଦିହୁଡ଼ି ଜାଳି.. ମୂର୍ଚ୍ଛାରଟେ ହେଇ, ସମଗ୍ର ଆୟୁଷକୁ ମୋର ଉଜେଇଁଦେଇ ତୋ ପ୍ରତାରଣାର ରଢ଼ ନିଆଁରେ.. ଦେଖିଯା' ନା ପ୍ଲିଜ୍..।

ବଦଳି ଯାଉଥିବା ଦୃଶ୍ୟପଟ ଓ ଅକେଲି ପ୍ରେମିକା

କେମିତି ବଦଳିଯାଏ ଚିତ୍ରପଟ, ଏଡ଼େ ବେଗି, ସମୟର- ସହରର- ସତ୍ତାମାନଙ୍କର ? କାଲିଯାଏ ଯେଉଁ କାୟାର ନିବିଡ଼ ଆଶ୍ଳେଷ ବାନ୍ଧି ଦେଉଥିଲା ହୃଦ, କେମିତି ଆଜି ତା' ଦୀର୍ଘଶ୍ୱାସ ଭେଦିଯାଉଚି ଅଗମ୍ୟ ? ପୋଡ଼ିପକାଉଚି ଅଭ୍ୟନ୍ତର ? କାଲିଯାଏ ଯେଉଁ ଚିତ୍ରପଟ କରିରଖିଥିଲା ମୋହାବିଷ୍ଟ, କେମିତି ଆଜି ସେ ମନ୍ଥି ପକାଉଚି ଅନ୍ତକନ୍ଦର ? କେମିତି ବଦଳିଗଲା ମୋ ପରିଚିତ ଅନ୍ତରଙ୍ଗ ପୃଥିବୀ.. ସତେ ଏଇ ଦିନ କେଇଟାରେ.. ? କେମିତି ସତରେ.. ?

ଏବେ ଖାଲି ଶୋଷ.. ଭାରି ଶୋଷ। ଉପରେ ସୂର୍ଯ୍ୟକୁ ତଳେ ସୂର୍ଯ୍ୟ.., ସସାଗରା ଖାଲି ସୂର୍ଯ୍ୟ ଆଉ ସୂର୍ଯ୍ୟ। ଚାରିପଟେ ନିଆଁର ଡହକ.. ତାତିର ଚଡ଼କ। ଏଇତ.. ଜହ୍ନର ଲାସ୍ ଝୁଲୁଚି ଟେଲିଫୋନ୍ ତାରରେ। ତାରାମାନେ କରିଚନ୍ତି ସମୂହ ଆତ୍ମହତ୍ୟା,

ବାଡ଼ିପଟ ପୋଖରୀରେ ବୁଡ ଦେଇ, ଫୁଲଗଛମାନେ ପାଲଟିଛନ୍ତି ରାତାରାତି ବନ୍ଧ୍ୟା, ଚଢେଇମାନେ ଫେରାର୍ କେବେଠୁ।

ଏବେ ତୁ ହିଁ ବତା.. କେମିତି କଟିବ ସମୟ। କେମିତି ଗଡ଼ିବ ବୟସ, କେମିତି ସରିବ ଅବଶିଷ୍ଟ ନିଃଶ୍ୱାସତକ, କେମିତି ହେବ ହୃଦୟମେଧ ଯଜ୍ଞର ପୂର୍ଣ୍ଣାହୁତି ?

ଯେମିତିକି, ନିଦ ମାଗିଲେ ମିଳୁନଥିବ ଓଷଦ, କି' ଓଷଦ ମାଗିଲେ ହଳାହଳ..। ସ୍ୱପ୍ନ ମାଗିଲେ, ପାପୁଲିରେ କେହି ଥୋଇ ଦେଉ ନ ଥିବ ଜଳନ୍ତା ସୂର୍ଯ୍ୟକୁ..। ଚୁମା ମାଗିଲେ କେହି ଗୋଡ଼ାଉ ନ ଥିବ ନାଗସାପ ପରି ଫଁ ଫଁ ହୋଇ..। ପ୍ରେମ ମାଗିଲେ କେହି ବାହାନା କରି ଯାଉ ନ ଥିବ ଦୂରେଇ ଦୂରେଇ..।

ଥାଉ ଲୋ' ସାଧବାଣୀ ଥାଉ

ଘିଅ ଦୀପ କ'ଣ ହବ? କ'ଣ ହବ ଅରୁଆଚାଉଳ, ଦୂବ, ପଞ୍ଚବର୍ଣ୍ଣୀ ପୁଷ୍ପ ଆଉ ବରକୋଳି ପତ୍ର? ଦରକାର କ'ଣ ଅବା ସିନ୍ଦୂର-ଅଳତାର, ଚୁଡ଼ି-ଶଙ୍ଖା-ଦୋଳମୁକୁଟର, ବେଦୀର କି ସାହାନାଇର? କାଲି ସକାଳକୁ ତ' ଶବଟେ ହେଇଯାଇଥିବି ମୁଁ। ମୋ ବୋଉ ବାଡ଼ଉଥିବ ମୁଣ୍ଡ ମୋ ଫୁଙ୍ଗୁଳା ଅଚଂଚଳ ହାଡୁଆ ଛାତିରେ। ବାପା ସଜ କରୁଥିବେ କୋକେଇ ତ' ସାନଭାଇ ଉଠଉଥିବ ଫଟୋ ଫୁଲହାର ପିନ୍ଧାଇବା ପାଇଁ।

ସର୍ତ୍ତ ଥିଲା, ସତାନବେ ଭିତରେ ହିଁ ଚାକିରିଟେ, କ୍ୱାର୍ଟରଟେ, ସ୍କୁଟର୍‌ଟେ, ଢିଙ୍କିଟେ, ବଗଟେ। ହେଲେ, ସତାନବେ ଯାଇସାରି ଅଠାନବେ ଯିବ ଯିବ ..। ମୋ ପଟ ମଧ୍ୟସ୍ଥିମାନଙ୍କ ସାହସ କୁଳଉନି ତୋ' ଘର ଉଚ୍ଚାପିଣ୍ଡା ଉଠିବାକୁ। ତୋ' ପଟ ମଧ୍ୟସ୍ଥିମାନେ ଅନାଉ ବି' ନାହାନ୍ତି ମୋ ଉ.ପ୍ରା. ସ୍କୁଲ ମାଷ୍ଟ୍ର ବାପା'ଙ୍କ ପାରିଲାପଣ ଅବା ମୋ ଭବିଷ୍ୟତର ସୁନେଲି ଇସ୍ତାହାରକୁ। ଇଚ୍ଛା ସବୁ ନିରୁଦ୍ଦିଷ୍ଟ ହେଲେଣି କୋଉକାଳୁ, ତଥାପି ମୁଁ ବଜେଇ ଚାଲିଚି ବଂଶୀ ଏକାମ୍ର ବନରେ; ଫୁଙ୍ଗୁଳା ଛାତି ପେଟ ପତେଇ ଦେଇଛି ଉପରକୁ; କାଳେ କୋଉ ଅସତର୍କ ମୁହୂର୍ତ୍ତରେ ତୋ' ପ୍ରେମର କରୁଣାବାରି ଠୋପେ ଖସିପଡ଼ିବ ମୋ ଉପରେ!! ଶାମୁକାରୁ ମୁକ୍ତା ପାଲଟିଯିବି ମୁଁ!!!

ତଥାପି ଅବିଶ୍ୱାସ! ତେବେ ଯାଆ ଲୋ ସାଧବାଣୀ ଯାଆ..। ମୋ ବୋଇତ ପଡ଼ିଥାଉ ଏମିତି ଚାଲିଚରରେ- ତୁ ତୋ' ବୋଇତ ମେଲିଦେ ସାଗର ବୁକୁରେ..। କାଳେ କୋଉଠି ଭେଟ ହେଇଯିବ ରାଜାପୁଅ କି ମାଲୁଣୀଟେ ସହ। ବିଦାୟ ସାଧବାଣୀ.. ଚିରବିଦାୟ.. ତୋ ଯାତ୍ରାପଥ କୁସୁମିତ ହେଉ..। ଏ ଭଙ୍ଗା ବୋଇତଟା ପାଖକୁ ତତେ ଯେମିତି ଆଉ ଲେଉଟିବାକୁ ନ ପଡୁ.. ଲେଉଟିବାକୁ ନ ପଡୁ।

ପୃଥିବୀଟା ଗୋଲ୍ କି'ନା.. ପୁଣି ଦିନେ ଭେଟ ହେବ ନିଶ୍ଚେ

କହିଥିଲି ନା ଥରେ ?

କେବେ ଦିନେ ପହଞ୍ଚିଯିବି ତୋ' ସହରରେ। ଝାଳ ସରସର ଦେହେ ଧୁମ୍ ଖରାବେଳେ। ଠିକଣା ପଚାରି ପଚାରି ତୋର ଘୁମନ୍ତ ସହରଟାକୁ ଖେଦିଯିବି ମୋ କ୍ଲାନ୍ତ ପାଦ ଦୁଇଟାରେ..। ଆଉ ଶେଷରେ ପାଦ ଥାପିବି ତୋ ଦାଣ୍ଡ ପାହାଚରେ। ତୋ ଶଶୁର ଚାହିଁବ ସନ୍ଦେହରେ ଚଷ୍ମା ସେପାଖରୁ। ଶାଶୂ ଦେବ ଓଢ଼ଣା ମୁଣ୍ଡରେ। ନଣନ୍ଦ ଆଣି ଥୋଇବ ପାଣି ଢ଼ାଳେ, ଦିଅର ଦେଖେଇଦବ ସୋଫା।

ତଥାପି ଖୋଲୁ ନ ଥିବ କବାଟ ତୋ ଶୋଇବା ଘରର। ଭିତରୁ ଶୁଭୁଥିବ ଚାପା ହସ- ଚୁଡ଼ି ରୁଣୁଝୁଣୁ।

ତୁ ହସି ହସି ପଶିଆସିବୁ ମୁଣ୍ଡରେ ଓଢ଼ଣା ଦେଇ..। ଚମକିବୁ ମତେ ଦେଖି.. ଏବଂ ମୁହୂର୍ତ୍ତକ ମଧ୍ୟରେ ତୋ ମୁହଁର ନକ୍ସା ବଦଳିଯାଇ ଥମ୍ ଥମ୍ କଳାକାଠ।

ଓଢ଼ଣା ତଳୁ ତୋ' ଆଖିରେ ଝର ଫିଟିବା ମୁଁ ଲକ୍ଷ୍ୟ କରିବି.. ଏବଂ ଆଗେଇଯାଇ ହଠାତ୍ ଛୁଇଁବି ତୋ' ପାଦ- 'ଦେହି ପଦ ପଲ୍ଲବ ମୁଦାରମ୍..'।

ସନ୍ଦେହର ବାଦଲ ଉତୁରିଯିବ ତୋ' ସମେତ ସବୁରି ମୁହଁରୁ। ତୋ କାଳିଆ ଭୁର୍କୁଣ୍ଡା ସ୍ୱାମୀ ବାହାରିବ ଏଥର ତା ଧଳା ଧୋତି, ସୁନା ଚେନ୍ ସଜାଡୁ ସଜାଡୁ.. ଚନ୍ଦାମୁଣ୍ଡରେ ଟିପା ମାରୁ ମାରୁ। ଏବଂ ତାକୁ ନମସ୍କାର କରୁ କରୁ ଦୟାର ଚାହାଣିରେ ଗାଧେଇଦେବି ମୁଁ, ଯେହେତୁ ସେ ବୁଡ୍‌ବକ୍ ସେଯାଏ ବୁଝିନଥିବ କି, ଯିଏ ତା' ସତୀ ସାଧ୍ୱୀ ସ୍ତ୍ରୀର ଲେଖାଯୋଖା ସାନଭାଇ ରୂପରେ ଆସିଛି.. ସେ ଅସଲରେ ତା' ସହ ବହୁ ଅନ୍ତରଙ୍ଗ ମୁହୂର୍ତ୍ତ ବିତାଇଥିବା ଅତୀତର ପ୍ରେମିକଟେ, ବେଫିକର୍ ନାଲାଏକ୍ ପ୍ରଣୟୀଟେ ବୋଲି।

ତୋ ସ୍ୱାମୀ ବାହାରିଯିବ ଗୋଦାମ୍, ଶଶୁର ମାର୍କେଟ। ଶାଶୂ ପଡ଼ିଶା ଘରକୁ, ଦିଅର କ୍ରିକେଟ୍ ଖେଳିବାକୁ.. ଆଉ ନଣନ୍ଦ ତା' ସାଙ୍ଗ ଘରକୁ, ଅବା ସାଙ୍ଗ ନାଁରେ କୋଉ ପ୍ରେମିକ ପାଖକୁ।

ତୁ ଡରିବୁ..ଥରିବୁ.. ଲୁହ ଗଡ଼ାଇବୁ.. ନାହିଁ ନାହିଁ ହବୁ.. ମାତ୍ର, ତୁ ନାହିଁ କରୁ କରୁ ହିଁ ମୁଁ ଚୁମିଯିବି ତୋ କପାଳ ଚିବୁକ୍ -ନାହିଁ କରୁ କରୁ ହିଁ ତତେ କରିପକେଇବି ଅସ୍ତବ୍ୟସ୍ତ .. ଏବଂ ଶେଷରେ ନାହିଁ କରୁ କରୁ ହିଁ ବଢ଼ାଇବି ପାଦ ଫେରନ୍ତା ପଥରେ।

ପଛରେ ଛାଡ଼ି ତୋ' ସହରକୁ, ତୋ ପରିପୂର୍ଣ୍ଣ ସଂସାର ଓ ରୂପସମ୍ଭାରକୁ ଏବଂ ନିଜକୁ ପ୍ରବୋଧନା ଦେଇ ପୁଣି ଅଭିନୟ ପାଇଁ ପ୍ରସ୍ତୁତ ହେଉଥିବା ତୋ ହିସାବୀ ମନକୁ।

ଏବଂ ଶେଷକଥା: ପ୍ରିୟସଖୀକୁ ଅନ୍ତିମ ନିବେଦନ

ପ୍ରିୟସଖୀ! ତୋ' ଆଖିରେ ଲୁହ କାହିଁକି ଯେ..? କବିଟିଏ ମରିଗଲା ବୋଲି? କବି ତ' ଫି' ଦିନ ମରୁଥାଏ ମୁହୂର୍ତ୍ତମାନଙ୍କ ଭିତରେ ସାଙ୍କୁଡ଼ି ହୋଇ..। ସ୍ମୃତିର ସୁଗନ୍ଧରେ ଅଣନିଶ୍ୱାସୀ ହୋଇ।

ଦଦରା ସାଇକେଲ ଉପରେ ଭ୍ରମୁଥାଏ ଚଉଦ ବ୍ରହ୍ମାଣ୍ଡ- ନିର୍ଦ୍ଧୁମ୍ ଖରାବେଳେ ବାଡ଼ଉଥାଏ କାହା ଗେଟ୍ ତ.. ରତରତ ସଞ୍ଜରେ ଟିପୁଥାଏ କାହା କଲିଂବେଲ୍। କାହାକୁ କଷାଉଥାଏ ଅଙ୍କ ତ' ଆଉ କାହା ହାତ ଧରି ଚିହ୍ନାଇ ଦେଉଥାଏ ଇଂରାଜୀ ବର୍ଣ୍ଣମାଳା। କେଉଁଠି ଟା' କପ୍‌କରେ ତା' ଇଜ୍ଜତ୍ ନିଲାମ୍ ହେଉଥାଏ ତ, ଆଉ କେଉଁଠି ତା' ତାଲିପକା ପ୍ୟାଣ୍ଟ୍ ଆଉ ଛିଣ୍ଡା ଜୋତାର ଦ୍ୱାହି ଦେଇ ଉଝୁଲା ଚାଲିଥାଏ ତା ଚରିତ୍ର।

ହାତମୁଠାରୁ ଖସି ଖସି ଯାଉଥିବା ବୟସ ଓ ପ୍ରେମିକାମାନଙ୍କୁ ଅଟକାଇବାକୁ ବିଫଳ ଚେଷ୍ଟା କରି ହତୋତ୍ସାହ ହେବା ପରେ, କବିଟିଏ ହିଁ ତ ପିଇଯାଇପାରେ ଗରଳ- ଆଞ୍ଜୁଳା ଆଞ୍ଜୁଳା କରି- ଶୋଷ ମେଣ୍ଟାଇବାକୁ। କବି ହିଁ ତ' ଏକା ଗଢ଼ିପାରେ ତାଜ୍ ଆଉ ହେଇପାରେ ମତୁଆଲା, ଭୋକିଲା ପେଟରେ, ଛିଣ୍ଡା କନ୍ଥା ଉପରେ ଶୋଇ।

ଏଣୁ, ଦୁଃଖ କାହିଁକି ପ୍ରିୟସଖୀ? କବି ମରେନା-ମଲେ କେହି କାନ୍ଦେନା- କାନ୍ଦିଲେ ବି କାନ୍ଦିବାକୁ ପଡ଼େ ମୁହଁ ଲୁଚେଇ, କବାଟ କିଳି।

ଦେ.. ପୋଛିଦେ' ତୋ ଆଖିର ସବୁତକ ଲୁହ..। ତୋ ଆଖିରେ ଖାସ୍ କରି ଲୁହ ବୁନ୍ଦେ ଦେଖିପାରିବନି ବୋଲି ତ' କବି ସଜାଡ଼ିନେଲା ନିଜ କୋକେଇ ନିଜ ହାତରେ.. ଆଉ ପୁଣି ଲୁହ କାହିଁକି?

ବରଂ ଆ.. କବିଟି ପାଇଁ ଆଣ୍ଠୁ ମାଡ଼ି ଈଶ୍ୱରଙ୍କ ନିକଟରେ ପ୍ରାର୍ଥନା ବାଢ଼ିବା.. 'ହେ ଈଶ୍ୱର! କବିଟିକୁ ଯେତେ ଦୁଃଖ ଦେଉଛ ଦିଅ ପଛେ.. ହେଲେ ତା ଛାତିଟାକୁ ଅଧିକ ଟାଣ କରିଦିଅ.. ତା' ମନଟାକୁ ଆହୁରି ଦୃଢ଼ କରିଦିଅ.. ତା' ହୃଦୟଟାକୁ ପଥର କରିଦିଅ.. ଯେମିତି ଦୁଃଖସବୁକୁ ସେ ସହିପାରେ.. ସହି ସହି ଜୀଇଁପାରେ।'

ଆମ ପ୍ରାର୍ଥନା ତୁମ କାନରେ ପଡୁଛି ତ' ଈଶ୍ୱର!!!

■

(କଥା: ଜୁନ୍ ୧୯୯୮)

ଗୋଟେ ଗପର ନକ୍‌ସା

ଗପ କେମିତି ହୁଏ ?

'ଗପଟେ ତିଆରିବା ପାଇଁ ପହିଲେ ଲୋଡ଼ା ପଡ଼େ କାହାଣୀଟେ; ଅଥଚ ମୋ ପାଖେ ତ' କାଇଁ ସେମିତିକା ବଳିଷ୍ଠ କାହାଣୀ କିଛି ନାହିଁ। ତେବେ ଗପ କେମିତି ହବ.. ?'- ଭାବି ଭାବି ଆକ୍ତାମାକ୍ତା ହେଲା ବେଳକୁ, ପହଞ୍ଚିଲା ଖୁଣ୍ଟିଆ।

ଖୁଣ୍ଟିଆ ମୋ ପିଲାଦିନର ସାଙ୍ଗ।

"ସୂର୍ଯ୍ୟ ଆଜି କୋଉ ଦିଗରେ ଉଇଁଥିଲେ କି ? ତୁ କ'ଣ ସକାଳୁ ସକାଳୁ ମୁହଁ ଦେଖେଇଲୁଣି ? ବାଟ ଭୁଲିଗଲୁ ନା କ'ଣ ?"- ମୁଁ ପଚାରିଲି।

ତ' ଖୁଣ୍ଟିଆ ହସିଲା। (ହସିଲେ ଖୁଣ୍ଟିଆ ବେକୁବ୍ ପରି ଦିଶେ)

ହସୁ ହସୁ 'ଚୁପ୍‌ବେ.. ତୋ ପାଇଁ ଗୋଟେ ଭଲ ଖବର ଅଛି ଶୁଣ୍; ତେବେ ଶୁଣିସାରି ରାଜି ହେବୁ ଯେମିତି ମୋ ପ୍ରସ୍ତାବରେ - ନଇଲେ ଦେଖିବୁ..' କହିଲା - ଏବଂ କହିସାରି ପୁଣି ହସିଲା।

'ପ୍ରସ୍ତାବଟା ଆଗ କହ, ମୁଁ ଦେଖେଁ ସାପ କି ବେଙ୍ଗ..'- ମୁଁ ପାଲଟା ଉତ୍ତର ଦେଲି।

'ନାଇଁ ନାଇଁ - ତୁ ଆଗ ସାର୍ଟପେଣ୍ଟ ପିନ୍ଧି ବାହାର୍- ବାଟରେ କହିବି' - ଖୁଣ୍ଟିଆ ଉତ୍ତରିଲା ଏବଂ ମୋ ହାତ ଧରି ଟାଣିଲା। ତ' ମୁଁ ବାହାରିଲି।

ଖୁଣ୍ଟିଆ କହିଛି

ମୋ ସାଇକଲଟା ଦହ୍ରା- ଖୁଣ୍ଟିଆର ମୋଠୁଁ ବଳି- ଦୁହେଁ ଆଗପଛ ହେଇ ପେଲିଲୁ ସାଇକଲ।

'ତତେ କୁଆଡେ ନେଉଛି କହ ତ..'- ଖୁଣ୍ଟିଆ ପଚାରିଲା।

'ମୁଁ କେମିତି ଜାଣିବି ଯେ.. ?'

'ଅନୁମାନ ଲଗା'

'ଖାଇବାକୁ ଦବୁ ବୋଧେ କୋଉ ହୋଟେଲ୍‌ରେ, ସେଇଥିପାଇଁ..।'

'ଖାଆନା ବେ ଏତେ- ଅଭ୍ୟାସ ହେଇଯିବ। ହଁ, କଥାଟା ଖୋଲି କହୁଚି ଏବେ- ତତେ ନଉଚି ଶ୍ୟାମଳୀ ମ୍ୟାଡାମ୍ ଘରକୁ- ଶ୍ୟାମଳୀ ମ୍ୟାଡାମ୍‌ର ଅଛି ଗୋଟେ ଚୁଲ୍‌ବୁଲୀ ବେହଦ୍ ଖୁବ୍‌ସୁରତ୍ ମେଟ୍ରିକ୍ ଝିଅ.. ଯାହାକୁ ତୁ ଟିଉସନ ପଢେଇବୁ..।'

ମୁଁ ଆଶ୍ଚର୍ଯ୍ୟ ହେଲି। ବିଡାନାସୀରୁ ବିଦ୍ୟାଧରପୁର.. ସବୁଆଡେ ଖୁଣ୍ଟିଆର ଟିଉସନ୍ ବିଛେଇ ହେଇ ରହିଛି। ସହରଟାଯାକ ଯୁଆଡେ ଗଲେ ବି ତାକୁ ପଲେ ଛୁଆ ମୁଣ୍ଡିଆ ମାରିବା ନିଶ୍ଚିତ। ଯମ ଆୟୁଷ ବଢ଼ିବା ଯାହା.. ଖୁଣ୍ଟିଆ କାହାକୁ ଟିଉସନ୍‌ଟେ ଯାଚିବା ସେୟା।

'ଆହାଃ.. ମୋର କି ଭାଗ୍ୟ! ତୋ ପରିକା ଟିଉସନ ବିକଳିଆ ପୁଣି ମତେ ଟିଉସନ୍‌ଟେ ଯାଚୁଛି.. ମୁଁ ଅନାସ୍ଥା ପ୍ରକଟ କଲି।

'ଥାଉ.. ଥାଉ.. ବେଶୀ ଫାଜିଲାମି ଦେଖାନା। ଆଗରୁ କହିଦଉଚି, ଯାହାକୁ ପଢେଇବାକୁ ଯାଉଚୁ ସେ ଏରା ଗୈରା ଚିଜ୍ ନୁହେଁ- ଆଖି ଉଠେଇ ଚାହିଁବୁନି ବି ଭୁଲ୍‌ରେ- ଏକମୁହାଁ ଯିବୁ ଆଉ ଚୁପ୍‌ଚାପ ପଢ଼େଇକି ଆସିବୁ। ହେଲା?'

'ହେଲା..' - ମୁଁ ଉତ୍ତରିଲି।

ସନ୍ନୀ ଚଢୁଥିବା ଝିଅ

ଘର ଭିତରକୁ ପଶି, ମୁଁ ଯାହାକୁ ଠିଆ ନମସ୍କାର ହାଣିଲି- ସେ ଶ୍ୟାମଳୀ ମ୍ୟାଡାମ୍- ଗୋଟେ ଅତିକ୍ରାନ୍ତ ଫଗୁଣ। ନମସ୍କାରର ପ୍ରତ୍ୟୁତ୍ତର ସ୍ୱରୂପ ଶ୍ୟାମଳୀ ମ୍ୟାଡାମ୍ ତା ପୁଚୁକା ଗାଲରେ ଭଉଁରୀ ଖେଳେଇଲା ଏବଂ 'ଠିଆ ହେଲେ କାହିଁକି.. ବସନ୍ତୁ' କହିଲା। ଆମେ ବସିଲୁ।

'ବୁଝିଲେ କି! ଝିଅ ମୋର ଭାରି ଭଲ ଷ୍ଟୁଡେଣ୍ଟ- ପୋଜିସନ୍ ବି ଆଣେ କ୍ଲାସ୍‌ରେ- ହେଲେ ଇଂଲିଶରେ ଟିକେ ଉଇକ୍- ଏଥରକ ମେଟ୍ରିକ ଦବ ତ'- ଏଣୁ ଟିକେ ଦେଖିବେ..'- ଡାଏଲଗ୍‌ଗୁଡାକ ଆଗରୁ ଘୋଷି ରଖିଥିବା ପରି ଡଗଡଗ ହେଇ କହିପକାଇଲା ଶ୍ୟାମଳୀ ମ୍ୟାଡାମ୍। ମୁଁ ଅଳ୍ପ ହସି ସବ୍‌ଜାନ୍ତା ପରି ମୁଣ୍ଡ ହଲେଇଲି, ଯା'ର ଅର୍ଥ- 'ଆପଣ ବ୍ୟସ୍ତ ହୁଅନ୍ତୁନି, ଆଇ'ଲ୍ ଟ୍ରାଏ ଟୁ ମାଇଁ ବେଷ୍ଟ'।

ଶ୍ୟାମଳୀ ମ୍ୟାଡାମ୍ ସନ୍ତୁଷ୍ଟ ଦିଶିଲା ଏବଂ ପୁଣିଥରେ ମୋ ଆଗରେ ତା' ବେହେଡା ଦାନ୍ତର ପ୍ରଦର୍ଶନୀ ଖୋଲିଧରିଲା ତ' ମୁଁ ମୁଣ୍ଡ ତଳକୁ କଲି।

'ଆରେ ମା! ସାର୍‌ଙ୍କ ପାଇଁ ଚା' ନେଇଆ ତ'- ଶ୍ୟାମଳୀ ମ୍ୟାଡାମ୍ ଆଦେଶ ଫିଙ୍ଗିବା ଏବଂ ସାମ୍ନାପଟୁ ଦି' କପ୍ ଚା' ହସ୍ତେ ଝିଅଟେ ପ୍ରବେଶ କରିବା- ଦୁଇଟାଯାକ ଘଟଣା ଘଟିଲା ପ୍ରାୟ ଏକା ସାଙ୍ଗରେ।

ମୁଲାଏମ୍ ମୁସ୍‌କାନ୍‌ଟେ ସହ 'ସାର୍ ନମସ୍କାର୍'।

ଚା' ନେବା ପାଇଁ ମୁଁ ହାତ ବଢାଇଲି ଏବଂ ଦୁହେଁ ଦୁହିଙ୍କୁ ଦେଖି ଚମକିଲୁ। ଆଠ ଦିନ ତଳେ, କଲେଜ ଛକରେ ମୋ ବେଲ୍‌ବ୍ରେକ୍‌ହୀନ ଦଦ୍ରା ରାଲେ ସହ ଯେଉଁ ନୂଆ ନାଲିଆ ସନ୍ନିଟିର ଧକ୍‌କା ହୋଇଥିଲା ଏବଂ ଧକ୍କାକୁ ସମ୍ଭାଳି ସାଇକଲ ଉଠେଇସାରି ଧକ୍କା ନିମନ୍ତେ ଦାୟୀ ସନ୍ନି ଆରୋହିଣୀଟିକୁ ଉଠିବାରେ ସାହାଯ୍ୟ କରୁ କରୁ ଯେଉଁ ମିଠା କଡା ପଦକ ଶୁଣିବାକୁ ପଡିଥିଲା ('ସତ କୁହନି.. କୁଆଡକୁ ଅନେଇ ସାଇକଲ ଚଲଉଥିଲ'- ପଚାରିଥିଲା ସନ୍ନି ଆରୋହିଣୀଟି- ମୁଁ ବାଧ୍ୟତଃ ନିରବି ଯାଇଥିଲି; ଯଦିଓ ଭାରି ଇଚ୍ଛା ହେଉଥିଲା ଚାପୁଡାଏ ମାରି କହିବାକୁ, ତୋ ଆଡକୁ) ସେତକ ହେଜୁ ହେଜୁ ଏବଂ ସେଦିନର ସନ୍ନି ଆରୋହିଣୀ ସହ ମୋ ନୂଆ ଛାତ୍ରୀଟିର ଗଠନମୂଳକ ସାଦୃଶ୍ୟ ପରଖୁ ପରଖୁ ଶ୍ୟାମଳୀ ମାଡାମ୍ କଥା ଯୋଡିଥିଲା- 'ତେବେ ସାର୍.. କାଲି ସନ୍ଧ୍ୟାରୁ ଆସନ୍ତୁ ଆପଣ'।

ଆମେ ଉଠିଲୁ। ଫେରିବା ବାଟରେ ଖୁଣ୍ଟିଆକୁ ପଚାରିଲି- 'ଆଚ୍ଛା, ଏ ଝିଅଟି ଗୋଟେ ନୂଆ ନାଲିଆ ସନ୍ନି ଚଢେ କି?'

'ହଁ, କାଇଁ କ'ଣ ହେଲା?'

'ନାଇଁ, ମୁଁ ଏମତି ପଚାରୁଥିଲି- କୋଉଠି ଦେଖିଲା ପରି ମନେହଉଛି ତ।'

ଖୁଣ୍ଟିଆ ଦିଶିଲା ଅସ୍ୱାଭାବିକ ଭାବେ ଅପ୍ରସନ୍ନ।

'ଆସୁ ଆସୁ କ'ଣ ଗୋଇନ୍ଦାଗିରି ଆରମ୍ଭ କଲୁଣି ବେ..' କହି ଗୁମ୍ ଖାଇଗଲା ସେ। ମୋତେ ଟିଉସନଟା ଦେଇ ପସ୍ତେଇ ହଉଥିଲା କି କ'ଣ।

ଗୋଟେ ଭୟଙ୍କର ମୁଲାଏମ୍ ସଂଜବେଳ

'ହୋମଓ୍ୱାର୍କ ଯାହା ଦେଇଥିଲି, ହେଇଚି.. ?'- ମୁଁ କଣ୍ଠସ୍ୱର ଗମ୍ଭୀର କରି ପଚାରିଲି।

ସନ୍ନି ଚଢୁଥିବା ଝିଅ ମୁଣ୍ଡ ହଲାଇ ନା କଲା।

ଆଉ ପଢେଇବି କ'ଣ ଚୋପା? ହାତ ଦେଖାଅ.. ମୁଁ ଆଦେଶିଲି।

ସନ୍ନି ଚଢୁଥିବା ଝିଅ ତା' ଦୁଇ ନିଟୋଳ ପାପୁଲି ଖୋଲି ଧରିଲା ମୋ ଆଖି ଆଗରେ। ମୁଁ ବେତ ଉଠେଇଲି ଉପରକୁ ତ' ସନ୍ନି ଚଢୁଥିବା ଝିଅ କରୁଣ ଦୃଷ୍ଟିରେ ମୋ ମୁହଁକୁ ଅନେଇଲା ଏବଂ 'ଏଇଥରକ ଛାଡ଼ି ଦିଅନ୍ତୁ ନା ସାର ପ୍ଲିଜ..' କହିଲା।

'ଖାଲିଟାରେ ଛାଡିଦେବି କିଆଁ.. ?' ବୋଲି ମୁଁ ପ୍ରଶ୍ନଟେ ଫିଙ୍ଗିଲି ତ' ସନ୍ନି ଚଢୁଥିବା ଝିଅ ମୁହୂର୍ତ୍ତକ ପାଇଁ ମୋ ଆଖିରେ ଆଖି ମିଶେଇ ପରମୁହୂର୍ତ୍ତରେ ଆଖି ତଳକୁ କରି ଭୂଇଁରେ ଗାର କାଟିବା ଆରମ୍ଭ କଲା। ମୋର ମନେପଡ଼ିଗଲା କବିତାଟେ- ସୁନ୍ଦରୀରେ ତୁ କି ଜାଣୁନା / ଆଖିରେ ଆଖି ମିଶାଇ / କିଛି କ୍ଷଣ ପାଇଁ ମଥାନତ କରିବାର ମାନେ / ପ୍ରେମ ଭିନ୍ନ ଅନ୍ୟ କିଛି ନୁହେଁ / ସୁନ୍ଦରୀରେ ତୁ କି ବୁଝୁନା / ଫର୍ଦ୍ଦ ଫର୍ଦ୍ଦ ଚିଠି / ଅଧା

ଲେଖି ଚିରିଦେବା ପରେ /ଅଲେଖା କାଗଜ କିଛି / ପବନରେ ଉଡ଼େଇବା ପରେ/ ଶେଷ କାଗଜଟିକୁ ଛାତିର ନିବୁଜ କୋଠରୀରେ/ ଅବା ତକିଆ ତଳର ନିରନ୍ଧ୍ର ଅନ୍ଧାରରେ/ ଛୁପେଇବାର ଅସଫଳ ଚେଷ୍ଟା / ପ୍ରେମ ଭିନ୍ନ ଅନ୍ୟ କିଛି ନୁହେଁ.. ।

ମୋ ହାତରୁ ଖସିପଡିଲା ବେତ । କନ କନ ହେଇ ଏପଟ ସେପଟକୁ ନଜର ବୁଲେଇ ଦେଖେ ତ.. ଟିକେ ଦୂରରେ ଶ୍ୟାମଳୀ ମ୍ୟାଡାମ୍ ଆର୍ମ ଚଉକିରେ ବସି ବୁଣୁଛି ଉଲ୍ ତା' ପ୍ରବାସୀ ପ୍ରିୟତମ ପାଇଁ ।

ଧଡ଼ ଧଡ଼ ଛାତି.. କଡ଼ କଡ଼ କଲିଜା

'ଘରେ କ'ଣ କେହି ନାହାନ୍ତି କି ?' - ମୁଁ ପଚାରି ବସିଲି ଘର ଭିତରେ ଗୋଡ଼ ଦେଉ ଦେଉ । ସନ୍ନି ଚଢୁଥିବା ଝିଅ ନାସ୍ତିସୂଚକ ମୁଣ୍ଡ ଝୁଙ୍କାଇଲା ।

'ତାହେଲେ ମୁଁ ଯାଉଚି- କାଲି ଆସିବି'- କହି ଫେରିପଡିବା ବେଳକୁ ମୋ ଆଗରେ ଠିଆ ହେଇଗଲା ସନ୍ନି ଚଢୁଥିବା ଝିଅ ।

'ଆପଣ ବୋଧେ ସେ ଆକ୍‌ଡିଡେଣ୍ଟ୍ ଘଟଣାଟା ଭୁଲିନାହାନ୍ତି ମନରୁ' - ତା' ପ୍ରଶ୍ନ ଶୁଭିଲା କେଉଁ ଦୂର ଇଲାକାରୁ ଭାସିଆସିବା ପରି ।

'ଆରେ ନାଇଁମ.. ସେ କିଛି ନୁହେଁ' - ମୁଁ ଉତ୍ତର ଦେଲି ଅଳ୍ପ ହସି ।

ତା ହେଲେ ମତେ କ୍ଷମା କରି ଦେଇଚନ୍ତି ?- ପଚାରିଲା ସେ । ମୁଁ ବାଧ୍ୟତଃ ମୁଣ୍ଡ ହଲାଇ ହଁ କଲି । 'ଓଃ ସାର୍.. ୟୁ ଆର୍ ଗ୍ରେଟ୍..' କହି ମତେ ଜଡାଇ ଧରିଲା ସନ୍ନି ଚଢୁଥିବା ଝିଅ । ମୋର ଥର ଥର ହାତ ସନ୍ନିର ହ୍ୟାଣ୍ଡଲ୍ ପାଲଟି ରହିଗଲା ତା ଦୃଢ ମୁଠା ଭିତରେ । ତା' ଛୋଟ ସୁନ୍ଦର ଘର୍ମାକ୍ତ ମୁହଁ ନଇଁ ଆସିଲା ମୋ ମୁହଁ ଉପରକୁ ।

'କ'ଣ ହଉଚି ସିଏ.. ଏଇ..'- ମୁଁ ଏକରକମ ଚିତ୍କାର କରି ଉଠିଲି ।

'ୟୁ ଆର୍ ସୋ ଲଭ୍‌ଲି.. ସୋ ନାଇସ୍ ସାର୍..'- ସନ୍ନି ଚଢୁଥିବା ଝିଅର ଥରିଲା କଣ୍ଠସ୍ୱର ମୋ କାନମୁଣ୍ଡା ଝାଇଁ ଝାଇଁ କରି ପକାଇଲା ।

'ଆରେ ଛାଡ୍ ମତେ.. କି ଅଜବ୍ ପିଲା..'- କହି ମୁଁ ଛାଟିଦେଲି ତାକୁ ଦୂରକୁ ଏବଂ ସେଯାବତ୍ ମୋ ଓଠ ଓ ଚିବୁକ୍ ସନ୍ଧିରେ ଖେଳି ବୁଲୁଥିବା ତା ଉତ୍ତପ୍ତ ନିଃଶ୍ୱାସକୁ ହାଙ୍କି, ଖେପି ଆସିଲି ବାହାରକୁ । ସାଇକଲ୍ ଧରି, ଗେଟ୍ ଟପି, ରାସ୍ତାରେ ପାଦ ଦେବା ବେଳକୁ ରିକ୍ସାରୁ ଓହ୍ଲାଉଥାଏ ଶ୍ୟାମଳୀ ମ୍ୟାଡାମ୍ ।

ଶ୍ୟାମଳୀ ମ୍ୟାଡାମ୍ ମତେ ଦେଖି ହସିଲା ଏବଂ 'ରୁହନ୍ତୁ ସାର୍.. ଆପଣଙ୍କ ସାଙ୍ଗେ ଟିକେ କଥା ଅଛି' କହି ରିକ୍ସା ଭଡା ତୁଟାଇଲା । କିଛି ନ ବୁଝିଲା ଢଙ୍ଗରେ ମୁଁ ସ୍ଥାଣୁବତ୍ ଠିଆ ହେଇଥାଏ ।

'ଏଥର ଶୁଭଶ୍ରୀ ପତ୍ରିକାରୁ ଆପଣଙ୍କ କବିତାଟା ପଢ଼ିଲି- ଭାରି ଭଲ ଲାଗିଲା- ଆପଣ କିନ୍ତୁ ଭାରି ଇଏ- କେବେ ବି ତ କହିନାହାନ୍ତି ଆପଣଙ୍କ ଲେଖାଲେଖି କଥା। ଖୁଣ୍ଟିଆ ନ କହିଥିଲେ ମୁଁ ତ' ଜାଣି ବି ପାରି ନ ଥାନ୍ତି..। ଏଇ ସାହିତ୍ୟ ଫାହିତ୍ୟ ଦିଗରେ ମୋର ଭାରି ଇଣ୍ଟରେଷ୍ଟ୍। ଆପଣଙ୍କୁ ଗୋଟେ ଅନୁରୋଧ- କାଲି ବାରଟା ବେଳେ ଦୟା କରି ଆସିବେ- ଏକା ଏକା ଖରାବେଳଟାରେ ଭୀଷଣ ବୋର୍ ହେଉଚି ମୁଁ- ଆପଣ ଆସିଲେ ଢେର କଥା ହେବା। ହଁ, ଲଞ୍ଚ୍ ଏଇଠି, ନିମନ୍ତ୍ରଣ ରହିଲା..ମୁଁ ଅପେକ୍ଷା କରିଥିବି ଆପଣଙ୍କୁ..।

ଶେଷ ଆଡକୁ ଶ୍ୟାମଳୀ ମ୍ୟାଡାମ୍‌ର ଆବେଗାଗ୍ରହ ଜଡିତ ଥରିଲା କଣ୍ଠସ୍ୱର ପରିଣତ ହୋଇଗଲା ଫିସ୍ ଫିସ୍ ଆୱାଜ୍‌ରେ।

'ନିଶ୍ଚେ ଆସିବେ.. ଭୁଲି ଯିବେନି..' - ସେ ବାକ୍ୟଟିକୁ ପୂରା କଲା।

ମୁଁ ହଁ ଭରିବାର ସୂଚନା ଦେଇ ମୁଣ୍ଡ ଲାଡିଲି ଜୋର୍‌ରେ ଏବଂ ସାଇକଲ୍ ଉପରକୁ ଲମ୍ଫ ଦେଇ ପେଡାଲ୍ ମାରିଲି ତା'ଠୁ ବେଶୀ ଜୋର୍‌ରେ। ରୁମ୍‌ରେ ପହଞ୍ଚିଲା ବେଳକୁ କାନମୁଣ୍ଡା ଭାଁ ଭାଁ - ଗମ୍ ଗମ୍ ଝାଳ।

ଏବଂ ଶେଷ କଥା: ପ୍ରୀତି ଉପହାର

ପର ପର ଦୁଇ ଦିନ ମୁଁ କମ୍ପିଲି ଜରରେ। ଦିନ ସାରା, ରାତି ସାରା, କିଲିବିଲି କଲା ମତେ ଗୋଟିଏ ହିଁ ସ୍ୱପ୍ନ।

'ଖରାବେଳ.. କଲୋନୀ ସାରା ସବୁ ଝର୍କା କବାଟ ବନ୍ଦ.. ଶ୍ୟାମଳୀ ମ୍ୟାଡାମ୍‌ର ଉପର ମହଲା ଫ୍ଲାଟ୍‌ର ବେଡ୍‌ରୁମ୍ ଭିତରେ ବସିଥାଏ ମୁଁ- ମୋ ଚାରିପଟେ ବେଢ଼ି ରହିଥାଏ ଶିରାଳ ରୁକ୍ଷ ଅଥଚ ଅତୀତରେ କେବେ କମନୀୟ ଥିବା ଯୋଡିଏ ହାତ। ଏବଂ ହାତ ଭିତରେ ଜାବ ପଡିଥାଏ ଗୋଟେ ଅଧାବୁଣା ପିଙ୍କ୍ ସ୍ୱେଟର୍। ହାତ ଦୁଇଟି କ୍ରମାଗତ ପ୍ରଦକ୍ଷୀଣ କରୁଥାଏ ମୋ ଦେହକୁ ଏବଂ କଛ ନେଇ ଚାଲିଥାଏ ମୋ ଛାତି, ପେଟ, ବେକର। ଉଲ୍‌ର ନରମ ଗରମ ସ୍ପର୍ଶ ଉଚ୍ଚକିତ କରୁଥାଏ ମୋ ତମାମ୍ ସତ୍ତାକୁ।'

ବାଶ୍.. ମୋ ଦେହ ଶିହରି ଉଠିବା ଲାଗି ଦୃଶ୍ୟଟି ଯଥେଷ୍ଟ।

ତୃତୀୟ ଦିନ ସଂଧ୍ୟାକୁ ହାଜର ହେଲା ଖୁଣ୍ଟିଆ। ହାତରେ ପ୍ୟାକେଟ୍‌ଟାଏ। 'କିବେ.. ତତେ ସ୍ୟାଡେ ଭାରି ଖୋଜା ପଡିଚି.. ତୁ ଏଠି ପେଟେଇଚୁ ଯେ'- ଖୁଣ୍ଟିଆ ମୁହଁରେ ପ୍ରଶ୍ନବାଚୀ- ଆଖିରେ ଖୁସିର ଫୁଲଝରି।

'ହେଲେ ତୁ ଏ ଅବେଳରେ ପୁଣି କୁଆଡେ?'- ଅଧାଶୁଆ ଅବସ୍ଥାରେ ମୁଁ ପାଲଟା ପ୍ରଶ୍ନ କଲି। ଖୁଣ୍ଟିଆ ମୁର୍କି ହସା ମାରିଲା। କହିଲା- 'ଦି'ଟା ଖବର ଅଛି ତୋ ପାଇଁ- ଗୋଟାଏ ଶୁଭ ଆରଟା ଅଶୁଭ- କୋଉଟା ଆଗ ଶୁଣିବୁ କହ।'

ମୋ ମନର ଉଦ୍ଦୀପନା ସଞ୍ଚରିଗଲା ଦେହକୁ ତ' ମୁଁ ସିଧା ହେଇ ବସିଲି ବିଛଣାରେ- 'ଆଗ ଅଶୁଭଟା କହ ନା'।

'ଶ୍ୟାମଳୀ ମ୍ୟାଡାମ୍‌ର ଝିଅର କହିବା ଅନୁସାରେ ସେ ତୋ ପାଠ ପଢେଇବା ନେଇ ସନ୍ତୁଷ୍ଟ ନୁହେଁ। ଏଣୁ ଧରିନେ ଆଜିଠୁ ତୋର ଛୁଟ୍‌ଟି। ବାକି ଶ୍ୟାମଳୀ ମ୍ୟାଡାମ୍‌ଙ୍କ କହିବା ଅନୁଯାୟୀ ତୁ ଏଇ ଯେଉଁ ଆଠ/ଦଶ ଦିନ ପାଠ ପଢେଇଚୁ, ସେଥିପାଇଁ ଆଉ ମୂଲିଆଙ୍କ ପରି ହିସାବ କିତାବ କରି କୌଣସି ମୂଲ୍ୟ ତ' ଆଉ ଦେଇହେବନି। ଏଣୁ, ସେ ତାଙ୍କ ସ୍ୱହସ୍ତ ପ୍ରସ୍ତୁତ ଏହି କ୍ଷୁଦ୍ର ଚିଜଟି ତୋ ପରି ଜଣେ ଉଦୀୟମାନ କବିଙ୍କ ପାଇଁ ଉପହାର ସ୍ୱରୂପ ପଠେଇଛନ୍ତି- କବି ମହାଶୟ ଏହାକୁ ଗ୍ରହଣ କଲେ ସେ ବାଧିତ ହେବେ।'

ବୋମାଫିଙ୍ଗା ପରି ଖୁଣ୍ଟିଆର ନାଟକୀୟ ସଂଳାପ ମତେ ପୁଣି ଆଣି ଠିଆ କରେଇଦେଲା ସନ୍ଦେହର ଦୋଛକିରେ।

'ଟିଉସନ୍‌ଟା ଏଣିକି ତୁ ନିଜେ ବୋଧେ କରିବୁ..'- ମୁଁ ଅନ୍ୟମନସ୍କ ଭାବେ ପଚାରିଦେଲି ତାକୁ ତ' ଖୁଣ୍ଟିଆ କିଛି କହିଲାନି। ଖାଲି ଆଖି ନଚେଇ ଥରେ ମୁର୍କି ହସିଲା ଏବଂ ମୁହଁରେ ପ୍ରାପ୍ତିର ଝଲକ ଖେଳେଇ ମୋ ହାତମୁଠାରେ ପ୍ୟାକେଟ୍‌ଟିକୁ ଥମେଇ ଦେଇ ଯିବାକୁ ବାହାରିଲା।

'ଶୁଣ୍.. ଶୁଣ୍.. ଯା ଭିତରେ କ'ଣ ଅଛି ଦେଖିଯା ତ' ଥରେ'- ମୁଁ ପଛରୁ ଆୱାଜ୍ ଦେଲି।

'ଦର୍କାର ନାହିଁ ଦେଖିବା- ମୁଁ ଜାଣେ ଯେ ତା ଭିତରେ ପିଙ୍କ୍ କଲର୍‌ର ମଫଲର୍‌ଟାଏ ଅଛି..'- ରୁମ୍‌ରୁ ନିଷ୍କ୍ରାନ୍ତ ହେଉଥିବା ଖୁଣ୍ଟିଆର ସ୍ୱର ଭାସିଆସିଲା ଦୂରରୁ।

ସେ ସ୍ୱରର ତୀକ୍ଷ୍ଣତା ଭେଦିଗଲା ମୋ ଅନ୍ତରାତ୍ମା- ମନ୍ଥି ପକାଇଲା ହୃଦ୍‌ତନ୍ତ୍ର। ମୋର ମନେପଡିଗଲା ଗଲା ରାତିମାନଙ୍କ ସ୍ୱପ୍ନ କଥା ତ' ମତେ ପୁଣି ଥରେ କମ୍ପ ମାଡ଼ିଆସିଲା।

ଗପ କ'ଣ ତେବେ ଏମିତି ହୁଏ ?

କିଏ କହେ ? କିଏ କହେ.. ଗପଟେ ତିଆରିବା ପାଇଁ ପହିଲେ କାହାଣୀ ଲୋଡ଼ା ପଡ଼େ ବୋଲି ? ଭୁଲ୍.. ପୂରାପୂରି ଭୁଲ୍। ଗପ ପାଇଁ ଲୋଡା ପଡନ୍ତି ଖୁଣ୍ଟିଆ ପରି ମୁର୍କି ହସା ମାରିପାରୁଥିବା ସାଙ୍ଗଟେ, ସନ୍ନି ଚଢୁଥିବା ଝିଅ ପରି ବେହଦ୍ ଖୁବ୍‌ସୁରତ୍ ମିଛେଇ ଟିଉସନ୍ ଛାତ୍ରୀଟେ.. ଆଉ ଶ୍ୟାମଳୀ ମ୍ୟାଡାମ୍ ପରି ସାହିତ୍ୟ ଅନୁରାଗିଣୀ ଉଲ୍‌ବୁଣା ପ୍ରବୀଣା ନାରୀଟେ.. ଫ୍ୟାନ୍‌ଟେ.. ପ୍ରେମିକାଟେ..। ବାଶ୍..।

■

('ଧରିତ୍ରୀ ଛୁଟିଦିନ'; ୧୯୯୯)

ଇତି.. ତୋ'ର ଅନୁଅପା

॥ ଇତି.. ॥

ଅନୁଅପା ଚିଠି ଦେଇଛି।

ଅବଶ୍ୟ ତା'ଠୁ ଚିଠି ପାଇବା କିଛି ନୂଆ କଥା ନୁହେଁ ମୋ ପାଇଁ। ନିୟମିତ ଚିଠି ଦେବା ତା'ର ଗୋଟେ ଅଭ୍ୟାସ। ମୋଠୁ ଉତ୍ତର ପାଉ କି ନ ପାଉ, ଫି' ମାସରେ ଦି'ଖଣ୍ଡ ଚିଠି ସିଏ ଦବ ହିଁ ଦବ। ପୁଣି ସବୁ ଚିଠିରେ ଥିବ ଏକଇ ଅଭିଯୋଗ '..ବାପି, ତୁ କାଇଁକି ନିୟମିତ ଚିଠି ଦଉନୁ ଯେ?'

ଚିଠି ପାଇ ମୁଁ ହସେ। ଅନୁଅପା ବୋକୀଟେ ସତରେ। ମୋ ଜଞ୍ଜାଳଗ୍ରସ୍ତ ବେକାର୍ ବେରୋଜଗାର ଜୀବନ ସାଙ୍ଗକୁ ଦୁନିଆଯାକର ନାବରେ ଗୋଡ଼ ପୂରାଇ ହଲାପଟା ହେବା ଅବସ୍ଥାଟା ବୋଧେ ତା' ସମଝ୍‌ରୁ ବାହାର।

.. ହେଲେ କାହିଁକି କେଜାଣି, ଅନୁଅପାର ଆଗ ଚିଠିଗୁଡ଼ାକ ତୁଳନାରେ ଆଜିର ଚିଠିଟା କେମିତି ନିଆରା ନିଆରା ଲାଗୁଛି। ଆପାତତଃ ଗୋଟେ ଅପରିଷ୍କାର, ବାଙ୍କେ, ମୋଡ଼ା ମକ୍‌ଚା କାଗଜ ଉପରେ ବିଶୃଙ୍ଖଳିତ ଭାବେ ଜଡ଼େଇ ହୋଇ ରହିଥିବା ଅକ୍ଷରଗୁଡ଼ିକ ଲାଗୁଛନ୍ତି ଅପରିଚିତ। ପ୍ରମାଣିତ କରୁଛନ୍ତି ଲେଖକୀୟ ଯତ୍ନହୀନତା ଓ ଦାୟିତ୍ୱଶୂନ୍ୟତାକୁ। ସବା ଉପରେ ପିଚିକି ପଡ଼ିଛି କାଳି ବୁନ୍ଦେ ତ' କାଗଜ ଉପରେ ସୃଷ୍ଟି ହେଇଯାଇଚି ଝାପ୍‌ସା ଅଥଚ ଅସୁନ୍ଦର ରେଖାଚିତ୍ରଟେ। ଧାଡ଼ିଗୁଡ଼ିକର ବି ବାଗବାଇଶ ନାହିଁ। ଘାଟି ରାସ୍ତା ପରି କେବେ ଉପର, କେବେ ତଳ କ୍ରମରେ ଲମ୍ବି ଯାଇଛନ୍ତି ଆଗକୁ। ଅଜସ୍ର ଜାଗାରେ କଟାକଟି, ଛକଚିହ୍ନ। କୌଣସି ଅନଭ୍ୟସ୍ତା ତରୁଣୀର ହାତବୁଣା ସ୍ୱେଟର୍ ଗଣ୍ଠି ପରି ସେଗୁଡ଼ିକ ଦେଖାଯ୍ ଲାଗୁଛନ୍ତି ଆଖିକୁ।

ଚିଠି ଲେଖିବା ବେଳେ ଅନୁଅପା କେତେ ଯେ ସତର୍କ ଆଉ ଶୃଙ୍ଖଳିତ! ଅଥଚ, ଆଜି ଏ କି ବିଲକ୍ଷଣ! କ'ଣ ହେଇଛି ତେବେ ଅନୁଅପାର!!

।। ତୋ'ର..।।

ଏମିତିରେ ଅନୁଅପା ମୋର କେହି ନୁହେଁ। ଅଥଚ, ଦେଖିବାକୁ ଗଲେ ସବୁ କିଛି। ସମ୍ପର୍କର ସୀମା ସରହଦର ସଂଜ୍ଞା ସବୁଠି ସମାନ ନଥାଏ। ବିଶେଷକରି ପ୍ରାପ୍ତବୟସ୍କ ଗୋଟେ ପୁଅ ସହ, ହେଉ ପଛେ ତା'ଠୁ ବୟସରେ ଅଳ୍ପ ବଡ଼, ଗୋଟେ ଅବିବାହିତା ଝିଅର ସମ୍ପର୍କର ରୂପରେଖ କ'ଣ ହୋଇପାରେ ପ୍ରସଙ୍ଗ ଉଠିଲେ, ଆମ ସମାଜପତିମାନେ ଘୃଣାରେ ନାସିକା କୁଞ୍ଚନ କରନ୍ତି।

କରିଥିଲେ ମଧ୍ୟ। ଅନୁଅପା ଯେତେବେଳେ ବି ଚିଠି ଦେଉଥିଲା ମୋ ପାଖକୁ, ଆମ ଘରର କେହି ନା କେହି ଖୋଲି ଦେଉଥିଲେ ସେ ଚିଠି ମୋ ଅନୁପସ୍ଥିତିରେ। ତେବେ ସନ୍ଦେହ ତଥା ଆପତ୍ତିଜନକ କିଛି ତଥ୍ୟ ନ ପାଇ କେବଳ ନିଷ୍ଫଳ ଆକ୍ରୋଶରେ ଗୁମୁରିବା ବ୍ୟତୀତ ସେମାନ ଅଧିକ କିଛି କରିପାରୁ ନଥିଲେ। ଚିଠିଟି ମୋ ହାତରେ ପଡ଼ିବା ପୂର୍ବରୁ ଏକାଧିକବାର ଖୋଲା-ବୁଜା ହେଇ ହେଇ ହରାଉଥିଲା ତା'ର ପ୍ରାକୃତିକ ଶୋଭା ଓ ସୌନ୍ଦର୍ଯ୍ୟବୋଧ। ବ୍ୟବଚ୍ଛେଦ ପରର ନାନାଦି ବିଶ୍ଳେଷଣ ଓ ରଙ୍ଗିନ୍ ଆଲୋଚନା ଭିତରେ ପେଷି ହୋଇ ଚିଠିର ପ୍ରତିଟି ଶବ୍ଦ ହରାଉଥିଲେ ସେମାନଙ୍କ ମୂଳ ଭାବ ଓ ଭାସ୍କର୍ଯ୍ୟ।

ଅନୁଅପା ସହ ମୋର ସମ୍ପର୍କ ସ୍ଥାପିତ ହୋଇଥିଲା ଏଇମିତି ଚିଠି ମାଧ୍ୟମରେ। ମୋର କେତୋଟି କବିତାର ମୁଗ୍‌ଧା ପାଠିକା ରୂପେ ମୋ ସହ ସୌହାର୍ଦ୍ଦ୍ୟମୂଳକ ସାରସ୍ୱତ ସମ୍ପର୍କ ରକ୍ଷା କରୁ କରୁ କେଇଟା ଦିନ ଭିତରେ ସେ ପାଲଟି ଯାଇଥିଲା ଅନ୍ତରଙ୍ଗ ସୁହୃଦ୍‌ଟିଏ। ଆମ ଭିତରର ଚିଠି ଦିଆନିଆ, ପରେ ଯୋଜନାବଦ୍ଧ ଭାବେ ସଂପ୍ରସାରିତ ହୋଇଥିଲା କେନ୍ଦ୍ରାପଡ଼ା ବସ୍‌ଷ୍ଟାଣ୍ଡର ୱେଟିଂ ରୁମ୍‌ରେ ଥରେ ଏବଂ ତୁଳସୀ ମହିଳା ମହାବିଦ୍ୟାଳୟ ଛାତ୍ରୀନିବାସରେ ଥରେ, ଏମିତି ଦୁଇଥରର ସାକ୍ଷାତକୁ।

ସ୍ୱଳ୍ପ ସମୟର ସେ ସାକ୍ଷାତକାର ଦୁଇଟି ଯଥେଷ୍ଟ ଥିଲା ଅନୁଅପାର ମୋ' ପ୍ରତି ରହିଥିବା ସ୍ନେହ ଓ ଆନ୍ତରିକତା ମାପିବା ପାଇଁ। ଥରେ ତାହା ମାପି ହୃଦ୍‌ବୋଧ କରିବା ପରେ ମୁଁ ଇଚ୍ଛାକୃତ ଭାବେ ବନ୍ଧା ପଡ଼ିଥିଲି ତା' ସ୍ନେହ କାଙ୍ଗାଳ ହୃଦୟ ପାଖରେ। ନିଜକୁ ସମର୍ପି ଦେଇଥିଲି ସେହି ଗାର୍ଜନ୍ ସୁଲଭ ମମତାମୟୀ ନାରୀଟିର ଅକପଟ ଅନ୍ତରଙ୍ଗ ବନ୍ଧୁତା ନିକଟରେ। ଅନୁଅପା ମତେ ଆକଟ କରୁଥିଲା ଚଗଲାମି ନ କରିବାକୁ। ତାଗିଦ୍ କରୁଥିଲା ପାଠରେ ବେଶୀ ବେଶୀ ମନ ଦେବାକୁ। ଉପଦେଶ ଦେଉଥିଲା ସୁରୁଚି ସମ୍ପନ୍ନ ସାହିତ୍ୟରେ ତଲ୍ଲୀନ ହେବାକୁ। ମୋ ରଚିତ ସବୁତକ କବିତାର ପ୍ରଥମ ପାଠିକା ଭାବେ ସେ ମତେ ବାଣ୍ଟୁଥିଲା ଅଫୁରନ୍ତ ଉତ୍ସାହ ଓ ଅଗୋପ୍ୟ ଉଲ୍ଲାସ।

ମୋର ଡାକ୍ତରୀ ପଢ଼ା ଅଧାଅଧି ବେଳକୁ ଅନୁଅପାର ଗ୍ରାଜୁଏସନ୍ ଶେଷ ହୋଇ ଆସିଥିଲା। ଅଗତ୍ୟା ନିଜ ଇଚ୍ଛା ବିରୁଦ୍ଧରେ ତାକୁ ଲେଉଟିବାକୁ ପଡ଼ିଥିଲା ବାକ୍ସପତ୍ର

ରୁଣ୍ଡେଇ ପୁଣ୍ଡେଇ ନିଜ ଗାଆଁ କରାଣ୍ଡିଆପାଟଣାକୁ। ପରିବାରର ଚାପ ଆଗରେ ଚପିଯାଇଥିଲା ତା' ନିଜ ଇଚ୍ଛାର ଗଳା।

ଇଚ୍ଛା ଓ ଯୋଗ୍ୟତା ଥାଇ ମଧ୍ୟ ଉଚ୍ଚଶିକ୍ଷା ଲାଭ ନ କରିପାରିବା ଜନିତ ମନସ୍ତାପ ଏକେ ତ' ତାକୁ ଅଥୟ କରୁଥିଲା। ଉପରନ୍ତୁ ଦୀର୍ଘ ଦିନ ଧରି ସହରୀ ଖୋଲା ଜୀବନ ଜୀଇଁବାରେ ଅଭ୍ୟସ୍ତା ହେବା ପରେ ଗାଁରେ ଚଳିବା ତା' ପାଇଁ କଷ୍ଟକର ବୋଧ ହେଉଥିଲା। ନିଜ ଉନ୍ନତ ରୁଚିବୋଧକୁ ଖୋରାକ୍ ଯୋଗାଇବାର ଚେଷ୍ଟାରେ ସେ ବୋଧହୁଏ ହୋଇଉଠିଥିଲା କିଛି ପରିମାଣରେ ସ୍ୱାଧୀନଚେତା ଓ ସ୍ୱାବଲମ୍ବୀ, ଯାହା ଗାଁର ଅନ୍ୟମାନଙ୍କ ଆଖିକୁ ଦିଶୁଥିଲା ମାତ୍ରାଧିକ ଉଗ୍ରତା ଓ ଚରିତ୍ରହୀନତାର ପ୍ରମାଣ ପରି। ଯେହେତୁ ସମଗ୍ର ଗାଁଟିରେ ସେ ହିଁ ଥିଲା ଏକମାତ୍ର ଉଚ୍ଚଶିକ୍ଷିତା ଝିଅ, ସେହେତୁ ସ୍ୱାଭାବିକ୍ ଭାବେ ସବୁରି ଆକର୍ଷଣର କେନ୍ଦ୍ରବିନ୍ଦୁ ପାଲଟି ଯାଇଥିଲା ତା'ର ତମାମ୍ ଆଚରଣ ବିଚରଣ। ତା' ଉପସ୍ଥିତିରେ ତାକୁ ଆଦରି ନେଉଥିବା ଓ ପ୍ରଶଂସାରେ ପୋତି ପକାଉଥିବା ଲୋକେ, ତା' ପଛପଟେ ତା' ଚରିତ୍ର ଉପରେ ଟିପ୍‌ପଣୀମାନ ଦେବାକୁ କୁଣ୍ଠାବୋଧ କରୁନଥିଲେ।

ସେଇଲାଗି ଅନୁଅପା ବୋଧେ ଦୁଃଖୀ ଥିଲା। ଖୁବ୍ ଦୁଃଖୀ ଯେ ତାକୁ କେହି ବୁଝିବାକୁ ଚେଷ୍ଟା କରୁନାହାନ୍ତି। ତା' ହୃଦୟର ସେ ଦୁଃଖବୋଧ ସଞ୍ଚରି ଆସୁଥିଲା ମୋ ମନକୁ ତା' ହାତଲେଖା ଚିଠି ମାଧ୍ୟମରେ। ଚିଠିରେ ମୁଁ ବୁଝାଉଥିଲି.. 'ଲୋକଙ୍କ କଥାରୁ କ'ଣ ମିଳିବ? କୁହନ୍ତୁ କିଏ କ'ଣ କହୁଛନ୍ତି। ଆମେ ତ ଆଉ କାହା ମୁହଁରେ ବାଡ଼ ବତା ଦେଇ ପାରିବାନି ନା। ବରଂ ଭଲ, ଆମେ ନିଜ ବାଟରେ..'।

ଅନୁଅପା ପଢୁଥିଲା। ହୁଁ ମାରୁଥିଲା ଚିଠିରେ..ଚିଠିରେ। ବୁଝୁଥିଲା କି ନାହିଁ କେଜାଣି!!

॥ ଅନୁଅପା ॥

ଆଜିର ଚିଠିଟା କିନ୍ତୁ ନିହାତି ଛୋଟ। ଚାରି ଛଅ ଧାଡ଼ି ହେବ ମୋଟେ କଟାକଟି ହେଇଥିବା ଧାଡ଼ିଗୁଡ଼ିକୁ ବାଦ୍ ଦେଲେ। ସ୍ଥାନେ ସ୍ଥାନେ ପାଣିରେ ନେସି ହେଇ ଲିଭି ଯାଇଚି ଅକ୍ଷର। କାନ୍ଦୁଥିଲା କି ଅନୁଅପା ଚିଠି ଲେଖିଲା ବେଳେ? କାହିଁକି ଯେ?

ଅନୁଅପା ଲେଖିଚି - "...ବାପି, ଏ ଚିଠି ତୋ ହାତରେ ପଡ଼ିବା ବେଳକୁ ମୁଁ ନଥିବି। (ଚାଉଁ କରି ଚମକ୍ ଲାଗିଲା ମୋ ହୃଦୟରେ) ଜାଣେନି ମୁଁ ଯେଉଁ ପଥ ବରି ନେଉଛି ତାହା ଠିକ୍ କି ଭୁଲ୍। ହେଲେ ମୋର ଅନ୍ୟ ଉପାୟ ନାହିଁ। (ଦାଉଁ କରି ଖସିଲା ଅତଡ଼ା ମୋ ଛାତିରୁ) ଯେଉଁମାନଙ୍କ ଉପରେ ବିଶ୍ୱାସର ଦଧିନଉତି ଥାପି ଦେଇଥିଲି ଆଦର୍ଶର ମୂର୍ତ୍ତି ଭାବି, ସେମାନେ ଆଜି ମୋ ରକ୍ତ ମାଂସ ପାଇଁ ଉନ୍ମାଦ ପାଲଟିଛନ୍ତି। ସେମାନଙ୍କ ସର୍ବଗ୍ରାସୀ ଜିହ୍ୱା, ତୀକ୍ଷଣ ନଖ ଦାନ୍ତ ଆଉ ଲମ୍ବା ହାତ ନିକଟରେ ମୋ

ଚରିତ୍ରର ଉଚ୍ଚତା ବହୁତ କମ୍। ଏଣୁ ପରାଜୟ ନିଶ୍ଚିତ ଜାଣି କଳଙ୍କମୟ ହେବା ଆଗରୁ ଏ ଜୀବନର ଅବସାନ ଘଟାଉଛି। (ଯାହା ଏବେ ଗଡ଼ିପଡ଼ିଲା ମୋ ଆଖି କୋଣରୁ, ତା କ'ଣ ଲୁହ ବୁନ୍ଦେ ?) ମୋ ପାଇଁ ଦୁଃଖ କରିବୁନି। ଭଲରେ ଥା'। ଇତି ତୋର ଅନୁଅପା..।"

ମୁଁ ବସିଛି ନିର୍ବାକ୍ ହୋଇ। ମୋ ଆଖି ଲୁହରେ ବତୁରା ଚିଠିଟି ତଳକୁ ଖସି ପଡ଼ିଲାଣି କେତେବେଳୁ ବନ୍ଦ ହାତମୁଠାରୁ। ଅନୁଅପାର ଆଖିଝଲସା ରୂପ ଏବେ ଆଉ ମୋ ଆଖିରେ ନାଚୁନି। ଦିଶୁଚି ଖାଲି ଗୋଟେ ରକ୍ତସ୍ନାତା କାନ୍ଦୁରା ମୁହଁର ଝାପ୍‌ସା ଛବି। ଜୀବନ ସଂଗ୍ରାମରେ ପରାସ୍ତ ହେବାର ସୂଚନା ପାଇ ଯୁଦ୍ଧକ୍ଷେତ୍ରକୁ ପିଠି ବୁଲାଇ ପଳାୟନ କରୁଥିବା ଏକ ସୈନିକ ଗୁଳିଚୋଟରେ ଟଳିପଡ଼ିବା ବେଳର ଏକ ମର୍ମନ୍ତୁଦ ଛବି।

ମୋର ଆଉ ବୁଝିବାରେ ବାକି ନାହିଁ ଯେ ଅନୁଅପା ସହିଦ୍ ହୋଇଯାଇଛି। ବଡ଼ପଣ୍ଡା ସାଜି ସମାଜର ବଡ଼ଦାଣ୍ଡକୁ ନିଜ ଗୁଣଗ୍ରାମରେ ଆଲୋକିତ କରୁଥିବା କେତେଜଣ କାମାନ୍ଧ ପଶୁଙ୍କ ଲୋଲୁପ ଦୃଷ୍ଟିର ଶିକାର ସାଜି ସେମାନଙ୍କ କାମନାର ଚକ୍ରବ୍ୟୂହ ଭିତରେ ପେଷି ହେଇ ନିସ୍ତେଜ ହୋଇଯାଇଛି। ମାଂସ ଖଣ୍ଡିଏ କି ରକ୍ତ ଟୋପାଏ ପାଇଁ ଜିଭ ଲହଲହ କରୁଥିବା କେତେଟା ଉଦ୍‌ଭ୍ରାନ୍ତ, ଅସାମାଜିକ ବିବେକହୀନଙ୍କ ଜାଲରେ ପଡ଼ି ଅନୁଅପା ନିଜ ପରିଚୟ ହଜେଇ ବସିଛି। ଜୀବନର କେଉଁ ଅଶୁଭ ଲଗ୍ନର ଏକ ଅସତର୍କ ଭୁଲ୍‌ର ଶାସ୍ତି ଭୋଗିବାକୁ ଯାଇ ସେ ନିଜ ଉପରେ ଚରମ ପ୍ରତିଶୋଧ ନେଇଯାଇଛି।

ମୋ ଆଖିରୁ ଆଉ ଲୁହ ଝରୁନି। ଝରେଇଲେ କ'ଣ ଅନୁଅପା ଫେରିଆସିବ ? ଯାଉ ସେ.. ମରୁ..। ମରନ୍ତୁ ଅନ୍ନପୂର୍ଣ୍ଣା ମହାନ୍ତି ଓ ଅହଲ୍ୟା ରଣାମାନେ। ମୋର କ'ଣ ଯାଉଛି ? ମୁଁ ଖାଲି ଭାବୁଛି ଗୋଟେ କଥା..। କାଲି, ହଁ କାଲି.. ଅନୁଅପାର ସୁରଭିତ ସ୍ମୃତି ପ୍ରତି ଉତ୍ସର୍ଗ କରି ମୁଁ ଯେବେ ନୂଆ କବିତାଟେ ଛାପିବି, କିଏ.. କିଏ ସେତେବେଳେ ମତେ ଚିଠି ଲେଖି ପୋତି ପକାଇବ ଅଫୁରନ୍ତ ଉତ୍ସାହ ଆଉ ଅଗୋପ୍ୟ ଉଲ୍ଲାସରେ ? କିଏ.. ?

(ବିଶେଷ ଦ୍ରଷ୍ଟବ୍ୟ: ଏଇଟି ଏକ ଡାଇରିର କିୟଦଂଶ। ମାମଲାର ତଦନ୍ତ ବେଳେ ପୁଲିସକୁ ମିଳିଥିବା କିଛି ଚିଠି ଆଧାରରେ ଖୋଳତାଡ଼ କରାଯାଇ ଜବତ କରାଯାଇଥିଲା ଏହି ଡାଇରି। ଡାଇରିର ଏହି କେତେକ ପୃଷ୍ଠାରେ ବର୍ଣ୍ଣିତ କିଛି ଘଟଣା ଓ ଚରିତ୍ର, ମାମଲା ସହ ସମ୍ପୃକ୍ତ ମନେହେବା ହେତୁ ଏହି ଅଂଶତକ ନଥିଭୁକ୍ତ କରାଗଲା କି' ଭବିଷ୍ୟତରେ ଦରକାର ବେଳେ କର୍ମରେ ଆସିବ।

ତଦନ୍ତକାରୀ ଅଧିକାରୀଙ୍କ ସ୍ୱାକ୍ଷର

ସିଲ୍)

■

('ପ୍ରଜାତନ୍ତ୍ର ସାପ୍ତାହିକୀ'; ୧୯୯୮)

କ୍ଷତ

ଅପ୍ରତ୍ୟାଶିତ ଭାବେ ଦୁଃଖଦ ଓ ଦାରୁଣ ବାର୍ତ୍ତାମାନଙ୍କୁ ବହନ କରି ଆଣି ମୁହୂର୍ତ୍ତକ ମଧ୍ୟରେ ପ୍ରାପକକୁ ଦୋଦୁଲ୍ୟମାନ ଓ ହସ୍ତସନ୍ତ କରିପକାଉଥିବା ଟେଲିଗ୍ରାମ୍‌ଗୁଡ଼ିକ ତୁଳନାରେ ସେଇଟି ଥିଲା ଏକ ବିରଳ ଓ ବିସ୍ମୟକର ବ୍ୟତିକ୍ରମ।

ଟେଲିଗ୍ରାମ୍‌ଟିକୁ ପଢ଼ି କେବଳ ଭବେଶ୍ କାହିଁକି, ଯେ କେହି ବି କୁରୁଳି ଉଠିଥାନ୍ତା ପୂର୍ଣ୍ଣାନନ୍ଦୋଚ୍ଛ୍ୱାସରେ ସ୍ୱାଭାବିକ ରୂପେ। ବାର୍ତ୍ତା ଅନୁସାରେ, ବିଗତ ରାତ୍ରିର ଏକ ନିସ୍ତବ୍ଧ ମାହେନ୍ଦ୍ର ମୁହୂର୍ତ୍ତରେ ତନୂ ଜନ୍ମ ଦେଇଥିଲା ପୁଅଟିଏ, ଭବେଶର ସଯତ୍ନସାଇତା ଆଶା, ଆକାଂକ୍ଷା ଓ ଅଭୀପ୍‌ସା ପରିପୂର୍ଣ୍ଣ ପିତୃତ୍ୱର ସ୍ୱପ୍ନକୁ ଚରିତାର୍ଥ କରି। ଉପରନ୍ତୁ, ପ୍ରସୂତି-ପ୍ରସୂତ ଦୁହିଙ୍କ ସ୍ୱାସ୍ଥ୍ୟାବସ୍ଥା ଥିଲା ବେଶ୍ ପୁଲକପ୍ରଦ।

'ସର୍ବପ୍ରଥମେ ଷ୍ଟାଫ୍‌ମାନଙ୍କ ମୁହଁ ମିଠା କରାଇବା ଉଚିତ୍' - ଭବେଶ୍ ଭାବିଲା, ମାତ୍ର ମାସର ଶେଷାର୍ଦ୍ଧ ସମୟରେ ମନିପର୍ସର ଦୁରବସ୍ଥା ସଂପର୍କରେ ଚିନ୍ତା କରି କିଞ୍ଚିତ୍ ଅପ୍ରତିଭ ହେଇ ପଡୁ ପଡୁ ଅବିଳମ୍ବେ ସମସ୍ତେ ଶୁଣିପାରିବା ପରି ସଲ୍ଲଜ ଘୋଷଣାଟେ କଲା। 'ଜାଇଁଲେ ବଡ଼ବାବୁ! ପୁଅଟେ ହେଇଚି ବୋଲି ଖବର ଆସିଚି - ମୁଁ ଆଜି ଛୁଟି ନେଇ ଘରକୁ ଯାଉଚି। ଆସିଲେ, ଆପଣମାନଙ୍କୁ ଗୋଟେ ଛୋଟକାଟର ପାର୍ଟି ଦେବି। ଆପଣମାନେ ସ୍ଥିର କରି ରଖିଥାନ୍ତୁ, କେଉଁଦିନ କେଉଁ ହୋଟେଲ୍‌ରେ ହେଲେ ଠିକ୍ ହେବ। ନା କ'ଣ କହୁଚନ୍ତି ?'

ବଡ଼ବାବୁଙ୍କ ସମେତ ନିଜ ନିଜ ଡେସ୍କ ଉପରୁ ମୁଣ୍ଡଟିମାନ ଉଠାଇ ଭବେଶର କଥାକୁ ଏକାଗ୍ର ଚିତ୍ତରେ ଶୁଣୁଥିବା ସହକର୍ମୀମାନେ ଦିଶିଲେ ହୃଷ୍ଟ ଓ ପ୍ରସନ୍ନଚିତ୍ତ। ଫ୍ରେସ୍ ରିକ୍ରୁଟି ଭାବେ ଅଳ୍ପ କିଛି ଦିନ ତଳେ ଜଏନ୍ କରିଥିବା ତଥା କଦାଚିତ୍ ତାଙ୍କୁ ସମ୍ମାନ ପ୍ରଦର୍ଶନରେ ଅନୁଦାର ପାଲଟୁନଥିବା ହସହସ ସୌଭାଗ୍ୟଟି ଆଗତୁରା ମୁହଁ ଖୋଲିଲା, 'କଂଗ୍ରାଚୁଲେସନ୍ ସାର୍, ଏକୋଇଶା ଭୋଜିଟି କିନ୍ତୁ ସ୍ପେଶାଲ୍ ହବା

ଦର୍କାର୍। ଆମେ ସମସ୍ତେ ସେଦିନ ଆପଣଙ୍କ ଗାଁକୁ ଯିବୁ। ଭାଉଜଙ୍କୁ ଆଗୁଆ ଜଣେଇ ଦେଇଥିବେ।'

ଉଣା ଅଧିକେ ପ୍ରାୟ ସମସ୍ତେ ସମର୍ଥନ କଲେ ସୌଭାଗ୍ୟର ପ୍ରସ୍ତାବକୁ, ସେମାନଙ୍କ ମୁଣ୍ଡହଲା, ମୃଦୁହସ ଓ ଅସ୍ଫୁଟ ମନ୍ତବ୍ୟ ଜରିଆରେ। ଧୋତି କୁଞ୍ଚରେ ଚଷମା ପୋଛୁଥିବା ବଡ଼ବାବୁ ଏକ ଚମତ୍କାର ବିଲୋଳ ହସରେ ସାରା ମୁଖମଣ୍ଡଳକୁ ଉଦ୍‌ଭାସିତ କରି ଆଲୋଚନାରେ ପୂର୍ଣ୍ଣଚ୍ଛେଦ ଟାଣିଲେ - ହଉ.. ତମେ ଆଗ ଯାଇ ଦେଖି ଆସ ସେମାନଙ୍କୁ, କେମିତି ଅଛନ୍ତି। ଫେରିଲେ ଭୋଜି ଫୋଜି ବାବଦରେ ସବିସ୍ତାର କଥା ହେବା। ଏବେ ସେସବୁ ଚିନ୍ତା କରିବା ଦରକାର ନାହିଁ। ହଁ, ଛୁଟି ଦରଖାସ୍ତରେ ତାରିଖ ପକାଅନି- କାଳେ କିଛି ପ୍ରୟୋଜନ ପଡ଼ିପାରେ - ଫେରିବା ଡେରି ହେଇପାରେ। ତରତର ହେବା ବି ଦର୍କାର ନାହିଁ - ଆରାମ୍‌ରେ ସବୁକାମ ବଢ଼େଇ, ସବୁ ବୁଝାଶୁଝା କରି ଫେର, ଯାଅ।

ବଡ଼ବାବୁଙ୍କ ବକ୍ତବ୍ୟର ଆନ୍ତରିକତାରେ ଗୋଟାପଣେ ଭିଜିଯାଇଥିବା ଭବେଶ ଦୁଇ ହାତ ଯୋଡ଼ି କୃତ୍ୟକୃତ୍ୟ ଭଂଗୀରେ ମୁହଁରେ ଉକୁଟେଇଲା ଏବଂ ତରତରରେ ଛୁଟି ଦରଖାସ୍ତଟା ଗାରେଇଦେଇ ବଡ଼ବାବୁଙ୍କ ଟେବୁଲ୍ ଆଗରେ ଖୋଲି ଧରିଲା। ବଡ଼ବାବୁ ହାତ ବଢ଼ାଇ ଦରଖାସ୍ତଟି ନେବା ବେଳେ ପୁଣି ଥରେ ହସିଲେ ଏବଂ ମୁଣ୍ଡ ହଲାଇ 'ଯାଅ' ବୋଲି କହିଲେ। ଦି' ଚାରି ଦିନରେ ଫେରିଆସିବାର ପ୍ରତିଶ୍ରୁତି ଦେଇ ସମସ୍ତଙ୍କଠୁ ବିଦାୟ ମାଗି ଭବେଶ୍ ଅଫିସ୍‌ରୁ ବାହାରି ଆସିଲା।

ବସାଘରକୁ ଫେରି, ବଳକା ଭାତ ଥିବା ହାଣ୍ଡିଟି ଧୋଇବା, ଝର୍କା କବାଟ ସବୁ ବନ୍ଦ୍ ଅଛି କି ନା ଭଲକରି ପରୀକ୍ଷା କରିବା, ଛାତ ଉପରେ ଶୁଖୁଥିବା ଲୁଙ୍ଗି, ତଉଲିଆ ଆଦି ତୋଳାତୋଳି କରିବା ଏବଂ ଘର ମାଲିକାଣୀଙ୍କୁ ସୁସମ୍ବାଦଟି ଶୁଣେଇବା ପରି କାମମାନ ବଢ଼େଇବା ଭିତରେ ବସ୍ ସମୟ ଆଖର ହୋଇଯାଇଥିଲା। ତରତରରେ ବସ୍‌ଷ୍ଟାଣ୍ଡ୍‌କୁ ଧପାଲିଲା ସେ।

ଅତ୍ୟଧିକ ବିମର୍ଷ ଓ ରୁଗ୍‌ଣ ମନେହେଉଥିବା ଦଦରା ସରକାରୀ ବସ୍‌ଟିର ଭିଡ଼ଭାଡ଼ ବୋଧେ ପର୍ଯ୍ୟାପ୍ତ ପରିମାଣରେ ଶକ୍ତିଶାଳୀ ନ ଥିଲା ତା' ମୁହଁରେ ଉକୁଟି ଉଠିଥିବା ତୃପ୍ତିର ରେଖାଟିକୁ ଲିଭାଇଦେବା ପାଇଁ। ବସ୍ ଭିତରର ଅପରିଚ୍ଛନ୍ନ ପରିବେଶ, ଯନ୍ତ୍ରଣାଦାୟକ ଗଦିବିହୀନ ପଟା ଆସନ, ନିରନ୍ତର ପାନ ଚୋବେଇ ରାଉ ରାଉ କରୁଥିବା ସହଯାତ୍ରୀ ବୁଢ଼ାଟିର ସାହଚର୍ଯ୍ୟ ତଥା ଅଭଦ୍ରୋଚିତ ଆଚରଣ ପ୍ରଦର୍ଶନ କରୁଥିବା କେତେକ ଅର୍ବାଚୀନ କଲେଜ ଯୁବକଙ୍କ ଉଚ୍ଛୃଙ୍ଖଳତା.. ସେହି ମୁହୂର୍ତ୍ତରେ ସବୁକିଛି ହିଁ ଥିଲା ତା' ପାଇଁ ବେଶ୍ ମଧୁର ଓ ଉପଭୋଗ୍ୟ। ଅନାବଶ୍ୟକ ଭାବେ ଦୀର୍ଘ

ଓ ବିରକ୍ତିକର ମନେହେଉଥିବା ଏହି ଯାତ୍ରାଟିର ପରିସମାପ୍ତି ଯେ ଏକ ବିଶେଷ ପ୍ରାପ୍ତି ସହ ସଂଶ୍ଳିଷ୍ଟ, ଏକଥା ଭାବିବା ବେଳକୁ ତା'ର ସମସ୍ତ କ୍ଳେଶ ରୂପାନ୍ତରିତ ହୋଇଯାଉଥିଲେ ଗଭୀର ପ୍ରଶାନ୍ତିରେ।

'ଏଥର ପୁଅ ହବ ନା ଝିଅ, କହିଲ ଦେଖି..'- ସେ ପଚାରିଥିଲା ତନୁକୁ, ବେଶ୍ କିଛି ଦିନ ତଳେ, ଏକ ଆବେଗମୟ ଅନ୍ତରଙ୍ଗ ମୁହୂର୍ତ୍ତରେ, ମା' ହେବାର ସମସ୍ତ ଶୋଭା ଓ ସମ୍ଭାବନା ତନୁଠାରେ ପ୍ରକାଶିତ ହେବା ପରେ।

ଉତ୍ତର ଦେବାକୁ ଯାଇ ତନୁ କିଛି ସମୟ ଗୁମ୍ ଖାଇଥିଲା ଏବଂ ପରେ ସାନ ଦୀର୍ଘଶ୍ୱାସଟିଏ ମୁହଁରେ ଆଙ୍କି କଇଁ କଇଁ ହେଇ କାନ୍ଦି ପକାଇଥିଲା। ପ୍ରବୋଧିବା ନିମନ୍ତେ ତନୁକୁ ନିଜ ଛାତି ଉପରକୁ ଆଉଜେଇ ଆଣିବାକୁ ଯାଇ ଭବେଶ୍ ନିଜେ ଆଉଜି ଯାଇଥିଲା ତା' ଦେହରେ। ହୃଦୟ ଭିତରକୁ କ୍ରମଶଃ ସଞ୍ଚରି ଆସୁଥିବା ଦୁଃଖବୋଧ ଏତେ ଶକ୍ତିଶାଳୀ ଥିଲା ଯେ ସାନ୍ତ୍ୱନାପ୍ରଦ ଶବ୍ଦଟିଏ ପଡୁଟି ନଥିଲା ତା' ତୁଣ୍ଡରୁ। ସ୍ୱପ୍ନଭଙ୍ଗର ଅସତର୍କ ନିର୍ଯାତିତ ମୁହୂର୍ତ୍ତମାନ ରୁନ୍ଧି ପକାଇଥିଲେ ତା' ଗଳାର ସ୍ୱରକୁ। ବିଗତ ଦିନର ଦୁଇ ଦୁଇଟି ଦୁର୍ଘଟଣାମୟ ସ୍ମୃତି ଆଙ୍କି ହୋଇଯାଇଥିଲେ ଅଚାନକ ତା' ମନ ସିଲଟରେ।

ବାହାଘରକୁ ତିନି ମାସ ହୋଇଥାଏ। ତନୁ ଦିନେ ଶୁଣାଇଥିଲା ତାକୁ ଖୁସି ଖବରଟି - ସେ ମା' ହେବାକୁ ଯାଉଛି।

ପରଦିନ ବାଆଁରେଇ ବାଆଁରେଇ ତନୁର ପିଲାପିଲା ହବା କଥା ଉଠାଇ ବୋଉ ତା' କାନରେ ଫୁସ୍‌ଫୁସ୍ ହେଇ ଉପଦେଶ ଦେଇଥିଲା, ତନୁକୁ କଟକ ନେଇ, ଡାକ୍ତର ଦେଖେଇ, ସବୁ କଥା ବୁଝାଶୁଝା କରି ମାସେ, ପନ୍ଦରଦିନ ବୁଲେଇ ବାଲେଇ ନେଇ ଗାଁରେ ଛାଡ଼ି ଆସିବାକୁ। ଭବେଶର ତୀବ୍ର ଇଚ୍ଛା ଓ ପ୍ରଚଣ୍ଡ ତାଗିଦ୍ ସତ୍ତ୍ୱେ ତନୁ କିନ୍ତୁ ରାଜି ହୋଇନଥିଲା କଟକ ଆସିବା ପାଇଁ ଆଦୌ।

'ମତେ ଲାଜ ମାଡ଼ିବ, ମୁଁ ଯିବି ନାଇଁ, ଏଇଠି ସବୁ ଭଲରେ ଭଲରେ ହବ ମ'- କହି ପ୍ରସ୍ତାବଟିରେ ସମାପ୍ତିରେଖା ଟାଣିଥିଲା ସେ। ଅତଏବ ବୋଉର ପ୍ରତ୍ୟକ୍ଷ ତତ୍ତ୍ୱାବଧାନ, ବାପାଙ୍କ ଦୂରଦୃଷ୍ଟି ଓ ସାନଭାଇଟିର ପାରିଲାପଣିଆ ଉପରେ ତମାମ୍ ଦାୟିତ୍ୱ ନ୍ୟସ୍ତ କରି ଭବେଶ୍ ଫେରିଯାଇଥିଲା ନିଜ କର୍ମସ୍ଥଳୀକୁ।

ହେଲେ, ମାସଟିଏ ବିତିବା ପୂର୍ବରୁ ହିଁ ଦୁଃସଂବାଦଟି ଚିଠି ଜରିଆରେ ପହଞ୍ଚି ବିବାକ୍ ବିସ୍ମିତ ଓ ବିପର୍ଯ୍ୟସ୍ତ କରି ପକାଇଥିଲା ତାକୁ। ଉଲ୍ଲେଖନୀୟ କିଛି କାରଣ ନଥାଇ ତିନିମାସରେ ହିଁ ଗର୍ଭପାତ ହେଇଯାଇଥିଲା ସେଥର।

ଚିଠି ପାଇ ଭବେଶ୍ ଯାଇଥିଲା ଘରକୁ। ବାପା ଦିଶୁଥିଲେ ଦୋଷୀଟିଏ ପରି।

ସାନଭାଇ ଲାଗୁଥିଲା କୁଳାଙ୍ଗାର ଅକର୍ମାଟେ ପରି। ବୋଉ ଦିଶୁଥିଲା ବାତ୍ୟା-ପ୍ରପୀଡ଼ିତ ଇଲାକାଟେ ପରି।

ରାତିସାରା ସେଦିନ ଶୋଇ ପାରିନଥିଲା ଭବେଶ୍। ତନୁ କାନ୍ଦିଥିଲା ତା'ଛାତିକୁ ଆଉଜି ଖିନ୍‌ଭିନ୍ ହେଇ ଏବଂ ନିଜକୁ ହିଁ ଦାୟୀ କରିଥିଲା ଏ ପ୍ରକାର ଦୁର୍ଘଟଣା ପାଇଁ। ବୁଝେଇ ବୁଝେଇ କ୍ଲାନ୍ତ ହେଇପଡ଼ିଥିଲା ଭବେଶ୍। ତନୁର କାନ୍ଦ କିନ୍ତୁ ଥମି ନ ଥିଲା।

ଘରେ ମାତ୍ରେ ତିନି ଦିନର ରହଣି ସେଥର ଖାଇ ଗୋଡ଼ାଇଥିଲା ଭବେଶ୍‌କୁ। ଛାଟିପିଟି ହେଇ ସେ ଛୁଟି ସରିବା ଆଗରୁ ପଳେଇ ଆସିଥିଲା କଟକ। ଭାଗ୍ୟ ଓ ଭବିତବ୍ୟ ଉପରେ ସବୁକିଛି ସମର୍ପି ଦେଇ ଧୈର୍ଯ୍ୟ ଧରିବାକୁ ତନୁକୁ ସେ ବୁଝାଇଥିଲା ଚିଠିରେ ଚିଠିରେ। ଏକାନ୍ତ ଆଜ୍ଞାକାରୀ ଦୋଷୀଟେ ପରି ତନୁ ମଧ୍ୟ ହୁଁ ମାରିଥିଲା ଚିଠିରେ ଚିଠିରେ।

ବର୍ଷକ ପରେ, ପୁଣି ଥରେ ସେହି ଈପ୍‌ସିତ ସୁସମ୍ବାଦଟି। ଏଥର ତନୁ ନିଜ ଗର୍ଭଧାରଣ କଥା ଘୋଷଣା କରିବାର ପରଦିନ ହିଁ ବୋଉ ଜରିଆରେ ବାପା ଉପଦେଶ ବାଢ଼ିଥିଲେ କଟକ ଯାଇ ବିଶେଷଜ୍ଞ-ଡାକ୍ତର ପରାମର୍ଶ କରିବାକୁ। ଆଗଥର ପରି ଏଥର କୌଣସି ପ୍ରକାର ରିସ୍କ ଉଠାଇବାକୁ ଆଦୌ ପ୍ରସ୍ତୁତ ନ ଥିବା ଭବେଶ୍ ତନୁକୁ କଟକ ନେବା ନିମନ୍ତେ ମାନସିକ ପ୍ରସ୍ତୁତି ଆରମ୍ଭ କରୁ କରୁ ହିଁ ତନୁ ବାଢ଼ିଥିଲା ଆଉ ଏକ ଆକସ୍ମିକ ପ୍ରସ୍ତାବ। 'ମାଆ ଚିଠି ଦେଇଛି ଯିବାକୁ, ସେଠି ତ ସବୁ ସୁବିଧା, ମେଡିକାଲ୍ ପାଖ, କିଛି ଅସୁବିଧା ହବନି। ତମେ ଟିକେ ବୋଉଙ୍କୁ ବୁଝାଅ। ମାଆର ଭାରି ଇଚ୍ଛା, ତା' ଦେଖାଚାହାଁରେ ସବୁ କିଛି ହଉ ବୋଲି। ତମେ ନ କହିଲେ ବୋଉ କ'ଣ କେବେ ରାଜି ହେବେ ମୋ ଯିବା କଥାରେ?'

ବାପଘରେ ବାପା-ମା' ଓଗେର୍ ତମାମ୍ ନିଜ ଲୋକଙ୍କ ହେପାଜତ୍‌ରେ ପ୍ରଥମ କରି ମା' ହେବାର ଇଚ୍ଛାଟି ସବୁ ଝିଅଙ୍କର ସହଜାତ ପ୍ରବୃତ୍ତି ବୋଲି ଧରି ନେଇ ଉଁ ଉଁ ଗୁଁ ଗୁଁ ଭବେଶ୍ ରାଜି ହୋଇଥିଲା। ବିଗତ ଥରର ଅପରାଧବୋଧକୁ ଛୁପେଇବା ଚେଷ୍ଟାରେ ବେଶୀ କିଛି ପ୍ରତିବାଦ କରିବାକୁ ସାହସ କରିପାରିନଥିଲେ କି କ'ଣ, ବାପା-ବୋଉ ବି ପ୍ରସ୍ତାବରେ ହଁ ଭରିଥିଲେ। ସେଥର କଟକ ଫେରିବା ପୂର୍ବରୁ ତନୁକୁ ନେଇ ଶ୍ୱଶୁରଘରେ ଛାଡ଼ିଦେଇ ଆସିଥିଲା ଭବେଶ୍।

'ଏଥର ସବୁକିଛି ଠିକ୍ ହେଇଯିବ - ଖରାପ ବେଳ ଆଉ ନାହିଁ - ପୁଅ ହେଲେ ତା' ନାଁ ଅଙ୍କିତ୍ ରଖିବି, ଝିଅ ହେଲେ ଅନ୍ୱେଷା' - ଆଦି ଭାବନା ଭିତରେ ପୂର୍ଣ୍ଣ ନିମଜ୍ଜିତ ଭବେଶ୍ ହଠାତ୍ ଜରୁରୀ ଡାକରା ପାଇ କିଛି ଗୋଟାଏ ଅଘଟଣ ଘଟିଯାଇଥିବାର ଆଶଙ୍କାରେ ଜର୍ଜରିତ ହୋଇ ଶ୍ୱଶୁରଘରେ ପହଞ୍ଚିବା ବେଳକୁ ତନୁକୁ ଦାଖଲା ଦିଆ

ସରିଥିଲା ହସ୍‌ପିଟାଲ୍‌ରେ। ଲେବର୍ ରୁମ୍‌ରେ ଶାୟିତ ତନୂର ଅସହ୍ୟ ଯନ୍ତ୍ରଣା ଓ ଚିତ୍କାର ଏତେ ତୀବ୍ର ଓ ପ୍ରଭାବଶାଳୀ ଥିଲା ଯେ ବାହାର ବାରଣ୍ଡାରେ ବେଞ୍ଚିକୁ ଆଉଜି ବସିଥିବା ଭବେଶ୍‌ର ଆଖି ଛଳ ଛଳ ହେଇଯାଇଥିଲା ଲୁହରେ। ହାତ ଯୋଡ଼ି ଈଶ୍ୱରଙ୍କ ଉଦ୍ଦେଶ୍ୟରେ ପ୍ରାର୍ଥନା ବାଢ଼ିଥିଲା ସେ, ତନୂକୁ ଭଲ କରି ଦେବାକୁ।

ପ୍ରାର୍ଥନା ତା'ର ମଞ୍ଜୁର୍ ହୋଇଥିଲା।

କଠିନତର ସିଜରିଆନ୍ ଅପରେସନ୍‌ଟେ ପରେ ମୃତ ଶିଶୁକନ୍ୟାଟିଏ ସହ ତନୂ ମୁକୁଳି ଆସିଥିଲା ଯନ୍ତ୍ରଣାର ଅର୍ଗଳି ଭିତରୁ। ମୃତ ଆଗନ୍ତୁକାଟି ପାଇଁ ପରିବାରର ସମସ୍ତେ ଉଦାସ ଥିଲାବେଳେ ଭବେଶ୍ କିନ୍ତୁ ଖୁସି ହୋଇଥିଲା ସୁସ୍ଥ ଅବସ୍ଥାରେ ତନୂକୁ ଦେଖି।

ଅସ୍ତ୍ରୋପଚାରର କ୍ଷତିକାରୀ ପ୍ରଭାବ ଓ ପ୍ରସବକାଳୀନ ଦୁର୍ବଳତାର ଭରଣା ନିମନ୍ତେ ଲମ୍ବା ଲମ୍ବା ପ୍ରେସ୍‌କ୍ରିପ୍‌ସନ୍ ମାଧ୍ୟମରେ ଚିକିତ୍ସା ବ୍ୟବସ୍ଥା ଚାଲୁ ରଖିଥିବା ଡାକ୍ତରାଣୀ ଜଣକ ବେଶ୍ ସମ୍ଭ୍ରମତାର ସହ ପରାମର୍ଶ ଛଳରେ ତା' ଆଗରେ ଉଦ୍‌ଗାରି ଦେଇଥିଲେ ଅପ୍ରିୟ ଗୋପନୀୟ ତଥ୍ୟଟିଏ।

'ଦେଖନ୍ତୁ, ଭବେଶ୍ ବାବୁ! ଗଠନ ଦୃଷ୍ଟିରୁ ପେସେଣ୍ଟର ଗର୍ଭାଶୟ ପୂର୍ଣ୍ଣାଙ୍ଗ ହେଲେ ବି ସନ୍ତାନ ଧାରଣ ପାଇଁ ଆବଶ୍ୟକ ପରିମାଣରେ ସେଇଟି ବିକଶିତ ହେଇପାରିନି ଏଯାଏ। ଏଣୁ, ପରବର୍ତ୍ତୀ ତିନି ବର୍ଷ ଯାଏ ଗର୍ଭ ଧାରଣ ନ କରିବାଟା ହିଁ ହେବ ବିଜ୍ଞତା। ତେବେ, ବେଶୀ କିଛି ଚିନ୍ତିତ ହେବା ଦର୍କାର୍ ନାହିଁ। ମଝିରେ ମଝିରେ ଟିକେ ଚେକ୍‌ଅପ୍ କରାଇ ନେଉଥିବେ। ନିୟମିତ ଚିକିତ୍ସା, ପୁଷ୍ଟିକର ଆହାର ଓ ପୂର୍ଣ୍ଣ ବିଶ୍ରାମ ଧୀରେ ଧୀରେ ସବୁ କିଛି ଠିକ୍ କରିଦେବ।'

ସବୁ ଶୁଣି କିଞ୍ଚିତ୍ ଆଶ୍ୱସ୍ତ ହୋଇଥିଲା ଭବେଶ୍। ତିନିବର୍ଷ ଯାଏ କଠୋର ସାବଧାନତା ଅନୁସରିବାକୁ ତତ୍‌କ୍ଷଣାତ୍ ପ୍ରତିଜ୍ଞାବଦ୍ଧ ହୋଇପଡ଼ିଥିଲା ତନୂ ନିଜେ। କିଛି କୋଉଠି ଘଟିନଥିବା ପରି ଜୀବନର ସବୁ ସରସତା ଓ ମଧୁରତା ଆପାତତଃ ରହିଥିଲେ ଅପରିବର୍ତ୍ତିତ, ଛୋଟ ପରିବାରଟି ଭିତରେ।

ଧୀରେ ଧୀରେ ଗଡ଼ିଯାଇଥିଲେ ଦିନ ସବୁ - ବେଧଡ଼କ୍, ବେଖୟାଲ୍‌ରେ। ସାମୟିକ ଚେକ୍‌ଅପ୍ ସମୟରେ ଡାକ୍ତରାଣୀଙ୍କ ହସହସ ଆଶ୍ୱାସନା କୌଣସି ପ୍ରସନ୍ନା ଦେବୀଙ୍କ 'ତଥାସ୍ତୁ' ପରି ବେଶ୍ ସ୍ନିଗ୍ଧ ଓ ମୁଲାୟମ୍ ମନେହେଉଥିଲା ଭବେଶ୍‌କୁ। ସବୁ କିଛି ଚାଲିଥିଲା ଠିକ୍ ଠାକ୍, ଅନ୍ତତଃ ତା' କଳ୍ପନା ମୁତାବକ।

ଅସୁବିଧା ଥିଲା କେବଳ ତନୂକୁ ନେଇ। କେଜାଣି କାହିଁକି, ତା'ର ଆଦୌ ପ୍ରତେ ହେଉନଥିଲା ଯେ ସେ ମା' ହେଇପାରିବ ପୁଣି ଥରେ - ଜନ୍ମ ଦେଇପାରିବ ଗୋଟେ ସୁସ୍ଥ, ସୁନ୍ଦର ନୀରୋଗ ଶିଶୁକୁ। ତମାମ୍ ଗର୍ଭକଷ୍ଟକୁ ବେଖାତିର୍ କରି ଶାନ୍ତି ଓ

ପରିତୃପ୍ତିର ହସ ଖିଏ ଭରିଦେଇ ପାରିବ ଏଇ କୋହାଚ୍ଛନ୍ନ ପରିବାରଟିର ସବୁ ସଦସ୍ୟଙ୍କ ଚେହେରାରେ - ଦୂରେଇ ଦେଇ ପାରିବ ସବୁ ଅପ୍ରାପ୍ତି ଓ ଅଭାବବୋଧକୁ ଗୋଟେ କୁଆଁ କୁଆଁ ରାବ ମାଧ୍ୟମରେ।

ପ୍ରାୟତଃ, ଏକ୍‌ଲା ଥିବାବେଳେ ସେ ବିଡ଼୍ ବିଡ଼୍ ହେଉଥିଲା ନିଜ ସହ- 'ଆ... ବାହାରିଆ... ଯଦି ତୁ ସତକୁ ସତ ଲୁଚି ବସିଚୁ ମୋ ଭିତରେ, କେଉଁ କୋଣଟିରେ..; ତେବେ ଆ - ମୁଁ ତତେ ଟିକେ ଦେଖେ - ଛୁଏଁ - କେତେ କଷ୍ଟ ତୁ ମତେ ଦେଇପାରିବୁ ବାହାରକୁ ବାହାରିବା ବେଳେ, ତା' ଟିକେ ଆକଳନ କରିନିଏ...।'

ତନୁର ଏ ପ୍ରକାର ମାନସିକତାକୁ କଳିନେବା ପରେ ଭବେଶ୍ ଆପେ ଆପେ ଠିଆ ହୋଇଯାଉଥିଲା ଆସି ମାନସିକ ଦ୍ୱନ୍ଦ୍ୱର ଚଉମୁହାଣୀରେ। ନିଜ ଅଜାଣତରେ ଭିତରେ ଭିତରେ ସେ ଭାଙ୍ଗି ପଡୁଥିଲା ଅସହାୟତାରେ। ତା'ର ମନେହେଉଥିଲା- ଏଥର ବି ସେୟା ହବ, ପାଞ୍ଚ ମାସରେ ନ ହେଲେ ସାତ ମାସରେ, ଗର୍ଭପାତ ନ ହେଲେ ମୃତ ପ୍ରସବ ମାଧ୍ୟମରେ..।

ଅଥଚ, କିଛି ବି ଘଟିଲା ନାହିଁ ସେମିତି। ଚାକିରି ବୟସକୁ କେବେଠାରୁ ଅତିକ୍ରମି ଯାଇଥିବା ପ୍ରାର୍ଥୀଟେ, ଅଚାନକ୍ ତା' ପୁରୁଣା ଦରଖାସ୍ତର ପ୍ରତ୍ୟୁତ୍ତର ସ୍ୱରୂପ, ଚାକିରି ନିମନ୍ତେ ଡାକରା ପାଇ ଅବିଶ୍ୱାସ, ଖୁସି ଓ ଦୁଃଖର ମଝି ଇଲାକାରେ ଝୁଲିଯିବା ପରି ଟେଲିଗ୍ରାମ୍ ପଢ଼ିବା ପରଠୁ ଭବେଶ୍ ଝୁଲୁଥିଲା ପ୍ରାପ୍ତି-ଅପ୍ରାପ୍ତିର ବଳୟ ଭିତରେ।

ବସ୍‌ରୁ ଓହ୍ଲାଇ ଘରେ ପାଦ ଥାପିଲା ବେଳକୁ ସନ୍ଧ୍ୟାରାଣୀ ମେଲାଇ ସାରିଥିଲା ସୂଚୀଭେଦ୍ୟ ଅନ୍ଧକାରର ପାତଳ ପରଦା। ପରିବାରର ସବୁ ସଦସ୍ୟ ମନେହେଉଥିଲେ ବେଶ୍ ଚଞ୍ଚଳ ଓ କର୍ମତତ୍ପର। ଭବେଶ୍‌ର ଏତାଦୃଶ ସଫଳ ପିତୃତ୍ୱ ପଛରେ ସେମାନଙ୍କର ଯେ ରହିଛି ବେଶ୍ କିଛି ଅବଦାନ - ତା' ବାରି ହୋଇପଡୁଥିଲା ସ୍ପଷ୍ଟ ରୂପେ ସେମାନଙ୍କ ଚାଲି ଓ ଚାହାଣିରୁ।

'ଧନ୍ୟବାଦ୍.. ଧନ୍ୟବାଦ୍.. କୃତଜ୍ଞ ମୁଁ ତମମାନଙ୍କ ପାଖରେ ଆଜୀବନ। ଏଇମିତି ସବୁଦିନ ଋଣୀ କରି ରଖିଥାଅ ମତେ..।'- ଭବେଶ୍ ମନେ ମନେ ସବୁରି ଉଦ୍ଦେଶ୍ୟରେ ବାକ୍ୟଟିକୁ ଘୋଷିହେଲା।

ବଦଳାବଦଳି କରି ଧୋଇଧାଇ ହୋଇ ଚା' ପିଇବା ପରେ ତା' ମନରେ ଖେଳିଗଲା ଅଦ୍ଭୁତ ଶିହରଣଟିଏ। 'କାହିଁ ସେ ଟୋକା? ଏଯାଏ ତ କାଇଁ ଦଉଡ଼ି ଆସିଲାନି ମୋ ପାଖକୁ 'ବାପା, ବାପା' ଡାକି? ରାଗିଛି କି ମୋ ଉପରେ ସେ- ତା' ପାଇଁ କିଛି ଆଣିନାଇଁ ବୋଲି?

ସ୍ୱକୀୟ ଚପଳତାରେ ବିସ୍ମିତ ଭବେଶ୍ ଅନ୍ୟମନସ୍କ ଭାବେ ହସି ପକାଇଲା

ବେଳକୁ ବୋଉ ତାକୁ ଦେଖିନେଲା, ବୋଧେ ପରଖି ବି ନେଲା ଏବଂ ଏକାନ୍ତ ଅନ୍ତର୍ଯ୍ୟାମୀଟି ପରି ସବୁ କିଛି ଜାଣିପାରୁଥିବାର ଦାୟରେ ତାକୁ କୋଣ ଘର ଆଡ଼େ ବାଟ କଢ଼ାଇନେଲା।

ମୃଦୁ ଆଲୋକର ଛିଟା ବିଛାଡ଼ି ହୋଇପଡ଼ିଥିବା ସନ୍ତସନ୍ତିଆ ଘରଟିର କୋଣକୁ ନିର୍ମିତ ଅଣ୍ଡାକୃତି ଶେଯ ଉପରେ ଯେଉଁ ଈଷତ ଲାଲ୍ ରଙ୍ଗର ଲାଲୁଆ ଶିଶୁଟି ଶୋଇ ରହିଥିଲା ନିଶ୍ଚିନ୍ତ ନିଦରେ, ସେ ଯେ' ତା' ନିଜର ଏକ ଅଭିନବ ସାନ ସଂସ୍କରଣ, ସେକଥା ଭାବିବା ମାତ୍ରେ ଭବେଶ୍‌ର ଅନ୍ତରାତ୍ମା ଦୁହିଁ ହୋଇଗଲା।

'ଉହୁଁ.. ଛୁଅଁନି.. ଛୁଅଁନି..'- କହି ତାକୁ ରୋକିଦେଲା ତନୂ। ନହେଲେ ହୁଏତ ସେ ଅଣ୍ଡାକୃତି ଶଯ୍ୟାଧାରରେ ବସି ପଡୁ ପଡୁ ସେ ଶିଶୁଟିକୁ କୋଳାଗ୍ରତ କରିପକାଇଥାନ୍ତା ପରମ ଆହ୍ଲାଦରେ ଏବଂ ଦୀର୍ଘ ଦିନରୁ ତା' ଛାତି ତଳେ ସଞ୍ଚିଥିବା ସବୁତକ ଅପତ୍ୟ ସ୍ନେହ ଅଜାଡ଼ି ଦେଇଥାନ୍ତା ତା' ନିଦ୍ରିତ ସୁକୁମାର ମୁହଁଟି ଉପରେ।

ଏତେବେଳକେ ଭବେଶ୍ ସୁଯୋଗ ପାଇଲା ଥରେ ଆଖି ପହଁରେଇବାକୁ ତନୂ ଉପରେ। ତା'ର ମନେହେଲା, ଏଇ କେଇଟା ଦିନର ଅବଧି ଭିତରେ ତନୂର ବୟସ ଯେମିତି ବଢ଼ିଯାଇଛି ଦି' ଗୁଣ। ମୁହୂର୍ତ୍ତଟେ ମାତ୍ର ତନୂ ଆଖିରେ ଆଖି ମିଳାଇ ଲୁହ ଲୁତୁପୁତୁ ହୋଇପଡ଼ିଲା ସେ।

'ଭାରି କଷ୍ଟ ହେଇଥିବ ନା ?' - ବୀଣାର ତାର ପରି ତା' କଣ୍ଠସ୍ୱର ଥରିଉଠିଲା କୋହର ଆଧିକ୍ୟରେ।

ଉତ୍ତର ସ୍ୱରୂପ ତନୂ ନାସ୍ତିସୂଚକ ମୁଣ୍ଡ ହଲେଇଲା ଏବଂ ଆଖିକୁ ଏକ ଅପୂର୍ବ ଭଙ୍ଗୀରେ ମୁଦି, ପରିତୃପ୍ତିର କ୍ଷୀଣ ହସଟିଏ ହସି, ଭବେଶକୁ ଖୁସ୍ କରିଦେଲା।

ପରପର ତିନିଦିନ ଭବେଶ୍ ବ୍ୟସ୍ତ ରହିଲା ବାପାଙ୍କ ସହ ମିଶି ଯୋଜନାର ଖସଡ଼ାମାନ ତିଆରିବାରେ। ଏକୋଇଶା ଭୋଜି ଉତ୍ସବଟିକୁ ଖୁବ୍ ଗୋଟାଏ ୟାଦ୍‌ଗାର୍ - ଜମାଣିଆ କରିବାର ଇଚ୍ଛା ତା'ର ବଳବତ୍ତର ହୋଇଉଠିଲା ବାପାଙ୍କ ସସ୍ନେହ ଅନୁମତି ପ୍ରାପ୍ତ ହେବା ପରେ।

ଶ୍ୱଶୁର ଘରୁ ଆସିଥିବା ପର୍ଯ୍ୟାପ୍ତ ପରିମାଣର ପଞ୍ଚୁଆତି ମିଠେଇର ସ୍ୱାଦ କେବଳ ସାହି-ଭାଇ କାହିଁକି, ତମାମ୍ ଗାଁ ଲୋକଙ୍କ ମନରେ ହର୍ଷ ଭରିବା ପାଇଁ ଥିଲା ଯଥେଷ୍ଟ। ଚୌଧୁରୀ ବଂଶର ନବୀନ ପିଢ଼ିର ନବାଗତ ଆଗନ୍ତୁକଟିର ସ୍ୱାଗତ ସମ୍ବର୍ଦ୍ଧନା ନିମନ୍ତେ ସାରା ଗାଁ ସତେଯେମିତି ଉତ୍ସାହିତ ହୋଇଉଠିଛି.. ଏମିତି ମନେ ହେଉଥିଲା ଭବେଶର।

ଉତ୍ସବ ଓ ଉତ୍ସାହର ସ୍ରୋତ ଏତେ ତୀବ୍ର ଥିଲା ଯେ ଭବେଶ୍ ବେଳେବେଳେ ବ୍ୟସ୍ତତା ଭିତରେ ଭୁଲିଯାଉଥିଲା ନିଜକୁ। ଏବେ ପ୍ରତିଦିନ ଘରୁ ଅଫିସ୍‌କୁ ଷାଠିଏ

କି.ମି. ବାଟ ଅପ୍-ଡାଉନ୍ କରୁଥିଲା ସେ। ଅଫିସ୍ ଯା-ଆସ ଭିତରେ ପୁଣି ଜିପିଏଫ୍‌ରୁ ମୋଟା ଆକାରର ଋଣଟେ ଉଠାଇବା, ଷ୍ଟାଫ୍‌ମାନଙ୍କୁ ଏକୋଇଶା ନିମନ୍ତ୍ରଣ ସହ ପାର୍ଟିଟିଏ ଦେବା, ଅଫିସ୍‌ରୁ ସପ୍ତାହକ ପାଇଁ ସବୈତନିକ ଛୁଟି ଆଣିବା, ଚିହ୍ନାଜଣା ବନ୍ଧୁବାନ୍ଧବଙ୍କୁ ସଂଖୋଳିବା, ବରାଦ୍ ମୁତାବକ ଆବଶ୍ୟକୀୟ ଉପାଦାନ ଓ ଉପକରଣାଦି ସଂଗ୍ରହ କରିବା.. ଆଦି କାମର ଜଞ୍ଜାଳ ଭିତରେ ସେ ସମୟ ପାଉନଥିଲା ଗୁଣ୍ଡାଏ ଭଲକରି ଖାଇବାକୁ କି ନିଶ୍ଚିନ୍ତରେ ଘଡ଼ିଏ ବିଶ୍ରାମ ନେବାକୁ। ଏପରିକି ଅସ୍ପୃଶ୍ୟ ବୋଲି ଆଉ ଗଣାଯାଉ ନଥିବା ତନୁ ସହ ଦି'ପଦ ପ୍ରେମାଳାପ କରିବା ପାଇଁ କି ତା' ନିଜ ରକ୍ତର ସନ୍ତକକୁ ଟିକେ କୋଳେଇ ନେଇ ଗେଲ କରିବା ପାଇଁ ବି ଫୁରସତ୍ ନ ଥିଲା ତା' ପାଖେ।

ସେ ଆଶ୍ଚର୍ଯ୍ୟ ହେଉଥିଲା, ବେଳେବେଳେ ଏୟା ଭାବି ଯେ... କେଉଁ ଗୋଟାଏ ଆଧିଭୌତିକ ଶକ୍ତି ତା' ଉପରେ ସବାର୍ ହେଇଯାଇଚି ଏବଂ ସେହି ଶକ୍ତି ବଳରେ ବଳୀୟାନ୍ ହୋଇ ସେ ସବୁ କଷ୍ଟ, ଯନ୍ତ୍ରଣାକୁ ଆଖି ବୁଜି ହଜମ୍ କରି ଯାଉଛି। ମଝିରେ ଦିନଟିଏ କେବଳ ଯାହା ତା' କାନରେ ପଡ଼ିଥିଲା ଶିଶୁପୁତ୍ରର ଅସୁସ୍ଥତା କଥା। ତେବେ ଛୁଆଙ୍କର ଏମିତିକା ଛୋଟ ମୋଟ ଅସୁସ୍ଥତା ଲାଗିରହେ, ଏଥିରେ ବେଶୀ କିଛି ବ୍ୟସ୍ତ ହେବାର ନାହିଁ ବୋଲି ଶୁଣିଥିଲା ଆଶ୍ୱାସନାମୂଳକ କଥା। ଅତଏବ ଏଭଳି ଅସୁବିଧା ଯେ ନିତାନ୍ତ ହେୟ ଓ ନଗଣ୍ୟ, ଏହା ସେ ଅଚିରେ ପ୍ରତିପାଦିତ କରିଦେଇଥିଲା ନିଜ ନିସ୍ପୃହତା ଓ ନିର୍ଲିପ୍ତତା ଜରିଆରେ।

ଅବଶେଷରେ, ପ୍ରତୀକ୍ଷିତ ସେହି ଦିନଟିର ଆଗମନ। ଦିନସାରା ଭବେଶ୍‌ର ହୃଦୟରେ ଲହଡ଼ା ମାରୁଥିଲା ଖୁସିର ସମୁଦ୍ରଟେ। ଚକ୍ ଚକ୍ କରୁଥିବା ହଳେ ନୂଆ ଧୋତି, ଗଂଜି ଓ ଟର୍କିସ୍ ଟାଓ୍ୱେଲ୍‌ର ବେଢ଼ଣ ଭିତରେ ଭବେଶ୍ ଦିଶୁଥିଲା ସମଗ୍ର ସଂସାରରେ ସର୍ବପ୍ରଥମ ପିତା ହେବାର ଗୌରବରେ ମହିମାନ୍ୱିତ ପୁରୁଷଟେ ପରି। ବାରମ୍ବାର ଏକଡ଼ ସେକଡ଼ ହୋଇ ଓ ମଝେ ମଝେ ଗମ୍ଭୀର ଦିଶିବାକୁ ଚେଷ୍ଟା କରି ସେ ଜାହିର୍ କରୁଥିଲା ନିଜ ବ୍ୟସ୍ତତା।

ବାହାର ବାରଣ୍ଡାରେ ଚେୟାରଟିଏ ପକାଇ ବାପା ବସି ରହିଥିଲେ ସ୍ଥିତପ୍ରଜ୍ଞ ମୁରବିଟେ ପରି ଏବଂ ସବୁ କାମର ତଦାରଖ କରୁଥିଲେ ଟିକିନିଖି କରି। ଲଗାତାର୍ ଅନେକ ଦିନ ଧରି ଧାଁ ଧପଡ଼ କରି ସୁଦ୍ଧା ଆଦୌ କ୍ଳାନ୍ତ ମନେହେଉନଥିବା ସାନଭାଇଟି ସ୍କୁଟରଟିଏ ଧରି କେବଳ ନଡ଼ ନଡ଼ ହେଉଥିଲା ଏବଂ ଆଦେଶ ମାତ୍ରକେ ଚନ୍ଦ୍ରପୃଷ୍ଠରୁ ବି ଅପ୍ରାପ୍ୟ ଚିଜଟେ ଆଣିପାରିବାର କ୍ଷମତା ତା' ଭିତରେ ଗଜୁରି ଉଠିଛି ବୋଲି ପ୍ରମାଣିତ କରିବାର ମହାର୍ଘ ସୁଯୋଗଟେ ଖୋଜି ହେଉଥିଲା।

ଚାହୁଁ ଚାହୁଁ ଦିନ ଗଡ଼ିଗଲା । ଉଜ୍ଜ୍ୱଳ ଆଲୋକ ବିଚ୍ଛୁରିତ କରୁଥିବା କେତେଟା ବୃହଦାକାର ହାଲୋଜେନ୍ ଓ ରଙ୍ଗ ବେରଙ୍ଗ ଫୁଲର ଭ୍ରମ ସୃଷ୍ଟି କରୁଥିବା କିଛି ଲିଟୁମାଳ ଭିତରେ ସନ୍ଧ୍ୟାର ପାତଳ ଅନ୍ଧାର ଅଣନିଃଶ୍ୱାସୀ ହେଇଯାଉଥିବା ବେଳେ ଡେକ୍‌ର ଶ୍ରୁତିମଧୁର ସ୍ୱର ଗୁଞ୍ଜରି ଉଠି ସମଗ୍ର ପରିବେଶକୁ ଏକ ଅତିନ୍ଦ୍ରୀୟ ଐନ୍ଦ୍ରଜାଲିକତାରେ ପରିପୂର୍ଣ୍ଣ କରିଦେଲା ।

ନିମନ୍ତ୍ରିତ ବ୍ୟକ୍ତିମାନେ ଜଣ ଜଣ କରି ସେଇମାତ୍ର ପହଞ୍ଚିବା ଆରମ୍ଭ କରିଥିଲେ ଏବଂ ପ୍ରାରମ୍ଭିକ ଖାତିରଦାରି ପରେ ବସି ରହି ସ୍ଥାନୀୟ ରାଜନୀତି ବିଷୟରେ ଘମାଘୋଟ ଆଲୋଚନା ସୁରୁ କରିଦେଇଥିଲେ । ମଝିରେ ମଝିରେ ଅଫିସ୍‌ର ସହକର୍ମୀ ସୌଭାଗ୍ୟ କିଛି ଜୋକ୍ କହୁଥିଲା ଏବଂ ସଦା ଗମ୍ଭୀର ବଡ଼ବାବୁଙ୍କ ସମେତ ସଭିଏଁ ତାକୁ ଉପଭୋଗ କରୁଥିଲେ ଢେର୍ ଉଲ୍ଲସିତ ହୋଇ । ଭୋଜି ଅନ୍ତେ ଦାଣ୍ଡରେ ଠିଆପାଲା ଓ ପରକୁପର ଭିଡିଓ ଚାଲିବାର କାର୍ଯ୍ୟକ୍ରମ ଥିବାରୁ ସାହିର କିଛି ଛୋଟ ପିଲା ସପ, ମସିଣା ଓ ଅଖାପଟି ହସ୍ତେ ସନ୍ତର୍ପଣରେ ଆସି ଦାଣ୍ଡର ସେହି ଇଲାକାରେ ଆଗୁଆ ସ୍ଥାନ ଅଧିକାର ନିମନ୍ତେ ନିଜ ନିଜ ଭିତରେ ପ୍ରତିଦ୍ୱନ୍ଦିତା ଆରମ୍ଭ କରିଦେଇଥିଲେ । ପଙ୍ଗତ ଆରମ୍ଭ ହେବାର ସୂଚନା ମିଳିସାରିଥିଲା ଅନେକ ଆଗରୁ ଏବଂ ସାନ ସାନ ପିଲାମାନେ ବ୍ୟତିବ୍ୟସ୍ତ ହୋଇଉଠୁଥିଲେ ଶୀଘ୍ର ଖାଇବା କାମଟିକୁ ସମାପନ କରି ପାଲା ଓ ଭିଡିଓରେ ମନୋନିବେଶ କରିବା ପାଇଁ ।

ଅପେକ୍ଷା କରାଯାଉଥିଲା କେବଳ ନାମକରଣ ଉତ୍ସବଟିର ଉଦ୍‌ଯାପନ ନିମନ୍ତେ । ସେ ସମୟ ମଧ୍ୟ ଘନେଇ ଆସିବାର ସୂଚନା ମିଳୁଥିଲା ପୂଜକ ମହାଶୟଙ୍କ ପ୍ରଗଳ୍‌ଭ ତାଗିଦ୍‌ରୁ । ଆସର ମଝିରେ ବଡ଼ବାବୁଙ୍କର କିଛି ଗୋଟାଏ ପ୍ରଶ୍ନର ଉତ୍ତର ଦେଉଥିବା ବେଳେ ଅଚାନକ୍ ଭବେଶ୍‌ର କାନରେ ପଡ଼ିଲା କ୍ଷୀଣ କାନ୍ଦଣାଟିଏ । ସ୍ୱରଟିର ଉତ୍ସ ଅନୁମାନ କରିବା ପାଇଁ ଏପଟ ସେପଟକୁ ଅନେଇ ସେ ଦେଖିଲା, ଦୁଆରମୁହଁରେ ଠିଆହୋଇ ଥର ଥର କମ୍ପୁଥିବା ବୋଉ ତାକୁ ଆସିବାକୁ ଠାରୁଛି । ତା' ଠାର ଓ ଠାଣିରେ ଫୁଟି ଉଠୁଛି ଆତଙ୍କ । ତା' ମୁହଁର ମୁଗ୍ଧ ପରିପାଟୀ ପାଲଟି ଯାଇଛି ବିବାକ୍ ବିବର୍ଣ୍ଣ । ଯନ୍ତ୍ରବତ୍ ଭବେଶ୍ ଧାଇଁଗଲା ବୋଉ ଆଡ଼କୁ ।

'କ'ଣ ହେଇଛି ?' - ତା' ସ୍ୱର ଶୁଭିଲା କିପରି ଗୋଟାଏ ବିପର୍ଯ୍ୟସ୍ତ ଓ ଜଡ଼ସଡ଼ ।

'କ'ଣ ହେଇଛି କହୁନୁ କାହିଁକି.. ?' - ତା' ଧୈର୍ଯ୍ୟହୀନ କାନ୍ଦକାନ୍ଦ ଚିତ୍କାର ଅନୁରଣିତ ହେଲା ବୋଉଠାରୁ କିଛି ଉତ୍ତର ନ ପାଇ । ତା' ଆଖି ଭିତରେ ଫୁଟି ଉଠିଥିବା ଭୟର ଛାଇ କାକୁସ୍ଥତାରେ ଆତୁର କରିପକାଇଲା ବୋଉକୁ । ତ' ବୋଉର କୋହଭରା କଣ୍ଠରୁ ବଡ଼ କଷ୍ଟରେ କେବଳ ଏତିକି ବାହାରି ପାରିଲା- 'ପୁଅ ଉଠୁନି ।'

ପୁଅ ଉଠୁନି.. ? ଉଠୁନି..! ପୁଅ ଉଠୁନି!! -ପରି ଶବ୍ଦ କେତୋଟି ବାୟୁମଣ୍ଡଳରେ ଧକ୍କା ଖାଇ ପ୍ରତିଧ୍ୱନିତ ହୋଇଉଠିଲେ ଭବେଶ୍ର କାନ ପାଖରେ।

ମୁହୂର୍ତ୍ତ କେତୋଟି ମଧ୍ୟରେ ବଦଳିଗଲା ଦୃଶ୍ୟପଟ- ଅକସ୍ମାତ୍ ଚକ୍ରବାତଟିଏ ଆସି ସବୁ କିଛି ଯେମିତି ଓଲଟାଇ ପକାଇଲା ଆଖି ପିଛୁଳାକେ।

ଝାଳ ନାଳ ଭବେଶ୍ କଣଘର ଭିତରକୁ ଧସେଇ ପଶିଗଲା ଭୁସ୍ କରି। ଆଡ଼୍ ହୋଇଗଲେ ସେଠି ରୁଣ୍ଡ ହୋଇଥିବା ମହିଳା ଗୋଷ୍ଠୀଟି। ହଲ୍ ନ ଥିବା କି ଚଲ୍ ନ ଥିବା ଶିଶୁପୁତ୍ରର ମୃତବତ୍ ଅସାଡ଼ ଶରୀରକୁ କୋଳରେ ଧରି ପ୍ରାର୍ଥନା ମୁଦ୍ରାରେ ତନୁ ବସି ରହିଥିଲା ଶୂନ୍ୟକୁ ଚାହିଁ। ତା' ଲୁହ ଡବ ଡବ ପଲକଶୂନ୍ୟ ଆଖି ସତେ ଯେପରି ଚାଲେଞ୍ଜଟିଏ ପାଲଟି ସାରିଥିଲା ତେତିଶକୋଟି ଦେବାଦେବୀଙ୍କ ଦୟା ଓ ଦାକ୍ଷିଣ୍ୟ ଆଗରେ - ଉପସ୍ଥିତ ସମାଗମର କୃପା ଓ କାର୍ପଣ୍ୟ ଆଗରେ।

'କ'ଣ ହେଲା ? ଦେଖି ଦେଖି..'- କହି ବାତ୍ୟାହତ ବୃକ୍ଷଟିଏ ପରି ଭବେଶ ଆଣ୍ଠେଇ ପଡ଼ିଲା ତନୁ ପାଖରେ ଏବଂ ଦୁଇ ହାତ ପ୍ରସାରି ଶିଶୁପୁତ୍ରକୁ ସଜୋରେ ଓଟାରି ଆଣିଲା ନିଜ ଛାତି ଉପରକୁ।

ହିମ ଶୀତଳ ପାଲଟି ଯାଇଥିବା କଅଁଳ ଦେହଟିକୁ ବୋକରେ ଛାଇ ଦେଉ ଦେଉ ତା' କାନ୍ଦୁରା ସ୍ୱର ପ୍ରତିଧ୍ୱନିତ ହୋଇଉଠିଲା ଘର ଭିତରେ.. 'କୁଆଡ଼େ ଯିବୁରେ ତୁ? ଦେଖୁଚୁ ପରା ଏ ଆୟୋଜନ .. କେତେ ଲୋକ ଆସିଚନ୍ତି ଖାସ୍ ତୋରି ପାଇଁ!! ଏମାନଙ୍କୁ ଠକିଦେଇ ଯାଇପାରିବୁ ତୁ? ଯା' ତ...। ଯା' ଦେଖି କେମିତି ଯାଉଚୁ..।'

ଭବେଶ୍ର ପାଟି ଶୁଣି ବଡ଼ବାବୁ ଓଗେର୍ ସବୁ ଲୋକ ଦୁଆର ମୁହଁରେ ଜମା ହୋଇପଡ଼ିଲା ବେଳକୁ ଭବେଶ୍ ଦିଶୁଥାଏ ଭୟଙ୍କର। ଦି'ହାତ ମଝିରେ ଜାବି ଧରିଥିବା କଅଁଳ ମାଂସ ପିଣ୍ଡୁଳାଟିକୁ ନିର୍ଘାତ୍ ଶୂନ୍ୟରେ ନଚାଇ ନଚାଇ ସେ କହିଚାଲିଥାଏ ମନକୁ ମନ.. 'ଯିବୁ ପରା.. ଯାଉନୁ କାହିଁକି ? ଯା..। ଭାବିଚୁ ମତେ ଡରେଇଦବୁ ଏମିତି ନବଜ କରି ? ଜାଣିଥାରେ ଟୋକା, ମୁଁ ଡରିବା ଲୋକ ନୁହଁ ଜମା..। ଯା' କୁଆଡ଼େ ଯାଉଚୁ... ଯା' ପଳା.. ଯା'..।

■

(ସୁଚରିତା; ଫେବ୍ରୁଆରୀ-୨୦୦୦)

କରୋନା: ଦୁଇଟି ସ୍କେଚ୍

ପ୍ରଥମ ସର୍ଗ: ସଂଗରୋଧ

କଥାଟା ଶୁଣୁ ଶୁଣୁ ଥ' ହେଇ ତଳେ ବସିପଡ଼ିଲା ପଞ୍ଚେଇ। ଖନେଇ ଖନେଇ ଖାଲି ଏତିକି କହିଲା, କ'ଣ.. ? ଘରକୁ ଆସିବେନେଇଁ? ବିଲୁକୁଲୁ ଆସିବେନେଇଁ? ଇସ୍କୁଲୁ ଘରେ ରହିବେ? ଚଉଦ ଦିନ..? କାହାରିକୁ ଟିକେ ଦେଖି ବି ପାରିବିନେଇଁ ମୁଁ..?

ଶୁକୁଟା ବୁଝେଇବା ସ୍ୱରରେ କହିଲା, ହ୍ୟାତ୍.. ମୁର୍ଖଙ୍କ ଭଳି କ'ଣ ହଉଚୁ ଲୋ'? ଶୁଣୁଚୁ ପରା, ସରକାର ନିୟମ କରିଚନ୍ତି, ଯିଏ ବି ବାହାରୁ ଆସିବ, ଗାଁ ଭିତରେ ପଶିବନି, ଘରେ ରହିବନି କି' କାହାରି ସାଙ୍ଗେ ମିଶିବନି। ପହିଲେ ଚଉଦ ଦିନ ଇସ୍କୁଲ୍ ଘରେ ଅଲଗା ହେଇ ରହିବ। କ'ଣ ତ' କହୁଚନ୍ତି ତାକୁ କ୍ୱାରେଣ୍ଟାଇନ୍; ସଂଗରୋଧ। ତା'ପରେ ଯାଇଁ ଘରକୁ ଆସିବ। ରାଇଜଟା ଯାକ ସମସ୍ତଙ୍କ ପାଇଁ ଏଇ ନିୟମ; ଆମେ କ'ଣ ଆଉ ଆଇନିରୁ ବାହାରିଯିବା? ସେଇଥିଲାଗି ପରା.. ଗାଁ ମୁଣ୍ଡରୁ ସମସ୍ତଙ୍କୁ ସିଆଡେ ସିଆଡେ ଦଣ୍ଡା ବାଟ ଦେଇ ଇସ୍କୁଲ୍‌କୁ ନେଇଗଲେ। ଗାଁ ଭିତରେ ପୂରେଇଲେନି କି' ଘର ବାଟେ ସୁଦ୍ଧା ଆଣିଲେନି। ମୁଁ ଆଉ କ'ଣ କରିପାରିଥା'ନ୍ତି କହୁନୁ..।

ପଞ୍ଚେଇ ଅବୁଝା ଆଖିରେ ଚାହିଁଲା ସ୍ୱାମୀକୁ। କାନ୍ଦ କାନ୍ଦ ହେଇ କହିଲା, ଦି'ବର୍ଷ ହେଇଗଲା ଦେଖିନି ପୁଅଟାକୁ ମୋର। ନାତିନାତୁଣୀ ଦି'ଟାଙ୍କୁ ଟିକେ ଧରିବି ବୋଲି କାଲିଠାରୁ ମତେ ନିଦ ନାଇଁ। ଆଉ.. ସିଆଡେ ସିଆଡେ ନେଇ ପଳେଇଗଲେ ସମସ୍ତଙ୍କୁ? ଏଇ ଦାଣ୍ଡ ବାଟ ଦେଇ ଟିକେ ନେଇଥିଲେ କ'ଣ ହେଇନଥା'ନ୍ତା? ନ ଧରିଲେ ନାଇଁ ପଛେ, ମୁଁ ଟିକେ ଦୂରରୁ ଦେଖିଥା'ନ୍ତି ତ' ଛୁଆଗୁଡାଙ୍କୁ। ଗାଁ ସେମୁଣ୍ଡ ଇସ୍କୁଲ୍ ଘରେ ରହିବେ ସମସ୍ତେ.. ଏ ମୁଣ୍ଡରେ ଥାଇ ବି ମୁଁ ଦେଖି ପାରିବିନି କାହାରିକୁ

ଚଉଦ ଦିନ ଯାଏ ? କ'ଣ କହୁଚ ତମେ.. ? - ପଞ୍ଝେଇର କୋହବତୁରା ସ୍ୱର କ୍ରମେ ରୂପାନ୍ତରିତ ହୋଇଯାଉଥିଲା କ୍ଷୀଣ କାନ୍ଦଣାରେ।

ସ୍ତ୍ରୀକୁ ପ୍ରବୋଧିବା ଲାଗି ଶୁକୁଟା ଏଥର ବସିପଡ଼ିଲା ତଳେ। ତା' ପରଳମଖା ଆଖି ଦୁଇଟା ଡବ ଡବ ହେଉଥାଏ ଲୁହରେ। ତଳେ ଲୋଟୁଥିବା ପଞ୍ଝେଇର ପିଠି ଆଉଁଶି ଶୁକୁଟା ବୁଝେଇଲା, ଆଲୋ.. ତୁ ବୁଝୁନୁ କାହିଁକି ? ଦି'ବର୍ଷ ହେଲାଣି, କେତେ ଦୂରରେ ଯାଇ ସୁରଟରେ ଥିଲେ.. ଆଖି ପାଉନଥିଲା ଚାହିଁବାକୁ। ଏବେ ତ' ଯାହା କହ ପଛେ, ପାଖକୁ ଆସିଗଲେ। ହେଇପରା ସେମୁଣ୍ଡ ଇସ୍‌କୁଲ୍‌ରେ। ଡାକିଲେ ଓ' କରିବେ। ଦେଖା ନ ହେଉ। ଚଉଦଟା ଦିନ.. ଚୁଟ୍‌କିରେ ପଳେଇବନି କି ? ତା'ପରେ ତ' ଆସିବେ ନା ଘରକୁ। ହଉ ପଛେ ଇସ୍‌କୁଲ୍ ଘର.. ଗାଁରେ ତ'। ରହନ୍ତୁ ପଛେ ସଂଗରୋଧରେ ଆମଠୁ ଦୂରେଇ.. ହାତ ପାଆନ୍ତାରେ ଅଛନ୍ତି ତ'।

ଭଲା, ସେ ସୁରଟଠୁ କ'ଣ ଏ ସଂଗରୋଧଟା ଭଲ ନୁହଁ.. ଆଁ.. ?

ଦ୍ୱିତୀୟ ସର୍ଗ: ଏକାନ୍ତବାସ

ସରୁଆ ଫୋନ୍ କରିଥିଲା, ଘରକୁ ଫେରୁଛି।

ସକାଳ ପହରୁ ଅନେଇ ବସିଛି ଗୁରେଇ। ଖାଡ଼ା ଛ' ମାସ ହେଇଯିବ ଆସି। କାର୍ତ୍ତିକ ମାସରେ ସାଙ୍ଗସୁଙ୍ଗା ହେଇ ଗାଁର ତିନିଜଣ ସେମାନେ, ଯାଇଥିଲେ ସୁରଟ। ବଇଷିମ ପୁଅ ରଂଜୁଆ ତିନି ବର୍ଷ ହେଲାଣି ସୁରଟରେ। ଭଲ ରୋଜଗାର କରୁଚି କାଳେ ସୂତାକଳରେ କାମ କରି। ମ୍ୟାନେଜର ହେଲାଣି ବର୍ଷ ତିନିଟାରେ। ସେଇ ଆସିଥିଲା ଗାଁକୁ ଜଗଦ୍ଧାତ୍ରୀ ପୂଜା ବେଳେ। ସୁରଟ ଫେରନ୍ତା ରଂଜୁଆର ଥାଟବାଟ ଦେଖି ଭଳି ଯାଇଥିଲା ସରୁଆ।

ରଂଜୁଆ ତାକୁ ଗୁରୁଘର ପାଠ ବତାଇଥିଲା- ଗାଁ'ରେ କାଇଁ ପଡିରହିଚୁ ଖାଲିଟାରେ ? ଚାଲ୍ ମୋ ସାଙ୍ଗରେ- ଧଡ୍ କରି ଚାକିରି ସେଠି- ସକାଳେ ପହଂଚିବୁ- ସଂଜରେ ଡିଉଟିକୁ ଯିବୁ। ମେସ୍‌ରେ ରହି ବର୍ଷ ଗୋଟାକ ଭିତରେ ପଇସା କିଛି ସଂଚି, ଭଲ ଭଡ଼ାଘରଟେ ନେଇଗଲେ ଆର ବର୍ଷକୁ ସ୍ତ୍ରୀ ପିଲାଙ୍କୁ ନେଇ ଆରାମରେ ବାବୁ ହେଇ ଚଳିବୁ। ଏ ବର୍ଷଟା ମେସ୍‌ରେ କଷ୍ଟ କରି ରହି ଘରକୁ କଞ୍ଚା ପଇସା ପଠାଇବୁ। ପାଠଶାଠ ପଢ଼ି ଏଠି ବେକାରରେ ବୁଲିବୁ କେତେଦିନ ? କରିବୁ ବା କ'ଣ ? ଚାକିରି କୋଉ ଅଛି, ମିଳିବ.. ନା ମୂଲ ମଜୁରି କୋଉ ତୁ ଲାଗିପାରିବୁ ? କାଇଁକି ବେକାର୍ ପଡିଚୁ ଏଠି ?

ସରୁଆ ରାଜି ହେଇଯାଇଥିଲା। ତା' ଦେଖାଦେଖି ତା' ସାଙ୍ଗ କେଉଟ ସାହିର

ଚଗଲା ବି ବାହାରିଥିଲା ଯିବାକୁ। ଦି'ଜଣଙ୍କୁ ନେଇ ରଂଜୁଆ ଫେରିଥିଲା ସୁରଟ। ଚଗଲା କିନ୍ତୁ ବେଶୀ ଦିନ ରହିପାରି ନଥିଲା ସେଠି। ମାସଟାଏ ବି ଚଳି ପାରିନଥିଲା। ମେସ୍ ଖାଇବା ପୋଷେଇନଥିଲା ତାକୁ। ରାତି ଅନିଦ୍ରା ବି ଆରେଇ ନଥିଲା। ଦେହ ଖରାପ ଲାଗି ରହିବାରୁ ବାଧ ହେଇ ଫେରିଆସିଥିଲା ସେ ଗାଁକୁ। ସରୁଆ ରହିଯାଇଥିଲା ମାଡ଼ିଜାକି ହୋଇ। କଷ୍ଟ ସହି ମୁହଁ ବୁଜି ପଡ଼ିରହି ମାସକୁ ମାସ ପଇସା ପଠାଇଥିଲା ଘରକୁ। ଗୁରେଇକୁ ଫୋନ୍‌ରେ ସ୍ୱପ୍ନ ଦେଖେଇଥିଲା, ସହି ସମ୍ଭାଳି ରହିଯା'ଲୋ ବର୍ଷଟାଏ। ପଇସା କିଛି ସଂଚି ଘରଟେ ନେଇଯାଏ ଏଠି- ତା'ପରେ ତତେ ନେଇଆସିବି ପାଖକୁ। ଏଇଠି ଗଢ଼ିବା ଆମ ସଂସାର- ବଢ଼େଇବା ପରିବାର।

ରାତିରେ ଶୋଇଲା ବେଳେ ଫୋନ୍ କାନରେ ଦେଇ ସ୍ୱାମୀର କଥା ଶୁଣୁ ଶୁଣୁ ଖୁସିରେ ଉଲୁସି ଉଠୁଥିଲା ଗୁରେଇ। ସ୍ୱପ୍ନର ଭିଡ଼ ଲାଗିଯାଉଥିଲା ତା' ଆଖି ଉପକୂଳରେ।

ହେଲେ କି କାଳ କରୋନା ଆଇଲା, ସବୁ ସ୍ୱପ୍ନ ଭାଙ୍ଗି ଚୂରମାର୍। ଫ୍ୟାକ୍ଟ୍ରି ବନ୍ଦ। ମାଲିକ କାରଖାନାରେ ତାଲା ଝୁଲାଇ କୁଆଡ଼େ ଯାଇ ଲୁଚିଲା ଯେ, ତା' ଦେଖା ମିଳିଲାନି। ଦରମା ନ ଥିବା କୁ ଦୋକାନ ବଜାର ବନ୍ଦ। ଖାଇବା ପିଇବାରେ ହଇରାଣ, ଚଳିବାରେ ଟାଣଟୁଣ। ସଂଚିଥିବା ପଇସାତକ ସରି ସରି ଆସିବାରୁ ଗାଁ ମୁହାଁ ହେଲେ ସମସ୍ତେ। ଗାଁ ପାଖ ଇଲାକାର ଆଉ କିଛି ଲୋକଙ୍କ ସାଙ୍ଗରେ ମିଶି ବସ୍ ଭଡ଼ା କରି ସୁରଟ ଛାଡ଼ିଲା ସରୁଆ। ଅଧାବାଟରୁ ଗୁରେଇକୁ ଫୋନ୍ କରିଥିଲା- ମୁଁ ଫେରୁଚି- ସକାଳୁ ସକାଳୁ ପହଞ୍ଚିବି ଗାଁରେ।

ସେଇ ଯେ ଫୋନ୍ ପାଇବା ପରଠୁ ଅନେଇ ବସିଚି ଗୁରେଇ। ସକାଳ ଗଡ଼ି ଦି'ପହର ହେଲା। କାହିଁ ସରୁଆ ? ଫୋନ୍ ବି ଲାଗୁନି। ଚାର୍ଜ ସରିଗଲା କି' ନେଟ୍‌ୱର୍କ ପାଉନି କେଜାଣି !

ସାହିର ଲେଖାଯୋଖା ଦିଅର ଜଣେ ଫେରନ୍ତା ବସ୍‌ରେ ଥିବା ପାଖ ଗାଁର କୋଉ ଲୋକଠୁ ବୁଝି ଖବର ଦେଇଗଲା, ବସ୍ କେତେବେଳୁ ଆସି ପହଞ୍ଚି ସାରିଲାଣି। ବ୍ଲକ୍ ପାଖ କଲେଜ ଭିତରେ ରଖାଯାଇଛି ସମସ୍ତଙ୍କୁ। ସେଇଠି ସମସ୍ତଙ୍କ ହାତରେ ଷ୍ଟାମ୍ପ୍ ବାଡ଼ାଯିବ। ଯାହାର ଅଲଗା ରହିବାର ସୁବିଧା ଥିବ, ତା'ଙ୍କୁ ଘରକୁ ଛଡ଼ାଯିବ। ଆଉମାନଙ୍କୁ ଦଶ ଦିନ ସେଇଠି ରଖାଯିବ।

ଗୁରେଇ ଚିନ୍ତାରେ ପଡ଼ିଲା- ଲୋକଟାର ଫୋନ୍ ବି କୋଉ ଲାଗୁଚି ଯେ ପଚାରିବ, କ'ଣ କଲା, କି ନିଷ୍ପତ୍ତି ନେଲା ସେ। ଗାଁରେ ଘର ବୋଲିକରି ତ' ଦି' ବଖରା- ବଡ଼ ବଖରାଟାରେ ଶାଶୁ, ଶ୍ୱଶୁର, ନଣନ୍ଦ, ଦିଅର.. ଆଉ ଯାବତୀୟ

ଘରକରଣା। ଛୋଟ ବଖରାଟି ବାହାଘର ପରଠୁ ମିଳିଛି ସେମାନଙ୍କୁ। ପାଇଖାନା ତ' ଗୋଟିଏ.. ସେ' ବି ବାଡ଼ିରେ। ଇଏ ତା'ହେଲେ କ'ଣ ସେଇଠି ଦଶଦିନ ରହିବା ପାଇଁ ରାଜି ହେଇଗଲେ..?

ଭାବି ଭାବି କିଛି କୂଳ କିନାରା ପାଇଲାନି ଗୁରେଇ। ଶାଶୁ, ଶ୍ୱଶୁର, ଦିଅର, ନଣନ୍ଦ.. ସମସ୍ତେ ଅନେଇଚନ୍ତି ତା' ମୁହଁକୁ ଖବର କ'ଣ ଜାଣିବା ପାଇଁ। ହେଲେ କ'ଣ ଖବର ଦବ ବା ସେ?

ସଂଜ ଗଡ଼ି ରାତି ଦି'ଘଡ଼ିକୁ ଶୁଭିଲା କବାଟ ବାଡ଼େଇବାର ଶବ୍ଦ।

କିଏ..?- ଛକପକ ମନରେ ପଚାରିଲା ଗୁରେଇ ଘର ଭିତରୁ।

ଖୋଲ, ମୁଁ - ସରୁଆର ସ୍ୱର ଶୁଭିଲା ଦୂରରୁ କେଉଁଠୁ ଭାସିଆସିବା ପରି।

ଧଡ଼ପଡ଼ ହେଇ କବାଟ ଖୋଲି ସ୍ୱାମୀକୁ ଚାହିଁ ହାଉଳି ଖାଇଲା ଗୁରେଇ। ମୁହଁ ଶୁଖି ଯାଇଚି, ଗାଲ ଆଖି ପଶିଯାଇଚି କୋରଡ଼ରେ। କେଜାଣି କେତେ ଦିନ ହେଲାଣି ଖାଇନି, ଶୋଇନି ଲୋକଟା ଯେମିତି। ପେଣ୍ଟ ମୋଡ଼ା ହେଇଚି ଆଣ୍ଠୁଯାଏ, ପାଦ ଧୂଳି ଧୂସର।

-ଇଏ କି ଅବସ୍ଥା ତୁମର? ତୁମେ ବସ୍‌ରେ ଆସିଥିଲଟି? ପଚାରିଲା ଗୁରେଇ।

ସରୁଆ ଧକେଇ ହେଲା। କହିଲା, ରହଲୋ.. ଟିକେ ନିଶ୍ୱାସ ନିଏ। ବ୍ଲକ୍‌ରୁ ଅଠର କିଲୋମିଟର ବାଟ ଚାଲି ଚାଲି ଆସୁଚି। ବସ୍ ତ' ଆଣି ବ୍ଲକ୍ ପାଖରେ କଲେଜରେ ଛାଡ଼ିଦେଲା। ସେଠି ହାତରେ ଷ୍ଟାମ୍ପ୍ ବାଡ଼େଇ କହିଲେ, ଯାଅ ପଳାଅ ନିଜ ନିଜ ଘରକୁ ସବୁ। ସେଇଠୁ ତ' ପେଡ଼ି ପୁଟୁଳା ଧରି ଚାଲୁଚି। ନା ଗାଡ଼ିଘୋଡ଼ା କିଛି ଅଛି.. ନା କାହାରିକୁ କହିଲେ କିଏ ଶୁଣୁଚି। ଫୋନ୍‌ଟାର ବ୍ୟାଟେରୀ ବି ଶେଷ- ଆଉ ଉପାୟ କ'ଣ?

ଗୁରେଇ ହାତ ବଢ଼େଇଲା ସରୁଆ ହାତରୁ ବ୍ୟାଗ୍ ଦି'ଟା ନେବାକୁ। ସରୁଆ ଛିନ୍‌ଛିନ୍ ହେଇଯାଇ କହିଲା- ରହ ରହ.. ଟିକେ ଦୂରେଇ କି' ଠିଆ ହ'। ଛୁଉଁନା ମତେ। ଷ୍ଟାମ୍ପ୍ ବାଡ଼େଇଲା ବେଳେ ପରା କହିଛନ୍ତି, ଚଉଦ ଦିନ ଏଇଲାଗେ ଅଲଗା ରହିବାକୁ ହେବ। ଘର ଭିତରେ ପୂରା ଅଲଗା। କ'ଣ ତ' କହୁଚନ୍ତି ତାକୁ, ଆଇସୋଲେସନ୍.. ଏକାନ୍ତବାସ। ମୋ ସହ କାହାରି କିଛି ସଂପର୍କ ଯେମିତି ରହିବନି। ଥାଳୀ, ତାଟିଆ, ଗିଲାସ, କପ୍, ଗାଧୁଆ ପାଧୁଆ, ଖିଆ ଶୁଆ.. ସବୁ ଅଲଗା। କେମିତି କରିବା ଲୋ ଏସବୁ ଏଇ ଏଡିକି ବକୁଟେ ଘରେ? ଅସୁବିଧା ହବ ଭା'ରି ତ'..!

ଗୁରେଇ ହସିଲା ଆତ୍ମପ୍ରତ୍ୟୟର ହସ। କହିଲା, ହବ.. ସବୁ ହବ। ଛ'ମାସ କାଳ ତ' ବିଦେଶରେ ଥିଲ, ଏତେ ଦୂରରେ। ସେଇଟା ଜାଣି ଥିଲା ପ୍ରକୃତ ଏକାନ୍ତବାସ।

ତମ ପାଇଁ, ମୋ ପାଇଁ, ଆମ ସମସ୍ତଙ୍କ ପାଇଁ। ଏବେ ବ୍ଲକ୍‌ବାଲାଙ୍କ କଥା ମାନି ବଖରାଏ ଭିତରେ ତମେ ବନ୍ଦୀ ହେଇ ରହିଲେ ବି ଆର ଘରେ ତ' ଆମେ ସମସ୍ତେ ଅଛୁ ନା'..। ତମେ ଏତେ ପାଖରେ ଅଛ.. ଆର ବଖରାରେ ଅଛ..- ଏଇ କଥା ଟିକକ ତ' ଆମ ପାଇଁ ବଡ଼ ସାନ୍ତ୍ୱନା, ବିରାଟ ଆଶ୍ୱାସନା। ସୁରଟର ସେ ଏକାନ୍ତବାସର କଷ୍ଟ ଆଗରେ.. ଘରର ଏ ଏକାନ୍ତବାସର କଷ୍ଟଟା କେତେକର ଯେ..?

ସରୁଆ ଚାହିଁଲା ଗୁରେଇକୁ। ଗୁରେଇ ମୁହଁରେ ଝଲସୁଛି ଭଲପାଇବା ଓ ଆତ୍ମବିଶ୍ୱାସର ପରସ୍ତେ ହସ। କଞ୍ଚା ନିଦରୁ ଉଠିଆସି ଗୁରେଇର ପଛପଟେ ଠିଆହୋଇ ହସୁଛନ୍ତି ତା' ବାପା, ବୋଉ, ସାନଭାଇ ଓ ଭଉଣୀ। ଦେହ ମଜୁରାର ତମାମ୍ କଷ୍ଟକୁ ଢୋକି ଦେଇ ସରୁଆ ଏଥର ଚେଷ୍ଟା କଲା ଟିକେ ହସିବାକୁ..।

■

(ଶୈଳଜା: ପୂଜା' ୨୦୨୦)

ନ'ଯାରେ ନ'ଯା..

(ସ୍ସ୍ସ୍ଉ..ସୁ..ଉ..ଉ.. : ପବନର ଆର୍ତ୍ତନାଦ)

ଗୋରୀର ଏକା ଜିଦ୍, ସେ ଯିବ। କେମିତି ନ ଯିବ ଭଲା! ଅକାଳେ ସକାଳେ ବର୍ଷକୁ ଥରେ। କୋଉ ସବୁଦିନ ହେଇଚି!

ବାରୁବାରୁ ମନାକଲି, ଯାଆନି, ଯାଆନି। ଏବେ ବେଳକାଳ ମୋଟେ ଭଲ ନୁହେଁ। ଦେଖୁନୁ, କେମିତି ଜହ୍ନରୁ ଗଳୁଚି ଥୋପି ଥୋପି ନିଆଁ। ଜୋଛନାରୁ ଝରୁଚି ଜହରର ଉତ୍ତପ୍ତ ଲାର୍ଭା! କେମିତି ଜଳିଯାଉଚି ସ୍ୱପ୍ନର ସାବ୍‌ଜା ଅରଣ୍ୟାନି ସମୟର ଧୁ ଧୁ ଖରାରେ! କେମିତି ଭୋକିଲା କୁକୁରମାନେ ପାଲଟିଚନ୍ତି ରକ୍ତମୁଖା!

ଗୋରୀ କିନ୍ତୁ ଶୁଣିଲାନି। ଅଇନି କଲା, ଗୋଡ଼ କଚାଡ଼ିଲା, ଗାରୁ ଗାରୁ ହେଲା। ମୁହଁକୁ ଅଥାର ହାଣ୍ଡି କରି ବାହାନା ବାଢ଼ିଲା, ଏଇ ଯିବି ଆଉ ଆସିବି। କେତେ ସମୟ ଯେ ଏମିତି! ଚାରିଆଡ଼େ ତ ଆଲୁଅର ରୋଶଣି, ପୁଲିସ୍ ଛାଉଣି। ଲୋକବାକ, ଗାଡ଼ିମୋଟର ହାଉଯାଉ। ଡର ପୁଣି କ'ଣ?

ଶେଷକୁ ବାଧ ହେଇ ମନକୁ ବୁଝେଇଲି, ଯାଉ ଛୁଆଲୋକ ମନ କରିଚି ଯଦି..କାଇଁ ତା' ସରାଗ ଭାଙ୍ଗିବି? ପ୍ରକାଶ୍ୟରେ କହିଲି ହଉ, ଯିବୁ ଯେବେ ବେଇଗି ଯା'। ଦେଖି ଚାହିଁ ଯିବୁ, ଚଞ୍ଚଳ ଫେରିବୁ। ଯାଡୁସ୍ୟାଡୁ କିଛି ଖାଇବୁନି- ଦେହମୁଣ୍ଡ ଖରାପ ହବ। ବେଶୀ ବୁଲିବୁନି ଧୂଳିରେ, କାକରରେ - ଅଣ୍ଟା ଧରିବ, ନାକ ରୁନ୍ଧିଯିବ। ରେଟ୍ ଛିଣ୍ଡେଇ ସାରି ବସିବୁ ରିକ୍‌ସାରେ - ନଇଲେ ପୁଣି ହଲାପଟା ହବୁ ପଛରେ। ବଜାରୀ ଟୋକାଙ୍କ ମୁହଁ ଲାଗିବୁନି..।

ଗୋରୀ କୋଉ ଅଛି ଯେ ମୋ କଥା ଶୁଣିବ? ତେଣେ ତରତର ହେଇ ଯାଇ କୁଣ୍ଡେଇଲାଣି ମୁଣ୍ଡ। ମୁଣ୍ଡ କୁଣ୍ଡଉ କୁଣ୍ଡଉ ଯାଇ ପିନ୍ଧିଲାଣି ଶାଢ଼ି। ଶାଢ଼ି ପିନ୍ଧୁ ପିନ୍ଧୁ ଯାଇ ଲଗେଇଲାଣି ପାଉଡର୍, ଲିପ୍‌ଷ୍ଟିକ୍, ବିନ୍ଦି। ପୁଣି ବିନ୍ଦି ଲଗଉ ଲଗଉ ଯାଇ ଠିଆ ହେଲାଣି

ଦାଣ୍ଡ ଦୁଆର ମୁହଁରେ, ହାଇହିଲ୍ ଜୋତା ପିନ୍ଧି। ମୁହୂର୍ତ୍ତକ ମଧ୍ୟରେ ଗେଟ୍ ଟପି ରାସ୍ତାରେ। ତ' ଆର ମୁହୂର୍ତ୍ତରେ ରିକ୍ସାରେ। ରିକ୍ସା ଚାଲିଲା ସାଇଁ ସାଇଁ..। ମୁଁ ବା କୋଉଠି ଛାଡ଼ି ପାରୁଚି ଗୋରୀକୁ ଏକା ଏକା! ମୁଁ ବି ଦଉଡ଼ିଲି ରିକ୍ସା ପଛରେ ଘାଇଁ ଘାଇଁ..।

ରିକ୍ସା ଚାଲିଲା ୱାନ୍ ୱେ - କେବେ ଗଳିରୁ ବାହାରି ରାସ୍ତାରେ ତ' ପୁଣି କେବେ ଟ୍ରାଫିକ୍ ପୁଲିସ୍ ଇଙ୍ଗିତରେ ରାସ୍ତା ଛାଡ଼ି ଗଳିରେ। ରିକ୍ସା ଚାଲିଥାଏ ପୂରା ଦମ୍‌ରେ। ମୁଁ ବି ପଛରୁ ପେଲା ଲଗେଇଥାଏ ଫୁଲ୍ ଦମ୍‌ରେ। ଟୋକା ରିକ୍ସାବାଲା ଓଠକୁ ସାଙ୍କୁଡ଼ି ସୁସୁରି ବଜଉଥାଏ ମନଖୁସିରେ- ଆରେରେ.. ଆରେରେ କ୍ୟା ହୁଆ..। ମୁଁ ବି ପଛରୁ ଆୱାଜ୍ ଦଉଥାଏ, ଉସୁସୁ.. ସୁଉଉ.. ଉସୁ.. ସୁଉ..।

ମଙ୍ଗଳାବାଗ ଛକଠି ଧିମେଇଲା ରିକ୍ସା। ବୁଝୁ ବୁଝୁ କ'ଣ ନା ଆଗରେ ଦୁର୍ଗା ମେଢ଼ ପରିକା ଗାଡ଼ି, ମଟର, ରିକ୍ସାର ଲମ୍ବା ଲାଇନ୍। ରିକ୍ସା ରହିଲା। ପେଡ଼ାଲ୍ ଉପରୁ ଗୋଡ଼ ଖସେଇ ସିଟ୍ ଉପରେ ଟୋକା ରିକ୍ସାବାଲା ଦମ୍ ନେଲା, ବିଡ଼ି ଲଗେଇଲା। ବିଡ଼ି ଲଗେଇ ଆକାଶକୁ ଧୂଆଁ ଛାଡ଼ିଲା, ଗୀତର ସୁର୍ ବଦଳେଇଲା। ମୁଁ ଭୀଷଣ ବିରକ୍ତ ହେଲି ମନେ ମନେ। ହଇରେ ହିରୋ, ଆମକୁ ଆଗ ଛାଡ଼ିଦେ ନେଇ। ତା'ପରେ ପଛେ ତୁ ହିରୋଗିରି କରିବୁ।

ସ୍କୁଟର୍‌ରେ ଦି'ଟା ଟୋକା କିଏ କଡ଼େଇ କଡ଼େଇ ଆଇଲେ ଏବଂ ରିକ୍ସା ପାଖରେ ଧିମେଇ ଯାଇ ଗୋରୀକୁ କଣେଇ ଚାହିଁଲେ। ମୋ ବ୍ରହ୍ମରେ ନିଆଁ ଲାଗିଗଲା। ଭଦ୍ରଘରର ପିଲା ଯଦି ଏଗୁଡ଼ା କି ନୀତି! ରିକ୍ସାବାଲାର ବିଡ଼ି ଧୂଆଁକୁ ଖେଦି ଆଣି ମୁଁ ହାବୁଡ଼େଇଲି ତାଙ୍କ ମୁହଁ ପାଖରେ। ସେମାନେ ରାଗରେ ଗରଗର ହେଲେ। ରିକ୍ସାବାଲାର ବିଚାରୀ ବୁଢ଼ୀ ମାଆଟିକୁ ଉଦ୍ଦେଶ୍ୟ କରି ଅଶାଳୀନ ମନ୍ତବ୍ୟ ଦେଲେ ଏବଂ ଭିଡ଼ ଭିତରେ ସ୍କୁଟର ଗଳେଇ ସାପ ପରି ବଙ୍କେଇ ଟଙ୍କେଇ ପାର୍ ହେଇଗଲେ।

ସ୍ୱସ୍ତିର ନିଃଶ୍ୱାସ ମାରି ମୁଁ ଚାହିଁଲି ରିକ୍ସାବାଲା ମୁହଁକୁ। ତା' ନିରୁଦ୍‌ବେଗ ଭାବଲେଶହୀନ ମୁହଁ ମାନଚିତ୍ରରେ ଶାନ୍ତି ଓ ସନ୍ତୋଷର ଚିହ୍ନ ଝଲି ଉଠୁଥାଏ। ମୁହଁ ବୁଲେଇ ଚାହିଁଲି ଗୋରୀ ଆଡ଼କୁ। ଗୋରୀ ଦିଶୁଥାଏ ଅପେକ୍ଷମାଣ ଓ ଅବସନ୍ନ। ତା ଚିନ୍ତାକ୍ଲିଷ୍ଟ ଘର୍ମାକ୍ତ ମୁହଁରେ ଉକୁଟି ଉଠୁଥାଏ ପ୍ରତୀକ୍ଷା ଓ ଅପ୍ରାପ୍ତି ଜନିତ ଯନ୍ତ୍ରଣାର ଛବି। ବାରମ୍ବାର ହାତଘଣ୍ଟାକୁ ଚାହିଁ ସେ ଜାହିର୍ କରୁଥାଏ ନିଜ ବ୍ୟତିବ୍ୟସ୍ତତା।

ରିକ୍ସା ଏଥର ଧାପେ ଧାପେ ଆଗେଇଲା ବର ପ୍ରସେସନ୍ ପାର୍ଟିର୍ ଶେଷଭାଗରେ ରହିଥିବା କାର୍ ପରି। ମୁଁ ବି ପଛରୁ ତାଳ ମିଳେଇ ପେଲା ଲଗେଇଲି ଧୀରେ ଧୀରେ। ଆମ ରିକ୍ସାର ଆଗରେ ପଛରେ ଜିଆମାଳ ପରି ଗୁନ୍ଥା ହେଇଥାଆନ୍ତି ରିକ୍ସା। ଭଳିକିଭଳି

ଚିକ୍‌ମିକିଆ ଶାଢ଼ି ଆଉ ଲିପ୍‌ଷ୍ଟିକ୍‌ର ଖୋଳ ଭିତରେ ପଶି ରିକ୍‌ସା ଆରୋହିଣୀମାନେ ଜଳୁଥାଆନ୍ତି ନିଅନ୍ ଆଲୁଅ ପରି। ସେମାନଙ୍କ ଚିକ୍ ଚିକ୍ ଆଖିରେ ଝଲସୁଥାଏ ଖୁସି। ହୃଦୟରୁ ଉବୁକା ମାରି ଉଠୁଥାଏ ଆନନ୍ଦର ଫୁଆରା। ସେମାନଙ୍କ ନିକଟରେ ଜାକିଜୁକି ହୋଇ ବସିରହି ଆପାତତଃ ନିରୀହ ଛେଳିଛୁଆ ପରି ପ୍ରତୀୟମାନ ହେଉଥିବା ପୁରୁଷମାନଙ୍କ ନିଷ୍ପ୍ରଭ ଆଖି କିନ୍ତୁ ଦୃଶ୍ୟପଟ ସହ ଖାପ ଖାଉ ନଥାଏ ଆଦୌ।

'ପଇସା କିଛି ଖର୍ଚ୍ଚ ହେଇଯିବ ତ, ସେଇଲାଗି ଡରୁଚନ୍ତି ବୋଧେ।' -ମୁଁ ମନକୁମନ କହିଲି ଓ ହସିଲି। ହସିଲି ଓ ଚାଲ୍ ଚାଲ୍ କହି ପଛରୁ ପେଲିଲି ରିକ୍‌ସାର ଲମ୍ବା ଧାଡ଼ିକୁ। ରିକ୍‌ସାଗୁଡ଼ିକର ଗତି ଏଥର ବଢ଼ିଲା। ସାଇଁ ସାଇଁ..ଟିଣ୍ ଟିଣ୍..ସାଇଁ ସାଇଁ.. ଶବ୍ଦ ଲହରେଇ ଶୁଭିଲା।

ରିକ୍‌ସା କ୍ୟାଣ୍ଟନ୍‌ମେଣ୍ଟ ଛକ ଡେଉଁ ଡେଉଁ ହିଁ ମୁଁ ଲକ୍ଷ୍ୟ କଲି, ଗୋରୀର ଦୃଷ୍ଟି ରିକ୍‌ସା ଭିତରୁ ଲମ୍ବି ରହିଛି ବାଆଁପଟ ରାସ୍ତା କଡ଼କୁ। ପର ମୁହୂର୍ତ୍ତରେ ଏଇ.. ରଖ୍ ରଖ୍ ବୋଲି ଗୋରୀର ଡାଗିଦା ରିକ୍‌ସାବାଲାକୁ। ରିକ୍‌ସାବାଲା ବ୍ରେକ୍ ଚିପିଲା-ଧଡ଼ାସ୍। ରିକ୍‌ସା ଠିଆ ହେଲା। ଭିତରେ ବସିଥିବା ଅବସ୍ଥାରେ ହିଁ ଗୋରୀ ତୁଟାଇଲା ରିକ୍‌ସାଭଡ଼ା। ନିଜ ପରିଧେୟ ସଜାଡ଼ିନେଇ ଗୋଡ଼ ଥାପିଲା ତଳେ। ରଙ୍ଗଛଡ଼ା ଜିନ୍ ସାଙ୍ଗେ କଳା ରଙ୍ଗର ଟି-ସାର୍ଟ ପିନ୍ଧି ଆଉରଙ୍ଗଜେବ୍ ମାର୍କା ଦାଢ଼ୀ ରଖିଥିବା ଟୋକାଟିଏ ଆଗେଇ ଆସିଲା ହସି ହସି ଏବଂ ମୃଦୁ ସ୍ୱରରେ କିଛି କହିଲା ଗୋରୀକୁ। ଗୋରୀ ହସିଲା ଗୋଟେ ପାଲିସ୍‌କରା ହସ ଏବଂ ଟୋକାଟି ସାଙ୍ଗେ ହାତ ମିଳାଇ ଚେଷ୍ଟା କଲା କିଛି ବୁଝାଇବାକୁ। କେଇ ମିନିଟ୍‌ର ଗୁପ୍‌ଚୁପିଆ କଥା ସାରି ସେମାନେ ହାତ ଧରାଧରି ହେଇ ଆଗେଇଲେ ଯାତ୍ରାପଡ଼ିଆ ଆଡ଼କୁ।

ମୁଁ ଚିନ୍ତାରେ ପଡ଼ିଲି, ଏ କ'ଣରେ! ଏଇଥିପାଇଁ ଗୋରୀ ତାହେଲେ ଏତେ ତରତର ହେଉଥିଲା ! ଜିଗର କରୁଥିଲା ! ମୁଁ ଆୱାଜ୍ ଦେଲି ପଛରୁ ଗୋରୀକୁ ଉ..ସୁ..ସୁ.. ସୁ..ଉ..ଉ..। ଗୋରୀ ଶୁଣିପାରିଲାନି କି କ'ଣ ! ହାତରେ ହାତ ଛନ୍ଦି ବେଧଡ଼କ୍ ଆଗେଇ ଚାଲିଥାନ୍ତି ସେମାନେ ହସି ହସି। ନିରୁପାୟ ମୁଁ ଲୁଣ୍ଠୁପୁଣ୍ଠୁ ହେଇ ତାଙ୍କ ଗୋଡ଼ାଣିଆ ସାଜିଲି।

ଗୋରୀର କ୍ଷୀଣ କଟୀକୁ ବେଢ଼ିଥାଏ ଟୋକାଟିର ଲୋମଶ ବାଆଁ ହାତ। ଡାହାଣ ହାତରେ ଭିଡ଼ କାଟି କାଟି ଟୋକାଟି ଏକାଦିକ୍ରମେ ଆଗେଇ ତଥା ପାଛୋଟି ନେଉଥାଏ ଗୋରୀକୁ ଚରମ ସର୍ତ୍ତକତାର ସହ। ଦିଗନ୍ତବ୍ୟାପୀ ଆଲୋକର ରଙ୍ଗିନ୍ ଇନ୍ଦ୍ରଧନୁୀୟ ପରିବେଶ ମଧ୍ୟରେ ଦେବୀଟିଏ ଅବା ଅପ୍‌ସରୀଟିଏ ନିଜ ଦେହରକ୍ଷୀ ସହ ଇତସ୍ତତଃ ଘୂରିବୁଲୁଥିବା ପରି ଦୃଶ୍ୟଟିଏ ଅଭିନୀତ ହେଇ ଚାଲିଥାଏ ମୋ ଆଖି ସାମ୍ନାରେ।

ଭିଡ଼ ଭିତରେ ଅନୁସରଣ କରୁକରୁ ସେ ଦୁହିଙ୍କୁ, ମୋ ଦେହରୁ ଫିଟି ପଡୁଥାଏ ପରସ୍ତ ପରସ୍ତ ଝାଳ। ରୁନ୍ଧି ହେଇଯାଉଥାଏ ନିଃଶ୍ୱାସ।

ଟୋକାଟି ହାତ ପ୍ରସାରି ଦେଖେଇଦେଲା ଗୋରୀକୁ, ସେପଟ ନଦୀପଠାରେ ଯାବତୀୟ ବଡ଼ ବଡ଼ ଷ୍ଟଲ୍.. ସର୍କାରୀ ଓ ବେସର୍କାରୀ। ଏପଟେ ଯାବତ ରକମର ଖେଳ, ଦୋଳି, ସର୍କସ୍, ମେଜିକ୍, ମନୋହାରୀ ଦୋକାନ ଆଉ ଛୋଟମୋଟ ଘରକରଣା, ସେଇମିତିକା ଜିନିଷ ସବୁ।

- କ'ଣ ରାମ୍‌ଦୋଳି, ଡ୍ରାଗନ୍ ଦୋଳିରେ ବସିବା ?

ଗୋରୀ ମୁଣ୍ଡ ହଲେଇ ନାହିଁ କଲା।

- ତା' ହେଲେ ମେଜିକ୍ ଦେଖିବା; ଫୁଲ-ନାରୀ, ନାରୀ-ଫୁଲ ?

ଗୋରୀ ଲାଜେଇଗଲା ଏବଂ ଧେତ୍ ବୋଲି କହିଲା।

- ଓକେ.. ଓକେ.. ତା'ହେଲେ ସର୍କସ୍ ଦେଖିବା। ମାରୁତି କାର୍‌ଟେ ବୁଲିବ ଅର୍ଦ୍ଧଗୋଲକ ଭିତରେ, ମହାଶୂନ୍ୟରେ, ଉପରେ ଉପରେ। ଗୋଲକର ତଳ ଅଧାକ ନଥିବ ବିଲ୍‌କୁଲ୍। କାର୍‌ର ଚାରିକଡ଼େ ପୁଣି ସମାନ୍ତରାଳ ଗତିରେ ମଟର ସାଇକେଲ୍ ଚଳାଇବେ ଚାରିଟା ପ୍ରଶିକ୍ଷିତ ମାଙ୍କଡ଼। ମଜା ହେବ। କ'ଣ ଯିବା ?

ଗୋରୀ ପୁଣି ମୁଣ୍ଡ ହଲେଇ ଓଠ ମୋଡ଼ି ଜଣେଇଦେଲା ତା' ଅନିଚ୍ଛା ଭାବ। ମୋ ମନ ସେତେବେଳକୁ ଟୋକାଟି ପ୍ରତି ଭରିଗଲାଣି କରୁଣାରେ, ଦରଦରେ। ଆହାଃ, କେତେ ଶ୍ରଦ୍ଧାରେ ଡାକୁଚି ପିଲାଟା। ଆଉ ଏ ବୋକୀ କେଉଁଠିକାର, ସବୁ କଥାରେ ନାହିଁ ନାହିଁ। ଏ ପିଲାଟା ବି କେମିତିକା ଅଭିଲା ମ ! ଅବଲ୍ୟ ହେଇ କଅଁଳେଇକି ପଚାରୁଚି ଯିବା ନା ନାଇଁ ? ନବାକୁ ଇଚ୍ଛା ଅଛି ତ' ହାତ ଧରି ଟାଣି ନେଇଯିବୁ..।

ମୋ ଭାବନାରେ ପୂର୍ଣ୍ଣଚ୍ଛେଦ ପଡ଼ିନି; ଆଉରଙ୍ଗ୍‌ଜେବ୍ ମାର୍କା ଦାଢୀ ରଖା ଟୋକା ଗୋରୀର ହାତ ଧରି ଟାଣି ନେଇଗଲା ଆଗକୁ। ଭିଡ଼ ଭିତରେ ଧପାସ୍ କରି ଗଳିଯାଇ ଟିକେଟ୍ ଦି'ଟା ନେଇଆସି ଗୋରୀକୁ ଏକରକମ୍ ବାଧ କରି ନେଇଗଲା ବିଶାଳକାୟ ଏକ ଘୂର୍ଣ୍ଣାୟମାନ ଉଡ଼ାଜାହାଜ ଭିତରକୁ। ଅଳ୍ପ ସମୟ ଭିତରେ ହିଁ ଉଡ଼ାଜାହାଜଟି ଘୋରଘର୍ଘର ଶବ୍ଦ କରି ଘୂରିବାକୁ ଆରମ୍ଭ କଲା ତା' ପୂର୍ବ ସ୍ଥିରୀକୃତ କକ୍ଷପଥରେ, ଲୁହା ଧାରଣା ଉପରେ। ଧୀରେ ଧୀରେ ବଢ଼ିଲା ବେଗ। ଗୋରୀ ବସିଥାଏ ମୁଣ୍ଡରେ ହାତ ଦେଇ, ଟୋକାଟିର କୋଳକୁ ଆଉଜି, ଅନ୍ତରଙ୍ଗ ମୁଦ୍ରାରେ ଏବଂ ମୁହଁରେ ପ୍ରକଟିତ କରୁଥାଏ ବାଧ୍ୟବାଧକତାର ହସରୁ ଖିଏ। ଘାଇଁ ଘାଇଁ ଶବ୍ଦ କରି ଘୂରି ଚାଲିଥିବା ଯନ୍ତ୍ରଟିର ଗର୍ଜନ ଓ ବେଗ ସହ ମୋ ଅଣଚାଶ ବେଗର ତୁଳନା କରି ଲଜ୍ଜିତ ହେଇ ପଡୁ ପଡୁ ମୁଁ ଶିହରି ଉଠିଲି ଭୟରେ। ଆଖି ବୁଜି ପକାଇଲି।

ଆଖି ଖୋଲିଲା ବେଳକୁ ଗୋରୀ ତଳେ, ଭୂଇଁ ଉପରେ।

'ହେଃ.. ତମେ ଭାରି ଇଏ.. ମୋ ମୁଣ୍ଡ କ'ଣ ହେଇଗଲା। ପଡ଼ିଯାଇଥାଆନ୍ତି ଯଦି.. !'- ଗୋରୀ କହୁଥାଏ ହସି ହସି। ଟୋକାଟି ପୁଣି ଥରେ ନିଜ ବାହୁବେଷ୍ଟନୀରେ ବନ୍ଦୀ କଲା ଗୋରୀକୁ ଏବଂ ତା' ବାହୁଛାୟା ତଳେ ଗୋରୀ ଯେ ସର୍ବାଦୌ ସୁରକ୍ଷିତ, ଏହା ଜାହିର୍ କଲା ଏକ ଚମତ୍କାର ମୃଦୁ ହସ ଜରିଆରେ।

ସେମାନେ ଏଥର ଆଗକୁ ବଢ଼ିଲେ। ଦହିବରା ଚାଖିଲେ; ଗୁପ୍‌ଚୁପ୍ ଖାଇଲେ; ଠୁଙ୍କାପୁରୀ ବରାଦ୍ କରି ମୁଦିରେ ନାଆଁ ଖୋଦେଇଲେ। ବିବେକାନନ୍ଦ ଓ ବିବେକ୍ ମୁସ୍‌ରାନ୍ ଫଟୋ ଦି'ଟି କିଣି ମୋଡ଼ିମାଡ଼ି ହାତରେ ଧରିଲେ। ଗୋଲ୍ ଯନ୍ତ୍ର ଉପରେ ଠିଆ ହୋଇ ଓଜନ ମାପିଲେ ଏବଂ କାନରେ କମ୍ପ୍ୟୁଟର୍ ଗେଞ୍ଜି ଭାଗ୍ୟଫଳ ଶୁଣିଲେ।

ଟୋକା ଖୁସ୍‌କୁ ଗୋରୀ ଖୁସ୍। ଦିହିଁଙ୍କ ଦେଖାଦେଖି ମୁଁ ବି ଖୁସ୍।

'ହେଲା..ହେଲା.. ବହୁତ ବୁଲାବୁଲି ହେଲା.. ଚାଲ ଯିବା ଏଥର.. ଡେରି ହେଲାଣି..।'- ମୁଁ ଫୁସୁଲେଇଲି କାନ ପାଖରେ ଗୋରୀକୁ। ତ' ଗୋରୀ ଘଣ୍ଟାକୁ ନିରେଖିଲା ଓ ସମୟ ସଚେତନା ହେଇ ଆଖିରେ କାକୁସ୍ଥ ଭାବ ଫୁଟେଇ ତରତର ହେଲା, ଫେରିବାକୁ ବାହାରିଲା।

ଟୋକା ବୁଝେଇଲା, ରୁହ ମ ପାର୍ଟି ! ଏତିକିବେଳୁ ଯାଇ ଘରେ କ'ଣ କରିବ ? ଚାଲ, ସେପଟରୁ ଥରେ ବୁଲି ଆସିବା...।

ଗୋରୀ ଉଁ ଉଁ ଗୁଁ ଗୁଁ ହେଇ ଶେଷରେ ରାଜି ହେଲା ଏବଂ 'ହଉ ଚାଲ, ହେଲେ ଶୀଘ୍ର ଆସିବା' ସର୍ତ୍ତ ରଖି ଆଗେଇଲା। ମୁଁ ଦେଖିଲି, ବୁଝେଇକି ଫାଇଦା ନାହିଁ। ଏଣୁ ଧପାଲିଲି ତାଙ୍କ ପଛେ ପଛେ।

ସଭିଏଁ ଉଠିଲୁ ନଈବନ୍ଧକୁ। ନଈପଠା ଗଡ଼ାଣିରେ ହେଇଚୁ ତ' କାହୁଁ ମାଡ଼ିଆଇଲା ଲୋକଙ୍କ ସୁଅଟେ। ବଢ଼ିଲା ନଈର ତୋଡ଼ ଭଳି ସେ ସୁଅରେ ସତେକି ଭୁସୁଭୁସୁ ହେଇ ଅଜାଡ଼ି ହୋଇପଡ଼ିଲେ ଲୋକ ଆମ ଉପରେ। ଗହଳି ଭିତରେ ଗୋରୀ ଅଣନିଃଶ୍ୱାସୀ। ଟୋକା ଘାଇଲାକୁ ମୁଁ କାଇଲା। ଚଟ୍ କରି ଖସିଗଲା ମୋ ହାତମୁଠାରୁ ଗୋରୀର ନିଟୋଳ ହାତ। ଭିଡ଼ ଭିତରେ ଧସିଯାଇ ମୁଁ ପେଲି ହେଇଗଲି ପଛକୁ। ଦରାଣ୍ଡି ପକେଇଲି ଆଖପାଖ। ଗୋରୀ କାଇଁ ? କାହିଁ ଟୋକା ?

- 'ଗୋରୀ ! ଗୋରୀ !'- ମୁଁ ଆୱାଜ୍ ଦେଲି ଜୋର୍‌ରେ। ହେଲେ ମୋ ସ୍ୱରର ସନ୍‌ସନ୍ ଶବ୍ଦ ପହଞ୍ଚୁନି କାହାରି କାନ ପାଖରେ। ମୁଁ ମୁକୁଳି ଯାଉଚି.. ଫିଟି ଯାଉଚି.. ଚଉଦିଗ ଖେଦିଯାଉଚି ଏବଂ ଗୋରୀକୁ ଅଣ୍ଡାଳି ବୁଲୁଚି। ଅଥଚ ଗୋରୀ ଲାପତ୍ତା..। ଆଉରଙ୍ଗଜେବ୍ ମାର୍କା ଦାଢ଼ୀ ରଖିଥିବା ଟୋକା ବି ନିଖୋଜ୍।

- ଗୋରୀ..ଫେରିଆ ଗୋରୀ.. ଆମେ ଘରକୁ ଯିବା.. ଡେରି ହେଲାଣି!'- ମୋ କଣ୍ଠସ୍ୱରର ବ୍ୟସ୍ତତା ଓ ବ୍ୟଗ୍ରତା କିନ୍ତୁ ସବୁରି ସମଝ୍‌ରୁ ବାହାର। ମୁଁ କାନ୍ଦକାନ୍ଦ.. ଲୁହନାଳ.. ଖୋଜିବୁଲୁଚି ତ' ବାଶ୍ ଖାଲି ଖୋଜିବୁଲୁଚି..।

କେତେ ସମୟ ଏମିତି ଖୋଜି ଚାଲିଚି କେଜାଣି..!

ଅଚାନକ ଝୁଣ୍ଟିଲି କାହାକୁ ଗୋଟେ ଅନ୍ଧାରର ଚୌହଦୀରେ। ଶୁଖା ବାଲି ଉପରେ ଅସାଡ଼ ନାରୀ ଦେହର ସିଲ୍‌ହଟ୍। କିଏ ?

ଛିଣ୍ଡା ଶାଢ଼ି, ନଖଦନ୍ତର ତୀକ୍ଷ୍ଣତା, ରକ୍ତର କାରୁଣ୍ୟ..। ପରିବେଶ ଥମ୍ ଥମ୍ ବିଦୀର୍ଣ୍ଣ। କିଏ..? ମୁଁ ନଇଁପଡ଼ିଲି ଦେଖିବାକୁ...।

ଆକାଶଟା ସତେ ଛିଣ୍ଡିପଡ଼ିଲା କି ମୋ ମୁଣ୍ଡ ଉପରେ? ସମୁଦ୍ରଟା ଅଣାୟତ୍ତ ହେଇ ବାଡ଼େଇ ହେଇଗଲା କି ମୋ ଦେହ ଦେହଳୀରେ? ପାଦ ମୋର ପୋତି ହେଇଗଲା କି ଚୋରାବାଲିର ଆବର୍ତ୍ତ ଭିତରେ?

ମୁଁ ମହାଶକ୍ତିଶାଳୀ ପବନ.. ଅମିତ ପରାକ୍ରମଶାଳୀ ବାୟୁ.. ଅଥଚ.. ଅଥଚ ରକ୍ତଭିଜା ଗୋଟେ ଧର୍ଷିତା ନଗ୍ନ ଦେହରେ ଶାଢ଼ିର ବେଢ଼ଣଟେ ଘେରେଇଦବା ବେଳକୁ ମୋ ପରାକ୍ରମ ଏମିତି ଭୁଶୁଡ଼ି ପଡୁଚି କାହିଁକି? ଶକ୍ତି ଦୋହଲି ଯାଉଚି କାହିଁକି?

ମତେ କ୍ଷମା କର ଗୋରୀ, କ୍ଷମା କର ଆଉରଙ୍ଗ୍‌ଜେବ୍ ମାର୍କା ଦାଢ଼ୀ ରଖିଥିବା ଟୋକା..। ମୁଁ ରକ୍ଷା କରି ପାରିଲିନି ଗୋରୀର ଇଜ୍ଜତ୍। ବଞ୍ଚେଇ ପାରିଲିନି ଗୋରୀର ଜୀବନ। ମୁଁ ଧୀରେ ଧୀରେ ପାଲଟି ଯାଉଚି ନିସ୍ପନ୍ଦ, ନିଥର। ସ୍ଥିର ଓ ସ୍ଥବିର। ଲୋଟିଯାଉଚି ଭୂଇଁରେ, ଶୁଖା ବାଲି ଉପରେ, ଗୋରୀର ରକ୍ତମଖା ଗୋରା ଦେହର ଅସାଡ଼ ଅବଶିଷ୍ଟାଂଶ ପାଖରେ। ମତେ କ୍ଷମାକର.. କ୍ଷମାକର..।

■

ପ୍ରଜାତନ୍ତ୍ର ସାପ୍ତାହିକୀ: ନଭେମ୍ବର, ୧୯୯୮

କୁଓା

ଏମିତିରେ କାମଟା ନିତିଦିନିଆ, ରୁଟିନ୍ ଭିତ୍ତିକ। ସକାଳୁ ଉଠି ବାସି ମୁହଁ ନ ଧୋଉଣୁ କାନରେ ପଡ଼େ ଜନ୍ତୁଟାର ଅଭିଯୋଗମିଶା କୁଁ କୁଁ ଶବ୍ଦ। ନବଘନର ଭାରି ଡର ଏଇ କୁଁ କୁଁ ଶବ୍ଦକୁ। ଠିକ୍ ଶବ୍ଦକୁ ନୁହେଁ, ତା'ର ପ୍ରଭାବକୁ। ବାବୁ ତ' କେତେ ରାତିରେ ଆସି ଶୁଅନ୍ତି କିଛି ଠିକ୍ ନାହିଁ। ତେଣୁ ଥରେ ବିଛଣାରେ ପଡ଼ିଗଲେ ନିରାଲମ୍ବ ହେଇ ପଡ଼ିଥାଆନ୍ତି ଯେ କାନ ପାଖରେ ଘଣ୍ଟ ପିଟିଲେ ବି ଆଠଟା ଆଗରୁ ନିଦ ଭାଙ୍ଗେନି।

ଡର ଏକା ମାଆଙ୍କୁ। କାମଦାମ ତ' କିଛି ନାହିଁ। ଦିନରାତି ବିଛଣାରେ ବହି ଖଣ୍ଡେ ଧରି ପଡ଼ିଥାଆନ୍ତି ଯେ ଗଡୁଥାଆନ୍ତି। ସେଇଠୁ ବାହାରେ ନାନା ରକମର ପେଖନା। କ'ଣ ନା ରାତିରେ ଭଲ ନିଦ ହଉନି, ମୁଣ୍ଡ ବୁଲଉଚି, ଦିହହାତ ଦୁର୍ବଳିଆ ଲାଗୁଚି, ଆଖି ମାଡ଼ି ପଡୁଚି, ଭୋକ କମିଯାଉଚି। ଡାକ୍ତର ଡାକ, ଓଷଦ ଆଣ, ଟନିକ୍ କିଣ, ପାଟିତୁଣ୍ଡ କରନା, ନିଦ ଭାଙ୍ଗନା.. ଇତ୍ୟାଦି ଇତ୍ୟାଦି।

ନବଘନ ହସେ। ଚବିଶି ଘଣ୍ଟା ତ' ବିଛଣାରେ ଗଡ଼ିବ, ସେଥେରେ ପୁଣି ନିୟମ କାଢ଼ିବ କ'ଣ ନା, ସକାଳୁ ସକାଳୁ ଘରେ ଆବାଜ୍ ହବନି, କୁକୁରର କୁଁ କୁଁ ନୁହଁ କି ରୋଷେଇଘରର ସେଁ ସାଁ ନୁହଁ। କୋଉଠି କ'ଣ ଟିକେ ଧଡ୍ ଧାଡ୍ ଖଡ୍ ଖାଡ୍ ହେଲା ତ' ଆରମ୍ଭ ହେଇଯିବ ଉଦ୍ଦଣ୍ଡ ଦାସକାଠିଆ। ଘର କମ୍ପିବ ପାଟିରେ। ପଡ଼ିଶାରୁ ନିଜ ନିଜ ଘରର ଝରକା ଖୋଲି ପର୍ଦ୍ଦା ଫାଙ୍କରୁ ମୁହଁ ଗଳେଇବେ ଭଦ୍ରଘରର ମାଇପିମାନେ। ଆଶ୍ଚର୍ଯ୍ୟ ହେଇ ଅନେଇଥିବେ, ସତେଯେମିତି ସେମାନଙ୍କ ଘରେ କେବେ ପାଟିତୁଣ୍ଡ ହୁଏନି କି ଚିଲ୍ଲେଇବା, ଗାଳିଦବା କ'ଣ ସେମାନେ ଜାଣିନାହାନ୍ତି।

ମନେମନେ ସବୁରି ଉପରେ ବହେ ଗାରୁ ଗାରୁ ହେଇ ନବଘନ ମୁହଁ ଧୋଇଲା। ଗାମୁଛାରେ ରଗଡ଼ି ମୁହଁ ପୋଛି ହେଲା। ଦେହରେ ଗଞ୍ଜିଟା ଗଳେଇସାରି ଖୁଣ୍ଟରୁ ଚେନ୍ ଖୋଲୁ ଖୋଲୁ ଲାଞ୍ଜ ହଲେଇଲା ଜନ୍ତୁଟା। ନବଘନ ବୁଝିଗଲା ତା' ଲାଞ୍ଜହଲାର

ଅର୍ଥ। 'ଚାଲ୍.. ଏଥର କୁଆଡ଼େ ନଉଚୁ ନେଇ ଚାଲ୍ ମତେ। ହେଲେ ଜଲ୍‌ଦି ଯା' ଭିତରୁ ବାହାର କର ମତେ। ଘର ଭିତରେ ପଶି ପଶି ସାରା ଦେହଟା ଆସ୍‌କାତିଆ ଲାଗିଲାଣି ପ୍ରା।

ରୁମୁରୁମିଆ ସଫେଦ୍ ଦେହଟାକୁ ଭଲକରି ଦି'ଥର ଝାଡ଼ି ଦୋହଲାଇ ଦେଇ ନବଘନକୁ ଟାଣି ଟାଣି ଆଗରେ ଚାଲିଲା ଜନ୍ତୁଟା। ପଛେ ପଛେ ଅଧା ଚଲା ଅଧା ଦଉଡ଼ା ଅବସ୍ଥାରେ ଦୋକ୍ତା ଦଲୁ ଦଲୁ ଧପାଲିଲା ନବଘନ।

କାମଟା ଆଜିର ନୁହେଁ, ଦେଢ଼ବର୍ଷ ଭିତରେ ଏମିତି ଦିନଟିଏ ବି ବିତିନି ଯେଉଁଦିନ ସକାଳେ କି ସଞ୍ଜରେ କୁକୁରକୁ ଘଡ଼ିଏ ବାହାରକୁ ବୁଲେଇ ନ ନେଇଚି ସେ। କୁକୁରଟା ଏ ଘରକୁ ଆସିବା ଆଗରୁ ନବଘନକୁ ଟିକେ ଫୁରୁସତ ମିଳୁଥିଲା, ଖରାବେଳେ ଭାଗବତ ଦି ଅଧ୍ୟା ପଢ଼ିବାକୁ କି ଓପରଓଳି ବାବୁଙ୍କୁ କହି ସିନେମା ଯିବାକୁ।

ହେଲେ ଏଇଟା ଆସିବା ଦିନୁ ସବୁ ବନ୍ଦ। ଫର୍‌ମାଇସି ଉପରେ ଫର୍‌ମାଇସି.. ଅପୁ ଗାଧୋଇବ, ଅପୁ ଖାଇବ, ଅପୁ ଦିହରୁ ଟିଙ୍କ ଛଡ଼ାହବ, ଅପୁ କାନରୁ ଗଇ କଢ଼ାହବ। ଅପୁର ନଖ କଟା ହବ, ରୁମ ପାଲିସ୍ ହେବ, ଅପୁକୁ କମ୍.. ଗୋ.. ରନ୍.. ଫଲୋ.. ସିଟ୍‌ଡାଉନ୍, ନିଲ୍‌ଡାଉନ୍ ଭଳି ଶବ୍ଦ ସହ ପରିଚିତ କରାଇ ସଭ୍ୟ ବନାଯିବ। ପୁଣି ଲାଞ୍ଜ ହଲା, ମୁଣ୍ଡ ହଲା, ଗୋଡ଼ ଟେକା, ସଲାମ୍ ମରା ଶିଖାଯାଇ ଭଦ୍ର ବନାଯିବ।

ଏଇ ଭଦ୍ରତାର ଅର୍ଥ ନବଘନ ବୁଝେ ଏଇମିତି- ଘରକୁ କେହି ସୁଟ୍‌ବୁଟ୍ ପିନ୍ଧା ଭଦ୍ରଲୋକ ଆସିଲେ, ଅପୁ ତାଙ୍କ ଗୋଡ଼ କନ୍ଦିରେ ଗଳି ତାଙ୍କ ଦାମୀ ପ୍ୟାଣ୍ଟକୁ ଟିକେ ଶୁଂଘିବ। ଧୋତି ଲୁଗା ପିନ୍ଧା ସଫା ଲୋକ କେହି ଆସିଲେ ତାଙ୍କ ଗୋଡ଼ ପାଖେ ନଟର ପଟର ହେଇ ତାଙ୍କ ଧୋତି କୁଞ୍ଚରେ ଟିକେ ନାଳ ମିଶା ଦାନ୍ତ ଲଗେଇବ। ଆଉ, ଇତର, ବୁଲା, ଲଙ୍ଗଳା, ଅଧାଲଙ୍ଗଳା, ହାଡୁଆ ମାଡୁଆ, କାଳିଆ କୋଚଟ, ଅସନା ମସନା ଲୋକ କେହି ଗେଟ୍ ପାଖକୁ ଆସିଲା ମାତ୍ରେ ଚେନ୍ ଛିଣ୍ଡେଇବା ପରି ଗାଉଁ ଗାଉଁ ହେଇ ଭୁକି ଡରେଇଦବ। ଖଣ୍ଡେ ବାଟ ଖେଦିଯିବ।

ଏସବୁ ଦାୟିତ୍ୱର ଜୁଆଳି କାନ୍ଧରେ ପଡ଼ିବା ଦିନୁ ନବଘନର ଭାଗବତ ପଢ଼ା, ସିନେମା ଦେଖା, ବଜାର ବୁଲା, ଚାଟ୍ ଖିଆ ସବୁ ବନ୍ଦ। ସବୁବେଳେ ଖାଲି ଅପୁ.. ଅପୁ.. ଅପୁ। ସତେଯେମିତି ଅପୁକୁ କୁକୁରରୁ ମଣିଷ ବନେଇବାକୁ ଠିକା ନେଇଛି ସେ !

ବାବୁଙ୍କୁ ଅବଶ୍ୟ ସେ ସାଫ୍ ସାଫ୍ କହିଦେଇଥିଲା, ଆଉ ଗୋଟାଏ ଲୋକ ରଖ। ଘର କାମ ସାଙ୍ଗରେ ଯା' ଧନ୍ଦା ମତେ ପୋଷେଇବନି।

ବାବୁ ବି କଥାଟା ହେଜିଲେ। ତାଙ୍କୁ ଏବେ କୋଉ ଲୋକ ଅଭାବ କି ?

ପରଦିନ ଅଫିସ୍‌ରୁ ଏନ୍‌ଏମ୍‌ଆର୍‌ରେ କାମ କରୁଥିବା ପିଲାଟିଏ ଧରିଆଣିଲେ। ମାସରେ ଥରେ ଅଫିସ୍ ଯାଇ ଆଟେଣ୍ଡାନ୍ସ ଖାତାରେ ଦସ୍ତଖତ ମାରିଦେଲେ କାମ ସଇଲା। ସର୍କାର ଘରୁ ଦରମା। ଏପଟେ ବାବୁଙ୍କ ଘରେ ତିନି ବଖତ ନବାବୀ ଖାନା। ଉପରେ ପୁଣି ବାବୁ କହିଛନ୍ତି, ଆରବର୍ଷ ଆଡ଼କୁ ପରମାନେଣ୍ଟ କରିଦେବେ। ପିଲାଟା କପାଳିଆ; ନହେଲେ ଏତେ କଥା କାହା ଭାଗ୍ୟରେ ଜୁଟେ ହୋ?

ନବଘନର ଦୁଃଖ କିନ୍ତୁ ସରିଲାନି। ସେ ଭାବିଥିଲା, ପିଲାଟି ହାତରେ ଏ ଜନ୍ତୁକୁ ସଅଁପି ଦେଇ ସେ ତା' ରୋଷେଇଘର ଡିଉଟିକୁ ଫେରିଯିବ। ଯା ହେଲେ ବି ବ୍ରାହ୍ମଣ ଘର ପିଲା। ଶାସନ ଭିତରେ କଥାଟା ଉଠିଲେ ଲୋକେ କହିବେ, ଧଡ଼ି ଦାଶ ପୁଅ କୁକୁର ସେବା କରୁଚି। କୁକୁର ଦିହରୁ ଟିଙ୍କ ବାଛୁଚି। କୁକୁର ଗୁହମୂତରେ ରୋଜ୍ ଘାଣ୍ଟି ହଉଚି। ଛିଃ.. ଛିଃ.. କି ଅପନିନ୍ଦା କଥା!

ହେଲେ ଏ ହାରାମ୍‌ଜାଦା କୁତ୍ତାଟା କ'ଣ କମ୍ ଜନ୍ତୁ? ସେ ପିଲାର ପାଖ ଇଏ ମାଡ଼ିଲାନି। ଦେଖିଲା ମାତ୍ରକେ ଖାଲି ରଗ ରଗ ସିଂ ସିଂ ଭାଉ ଭାଉ। ପିଲାଟା ବି ଡରିଗଲା। କୁତ୍ତା ଜନ୍ତୁକୁ କି ବିଶ୍ୱାସ! କୋଉଦିନ ମନ ହବ, ଦବ ଝୁଣି। ତାକୁ ବି କିଏ କହି ଦେଇଚି ଯେ ବିଲାତି କୁକୁର କାମୁଡ଼ିଲେ ନାହିମୁଣ୍ଡାରେ ଚଉଦଟା ଇଞ୍ଜେକ୍‌ସନ୍। ସେଥେରେ ବି ଭଲ ହବାର ଗେରେଣ୍ଟି ନାହିଁ।

ବାବୁ ଦିନେ ବସି ସବୁ ସମସ୍ୟାର ସମାଧାନ କରିଦେଲେ। ପିଲାଟି ରହିଲା ଘରର ଯାବତୀୟ କାମ କାର୍ଯ୍ୟ, ରୋଷେଇବାସ, ସଉଦାପତ୍ର ଦାୟିତ୍ୱରେ। ନବଘନର ଦି'ଟା କାମ- ପ୍ରଥମଟା କୁକୁର ତ' ଦ୍ୱିତୀୟଟା ବଗିଚା।

ବାବୁଙ୍କର ବଗିଚା ଫଗିଚା ପ୍ରତି ସେମିତି କିଛି ଖାସ୍ ଆକର୍ଷଣ ନାହିଁ। ଅଛି ମାଆଙ୍କର। ମାଆ କହନ୍ତି, ତାଙ୍କ ବାପଘର କାଳେ କୋଡ଼ିଏ ଏକର ଜମି ଉପରେ ବଗିଚା। କୋଡ଼ିଏ ଏକର! ବୋପାଲୋ!! ନବଘନର ଆଖି ଡୋଳା ଓଲଟିପଡ଼େ।

ମାଆ କହନ୍ତି, ତାଙ୍କ ଗୋସବାପା ଥିଲେ ବ୍ରିଟିଶ୍ ଅମଳର ଜମିଦାର। ରାୟବାହାଦୂର ଉପାଧି ପାଇଥେଲେ। ବାଘ, ଛେଳି ଉଭୟଙ୍କୁ ଧରି ଗୋଟାଏ କୁଣ୍ଡରୁ ପାଣି ପିଆଉଥେଲେ। କୁକୁର, ବିଲେଇ ବାହାଘର କରି ପଚାଶ ଖଣ୍ଡ ଗାଁ ଲୋକଙ୍କ ମୁହଁ ମିଠା କରଉଥେଲେ। ତାଙ୍କରି ଥିଲା ବଗିଚା ସଉକ୍। ସେ ହିଁ କରିଥେଲେ ବଗିଚା।

ଏମନ୍ତ ବଗିଚା ଯେ ସେଠୁ ଟ୍ରକ୍ ଟ୍ରକ୍ ସେଓ, ଅଙ୍ଗୁର, ନାସ୍‌ପାତି, ବେଦନା, ଗୋଲାପ, ଗେଣ୍ଡୁ, ସୁଗନ୍ଧରାଜ, ରଜନୀଗନ୍ଧା, ସ୍ଥଳପଦ୍ମ, ଜଳପଦ୍ମ, ଆକାଶପଦ୍ମ ବୋଝେଇ ହେଇ ଯାଉଥିଲା ବାହାରକୁ। ବଗିଚା ଦେଖିବାକୁ ଲୋକ ଆସୁଥିଲେ ବାହାର ରାଇଜରୁ। ଇଂଲଣ୍ଡର କୋଉ ରାଣୀଙ୍କର କାଳେ ଅଭିଷେକ ଉତ୍ସବ ବେଳେ

ଜମିଦାର ପଠେଇଥିଲେ ଫୁଲ ଆଉ ଫଳ, ଉଡ଼ାଜାହାଜ ଭର୍ତ୍ତି କରି। ଇଂଲଣ୍ଡରୁ ଜବାବରେ ବାତିନି ଆସିଥେଲା, କୁଇନ୍ ଭେରି ଭେରି ହାପି..।

ସେ ଗଲାପରେ କିନ୍ତୁ ଜାଣି ସବୁ କିଛି ଉଜୁଡ଼ିଗଲା। ମାଆଙ୍କ ବାପା ଭୋଳା ଲୋକ। ଶିଖେଇ ଶାଖେଇ ଯିଏ ଯା ପାରିଲା ଖାଇଲା, ଯିଏ ଯାହା ପାରିଲା ବୋହିଲା। ହୋସ୍ ଆଇଲା ବେଳକୁ ସବୁ ଶୂନ୍‌ଶାନ୍, ଉଭାନ୍। ପାଞ୍ଚ ପାଞ୍ଚଟା ବଢ଼ିଲା ଝିଅ। ପୁଅମାନେ ବାଲୁଙ୍ଗା। ବୁଢ଼ା ମୁଣ୍ଡରେ ହାତ ଦେଇ ବସିଲା। ଯାହା ହଉ, ଶେଷକୁ ଜମି ଜମା ଯାହା ଥିଲା ସେତକ ବିକି ଭାଙ୍ଗି ଝିଅଗୁଡ଼ାଙ୍କୁ କୂଳରେ ଲଗେଇ ପୁଅମାନଙ୍କୁ ଘୁସ୍ ଫୁସ୍ ଦେଇ ଛୋଟିଆ ମୋଟିଆ ଚାକିରି ବାକିରିରେ ପୂରେଇ ବାହାଚୋରା କରିଦେଇ ସବୁ ଦାୟିତ୍ୱ ଛିଣ୍ଡେଇଦେଲା। ବୁଢ଼ାବୁଢ଼ୀ ଏତେ ତୀର୍ଥ କରୁଚନ୍ତି। ଆଉ ବଗିଚା ନା ଚୋପା!

ନବଘନର ବେଳେବେଳେ ଭାରି ଇଚ୍ଛା ହୁଏ ସେ ବଗିଚାଟା ଯାଇ ଥରେ ବୁଲି ଦେଖନ୍ତା। ଖାଲି ବୁଲିକି ଦେଖନ୍ତା ଟିକେ। ହେଲେ ମାଆ କହୁଥିଲେ, ସେଠି କୁଆଡ଼େ ଏବେ ଆଉ ବଗିଚା ନାହିଁ। ସେ ଜମି ବି ହାତକୁ ହାତ ଡେଇଁ ଡେଇଁ ଏବକୁ ସର୍କାରଙ୍କ ହାତକୁ ପଳାଇଲାଣି। ଜମିତକ ଅଧିଗ୍ରହଣ କରି ସର୍କାର୍ ମାଟିଆ କେଳାଙ୍କ ଥଇଥାନ ପାଇଁ ସେଠି ଘର ତୋଳୁଛନ୍ତି। ବିସ୍ଥାପିତ-କଲୋନି ତିଆରି ହବ ରାୟବାହାଦୂର ଛୁଆଳ ସିଂହ ଦୀନବନ୍ଧୁ ଚମ୍ପତିରାୟଙ୍କ କୋଡ଼ିଏ ଏକର ପରିମିତ ଆଶ୍ଚର୍ଯ୍ୟ-ବଗିଚା ଉପରେ।

ସେହି ଜମିଦାରଙ୍କ ରକ୍ତ ଯେତେବେଳେ ପ୍ରବାହିତ ହେଉଛି ମାଆଙ୍କ ଧମନୀରେ, ବଗିଚା ସଉକିନିଆ ବା ସେ ନ ହେବେ କେମିତି ଯେ! ହେଲେ, କେପିଟେଲ୍‌ରେ ସରକାରୀ କ୍ୱାର୍ଟର୍‌ରେ ଜାଗା କାହିଁ ଯେ, ମାଆ ବଗିଚା କରିବେ? କ୍ୱାର୍ଟର୍ ଆଗକୁ ଏଡ଼ିକି ଟିକେ ଅରାଏ ନାକୁ ଜାଗା। ତଥାପି ସେଇଥେରେ ମାଆଙ୍କ ନିର୍ଦ୍ଦେଶ ଅନୁସାରେ ନବଘନ ଲଗେଇଚି ଗୋଲାପ, ଡାଲିଆ, ଜିନିଆ, ଗେଣ୍ଡୁ ଓ ସଦାବିହାରୀରୁ ଫୁଲେ। ଖତ ସାର ଦେଇ, ଘାସ ବଢ଼େଇ ଲନ୍ କରିଚି। ବୁଲା ଗାଈଗୋରୁଙ୍କ ଉତ୍ପାତରୁ ବଞ୍ଚେଇବାକୁ ବଗିଚା ଧାରେ ଧାରେ ତାର ଜାଲି ଭିଡ଼ିଚି।

କ୍ୱାର୍ଟର୍ ପଛପଟଟା ଅରମା ଅସନା ବଣ ହେଇ ପଡ଼ିଥିଲା। ଦି'ଟା ସଜନା, ତିନିଟା ଅମୃତଭଣ୍ଡା ଆଉ ଚାରିଟା ସିଙ୍ଗାପୁରୀ କଦଳୀ ଗଛ ଥିଲା ସେଠି ଆଗରୁ। ସେଗୁଡ଼ାକ କୋଉ ଦିନୁ ମରି ମାଟିରେ ମିଶିଲେଣି। ସଁବାଳୁଆ ହେଲେ ବୋଲି ସଜନା ଗଛଗୁଡ଼ା କାଟି ଜାଳି ଦେଲା ନବଘନ। ଫାର୍ମରୁ ଭଲ କଦଳୀପୁଆ କେଇଟା ଆଣି ପକେଇଥେଲା ଗତ ସନ। ଭଣ୍ଡା ବାହାରିଲାଣି। ଆଉ ଅରାକରେ କୋଶଳା ଲଗେଇଚି। ବାବୁ ଭାରି ଭଲ ପାଆନ୍ତି ଶାଗ ଖାଇବାକୁ। କହନ୍ତି ଇଏ ଗରିବର ମାଂସ। ତଥାପି

ପୁଳାଏ ଜାଗା ରହିଯାଇଚି କଡ଼ିକିଆ ହେଇ ପାଚିରି ପାଖକୁ। ବର୍ଷା ଦି ଅସରା ହେଇଗଲେ ସାରୁ ପୁଞ୍ଜେ ଲଗେଇବାକୁ ଭାବିଚି ସେ। ପରିବା ଭିତରେ ସାରୁଟି ମାଆଙ୍କର ଜାଣି ଭାରି ପ୍ରିୟ।

ବଗିଚା କଥା ଗଲା। ବାକି ଏ ହାରାମ୍‌ଜାଦା କୁତ୍ତାକୁ ସଭ୍ୟ ଆଉ ଭଦ୍ର କରିବା ଦାୟିତ୍ୱ। ସେଥିରେ ବି କୁଡେଇ ନାହିଁ। କୁକୁରଟା ଏବକୁ ଆରେଇ ଗଲାଣି ନବଘନକୁ। ବୋଲ ମାନେ। ଡାକିଲେ ପାଖକୁ ଆସେ। ଗୋଡ଼ ଟେକି ସଲାମ୍ ମାରେ। ପାଦ ଚାଟେ। ନବଘନର ପିନ୍ଧା ଲୁଗା କୁଞ୍ଚକୁ ଦାନ୍ତରେ ହାଲୁକେଇ କାମୁଡ଼ି ଧରି ଦୌଡ଼େ। ବେଳେବେଳେ କ୍ୟାଉଁ କ୍ୟାଉଁ ହେଇ କିଛି କହିଲା ପରି ଚାହିଁ ରହେ ନବଘନର ମୁହଁକୁ। ନବଘନ ବି ଥୋଡ଼ା ଥୋଡ଼ା ବୁଝେ ତା' ମୌନ ଭାଷା। ଯେଣୁ ବୁଝେ, ତେଣୁ ଦରକାର ମୁତାବକ ଜିନିଷ ଆଣି ତା' ପାଖରେ ଥୁଏ।

ହେଲେ ସେ ଆର ପିଲାଟିକୁ କାହିଁକି କେଜାଣି ଜମା ସୁଖ ପାଏନା କୁକୁରଟା। ସିଏ ଯେତେ ଆଦରରେ ଡାକିଲେ ବି ତା' ପାଖକୁ ଯାଏନା। ତା' ବୋଲ ମାନେନା କି ତା' ହାତରୁ ଖାଏନା।

ନବଘନ ଆଶ୍ଚର୍ଯ୍ୟ ହୁଏ। ଏଇ କୁକୁର ଜନ୍ତୁଗୁଡ଼ାଙ୍କର ବି ଗୋଟେ ଭଲ ମନ୍ଦ, ସୁଖ ଅସୁଖ ବାଛ ବିଚାର ଅଛି!

ବାବୁ ସେଦିନ କହୁଥିଲେ ଅପୁ ଜାତିର ଲକ୍ଷଣ। ଏ ଜାତିର କୁକୁରଗୁଡ଼ା ଯାହାକୁ ଥରେ ଭଲ ପାଆନ୍ତି ତା' ପ୍ରତି ଆଜୀବନ ବିଶ୍ୱସ୍ତ ରହନ୍ତି। ହେଲେ, ଆରମ୍ଭରୁ ଯଦି କାହା ଉପରେ ଚିଡ଼ି ଯାଆନ୍ତି କଥା ସରିଲା। ତା' ସାଙ୍ଗେ ଜୀବନ ଭରି କେବେ ପଟେନି ଏମାନଙ୍କର। ଜନ୍ତୁ ହେଲେ କ'ଣ ହେଲା, ଅନ୍ୟର ମନ ତଳ ମରମ କଥାକୁ, ଚେହେରା ଦେଖି ଚରିତ୍ରକୁ ଠିକ୍ ଠଉରେଇ ପାରନ୍ତି ଏମାନେ। ତା'ହେଲେ ସେ ପିଲାଟାର ମନ ଭିତରେ ଖୋଟ୍‌ଟାଏ କି' ଗଲ୍‌ତିଟାଏ ଅଛି ବୋଲି କିଛି ସୁରାକ୍ ପାଇଯାଇଛି କି କୁକୁରଟା!

ଧେତ୍, ଏସବୁ ବାଜେ କଥା- ଭାବି ମନେ ମନେ ହସେ ନବଘନ।

କୁକୁରଟା ଡାକେ ବାଟ ତଡ଼ିନେଲାଣି ତାକୁ। ନବଘନର ପିନ୍ଧା ଲୁଗା ଅସମ୍ଭାଳ ହେଇଯାଉଛି। ସେ ଆଗକୁ ଚାହିଁଲା। ପୋଲିସ୍ ଜିପ୍‌ଟାଏ ଛୁଟି ଆସୁଛି ତା'ରି ଆଡ଼କୁ। ଗାଡ଼ି ଆଗରେ ଦପ୍ ଦପ୍ କରୁଛି ଘିରିଘିରି ବୁଲୁଥିବା ନାଲିଆ ଆଲୁଅଟେ। ନବଘନ ଚମକିପଡ଼ି ନିଜ ଛାତିକୁ ଥୁକୁଥୁକୁ କଲା। ଜିପ୍‌ଟା ତା'ରି ପାଖରେ ଆସି ସ୍ଥିର ହେଇଗଲା। ଥାନାବାବୁଙ୍କୁ ଚିହ୍ନେ ସେ। ବାବୁଙ୍କର ଜିଗ୍‌ରୀ ଦୋସ୍ତ। ଅନେକଥର ଆସିଚନ୍ତି ଘରକୁ। ନବଘନ ଚର୍ଚ୍ଚାରେ ଊଣା କରିନି କେବେ।

ଜିପ୍ ଭିତରୁ ଥାନାବାବୁ ମୁହଁ ଗଳେଇ ପଚାରିଲେ, କ'ଣ ହେଇଚି କିରେ?

- କିଛି ନାଇଁ ଆଜ୍ଞା, ସକାଳୁ ସକାଳୁ ଏଇଟାକୁ ଟିକେ ଶୈର୍ କରଉଥିଲି।

- ଚୁଃ.. ଆରେ, ଘରେ କ'ଣ ଅସୁବିଧା ହେଇଚି? ଥାନାବାବୁଙ୍କ କଣ୍ଠସ୍ୱରରେ ଏଥର ଫୁଟିଉଠିଲା ସ୍ୱଭାବସୁଲଭ ରୁକ୍ଷତା।

- ମାନେ.. ନାଇଁ.. ମାନେ..- ନବଘନ ଥତମତ, ଥତମତ।

- ବାବୁ ପରା ଫୋନ୍‌ରେ ଏଇନେ ଡକେଇଲେ ମତେ। କ'ଣ ହେଇଚି ଜାଣିନୁ ତୁ..?

ନବଘନ ଚିନ୍ତିତ ଦିଶିଲା। ସକାଳୁ ଉଠି ମୁହଁ ଧୋଇ ସେ ତ' କୁକୁରକୁ ଧରି ସିଧା ବାହାରି ଆସିଲା ରାସ୍ତା ଉପରକୁ। ଘରେ ପୁଣି କେତେବେଳେ କ'ଣ ଅସୁବିଧା ହେଲା?

'ଆ.. ବସ୍..।'- ଥାନାବାବୁ ଆଦେଶଟେ ଫିଙ୍ଗିଲେ। ନବଘନ କୁକୁରକୁ କୁଣ୍ଢେଇ ଧରି ଜିପ୍ ଉପରକୁ ଉଠିଗଲା।

ବାବୁ-ମାଆ ଦିହିଁକି ଦିହେଁ ଇତସ୍ତତଃ ପଦଚାରଣା କରୁଥିଲେ ସାମ୍ନା ଲନ୍‌ରେ।

ଏତେ ସକାଳୁ ଆଜି ଏମାନେ ଉଠିଲେ କେମିତି? ନବଘନ ବେଜାଏ ଭାବିଗଲା..। 'ଯଦିବା ଉଠିଲେ ଏମିତି ଅଙ୍ଗାଳ କୁକୁର ନେଖା ଧାଁ ଧପଡ଼ କରୁଚନ୍ତି କିଆଁ?' ସେ ଆଶ୍ଚର୍ଯ୍ୟ ବି ହେଲା।

'ଆମର ସବୁ ସରିଗଲା..। ସେ ବଦ୍‌ମାସ୍‌ଟା କାଲି ରାତିରେ ଘରେ କଳାକନା ବୁଲେଇ ଦେଇଚି। ସକାଳୁ ଦେଖିଲା ବେଳକୁ ଟ୍ରେଜେରୀ ଖୋଲା, ଆଲମାରୀ ମୁକୁଳା। ତା' ପୁଡ଼ାପତ୍ର ସହ ସେ ଉଭାନ୍।' - ଜିପ୍ ରହୁ ରହୁ ବାବୁ କାନ୍ଦକାନ୍ଦ ହେଇଗଲେ।

- କ'ଣ ତା' ନାଆଁଟା..? ଠିକଣା, ଫଟୋ ଅଛି ତ'?- ଥାନାବାବୁ ପେଣ୍ଟ୍ ପକେଟ୍‌ରେ ହାତ ପୂରେଇ ବିବ୍ରତ ଦିଶିବାକୁ ଚେଷ୍ଟା କଲେ।

'ଦିଲିଆ.. ଦିଲୀପ ବେହେରା। ମୁଁ ମନା କରୁଚି ରଖିବାକୁ। ଚିହ୍ନାପର୍ଚ୍ଚ ନାଇଁ। କେତେବେଳେ କୋଉ କଥା। ଇଏ କ'ଣ ଶୁଣିଲେ କିଛି? କହିଲେ କ'ଣ ନା ମୋ ଅଫିସ୍ ଲୋକ। ଏବେ ଯାଇ ଅଣ୍ଡାଳୁଥା କୋଉ ଅଫିସରେ ଅଣ୍ଡାଳୁଚ..।' କହୁ କହୁ ସକେଇ ପକେଇଲେ ମାଆ।

'ଚାଲନ୍ତୁ.. ଚାଲନ୍ତୁ.. ଭିତରକୁ ଚାଲନ୍ତୁ..। ଜିନିଷପତ୍ରର ଗୋଟାଏ ତାଲିକା ଆଗ କରିଦେବା..।' - କହିଲେ ଥାନାବାବୁ ଓ ନବଘନକୁ ଏଡ଼େଇ ବାବୁ-ମାଆଙ୍କ ସହ ପଶିଗଲେ ଘର ଭିତରକୁ।

କୁକୁରକୁ ବାରଣ୍ଡା ଖୁଣ୍ଟରେ ବାନ୍ଧି ସାରି ତା' ପାଖରେ ଲଥ୍ କରି ବସିପଡ଼ିଲା

ନବଘନ। ଗୁଣୁ ଗୁଣୁ ହେଇ କହିଲା- 'ଯାଃ ଶାଃ, ଆଜିଯାକେ ଯାହାକୁ କୁତ୍ତା ଭାବି ଗରଗର ହଉଥିଲି, ସେଇଟା ତେବେ ଅସଲି କୁତ୍ତା ନୁହଁ! ଯାହାକୁ ସମଗୋତ୍ରୀ ମଣିଷ ଭାବି ଦୟା କରୁଥିଲି, ସ୍ନେହ କରୁଥିଲି, ସେଇଟା ଶେଷକୁ ଲୋଭରେ ପଡ଼ି ନମକ୍‌ହାରାମ୍ କୁତ୍ତା ପାଲଟିଗଲା!

ଥାନାବାବୁଙ୍କ ସମେତ ବାବୁ ଓ ମାଆ ଘରୁ ବାହାରକୁ ବାହାରି ଆସିଲା ବେଳକୁ ଦେଖିବାକୁ ମିଳିଲା ଗୋଟେ ଚକିତ କାରକ ଦୃଶ୍ୟ। ଖୁଣ୍ଟରେ ବନ୍ଧା କୁକୁର ସାମ୍ନାରେ ଆଣ୍ଠୁ ମାଡ଼ି ବସି, ଡାହାଣ ହାତ ଉପରକୁ ଉଠାଇ ନବଘନ ତାକୁ ସଲାମ୍ ଠୁକୁଛି। ବିଡ୍ ବିଡ୍ ହେଇ କହୁଛି, ହ୍ୟାପଃ ମଣିଷକୁ ଚିହ୍ନିବାରେ ଯେ ମଣିଷ ସିନା ଫେଲ୍ ମାରିଯାଉଚି, ହେଲେ ଅସଲ କୁତ୍ତାକୁ ଚିହ୍ନିବାରେ ଯେ କୁତ୍ତା କେବେ ଫେଲ୍ ମାରୁନି ହୋ..।

ତା' ହାତ ରହିଛି କୁକୁରକୁ କୁର୍ଣ୍ଣିସ୍ କରିବା ମୁଦ୍ରାରେ..।

■

ପ୍ରଜାତନ୍ତ୍ର ସାପ୍ତାହିକୀ: ଜୁଲାଇ, ୧୯୯୯

ଲୁଚକାଳି

ଏକ୍.. ଦୁଇ.. ତିନ୍.. ଚାର.. ପାଞ୍ଚ.. ଛ.. ସାତାଠ୍..- ଲୁଲୁ ଏକାନହସରେ ନିଃଶ୍ୱାସ ପ୍ରଶ୍ୱାସ ରୋକି ଗଣି ଚାଲିଥିଲା।

ନବ୍‌ବେ..- ଉଚ୍ଚାରଣ କଲା ବେଳକୁ କାହିଁକି କେଜାଣି ତା'ର ମନେହେଲା, ସେ ଖୁବ୍ ବେଶୀ ତରତର ହୋଇପଡୁଛି ସଂଖ୍ୟାଗୁଡ଼ିକୁ ଗଣିବା ବେଳେ, ଏବଂ ଅନ୍ୟୁନ ଦଶବାରଟି ସଂଖ୍ୟା ଇତିମଧ୍ୟରେ ଡେଇଁ ଯାଇସାରିଚି ଭୁଲ୍‌ରେ। ତ' ସରମ ମିଶା ଅନୁତାପର ତଡ଼ିତ୍‌ଟିଏ ତା ଭିତରେ ସଞ୍ଚରି ଯାଇ ମୁହୂର୍ତ୍ତକ ଭିତରେ ତା କଣ୍ଠସ୍ୱରକୁ ରୁନ୍ଧି ପକାଇଲା।

'ଏକ୍‌କାନବେ..'- ଏଥର ସେ ଟିକିଏ ଦମ୍ ନେଲା ଓ ପରବର୍ତ୍ତୀ ସଂଖ୍ୟାଟି ଉଦ୍‌ଗାରିବା ନିମନ୍ତେ ନିଜ ଭିତରେ ଶକ୍ତି ଖୋଜି ହେଲା।

'ବୟାନବେ..'- ଓ ପୁଣି କେଇ ମୁହୂର୍ତ୍ତର ବିରତି।

'ତେୟାନବ୍‌ବେ..'- ଏବଂ ସତର୍କ ସୂଚନାଟିଏ, ଲୁଚିଲୁ ନା ନାହିଁ?

ଚୌରାନବେ.. ପଞ୍ଚାନବେ.. ଏବଂ ଶେଷରେ, ଚରମ ଅନିଚ୍ଛା ସତ୍ତ୍ୱେ ଶବ୍ଦଟିଏ ଉଚ୍ଚାରିବା ପରି, ଅନେଶତ୍-ଏକ୍, ଅନେଶତ୍-ଦୁଇ, ଅନେଶତ୍-ତିନ୍.. ଶହେ..।

ଏଥର ଆଖି ଖୋଲି ବିପରୀତ ଦିଗକୁ ବୁଲିପଡ଼ିବା ବେଳକୁ ତା ଆଖି ସାମ୍ନାର ପୃଥିବୀ ବିବାକ୍ ଫାଙ୍କା ପଡ଼ିରହିଥିଲା।

ଏଇ ଗଲି.. - କହିଲା ସେ ବଡ଼ ପାଟିରେ। ଆଖି ସାମ୍ନାର ପୃଥିବୀକୁ ଶୁଣାଇବା ପରି ଏବଂ ଚାଲ୍ ଚାଲ୍ ହୋଇ ପଶିଲା ବେଡ୍‌ରୁମ୍ ଭିତରକୁ। ଖଟତଳ ଓ ଆଲମୀରାର ସନ୍ଧି, ଆଲଣା ଓ ବୁକ୍‌ସେଲ୍‌ଫ୍‌ର ମଝି ଅଞ୍ଚଳ, ସବୁ ସ୍ଥାନ ଆପାତତଃ ଶୂନ୍ୟ ଥିଲା।

ଏଥର ପାଖ ବେଡ୍‌ରୁମ୍- ଭିତରର ଡିଭାନ୍ ଓ ମେଜ, ଟି'ପୟ ଓ ଗୁଡ଼ା ଯାଇଥିବା

ସପ- ବିଛଣା। କିନ୍ତୁ ନା, ସେସବୁ ବି ଫାଙ୍କା ପଡ଼ିଥିଲା। ପରେ ପରେ ବାଥରୁମ୍ ଓ କିଚିନ୍। ଠାକୁରଘର ଓ ଡ୍ରଇଂ ରୁମ୍‌ର ଅବଶିଷ୍ଟାଂଶ।

ଘରର ସବୁତକ ଲୁଚି ହେଉଥିବା ସ୍ଥାନ ଧୀରେ ଧୀରେ ତା ଆଗରେ ଉନ୍ମୋଚିତ ହୋଇଚାଲିଥିଲେ। ଅଥଚ, ଛୋଟକୁନୁ କେଉଁଠି ବି ନଥିଲା। ସତେଯେମିତି ଉଭାନ୍ ହୋଇଯାଇଥିଲା ବାଷ୍ପ ପରି।

'କୁନୁ.. ବାହାରିଆ, ମୁଁ ତତେ ଦେଖିସାରିଲିଣି.. ମ..'- ପରି ସବୁଦିନିଆ ଚାଲାକ୍ ଘୋଷଣାଟା କଲାବେଳେ, କାହିଁକି କେଜାଣି ଲୁଲୁ ଅନୁଭବ କଲା ତା କଣ୍ଠ କମ୍ପୁଚି ଥର ଥର ହେଇ। ସେ ଅପେକ୍ଷା କଲା, କାଳେ କୁନୁ ବାହାରି ଆସିବ ତା ଡାକ ଶୁଣି ଏବଂ ପରାସ୍ତ ହେବାର ଦୁଃଖରେ ଗୋଡ଼ କଚାଡ଼ିବା ଆରମ୍ଭ କରିଦେବ ସବୁଦିନ ପରି। ଅଥଚ.. କାହିଁ ଛୋଟକୁନୁ?

ଏଥର ସତକୁ ସତ ଲୁଲୁ ଟିକେ ଶଙ୍କିଗଲା। ଦାଣ୍ଡ କବାଟ, ବାରଣ୍ଡା ଓ ଲନ୍ ଭିତର ଦେଇ ତା ଦୃଷ୍ଟି ଲମ୍ବିଗଲା ଗେଟ୍ ଗ୍ରୀଲ୍ ଯାଏ ତ' ସେ ମୁହୂର୍ତ୍ତେ ସାଙ୍କୁଡ଼ିଗଲା ନିଜ ଭିତରେ। ଜିତିବା ନିଶାରେ ବିଭୋର କୁନୁ ଗେଟ୍ ଟପି ରାସ୍ତାକୁ ଆଉ ପଳାଇ ଯାଇନି ତ? ଉଦ୍‌ବେଗ ଓ ଆଶଙ୍କାର ମିଶାମିଶି ଭାବଟିଏ ତାକୁ ତ୍ରସ୍ତ କରିପକାଇବା କ୍ଷଣି ବାରଣ୍ଡାର ଗ୍ରୀଲ୍‌କୁ ଜାବୁଡ଼ି ଧରି ସେ ଥରି ଥରି ବସିପଡ଼ିଲା ତଳେ।

କୁନୁ! ଏ କୁନୁ..! କୁନୁ...!! - ଅସ୍ପଷ୍ଟରୁ ଅସ୍ପଷ୍ଟତର ହେଇଯାଉଥିବା ତା ଡାକସବୁ ଧୀରେ ଧୀରେ କ୍ଷୀଣ କାନ୍ଦଣାରେ ରୂପାନ୍ତରିତ ହେଇଯାଉଥିଲେ।

●●

ଅନୀତା ଅଫିସ୍ ଛାଡ଼ିଲା ବେଳକୁ ସଂଧ୍ୟା ହୋଇସାରିଥିଲା। ଆପାତତଃ ନିଛାଟିଆ ଓ ନିରୋଳା ସେଇ ରାସ୍ତାରେ ସହଜରେ ରିକ୍ସାଟିଏ ମିଳିବା ହିଁ ଥିଲା ମୁସ୍‌କିଲ୍। ଯୋଗ ଦେଖ, ତାକୁ ରୋଜାନା ଅଫିସ୍ ନବାଆଣିବା କରୁଥିବା ରିକ୍ସାବାଲାଟିର ଝିଅ ଆଜି ହିଁ ପ୍ରସବ କରିବାର ଥିଲା। ବୁଢ଼ା ରିକ୍ସାବାଲା ସକାଳେ ତାକୁ ଅଫିସ୍‌ରେ ଛାଡ଼ିଲା ବେଳେ କାନ କୁଣ୍ଡେଇ କୁଣ୍ଡେଇ କହି ଦେଇଯାଇଥିଲା, ମା! ଝିଅର କ'ଣ ପିଲାପିଲି ହବ, ଏଠୁ ଗଲେ ସିଧା ଡାକ୍ତରଖାନା ଯିବି। ପ୍ରଥମ ପିଲା, ଟଙ୍କା ଦୁଇ ଶହ ଖଣ୍ଡେ ଦେଇଥା'ନ୍ତୁ, ହିସାବ କରି ପରେ କାଟିଦେବେ। ଆଉ ସଂଧ୍ୟାବେଳକୁ ଯଦି ମୁଁ ନଆସିପାରେ, ଜାଣିବେ ସିଆଡ଼େ ରହିଗଲି। ଆପଣ ମତେ ଆଉ ଅନିଷା ନ କରି ଘରକୁ ପଳେଇବେ।

କେମିତି ପଳେଇବ ଯେ ଘରକୁ? ଉଡ଼ିକରି? କେଜାଣି, ଅନ୍ଧାର ହୋଇନଥିଲେ ରିକ୍ସାଟେ କି ଚିହ୍ନାଜଣା କାହା ସହାୟତାରେ ଲିଫ୍‌ଟ୍‌ଟେ ମିଳିବାର ସମ୍ଭାବନା ଟିକେ

ଥିଲା। ହେଲେ କି ମାର୍ଚ୍ଚ ମାସର କାମ ଲାଗିଚି ଅଫିସ୍‌ରେ ଯେ ସରିବାକୁ ନାହିଁ। ଛେ..!

ଅନୀତା ପୁଣିଥରେ ରାସ୍ତାର ଦୁଇ ମୁଣ୍ଡକୁ ଚାହିଁଲା ଓ ନିରାଶ ହେଲା। ଘରେ ତେଣେ ଛୁଆ ଦି'ଟା ଏକା ଥିବେ। ସ୍କୁଲରୁ ଫେରି ଖାଇଥିବେ କି ନାହିଁ କିଏ ଜାଣେ? ଆସିଲାବେଳେ ଫ୍ରିଜ୍‌ରେ ପରଟା, ଆଳୁଦମ୍ ରଖିକି ଆସିଥିଲା। ଲୁଲୁକୁ ତାଗିଦ୍ କରି କହି ଆସିଥିଲା, ସ୍କୁଲ୍‌ରୁ ଫେରି ଭାଇଭଉଣୀ ଦିହେଁ ଖାଇନେବ। ମା' କଥାରେ ଲୁଲୁ ମୁଣ୍ଡ ଲାଡ଼ିଥିଲା।

ଫିଫ୍‌ଥ୍‌ରେ ପଢୁଥିବା ଲୁଲୁର ଦାୟିତ୍ୱଜ୍ଞାନ ଦେଖି ବେଳେବେଳେ ଥମ୍ କରି ନିଜ ଭିତରେ ସାଙ୍କୁଡ଼ିଯାଏ ଅନୀତା। କେତେ ବା ବୟସ? ନଅ ପୂରି ଦଶ ଚାଲିଚି। ଅଥଚ ଗୋଡ଼େ ଗୋଡ଼େ ଜଗିଥିବ ସାନଭାଇ ଛୋଟକୁନୁକୁ। ପାଞ୍ଚ ବର୍ଷର ଛୋଟକୁନୁଟା ପୁଣି ଏଡ଼ିକି ଚଗଲା! ପଢ଼ି ବସିଲେ ଯେତେ ସବୁ ବାହାନା। ଖାଇବସିଲେ ଦୁନିଆଯାକର ପେଖନା। ରୋଜ୍ ସ୍କୁଲରୁ କିଛି ନା କିଛି ଝମେଲା ଆଣିଥିବ ଘରକୁ। ବେଳେବେଳେ ଭୀଷଣ ଚିଡ଼ିଯାଏ ଅନୀତା। ମନ ଭରି ପିଟେ ଛୋଟକୁନୁକୁ। ମାଡ଼ ଖାଇ ପୁଅ କାନ୍ଦି କାନ୍ଦି ଶୋଇଗଲା ପରେ ଆରମ୍ଭ ହୁଏ ମା' ଝିଅଙ୍କର କନ୍ଦାକଟା ପର୍ବ। କିଏ କାହାକୁ କ'ଣ ବୁଝାଏ, କେମିତି ସାନ୍ତ୍ୱନା ଦିଏ ଜାଣିହୁଏନି ସିନା, ହେଲେ ଗୋଟେ ରାତିର ନିର୍ଜଳା ଉପବାସ ପରେ ପରଦିନ ସକାଳକୁ ସବୁକିଛି ସ୍ୱାଭାବିକ ହୋଇଯାଇଥାଏ। ନିତ୍ୟକର୍ମ, ଟିଫିନ୍ ପ୍ରସ୍ତୁତି, ଲଞ୍ଚ୍ ପ୍ୟାକେଟ୍, ପିଲାଙ୍କୁ ତୟାର୍ କରି ସ୍କୁଲ ପଠାଇବା ଓ ନିଜେ ତରବରରେ ଅଫିସ୍ ବାହାରିବା ପରି ଚିରାଚରିତ ଜଞ୍ଜାଳମୟ ରୁଟିନ୍ ଭିତରେ ବିଗତ ଘଟଣାର ବ୍ୟବଚ୍ଛେଦ କରିବାକୁ ଅନୀତା ପାଖରେ ସମୟ ହିଁ ନଥାଏ।

ନା.. ଆଉ ନୁହେଁ, ସାତଟା ବାଜିବ ଆସି- ଅନୀତା ଘଣ୍ଟା ଦେଖିଲା। ଆଗଛକ ଯାଏ କୌଣସିମତେ ଚାଲିଗଲେ ସେଠୁ ହୁଏତ ରିକ୍ସାଟେ ମିଳିଯାଇପାରେ। ଅଭିଜାତ ହେଲେ ହେଁ ସହରର ଏଇପଟ ଅଂଶଟା ବେଶ୍ ନିର୍ଜନ। ଚଉଡ଼ା-ଚିକ୍କଣ ରାସ୍ତା, ଅଥଚ ଗାଡ଼ିଘୋଡ଼ାର କୋଳାହଳ ନାହିଁ। ପାଲିସ୍‌କରା ପେଭ୍‌ମେଣ୍ଟ୍ ଉପରେ ଦିନ ଦି' ପହରେ ବି ପଦଯାତ୍ରୀଙ୍କ ପାଦ ପଡ଼ିବା କଷ୍ଟ। ଯେତେ ଭିଡ଼ଭାଡ଼ ସବୁ ସେଇ ପୁରୁଣା ଟାଉନ୍ ପଟେ। ସଂକୀର୍ଣ୍ଣ ରାସ୍ତା ଉପର ଦେଇ ଅହରହ ଗାଡ଼ିଘୋଡ଼ାର ସୁଅ। ରାସ୍ତା ଧାରକୁ ଲାଗିକରି ତା କ୍ୱାର୍ଟର୍ସ୍। ଘରେ ଛୁଆ ଦି'ଟା ଏକା। ଅନୀତା ଜୋର୍ ଜୋର୍ ପାଦ ପକାଇବା ଆରମ୍ଭ କଲା।

ଏବକୁ ଏକା ଏକା ବାଟ ଚାଲିବାଟା ଆଉ କଷ୍ଟକର ହୋଇ ରହିନି ତା ପାଇଁ।

ଅଭ୍ୟାସରେ ପଡ଼ିଗଲାଣି। କିଏ ଜାଣିଥିଲା, ଅମର ଅଧା ରାସ୍ତାରେ ଏମିତି ତା ହାତ ଛାଡ଼ି ଚାଲିଯିବ ବୋଲି ? କିଛି ବି ନଥିଲା। ଭଲ ଲୋକଟା ଖାଇପିଇ ହସ ଖୁସିରେ ଅଫିସ୍ ବାହାରିଗଲା ଯେ ଫେରିଲା ରକ୍ତ ଜୁଡ୍ଡୁବୁଡ୍ଡୁ ମେଞ୍ଚାଏ ମାଉଁସ ହୋଇ। ତ' ଜୀବନର ବାକିତକ ରାସ୍ତାକୁ ଅନୀତା ଏକା ଏକା ନଚାଲି ଆଉ ଚାରା ବା କ'ଣ ?

ଛକ ହୋଇଗଲା; ଅଥଚ କାହିଁ କେଉଁଠି ରିକ୍ସାଟେ ତ' ଦିଶୁନି ଏଠି। ଷ୍ଟ୍ରାଇକ୍ ଫ୍ରାଇକ୍ ହେଇଚି କି କିଛି ରିକ୍ସାବାଲାଙ୍କର ? କେଜାଣି ! ସାଢ଼େ ସାତଟା ବାଜିଲାଣି ଆସି। କ'ଣ ବା କରିପାରିବ ଏବେ ସେ ଆହୁରି ଦି' କିଲୋମିଟର ବାଟ ଚାଲିବା ବ୍ୟତୀତ ? ଦୀର୍ଘଶ୍ୱାସଟେ ବାହାରିଆସିଲା ଅନୀତାର ଛାତି ଭିତରୁ।

●●

ଗେଟ୍ ଖୋଲି ଭିତରକୁ ପାଦ ବଢ଼ଉ ବଢ଼ଉ ହିଁ ଛାତିରୁ ଅତଡ଼ା ଖସିଲା ଅନୀତାର। ଘରର ସଦର ଦର୍ଜା ଠିଆ ମେଲା ହୋଇଥିଲା। ଘର ଭିତରୁ ଉବୁକି ଆସୁଥିବା ଛିଟିକାଏ ଆଲୁଅର ସୁଅ ବାହାର ବାରଣ୍ଡାର ଜମାଟବନ୍ଧା ଅନ୍ଧାର ସାଙ୍ଗେ ମିଶି କେମିତିକା ଗୋଟାଏ ଛାଇଛାଇକା ଭୌତିକ ପରିବେଶର ଭ୍ରମ ସୃଷ୍ଟି କରୁଥିଲା। ବାରଣ୍ଡାର ଉପର ପାହାଚ ମୁଣ୍ଡରେ କିନା ଆଣ୍ଠୁ ସନ୍ଧିରେ ମୁହଁ ଗୁଞ୍ଜି ଲୁଲୁ ବସିଥିଲା ପୋଖରୀ ତୁଠର ଭିଜା ବତକଟେ ପରି, ନିଶ୍ଚୁପ୍।

'କ'ଣ ହେଇଚି ? ବାରଣ୍ଡା ଲାଇଟ୍ କାହିଁ ଦେଇନୁ ? ଏଠି ଏମିତି ବସିଚୁ ଯେ ? କୁନୁ କୁଆଡ଼େ ଯାଇଚି କି ?'- ଗେଟ୍ ବନ୍ଦ କରି ଆସି ଝିଅ ସାମ୍ନାରେ ଠିଆ ହେବା ଭିତରେ ଅନୀତା ପାଖରେ ଅବଶିଷ୍ଟ ପ୍ରଶ୍ନ ବୋଲି ପଚାରିବାକୁ କିଛି ହିଁ ବାକି ନଥିଲା। ଅଥଚ ସେ ଆଶ୍ଚର୍ଯ୍ୟ ହେଲା ଦେଖି କି' ଲୁଲୁ ସେମିତି ବସିରହିଛି ତଳକୁ ମୁହଁ ମାଡ଼ି, ବସିବା ମୁଦ୍ରାରେ କୌଣସି ପରିବର୍ତ୍ତନ ନଆଣି।

କ'ଣ ହେଲା ? ମାଡ଼ଗୋଳ ହେଇଚ କି ଦିହେଁ ?- କହି ଅନୀତା ନଇଁପଡ଼ିଲା ଝିଅ ପାଖରେ ଓ ଟେକି ଧରିଲା ତା' ମୁହଁକୁ। ଲୁଲୁ କାନ୍ଦୁଥିଲା ଥରି ଥରି, ସକ୍ ସକ୍ ହେଇ ନିଶବ୍ଦରେ। ଅନୀତା ଘର ଭିତରକୁ ଥରେ ନଜର ପହଁରେଇ ଆଣିଲା। କେଉଁଠି ବି ଛୋଟକୁନୁ ଆଖିରେ ପଡ଼ିଲାନି। ନିଜ ଅଜାଣତରେ ଅନୀତା ଟିକେ ଅସ୍ୱସ୍ତି ଅନୁଭବ କଲା ନିଜ ଭିତରେ।

ଏଥର ସେ ଚାରିପଟକୁ ମୁହଁ ବୁଲାଇଲା, ଏଇ ଆଶାରେ କି କେହି ଜଣେ ଆସୁ- ଧାଇଁ ଧାଇଁ ନତୁବା ଚୁପି ଚୁପି ପଛପଟରୁ- 'ହୋ' କରି ମିଛରେ ଚିଲ୍ଲେଇ ଉଠି ତାକୁ ଡରେଇ ଦେଇଥିବାର ଆତ୍ମତୃପ୍ତି ପାଉ- ତା'ର ତମାମ୍ ବିରକ୍ତିକୁ ବେଖାତିର୍ କରି ତା କୋଳକୁ ଡେଇଁପଡୁ- କାଇଁକି ଆଜି ଏତେ ଡେରି କଲୁ ବୋଲି ପଚାରି ତା

ତୁଟି ଭିଡୁ- ଦେଇ ମତେ ମାରିଚି ଆଜି- ଆଗ ତାକୁ ଦି'ଟା ମାରିସାର୍.. ବୋଲି କହି ମିଛିମିଛିକା ଦାନ୍ତ ରଗଡୁ- ଇସ୍କୁଲ୍‌ରେ ଆଜି କ'ଣ କ'ଣ ସବୁ କରିଚି, କାହା ସାଙ୍ଗେ କେମିତି ଲାଗିଚି.. ଆଦିର ବିବରଣୀ ଶୁଣାଇ ଶୁଣାଇ ତା ଶାଢ଼ି କାନି ମୋଡୁ..।

ଅଥଚ, ନା। ଅସ୍ପଷ୍ଟ ଗୋଟାଏ କାନ୍ଦର ଶବ୍ଦ ବ୍ୟତୀତ କିଛି ବି ଶୁଭୁନଥିଲା ତାକୁ। ଲୁହ, କୋହ ଓ ଭୟରେ ଜଡ଼ସଡ଼ କୁନି ଝିଅଟେ ବ୍ୟତୀତ କେହି ବି ନଥିଲେ ଦୃଶ୍ୟପଟରେ।

କି' ଏକ ଅଜଣା ଆତଙ୍କରେ ଅନୀତାର ସର୍ବାଙ୍ଗ ଶିହରି ଉଠିଲା।

କ'ଣ ହେଇଚି କହୁନୁ କାହିଁକି..?- ପଚାରି, ଅନୀତା ଏଥର ତା ଦୁଇ ବାହୁ ଆଶ୍ରାରେ ଲୁଲୁକୁ ଫୁଲଟିଏ ପରି ଟଲୁ ଟୋଳିଆଣି ଠିଆ କରାଇଦେଲା ନିଜ ସାମ୍ନାସାମ୍ନି।

କ'ଣ ହେଲା?- ତା ନିଜ କଣ୍ଠସ୍ୱର ବି ରୁଦ୍ଧି ହୋଇ ଆସୁଥିଲା କୋହରେ। ଝିଅର କାନ୍ଦକୁ ରୋକିବାରେ ବିଫଳତା ବୋଧେ ଚିପୁଡ଼ି ପକାଉଥିଲା ତାକୁ।

ଲୁଲୁ ମୁଣ୍ଡ ଉଠାଇ ଚାହିଁଲା ମା' ମୁହଁକୁ।

'କ'ଣ ହେଇଚି ଲୋ..'- କଣ୍ଠସ୍ୱରରେ ଏଥର ପ୍ରତ୍ୟୟ ଓ ମୁକାବିଲା ମନୋବୃତ୍ତି ଫୁଟି ଉଠିଲା ଅନୀତାର।

'..ଛୋଟ କୁନୁ.. ଉ.. ଉ..'- ସକ୍‌ସକ୍ ଭାବ ଅତୁଟ ରଖି ଲୁଲୁ ଆନୁନାସିକ ସ୍ୱରରେ ଜବାବ ଦେଲା - ଛୋଟ କୁନୁ କୁଆଡ଼େ ଗଲା ମୁଁ ପାଉନି ଖୋଜି ଖୋଜି..। ସ୍କୁଲରୁ ଫେରି ଖାଇ ସାରି ଆମେ ଦି'ଜଣ ଲୁଚକାଳି ଖେଳୁଥିଲୁ। ମୁଁ ଆଖି ବୁଜିଲି, ସିଏ ଲୁଚିବାକୁ ଗଲା। ଶହେ ଗଣି ସାରି ଆଖି ଖୋଲିଲା ବେଳକୁ କୁଆଡ଼େ ପଳେଇଚି- ସବୁଆଡ଼େ ଖୋଜି ସାରିଲିଣି ମୁଁ.. ପାଉନି ତାକୁ।

ଫେଁ କରି ହସି ପକାଇବାକୁ ଇଚ୍ଛା ହେଲା ଅନୀତାର।

'ଆରେଃ.. ଏଇଥିପାଇଁ ଏତେ କାନ୍ଦ, ମୁଁ ଭାବୁଚି କ'ଣ ଗୋଟେ ହେଲା ଆଉ। କାନ୍ଦ ବନ୍ଦ କର.. ଛିଃ। ଆରେ ଯାଇଥିବ ଏଇଠିକୁ କୋଉଠିକୁ- ଆସିବନି ବଳେ- ରହ। ମୁଁ ଶାଢ଼ି ପାଲଟି ଦିଏଁଟି- ସେପଟ ଆଣ୍ଟିଙ୍କ ଘରେ ଯାଇ ଦେଖିବା- ସେଇଠି ବସି ଟିଭି ଦେଖୁଥିବ କି' କ'ଣ!

ଝିଅକୁ କୁଣ୍ଢେଇ ଧରି ପ୍ରବୋଧନା ଦେଉ ଦେଉ ଅନୀତା ପଶିଲା ଘର ଭିତରକୁ। ଶାଢ଼ି ପାଲଟିଲା।

ଅଫିସ୍‌ରେ ଦିନଯାକର ମାନସିକ ଖଟଣି ଓ ବିପର୍ଯ୍ୟସ୍ତ ଜୀବନଚର୍ଯ୍ୟା ପରେ ଅସ୍ୱସ୍ତି ଓ ବିରକ୍ତିରେ ଦେହମୁଣ୍ଡ ଧକ୍‌ଧକ୍ କରିବା ଆରମ୍ଭ କଲାଣି। ଚା' କପେ ପିଇଲେ ଭଲ ଲାଗନ୍ତା ଟିକେ।

ଧୋଇଧାଇ ହେବା ପାଇଁ ବାଥ୍‌ରୁମ୍‌କୁ ପଶିଲା ବେଳକୁ ଅନୀତା ଦେଖିଲା, ଲୁଲୁ ସେଯାଏ ଡାଇନିଂ ଟେବୁଲ୍ ପାଖେ ବସି ରହି ଲୁହଭର୍ତ୍ତି ଆଖିରେ ବାହାରକୁ ଚାହିଁ ରହିଛି।

ଝିଅର ଲୁହଧୁଆ ମୁହଁକୁ ଶାଢି କାନିରେ ପୋଛି ଦେଇ ବୋକଟିଏ ଦେଲା ଅନୀତା। କହିଲା, ଗଲୁ ମା' ! ଫ୍ରିଜ୍‌ରୁ କ୍ଷୀର ଡେକ୍‌ଚିଟା ବାହାର କରିଦେବୁ। ଟିକେ ଧୋଇ ହେଇପଡ଼ି ଚା'ଟା ବସାଇଦେଇ ଯିବା ଆଣ୍ଟିଙ୍କ ଘରକୁ। ମା' କଥା ମାନି ଲୁଲୁ ନିଃଶବ୍ଦରେ ଉଠିଗଲା କିଚିନ୍ ଭିତରକୁ।

ଆଞ୍ଜୁଳା ଆଞ୍ଜୁଳା ଥଣ୍ଡା ପାଣି ତା' ମୁହଁ-ଦେହରୁ କ୍ଳାନ୍ତି ଓ କଷଣର ଚିହ୍ନସବୁ ପୋଛି ଦେଉଥିବା ବେଳେ ହିଁ ଭୟବିଜଡ଼ିତ ତୀବ୍ର ଚିତ୍କାରଟେ ଅନୁରଣିତ ହୋଇଉଠିଲା ଅନୀତାର କାନରେ।

କ'ଣ ହେଲା.. ବୋଲି ଦେହମୁହଁରୁ ପାଣି ଝରୁଥିବା ଅବସ୍ଥାରେ କିଚିନ୍ ଆଡ଼କୁ ଦଉଡ଼ି ଆସି କିଚିନ୍ ଦୁଆରମୁହଁରେ ଥମ୍ କରି ଠିଆ ହୋଇଗଲା ଅନୀତା।

କିଚିନ୍‌ର ଦୁଆର ଆଡ଼କୁ ମୁହଁ କରି ରହିଥିବା ବିଶାଳକାୟ ଫ୍ରିଜ୍‌ର ଡୋର୍ ବିବାକ୍ ଖୋଲା ପଡ଼ିଥିଲା। ଫ୍ରିଜ୍‌ର ତଳ ଥାକରେ ଜାକି ଜୁକି ହୋଇ ଲୁଚିବା ମୁଦ୍ରାରେ ବସି ରହିଥିଲା ଛୋଟ କୁନୁ। ବରଫର ପତଳା ସଫେଦ୍ ଆସ୍ତରଣଟିଏ ଜମି ସାରିଥିଲା ତା' ଦେହରେ। ଅସମ୍ଭବ ଭାବେ ବଡ଼ ବଡ଼ ହୋଇଯାଇଥିବା ତା ଆଖି ଓ ମେଲା ହୋଇଯାଇଥିବା ତା ମୁହଁରେ ଉଦ୍‌ଭାସି ଉଠୁଥିଲା ଜିତାପଟର ହସଧାରଟିଏ। ଲୁଚକାଳି ଖେଳରେ ବଡ଼ଭଉଣୀକୁ ହରାଇ ଦେଇଥିବାର ଖୁସି, ସତେଯେମିତି ଧାରେ ହସ ପାଲଟି, ତା' ନିଷ୍ପାପ ମୁହଁରେ ଲାଖି ରହିଥିଲା !

ଫ୍ରିଜ୍‌ର ତଳ ଧାରକୁ ଲାଗି କରି ଚଟାଣରେ ଗଡୁଥିଲା ଖେଳରେ ସାନଭାଇଠାରୁ ପରାସ୍ତ ଲୁଲୁର ନିସ୍ପନ୍ଦ ଅସାଡ଼ ଦେହ।

ପାଦ ତଳର ମାଟି ମୁହୂର୍ତ୍ତକ ମଧ୍ୟରେ ଅପସରି ଗଲା ପରି ଅନୀତା ଦୁଲ୍ କିନା କଚାଡ଼ି ହେଇପଡ଼ିଲା ତଳେ।

■

(ଆଧୁନିକ; ୨୦୦୨)

ଜୋକର୍‌ର କାନ୍ଦ

॥ ଏକ ॥

ଏ ଜୋକର୍‌ଟାକୁ ଦେଖୁଚୁ ? କହ ତ' ଏଥିରେ ନୂଆ ଆଉ ନିଆରା କ'ଣ ଅଛି ? - ଦିନେ ପଚାରିଲେ ଜେଜେ ।

ଜେଜେଙ୍କ ହାତରେ ଥାଏ ଚମ୍ପାଫୁଲ ରଂଗର ପୋଷ୍ଟ୍‌କାର୍ଡ ଫଟୋଟାଏ । ମୁଁ ହାତ ବଢ଼େଇ ଫଟୋଟାକୁ ଆଣିଲି । ସାଧାରଣ ଫଟୋ-କାର୍ଡଠୁ ମୋଟେଇ ଟିକେ ଅଧିକ ହେବ । କାର୍ଡର ଗୋଟେ ପଟ ପୂରା ମସୃଣ, ଚକ୍‌ଚକ୍, ପାଲିସ୍ । ମହମ ବୋଳା ହେଲା ଭଳି । ସେଇ ଚିକିମିକିଆ ପଟରେ, ଚାରିକଡ଼କୁ ଟିକେ ଟିକେ ଧଡ଼ି ଛାଡ଼ି ଦିଆଯାଇ, ମଝିଆଁମଝି ଏକ ଅଣ୍ଡାକୃତି ଭିତରେ ଅଙ୍କା ହୋଇଥାଏ ଗୋଟେ ଜୋକର୍‌ର ମୁହଁ ।

ଜୋକର୍‌ଟି ପିନ୍ଧିଥାଏ ନାଲିଆ ଫୁଲପକା ଏକ ଛିଟ ସାର୍ଟ । ସାର୍ଟର ଛାତି ବୋତାମ ପାଖରୁ ଆରମ୍ଭ ହୋଇଥିବା ଚିତ୍ର ଜୋକର୍‌ର କାନ୍ଧ, ମୁହଁ ଦେଇ ଯାଇ ସରିଥାଏ ତା' ଗମ୍ବୁଜ ମାର୍କା ନାଲିଆ ଟୋପି ପାଖରେ; ଉହୁଁ, ବରଂ ଟୋପି ଅଗରେ ଝୁଲୁଥିବା ନାରଙ୍ଗି ରଂଗର ଟିକି ବଲ୍‌ଟି ପାଖରେ । ଆବଶ୍ୟକତାଠୁ ଅଧିକ ଲମ୍ବିଥିବା ଓ ଅଧିକ ଲାଲ୍ ଦିଶୁଥିବା ଜୋକର୍‌ର ଲମ୍ବା ଓଠ ଉପକୂଳରେ ଲହଡ଼ି ମାରୁଥାଏ ଚେନେ ହସ ।

ମୁଁ ଓଠ ସାଙ୍କୁଡି ମୁଣ୍ଡ ଲାଡିଲି । ଅର୍ଥ- ନାଇଁ ଜାଣିପାରୁନି ମୁଁ, କ'ଣ ଏଥିରେ ନୂଆ କଥା ଭରିଛି । ତମେ କୁହ ବରଂ ।

ଜେଜେ ନଇଁ ପଡିଲେ ମୋ ଉପରକୁ । କହିଲେ ଦେଖ୍ ଭଲକରି । ଏ ଚିତ୍ରଟିର କାରିଗରି ଏମିତି ଯେ, ତାକୁ ଜଣେ ଯେତେ ବେଶୀ ବେଶୀ ନିରେଖି ଦେଖିବ, ଜୋକର୍ ମୁହଁର ହସ ସେତେ ବେଶୀ ବେଶୀ ପ୍ରସରି ଯିବ । ଓଠରୁ ଗାଲଯାଏ ହସ ବ୍ୟାପି ଯାଇ ପୂରା ମୁହଁକୁ ଆବୋରି ପକାଇବ । ଧରିପାରିଲୁ ?

ମୁଁ ତଥାପି ଖୋଜି ହେଉଥାଏ ଚିତ୍ରଟାର ନିଆରାପଣକୁ । ଏ କଥା ସତ ଯେ,

ଚିକ୍‌ମିକିଆ କାଗଜ ଉପରେ ରଂଗର ଅଦ୍‌ଭୁତ କାର୍‌ସାଦି କରାଯାଇଥାଏ। ଏମିତିକା କାର୍‌ସାଦି ଯେ ଦେଖିବାବାଲା ଘଡ଼ିଏ ଭ୍ରମରେ ପଡ଼ିଯିବ। ମନେହେବ, ସତେଅବା ଜୋକର୍‌ଟା ଜୀବନ୍ୟାସ ପାଇଯାଇଛି ଓ ବେଳକୁବେଳ ବେଶୀ ବେଶୀ ହସୁଛି!

ତେବେ ଏଇ ବୈଶିଷ୍ଟ୍ୟଟି ତ' ଊଣା ଅଧିକେ ସବୁ ଚିତ୍ରରେ ଥାଏ। ଚିତ୍ରକର ତା' ଚିତ୍ରକୁ ଏମିତି ବାଗରେ ବନେଇଥାଏ ଯେ, ଆମେ ଯୁଆଡୁ ଯୋଉପଟୁ ଦେଖିଲେ ବି ଚିତ୍ର ଆମ ଆଖିରେ ଆଖି ମିଳାଇଲା ଭଳି ଚାହିଁ ରହିଥାଏ। ଏଥିରେ ଆଉ ନୂଆ କଥାଟା କ'ଣ ଯେ?

ଜେଜେ ଏଥର ରହସ୍ୟ ଖୋଲିଲେ। -ଏଇ ଦେଖ୍, ନିଆରାପଣଟି ରହିଛି ଏଇ ପଛପଟରେ। କ'ଣ ଲେଖା ହେଇଚି ପଢ଼। ଜେଜେ ବୁଲାଇ ଦେଲେ ମୁଁ ଧରିଥିବା କାର୍ଡ-ଫଟୋଟିକୁ। ହାତକୁ ସାମାନ୍ୟ ଖଦଖଦଡିଆ ଲାଗୁଥିବା ଫଟୋର ପଛପଟଟା ବିବାକ୍ ଫାଙ୍କା ଥାଏ। ତଳପଟକୁ ସାନ ସାନ ଅକ୍ଷରରେ ଲେଖାଥାଏ ଦି'ଟି ଧାଡ଼ି।

'ଋତୁ ବଦଳିଲେ.. ମନ ବଦଳିବ.. ମୁଡ୍ ବଦଳିବ।

ସମୟ ବଦଳିଲେ.. ପ୍ରେମ ବଦଳିବ.. ଏ ଜୋକର୍‌ର ରଂଗ ଓ ହସ ବି ବଦଳିବ।'

ବଦଳିବ..? ଇଏ କେମିତିକା କଥା ଯେ? -ମୁଁ ଅବିଶ୍ୱାସ୍ୟ ଆଖିରେ ଚାହିଁଲି ଜେଜେଙ୍କୁ। ପଚାରିଲି, ସତରେ କ'ଣ ଜୋକର୍‌ର ରଙ୍ଗ ବଦଳିବ? ହସ ବଦଳିବ??

ଜେଜେ ମୋ ହାତରୁ ଆସ୍ତେ କରି ପୋଷ୍ଟ୍‌କାର୍ଡଟା ଖସାଇନେଲେ। ମୁରୁକି ହସା ମାରି କହିଲେ, ତୁ'ଟା ଏଡିକି ବୋକା! କଥାଟାର ମଞ୍ଜିକୁ ଧରିପାରୁନୁ ବିଲ୍‌କୁଲ୍। ଆରେ, ଋତୁ ବଦଳିଲେ ମନ-ମୁଡ୍ ବଦଳିବ ନା ନାଇଁ? ସମୟ ସହ ତାଳ ଦେଇ ତୋ ମୁହଁର ନକ୍‌ସା ବଦଳିବ ନା ନାଇଁ? ତୋ ହସ-କାନ୍ଦ, ପ୍ରେମ-ଘୃଣା, ସବୁ ବଦଳିବ ନା ନାଇଁ? ସେଇ ସରଳ କଥାଟି ତ' ଲେଖା ହେଇଚି ଏଥିରେ। ଆଉ ଅଧିକଟା କ'ଣ ହେଇଚି ଯେ, ଏମିତି ଆଖି ଡିମା ଡିମା କରି ପକାଉଚୁ?

ମୁଁ ଭାବିଲି, ଆରେ ସତେତ..। ଏ ନିହାତି ନିକୁଛ ସାଧାରଣ କଥାଟାରେ ମୁଁ ବା ଏତେ ତତ୍ତ୍ୱ, ଦର୍ଶନ ଖୋଜୁଛି କାହିଁକି? ସମୟ ବଦଳିଲେ, ଋତୁ ବଦଳିଲେ, ସବୁ କିଛି ବଦଳନ୍ତାନି କି ଆଉ? ଏଥିରେ ନୂଆ କ'ଣ ଯେ?

ଜେଜେ ସେତେବେଳକୁ ଗଲେଣି ତା'ଙ୍କ ଫଟୋ-କାର୍ଡକୁ ନେଇ।

॥ ଦୁଇ ॥

ଭାଗବତ ନାମଧାରୀ ଜେଜେ ଆମର ଥିଲେ ଭାଗବତ ପରିକା ସତସତିକା ପବିତ୍ର ନିର୍ମାୟା ମଣିଷ ଜଣେ। ଗାଁ ଲୋକଙ୍କ ଦୃଷ୍ଟିରେ ସେ ଥିଲେ ସୁପୁରୁଷ ଓ ସଫଳ।

ତାଙ୍କ ବୟସ ବେଳେ ଏମିତି କୋଉ ବେପାର ନଥିଲା, ଯେଉଁଥିରେ ସେ ହାତ ଲଗାଇ ନଥିଲେ। ଯୋଗକୁ, ଯେଉଁ ଧନ୍ଦାରେ ବି ସେ ହାତ ଦେଇଥିଲେ, ସେ ସବୁଥିରେ ତାଙ୍କୁ ମିଳିଥିଲା ପ୍ରଚୁର ସଫଳତା। ସେଥିରୁ ବେଶ୍ ଅର୍ଜିଥିଲେ, ବେଶ୍ ସଞ୍ଚିଥିଲେ। ସୌଭାଗ୍ୟକୁ ତାଙ୍କ ବେପାର ସାମ୍ରାଜ୍ୟକୁ ବାପା-ବଡ଼ବାପା-କକେଇମାନେ ଆହୁରି କାହିଁ କେତେ ଆଗକୁ ଗଡାଇ ନେଇଥିଲେ। ସେସବୁ ଦେଖି ଜେଜେ ହସୁଥିଲେ ଆତ୍ମତୃପ୍ତିର ହସ। ଜୀବନର ଶେଷ ଭାଗରେ ବଡ଼ ସନ୍ତୁଷ୍ଟ ଓ ପରିପୂର୍ଣ୍ଣ ମନେ ହେଉଥିଲେ ସେ।

ଘରର ବଡ଼ ନାତି ଭାବେ ମୁଁ ଥିଲି ଜେଜେଙ୍କର ସବୁଠୁ ବେଶୀ ପ୍ରିୟ। ସେଥିପାଇଁ ମଝିରେ ମଝିରେ ସେ ଖୋଜି ହେଉଥିଲେ ମତେ, ବସୁଥିଲେ ଆସି ମୋ ପାଖରେ, ଭଲମନ୍ଦ ପଚାରୁଥିଲେ। ଆଉ ତାଙ୍କ ଭାବନା ସବୁକୁ କେବେ କେବେ ମୋ ସହ ବାଣ୍ଟୁଥିଲେ।

ସେଥର ଲମ୍ବା ଖରା ଛୁଟିରେ କଲେଜ ଓ ହଷ୍ଟେଲ୍ ବନ୍ଦ ହେବାରୁ ମୁଁ ଗାଁକୁ ଯାଇଥାଏ। ଦିନେ ଖରାବେଳେ ମୋ ରୁମ୍‌କୁ ହଠାତ୍ ପଶିଆସି ଜେଜେ ମତେ ଦେଖାଇଲେ ସେଇ ଜୋକର୍‌ର କାର୍ଡ-ଫଟୋ। ଶୁଣାଇଲେ ରଙ୍ଗ ଓ ହସ ବଦଳର ସେ ଅଦ୍‌ଭୂତ କାହାଣୀ।

ସପ୍ତାହେ ଯାଇନି, ପୁଣି ଥରେ ଖରାବେଳେ ମୋ ରୁମ୍‌ରେ ଜେଜେ ହାଜର୍। ଏଥର ବି ହାତରେ ସେଇ କାର୍ଡ-ଫଟୋ। କହିଲେ, ଆରେ ଦେଖ୍ ତ' ଏଇ ଜୋକର୍‌ର ରଂଗ ଆଉ ହସ କେମିତି ବଦଳିଗଲା ଭଳି ଲାଗୁଛି।

ମୁଁ ଜେଜେଙ୍କ ହାତରୁ ଫଟୋ ନେଇ ନିରେଖି ଦେଖିଲି। ସତରେ କ'ଣ ଗୋଟାଏ ବଦଳିଲା ଭଳି ଲାଗୁଥାଏ। ହେଲେ କ'ଣଟା ନିର୍ଦ୍ଦିଷ୍ଟ ଭାବେ ଧରି ହେଉ ନଥାଏ।

ମୁଁ ଅସହାୟତା ପ୍ରକାଶ କଲି। କହିଲି, ତମେ ଠିକ୍ କହୁଚ। କାର୍ଡଟାର ରଂଗ ଓ ମସୃଣତାରେ ଗୋଟେ କାରସାଦି କ'ଣ ଲୁଚି ରହିଛି। ଏମିତି ଛଟକରେ ଲୁଚି ରହିଛି ଯେ, ଖରା କୋପ ବଢ଼ିବା ସହ ତାଳ ଦେଇ, ଏ କାର୍ଡର ଚିତ୍ରଟା ଟିକେ ବେଶୀ ବେଶୀ ବିବର୍ଣ୍ଣ ଦିଶୁଚି। ଆଖିକୁ ଲାଗୁଚି ରଂଗ ଫିକା ପଡିଲା ଭଳି। ଯିଏ ଭାବିବ, ପଛପଟେ ଯାହା ଲେଖା ହେଇଚି ବୋଧେ ସତ। ଜୋକର୍ ତା' ରଂଗ ବଦଳାଉଛି।

ଜେଜେ ହସିଲେ। କହିଲେ, ହଃ, ମଣିଷ ଯଦି ତା ରଂଗ ବଦଳେଇ ପାରୁଛି, ଚିତ୍ରଟା'ର ରଂଗ ବଦଳିବା କିବା ଅପୂର୍ବ କଥା ଯେ? ଛାଡ୍, ଆଛା କହିଲୁ ଦେଖି, ଏ ଚିତ୍ର କିଏ ମୋତେ ଦେଇଥିବ?

ମୁଁ ଭୂରୁ କୁଞ୍ଚେଇଲି। କହିଲି, କିଏ? ବା-ବୋଉ? (ଜେଜେମା'କୁ ଆମେ ସବୁ ପିଲାମାନେ ଡାକୁଥିଲୁ 'ବା-ବୋଉ' ବୋଲି। ଅର୍ଥାତ୍, ବାପାଙ୍କ ବୋଉ। ବା-ବୋଉ ସେତେବେଳକୁ ମରି ସାରିଥାଏ।)

ବା'ବୋଉ ନାଁ ଶୁଣି ଜେଜେ ଟିକେ ଗୁମ୍ ଖାଇଗଲେ। ମୁଁ ମନେ ମନେ ପସ୍ତେଇଲି। ପୁରୁଣା ଘା'ଟାକୁ ଅଜାଣତରେ ଆଞ୍ଚୁଡି ଦେଇଥିବାରୁ। ଭୁଲେଇବାକୁ କହିଲି, ଏମିତିକା ରୋମାଣ୍ଟିକ୍ ଜିନିଷ ଆଉ କିଏ କାହାକୁ ଦିଏ ଯେ? ନିହାତି ନିଜର ଲୋକ ଜଣେ କିଏ ଦେଇଥିବ ନା! ତା'ଛଡ଼ା ତମେ ଯାକୁ ଏତେ ଯତ୍ନରେ ରଖିଚ, ମନେହେଉଚି ଇଏ ତମର ଭାରି ପ୍ରିୟ। ସେଇଥିପାଇଁ କହିଲି ମୁଁ ବା'ବୋଉ କଥା।

ଜେଜେ ହସିଲେ। ଟିକେ ହାଞ୍ଚିପାଞ୍ଚି ହେଇ କହିଲେ, ହଁରେ ତୋ ଅନୁମାନ ସତ। ଯାକୁ ତୋ ବା'ବୋଉ ଦେଇଥିଲା ମତେ। ହେଲେ ତୁ ଜାଣିଥିବା ଏ ବା'ବୋଉ ନୁହଁ। ସିଏ ଆଉ ଜଣେ।

ଏଥର ଚମକିବା ପାଳି ମୋର। କହିଲି, ମାନେ? ଆଉ ଜଣେ ବା'ବୋଉ କିଏ ଥିଲା ପୁଣି? ଜେଜେ ପୁଣି ଟିକେ ଗୁମ୍ ଖାଇଲେ। କହିବେ କି କହିବେନି ଭାବି ମନ ଭିତରେ ଟିକେ ଆଗପଛ ହେଲେ। ଶେଷକୁ କୁଣ୍ଠିତ ଭାବେ କହିଲେ, ଇଏ ତୋ ବା-ବୋଉ ନୁହଁ। ତୁ ପିଲାଲୋକ, ଜାଣିନୁ। ତୋ ବାପାର ବୋଉକୁ ବାହା ହବା ଆଗରୁ ମୁଁ ଆଉ ଜଣଙ୍କୁ ବାହା ହୋଇଥିଲି। ପ୍ରଥମ ଦେଖା ଆଗରୁ ସେଇ ଦେଇଥିଲା ଏ ଚିତ୍ରଟି ମତେ। ମୁଁ ତା ମୁହଁ ବି ଦେଖିନଥିଲି ସେତେବେଳକୁ। ଏ ଚିତ୍ରଟି ମୋ ହାତକୁ ବଢେଇ ଦେଇ କହିଥିଲା, ମୁଁ ଚାହେ, ତମେ ସବୁବେଳେ ହସୁଥାଅ।

ହେଲେ, ମୁଁ ଚଣ୍ଡାଳ, ଭାରି ଅନ୍ୟାୟ କରିଚି ତା ପ୍ରତି।

ଜେଜେ ଏଥର ଉଠିପଡିଲେ। କହିଲେ, ଛାଡ଼୍ ସେ କଥା। ଯେବେ ସମୟ ଆସିବ ସବୁ କଥା ଜାଣିବୁ। କିଛି ଲୁଚାଛପା କି ଲାଜ କଥା ନୁହଁ, କି ପାପ ପରକୀୟା କଥା ନୁହଁ। ତୁ ସେନେଇ ଏତେ ମୁଣ୍ଡ ଖେଳାନା ଏବେ। ସେ ସମୟ ଆସୁ। ମୁଁ ଛାଁ କହିବି ତତେ।

ଜେଜେ ଚାଲିଗଲେ। ବୁଝିଲି, କେଉଁଠି ଗୋଟେ ଭୁଲ୍ ତାରରେ ହାତ ବାଜିଯାଇଛି। ହୃଦ୍‌ତନ୍ତ୍ରୀ ଝନ୍ ଝନ୍ କରିବ ଏଇନେ ବେଶ୍ କିଛି ଦିନ।

।। ତିନି ।।

ବୋଉ ପ୍ରଥମେ ବାଁରେଇ ଚାଁରେଇ ହେଲା। ଛଟା ଗାଳିଲା। ମିଛ ରାଗ ଦେଖେଇଲା। କହିଲା, ହେତ୍ ତୁ ସେଥିରୁ କ'ଣ ପାଇବୁ? ମୋତେ ସେଗୁଡା ପଚାରନା। ତୋ ବାପାଙ୍କୁ ପଚାରୁନୁ। ଗୋସେଇଁଙ୍କି ଯଦି ଏତେ ଡର, ମତେ କାଇଁ ସେ ଧର୍ମସଂକଟରେ ପକଉଚୁ ଯେ?

ଶେଷକୁ ଢ଼େର୍ ରାଣ-ନିୟମ ପରେ ଯାଇ ଖୋଲିଲା ଗୁମର। ଆଗରୁ କିନ୍ତୁ ସର୍ତ୍ତ

କରାଇନେଲା। -ମୋ ମୁଣ୍ଡ ଛୁଇଁ କହ, ଏକଥା ପେଟରେ ରଖିବୁ। କାହା ସହ ବାଣ୍ଟିବୁ ନେଇଁ। ଜେଜେଙ୍କୁ ବି ଦିନେ ପଚାରିବୁ ନେଇଁ।

ତୋ ଜେଜେ ଦି'ଟା ବାହା ହେଇଥିଲେ। ପ୍ରଥମେ ଯାହାକୁ ବାହା ହେଇଥିଲେ ସିଏ ଦେଖିବାକୁ ଭଲ ନୁହଁ। ଗଢ଼ଣ ଯଦିଓ ଅସୁନ୍ଦର ନଥିଲା, ବର୍ଣ୍ଣ କିନ୍ତୁ ଥିଲା ଭାରି ନିରସା। ନିରସା କ'ଣ ବରଂ କହ କଳା। ଜେଜେଙ୍କ ମନକୁ ପାଇଲାନି। ଚତୁର୍ଥୀ ବାସି ଯେ' ଘର ଛାଡି ପଳାଇଲେ ସେ, ଆଉ ଫେରିଲେନି। କୁଆଡେ ଯାଇ କୁଆଡେ ରହିଲେ। ଘର ଲୋକ ଖୋଜି ଖୋଜି ଥେୟା ହେଲେ। ଶେଷକୁ ଯାଇ ଠାବ ହେଲେ ମାଳ ଅଞ୍ଚଳରେ କୁଆଡେ ଗୋଟେ। ସେଠି ଯାଇ ବେପାର, କଣ୍ଟ୍ରାକ୍ଟ୍ରି ମେଲାଇ ଦେଇଥିଲେ। ଖବର ଗଲା, ଘରକୁ ଆସ ବୋଲି। ସେପଟୁ ସେ ଖବର ପଠାଇଲେ, ସେ ତ୍ରିପଣ୍ଡ କାଳୀ ସ୍ତ୍ରୀ ଲୋକଟା ଘରେ ଥିବା ଯାଏ ଘର ଦୁଆରବନ୍ଧ ମାଡିବିନି କି ତା' ମୁହଁ ଚାହିଁବିନି।

ଗାଁରୁ ଛେକକୁ ଛେକ ଲୋକ ଯାଇ ଜେଜେଙ୍କୁ ତୋ'ର ବୁଝେଇ ବୁଝେଇ ଫେଲ୍ ମାରିଲେ। ଏକା ଜିଦ୍- ସେ କାଳୀ କୋଦିର ମୁହଁ ଚାହିଁବିନି। ଆମ ଭିତରେ କିଛି ସଂପର୍କ ନାହିଁ କି ରହିବନି। ସିଏ ଆଗ ଯାଉ ତା' ଘରକୁ। ତା'ପରେ ଯାଇ ମୁଁ ଘରକୁ ଯିବି।

ବର୍ଷେ ବିତିଗଲା ଏମିତି। ଶେଷକୁ ଦି'ପଟର ଭଲଲୋକି ବସି କଥାଟା ଛିଡ଼ାଇଦେଲେ। ତୋ ସାଆନ୍ତ ବାପା (ଜେଜେଙ୍କ ବାପା) କାଇଲି ହୋଇ ବୋହୂକୁ ନେଇ ତାଙ୍କ ବାପଘରେ ଛାଡିଆସିଲେ। ତାଙ୍କ ପାଇଁ ସେଠି ଜମିବାଡ଼ି, ଆଜୀବନ ଭାତପଡି, ଖଞ୍ଜି ଦେଇ ଆସିଲେ। 'ମୋ ଦୋଷ ଧରିବନି, ପୁଅଟା କଥାରୁ ବାହାରିଗଲା, ସବୁ ମୋ ଭାଗ୍ୟ ଦୋଷ, ଝିଅକୁ ଆଉ ଥରେ ବାହା କରାଇଦେବ' ବୋଲି ସମୁଦି ସମୁଦୁଣିଙ୍କ ହାତ ଓଠ ଧରି ନେହୁରା ହୋଇ କାନ୍ଦି କାନ୍ଦି ଘରକୁ ପଳାଇ ଆସିଲେ।

ବୋହୂ ଯିବାର ଦି'ମାସ ବାଦେ ଯାଇ ତୋ ଜେଜେ ଘରକୁ ଆସିଲେ। ସେଇ ବର୍ଷକ ଭିତରେ ବେପାରରୁ ଢ଼େର୍ ପଇସା କମେଇ ଦେଇଥିଲେ ସେ। ସାଆନ୍ତବାପା ସଫା ସଫା ଶୁଣାଇଦେଲେ, ଆଉ ବାହା ହବୁ ତ ନିଜ ଇଚ୍ଛାରେ ହ। ମୁଁ ଆଉ ବାହା କରିବିନି କି ସତ୍ୟଭ୍ରଷ୍ଟ ହେବିନି।

ଜେଜେ ଜିଦିଆକୁ ତାଙ୍କ ବାପା ବି ଜିଦିଆ। ଦିହେଁ ନିଜ ନିଜ ଜିଦ୍‌ରେ ଦି'ବର୍ଷ କାଳ ଅକଡି ରହିଲେ। ସାଆନ୍ତବାପା ମଲାର ବର୍ଷକ ପରେ ଯାଇ ସାହିଭାଇଙ୍କ ପରାମର୍ଶରେ ଜେଜେ ଦ୍ୱିତୀୟବାର ବିଭା ହେଲେ-ଏଇ ଯେ ତୋ ବା'ବୋଉଙ୍କୁ। ପ୍ରଥମ ସ୍ତ୍ରୀଙ୍କ କଥା କିନ୍ତୁ ବେଶୀ କେହି ଜାଣନ୍ତିନି। କିଏ ଜାଣିବ ବା ଏସବୁ? ସେକାଳ ଲୋକ କ'ଣ ଆଉ ଅଛନ୍ତି ନା ଏକାଳ ଲୋକଙ୍କର ଆଉ ସେସବୁ କଥା ପାଇଁ ସମୟ ଅଛି?

ତୁ କିନ୍ତୁ ଏସବୁ କଥା କୋଉଠି ଉଠେଇବୁ ନେଇଁ..ମୋ ରାଣ ଖାଇଚୁ.. ଜାଣିଥା..'। - ବୋଉ ପୁଣି ଥରେ ମତେ ମୋ ସଂକଳ୍ପ କଥା ମନେ ପକାଇଦେଲା ଓ ମୋ ହାତକୁ ନେଇ ତା' ମୁଣ୍ଡ ଉପରେ ଥୋଇଦେଲା।

॥ ଚାରି ॥

'ଜେଜେ ସିରିୟସ୍.. ଜଲ୍‌ଦି ଆ' -ବୋଲି ଫୋନ୍ ପାଇ ଧଡ଼ପଡ଼ ହୋଇ ହଷ୍ଟେଲ୍‌ରୁ ଆସି ଘରେ ପହଞ୍ଚିଲା ବେଳକୁ ଜେଜେଙ୍କର ପ୍ରାୟ ଶେଷ ଅବସ୍ଥା। ଲୋକ ଚିହ୍ନି ପାରୁ ନଥା'ନ୍ତି। ପାଖରେ ବସି ଛାତି ଆଉଁଶି 'ଅମୁକ ଆସିଚି' ବୋଲି ଦି'ଚାରି ଥର କହିଲେ ଯାଇ, ଘଡ଼ ଘଡ଼ ଶବ୍ଦ କରି, ଆଖିରେ ଆଖିରେ ଚିହ୍ନିବାର ଇସାରା ଦେଉଥା'ନ୍ତି।

ବୋଉ ଜେଜେଙ୍କ ମୁଣ୍ଡ ସାଉଁଳି 'ବାପା ବାପା..!!' ବୋଲିକି କେତେଥର ଡାକିଲା ପରେ ଯାଇ ଜେଜେ ଟିକେ ଆଖି ଫିଟେଇ ଚାହିଁଲେ। ଘଡ଼ ଘଡ଼ ଶବ୍ଦ କରି 'ସେ ଶୁଣି ପାରୁଚନ୍ତି ଓ ଦେଖି ପାରୁଚନ୍ତି' ବୋଲି ପ୍ରମାଣ ଦେଲେ।

ବୋଉ କାନ୍ଦୁରା କଣ୍ଠରେ କହିଲା, ବାପା, ଦେଖ.. ବାପି ଆସିଚି..।

ମୁଁ ଡାକିଲି, ଜେଜେ! ଦେଖ.. ମୁଁ ପରା..।

ଜେଜେଙ୍କ ଆଖିଡୋଳା ଟିକେ ଢ଼ଳ ଢ଼ଳ ହେଲା। ଆଖି କଣରେ ଜକେଇଥିବା ଧାରେ ଲୁହ ଗାଲକୁ ଗଡ଼ିଗଲା। ଓଠ ସାମାନ୍ୟ ଥରିଉଠିଲା। ଲାଗିଲା, ସେ ମତେ କିଛି କହିବାକୁ ଚାହୁଁଥିଲେ। ହେଲେ କହିପାରିଲେନି।

ରାତିସାରା ସେଦିନ ଜେଜେଙ୍କ ଖଟ ପାଖରେ ଚେୟାର୍‌ଟେ ପକେଇ ବସି ରହିଥିଲି ମୁଁ। ମଝିରେ ମଝିରେ ମହୁପାଣି ଚାମଚେ ଲେଖାଁ ଦେଉଥାଏ ତା'ଙ୍କ ପାଟିରେ। ଆଖି ଅଧା ଖୋଲି ଚାହୁଁଥା'ନ୍ତି ସେ ମତେ। ଗଲା ଦି'ତିନି ଦିନର ରାତି ଅନିଦ୍ରା ଜନିତ ଥକାରେ ଘାରି ହୋଇ ବୋଉ ଶୋଇପଡିଥାଏ ସେହି ରୁମ୍‌ରେ କୋଣପଟିଆ ହୋଇ, ଚଟାଣ ଉପରେ।

ଅଧରାତି ହେବ ବୋଧେ। ଦେଖିଲି ଜେଜେ ମୋ ମୁହଁକୁ ବଲ ବଲ କରି ଚାହିଁଛନ୍ତି। ହାତ ଉଠାଇବାକୁ ଚେଷ୍ଟା କରୁଛନ୍ତି, ପାରୁନାହାନ୍ତି। ଆଙ୍ଗୁଠି ସମେତ ପାପୁଲି ତାଙ୍କର ଥରୁଚି।

କ'ଣ ହେଲା ? ଦେହ ଭଲ ଲାଗୁନି ? ପାଣି ଟିକେ ଦେବି କି'.. ? -ମୁଁ ପଚାରିଲି।

ଜେଜେଙ୍କ ଆଖିରେ ଜକେଇଥିବା ବୁନ୍ଦାଏ ଲୁହ ଗଡିଆସିଲା ଗାଲ ଉପରକୁ। ହାତ ସେମିତି ଥରୁଥାଏ। ଏଥର ତାଙ୍କର ଓଠ ବି ଥରି ଉଠିଲା। ତାଙ୍କ ଅସ୍ପଷ୍ଟ ଘଡ଼ ଘଡ଼ ସ୍ୱରରୁ ମତେ କେବଳ ଏତିକି ଶୁଭିଲା -'ରା.. ରା.. ରାଣୀ..କୁ କହିବୁ.. ଏ ଜୋକର୍‌କୁ ମାଫ୍ କରିଦବ।'

ଏ କଥାତକ ସତରେ ଜେଜେ ମତେ କହିଲେ, ନା ମତେ ଶୂନ୍ୟବାଣୀ ହେଲା,

ନା ଏସବୁ ମୋ ମନର ଭ୍ରମ, କି' ମୋ ଅନ୍ତରାତ୍ମାର ସ୍ୱରକୁ ମୁଁ ଜେଜେଙ୍କ ସ୍ୱର ଭାବେ ଶୁଣିଲି.. ତା' ମୁଁ ଠିକ୍‌ରେ ଜାଣିପାରିଲିନି। କେବଳ ଏତିକି ଜାଣିଲି, ଜେଜେଙ୍କ ଆଖି ତା'ପରଠୁ ଧୀରେ ଧୀରେ ବୁଜି ହୋଇଆସିଲା। ତାଙ୍କ ମୁହଁରେ କେମିତିକା ଗୋଟେ ଶାନ୍ତିର, ସନ୍ତୋଷର, ପରିପୂର୍ଣ୍ଣତାର ହସ ଖେଳିଗଲା।

ମୁଁ ଆଉ ଚାମଚେ ପାଣି ତାଙ୍କ ପାଟିରେ ଦେଲି। ଅଧା ଭିତରକୁ ଗଲା। ଆଉ ଅଧା ବାହାରକୁ ଗଡିଆସିଲା। ଗାଲରୁ ପାଣି ପୋଛିଲା ବେଳକୁ ମନେହେଲା, ଜେଜେଙ୍କ ଆଖି ବନ୍ଦ ହୋଇଆସୁଛି.. ଦେହ ଥଣ୍ଡା ହୋଇଆସୁଛି।

ଭୋର୍ ବେଳକୁ ଜେଜେ ଚାଲିଯାଇଥିଲେ।

॥ ପାଞ୍ଚ ॥

ଶ୍ମଶାନରୁ ଫେରି ଗାଧୋଇ ପାଧୋଇ ତିକତ ଖାଇସାରିଲା ବେଳକୁ ଖରା ମହଲଣ ପଡିଆସୁଥାଏ। ଜେଜେଙ୍କ ରୁମ୍‌କୁ ଗଲି। ଜେଜେ..ଜେଜେ.. ବାସୁଥାଏ କୋଠରୀଟା। ଅଲୁଗୁଣିରୁ ଝୁଲୁଥାଏ ଜେଜେଙ୍କ ଚଉଡା ଧଳା ଲୁଗା, ନାଲି ଗାମୁଛା। ମୁକୁଳା ପଡ଼ିଥାଏ ତାଙ୍କ ପାନପେଟି। ତାଙ୍କ ଟେବୁଲ୍ ପାଖରେ ବସି ଟେବୁଲ୍‌ର ଡ୍ର ଖୋଲିଲି। ଦି' ଚାରିଟା ପୁରୁଣା ଡାଇରି। ସବୁଥିରେ ଲେଖାଥାଏ ତାଙ୍କ ବେପାର ଓ କଣ୍ଟ୍ରାକ୍ଟ୍‌ର ହିସାବ କିତାବ। ଡାଇରି ତଳେ ସାଇତା ହୋଇଥାଏ, ମୋ ଖୋଜିବା ଚିଜଟି। ସେଇ ଚମ୍ପାଫୁଲ ରଙ୍ଗର ପୋଷ୍ଟ-କାର୍ଡ ଫଟୋ। ଜୋକର୍‌ର ଚିତ୍ର।

ଚିତ୍ରଟାକୁ ଧରୁ ଧରୁ ମୋ କାନରେ ବାଜିଲା ଜେଜେଙ୍କ ସ୍ୱର। 'ଭାରି ଅନ୍ୟାୟ କରିଚିରେ ମୁଁ ତା ସହ। ହାତ ଧରି ବାହା ହେଇଥିଲି, ଦିନଟିଏ ସୁଖ ଦେଇ ପାରିଲିନି। ମତେ ସବୁଦିନ ହସିବାକୁ କହୁଥିଲା ଲୋକଟା। ମୁଁ କିନ୍ତୁ ଜୀବନସାରା କନ୍ଦାଇଲି ତାକୁ। ମୋ ଖୁସି ପାଇଁ ବାଟ କାଟି ଚାଲିଗଲା ସେ। ଦିନେ ବି ମୋ ଉପରେ ଅଧିକାର ସାବ୍ୟସ୍ତ କଲାନି। ମୁଁ ଅପ୍ରାଧୀ ତା ପାଖରେ। ହେଲେ କ୍ଷମା ବି ମାଗି ପାରିଲିନି ତାକୁ। ତୁ ଟିକେ ଯାଇ ତାକୁ ଖବର ଦେବୁ। ମତେ ସେ ନପାଲୁ ପଛକେ, ମୋ ପାଇଁ ଲୁହ ନ ଗଡ଼ାଉ ପଛକେ, ଏ ଜନ୍ମ ପାଇଁ ମତେ ଯେମିତି କ୍ଷମା କରିଦେବ..। ପାରିବୁ ତ' ବୁଝେଇଦବୁ ତାକୁ, ସମୟ ବଦଳିବା ସହ, ଋତୁ ବଦଳିବା ସହ, ମୋ ମନ ବି ବଦଳି ଗଲାଣି। ଏ ଜୋକର୍‌ଟାର ଜୀବନର ସବୁ ରଂଗ, ସବୁ ପ୍ରେମ ବଦଳି ଗଲାଣି। ତା ପ୍ରତି ମୋ ମନରେ ଥିବା ଭାବ ବି ବଦଳି ଗଲାଣି। ସିଏ ପାରିବ ତ' ଏ ଜନ୍ମ ପାଇଁ ମତେ କ୍ଷମା କରିଦେବ..।'

କିଏ କେଉଁଠି କହୁଥାଏ ଏସବୁ..? ନା ମୁଁ ମୋ ମନର ଭାବକୁ ଜେଜେଙ୍କ ସ୍ୱରରେ ଶୁଣୁଥାଏ? କେଜାଣି! ଧଡ଼୍ କରି ଉଠିପଡ଼ିଲି ମୁଁ। ଫଟୋ-କାର୍ଡଟିକୁ ଧରି ବାହାରି ପଡିଲି।

।। ଛଅ ।।

ଛପାଲି ଗାଁରେ କୁମରଙ୍କ ଘରେ ପହଞ୍ଚିଲା ବେଳକୁ ସଞ୍ଜ ରତ ରତ। କୁମର ମୋ କଲେଜ ସାଙ୍ଗ। କିଛି ଦିନ ତଳେ ଜେଜେଙ୍କ ପ୍ରଥମ ବିବାହ କଥା ବୋଉଠୁ ଶୁଣିବା ପରେ ମୁଁ ଆରମ୍ଭ କରିଥିଲି ଭିତିରି ଖୋଳତାଡ଼। ଶେଷକୁ ସଫଳ ହୋଇଥିଲି ମୋ ଗୁପ୍ତ ଅନୁସନ୍ଧାନରେ। ଜଣାପଡିଥିଲା, ଜେଜେଙ୍କ ଦ୍ୱାରା ପ୍ରତ୍ୟାଖ୍ୟାତ ତାଙ୍କ ତଥାକଥିତ ନିରସା ବର୍ଣ୍ଣର ପ୍ରଥମ ସ୍ତ୍ରୀଙ୍କ ବାପଘର ହେଉଛି ଛପାଲିରେ। ଆମ ଘରଠୁ କୋଡିଏ କିଲୋମିଟର ଦୂର କୁମରଙ୍କ ଗାଁରେ। ଚତୁର୍ଥୀ ରାତିରୁ ହିଁ ନିଜ ସ୍ୱାମୀଙ୍କ ଦ୍ୱାରା ଅତି ନିଷ୍ଠୁର ଭାବେ ପ୍ରତ୍ୟାଖ୍ୟାତ ହୋଇଥିବା ସେହି ନିରସା ବର୍ଣ୍ଣର ମହିଳାଙ୍କ ନାଁ ଥିଲା ରାଣୀ। କୁମର ହିଁ ଏସବୁ ତଥ୍ୟ ଦେଇଥିଲା ମତେ।

ତା'କହିବା ମୁତାବକ, ରାଣୀ-ବୁଢ଼ୀଙ୍କ ଭଳି ଭଲ ମଣିଷ ସଂସାରରେ କ୍ୱଚିତ୍ ଜନ୍ମ ନେଇଥା'ନ୍ତି। ଏତେ ନିରୀହା ସରଳା ସ୍ତ୍ରୀ ଲୋକଟିର ଭାଗ୍ୟ ଯେ ଏତେ ଖରାପ ହୋଇପାରେ, ତାହା ଥିଲା ସେ ଗାଁର ସବୁରି କଳ୍ପନାର ବାହାରେ। ବିବାହୋତ୍ତର ସବୁ ଅଧିକାରରୁ ବଞ୍ଚିତ ଓ ସ୍ୱାମୀଙ୍କ ଦ୍ୱାରା ପ୍ରତ୍ୟାଖ୍ୟାତ ହେବା ପରେ ରାଣୀ ଫେରିଆସିଥିଲେ, ନିଜ ବାପଘରକୁ ଏବଂ ବୁଝାମଣା କରିନେଇଥିଲେ ନିଜ ଭାଗ୍ୟ ସହ। ଶଶୁର ତାଙ୍କର ତାଙ୍କ ଚଳିବା ପାଇଁ ଖଞ୍ଜି ଦେଇଥିଲେ ବେଶ୍ କିଛି ଭୂ-ସମ୍ପତ୍ତି। ଅର୍ଥର ଅଭାବ ନଥିଲା। ଏମିତିକି ଦ୍ୱିତୀୟ ବିବାହ ପାଇଁ କିଛି ପ୍ରସ୍ତାବ ମଧ୍ୟ ତାଙ୍କୁ ଅପେକ୍ଷା କରିଥିଲା। ମାତ୍ର ସବୁ କିଛିକୁ ସେ ଏଡାଇ ଦେଇଥିଲେ ହସି ହସି। ବାପା, ମା' ଓ ଭାଇମାନଙ୍କୁ କହିଥିଲେ, ମତେ ମୋ ଭାଗ୍ୟ ସହ ଲଢ଼ିବାକୁ ଛାଡିଦିଅ। ମୋ ଯୁଦ୍ଧ ମୁଁ ନିଜେ ଲଢ଼ିବି।

ଲଢ଼ିଥିଲେ ମଧ୍ୟ। ତାଙ୍କ ନାରୀତ୍ୱକୁ ଅପମାନିତ ଓ ଲାଞ୍ଛିତ କରିଥିବା ସ୍ୱାମୀଙ୍କ ପାଇଁ ବି ସ୍ୱେଚ୍ଛାରେ ସେ ସଧବା ହୋଇ ରହିଥିଲେ। ଶଂଖା, ସିନ୍ଦୂରରେ ସଜେଇ ହୋଇ ସାବିତ୍ରୀ ବ୍ରତ ପାଳିଥିଲେ। ସ୍ୱାମୀଙ୍କ ଦ୍ୱିତୀୟ ବିବାହ, ପରିପୂର୍ଣ୍ଣ ସଂସାର ଓ ପିଲାପିଲିଙ୍କ ସଂପର୍କରେ ଉଡ଼ା ଖବରମାନ ମଝିରେ ମଝିରେ ତାଙ୍କ କାନରେ ପଡୁଥିଲା। ତେବେ ସେସବୁ ଖବର ତାଙ୍କୁ ଉତ୍ତେଜିତ କି ଉତ୍ୟକ୍ତ ନ କରି ବରଂ ପୁଲକିତ କରୁଥିଲା। ବାପା-ମା'ଙ୍କ ଦେହାନ୍ତ ପରେ ଭାଇମାନେ ନିଜ ନିଜ ସଂସାରକୁ ନେଇ ଖୁବ୍ ବେଶୀ ବ୍ୟସ୍ତ ରହିବା ହେତୁ ସେ ଏକ୍‌ଲା ହୋଇପଡିଥିଲେ ଓ ଏକପ୍ରକାର ସନ୍ୟାସିନୀ ଜୀବନ ଯାପନ କରୁଥିଲେ। କୁମରକୁ ଧରି ମୁଁ ରାଣୀ-ବୁଢ଼ୀଙ୍କ ଘରେ ପହଞ୍ଚିଲା ବେଳକୁ ସେ ଚଉରାରେ ସଞ୍ଜବତୀ ଜାଳୁଥା'ନ୍ତି।

ବୃନ୍ଦାବତୀଙ୍କୁ ପ୍ରଣାମ କରିସାରି ସେ ମୁଣ୍ଡ ଉଠାଇଲା ବେଳକୁ ମୁଁ ଠିଆ ହୋଇଯାଇଥିଲି ତାଙ୍କ ପଛରେ। ମୋ କଡକୁ ଲାଗି କୁମର।

ବା'ବୋଉ ! -ମୁଁ ଡାକିଲି ଧୀରେ, କଣ୍ଠସ୍ୱରକୁ ଯଥାସମ୍ଭବ ନମ୍ର ଓ ବିନୟପୂର୍ଣ୍ଣ କରି। ସେ ମତେ ଚାହିଁଲେ ମୁହଁ ଉଠାଇ। ବର୍ଣ୍ଣ ସାମାନ୍ୟ ନିରସ ଓ କଳା ହେଲେ ବି ତାଙ୍କ ଚେହେରାରେ ଫୁଟି ଉଠୁଥିଲା ଏକ ଅଦ୍‌ଭୂତ ସମ୍ଭ୍ରାନ୍ତପଣ। ଚମ୍ପାଫୁଲ ରଙ୍ଗର ଶାଢ଼ିଟିଏ ପିନ୍ଧି ସଞ୍ଜବତୀ ଆଲୁଅରେ ରାଣୀ-ବୁଢ଼ୀ ଦିଶୁଥିଲେ ଅପରୂପା।

ବା'ବୋଉ !.. ମୁଁ ପରକୁଳାରୁ ଆସିଛି.. ଭାଗବତ ପଣ୍ଡାଙ୍କ ନାତି.. ଜାଣିପାରିଲେ.. ? -ଏ ଶବ୍ଦ ସବୁ କେତେ କଷ୍ଟରେ ଯେ ବାହାରୁଥାଏ ମୋ ମୁହଁରୁ, ମୁଁ ନିଜେ ବି ଜାଣିପାରୁ ନଥାଏ। ମୋ କଣ୍ଠସ୍ୱର କେଉଁଠୁ ଗୋଟେ ଭାସିଆସିବା ପରି ଶୁଭୁଥାଏ ମୋ ନିଜ କାନକୁ।

ରାଣୀ-ବୁଢ଼ୀ ଅନାଇ ରହିଥା'ନ୍ତି ମତେ ଆଶ୍ଚର୍ଯ୍ୟ ଚକିତ ହୋଇ ବିସ୍ଫାରିତ ଆଖିରେ। ସତେକି ସେ ମତେ ଦେଖୁ ନାହାନ୍ତି, ଦେଖୁଛନ୍ତି ଆଉ କାହାକୁ। ମୋ ମୁହଁରୁ ବାହାରିଥିବା ଶବ୍ଦ 'ପରକୁଳା-ଭାଗବତ ପଣ୍ଡା' ଭିତରେ ସେ ଯେମିତି ଖୋଜୁଥା'ନ୍ତି ଆଉ କାହାକୁ।

ଆମେ ଦୁହେଁ କେତେ ସମୟ ଏମିତି ପରସ୍ପରକୁ ଚାହିଁ ଠିଆ ହୋଇ ରହିଛୁ କେଜାଣି ! କୁମର ମୁହଁ ଖୋଲିଲା, ରାଣୀମା' ! ଇଏ ମୋ ସାଙ୍ଗ। ତୁମକୁ ଦେଖା କରିବାକୁ ଆସିଚି। କ'ଣ ଖବର ଦବ, ଫଟୋ ଦବ ତ, ସେଇଥିପାଇଁ।

ଏବେ ଆଉ ଅଧିକ କିଛି କହିବାର ଆବଶ୍ୟକତା ଅନୁଭବ କରୁନଥିଲି ମୁଁ। ପକେଟ୍‌ରୁ ବାହାର କଲି କାର୍ଡ-ଫଟୋଟି। ବଢ଼ାଇଦେଲି ରାଣୀ-ବୁଢ଼ୀଙ୍କ ହାତକୁ।

କ'ଣ ସେଇଟା ? -ସେ ପଚାରିଲେ, ଥର ଥର କଣ୍ଠରେ। ତାଙ୍କ କଣ୍ଠସ୍ୱର କମ୍ପୁଥାଏ ଉତ୍ତେଜନାରେ।

ମୁଁ କହିଲି, ମନେ ଅଛି ବା'ବୋଉ ! ଜେଜେଙ୍କ ସହ ପ୍ରଥମ ଦେଖାରେ, ତୁମ ବାସର ରାତିରେ, ତୁମେ ଏଇଟା ଦେଇଥିଲ ତାଙ୍କୁ। -ଏଇ ଜୋକର୍। ମନେଅଛି ? ସେ ନିଜେ ବର୍ଷକ ତଳେ ମତେ ଏ ଚିତ୍ର ଦେଖାଇ କହିଥିଲେ ଏ କଥା। ନ ହେଲେ ମୁଁ ବା କେମିତି ଜାଣିଥା'ନ୍ତି ତମେ ତାଙ୍କୁ ଏଇଟା ଦେଇଥିଲ ବୋଲି ? ଏବେ ଏ ଚିତ୍ରଟା ମୁଁ ତୁମକୁ ଫେରାଇ ଦେବାକୁ ଆସିଛି।

ଜେଜେ ଆଉ ନାହାନ୍ତି। ଆଜି ଭୋର୍‌ରୁ ସେ ଆମକୁ ଛାଡି ଚାଲିଯାଇଛନ୍ତି। ଯିବାବେଳେ ତାଙ୍କର ଶେଷ ଇଚ୍ଛା ଥିଲା, ତୁମକୁ କ୍ଷମା ମାଗିବେ। ତୁମ ପ୍ରତି ଭାରି ଅନ୍ୟାୟ କରିଛନ୍ତି ସେ। ସେଥିପାଇଁ ପଶ୍ଚାତାପ କରୁଥିଲେ, କାନ୍ଦୁଥିଲେ। ତାଙ୍କରି ଶେଷଇଚ୍ଛା ପୂରଣ କରିବାକୁ ଆସିଚି ମୁଁ..। ତାଙ୍କ ପାଇଁ ମୁଁ କ୍ଷମା ମାଗୁଛି। ତାଙ୍କୁ କ୍ଷମା କରିଦିଅ ବା'ବୋଉ..।

କେମିତି ଏତେ ଲମ୍ବା ଓ ଭାରୀ ବାକ୍ୟ, ଶବ୍ଦ ସବୁ ଏକା ନହସକେ ମୁଁ କହିଗଲି

କେଜାଣି ! ରାଣୀ-ବୁଢ଼ୀ ଠିଆ ହୋଇଥା'ନ୍ତି ମୋ ସାମ୍ନାରେ ମୂର୍ତ୍ତିଟେ ପରି । ହଠାତ୍ ଧୁଲ୍ କରି ଗଛ କାଟିଲା ଭଳି କଚାଡ଼ି ହୋଇପଡିଲେ ସେ ତଳେ । ଚଉରା ସାମ୍ନା ଦାଣ୍ଡଟାରେ ।

କୁମର ମତେ ଭିଡ଼ି ଆଣିଲା ବାହାରକୁ । କହିଲା, ତୁ ପଳା ଏଠୁ.. । ଏଇ ସାଂଗେ ସାଂଗେ ପଳା.. । ମତେ ଭାରି ଡର ମାଡୁଚି । କାଳେ କିଏ ଦେଖିପକାଇବ, ବଡ଼ ଝାମେଲା ହେଇଯିବ ଏଇନେ । ଯା.. ପଳା.. ମୁଁ ଏଠି ସବୁ ସମ୍ଭାଳି ନେବି । ତୁ ପଳାଇଯା ଆଗ.. ।

ଏକପ୍ରକାର ଟାଣି ଟାଣି ମତେ ଗେଟ୍ ବାହାରକୁ ଆଣି ମୋ ବାଇକ୍ ପାଖରେ ମତେ ଛାଡିଦେଲା କୁମର ।

'ଯା.. କହିଲି ପରା, ମୁଁ ଦେଖେ ସିଏ ସେଆଡେ ବେଚେତା ହେଇଗଲେଣି ନା କ'ଣ..' -କହି ମତେ ଜବରଦସ୍ତି ବାଇକ୍‌ରେ ବସାଇ, ବାଇକ୍‌କୁ ମୋର ଷ୍ଟାର୍ଟ କରିଦେଲା କୁମର । ମୁଁ ନିଜେ କଣ କହୁଛି, କଣ କରୁଛି, ମୋ ଆଖି ସାମ୍ନାରେ କଣ ସବୁ ଘଟିଯାଉଛି.. କିଛି ବୋଲି କିଛି ବୁଝି ପାରୁନଥାଏ ମୁଁ । କେମିତି କେଜାଣି, ଗାଡ଼ି ଗଡାଇନେଲି ଆଗକୁ ।

ଅନ୍ଧାର ବହଳ ହୋଇ ଆସୁଥାଏ । ମୋ ଗାଡ଼ିର ଲାଇଟ୍ ଅନ୍ଧାରକୁ ଚିରି କେନା କେନା କରି ପକାଉଥାଏ । ଆଲୁଅ-ଅନ୍ଧାରର ଗୋଡ଼ାଗୋଡ଼ି ଲୁଚକାଳି ଭିତରେ ନାଚୁଥାଏ ଗୋଟେ ଛବି । ଜୋକର୍‌ର ଛବି ।

କେଜାଣି କେତେ ରାସ୍ତା ଆସିଲିଣି ସେତେବେଳକୁ ମୁଁ ! ଗାଁ ରାସ୍ତାରୁ ବାହାରି ମୁଖ୍ୟ ରାସ୍ତାକୁ ଉଠି ଆସିବାର ଅନେକ ସମୟ ପରେ ଉଜ୍ଜ୍ୱଳ ହାଇମାଷ୍ଟ୍ ଲାଇଟ୍ ଖୁଣ୍ଟଟିଏ ଦେଖି ଗାଡ଼ି ଅଟକାଇ ଷ୍ଟାର୍ଟ ବନ୍ଦ କଲି । ଗାଡ଼ିରୁ ଓହ୍ଲାଇ ପକେଟ୍‌ରୁ ବାହାର କଲି କାର୍ଡ-ଫଟୋଟିକୁ । ନିରେଖି ଦେଖିଲି, ଜୋକର୍ ପିନ୍ଧିଥିବା ସାର୍ଟ, ସାର୍ଟର ବୋତାମ୍, ଟୋପି, ଟୋପି ଅଗରେ ଓହଳିଥିବା ଗୋଲ୍ ବଲ୍.. ସବୁକିଛିର ରଙ୍ଗ ହୁବହୁ ବଦଳି ଯାଇଛି । ଜୋକର୍‌ର ମୁହଁର ରଙ୍ଗ ବି ବଦଳି ଯାଇଛି । ଓଠ ଆହୁରି ଲମ୍ବି ଯାଇଛି । ଅଧିକରୁ ଅଧିକ ନାଲି ଟହଟହ ଦିଶୁଛି । ନାକପୁଡା ଆହୁରି ବେଶୀ ଫୁଲି ଯାଇଛି । ଓଠ ଉପକୂଳର ହସ ପ୍ରସରି ଯାଇଛି ତମାମ୍ ମୁହଁକୁ । ହେଲେ ଜୋକର୍‌ର ମୁହଁ ହସିଲା ହସିଲା ଦିଶୁନି ଆଦୌ । ବରଂ ଦିଶୁଛି କାନ୍ଦୁରା କାନ୍ଦୁରା.. ।

ମୁଁ କାର୍ଡ-ଫଟୋଟିକୁ ଟିକ୍ ଟିକ୍ କରି ଚିରି ପକାଇ ପବନରେ ଉଡେଇଦେଲି । ବାଇକ୍‌ର ସାମ୍ନା ଆଇନାକୁ ଚାହିଁ ଦେଖିଲି, ଆଇନାରେ ଦିଶୁଛି ମୋ କାନ୍ଦୁରା ମୁହଁ.. । ସେଇ ଜୋକର୍‌ର ମୁହଁ ପରି କାନ୍ଦୁରା.. । ଜେଜେଙ୍କ ମୁହଁ ପରି କାନ୍ଦୁରା.. ।

ମୁଁ ବୋଧେ କାନ୍ଦୁଥିଲି.. ।

■

(କଥା: ଜୁନ୍ ୨୦୧୭)

ଭାରି ମନେପଡ଼େ

ସେଇମାତ୍ର ସକାଳ ହୋଇଥିବ। ଚିକ୍‌ମିକ୍ ସୁନେଲି ସୂର୍ଯ୍ୟକିରଣ ବିଛାଡ଼ି ହୋଇ ପଡ଼ିଥିବ ଗାଆଁ ଦାଣ୍ଡ ସାରା। ଶୁଖିଲା ପାଳଗଦାକୁ ଦୁଃଶାସନ ପରି ଭିଡ଼ାଭିଡ଼ି କରି ତା' ଉପରେ ଦାନ୍ତର ମୋହର ବସାଉଥିବା କଙ୍କାଳସାର ଗୋମାତାଟି ସହ ସନ୍ଧି କରିନେଇଥିବ ହାଡ଼ ସର୍ବସ୍ୱ ଲେଙ୍ଗଡ଼ା ମାଈ କୁତୀଟିଏ ଏବଂ ପାଳଗଦାର ଗୋଟିଏ ପାର୍ଶ୍ୱ ଅଧିକାର କରି କ୍ଷୀର ପାନ କରାଉଥିବ ତା' ଶିଶୁ ସନ୍ତାନମାନଙ୍କୁ ଶାୟିତ ଭଙ୍ଗୀରେ। ସରକାରୀ ରିଲିଫ୍ କେନ୍ଦ୍ରର ଭିଡ଼ଭାଡ଼ ମାନସିକତା ପ୍ରସରି ଆସୁଥିବ ଦୁଗ୍ଧପୋଷ୍ୟ ଶିଶୁମାନଙ୍କ ନିକଟକୁ ତ, ସେମାନେ ଆରମ୍ଭ କରିଦେଉଥିବେ ମହାଭାରତର ବାକି ଗୋଟେ ପର୍ବ ନିଜ ନିଜ ଭିତରେ, ମା'ର ଶୁଷ୍କ ସ୍ତନାଗ୍ର ଉପରେ ଏକଚାଟିଆ ଅଧିକାର ସାବ୍ୟସ୍ତ କରିବା ପାଇଁ।

ପାଞ୍ଚ ଦଶଟି ବିବାହ ବାର୍ଷିକୀ ପାଳନ କରି ଗଣ୍ଡାଏ, ଆଠଟା ଛୁଆଙ୍କ ମା' ବନିସାରିଥିବା ଏବଂ ସେହେତୁ ସ୍ୱାଭାବିକ ଲଜ୍ଜାବୋଧ ଓ ସଂକୋଚକୁ ଏତେଟା ଗୁରୁତ୍ୱ ଦେଉନଥିବା ଗାଁ ଭୁଆସୁଣୀ କେତେଜଣ ଗାଧୋଇସାରି ଓଦା ଲୁଗାରେ ଦେହ ବେଢ଼େଇ ଚଞ୍ଚଳ ପାଦରେ ଫେରୁଥିବେ ନଈତୁଠରୁ। ବାଁ ପଟ କାଖରେ ଥିବ ଉଛୁଳୁମୁଛୁଳୁ ଗରାଏ ପାଣି, ଡାହାଣ ହାତମୁଠାରେ ଜାବ ପଡ଼ିଥିବ କନିଷ୍ଠତମ ଉଲଗ୍ନ ସନ୍ତାନଟିର ଡେଣା। ଭୋକ ବିକଳରେ ହେଉ ଅବା ମା' ସହ ପାଦ ମିଳାଇ ନ ପାରି ମା' କର୍ତ୍ତୃକ ଘୋଷରା ହେଉଥିବାର କଷ୍ଟ ଯୋଗୁଁ ହେଉ, ଛୁଆଟିର ଫାଳିଆ ପାଟିରୁ ବାହାରୁଥିବ ସ୍ପଷ୍ଟ ଏକ ସୁତୀକ୍ଷ୍ଣ ହୃଦୟ ବିଦାରକ ରଡ଼ି.. ଏଁ ଏଁ ଏଁ..। ଛୁଆଟିର ନାକରୁ ବହିଚାଲିଥିବା ଈଷତ୍ ବହଳ ଧଳା ମାଟିଆ ବର୍ଣ୍ଣର ତରଳ ସ୍ରୋତ ପାଟି ପାଖରେ ପହଞ୍ଚିଯିବା କ୍ଷଣି, ଛୁଆଟି ନିଜର ତମାମ୍ ବଳ ଖଟେଇ, ପେଟକୁ ଖଙ୍କାଳି ଶୋଷାଡ଼ି ନେଉଥିବ ତାକୁ ନାକ ଭିତରକୁ, ନାକ ବାଟେ ପାଟି ଭିତରକୁ। ତ' ମୁହୂର୍ତ୍ତକ ପାଇଁ ଧିମେଇ ଯାଉଥିବ କାନ୍ଦ ଲହର।

ମା' ମାନଙ୍କର କିନ୍ତୁ ନିଘା ନ ଥିବ ଏଆଡ଼େ। ସେମାନେ ମସ୍‌ଗୁଲ୍ ଥିବେ ନିଜ ସହଯାତ୍ରିଣୀ ବଉଳ ବା ସହିଚି ସହ, ନିଜ ରାହାବାଲୀ ଶାଶୂ ବୁଢ଼ୀର ମାତ୍ରାଧିକ ଉଗ୍ରତା, ନଣନ୍ଦମାନଙ୍କ ରୁକ୍ଷତା, ପଡ଼ାପଡ଼ୋଶୀଙ୍କ ଛିଦ୍ର ତଥା ଗଲା ରାତିର ଶୟନକାଳୀନ ଅଭିଜ୍ଞତା ବଖାଣରେ। ମା' ମୁହଁକୁ ଦଣ୍ଡେ ଅନିଷା କରି ଛୁଆଟି ନିଜକୁ ଚରମ ଅବହେଳିତ ମନେକରୁଥିବ ତ' ପୁଣି ଛୁଟାଉଥିବ ସ୍ୱର ଲହର.. ଏଁ ଏଁ ଏଁ..।

ଗାଁ ଦାଣ୍ଡ ହୋଇଉଠୁଥିବ ଧୀରେ ଧୀରେ କୋଳାହଳମୟ, ଚଳଚଞ୍ଚଳ। ସେପଟେ ପୂର୍ଣ୍ଣାନ୍ଦ ବେହେରା ତା' ମୁଖରା ବୋହୂକୁ ପ୍ରସନ୍ନ କରି ନାଲି ଚା' ଟୋପେ ଆଦାୟ କରିବା ନିମନ୍ତେ ନାତୁଣୀକୁ ଧରି ଖେଳାଉଥିବ ପିଣ୍ଡା ଦାଢ଼ରେ। ଏପଟେ କୁମର ସାହୁ ଭାର-ବାହୁଙ୍ଗି ଧରି ବିଡ଼ି ଶୋଷି ଶୋଷି ଯାଉଥିବ ମାଟି ବୋହିବାକୁ। ମହାଦେବ ମନ୍ଦିର ଭିତରୁ ଧୁନିଆନାର ଘାଗଡ଼ା କଣ୍ଠର ଓଁ ସ୍ୱା ସ୍ୱା ଶବ୍ଦ ସହ ଘଣ୍ଟିମାଡ଼ ଶୁଭୁଥିବ ଲହରେଇ ଲହରେଇ। ଆଖ ପାଖ ପାଞ୍ଚ ଦଶ ଖଣ୍ଡ ଗାଁରେ ଏକୋଇଶା ପାଲା ଗାଇ କିଛି ସୁନାମ ଓ ଖଣ୍ଡେ ଅଧେ ତମ୍ବା ପଟା ଅର୍ଜି ନିଜକୁ ନିଜେ ଗାୟକ ଶିରୋମଣି ବୋଲାଉଥିବା ତଥା ଅନ୍ୟମାନଙ୍କ ଆଗରେ ଆତ୍ମ ପ୍ରୌଢ଼ି ପ୍ରଦର୍ଶନରେ କଦାଚିତ୍ କୁଣ୍ଠିତ ହେଉନଥିବା ଶ୍ରୀଧର ପଣ୍ଡା, ପିତଳ ଗଡୁଟିଏ ଧରି କାନରେ ପଇତା ଗୁଡ଼ାଇ ଚାଲିଥିବ ଅଣନିଶ୍ୱାସୀ ହୋଇ, ବାଟଘାଟ ନ ମାନି, ପ୍ରକୃତି ତାଡ଼ନାରେ।

ଆମେ କେତେଜଣ ଆଦୌ ସ୍କୁଲ ଯାଉ ନଥିବା ବା ବାଧ୍ୟବାଧକତାରେ ଯାଉଥିଲେ ବି ପାଠପଢ଼ାକୁ ଏକ ଅନାବଶ୍ୟକ ବୋଝ ମନେ କରୁଥିବା, ଆମ ଗାଁ ଧଡ଼ି ଜେଜଙ୍କ ଭାଷାରେ ବାଲୁଙ୍ଗା, ଅବିଜା, ଖରାବେଳିଆ ଛୁଆ, ସକାଳୁ ସକାଳୁ ଝାଡ଼ା ଝପଟ କାମ ତୁଟାଇ, ଅଧଘଣ୍ଟାଏ ଲେଖେଁ ଟାୟାର୍ ଗଡ଼େଇ, ଉପରନ୍ତୁ ବେଲେ ଲେଖାଏଁ ଚୁଡ଼ା-ମୁଢ଼ି ଗର୍ଭକୁ କ୍ଷେପି ସାରି, ଡାବୁଲପୁଆ ଓ ଗୁଲି ହସ୍ତେ ଦାଣ୍ଡରେ ଆରମ୍ଭ କରିସାରିଥିବୁ ଆମ ପ୍ରାତଃକାଳୀନ ପ୍ରାକ୍ ସ୍କୁଲ ଗମନ କ୍ରୀଡ଼ା ଅଧିବେଶନ।

ଖେଳରେ ମସ୍‌ଗୁଲ୍ ଥିବା ଅବସ୍ଥାରେ ହିଁ ମୁଁ ଲକ୍ଷ୍ୟ କରିବି, କେହି ଜଣେ ଆସି ଆମ ଦାଣ୍ଡ ପାହାଚ ପାଖେ ଠିଆ ହେବ, କଣ୍ଠକୁ ଯଥାସମ୍ଭବ ନରମ ଓ କୋମଳ କରିବା ଚେଷ୍ଟାରେ ଦି'ଥର ଖଁ ଖଁ ହେଇ ଖଙ୍କାର କାଢ଼ିବ ଏବଂ ସର୍ବଶେଷରେ କୁହାଟଟେ ମାରିବ, 'ଅନାମ, ଘରେ ଅଛୁ ?'

ମୁଁ ମୁହଁ ବଙ୍କେଇ ଚାହିଁବି ଆଗନ୍ତୁକ ଆଡ଼େ ଏବଂ କଳିବାକୁ ଚେଷ୍ଟା କରିବି ତା' କଣ୍ଠର ଗୁରୁତ୍ୱ ଓ ବ୍ୟକ୍ତିତ୍ୱର ଗରିମାକୁ। ଆଗନ୍ତୁକ ଏଥର ମୋ ଆଡ଼େ ଚାହିଁବ ସାହାଯ୍ୟ ଆଶାରେ। ମୁଁ ହସିବି ଏକ ସବ୍‌ଜାନ୍‌ତା ହସ ଏବଂ ଦୌଡ଼ିଯିବି ବାଡ଼ିପଟକୁ।

'ବଡ଼ାପା.. ବଡ଼ାପ୍ପା ! ତମକୁ କିଏ ଡାକୁଛନ୍ତି..'- ବୋଲି ଶବ୍ଦ କେଇଟା

ତରବରରେ ଫିଙ୍ଗି ସ୍ୱୀୟ କର୍ତ୍ତବ୍ୟପରାୟଣତାର ପ୍ରମାଣ ଦେଇ ଫେରିପଡ଼ିବା ବେଳକୁ ବଡ଼ବାପା ଚଟ୍‌କରି ଉଠିପଡ଼ିବେ ଘଷିଭାଡ଼ି ସଜଡ଼ା ଅବା ଗୋରୁଙ୍କ ପାଇଁ ଭୁଷିକଟା କାମ ଅଧା ରଖି ଏବଂ ଝାଡ଼ିଝୁଡ଼ି ହଉହଉ ସେହିଠାରୁ ଜବାବ୍ ଦେବେ ଆଗନ୍ତୁକଙ୍କୁ ଆଶ୍ୱାସି- 'ହଁ, ହଁ.. ଯାଉଛି ଯାଉଛି..।'

ଦୁଆର ଚୁଲିରେ ଚା' ବସାଇଥିବା କିମ୍ବା ପିଠା କରୁଥିବା ବଡ଼ବୋଉ ମୁହଁ ମୋଡ଼ିବ ବଡ଼ବାପାଙ୍କୁ ଅନେଇ ଏବଂ ଅସହିଷ୍ଣୁ ଗଳାରେ କହିବ- 'ହଁ, ଯାଅ ଯାଅ, ଆସିଗଲେ ତ' ପେଣ୍ଡିଆ ଗରାଖ, ଡେରି ହେଇଯିବ ତେଣେ- ଯାଅ।'

ବଡ଼ବାପା ଶୁଣନ୍ତି କି ନାହିଁ କେଜାଣି ! ବାହାରକୁ ଧପାଲି ଆସି ଡାବୁଲପୁଆମନଙ୍କ ମତେ ଆଦେଶଟେ ଫିଙ୍ଗନ୍ତି- 'ଏଇ ଟାଙ୍ଗୁଆ ! ଟିକେ ଚଟଟା ଆଣ୍‌ନି ଘରୁ।'

ମୋର ଚରମ ଅନିଚ୍ଛା ଭାବ ଓ ଆଗନ୍ତୁକଙ୍କ 'ନାହିଁ ନାହିଁ ଥାଉ ଥାଉ' ଭିତରେ ହିଁ ଚଟ ପଡ଼େ, ନହେଲେ ସପ କି ମସିଣା ପରା ହୁଏ ପିଣ୍ଡାରେ। ବରାଦ୍‌ଦିଆ ଚା' ଆସେ ଘର ଭିତରୁ, ଫାଳଗୁଆ କିଣା ହେଇ ଆସେ ଦୋକାନରୁ- ପିଣ୍ଡା ତଳକୁ ପାନ ପିକ ପଡ଼େ, ବିଡ଼ି ଧୂଆଁ ଆକାଶକୁ ଉଠେ.. ଏବଂ ଆହୁରି ଢ଼େର୍ ଜିନିଷ ହୁଏ।

ଦିନେ ଦିନେ ପୂର୍ବୋକ୍ତ ପ୍ରଥମ ଅଗନ୍ତୁକଟିକୁ ସାଥ୍ ଦିଅନ୍ତି ଆଉ କେଇଜଣ ନୂଆ ଅତିଥି। ସେମାନଙ୍କ ପାଇଁ ପୁଣି ଚା' ବରାଦ ହୁଏ, ପାନ ଭଙ୍ଗାଯାଏ, ବିଡ଼ି କିଣା ହୋଇ ଆସେ ଏବଂ କେବେ କେମିତି ତାସ୍ ପାଲି ଆସର ସଜଡ଼ାଯାଏ। ଆସର ମଝିରେ ବଡ଼ବାପା ଜଳୁଥା'ନ୍ତି ସୂର୍ଯ୍ୟଟିଏ ପରି। ତାଙ୍କ ଗୋଲ୍ ମୁହଁ, ଚନ୍ଦାମୁଣ୍ଡ ଓ ନାଲି ଗାମୁଛା ସବୁ ଦିଶୁଥା'ନ୍ତି ହସ ହସ। ତାଙ୍କ ହସ ଓ କୁହାଟ ସୂଚେଇ ଦେଉଥା'ନ୍ତି ହୃଦୟର ଉଲ୍ଲାସ ଭାବକୁ।

ଯେଉଁଦିନ ପିଣ୍ଡା ଉପରକୁ କେହି ଉଠନ୍ତି ନାହିଁ, ସପ ପରା ହେବାର କି ପାନ ଭଙ୍ଗା ହେବାର ଜରୁରତ୍ ପଡ଼େ ନାହିଁ, ସେ ଦିନଟା ବଡ଼ବାପାଙ୍କ ପାଇଁ ଶୋକର ଦିନ। ଦାଣ୍ଡରୁ ବାରି, ଘର ବାହାର ଏବଂ ବହେ ଏପଟ ସେପଟ ହେଇସାରି ସେ ଗାଁ ଭିତରକୁ ଗୋଡ଼ ବଢ଼ାନ୍ତି। ବଡ଼ବୋଉ ପଛରୁ ଉଘା ଦିଏ- 'ହୁଁ, ଯାଅ ଯାଅ.. ଡେରି ହେଲାଣି, ଲୋକ ତେଣେ ଅନେଇ ବସିଥିବେ ଯେ। ତମ ଗପ ନ ଶୁଣିଲେ ଲୋକଙ୍କ ଭାତ ହଜମ୍ ହବ କେମିତି ?'

ବଡ଼ବାପା ପଛକୁ ଚାହାନ୍ତିନି କି ବଡ଼ବୋଉର କଥାକୁ କାନ ଦିଅନ୍ତିନି। ଚାଲ୍ ଚାଲ୍ ହୋଇ ବସନ୍ତି ଯାଇ ଠାକୁରଦାଣ୍ଡ ମେଲାରେ। ବିଲକୁ ବିହନ ନେଇ ଯାଉଥିବା ଶୁକୁଟା ବେହେରା କି ସାଇକେଲ ପଛରେ ସିଲଭର୍ କଂସା-ବାସନ ସମ୍ବଳିତ

ଦୋକାନକୁ ଟ୍ୟୁବ୍‌ରେ ବାନ୍ଧି ମଫସଲକୁ ବେପାର ଉଦ୍ଦେଶ୍ୟରେ ବାହାରିଥିବା ଗୁନିଆ ଖଉଡ଼ାକୁ ଅଟକେଇ ଦି'ଚାରି କଥା ପଚାରନ୍ତି। ୟା ତା' ସାଙ୍ଗେ ଦି' ଚାରି କଥାରୁ ଲମ୍ବି ଲମ୍ବି କଥା ଯାଏ ତାସ୍ ଆସର ଯାଏ। ପୁଣି ଚାଲେ ଗୁଲିଖଟି, ଭଙ୍ଗା ଚାଲେ ପାନ, ଦୋକାନରୁ ମଗାହୁଏ ବିଡ଼ି, ଧୂଆଁ ଉଠେ ଆକାଶକୁ, ପାନ ପିକରେ ନାଲି ହେଇଯାଏ ଠାକୁରଦାଣ୍ଡ। ଶୋକ ଉଭେଇଯାଏ ତ' ବଡ଼ବାପା ପୁଣି ଜଳନ୍ତି ସୂର୍ଯ୍ୟ ପରି ଆସର ମଝିରେ।

ଏପଟେ ନଅଟା ବାଜିବା ମାତ୍ରେ ବାପା ଖାଇ ସାରି ବାହାରନ୍ତି ସ୍କୁଲ୍‌କୁ। ମୁଣ୍ଡରେ ବାନ୍ଧନ୍ତି ଗାମୁଛା, ସାଇକେଲରେ ଓହଳାନ୍ତି ଭଙ୍ଗା ବେଣ୍ଟ ଛତା। ବାପାଙ୍କ ସାଇକେଲ ଘର ଭିତରୁ ଏକ ବିକଟ ଧଡ଼ ଧଡ଼ ଶବ୍ଦ କରି ବାହାରିବା ମାତ୍ରେ, ମୋ ଖେଳସାଥୀଏ ଡରେ ମରେ ଛତ୍ରଭଙ୍ଗ ଦିଅନ୍ତି ଯେଝା ଯେଝା ଖେଳ ସାମଗ୍ରୀ ହାତରେ ଧରି। ମୁଁ ଏକା ହୋଇଯାଏ।

'ବାପା! ବାପା! ମୋ ପାଇଁ ଚକ୍‌ଲେଟ୍ ଆଣିବ'- କହି ମୁଁ ଦୌଡ଼ି ଆସେ ବାପାଙ୍କ ପାଖକୁ। ବାପା ଭୁରୁଡ଼ିଟେ କାଢ଼ନ୍ତି, ଘୋଡ଼ା ଡିମ୍ବଟେ ଆଣିବି, ଯାଉଚୁ ନା ଦେଖିବୁ ଏଇନେ..।

ମୁଁ ବୁଝେ ଯେ ବାପା ଆଜି ରାଗ ମୁଡ୍‌ରେ ଅଛନ୍ତି.. ଏବଂ ଦୌଡ଼ି ପଳାଏ ଘର ଭିତରକୁ। କେବେ କେମିତି, କଦବା କ୍ୱଚିତ୍ ମନ ଭଲ ଥିଲେ ବାପା ହଁ ମାରନ୍ତି ମୋ କଥାରେ ଏବଂ ସାକୁଲେଇ କହନ୍ତି- 'ସେ ପେଣ୍ଟ୍ ଜାମା କ'ଣ ହେଇଚି ଧୂଳିରେ। ଯା' ବୋଉକୁ ଦେବୁ ଧୋଇ ଦେବ।' ମୁଁ ବୁଝେ ଯେ ବାପା ଆଜି ଶାନ୍ତିରେ ଗଣ୍ଡାଏ ଖାଇକରି ଯାଉଛନ୍ତି ଏବଂ ଭଲ ମୁଡ୍‌ରେ ଅଛନ୍ତି।

ଯେଣୁ ବୁଝେ, ତେଣୁ ଚଟ୍‌କରି ଚଢ଼ିଯାଏ ସାଇକେଲ କେରିୟରକୁ। ବାପା ମତେ ଶ୍ରଦ୍ଧାରେ ତାଗିଦା କରନ୍ତି- 'ଆରେ ଛାଡ୍, ମୁଁ ଯିବି- ମୋର ଡେରି ହେଉଛି'। ଏବଂ ବୋଉକୁ ଡାକ ଦିଅନ୍ତି ମତେ ନେଇଯିବା ପାଇଁ। ମୁଁ ସନ୍ଧ୍ୟାକାଳୀନ ଚକ୍‌ଲେଟ୍‌ଟିଏ ପାଇଁ ପ୍ରତିଶ୍ରୁତି ହାସଲ କଲା ପର୍ଯ୍ୟନ୍ତ ଅଡ଼ିବସେ। ବାପା ହସି ହସି ହଁ ଭରୁ ଭରୁ, ବୋଉ ମତେ ଘୋଷାରିକି ଘର ଭିତରକୁ ନେଇଯାଏ।

ବାରିପଟେ ଟ୍ୟୁବ୍‌ୱେଲ୍ ପାଖେ ସାବୁନ୍ ଲଗେଇ ବୋଉ ମତେ ଗାଧୋଇ ଦେଲାବେଳେ ମୋ ଆଖିରେ ସାବୁନ୍ ଫେଣ ପଶେ, ଆଖି ରୁଗୁ ରୁଗୁ ପୋଡ଼େ। ମୁଁ ଭେଁ କିନା ରଡ଼ି ଛାଡ଼େ। ବୋଉ ମତେ ଚଟାସ୍ କରି ଚଟକଣାଟେ ମାରି ଦେହକୁ ରଗଡ଼ି ପୋଛି ନାଲି ପକେଇଦିଏ ଏବଂ ମୋ ପେଣ୍ଟ୍ ଓହ୍ଲେଇ, ମତେ ଦିଗମ୍ବର ଅବସ୍ଥାରେ ଘର ଭିତରକୁ ପେଲିଦିଏ।

ଘର ଭିତରେ ପାତିଆନାନୀ ଠିଆହେଇଥାଏ ପାନିଆ ଧରି। ମତେ ଜାମା ପେଣ୍ଟ ପିନ୍ଧେଇ ଦେଇ ମୋ ମୁଣ୍ଡରେ ସୁନ୍ଥା କାଟି ସାରି ମୋ ଆଗରେ ଥୋଇଦିଏ ଗିନେ ଖଣ୍ଡେ ଚୁଡ଼ା କଦଳୀ ଚକଟା।

ସେତକ ଗିଳିସାରି ମୁହଁ ହାତ ଧୋଇ ମୁଁ ଦାଣ୍ଡକୁ ଖସିବା ପାଇଁ ବାହାନା ଖୋଜୁ ଖୋଜୁ ବଡ଼ବୋଉ ମୋ ହାତକୁ ବଢ଼େଇଦିଏ ଜରି ବେଗ୍‌ଟାଏ- 'ବଡ଼ବାପାଙ୍କୁ କହିବୁ ଜାଇ ଆଣିବେ, ପିଆଜ ଆଣିବେ' କହି। ଖୁସିରେ ମୋ ଗୋଡ଼ ତଳେ ଲାଗୁ ନଥିବା ଅବସ୍ଥାରେ ମୁଁ ଧପାଲେ ଦାଣ୍ଡକୁ। ବଡ଼ବାପାଙ୍କ ପାଖେ ବେଗ୍ ପକେଇଦେଇ ତାଙ୍କୁ ବଡ଼ବୋଉର ସନ୍ଦେଶ ଶୁଣେଇ ସାରି ଫେରିପଡ଼ିବା ବେଳକୁ ବଡ଼ବାପା ଡାକନ୍ତି- ଇରେ, ତୁ ନେଇଯା'ବା, ମୁଁ ପୁଣି ଉଠିବି କାଇଁକି.. ?

ମୁଁ ଜାଣେ, ଭଲ ରୂପେ ଜାଣେ ଯେ, ଏବେ ଘରକୁ ଗଲେ ଆଉ ଦାଣ୍ଡକୁ ଫେରିବା କଷ୍ଟ। ଏଣୁ ବଡ଼ବାପାଙ୍କ କଥାକୁ ହେଣ୍ଟି ଦେଇ ମୁଁ ଚଟ୍ କରି ଖସିଯାଏ ବନ୍ଧ ଆଡ଼କୁ। ବନ୍ଧକୁ ଲାଗିକରି ଠୁକୁରୀଙ୍କ ଘର। ଠୁକୁରୀ-ବୋଉ ନୂଆବୋଉ ସାଙ୍ଗେ ମୋର ଭଲ ପଟେ। ଠୁକୁରୀ-ବାପା, ବୁଢ଼ାନନା ଆମ ଗାଁ ହାଇସ୍କୁଲର ଅବୈତନିକ ପିଅନ। ସେହେତୁ ମାଷ୍ଟ୍ର, ସେକ୍ରେଟାରୀଙ୍କ ମର୍ଜିକୁ ଜଗି ସବୁବେଳେ ପଡ଼ିରହନ୍ତି ସ୍କୁଲରେ। ଏଣେ ଠୁକୁରୀଟା ସବୁବେଳେ କେଁ କେଁ- ଘରେ ନୂଆବୋଉ ଏକା।

ମୁଁ ପହଞ୍ଚିଲେ ନୂଆବୋଉ ଭାରି ଖୁସିଟାଏ ହୁଅନ୍ତି। ଚଟ ପକେଇ ବସିବାକୁ କହନ୍ତି, ଠୁକୁରୀକୁ ମୋ କୋଳରେ ଦେଇ ପାନ ଭାଙ୍ଗି ବସନ୍ତି। ମତେ ଖଣ୍ଡେ ବିଡ଼ିଆ ଧରେଇ ଦିଅନ୍ତି, ଆଉ ଆପେ ଖଣ୍ଡେ ଗୁଣ୍ଡି ପାନ କଳରେ ଜାକି ଚୁଲି ଲଗାନ୍ତି। ସେଇଠୁ ମେଲେ ଦୁନିଆ ଯାକର ଗପ-ଥଟ୍ଟା। ଠୁକୁରୀକୁ କୋଳରେ ଧରି ମୁଁ ବସିଥାଏ ସେଇମିତି। ନୂଆବୋଉ ପରିବା କାଟନ୍ତି, ବାଟଣ ବାଟନ୍ତି, ଭାତ ଗାଳନ୍ତି, ତରକାରୀ କରନ୍ତି ଏବଂ କେବେ କେବେ ଠୁକୁରୀ ମୋ କୋଳରେ ମୂତି ଦେଲେ, ହସି ପକେଇ କନା ବଦଳ କରୁ କରୁ, 'ତମରି ଝିଅ ପରିକା ଦିଶୁଚି, ତମ ମୁହଁ ସାଙ୍ଗେ କେମିତି ତା ମୁହଁ ମିଶୁଚି ଦେଖ, କେମିତି ତମ କୋଳରେ ଚୁପ୍‌କିନା ଶୋଇଚି ଦେଖ' କହନ୍ତି।

ମୁଁ ଖୁସିହୁଏ, ଆହୁରି ନିବିଡ଼ ଭାବେ ଠୁକୁରୀକୁ କୋଳରେ ଜାକି ଧରେ, ଚୁମା ଖାଏ। ମୋ ଖୁସିହବା ଭିତରେ ହିଁ ନୂଆବୋଉ ତାଙ୍କ କାମ ସାରନ୍ତି। ବାରଟା, ଗୋଟାଏ ବେଳକୁ ଠିକ୍ ଆମ ବାଡ଼ିପଟରୁ ବଡ଼ବୋଉର ଡାକ ଭାସି ଆସେ, 'ଟାଙ୍ଗୁଆରେ.. ଏ.. ଏ, ଇରେ ଆ.. ଇ.. ଲୁ..ଉ.. !'

'ହେଇ ଡକରା ଆସିଗଲା। ତମକୁ ଘଡ଼ିଏ ନ ଦେଖିଲେ ତମ ଘର ଲୋକେ

ପାଗଳ ହେଇ ଯାଉଛନ୍ତି’- କେମିତିକା ଗୋଟେ ମିଠା ଭାଷାରେ କିନ୍ତୁ ଟିକେ ଛିଗୁଲେଇ କରି କହନ୍ତି ନୂଆବୋଉ।

ମୁଁ ନୂଆବୋଉଙ୍କ କଥା ହେଜୁ ହେଜୁ, ଘର ଲୋକଙ୍କ ଉପରେ ମନେ ମନେ ବିରକ୍ତ ହଉ ହଉ, ଗଳି ଭିତରେ ପଶି ଦାଣ୍ଡିଟାଏ ମାରିଦିଏ ନଈକୂଳ ଆଡ଼େ। ନୂଆବୋଉଙ୍କ ଡିହ ଉପରୁ ଆମ ବାଡ଼ି ଭିତରକୁ ସିଧା ରାସ୍ତାଟେ ଅଛି ଯେ, ହେଲେ ସେ ରାସ୍ତାରେ ଗଡ଼ିଲେ ଅସୁବିଧା। ଘର ଲୋକେ ଜାଣିଯିବେ ମୁଁ ତାଙ୍କରି ଘରୁ ବାହାରୁଛି ମାନେ ସେଇଠି ଥିଲି। ତ’ କାଇଲି କରିବା ଆରମ୍ଭ କରିବେ ‘କିରେ, ସବୁବେଳେ ତା’ ଘରେ କ’ଣ ପଶୁଚୁ? ସେଇଟା ବି ଗୋଟାଏ କି ଭଳିଆ ମାଇକିନିଆଟା କେଜାଣି! ଛିଃ ଛିଃ..’।

ମୁଁ ଜଳିଯିବି ରାଗରେ। ପାତିଆନାନୀ ମୋ କଟା ଘା’ରେ ଚୂନ ଛିଟା ମାରିବ, ‘ଆଉ ତାଙ୍କ ଠକୁରୀ ଆଜି ମୂତିନି ତୋ ଉପରେ?’ ମୁଁ ଗାରୁ ଗାରୁ ହେବି, କୁନ୍ଥେଇକି କାନ୍ଦିବି ଏବଂ ରୁଷିକରି ଯାଇ ମୁହଁ ମାଡ଼ି ଖଟ ଉପରେ ପଡ଼ିଯିବି। ବୋଉ ଡାକିବ ଆସି ଖାଇବାକୁ ଯେ ମୁଁ ତାକୁ ଖାତିର୍ ସୁଦ୍ଧା କରିବିନି। ବଡ଼ବୋଉ ଫୁସୁଲେଇବ ଆସି- ‘ଯା, ପିଢ଼ା ପାଣି ରଖ, ବଡ଼ବାପା ଆସିବେ ଏଇନେ, ଖାଇବୁ ତାଙ୍କ ସାଙ୍ଗେ।’ ମୁଁ ନ ଶୁଣିଲା ପରି ରହିଯିବି।

ସମସ୍ତେ ନିରସ୍ତ ହେବା ବେଳକୁ ନଈରୁ ଗାଧୋଇସାରି ପହଞ୍ଚିବେ ବଡ଼ବାପା। ଗୁଣୁ ଗୁଣୁ ସ୍ୱରରେ ମନ୍ତ୍ର ପଢୁ ପଢୁ, ଧୋତି ବଦଳ କରୁ କରୁ ପାତିଆନାନୀଠାରୁ ମୋ ରୁଷା ବିଷୟରେ ଶୁଣିବେ। ବଡ଼ ପାଟିରେ ବୋଉକୁ ଉପଲକ୍ଷ୍ୟ କରି ବଡ଼ବୋଉକୁ ଗାଳି ଦେବେ। ଆଉ ଥରେ କେବେ ମୋ ସାଙ୍ଗେ ଖୁରି ଖାଇ ଲାଗିଲେ ଚାପୁଡ଼ାଏ କଷିଦବା ପାଇଁ ପାତିଆନାନୀକୁ ଧମକେଇବେ।

ଏବଂ ଶେଷରେ ଆମ ଶୋଇଲା ଘର ଦୁଆର ମୁହଁ ପାଖକୁ ଚାଲି ଆସି କଅଁଳ ସ୍ୱରରେ ଡାକିବେ, ‘ହଉ ଦେ, ଯା’ ହେଲା ହେଲା, ତୁ ଆମର ଆ ଖାଇବା, ଭୋକ କଲାଣି।’ (କାହିଁକି କେଜାଣି, ମୋ ହେତୁ ଆସିବା ଦିନୁ ବଡ଼ବାପାଙ୍କୁ ମୁଁ ଆମ ଶୋଇବା ଘର ଭିତରକୁ ପଶିବାର ଦେଖିନି କେବେ)

ପ୍ରଥମ ଡାକଟିକୁ ମୁଁ କଷ୍ଟେମଷ୍ଟେ ଏଡ଼େଇ ଯିବାରେ ସମର୍ଥ ହେବି। ଏଥର ବଡ଼ବାପା ଦ୍ୱିତୀୟ ବାର ଡାକିବେ ଏବଂ ମୁଁ ଲୁହନାଳ ଅବସ୍ଥାରେ ବିଛଣାରୁ ଉଠି ଆସି ତାଙ୍କୁ କୁଣ୍ଢାଇ ଧରି ତାଙ୍କ ପେଟରେ ମୁହଁ ମାଡ଼ିଦେବି। ବଡ଼ବାପା ମୋତେ କୋଳେଇନେଇ ମୋ ମୁହଁ ପୋଛି ଦେବେ, ପୁଣି ଥରେ ସମସ୍ତଙ୍କୁ ପାଟିଟାଏ କରିବେ।

ହାଣ୍ଡିଶାଳ ଭିତରେ ବୋଉ ଭାତ ବାଢ଼ି ଥୋଇଥିବ, ପାତିଆନାନୀ ସଜ କରିଥିବ ପିଢ଼ା, ପାଣି। ବଡ଼ବୋଉ ପୂରନ୍ତ ଥାଳି ଗିନାମାନଙ୍କୁ ନେଇ ସଜାଇ ରଖିବ ଠା’ରେ ଏବଂ ଆମେ ଦୁହେଁ ଖାଇ ବସିବୁ।

ଆମେ ଖାଇ ସାରିବା ପରେ ବଡ଼ବୋଉ ହେରିକା ସମସ୍ତେ ଆରପଟ ଲଙ୍ଗାରେ ଖାଇ ବସିବେ। ମୁଁ ବଡ଼ବାପାଙ୍କ ପାଖେ ଦାଣ୍ଡ ଘର ଖଟରେ ଗପ ଶୁଣୁ ଶୁଣୁ, ଗୋଡ଼ ହାତ ଛାଟୁ ଛାଟୁ, ତାଙ୍କ ଛାତି ବାଳକୁ ଗୋଛେଇ ତହିଁରେ ତାଙ୍କ ଚିକ୍‌ମିକ୍ ପଇତାର ଗଣ୍ଠିକୁ ମିଛିମିଛିକା ଗୁଡ଼େଇ ବାନ୍ଧୁ ବାନ୍ଧୁ, ଏଣୁ ତେଣୁ ଦୁନିଆଯାକର କଥା ଗପୁ ଗପୁ, ଶୋଇପଡ଼ିବି ନିଘୋଡ଼ ନିଦରେ।

ଏମ୍ତି ଏମ୍ତି ଦିନମାନେ ବିତି ଚାଲିଥିବେ।

ଦିନକର ରବିବାର। ଆମ ଗାଁ ଉ.ପ୍ରା. ସ୍କୁଲର ହେଡ୍‌ପଣ୍ଡିତ ବୃନ୍ଦାବନ ମାଷ୍ଟ୍ରେ ଆସିଥା'ନ୍ତି ବାପାଙ୍କ ପାଖକୁ କିଛି ଗୋଟାଏ ଜରୁରି କାମରେ। ମୁଁ ଖେଳା ବୁଲା ସାରି ଧୂଳି ଧୂସରିତ ହେଇ ପହଞ୍ଚିଗଲି ବାପାଙ୍କ ପାଖରେ ତ' ବୃନ୍ଦାବନ ସାର୍ ଧରି ପକେଇଲେ ମୋ ଖୁଆକୁ। ତାଙ୍କ ଗୁଡ଼ାଖୁଖିଆ ଦାନ୍ତରେ ତଳ ଓଠ ଚାପି, ରାଗିଲା ପରି ଦିଶି, ମତେ ପଚାରିଲେ- 'ତେର ସତା କେତେ ?'

ମୁଁ ବଲବଲ କରି ଅନାଇଲି ତାଙ୍କ ମୁହଁକୁ। ମୁହୂର୍ତ୍ତଟିଏ ଡେରି ନ କରି ସେ ପୁଣି ପ୍ରଶ୍ନବାଣ ଫିଙ୍ଗିବା ଆରମ୍ଭ କଲେ, 'ସାତ ନୁଆଁ ? ଛ ଅଷ୍ଟାଁ.. ? ବନାନ୍ କଲୁ ଏଲିଫ୍ୟାଣ୍ଟ, ଅମ୍ବ୍ରେଲା, ଅରେଞ୍ଜ୍..।'

ମୁଁ ଢେର୍ ଡେରିରେ କେବଳ ଏତିକି ବୁଝିବାରେ ସକ୍ଷମ ହେଲି ଯେ, ସେ ମତେ ଇସ୍‌କୁଲ୍ ପାଠ ପଚାରୁଛନ୍ତି, ଯାହା ମୋ ପହୁଞ୍ଚ ବାହାରେ।

ତାଙ୍କ ହାବୁଡ଼ରୁ ଖସି ଆସିବାକୁ ଛାଟିପିଟି ହେଉଥିବା ବେଳେ ମତେ ସେ ଏଥର ଗାଢ଼ ନଜର୍‌ରେ ଚାହିଁଲେ ଏବଂ ମତେ ଖଲାସ୍ କରି ଦେଇ ବାପାଙ୍କୁ ଉପ୍ରୋଧିଲେ- 'ଘନ, ଆଛା ଯାକୁ ସ୍କୁଲକୁ କାଇଁ ପଠଉନା ? କେବେ ପଢ଼ିବ ଆଉ ସିଏ ? କାଲିଠୁ ମୁଁ ଦେଖିବି, ସିଏ ଯେମିତି ସ୍କୁଲକୁ ଯାଉଚି। ନ ଗଲେ ମତେ ଖବର ଦେବ, ମୁଁ ଘୋଷାଡ଼ି ନେଇଯିବି।'

କହିବା ନିଷ୍ପ୍ରୟୋଜନ କି ସେ ପ୍ରକାର ଘୋଷଡ଼ା ଘୋଷଡ଼ି କାମରେ ବୃନ୍ଦାବନ ସାର୍‌ଙ୍କର ଯଥେଷ୍ଟ ଦକ୍ଷତା ଓ ପୁରୁଣା ରେକର୍ଡ ରହିଥିବା କଥା ମୁଁ ଅଳ୍ପବହୁତ ଜାଣିଥିଲି। ସ୍କୁଲ୍ ଯିବାକୁ ଅନାଗ୍ରହୀ ଓ ପାଠ ପ୍ରତି ଅମନଯୋଗୀ ଆମ ଗାଁର ପିଲାମାନଙ୍କୁ ତାଙ୍କ ବାପାମାନେ ଧରିନେଇ ବୃନ୍ଦାବନ ସାର୍‌ଙ୍କ ହାତରେ ହିଁ ସମର୍ପି ଦେଉଥିଲେ ହସି ହସି ଏବଂ ମୌଖିକ ସନନ୍ଦ ଦେଇ ପକାଉଥିଲେ ତତ୍‌କ୍ଷଣାତ୍ କି' ଆଖି, କାନ ଛାଡ଼ି ଯେତେ ବାଡ଼ଉଚ ବାଡ଼ାଅ ମାଷ୍ଟ୍ରେ.. କେହି କିଛି କହିବେନି। ଏଣୁ ତାଙ୍କ କଥା ଶୁଣି ମୁଁ ଭୟରେ ଥରି ଉଠିବା ଥିଲା ଏକାନ୍ତ ସ୍ୱାଭାବିକ୍।

ବୃନ୍ଦାବନ ସାର୍‌ଙ୍କ ନିଷ୍ପତ୍ତି ବାପାଙ୍କ ଉପରେ କି ପ୍ରକାର ପ୍ରଭାବ ପକାଇଥା'ନ୍ତା

କେଜାଣି ! ବଡ଼ବୋଉ କିନ୍ତୁ ଠିକ୍ ସେତିକିବେଳକୁ କଥାରେ ତାଳ ଦେଲା, 'ତାକୁ ସ୍କୁଲ୍ ଯିବାକୁ ଟାଇମ୍ କାହିଁ ମାଷ୍ଟ୍ରେ ? ସିଏ ଇସ୍କୁଲ୍‌କୁ ଗଲେ ଏଣେ ଠୁକୁରୀ ବୋଉର କାମ-ପାଇଟି ସମ୍ଭାଳିବ କିଏ ?'

ଏକେତ' ବୃନ୍ଦାବନ ସାର୍‌ଙ୍କ ପରି ବୟସ୍କ ଗୁରୁଜନ, ସହଧର୍ମୀଙ୍କ କଥା ବାପାଙ୍କ ପାଖେ ଥିଲା ଅକାଟ୍ୟ। ଉପରନ୍ତୁ ବଡ଼ବୋଉର ଚୂନମରା କଥା ତାଙ୍କୁ କରିଦେଲା ଅସମ୍ଭବ ଭାବେ ଜିଦ୍‌ଖୋର୍। ଏଣୁ ଆଗାମୀ କାଲିରେ ହିଁ ମତେ ନେଇ ସ୍କୁଲ୍‌ରେ ଛାଡ଼ି ଆସିବାକୁ ସେ ପ୍ରତିଜ୍ଞାଟେ କରିପକାଇଲେ ତତ୍‌କ୍ଷଣାତ୍।

ସର୍କଲ୍ ଏସ୍.ଆଇ.ଟା ଚୋର, ବ୍ଲକ୍ ଅଫିସ୍‌ଟାରେ ଟାଉଟର୍ ଭର୍ତ୍ତି, ଆମ ଗାଁ ଲୋକମାନେ ଅଜ୍ଞ, ତଥା ଆଜିକାଲିକା ମାଷ୍ଟ୍ରମାନେ ପଇସାଖୋର୍ ପାଲଟି ଗଲେଣି ଆଦି ଅନେକ ଦୁର୍ମୂଲ୍ୟ କଥା ଉପରେ ଆଲୋଚନା କରିସାରି ଏବଂ ଚା' ପିଇବା ଭିତରେ ବାପାଙ୍କୁ ତାଙ୍କ ପ୍ରତିଜ୍ଞା ସଂପର୍କରେ ପୁଣି ଥରେ ମନେ ପକାଇ ଦେଇସାରି ବୃନ୍ଦାବନ ସାର୍ ବିଦାୟ ନେଲେ।

ତାଙ୍କୁ ଦାଣ୍ଡଯାଏ ବାଟେଇଦେଇ ଫେରି ଆସି ବାପା ଖୋଜିଲେ ମତେ। ମୁଁ କୋଉ ସେଠି ଅଛି ଯେ ମତେ ପାଇବେ ? ମୁଁ ମୋର ଯାଇ ଠୁକୁରୀକୁ କୋଳରେ ପୂରେଇ ବସି ବେଧଡ଼କ୍ ପାନ ଚୋବାଉଥାଏ କଚ୍ କଚ୍। ବଡ଼ବାପାଙ୍କୁ ଅନୁକରଣ କରି ପିକ ଛାଟୁଥାଏ ପଚ୍ ପଚ୍।

ବାପା କେମିତି କୋଉଠୁ ଖବର ପାଇ ହାଜର ସେଠି। ଦାଣ୍ଡରୁ କୁହାଟଟେ ମାରିଲେ 'ଆଇଲୁ, ଟିକେ ପଇତାଟା ଧରିବୁ।' ମୁଁ ଚଟ୍ କରି ବାହାରି ପଡ଼ିଲି ଠୁକୁରୀଙ୍କ ଘର ଭିତରୁ ସିଧା ବାଟରେ (ଓଃ.. ଭୁଲ୍ ହେଇଗଲା.. ଜାଣି ପାରିଲିନି ପରା !) ଏବଂ ବାପାଙ୍କ ପାଖକୁ ଆସି ଗେହ୍ଲେଇ ହେଇ ପଚାରିଲି, 'ତମେ ପରା ଏବେ ପଇତା କରିଥିଲ, କ'ଣ ଛିଣ୍ଡିଗଲା ?'

'ନାଇଁ ଛିଣ୍ଡିନି, ଆଜି ଛିଣ୍ଡିବ। ତୁ ଚାଲ୍ ଘରକୁ ଆଗେ..'- କହି ବାପା ମତେ ଏକପ୍ରକାର ଟାଣି ଟାଣି ନେଇ ଆସିଲେ ଘର ଭିତରକୁ। ଠିଆ କରିଦେଲେ ଦୁଆରେ। ମୁଁ ବୋକାଟି ସେଯାଏ ଜାଣିପାରୁ ନଥାଏ କ'ଣ ଘଟିବାକୁ ଯାଉଛି।

ବାପାଙ୍କ ଇତସ୍ତତଃ ଭାବକୁ ଲକ୍ଷ୍ୟ କରି ମୁଁ ପଚାରି ବସିଲି- 'ସେ ବୁଢ଼ା ମାଷ୍ଟ୍ର କ'ଣ କହୁଚି, ମତେ ତା' ଇସ୍କୁଲକୁ ନବ ? ମୁଁ ଯିବିନି ସେଠିକି.. କହିଦଉଚି, ମୁଁ ତମ ଇସ୍କୁଲରେ ପଢ଼ିବି, ତମ ସାଙ୍ଗରେ ସାଇକେଲ୍‌ରେ ବସିକି ଯିବି..।' ଉଲ୍ଲେଖନୀୟ, ବାପା ଥିଲେ ଅଦୂରବର୍ତ୍ତୀ ଏକ ଗାଁ ସ୍କୁଲରେ ଶିକ୍ଷକ।

ମୋ ପାଟିରୁ କଥା ସରିନି, ରାଗି ପାଚି ଲାଲ୍ ଦିଶୁଥିବା (ଏତେବେଳକେ ମୁଁ

ବାପାଙ୍କ ମୁହଁକୁ ଦେଖିଲି ଓ ମୁଡ୍ ଠଉରାଇଲି) ବାପା ମୋ ଗାଲରେ କଷିକରି ଚାପୁଡ଼ାଟେ ଦେଲେ। ଚିଲ୍ଲେଇକି କହିଲେ, 'ବଜ୍ଜାତ୍ ଟୋକା ! ଗୋଟେ ଫାର୍ସ ଲଗେଇଚି। ଆଉ ଯଦି ଦିନେ ତତେ ତାଙ୍କ ଘରେ ଦେଖିଚିନା ଚିହ୍ନିବୁ ମତେ। କାଲିଠୁ ଚୁପ୍‌ଚାପ୍ ସ୍କୁଲକୁ ଯିବୁ, ନ ହେଲେ..।'

ମୁଁ କାନ୍ଦୁଣୁମାନ୍ଦୁଣୁ ହେଇ ଚାରିଆଡ଼କୁ ଅନେଇଲି। ହେଲେ ବୋଉ, ବଡ଼ବୋଉ, ପାତିଆନାନୀ ହେରିକା କେହି ବି ମତେ ନିରାପଦ ଆଶ୍ରୟସ୍ଥଳୀ ପରିକା ମନେ ହେଲେନି। ବାପାଙ୍କ ରାଗ ଆଗରେ ତିଷ୍ଠିବା ଲୋକ ଏକା ବଡ଼ବାପା। (ଉହୁଁ, ବରଂ ଏମିତି କୁହାଯାଇପାରେ; ବଡ଼ବାପାଙ୍କ ଆଗରେ ବାପାଙ୍କ ରାଗ ତିଷ୍ଠିବା ମୁସ୍କିଲ୍) ଯୋଗକୁ ଠିକ୍ ବେଳରେ ତାଙ୍କର କୁଆଡ଼େ ଗୋଟେ ଆଜି ଉଭାନ୍ ହେବାର ଥିଲା। ମୁଁ ଭାଗ୍ୟକୁ ନିନ୍ଦିଲି ଏବଂ ଆଖି ମଳି ମଳି ବାରିପଟକୁ ବାହାରିଗଲି।

ବାରିପଟେ କଦଳୀବଣ- କଦଳୀଗଛର କଅଁଳ ମଞ୍ଜାପତ୍ର ସାଙ୍ଗେ ଫେଣ୍ଟି ହେଇ ରହିଥାଏ ଆମ୍ବ ବଉଳର ବାସ୍ନା। ତାକୁ ଟପି ସୁଗନ୍ଧରାଜ ଓ ମଲ୍ଲୀର ବାସ ଖେଳି ବୁଲୁଥାଏ ଚୌଦିଗ। ବାରିର କଣପଟିଆ ମନ୍ଦାର ଗଛରେ ମୁହଁ ଲଗେଇଥିବା ଛେଳି, ଛେଳିର ଝୁଲନ୍ତା ପହ୍ନା, ପହ୍ନାରେ ଭରପୂର କ୍ଷୀର ଥିବାର ସମ୍ଭାବନା ଏବଂ ସେ କ୍ଷୀରରୁ ଦି' ଠୋପା ଚାଖିବାର କୌତୂହଳ ମତେ ଗାଲର (ହୃଦୟର ନୁହେଁ) କଷ୍ଟ ଭୁଲେଇ ଦେବାକୁ ଥିଲା ଯଥେଷ୍ଟ।

ଛପି ଛପି ଯାଇ ଛେଳି ପାଖରେ ହାଜର ମୁଁ। ହାତ ଲଗେଇଲି ପହ୍ନାରେ। ଆଃ, କି ନରମ। ଦେଲି ଟାଣି, ଛେଳି ମୋ ଖାବୁଲରୁ ଖସି ମାରିଲା ଡିଆଁ ଯେ ଏକାଥରକେ ଯାଇ ବାଡ଼ ପାଖରେ। ମୁଁ ହାତକୁ ଚାହେଁ ତ' ଦି ଟୋପା ଉଷୁମ୍ ଲେସି ହେଇଚି ସେଥିରେ। ଚଟ୍ କରି ଚାଟିଦେଲି ଜିଭ ଲଗେଇ। ଓଃ, କି ମିଠା ! ପାଟି ବାନ୍ଧି ହେଇଗଲା ପରା !!

'ଶଳା ହାରାମି ଛେଳି ! ଆଉ ଟୋପେ ଦେଇଥିଲେ କ'ଣ ତୋର ସରିଯାଉଥିଲା ?' - କହି, ମାରିଲି ଗୋଟେ ଫୋପଡ଼ ଛେଳିକୁ ଯେ ଛେଳି ପଳେଇଲା ମେଁ ମେଁ ହେଇ- ଜୀବନ ବିକଳରେ ବାଡ଼ କନ୍ଦିରେ ଗଳି।

ସେଇଠୁ ଆଗକୁ ଚାଲିଲି। ଏଇଟା ପିଜୁଳି ଗଛ, ଏଇଟା ଗୁଆ, ସେଇଟା ବାତାପି ଆଉ ଏଟା ଡାଳିମ୍ବ। ଆରେ ଏଇଟା କି ଗଛ ? ଓହୋଃ ଲିଚୁ ପରା। ବାପା ଆଣିଥିଲେ ବ୍ଲକ୍‌ରୁ। ଦି'ମାସର ଗଛ, କେମିତି ଛନ୍‌ଛନ୍ ହେଇଚି ଦେଖ। ବାପା କହୁଥିଲେ, ଏଇଟା କାଳେ ଉନ୍ନତ କିସମର ଚାରା। ହାତେ ଉଞ୍ଚର ହେଲେ ଫଳ ଲଦି ହୋଇପଡ଼ିବ। ଛ' ମାସର ଗଛରୁ ଛ'ବେଳା ଫଳ ବାହାରିବ।

ବାପାଙ୍କର ଏଇଟା ଭାରି ପ୍ରିୟ ଗଛ। ନିତି ସକାଳେ ସଞ୍ଜେ ଦି'ଥର ନିରେଖନ୍ତି

ଆସି। ହୁଃ.. ପ୍ରିୟ..! ମୁଁ କି ପ୍ରିୟ ନୁହେଁ ବାପାଙ୍କର? ମତେ କାଟିଲା ତ, ବାପାଙ୍କୁ ବି ସେମିତି କାଟିବା ଦରକାର।

'ଦରକାର'- ମୁଁ ଗଛଟାକୁ ଦି' ହାତରେ ଧରି ଜୋର୍‌ରେ ଟାଣିଦେଲି ଉପରକୁ। ବିନା ପ୍ରତିବାଦ ଓ ଚିତ୍କାରରେ ସେଇଟି ଉପୁଡ଼ିକି ଆସିଗଲା ମୋ ହାତକୁ ସମୂଳ।

'ବାପାଙ୍କ ପ୍ରିୟ ଗଛ! ତୁ ଏଇଠି ଏମିତି ପଡ଼ିଥା, ବାପା ତତେ ଦେଖିବାଯାଏ, ଦେଖି ଆଉଁଶିବାଯାଏ, ଆଉଁଶି ଆଉଁଶି କାନ୍ଦିବାଯାଏ..'- ମୁଁ କହିଲି ଓ ଆଗକୁ ଚାଲିଲି।

ଆଗରେ ଫୁଟ୍‌ଖାଲିଆ। ପାଣି କମ୍, ପଙ୍କ କାଦୁଅ ବେଶୀ। ମାଛ କମ୍, ଗେଣ୍ଡା କୋଚିଆ ବେଶୀ। ଖାଲିଆ ଭିତରକୁ ଲମ୍ବିଯାଇଛି ଆମ ବିରାଟ ତେନ୍ତୁଳି ଗଛର ମୋଟା ମୋଟା ଚେରମାନ। ଏଇ ତେନ୍ତୁଳି ଗଛରେ ରସି ଲଗେଇ ମରିଥିଲା ଆର ସାହିର କେଶା ପଣ୍ଡା ଭାର୍ଯ୍ୟା। ଲୋକେ କହନ୍ତି, ଏବେ ବି କେଶା ପଣ୍ଡା ଭାର୍ଯ୍ୟାର ଆତ୍ମା ଅମୋକ୍ଷ ହେଇ ରହିଚି ତେନ୍ତୁଳି ଗଛରେ। ସଞ୍ଜ ଦି'ଘଡ଼ି ହେଲେ ସେ କୁଆଡ଼େ ବାଳ ମୁକୁଳା କରି ଫୁଟ୍‌ଖାଲିଆକୁ ଗୋଡ଼ ଲମ୍ବେଇ, ଏଇ ତେନ୍ତୁଳି ଗଛ ଚେର ଉପରେ ବସି କାଇଁ କାଇଁ କାନ୍ଦେ। ମୁଣ୍ଡ କୁଣ୍ଡାଏ.. ସଜ ହୁଏ.. ପୁଣି କାନ୍ଦେ।

ଅବଶ୍ୟ ମୁଁ କେବେ ଦେଖିନି କେଶା ପଣ୍ଡା ଭାର୍ଯ୍ୟାକୁ। ମୋ ଜନ୍ମ ହେବାର ବର୍ଷକ ଆଗରୁ ସେ ମରି ସାରିଥାଏ। ବୋଉ ସେତେବେଳକୁ ନୂଆ ଭୁଆସୁଣୀ। ରୋଜ୍ ସଂଜରେ, କାହା ଆଖିରେ ନ ପଡ଼ିଲା ଭଳି ଅନ୍ଧାର ଘୋଟିଲେ ହିଁ ପାଇଖାନା ଆସେ ଏଇ ତଳବାରିକୁ। ପାତିଆନାନୀ, ସେତେବେଳକାର ଦଶବର୍ଷର ନହନହକା କଣି ପାତିଆନାନୀ, ଠିଆହୁଏ ଅଧାବାଟରେ।

ଏମିତି ତ' ଦିନେ ଆସିଥିଲା, କ'ଣ ହେଲା, କାହାକୁ ଭେଟିଲା କେଜାଣି!! ଘରକୁ ଫେରି ଦୁମ୍ କିନା କଚାଡ଼ି ହେଇ ପଡ଼ିଲା ବାଡ଼ିପଟ ଲଂଘାରେ। ଛଟା ଗାଳିଲା, ଗାରୁ ଗାରୁ ହେଲା, ଢିମା ଢିମା ଆଖି କାଢ଼ି ଏଣୁ ତେଣୁ ବକିଲା। ବାପାଙ୍କୁ 'ଘନ! ପାଣି ଗିଲାସେ ଦିଅ' ବୋଲିକି କହିଲା ଏବଂ ବଡ଼ବୋଉକୁ ରାଣ୍ଡୀ, ସବାଖାଇ ଗାଳି ଦେଇ କାମୁଡ଼ି ଗୋଡ଼େଇଲା।

ସମସ୍ତେ କହିଲେ, 'କେଶା ପଣ୍ଡା ଭାର୍ଯ୍ୟା ଗ୍ରାସିଛି। କେତେ ଝଡ଼ାଫୁଙ୍କା, କେତେ ଗୁଣି ଟୁଣି, କେତେ ଔଷଧ ମୌଷଧି ପରେ ଯାଇ ଦି' ଦିନକୁ ସାଷ୍ଟମ ହେଲା।

ସେଇଦିନୁ ଜାଣି ସଞ୍ଜ ବୁଡ଼ିଲାମାନେ, ଆମ ଘରର ମାଇପି ଲୋକ କେହି ଇଆଡ଼େ ଆସନ୍ତିନି।

ଆଚ୍ଛା, ସତରେ କ'ଣ କେଶା ପଣ୍ଡା ଭାର୍ଯ୍ୟା ଅଛି ଏ ଗଛରେ! ମୁଁ ଥରେ ଦେଖନ୍ତି କି ତାକୁ, କେମିତିକା ସେ!! ମୁଁ ଭାବିଲି ଏବଂ ତେନ୍ତୁଳି ଗଛ ଆଡ଼କୁ ଅନିଷା କଲି।

ତେନ୍ତୁଳି ଗଛର ଛାଇକୁ ଭେଦି ଡାହାଣିଆ ଖରା ଚିକ୍‌ଚିକ୍ ମାରୁଥାଏ ଫୁଟ୍‌ଖାଲିଆ ପାଣିରେ। ବାଁ ପଟରେ କ'ଣ ଗୋଟାଏ ଖସ୍‌ଖସ୍ ହେଲା। ମୁଁ କାନ ଡେରିଲି ସେଆଡ଼େ। ଏଥର ହାହାଣପଟ ବାଉଁଶବୁଦାରୁ କଟ୍ କଟ୍ ପରି ଅସ୍ୱାଭାବିକ ଶବ୍ଦଟେ ଭାସିଆସିଲା ପବନରେ। ମୁଁ ଚାରିଦିଗକୁ ଆଖି ପହଁରେଇଲି। ଚିକ୍କାର୍ ଖରା ଡେଉଁଥାଏ ବାଡ଼ି ଭିତରେ। କାଉ କୋଇଲିର ରାବ ବି ଶୁଭୁ ନଥାଏ କୋଉଠି। ମୋ ତାଲୁ ଶୁଖି ଆସିଲା।

ଠିକ୍ ତରକିବାକୁ ପ୍ରସ୍ତୁତ ହେଲା ବେଳକୁ ତିନିଟା ଅଧାଲଙ୍ଗଳା ପୁଅ ଝିଅ ବାହାରି ପଡ଼ିଲେ ବାଉଁଶବୁଦା ସେପାଖରୁ। ଦିଶୁଥା'ନ୍ତି ଦୟନୀୟ ଭାବେ ଆର୍ତ୍ତ। ଚାହାଣିରେ ଫୁଟି ଉଠୁଥାଏ ଦୋଷୀ ଦୋଷୀ ଭାବ।

ଚିହ୍ନିଲି, ସମସ୍ତେ ଗାଁ ଆର ମୁଣ୍ଡ ଖଉଡ଼ା ସାହିର ଛୁଆ। ମୁଁ ସେମାନଙ୍କ ନଜର ବଞ୍ଚେଇ ଛାତିକୁ ଥୁକିଲି ଏବଂ କଣ୍ଠସ୍ୱରରେ ଗାମ୍ଭୀର୍ଯ୍ୟର ପ୍ରଲେପ ଦେଇ ସେମାନଙ୍କୁ ଖେଦିବା ଆରମ୍ଭ କଲି, 'କ'ଣ ହଉଚି ବେ ସେଠି ? ବାଡ଼ି ଭିତରେ କାଇଁ ପଶିଥିଲ ?'

ସେମାନେ ଦିଶିଲେ ଅଧିକ ନିରୀହ, ଏକପ୍ରକାର କାନ୍ଦ କାନ୍ଦ। ଜଣେ ତାଙ୍କ ଭିତରୁ ସାହସ ସଞ୍ଚୟ କରି ବେକରେ ଗୁଡ଼ାଇଥିବା ଗାମୁଛାର ଗୋଟାଏ ମୁଣ୍ଡ ଖୋଲି ଧରିଲା ମୋ ଆଗରେ। ଗାମୁଛା ଭିତରେ କଅଁଳିଆ ତେନ୍ତୁଳି ପତ୍ର ପୁଳେ, ମୁଢ଼ି ଗାମୁଆଏ, ହୁଡୁମ ଆଞ୍ଜୁଳାଏ, ଲେମ୍ବୁ ଚିରୁଡ଼ାଏ ଏବଂ କଞ୍ଚାଲଙ୍କା ଦି ଚାରିଟାର ପ୍ରଦର୍ଶନୀ ଲାଗିଥାଏ।

'ଓଃ.. ମୁଁ ହସିଲି ଏକ ବିଜ୍ଞତା ସୂଚକ ହସ ଏବଂ ଅଳ୍ପ କେତୋଟି ମୁହୂର୍ତ୍ତର ବ୍ୟବଧାନରେ ହିଁ ମୋ ହସ ପ୍ରସରିଗଲା ସେମାନଙ୍କ ଭୟଭୀତ ମୁଖମଣ୍ଡଳକୁ।

'ମତେ ଦି'ଟା ଦବ ?'- ମୁଁ ପ୍ରଶ୍ନଟେ ଫିଙ୍ଗିଲି ସେମାନଙ୍କୁ ସହଜ କରିବା ପାଇଁ। ଯଦିଓ ସେ ପ୍ରକାର ପ୍ରଶ୍ନ ପଚାରିବା ଥିଲା ମୋ ପାଇଁ ନିର୍ବୋଧତା।

ଗାମୁଛା ସମେତ ଜିନିଷ ସବୁ ଆଣି ମୁଁ ଯଦି ଫିଙ୍ଗି ଦେଇପାରିଥା'ନ୍ତି ଖାଲିଆକୁ, ତେବେ ବି ସେମାନେ ଏତେଟା ଆଶ୍ଚର୍ଯ୍ୟ ହେଇ ନଥା'ନ୍ତେ, ଯେତେ ପରିମାଣରେ ଆଶ୍ଚର୍ଯ୍ୟ ହେଲେ ମୋ ପ୍ରଶ୍ନ ଶୁଣି। ସେମାନେ ପରସ୍ପରର ମୁହଁ ଚାହାଁଚାହିଁ ହେଲେ ଏବଂ ମୋ ପ୍ରସ୍ତାବକୁ ଅନ୍ତଃକରଣରେ ବିଶ୍ୱାସ କରାଯାଇପାରେ କି ନା, ସେ ସଂପର୍କରେ ମନେ ମନେ ଆଲୋଚନା କଲେ।

'ଦବ ତ ଜଲଦି ଦିଅ'- ମୁଁ ପୁନରାବୃତ୍ତି କଲି ମୋ ପ୍ରସ୍ତାବର। ମୋ ସ୍ୱର ସେମାନଙ୍କର ପ୍ରତେ ହେଲା କି କ'ଣ, ସେମାନେ ଏଥର ଦିଶିଲେ ସ୍ୱାଭାବିକ। ମୃଦୁ ଗୁଞ୍ଜରଣ ସହକାରେ ବସି ପଡ଼ିଲେ ତଳେ ଏବଂ ପ୍ରସ୍ତୁତ କରିବାରେ ଲାଗିଲେ ସେ ଦିବ୍ୟ ପଦାର୍ଥଟିକୁ।

ଚାହୁଁ ଚାହୁଁ ଶେଷ ହେଲା ପ୍ରସ୍ତୁତି। ସେମାନଙ୍କ ଭିତରୁ ଅପେକ୍ଷାକୃତ ପରିଷ୍କାର ଲାଗୁଥିବା କାଳୀ ଦାନ୍ତୁରୀ ଝିଅଟି ଗାମୁଛା ଆଣି ଦେଖେଇଲା ମୋ ଆଖି ସାମ୍ନାରେ

ଏବଂ 'ସବୁତକ ନେଇଗଲେ ହିଁ ଆମେ କୃତକୃତ୍ୟ ହେବୁ' ପରି ଭାବଟେ ପ୍ରକାଶ କଲା ତା' ଦାନ୍ତୁରୀ ହସ ମାଧ୍ୟମରେ।

ମୁଁ ଗାମୁଛା ଭିତରେ ହାତ ପୂରାଇ ମୁଠାଏ ଧରିଲି ଏବଂ ପାଟିରେ ପକେଇଲି। ଓଃ.. ବଢ଼ିଆଃ..। ସେତକ ଚାକୁଳାଉଥିବା ଅବସ୍ଥାରେ ପୁନରାୟ ଗାମୁଛାରେ ଦି' ହାତ ପୂରାଇ ଆଞ୍ଜୁଳାଏ ଧରିଲି ଏବଂ ସେମାନଙ୍କୁ ଚକିତ, ବିହ୍ୱଳିତ ଅବସ୍ଥାରେ ଠିଆ ହେବାକୁ ଛାଡ଼ିଦେଇ ପଛକୁ ଫେରିଲି।

ଆଞ୍ଜୁଳାର ମାଲ୍‌ତକ ସରୁ ସରୁ ମୁଁ ବନ୍ଧ ଉପରେ ପହଞ୍ଚି ସାରିଥାଏ। ବନ୍ଧ ଉପରେ ଠିଆହୋଇ ଚାହିଁଲି ଠୁକୁରୀ ବୋଉ ନୂଆବୋଉ ଘର ଆଡ଼େ। ଗାଲଟା ରୁଗ୍ ରୁଗ୍ ହୋଇ ପୋଡ଼ିଉଠିଲା।

'ନା, ଆଉ ତାଙ୍କ ଘରକୁ ଯିବିନି, କେବେ ବି ଯିବିନି'- ଭାବି ମୁଁ ଗଡ଼ିଲି ବନ୍ଧରୁ। ଅଥଚ କେତେବେଳେ ଯେ ଯାଇ ମୁଁ ପହଞ୍ଚି ସାରିଚି ତାଙ୍କ ଘରେ, ନିଜେ ବି ଜାଣେନି।

'ପଇତା କାମ ସରିଲା ?'- ନୂଆବୋଉ ପଚାରିଲେ ହସି ହସି। ମୁଁ ମୁଣ୍ଡ ହଲେଇ ହଁ କଲି। ଅଥଚ ବ୍ରହ୍ମ ପଇତାର ଦ୍ୱାହି ଦେଇ ବାପା ଆଜି ମୋ ସହ ଯେଉଁ କପଟାଚାର କଲେ, ସେକଥା ଭାବିଲା କ୍ଷଣି ମୋ ଆଖି ଜକେଇ ଆସିଲା। ମୁଁ ଆଖି ପୋଛିବା ବାହାନାରେ ଆଖି ମଳିଲି।

'କ'ଣ ହେଲା ? ଆଖିରେ କ'ଣ ପଡ଼ିଚି କି ? ଦେଖି ଦେଖି..'- ନୂଆବୋଉ ଲାଗି ଆସିଲେ ମୋ ପାଖକୁ ଏବଂ ମୋ ମୁଣ୍ଡକୁ ଉପରକୁ ଟେକି, ତାଙ୍କ ଛାତିରେ ଲଗାଇ, ମୋ ଆଖି ଭିତରକୁ ଝାଙ୍କି ବ୍ୟସ୍ତ ରହିଲେ ପରୀକ୍ଷା ନିରୀକ୍ଷା କରିବାରେ।

'କାଇଁ.. କିଛି ତ' କୋଉଠି ନାହିଁ..'- ଦୀର୍ଘ ତିନି ମିନିଟ୍‌ର ଚେଷ୍ଟା ବିଫଳ ହେବା ପରେ ତାଙ୍କ ମୁହଁରୁ ଦୀର୍ଘଶ୍ୱାସ ସହ ଫେଣ୍ଟା ଏ ପଦଟି ବାହାରି ଆସିଲା।

'କେଜାଣି ! ଭାରି କାଇଁ ଖୁଞ୍ଚି ହେଉଚି ତ !! ଆଲୁଅ ଫାଲୁଅ କ'ଣ ଉଠୁଚି ବୋଧେ'- ମୁଁ ଆଶଙ୍କାଟିଏ ବ୍ୟକ୍ତ କଲି ନିଜକୁ ବଞ୍ଚାଇବାକୁ।

'ତା'ହେଲେ ଆସ ଆସ, ଘର ଭିତରକୁ ଆସ..'- କହି ନୂଆବୋଉ ମତେ ଏକପ୍ରକାର ଟାଣିନେଲେ ଦୁଆର ମୁହଁରୁ ଏବଂ କବାଟଟା କିଳିଦେଇ ଅଗଣାରେ ବସିପଡ଼ିଲେ ଗୋଡ଼ ଲମ୍ବେଇ। ମୁଁ ଆଖିକୁ ଜାବୁଡ଼ି ଧରି ମଳୁଥାଏ ବାଧ୍ୟବାଧକତାରେ।

'ମଳନା ବେଶୀ, ନାଲି ପଡ଼ିଯିବ। ଏଠିକି ଆସ'- କହି ନୂଆବୋଉ ମତେ ଟାଣିନେଲେ ତାଙ୍କ କୋଳକୁ। ତାଙ୍କ କୋଳରେ ବାଁପଟ ବାହାକୁ ଆଉଜି ବସି ମୁଁ ଆଖି ବୁଜିଦେଲି ପରମ ନିଶ୍ଚିନ୍ତରେ।

'ଆଖି ଖୋଲ'- ବୋଲି ମତେ ନିର୍ଦ୍ଦେଶ ଦେଇ ନୂଆବୋଉ ଚଟ୍ କରି ଫିଟେଇ

ପକେଇଲେ ତାଙ୍କ ବ୍ଲାଉଜ୍‌ର ବୋତାମଗୁଡ଼ାକୁ। ମୁଁ ନ ଯଯୌ ନ ସ୍ଥସୌ ଅବସ୍ଥାରେ ବସି ରହିଥାଏ ତାଙ୍କ କୋଳରେ।

ଆଖି ଖୋଲି ଚାହିଁଲା ବେଳକୁ ନୂଆବୋଉଙ୍କ ମୁହଁ ମତେ ଦିଶିଲା ଆମ ଗାଁ ଶାରଳା ଠାକୁରାଣୀଙ୍କ ହଳଦୀମଖା ମୁହଁ ପରି ସଜଳ ଓ ସ୍ନେହବୋଳା।

ବାଁ ହାତ ଆଙ୍ଗୁଠିରେ ମୋ ଆଖି ପତା ମେଲି ଧରି ଡାହାଣ ହାତରେ ନୂଆବୋଉ ତାଙ୍କ ସ୍ତନ୍ୟକୁ ଚିପିଲେ। ଚର୍ ଚର୍ କରି ଦି' ତିନି ଠୋପା ପଡ଼ିଲା ମୋ ବାଁ ଆଖିରେ। ପୁଣି ଥରେ ସେମିତି ଡାହାଣ ଆଖି ପାଇଁ।

ପରମ ପ୍ରଶାନ୍ତିରେ ମୋ ହୃଦୟ ଭରି ଆସୁଥାଏ। ଆଖି ବୁଜି ଦେଲି ତ' ଆଖି କୋଣରୁ ଉଷୁମ୍ ତରଳ ପଦାର୍ଥର ସ୍ରୋତଟେ ବୋହିଗଲା ଗାଲ ଉପରକୁ। କ୍ଷୀର କି ଲୁହ କେଜାଣି!!

ବାଡିପଟୁ ବଡ଼ବୋଉର ଡାକ ଠିକ୍ ଏତିକି ବେଳକୁ ହିଁ ଶୁଣାଯିବାର ଥିଲା। 'ଇରେ ଟାଙ୍ଗୁଆରେ.. ଏ.. ଇରେଃ ଆଇଲୁ ଉ.. ଉ..!!

ନୂଆବୋଉ ଚଟ୍ କରି ଉଠିପଡ଼ି ବ୍ଲାଉଜ୍‌ର ବୋତାମ ଲଗାଇ ଶାଢ଼ି ଠିକ୍ କରୁ କରୁ ମୁଁ କବାଟ ଖୋଲି ଦେଇ ବାହାରି ଆସିଲି ବାହାରକୁ।

ଲୁଚି ଲୁଚି ଗଳି ଭିତରେ ପଶି, ବନ୍ଧକୁ ଉଠି ଟେର୍ଚ୍ଛା ବାଟରେ ପୁଣି ଆମ ବାଡ଼ିକୁ ଗଡ଼ିବାର ମାନସିକତା ମୁଁ ହରେଇ ସାରିଥାଏ ସଂପୂର୍ଣ୍ଣ ରୂପେ। ଏଣୁ ସଦର୍ପେ ନୂଆବୋଉ ଘର ଡିହ ଉପରୁ ସିଧା ବାଟରେ ଗଡ଼ିଲି ଆମ ବାଡ଼ିକୁ।

ବୋଉ, ବଡ଼ବୋଉ, ପାତିଆନାନୀ ତକାତ୍ ସମସ୍ତେ ଚାହିଁ ରହିଥା'ନ୍ତି ତଟସ୍ଥ ହୋଇ। ବାପାଙ୍କ ହାତରେ ଲହ ଲହ ବେତ, ମୁଁ ଆଗେଇ ଚାଲିଥାଏ ତାଙ୍କରି ଆଡ଼କୁ। ମୋ ଚାହାଣି ଓ ଚାଲିରେ କ'ଣ ଫୁଟି ଉଠୁଥାଏ କେଜାଣି; ମୋ ସ୍ଥିର, ଅଚଞ୍ଚଳ ପଦପାତ କ'ଣ ସୂଚାଉଥାଏ କେଜାଣି; ମୋ ମୁହଁର ମୁଗ୍ଧ ମାନଚିତ୍ରରେ କ'ଣ ଉକୁଟି ଉଠୁଥାଏ କେଜାଣି; ଆମ ଘରଲୋକ ସମସ୍ତେ କିନ୍ତୁ ଚାହିଁ ରହିଥା'ନ୍ତି ମୋ ଆସିବା ବାଟକୁ ବିହ୍ୱଳିତ ଦୃଷ୍ଟିରେ।

■

(ସୁଚରିତା; ଫେବ୍ରୁଆରୀ-୧୯୯୯)

ଫେସ୍‌ବୁକ୍ ଗପ.. ଫେସ୍‌ବୁକ୍ ପ୍ରେମ.. ଲାଇଭ୍..

।। ଉପୋଦ୍‌ଘାତ ।।

ଆରମ୍ଭରୁ କହିଦିଏ, ଏ ଗପ ମୁଁ ଲେଖିନି। ଯା'ର ଲେଖକ ଆଉ ଜଣେ କେହି। ତେବେ ତା'ର ପରିଚୟ ଦବା ଦରକାର ନାହିଁ। ଧରିନିଆଯାଉ ତା ନାଁ ଗାଳ୍ପିକ। ଯହୁଁ ଯହୁଁ ଏ ଗପ ଆଗକୁ ଗଡ଼ିବ, ଆଗକୁ ବଢ଼ିବ.. ତହୁଁ ତହୁଁ ତା'ର ପରିଚୟ ବି ଫୁଟି ଦିଶିବ। ଗପର କ୍ଲାଇମାକ୍ସ ବେଳକୁ ଗାଳ୍ପିକ ସିଧା ଛିଡ଼ା ହେଇଥିବ ଆସି ସବୁରି ସାମ୍ନାରେ। ହେଲେ, ଏବେ ସେକଥା ଥାଉ। ବରଂ, ଯିବା.. ସିଧା ଗପକୁ ଓହ୍ଲାଇବା। ଗ..ପ..।

।। ଏକ ।।

'ସଫଳ ଗପର ପ୍ରଥମ ଫର୍ମୁଲା ହେଲା, ପ୍ରଥମ ଧାଡ଼ିଟା ପ୍ରଚଣ୍ଡ ଶକ୍ତିଶାଳୀ ହେଇଥିବା ଦରକାର। ପ୍ରଥମ ଓଭର୍‌ର ପ୍ରଥମ ବଲ୍‌ରେ ଛକା ମରାଯିବାର ଅନୁଭବ ଭଳି। ବୁଝିଲ.. ?' - ପରାମର୍ଶ ଦେଲେ ବିଶେଷଜ୍ଞ ଜଣକ।

ଗାଳ୍ପିକ (ମାନେ, ଆମ ଗପର ଲେଖକ) ସମ୍ମାନ ସହକାରେ ମୁଣ୍ଡ ଟୁଙ୍ଗାରିଲା। ମାନେ, ସବୁ ବୁଝିଗଲା।

ଏଥର ପ୍ରଥମ ଧାଡ଼ି ଲେଖିଲା ସେ..।

"ପ୍ରେମ କ'ଣ ଗିଲାସେ ପାଣି ଯେ କିଏ ପିଇଦେଲେ ସରିଯିବ ? ବରଂ ହୃଦୟଟା ଏକ ଅଦ୍‌ଭୂତ ପିଆଲା। ସବୁବେଳେ ପ୍ରେମରେ ଉଚ୍ଛୁଳୁମୁଚ୍ଛୁଳୁ। ସେଥିରୁ ଯେତେ ପ୍ରେମ-ପାନୀୟ ସରୁଥିବ.. ସେତେ ସେତେ ପୁଣି ଆପେ ଆପେ ଆସି ଭରିଯାଉଥିବ..। ସଂସାରୀଏ କହନ୍ତି, ବୟସ ବଢ଼ିଲେ, ସଂସାର ବଢ଼ିଲେ, ପ୍ରେମ ବାଣ୍ଟି ହେଇଯାଏ। ବାଣ୍ଟୁବାଣ୍ଟୁ ଦିନେ ନିଃଶେଷ ହେଇଯାଏ। କିନ୍ତୁ ନା.. ସେମିତି ହୁଏନି। ବରଂ ବୟସ ବଢ଼ିଲେ, ସଂସାର ବଢ଼ିଲେ, ପ୍ରେମ ବଢ଼େ.. ବଢ଼ିବଢ଼ି ଯାଏ..।"

ଡାହାଣପଟେ ତଳକୁ ଲେଖିଲା ବ୍ରାକେଟ୍ ଦେଇ..

(ମୋର ଏକ ନୂଆ ଗପର ପ୍ରଥମ କେତୋଟି ଧାଡ଼ି..)

..ଲେଖିଲା ଏବଂ ଛାଡ଼ିଦେଲା ଫେସ୍‌ବୁକ୍‌ରେ।

ସେତେବେଳକୁ ଦିନ ଦି'ଟା। ଧୁ ଧୁ ଖରାବେଳ।

ତ' ଏଣେ ଗାଳ୍ପିକର ନୂଆ ଗପକୁ ନେଇ, ପ୍ରେମର ନୂଆ ସଂଜ୍ଞାକୁ ନେଇ, ଫେସ୍‌ବୁକ୍‌ରେ ଚହଳ। ଲାଇକ୍.. ଲାଇକ୍.. ୪୨ ମିନିଟ୍‌ରେ ୫୮ ଲାଇକ୍। କମେଣ୍ଟ୍.. କମେଣ୍ଟ୍.. ୪୮ ମିନିଟ୍‌ରେ ୨୭ କମେଣ୍ଟ୍..।

'କଣ ଭାଇ ବହୁଦିନ ପରେ! କିଛି ତ' ଖୋଜ୍‌ଖବର ନଥିଲା! ଅଚାନକ ଆବିର୍ଭାବ!'

ପୁଣି.. 'ୱାଓ.. ବ୍ରାଭୋ.. ସୁନ୍ଦୁ ପ୍ରେମ.. ନିରୁତା ପ୍ରେମ..। ଜିଓ ଗାଳ୍ପିକ ଜିଓ.. ହଜାରେ ପ୍ରତାରିତଙ୍କ, ଲକ୍ଷେ ପ୍ରେମିକଙ୍କ, କୋଟିଏ ରସିକଙ୍କ ଆୟୁଷ ନେଇ ବଞ୍ଚିଥାଅ..; ଏମିତି ନିରୋଳା ପ୍ରେମ କଥା କହୁଥାଅ..।'

ସଂଜ ରତରତ ବେଳକୁ ୫୬୨ ଲାଇକ୍। ୧୮୬ କମେଣ୍ଟ୍।

କ'ଣ ପାର୍ଟି.. କଥା କଣ? କିଛି ଗୋଟେ ବଡ଼ଧରଣର ହେଇଛି ନିଶ୍ଚେ। ଆରେ ରେ ରେ.. ସବୁ ଖୋଲିଦେବ ନା କଣ? ଥାଉ ସେତିକି।

ସ୍‌ସ୍‌..! (ମାନେ, ତମକୁ ମୋ ରାଣ!!)।

ତଥାପି ବଢୁଛି ଲାଇକ୍.. କମେଣ୍ଟ୍..। ଅଧ ରାତି ବେଳକୁ ଆଠଶ ପ୍ଲସ୍ ଲାଇକ୍.. ତିନିଶ ସରିକି କମେଣ୍ଟ୍..।

ଗାଳ୍ପିକ ହସିଲା। ହସିବାର ଖାସ୍ କାରଣ କିଛି ନଥାଇ ବି ହସିଲା। ଅକାରଣ ହସ।

ଏମିତିରେ, ଗାଳ୍ପିକ ଜୀବନରେ ଅନେକ କିଛି ଘଟିଥିବ ଅକାରଣ; ଅଯୌକ୍ତିକ ଓ ମୁତ୍‌ଫର୍କା। ଇଚ୍ଛା ନଥାଇ ବି ଏକ ଅନାମଧେୟ ଘରୋଇ କମ୍ପାନିର ବାରଘଣ୍ଟିଆ ଖଟଣିବାଲା ଦିକ୍‌ଦାରିଆ ନୌକରିକୁ ଆପଣାଇଥିବ ସେ ଅକାରଣରେ, ଲୋଭରେ। ଇଚ୍ଛା ନଥାଇ ବି ଚବିଶଘଣ୍ଟା ଗୋଳେଇଘାଣ୍ଟି ହେଉଥିବ ଅଫିସ୍ ଝମେଲାରେ, ମୋହରେ। ଇଚ୍ଛା ନ ଥାଇ ବି ବାହା ହେଇଥିବ ପରିବାରର ଚାପରେ, ସୁନାପୁଅ ବନିବାର ମାୟାରେ। ଘାଣ୍ଟି ହେଉଥିବ ପରିବା ଓ ପରିବାରର ଚକ୍‌କର୍‌ରେ। ଥରେ ସଂସାରର ଅଭେଦ୍ୟ ଯନ୍ତାରେ ପଶିଗଲା ପରେ ଆଉ ମୁକୁଳିବାର ଉପାୟ କି ସାହସ ହିଁ ନଥିବ।

ଅଥଚ, ଏସବୁର ନିରବ ପ୍ରତିବାଦରେ ପ୍ରତି ମୁହୂର୍ତ୍ତରେ ସେ ଲଢୁଥିବ ନିଜ ସହ। ଇଚ୍ଛା କରି ବି କବିତାଟେ ପଢି ପାରୁନଥିବାର ଅସହାୟତା, ନୂଆ ଗପଟିଏ ଫାନ୍ଦି ପାରୁନଥିବାର ବିମର୍ଷତା, ସୂର୍ଯ୍ୟୋଦୟ କି ସୂର୍ଯ୍ୟାସ୍ତକୁ ମନଭରି ଉପଭୋଗ କରି ପାରୁନଥିବାର ମୁହ୍ୟମାନତା ତାକୁ ଅଥୟ କରୁଥିବ। ଅ..ଥ..ୟ..।

।। ଦୁଇ ।।

ସକାଳୁ ସକାଳୁ ଫେସ୍‌ବୁକ୍ ଖୋଲିଲେ ହିଁ ଗାଳ୍ପିକ ଝୁଣ୍ଟେ। ନୋଟିଫିକେସନ୍ ଝୁଲୁଥାଏ, ଆଜି ଅମୁକଙ୍କ ଜନ୍ମଦିନ। ତାଙ୍କୁ ତୁମେ ମନେପକାଉଛ ବୋଲି ଜଣାଅ.. ତାଙ୍କ ପାଇଁ ଶୁଭେଚ୍ଛା ବାର୍ତ୍ତାଟେ ଲେଖି ପଠାଅ..।

ଗାଛିକ ଉଦାସ ହେଇଯାଏ। ଉଦାସୀର କାରଣ, ଗାଛିକର ନିଜର ଜନ୍ମଦିନ ବୋଲିକି' କିଛି ନଥାଏ। ଥିଲେ ଥିବ.. କେହି କିନ୍ତୁ ପାଳୁନଥାଏ।

ଗାଛିକର ବୋଉ କହେ, ତୋର ସବୁ ଭାଇଙ୍କ ପାଇଁ ସତ୍ୟନାରାୟଣ ପୂଜା ହେଇଚି, ଶିରିଣି ହେଇଚି, ସମସ୍ତଙ୍କର ଷୋଳପାଲା ବଢ଼ିଚି। ତୁ ଏକା ନିଆରା, ବାଆଁରା। ଜଉତିଷ ପରା ମନା କଲା, କିଛି କରିବନି ଯା ପାଇଁ। ତୋ ଜେଜେ ବି ମନା କଲେ, ସେଇଥିପାଇଁ ତ' ଜାତକ ନାହିଁ ତୋର।

ଗାଛିକ ଦିକ୍‌ଦାର୍ ହେଇଯାଏ। ଦିକ୍‌ଦାର୍ ଓ ବୋର୍.. ବୋର୍ ଓ ବିରକ୍ତ.. ବିରକ୍ତ ଓ ଅସହାୟ।

ଗାଛିକକୁ ଯେବେ ହେଇଥାଏ ଅଣତିରିଶ ବର୍ଷ ବୟସ, ସରକାରୀ ଚାକିରି ହବ ହବ ବୋଲି ଟିକେକେ ହାତମୁଠାରୁ ଖସୁଥାଏ..; କିଛି ଗୋଟେ କର ନହେଲେ ଆମ ଘରେ ମତେ ବାହା କରିଦେଲେ ପଛରେ ମତେ ଆଉ ଦୋଷ ଦେବନି କହିଦେଉଛି.. ବୋଲି ପ୍ରେମିକା ଆଉ ଉଠେଇ ବସେଇ ଦେଉନଥାଏ..; ସେବେ କେହି ଜଣେ ତାକୁ ପରାମର୍ଶ ଦେଇଥିଲେ, ଜାତକଟା ଟିକେ ଦେଖାଅ କାହାକୁ।

ଗାଛିକ ଗାଁକୁ ଗଲା, ଜାତକ ମାଗିଲା ବୋଉକୁ।

ବୋଉ ଶୁଣାଇଲା ଗପ..। "ତୁ ଯେତେବେଳେ ମୋ ପେଟରେ ଥିଲୁ ଦିନେ ରାତିରେ ଶୋଇଥାଏ। ଜଣେ ଦେବପୁରୁଷ ମତେ ସପନେଇ କହିଲେ, ଇଏ ତୋ ଗର୍ଭରେ ଯିଏ ଅଛି, ସିଏ ସାଧାରଣ ମଣିଷ ନୁହଁ, ଦେବଅଂଶୀ। ଯାର ଯତ୍ନ ନବୁ, ଯାକୁ ଜାତି-ଜାତକରୁ ଦୂରେଇ ରଖିବୁ।

ମୁଁ ବିଲିବିଲି ହେଇ ଉଠିପଡ଼ିଲା ବେଳକୁ ସାରାଟା ବିଛଣା ହାଲୋଳ ହେଇଯାଇଥାଏ। ଘରଟା ବି ଠାକୁର ଠାକୁର ପରିକା ମହମହ ବାସୁଥାଏ।

ଏକଥା ଶୁଣି ତୋ ଜେଜେ କେତେଆଡ଼େ ବୁଲିଲେ, କେତେ ଜଉତିଷ, ପଣ୍ଡିତଙ୍କୁ ପଚାରିଲେ। ସମସ୍ତେ କହିଲେ, ଯାର ସାଙ୍ଗିଆ ଦେବନି, ବାହ୍ମଣଘର କି' ବଇଷିମ ଘର କି ଆଉ କୋଉ ଜାତି, ଯେମିତି କିଛି ଜଣାନପଡ଼େ। ଜାତକ ବି କରିବନି। ଜନ୍ମଦିନ ପାଳିବନି କି ପୂଜା, ପାଲା, ଭୋଗରାଗ କିଛି କରିବନି। ସେଇଥିପାଇଁ ପରା ତୋର ସାଙ୍ଗିଆ ନାହିଁ, ଖାଲି ନାଁଟା। ସ୍କୁଲରେ ନାଁ ଲେଖା ବେଳେ ମୁରଲୀ ମାଷ୍ଟର୍ ତା ମନକୁ ପକାଇ ଦେଇଛି ଗୋଟେ ଜନ୍ମତାରିଖ ଭଲ ଦିନ ଦେଖି। ସେଇଟା କଣ ତୋ ପ୍ରକୃତ ଜନ୍ମତାରିଖ କି? ତୋ ଜେଜେ ରାଣ ନିୟମ ପକାଇ ପାଳିବାକୁ ମନା କଲେ ବୋଲି ଆମେ ସମସ୍ତେ ପରା ଜାଣିଶୁଣି ଚେଷ୍ଟା କରି ଭୁଲିଗଲୁ ତୋ ଜନ୍ମ ମାସ, ତାରିଖ, ତିଥିକୁ..।"

ଗପ ଶୁଣି ସେଥର ଗାଛିକ ଦୀର୍ଘଶ୍ୱାସ ଛାଡ଼ିଥିଲା। ନିଜକୁ ନିଜେ ପଚାରିଥିଲା, ଆଛା ଏମିତି ବି ତାହେଲେ ହେଇପାରେ? ଜଣଙ୍କ ଜନ୍ମ ମାସ, ତାରିଖକୁ ଜାଣିଶୁଣି ପୃଥିବୀ ପୃଷ୍ଠରୁ, ସବୁରି ସ୍ମୃତିପଟରୁ ଲିଭାଇ ବି ଦିଆଯାଇପାରେ?

ସେଇଠୁ ଗାଛିକ ବୁଝିଲା, ତା'ର ଆଉ ଗତ୍ୟନ୍ତର ନାହିଁ। ଜାତକ ନାହିଁ; ଜନ୍ମ ମାସ, ତାରିଖ, ସମୟ ସୁଦ୍ଧା ଜଣା ନାହିଁ। ଅତଏବ କାହାକୁ ଜାତକ ଦେଖାଇ କି ଦାଢ଼ିଆଲା ବହି ଦେଖି, ଗ୍ରହଦୋଷ ନିବାରି ପ୍ରତିକାର କରିବାର ସମ୍ଭାବନା ବି ନାହିଁ।

ତ' ନିଜ ଅବଶିଷ୍ଟ ଜୀବନ ସହ ସାଲିସ୍ କରିନେଇ ବଞ୍ଚିବାକୁ ଚାହିଲା ଗାଛିକ। ସରକାରୀ ଚାକିରି ଆଶା ଛାଡ଼ିଲା, ଘରୋଇ କମ୍ପାନିର ବିରକ୍ତିକର ନୌକରିକୁ ଆଦରିନେଲା। ପ୍ରେମିକା ସହ ଆପୋସ ବୁଝାମଣାରେ ବ୍ରେକ୍ଅପ୍ କରାଇନେଲା, ପରିବାରର ସୁନାପୁଅ ପାଲଟି ବାପାମାଆଙ୍କ ଇଚ୍ଛାରେ ବାହା ହେଇଗଲା। ସଂସାର ଓ ଜଂଜାଳକୁ ଅଗତ୍ୟା ଆଦରି ନେଇ ଦୁଃଖ ଓ ଯନ୍ତ୍ରଣାକୁ ବରିନେଲା..। ବ..ରି..ନେ..ଲା..।

।। ତିନି ।।

ଫେସ୍‌ବୁକ୍ ଲଗ୍ ଇନ୍ କରି ଗାଛିକ ଆଗ ଚେକ୍ କରେ- କାହାର ଆଜି ଜନ୍ମଦିନ। ଭାବେ, ମୋର ସିନା ନିଜର ଜନ୍ମଦିନ ନାହିଁ କି' କେହି ମତେ ଜନ୍ମଦିନ ପାଇଁ ଉଇସ୍ କରିବାର ସମ୍ଭାବନା ନାହିଁ। ହେଲେ ମୁଁ କାହିଁକି ଉଇସ୍ କରିବାରେ କାର୍ପଣ୍ୟ କରିବି..?

ଭାବେ ଓ ଉଇସ୍ କରେ- ଜନ୍ମଦିନର ସୁମନାସ..। ଶୁଭକାମନା.. ଶୁଭେଚ୍ଛା.. ଷ୍ଟେ ବ୍ଲେସ୍‌ଡ୍..। ଲେଖା ସାଙ୍ଗେ ଯୋଡ଼େ, କାହାକୁ ଗୋଟା ଗୋଲାପ, କାହାକୁ ଗୋଛାଏ ଫୁଲତୋଡ଼ା, କାହାକୁ ଦି'ଟି କଢ଼ି।

ଉଇସ୍ କରେ ସ୍କୁଲ୍ ଦିନର ପୁରୁଣା ସାଙ୍ଗମାନଙ୍କୁ, ଅଫିସ୍ ଷ୍ଟାଫ୍‌ଙ୍କୁ, ପ୍ରେମିକାକୁ..।

ପୁରୁଣା ସାଙ୍ଗମାନେ ଉତ୍ତର ଫେରାନ୍ତି - ଥ୍ୟାଙ୍କ୍ସ୍ ବ୍ରୋ..। ଅଫିସ୍ ଷ୍ଟାଫ୍‌ମାନେ ଉତ୍ତର ଫେରାନ୍ତି - ଟିକ୍ୟୁ.. ଗୋଟେ ହସକୁରା ଇମୋଜି ସହ ଯୋଡ଼ି। ପ୍ରେମିକା ଉତ୍ତର ଫେରାଏନି..।

ଗାଛିକ ଜାଣେ, ପ୍ରେମିକାଠୁ ଏ ଜନ୍ମରେ ଅନ୍ତତଃ ଆଉ ଉତ୍ତର ଫେରିବାର ନାହିଁ। ସେ ନିଜେ ବି ତ' ଆଉ ଫେରିବାର ନାହିଁ..।

ବ୍ରେକ୍ଅପ୍ ଦିନ ପ୍ରେମିକା ପଚାରିଥିଲା- କ'ଣ କରିବି କୁହ। କେତେ ଦିନ ଆଉ ତୁମ ସହ ସମ୍ପର୍କକୁ ଲୁଚେଇ ରଖିବି ଘରେ? ତୁମେ ତ କିଛି ବୁଝୁନ.. କିଛି କହୁନ..।

ଗାଛିକ ହସିଥିଲା। କହିଥିଲା, ଧେତ୍‌ତେରୀ। ମୁଁ ଭାବିଥିଲି ମୁଁ ଏମିତିକା ପୁଅଟେ ଯାହାକୁ ତୁମ ପରି ଗୋଟେ ଝିଅ ନିର୍ଦ୍ୱନ୍ଦ୍ୱରେ, ଗର୍ବରେ ନିଜ ବାପା-ମା'ଙ୍କ ଆଗରେ ଉପସ୍ଥାପିତ କରିପାରିବ। ହେଲେ ମୁଁ ଭୁଲ୍ ଭାବିଥିଲି। ତମେ ତ' ମୋତେ ତମ ବାପା-ମା'ଙ୍କଠାରୁ ଲୁଚେଇ ରଖିବାକୁ ଚାହ। ସତରେ କେତେ ଦିନ ବା ଏମିତି ଲୁଚେଇ ରଖିପାରିବ? ବରଂ ଭଲ, ମୁଁ ନିଜେ ଲୁଚିଯାଉଚି..।

କହିଥିଲା ଏବଂ ଚାଲି ଆସିଥିଲା।

ସେ ଆଶ୍ଚର୍ଯ୍ୟ ହେଇଥିଲା, ରୁବି, ତା ପ୍ରେମିକା, ତାକୁ ପଛରୁ ଡ଼ାକିଲାନି-

ସକେଇ ସକେଇ କାନ୍ଦିଲାନି - ପଛେ ପଛେ ଗୋଡ଼େଇ ମଧ୍ୟ ଆସିଲାନି..। ଏମିତିକି ଫୋନ୍‌ଟେ କଲାନି କି ମିସ୍‌କଲ୍‌ଟେ ବି ଦେଲାନି..।

ଘରକୁ ଫେରି ସେ ରୁବିର ସବୁତକ ଚିଠି, ଉପହାରକୁ ଗୋଟେ ପ୍ୟାକେଟ୍ କରି ତା' ପାଖକୁ ପଠେଇ ଦେଇଥିଲା। ପ୍ୟାକେଟ୍‌ରେ ଥିଲା, ଗୋଟେ ରୁପାରେ ତିଆରି ଦୁର୍ଗାଙ୍କ ଲକେଟ୍, ଜଳନ୍ତା ସିଗ୍ରେଟ୍ ଭଳି ଦିଶୁଥିବା ଗୋଟେ ଚାବି ରିଂ, ଆଠଟା ଛୋଟ ବଡ଼ ଚିଠି ଏବଂ ଗୋଟେ ସବୁଜ କଲମ। ପ୍ରେମର ପ୍ରଥମ ଦିନ କେତୋଟି ଭିତରେ ରୁବି ତାକୁ ଦେଇଥିଲା କୁଟିକମକରା ରୁପାର ସେ ଦୁର୍ଗା ଲକେଟ୍‌ଟା। କହିଥିଲା- ଏଇଟାକୁ ସବୁବେଳେ ବେକରେ ପକେଇବ। ଦେଖିବ, ସବୁ ଠିକ୍ ହେଇଯିବ..।

ସେ ଥଟ୍ଟା କରିଥିଲା- ରୁପାର କାହିଁ ଦଉଚ? ସୁନାଟେ ଦଉନ। ରୁବି ତା' ଆଖିରେ ଲାଜମିଶା ଚାଲାକି ଫୁଟାଇ କହିଥିଲା, ବାହାଘର ବେଳେ ଛାଏଁ ସୁନା ଚେନ୍, ଲକେଟ୍ ପାଇବ। ଧୈର୍ଯ୍ୟ ଧର, ସେଯାଏ ଏଇଥିରେ ଚଳାଅ।

ଗୋଟେ କଳା ଫିତା କିଣି ସେଥିରେ ଲକେଟ୍ ଝୁଲାଇ ବେକରେ ପିନ୍ଧିଥିଲା ସେ। ସବୁକିଛି କିନ୍ତୁ ଠିକ୍ ହେଇନଥିଲା। ଇଣ୍ଟରଭ୍ୟୁଗୁଡ଼ିକରେ ଭଲ କରୁଥିଲେ ବି ରେଜଲ୍ଟ ସିଟ୍‌ରେ ତା' ନାଁ ଆସୁନଥିଲା- ଦିନ ଗଡୁଥିଲା..।

ପ୍ରେମ ଟିକେ ପୁରୁଣା ହେଲା ବେଳକୁ ରୁବି ତାକୁ ଚିଡ଼େଇବା ପାଇଁ ଦେଇଥିଲା ଜଳନ୍ତା ସିଗ୍ରେଟ୍ ଭଳି ଦିଶୁଥିବା ଗୋଟେ ଷ୍ଟାଇଲିସ୍ ଚାବି ରିଂ। କହିଥିଲା- ପ୍ଲିଜ୍ ସିଗ୍ରେଟ୍ ଛାଡ଼ିଦିଅ। ମୋ ନାଁରେ ଛାଡ଼ିଦିଅ। ମୋ ରାଣ ଛାଡ଼ିଦିଅ..। ଏଇ କଥା ମନେ ପକାଇବା ପାଇଁ ଏଇ ଚାବି ରିଂଟା ଦେଲି। ସବୁବେଳେ ପକେଟ୍‌ରେ ରଖିବ। ମୋ କଥା ଟିକେ ମନେ ପକାଇବ.. ସିଗ୍ରେଟ୍ ଛାଡ଼ିଦବ।

ସେ କିନ୍ତୁ ସିଗ୍ରେଟ୍ ଛାଡ଼ିନଥିଲା। ବରଂ ବେଶୀ ବେଶୀ ଟାଣିଥିଲା। ରାଣ.. ଫୁଃ..।

ପରେ ପରେ ରୁବି ତାକୁ ଆଉ କେତେଟା ଛୋଟମୋଟ ଉପହାର ଦେଇଥିଲା ସବୁଜ କଲମ ସମେତ। ଦେଲାବେଳେ ରୋମାଣ୍ଟିକ୍ ଗଳାରେ କହିଥିଲା, ତମ ଜନ୍ମଦିନ ନାହିଁ ବୋଲି ମତେ ସୁବିଧା। ମୋ ପାଇଁ ସବୁଦିନ ତମ ଜନ୍ମଦିନ। ଯେଉଁଦିନ ଇଚ୍ଛା ହବ, ତମକୁ ଗିଫ୍ଟ୍‌ଟେ ଦେଇପାରିବି।

ପ୍ୟାକେଟ୍‌ଟା ରୁବିକୁ ପଠାଇଦେଇ ଦୀର୍ଘ ନିଶ୍ୱାସ ନେଇଥିଲା ଗାଛିକ। ରୁବି ଆଉ ପ୍ୟାକେଟ୍ ଫେରାଇ ନଥିଲା। କି' କାହିଁକି ଫେରାଇଦେଲ ବୋଲି ତାକୁ ପଚାରି ବି ନଥିଲା। କିଛି ଦିନ ପରେ ଜଣେ ସରକାରୀ ଚାକିରିଆକୁ ଚୁପ୍‌ଚାପ୍ ବାହା ହେଇ ସହର ଛାଡ଼ି ଦେଇଥିଲା।

ତା' ବାହାଘରର ପାଖାପାଖି ଅଠର ବର୍ଷ ପରେ ଫେସ୍‌ବୁକ୍‌ରେ ସେଇ ପାଖାପାଖି ନାଁର କାହାକୁ ଜଣକୁ ସର୍ଚ୍ଚ କରୁକରୁ ଅଚାନକ ଦିନେ ରୁବିକୁ ଆବିଷ୍କାର କରିଥିଲା

ଗାଳ୍ପିକ। ଫେସ୍‌ବୁକ୍‌ର କଭର୍ ଓ ପ୍ରୋଫାଇଲ୍ ଫଟୋରେ ରୁବି ଦିଶୁଥିଲା ପରିପୂର୍ଣ୍ଣ ଓ ସନ୍ତୁଷ୍ଟ ଗୃହିଣୀଟେ ଭଳି। ତା ଚେହେରା ଆହୁରି ପୁଟୁକି ପଡ଼ିବା ସତ୍ତ୍ୱେ ସେ ଆଗଠୁ ଅଧିକ ସୁନ୍ଦରୀ ଦିଶୁଥିଲା। ତା' ପ୍ରୋଫାଇଲ୍ ଫଟୋରୁ ଗାଳ୍ପିକ ଜାଣିଥିଲା, ରୁବିର ସରକାରୀ ଚାକିରିଆ ସ୍ୱାମୀଟା ମୋଟା ଆଉ ଭୟଙ୍କର ଭାବେ ଚନ୍ଦା। ଲୋକଟା କିନ୍ତୁ ବେଶ୍ ଭଲ ଜଣାପଡୁଥିଲା ତା' ନିରୀହ ଚାହାଣିରୁ।

'ରୁବିକୁ ସେ ନିଶ୍ଚେ ଭଲରେ ରଖିଥିବ ଏବଂ ତା' କଥା ଭାବିବା ପାଇଁ ରୁବିକୁ କଦାଚିତ୍ ମଉକା ଦେଉନଥିବ..' - ଏକଥା ଭାବି ମନେମନେ ଦୁଃଖୀ ହେଇଗଲା ଗାଳ୍ପିକ। ତଥାପି, ତୁଚ୍ଛା କୌତୂହଳରେ ସେ ରୁବିକୁ ପଠାଇ ଦେଇଥିଲା ଫ୍ରେଣ୍ଡ୍ ରିକ୍ୱେଷ୍ଟିଏ। ସପ୍ତାହେ ଖଣ୍ଡେ ପରେ ରୁବି ଗ୍ରହଣ କରିନେଇଥିଲା ରିକ୍ୱେଷ୍ଟ୍‌କୁ। ଏଥର ସେ ହାତ ହଲାଇଥିଲା ନିଜ ନୂଆ ଫେସ୍‌ବୁକ୍ ଫ୍ରେଣ୍ଡ୍ ତଥା ପୁରୁଣା ପ୍ରେମିକାକୁ ଫେସ୍‌ବୁକ୍ ଜରିଆରେ। ଜବାବରେ ରୁବି କିନ୍ତୁ ହାତ ହଲାଇନଥିଲା.. କିଛି ଉତ୍ତର ବି ଫେରାଇନଥିଲା।

ଗାଳ୍ପିକ ପୁଣି ଉଦାସ ହେଇଯାଇଥିଲା। ରୁବିକୁ ଆଉ କିଛି ଲେଖିବାର ଆଗ୍ରହ ତା'ର ମଉଳି ଯାଇଥିଲା। ତେବେ ଅନ୍ୟମାନଙ୍କ ଭଳି ରୁବିକୁ ବି ପ୍ରତିବର୍ଷ ଫେସ୍‌ବୁକ୍‌ରେ ଜନ୍ମଦିନର ଶୁଭେଚ୍ଛା ଜଣାଉଥିଲା ସେ। ଅନେକ ଶୁଭେଚ୍ଛାବାର୍ତ୍ତାଙ୍କ ଭିଡ଼ ଭିତରେ ତା' ଶୁଭେଚ୍ଛାକୁ ରୁବି ଦେଖୁଥିଲା କି ନାହିଁ କେଜାଣି ! କେବେ କିନ୍ତୁ ଉତ୍ତର ଫେରାଉନଥିଲା।

ଗାଳ୍ପିକ ଧନ୍ଦି ହେଉଥିଲା ଏଇଆ ଭାବି ଯେ, ରୁବି କ'ଣ ତାକୁ ସତରେ ପୂରା ଭୁଲିଯାଇଛି ? ତା' କଥା ମନରୁ ପୂରା ପାସୋରି ପକାଇଛି ? ପୂ..ରା.. ?

।। ଚାରି ।।

କେହି ଜଣେ କହିଥିଲେ, ତୁମେ ଯାହା ପାଖରେ ଶୋଉଛ ସିଏ ଯେ ତୁମ 'ପ୍ରେମ' ଏମିତି କିଛି କଥା ନାହିଁ। ତେବେ, ନିଦ ନ ଆସିଲେ ଯାହା କଥା ଭାବି ଭାବି ତୁମେ ଶୋଇବାକୁ ଚେଷ୍ଟା କରୁଛ.. ସିଏ ନିଶ୍ଚେ ତୁମ 'ପ୍ରେମ'.. ଏକଥା ଗ୍ୟାରେଣ୍ଟେଡ୍।

କିଏ କହିଥିଲେ.. ? - ଗାଳ୍ପିକ ଭୁଲିଯାଇଛି।

ଆଜିକାଲି ଏମିତି ଅନେକ କଥା ଭୁଲିଯାଉଛି ଗାଳ୍ପିକ। ଜାଣିଶୁଣି ଭୁଲୁଛି, ଯେମିତି ପୁରୁଣା ସ୍ମୃତିଠୁ ପିଛା ଛଡ଼ାଇ ପାରିବ। ରାତିରେ ନିଦ ନଆସିଲେ ତକିଆକୁ ସ୍କ୍ରିନ୍ କରି, ନିଜ ଅତୀତକୁ ଫିଲ୍ମ ଭଳି ଦେଖିବାର ମାୟାଜାଲରୁ ମୁକୁଳି ପାରିବ। ସେଇଥିପାଇଁ ଭୁଲିବାର ତପସ୍ୟା।

ଗାଳ୍ପିକ ଭୁଲିସାରିଛି, କେବେ ଦିନେ ସେ ଖୁ' ଖୁ' ପଢୁଥିଲା। ଗଦା ଗଦା କବିତା ବହି ଭିତରେ ଜିଉଁଥିଲା। ଭୁଲିସାରିଛି, କେବେ ସେ ନୂଆ ନୂଆ

ଏକ୍ସ୍‌ପେରିମେଣ୍ଟାଲ୍ ଗପ ଫାନ୍ଦୁଥିଲା। ଭୁଲିସାରିଛି, କେବେ ଶେଷ ଥର ପାଇଁ ସେ ସୂର୍ଯ୍ୟାସ୍ତ ଦେଖିଥିଲା। ସୂର୍ଯ୍ୟାସ୍ତକୁ ପିଠି କରି ନଭେଲ୍ ପଢ଼ିଥିଲା। ପଙ୍କଜ୍ ଉଧାସ୍‌ର ଗଜଲ୍ ଗାଇଥିଲା - ..ଦିଲ୍ ଯୈସି ଏକ୍ ଚିଜ୍ ହୋ କ୍ୟା କ୍ୟା କହାଗୟା..।

କେବେ କେବେ ତ' ଗାଳ୍ପିକର ମନେହୁଏ, ସେ ତା' ଭାଗର ଜୀବନ ଜିଇଁସାରିଛି। ଅଠର ବର୍ଷ ତଳୁ ଏକ୍ସ୍‌ପାୟାର୍ ହୋଇସାରିଛି ତା' ଜୀବନ। ଏବେ କେବଳ ବୋନସ୍‌ରେ ଏକ ଅତିରିକ୍ତ ଏକ୍ସ୍‌ପାୟାରଡ୍ ଜୀବନ ବଞ୍ଚୁଛି ସେ। ଯେଉଁଠି କବିତା ପଢ଼ିବାକୁ ସମୟ ନାହିଁ। ଗପ ଫାନ୍ଦିବାକୁ ଅବସର ନାହିଁ। ସୂର୍ଯ୍ୟାସ୍ତ ଦେଖିବାକୁ, ନଭେଲ୍ ପଢ଼ିବାକୁ କି' ଗଜଲ ଗାଇବାକୁ ସୁଯୋଗ ବି ନାହିଁ।

ବାର ଘଣ୍ଟିଆ କମ୍ପାନୀ ଚାକିରିର ବେଡ଼ି ଓ ତେଲଲୁଣ ହିସାବୀ ସଂସାରର ଜଞ୍ଜାଳ ତା'କୁ ଏମିତି ବାନ୍ଧି ରଖିଛି ଯେ, ଜୀବନର ସବୁ ସୁକୁମାରପଣ ତା'ର ଗାଏବ୍ ହେଇଯାଇଛି କୋ' କାଳୁ। ନିଜକୁ ଚିରୁଡାଏ ଚିରୁଡ଼ାଏ ଚିରି ଚିରି.., ଚିପୁଡ଼ି ଚିପୁଡ଼ି.., ଜୀବନଟା ଶୁଷ୍କ 'ଥର୍' ପାଲଟି ଯାଇସାରିଛି କୋ' କାଳରୁ।

ଧେତ୍.. ଇଏ ଗୋଟେ ଜୀବନ ନା ! - ସ୍ୱଗତୋକ୍ତି କଲା ଗାଳ୍ପିକ। ତା' କଣ୍ଠସ୍ୱର ଏବେ ତା' ନିଜକୁ ବି କେମିତି ଗୋଟାଏ ଅଚିହ୍ନା ଅଚିହ୍ନା ଶୁଭିଲା।

ନିଜକୁନିଜେ କହିଲା ସେ, ବହୁତ ହେଇଗଲା ଜିଇବା। ଏ ବୋନସ୍‌ର ଜୀବନ ଆଉ ନୁହେଁ। ଏବେ ଚରମ ନିଷ୍ପତ୍ତି ନେବାର ବେଳ। ଚରମ ନିଷ୍ପତ୍ତି। ଚ..ର..ମ..।

।। ପାଞ୍ଚ ।।

'ସଫଳ ଗପର ସର୍ବଶେଷ ଫର୍ମୁଲା, କ୍ଲାଇମାକ୍ସ୍‌ଟା ଜବର୍‌ଦସ୍ତ ଢଙ୍ଗରେ ଦମ୍‌ଦାର୍ ଓ ଚମକ୍‌ଦାର୍ ହବା ଚାହି। ଯେମିତି ହତଭମ୍ବ ହୋଇ ଥ' ହୋଇ ରହିଯିବେ ପାଠକେ। ଚାରିପଟ ନିସ୍ତବ୍ଧ ହେଇଯିବ, ପବନ ବି ଅଟକିଯିବ। ପାଠକ ଏକାବେଳକେ ମୁହ୍ୟମାନ ହେଇପଡ଼ିବ। ତା' ପାଟିରୁ କଥା ସ୍ଫୁରିବନେଇଁ। ସେ ଆଉ ବସିବା ଠା'ରୁ ଉଠିପାରିବନେଇଁ।' - କହିଥିଲେ ବିଶେଷଜ୍ଞ ଜଣକ।

ସେକଥା ମନେ ପକାଇ ପୁଣି ଥରେ ହସିଲା ଗାଳ୍ପିକ। ଚେୟାର୍-ଟେବଲ୍ ସଜିଲ୍ କଲା। ଚେୟାର୍‌ରେ ଆଉଜି ବସି ଟେବଲ୍‌ରେ ହାମୁଡ଼େଇ ସାମ୍ନାରେ ଥୋଇଲା ମୋବାଇଲ୍। ଆରମ୍ଭ କଲା ଲାଇଭ୍..।

ଏଥର ଫେସ୍‌ବୁକ୍ ପରଦାରେ ଫୁଟି ଦିଶିଲା ଗାଳ୍ପିକର ମୁହଁ। ଅଯତ୍ନବର୍ଦ୍ଧିତ ଦାଢ଼ୀ ଭର୍ତ୍ତି ପଇଁଚାଳିଶ ବର୍ଷର ଗୋଟେ ଦରବୁଢ଼ା ମୁହଁ - ସଂସାର ଜଞ୍ଜାଳରେ ପେଷା ଓ ଯାବତୀୟ ଚାପରେ ଚେପା ଗୋଟେ ଦରସିଝା ମୁହଁ।

ଗାଳ୍ପିକର କପାଳ ସାରା କଣ୍ଟିଆସୁଛି ଝାଳ। ଥଣ୍ଡା ଝାଳ।

ଝାଳ ପୋଛି ଗାଳ୍ପିକ ମୁହଁ ଖୋଲିଲା - ହେଲୋ ଫ୍ରେଣ୍ଡ୍‌ସ୍ ! ମୁଁ ଦିକ୍‌ଦାର୍ ହେଇପଡ଼ିଲିଣି ଭାରି.. ଏ ଜୀବନ ପ୍ରତି। ସଂସାରଯାକର ଏକ୍ସ୍‌ପେକ୍‌ଟେସନ୍‌ର ବୋଝ

ଏବେ ମୋ ମୁଣ୍ଡ ଉପରେ। ତୁଲାଇବା ତ' ଦୂରର କଥା। ମୁଁ ଆଉ ପାରୁନି ସେସବୁକୁ ସାମ୍ନା କରି। ଏଣୁ ମୁଁ ଚାଲିଲି..।

ମୋତେ କ୍ଷମା କରିଦିଅ ମୋ ସ୍କୁଲ୍ ଜୀବନର ପୁରୁଣା ସାଙ୍ଗମାନେ.. ମୋ ଅଫିସ୍ ଷ୍ଟାଫ୍‌ମାନେ.. ମୋ ଫେସ୍‌ବୁକ୍ ଫ୍ରେଣ୍ଡ୍‌ମାନେ.. ମୋ ଅତୀତ ଓ ବର୍ତ୍ତମାନର ଅନ୍ତରଙ୍ଗ, ସୁହୃଦ୍, ସତୀର୍ଥମାନେ..।

ଆଇ କୁଇଟ୍.. ଆଇ ଏକ୍‌ଜିଟ୍..।

ଏଥର ଗାଣ୍ଡିକ ଟେବଲ୍ ଉପରକୁ ଉହୁଙ୍କି ଆସିବ। ଓଠ କାମୁଡ଼ିବ। ତା' କଲମର ମୁନକୁ ଭାଙ୍ଗିବ ଟେବଲ୍ କାଚ ଉପରେ। କହିବ - ଅଲ୍‌ବିଦା ଫ୍ରେଣ୍ଡ୍‌ସ୍..।

ଗାଣ୍ଡିକର ଟେବଲ୍ ଉପରେ ଥୁଆ ହେଇଛି ଗୋଟେ ଛୋଟ ଶିଶି। କ'ଣ ଗୋଟେ ତରଳ ତରଳ ଦିଶୁଛି ତା' ଭିତରେ। ପୋଟାସିୟମ୍ ସିଆନାଇଡ୍! କେଜାଣି..!! ଅଛି ବି' ଗୋଟେ ଛୁରୀ। ଚକ୍‌ଚକ୍.. ପିନ୍‌ପିନ୍..। ଧାରରେ ମୁହଁ ଦିଶୁଛି। ଆଉ ଅଛି ରଶିଟାଏ।

ଏବେ କ'ଣ କରିବ ଗାଣ୍ଡିକ? ବୋତଲ୍ ଖୋଲି ମୁହଁରେ ସବୁତକ ତରଳ ଗରଳ ଅଜାଡ଼ି ଦେଇ ଢୋକିଦବ? ମୁହଁକୁ କିମ୍ଭୁତକିମାକାର ବିକୃତ କରି ବିଷ ଜ୍ୱାଳାରେ ଜଳିଯାଉଥିବା ତଣ୍ଟିକୁ ଦି' ହାତରେ ଜାବୁଡ଼ି ଧରିବ..? ବାନ୍ତି କରି ପକାଇବ..?

ନା, ହାତରେ ଛୁରୀ ଧରି ବେକରେ ଲଗେଇ ଏକାବେଳକେ ଚଲେଇଦବ? ନା, ବାଁ ହାତ ମୁଠା କରି ଶିରାକୁ ଧୀରେ କାଟିଦବ..?

ନା, ରଶି ଉଠାଇ ଟେବଲ୍ ଉପରେ ଛିଡ଼ା ହୋଇ ମୁଣ୍ଡ ଉପରେ ଝୁଲୁଥିବା ପଙ୍ଖାରେ ରଶିର ଗୋଟେ ମୁଣ୍ଡ ବାନ୍ଧିବ..? ଆଉ ମୁଣ୍ଡକୁ ଫାଶ କରି ନିଜ ବେକରେ ଗଳାଇବ.. ଆଉ ଟେବଲ୍‌କୁ ବଡ଼ ଜୋର୍‌ରେ ଗୋଇଠାଏ ମାରି କହିବ, ଅଲ୍‌ବିଦା.. ଆଃ.. ଆଃ..!

କ'ଣ କରିବ?

ଫେସ୍‌ବୁକ୍‌ରେ ଚହଳ। ଫେସ୍‌ବୁକ୍ ପରଦାରେ ଫୁଟି ଦିଶିଲେଣି ଗାଣ୍ଡିକର ପୁରୁଣା ସ୍କୁଲ୍ ସାଙ୍ଗ। ପରଦାକୁ ବାହାରିଲେଣି ତା' ଅଫିସ୍ ଷ୍ଟାଫ୍। ତା' ପ୍ରେମିକା।

ଫେସ୍‌ବୁକ୍ ପରଦାରେ, ତଳୁ ଗବ୍‌ଗବ୍ ହୋଇ ଉପରକୁ ଉଠୁଛି ବାର୍ତ୍ତାମାନ। ମୁହଁମାନ। ମେସେଜ୍‌ମାନ। ସାଙ୍ଗମାନେ ପଚାରୁଛନ୍ତି, ଆରେ ଏ କ'ଣ? ଏମିତି କ'ଣ ହେଇଯାଇଛି ଯେ ତୋ'ର? ରହିଯା ସାଙ୍ଗ.. ରହିଯା ପାର୍ଟି.. ତତେ ବିଦ୍ୟାରାଣ.. ଜଗନ୍ନାଥଙ୍କ ରାଣ.. ଆରେ ଶୁଣ୍ କଥା..। ଏମିତି କ'ଣ କେହି କୁଇଟ୍ କରେ ଅଧା ଖେଳରୁ? ଅଧା ଜୀବନରୁ ଏକ୍‌ଜିଟ୍ କରେ ଏମିତି କେହି? ଶୁଣ୍.. ରହ.. ବୁଝିବା କ'ଣ ହେଇଚି..।

ଗାଣ୍ଡିକର କପାଳରୁ ଝରୁଛି ଥଣ୍ଡା ଝାଳ। ମୁହଁରେ ଫୁଟୁଛି ହସର ଝରଝରି।

ଅଫିସ୍ ଷ୍ଟାଫ୍‌ଙ୍କ ବାର୍ତ୍ତା ବି ଗବ୍‌ଗବ୍ କରି ଉଠୁଛି ଫେସ୍‌ବୁକ୍ ପରଦା ଉପରକୁ।

ନୋ.. ନୋ.. ଏମିତି କରନି। କ'ଣଟା ଏମିତି ହେଇଚି ଯେ..? ଯାହା ଅସୁବିଧା ହେଇଚି ବୁଝାଯିବ.. ଦେଖାଯିବ.. ମିଳିମିଶି ସଲଭ୍ କରାଯିବ..। ଧୈର୍ଯ୍ୟ ଧର.. ଆଲୋଚନାକୁ ଆସ। ଇଏ କି ପାଗଳାମି..? ଇଏ କି ମୂର୍ଖାମି..? ଇଏ କି କାପୁରୁଷପଣିଆ..?

ଫେସ୍‌ବୁକ୍ ପରଦାରେ ଏବେ ଝଲସୁଛି ଆଉ ଗୋଟେ ମୁହଁ। ଗାଳ୍ପିକର ପ୍ରେମିକା (ହଁ.. ଏକା କଥା.. ସେଇ ବିଗତ ଦିନର ପ୍ରେମିକା..; ପ୍ରେମିକା ତ' ପ୍ରେମିକା..; ତା'ର କ'ଣ ଟେନ୍‌ସ୍ ଥାଏ..? ଅତୀତ ଓ ବର୍ତ୍ତମାନ କାଳ..??) ରୁବିର ମୁହଁ।

'ପ୍ଲିଜ୍ ଏମିତି କରନି..' - ରୁବି ସକେଇ ସକେଇ କାନ୍ଦୁଚି। ଆଖିରେ ଅନୁନୟ ଫୁଟେଇ କହୁଚି, ପ୍ଲିଜ୍.. ମୋ ଉପରେ ରାଗି, ମୋ ଉପରେ ଅଭିମାନ କରି, ନିଜକୁ କାହିଁକି କଷ୍ଟ ଦଉଚ..? ଯାହା କହିବାର ଅଛି ମତେ କୁହ। ଯାହା ଅଭିଶାପ ଦବାର ଅଛି ମତେ ଦିଅ। ହେଲେ ନିଜର କିଛି କ୍ଷତି କରନି। ନହେଲେ ମୁଁ ନିଜକୁ କେବେ କ୍ଷମା କରିପାରିବିନି। ପ୍ଲିଜ୍.. ମୋ କଥା ମାନ।

ଗାଳ୍ପିକ ଏକ ଲୟରେ ଚାହିଁ ରହିଛି ଫେସ୍‌ବୁକ୍ ପରଦାକୁ। ତା' କପାଳରୁ ଏବେ ବି ଝରୁଛି ଥଣ୍ଡା ଝାଳ। ଫେସ୍‌ବୁକ୍ ପରଦାରେ ତଳୁ ଉପରକୁ ଗବ୍‌ଗବ୍ କରି ଉଠୁଚନ୍ତି ମେସେଜ୍‌ମାନ.. ମୁହଁମାନ.. ଅନୁନୟମାନ.. ପ୍ଲିଜ୍‌ମାନ..।

ବାହାରେ କ'ଣ ଗୋଟେ ଶବ୍ଦ ହଉଚି। କିଏ ବୋଧେ କବାଟ ବାଡ଼ଉଚି। ଗାଳ୍ପିକର କପାଳରେ କଣ୍ଟିଆସୁଚି ଆହୁରି ଥଣ୍ଡା ଝାଳ।

ଏବେ କ'ଣ କରିବ ଗାଳ୍ପିକ? ସିଆନାଇଡ୍ ପିଇବ? ଛୁରୀକୁ ବେକରେ ଚଲେଇବ? ନା ଶିରା କାଟିବ? ରଶି ଉଠାଇ ଟେବଲ୍ ଉପରେ ଠିଆହେବ..? ରଶିରେ ବେକକୁ ଲଟକାଇ ଟେବଲ୍‌କୁ ଜୋର୍‌ରେ ଗୋଇଠାଏ ମାରିବ..?

ନା.. ଅଟ୍ଟହାସ କରିବ..?

କହିବ, ବିଶେଷଜ୍ଞ ମହାଶୟ! ଆଛା କୁହନ୍ତୁ ତ'.. ଏମିତିକା କ୍ଲାଇମାକ୍ସ୍‌ଟେ ହେଲେ ଚଳିବ କି'..? ଚ..ଳି..ବ.. କି'..??

■

(କଥା: ଜୁନ୍ ୨୦୧୯)

BLACK EAGLE BOOKS

www.blackeaglebooks.org
info@blackeaglebooks.org

Black Eagle Books, an independent publisher, was founded as a nonprofit organization in April, 2019. It is our mission to connect and engage the Indian diaspora and the world at large with the best of works of world literature published on a collaborative platform, with special emphasis on foregrounding Contemporary Classics and New Writing.